MARIE LACROSSE

Das Weingut

Tage des Schicksals

W0334005

GOLDMANN
Lesen erleben

Buch

Schweighofen in der Pfalz, 1877. Das ehemalige Dienstmädchen Irene und ihr Mann, der Weinguterbe Franz Gerban, führen eine glückliche Ehe. Dennoch fühlt Irene sich fremd in seiner Welt der besseren Kreise. Als Franz häufig auf Reisen ist, leidet sie zunehmend unter der Einsamkeit und sucht sich eine Aufgabe. Sie beginnt, sich für die Rechte der Arbeiterfrauen einzusetzen – und trifft dabei ihren ehemaligen Geliebten, den Arbeiterführer Josef, wieder. Franz reagiert mit glühender Eifersucht, ihre Beziehung droht zu zerbrechen. Und dann erfährt Franz ein Geheimnis, das ihrer beider Leben vor eine große Herausforderung stellt …

Autorin

Marie Lacrosse hat in Psychologie promoviert und arbeitete viele Jahre hauptberuflich als selbstständige Beraterin überwiegend in der freien Wirtschaft. Ihre Autorentätigkeit begann sie unter ihrem wahren Namen Marita Spang und schrieb erfolgreich historische Romane. Heute konzentriert sie sich fast ausschließlich aufs Schreiben. Ihre Trilogie »Das Weingut« wurde zu einem großen SPIEGEL-Bestseller. Die Autorin lebt mit ihrem Mann in einem beschaulichen Weinort. Weitere Romane der Autorin sind bei Goldmann in Vorbereitung.

Mehr Informationen unter www.marielacrosse.de

3

Marie Lacrosse

Das Weingut
Tage des Schicksals

Roman

GOLDMANN

Sollte diese Publikation Links auf Webseiten Dritter enthalten,
so übernehmen wir für deren Inhalte keine Haftung,
da wir uns diese nicht zu eigen machen, sondern lediglich auf
deren Stand zum Zeitpunkt der Erstveröffentlichung verweisen.

Dieses Buch ist auch als E-Book erhältlich.

MIX
Papier aus verantwortungsvollen Quellen
FSC® C014496

Verlagsgruppe Random House FSC® N001967

1. Auflage
Taschenbuchausgabe November 2020
Copyright © 2019 by Marie Lacrosse
Copyright der deutschen Erstausgabe
© 2019 by Wilhelm Goldmann Verlag, München,
in der Verlagsgruppe Random House GmbH,
Neumarkter Str. 28, 81673 München
Dieses Werk wurde vermittelt durch die
Montasser Medienagentur, München.
Gestaltung des Umschlags und der Umschlaginnenseiten:
UNO Werbeagentur, München
Umschlagmotiv: © Slow Images/Gettyimages
Max shen/gettyimages
FinePic®, München
Redaktion: Heike Fischer
BH · Herstellung: AS
Satz: Uhl + Massopust, Aalen
Druck und Bindung: GGP Media GmbH, Pößneck
Printed in Germany
ISBN: 978-3-442-49139-1
www.goldmann-verlag.de

Besuchen Sie den Goldmann Verlag im Netz

Allen bekannten und unbekannten Frauen gewidmet,
die sich für die Gleichberechtigung
der Geschlechter eingesetzt haben
und denen wir unsere heutigen Rechte verdanken.

Die Frauen müssen sich selbst helfen. Von den Männern ist nicht viel zu erwarten: Wer verzichtet auch freiwillig auf seine Privilegien? Aber ein schweres Stück Arbeit ruht auf den Schultern jener Frauen, die es übernommen haben, die große Masse der Frauen aus ihrem Geistesschlafe zu rütteln.

T. W. Teifen in der Wiener Frauenzeitschrift
»Dokumente der Frauen« 1899

Es gibt keine Befreiung der Menschheit ohne die soziale Unabhängigkeit und Gleichheit der Geschlechter.

August Bebel in der Einleitung seines Werkes
»Die Frau und der Sozialismus«

Eiapopeia, nun schlaft ihr Rangen,
die Mutter ist wieder versammeln gegangen.
Eiapopeia, o bleibt mir gesund,
die Mutter hält Reden, der Vater den Mund!

Ein oft von der bürgerlichen Presse verwendeter Spottvers
auf die Aktivitäten von Frauenrechtlerinnen,
unter anderem anlässlich einer Veranstaltung von
Gertrud Guillaume-Schack im Jahr 1883

Cambrai
Avesnes
Givet
Oise
Péronne
St. Quentin
Rocroi
Belgien
Mézières
Sedan
Arlon
Ham
La Fère
Bazeilles
Montmédy
Laon
Rethel
Aisne
Vouziers
Soissons
Reims
Clermont-en-Argonne
Verdun
Château-Thierry
Marne
Epernay
Châlons-sur-Marne
St. Mihiel
nach Paris
Meuse
Bar-le-Duc
Vitry-le-François
St. Dizier
Nogent
Aube
Frankreich
Troyes
Chaumont
Joigny
Seine
Langres
Auxerre
Gebiet der drei Generalgouvernements Elsass, Lothringen und Reims
0
20
40
60 km
Dijon

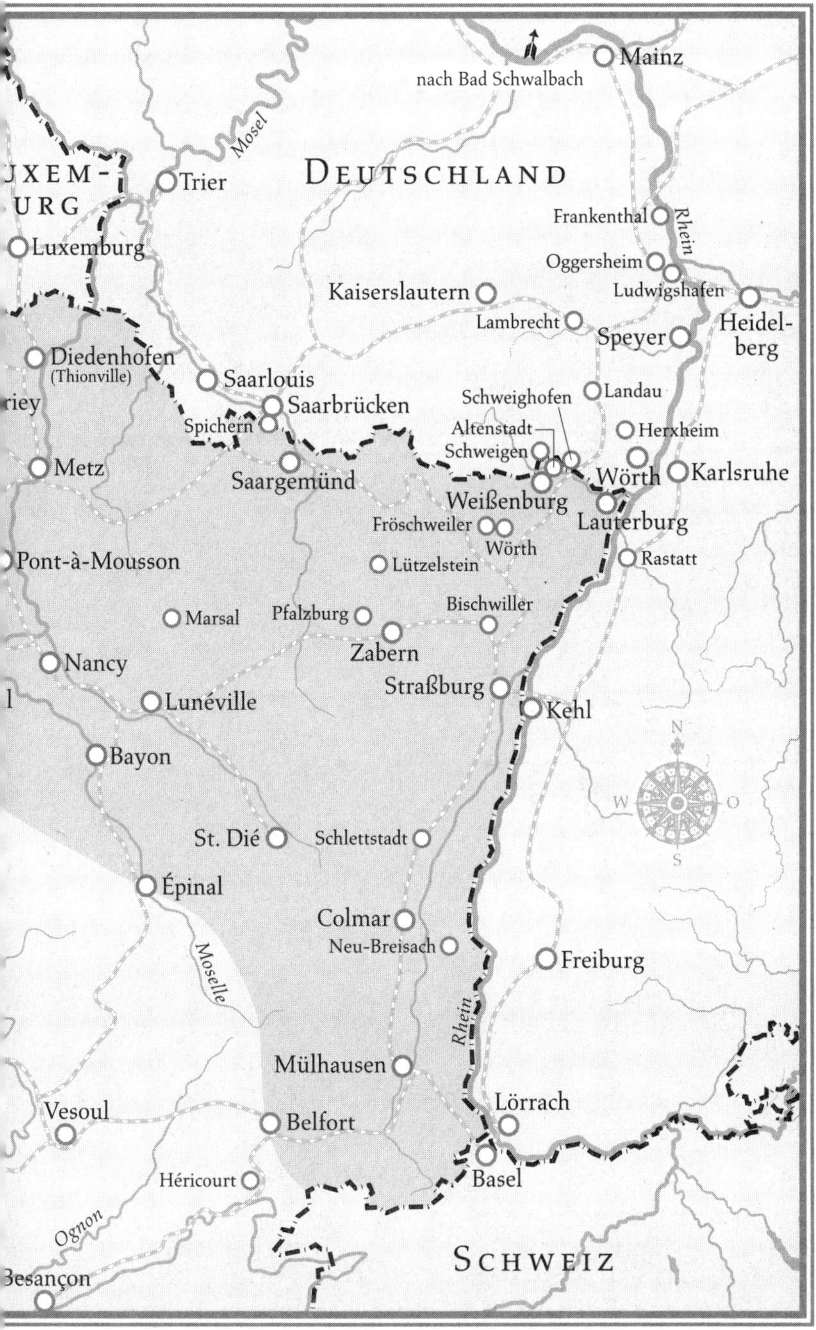

Mainz
nach Bad Schwalbach
Mosel
UXEM-
URG
Trier
DEUTSCHLAND
Frankenthal
Rhein
Luxemburg
Oggersheim
Kaiserslautern
Ludwigshafen
Heidel-
berg
Lambrecht
Speyer
Diedenhofen
(Thionville)
Saarlouis
Landau
Schweighofen
riey
Saarbrücken
Spichern
Altenstadt
Herxheim
Schweigen
Metz
Saargemünd
Wörth
Karlsruhe
Weißenburg
Lauterburg
Fröschweiler
Wörth
Rastatt
Pont-à-Mousson
Lützelstein
Bischwiller
Marsal
Pfalzburg
Zabern
Nancy
Straßburg
Lunéville
Kehl
N
Bayon
W
O
S
St. Dié
Schlettstadt
Épinal
Colmar
Neu-Breisach
Moselle
Freiburg
Rhein
Mülhausen
Lörrach
Vesoul
Belfort
Basel
Héricourt
Ognon
SCHWEIZ
Besançon

JÜNGSTBERG
491m
Berwartstein
Birkenhördt
KAHLENBERG
406m
Bundenthal
472m
Bergzabern
HOHE DERST
561m
Dörrenbach
Niederschlettenbach
OBERER
MUNDATWALD
Ruine Guttenberg
Oberotterbach
497m
HOHER KOPF
Bobenthal
Lauter
Schweigen
Château de
Saint Paul
Schweighofe
Château de
Vogelsberg
Windhof
N
W
O
S
506m
Rott
Weißenburg
Altenstadt
Climbach
Château de Geisberg
Steinseltz
GEISBERG
FRANKREICH
HOCHWALD
Riedseltz
Drachenbronn
Birlenbach
Seebach
Keffenach
Hunspach
Retschwiller
Soultz
Aschbac
Hoffen
0
2
4
6 km
Schloß

Steinweiler
pellen-Drusweiler
Erlenbach
Erlenbach
Barbelroth
Winden
Oberhausen
Dierbach
Dierbach
Kandel
Ruine
Hochhaus
Minfeld
Niederotterbach
Freckenfeld
Otterbach
Steinfeld
Vollmersweiler
apsweyer
DEUTSCHLAND
UNTERER
MUNDATWALD
Heilbach
BIENWALD
nach Karlsruhe
Büchelberg
Lauter
Wiebelsbach
Schleithal
Berg
Salmbach
Lauterburg
Niederlauterbach
Siegen
Neuwiller
Trimbach
Wintzenbach
Mothern
Rhein
Croettwiller
Eberbach

Dramatis Personae

*Es werden nur die handlungstragenden Figuren aufgeführt. Historische Persönlichkeiten werden mit einem * gekennzeichnet.*

Irenes und Franz' Familie

Irene Gerban, geb. Weber, unehelich geboren in einer Gebäranstalt, aufgewachsen in Waisenhäusern; »Weber« ist nicht ihr echter Familienname

Franz Gerban, Besitzer der Weinhandlung Gerban und des gleichnamigen Weinguts in Schweighofen

Fränzel, ihrer beider Sohn

Sophia und **Klara,** ihre Zwillingstöchter

Wilhelm Gerban, Franz' verstorbener Ziehvater und Irenes leiblicher Vater

Sophia, Irenes verstorbene Mutter und jüngere Schwester Ottilies

Pauline Gerban, Franz' französischstämmige Mutter

Mathilde Stockhausen, geb. Gerban, Franz' jüngere Halbschwester

Herbert Stockhausen, Mathildes Ehemann, Tuchfabrikant in Oggersheim

Gregor Gerban, Wilhelms Bruder

Ottilie Gerban, Ehefrau von Gregor und ältere Schwester von Irenes Mutter Sophia

Fritz Gerban, Gregor und Ottilies im Krieg gefallener Sohn

Handlungstragende Personen in Wien

Graf Eberhard F. von Sterenberg, Majoratsherr, Diplomat an der österreichischen Botschaft in Berlin
Adelaide von Windisch-Grätz, seine ältere Schwester
Lea Walberger, Arbeiterführerin
Dr. Viktor Adler*, österreichischer Sozialdemokrat

Personal auf dem Weingut in Schweighofen

Nikolaus Kerner, Verwalter des Weinguts
Hansi Krüger, Verwalterlehrling und späterer Nachfolger von Nikolaus Kerner
Johann Hager, Kellermeister des Weinguts
Frau Burger, Hausdame in Altenstadt und später in Schweighofen
Clemens Dick, erster Vorarbeiter des Weinguts
Herrmann, junger Landarbeiter auf dem Weingut
Rosa, ehemals Wärterin in der Anstalt in Klingenmünster, jetzt Paulines Zofe in Schweighofen
Frau Grete, Köchin in Schweighofen
Peter, der junge Kutscher
Fräulein Adelhardt, Hauslehrerin von Klara

Bewohner der Villa Stockhausen

Ilse Stockhausen, Herbert Stockhausens Tante
Theobald, Kutscher und Kammerdiener
Herta, Köchin
Hanne, Dienstmädchen und Zofe

Hauspersonal der Gerbans in Altenstadt

Gitta, Dienstmädchen
Heidi, Dienstmädchen
Niemann, erster Hausdiener
Frau Kramm, Köchin
Riemer, Kutscher

Irenes Bekannte aus ihrer Zeit als Fabrikarbeiterin

Josef Hartmann, Arbeiterführer
Emma Schober, Textilarbeiterin in der Tuchfabrik Reuter und Irenes beste Freundin in Lambrecht
Georg Schober, ihr Mann, ehemaliger Textilarbeiter bei Reuter
Marie und Thea, ihre Töchter
Trude Ludwig, Freundin und Vermieterin Irenes in Lambrecht
Robert Sieber, ehemaliger Vorarbeiter in der Tuchfabrik Reuter, jetzt Stellvertreter des Verwalters
Benjamin Reuter, Tuchfabrikant in Lambrecht
Plotzer, Reuters Verwalter in der Tuchfabrik

Weitere handlungstragende Personen von Bedeutung

Werner Kegelmann, preußischer Beamter im Reichskanzleramt in Berlin
Monsieur Payet, Rechtsanwalt und Notar der Gerbans in Weißenburg
Dr. Frey, Hausarzt der Gerbans
Minna Leiser, Irenes Freundin aus Altenstädter Zeiten
Otto Leiser, Minnas Ehemann, Küfer in Schweigen und Fass-Lieferant des Weinguts

Ernest Lauth*, elsässischer Abgeordneter für die Protestpartei im Reichstag

Arnold Blauberg, Weingroßhändler in Berlin

August Bebel*, Arbeiterführer und sozialdemokratischer Abgeordneter im Reichstag

Carl August Schneegans*, Führer der elsässischen Autonomisten-Partei, Reichstagsabgeordneter

Gertrud Guillaume-Schack*, Schweizer Arbeiterführerin

Eduard von Wernitz, preußischer Major und ehemaliger Hochzeitsbewerber von Mathilde

Konrad Ahrens, Leiter der Polizeibehörde in Weißenburg

Im Roman erwähnte historische Persönlichkeiten ohne aktive Rolle

Otto Graf Bismarck*, deutscher Reichskanzler

Karl Marx*, einer der wichtigsten Protagonisten der Arbeiterbewegung

Friedrich Engels*, Kollege, Freund und Mitkämpfer von Karl Marx

Eduard von Moeller*, erster von Berlin eingesetzter Oberpräsident in Straßburg

Max Hödel*, Attentäter auf Kaiser Wilhelm am 11. Mai 1878

Karl Eduard Nobiling*, Attentäter auf Kaiser Wilhelm am 2. Juni 1878

Xaver Nessel*, Reichstagsabgeordneter für den Wahlkreis Hagenau-Weißenburg von 1874 bis 1878

Wilhelm Liebknecht*, Arbeiterführer und sozialdemokratischer Abgeordneter im Reichstag

Robert Viktor von Puttkamer*, preußischer Innenminister; strenger Befürworter des Sozialistengesetzes

Clara Zetkin*, deutsche Arbeiterführerin

Prolog

Kirche St. Ulrich in Altenstadt
April 1874

Am Arm von Herbert Stockhausen, ihrem zukünftigen Schwager, betrat Irene die festlich geschmückte Kirche St. Ulrich. Ihre Augen weiteten sich vor Staunen.

Das sanfte Licht unzähliger Wachskerzen täuschte darüber hinweg, dass draußen ein grauer Apriltag herrschte, der ab und zu sogar noch einige Graupelschauer niedergehen ließ, die der Wind durch die Straßen trieb. Überall erblickte sie große und kleine Blumenbuketts. Jede der voll besetzten Kirchenbänke war von Sträußchen aus rosa Tulpen und weißen Narzissen geziert, umwunden mit einer Spitzenschleife. Im Mittelschiff standen in regelmäßigen Abständen Gebinde aus betörend duftenden blauen Hyazinthen und weißen und rosa Tulpen auf kleinen Säulen. Die prachtvollsten Blumenarrangements befanden sich zu beiden Seiten auf den untersten Stufen des Altars vor den mit rotem Samt überzogenen Stühlen, die man eigens aus dem Altenstädter Herrenhaus herbeigeschafft hatte und auf die Irene nun zuschritt. An diesem Platz würden sie und Franz heute getraut werden. Für die rosa Rosen, die blauen Iris und weißen Lilien, die zu dieser Jahreszeit nur in Gewächshäusern gediehen, musste Franz ein Vermögen ausgegeben haben. Diese Überraschung war ihm wahrhaftig gelungen.

»Was ist dir bei unserer Hochzeitsfeier besonders wichtig?«, hatte er sie vor einigen Wochen gefragt.

»Dass wir ein friedvolles Fest miteinander begehen«, antwortete Irene spontan.

Franz schnaubte etwas ungeduldig. »Das versteht sich von selbst, mein Schatz. Aber meine Mutter möchte natürlich jetzt schon mit den Vorbereitungen beginnen. Worauf legst du am meisten Wert? Auf das Essen, die Musik, die Garderobe der Gäste …«

»Blumen«, fiel Irene Franz spontan ins Wort. »Ich wünsche mir viele Blumen. Nichts Teures natürlich«, beeilte sie sich hinzuzufügen. »Tulpen, Narzissen oder was eben sonst gerade so blüht.«

Tatsächlich bestand ihr Brautstrauß aus Vergissmeinnicht und weißen und rosa Anemonen. Mathilde, Franz' jüngere Schwester, hätte ihn als gewöhnlich bezeichnet, doch es waren gerade diese bescheidenen Frühlingsboten, die zu Irenes Lieblingsblumen zählten. Umso prächtiger war nun die Kirche geschmückt.

Der Organist spielte feierliche Weisen. Im Bemühen, kerzengerade den mit einem roten Teppich belegten Gang hinunterzuschreiten, verfing sich einer der Absätze von Irenes hochhackigen elfenbeinfarbenen Seidenschuhen im Saum ihres Hochzeitskleides von gleicher Farbe und Stoff. Irene geriet ins Straucheln, wurde aber geschickt von Herbert Stockhausen aufgefangen.

»Immer mit der Ruhe«, hörte sie ihn leise raunen. Dankbar drückte sie seinen Arm.

Alles an dieser Feier war für Irene ungewohnt. Das kostbare Kleid mit der spitzenbesetzten, zwei Ellen langen Schleppe hatte die Weißenburger Schneiderin Madame Marat nach der neuesten Pariser Mode gefertigt. Der kleine Stehkragen betonte Irenes schlanken Hals, ein Einsatz aus geraffter Seide reichte vom keuschen Dekolleté bis zu dessen unterer Naht.

Irene hatte sich ein schlichteres Kleid gewünscht. Doch in diesem Punkt war ihre Schwiegermutter Pauline unnachgiebig geblieben. »Ich möchte, dass du in nichts hinter meiner Tochter Mathilde zurückstehst, die nur einen Monat nach dir heiraten wird. Da werden die Gäste natürlich besonders die Garderobe der Bräute miteinander vergleichen.«

Auch wenn Irene dies einleuchtete, vermutete sie noch einen anderen Grund hinter Paulines Beharrlichkeit. *Eine späte Wiedergutmachung an meiner Mutter Sophia, die nie die Braut eines geliebten Mannes sein durfte,* überlegte sie, während sie die langwierigen Anproben über sich ergehen ließ.

Sophia, die jüngere Schwester von Franz' angeheirateter Tante Ottilie, war als blutjunges Mädchen von Paulines verstorbenem Gatten Wilhelm geschwängert worden. »Eher vergewaltigt als verführt, während ich selbst guter Hoffnung mit Franz war«, hatte ihr Pauline erst im vergangenen Jahr kurz vor Weihnachten erzählt.

Sophia hatte Irene unter dem Druck ihrer Familie anonym in einer Gebäranstalt zur Welt gebracht und dort als Waise zurückgelassen, den Verlust ihres Kindes jedoch nie verwunden und mit nur einundzwanzig Jahren den Freitod gewählt.

In Altenstadt, einem Vorort der kleinen elsässischen Stadt Weißenburg, war Irene dann Franz, ihrer großen Liebe, begegnet. Doch ihrer beider Glück stand zunächst unter keinem guten Stern. Durch den Deutsch-Französischen Krieg wurden sie getrennt. Franz verlor in der Schlacht bei Sedan ein Bein. Und Irene, die von ihm schwanger war, floh vor ihm, hielt sie ihn doch fälschlicherweise für ihren Halbbruder, nachdem sich sein Vater Wilhelm ihr gegenüber auch als der ihre zu erkennen gegeben hatte.

Erst nach vielen Irrungen und Wirrungen hatte Franz sie wiedergefunden und Irene zu ihrer unendlichen Erleichterung erklärt, dass sie doch nicht miteinander verwandt waren.

Und so wurde am heutigen Tag ein Traum wahr. Franz, ihr geliebter Franz, den sie für immer verloren geglaubt hatte, stand nun vor dem Altar von St. Ulrich und erwartete sie mit leuchtenden Augen.

Wieder strauchelte Irene leicht, wieder hielt Stockhausen sie fest. *Hoffentlich hält meine Frisur,* schoss es ihr durch den Kopf. Sie bewegte ihn vorsichtig hin und her. Doch das kleine Seidenhütchen mit dem zarten Schleier, der ihr nur bis knapp über die Augen reichte, saß fest auf ihren kunstvoll aufgesteckten, dichten braunen Haaren.

Denn in diesem Punkt hatte sich Irene von Anfang an durchgesetzt. Angesichts der Tatsache, dass ihr gemeinsamer Sohn Fränzel bereits drei Jahre alt war, erschien es ihr verlogen, mit dem üblichen Myrtenkranz über einem bodenlangen Schleier Jungfräulichkeit vorzutäuschen.

Um das elfenbeinfarbene Hochzeitskleid hatte es dagegen keinerlei Diskussionen gegeben. Diese Farbe war gerade in Mode gekommen und wirkte viel eleganter als das reine Weiß herkömmlicher Brautmoden.

Die zweite Abweichung von den üblichen Sitten und Gebräuchen war jüngerer Natur und unerwartet erforderlich geworden. Sie würde den Gästen allerdings vorläufig verborgen bleiben. Kurz vor der Hochzeit musste Madame Marat die Taille ihres Kleides wieder ein wenig herauslassen. Aufgrund morgendlicher Übelkeit und anderer untrüglicher Zeichen hatte Irene erkannt, dass sie schon kurz nach ihrer Wiedervereinigung mit Franz erneut schwanger geworden war. Zum Glück ersparte ihr das die allzu enge Schnürung in das ihr noch immer ungewohnte und mittlerweile sehr unangenehme Korsett, das sie unter ihrer schlichten Arbeiterinnentracht nicht benötigt hatte.

Wir werden ein weiteres Kind haben, durchzuckte es sie jetzt freudig, wie schon so oft in den letzten Tagen. Ihr Herz quoll vor Liebe schier über, als sie Franz immer näher kam. Schmuck sah er aus in seinem Frack mit dem blütenweißen gefältelten Hemd, das aus Herbert Stockhausens Weißnäherei stammte, und dem Sträußchen aus Vergissmeinnicht und Anemonen am Revers.

Mein geliebter Mann. Nun sind wir endlich vereint.

»Mama! Da kommt die Mama!«

»Pst!« Franz legte einen Finger auf seine Lippen, während sich seine Mutter Pauline zu seinem dreijährigen Söhnchen hinunterbeugte und ihm lächelnd etwas ins Ohr flüsterte, worauf der Kleine verstummte und sich sein Händchen vor den Mund hielt.

Liebevoll betrachtete Franz die beiden für einen Moment. Fränzel, der in seinem eigens für ihn geschneiderten Miniaturfrack entzückend aussah, entwickelte sich prächtig, trotz der großen Entbehrungen, unter denen Irene ihn bis zu ihrem Wiedersehen aufgezogen hatte. Sie hatte lieber selbst gehungert, als es dem Kind an irgendetwas fehlen zu lassen.

Fränzel glich beiden Eltern von Tag zu Tag mehr. Die dunklen Augen und Locken hatte ihm Franz vererbt, der sie wiederum seiner Mutter Pauline verdankte. Von Irene stammten die dichten Augenbrauen, die kleine, spitze Nase und der schmallippige Mund.

Darüber, wer Fränzel seine Aufgewecktheit und insbesondere sein Beharrungsvermögen, wenn er sich etwas in den Kopf setzte, vererbt hatte, stritten Irene und Franz oft lachend mit wechselnder Zuschreibung.

Franz' Mutter Pauline in ihrem eleganten nachtblauen Kostüm mit dem dazu passenden, mit Pfauenfedern geschmückten Hut wirkte dank ihrer wiedergewonnenen Lebensbejahung und Energie jünger und beeindruckender denn je.

Wie ein weiblicher Phönix aus der Asche, dachte Franz, der Paulines Verwandlung oft mit der der mythischen Sagenfigur verglich. Tatsächlich erklärte seine Mutter selbst, dass sie an den Erfahrungen und Entbehrungen in den über drei Jahren, in denen sie auf Betreiben ihres Gatten Wilhelm widerrechtlich in der Irrenanstalt von Klingenmünster festgehalten worden war, gewachsen sei.

»Wenn man einmal so tief unten war, wie ich es gewesen bin, teils aus eigener Schuld wegen meiner Laudanum-Sucht, teils durch Wilhelms Tücke, kann alles nur noch besser werden, als es vorher war«, erklärte Pauline ihre positive Entwicklung. »Und wenn einen danach Fortuna nicht nur mit einem wunderbaren

Sohn und einer entzückenden Schwiegertochter, sondern auch mit einem so reizenden, klugen Enkel entschädigt, sind Leid und Unbill vergangener Zeiten schnell vergessen.«

Dabei war auch die junge Pauline nicht immer die zaghafte, zurückhaltende Frau gewesen, als die Franz sie aus seiner Kindheit und Jugend überwiegend in Erinnerung hatte. Während eines Kuraufenthalts im österreichischen Bad Ischl hatte sie sich aus ihrer unglücklichen Ehe in die Arme jenes Gardeoffiziers geflüchtet, der sein wahrer Vater war. Leider verschwieg ihm Pauline dessen Identität bis heute.

»Es würde dir nichts nutzen, deinen Vater zu kennen, Franz«, betonte sie immer wieder. »Er stammt aus dem österreichischen Hochadel, mehr als eine Affäre hätte daher nie zwischen uns sein können. Und du würdest nur eine weitere Enttäuschung erleben, wenn dein leiblicher Vater dich nicht als seinen Sohn anerkennt.«

»Und meine schönen Erinnerungen an diese kostbaren Wochen in Bad Ischl würden getrübt werden«, fügte sie noch hinzu. »Ich weiß nicht, was aus deinem Vater geworden ist. Aber er hat mit Sicherheit eine Frau aus seinen Kreisen geheiratet und legitime Söhne aus dieser Verbindung.«

Franz' Blick streifte weiter über die Gästeschar und blieb auf der Miene seiner jüngeren Schwester Mathilde, die neben Pauline in der vordersten Kirchenbank saß, haften. Sie war und blieb Wilhelm Gerbans wahre Tochter. Obwohl sie ihre frühere Fettleibigkeit durch eiserne Disziplin überwunden hatte und sich heute viel geschmackvoller kleidete als in früheren Jahren, hatte sich ihr Charakter nur unwesentlich zum Guten verändert. Wenn überhaupt, war es dem Einfluss ihres zukünftigen Gatten, dem Oggersheimer Textilfabrikanten Herbert Stockhausen, zu verdanken, dass sie sich zumindest in der Öffentlichkeit zusammennahm. Er ließ seiner zwanzig Jahre jüngeren Verlobten mit sanfter, aber unnachgiebiger Strenge kein Verhalten durchgehen, das er seiner zukünftigen Frau für unschicklich erachtete.

Es war auch Herbert Stockhausen gewesen, der Franz und Irene aus der Verlegenheit geholfen hatte, einen Brautführer zu finden. An sich wäre Gregor Gerban, der jüngere Bruder von Franz' Ziehvater Wilhelm, der männliche Verwandte gewesen, der Irene zum Altar hätte bringen sollen. Aber schon vor ihrer Ankunft auf dem Weingut der Familie Gerban in Schweighofen, das Franz leitete, hatten Irene und er beschlossen, ihre wahre Abstammung vor allen bislang noch Uneingeweihten zu verschweigen. Deshalb hielten Gregor Gerban und seine Frau Ottilie Irene immer noch für das Dienstmädchen, das sie einst im Herrenhaus von Altenstadt gewesen war, und Franz' Verbindung mit ihr für eine Mesalliance, für die sie nur schlecht verhohlene Geringschätzung übrighatten. Irene zum Altar zu führen hätte Gregor Gerban daher für eine Zumutung gehalten, sofern er sich nicht eh rundweg geweigert hätte, dies zu tun.

Als Zumutung empfand es auch Mathilde, dass ihr vergötterter Verlobter sich nun mit Irene am Arm dem Altar näherte. Ihre Miene sprach diesbezüglich Bände, wobei Franz sie sogar im Verdacht hatte, eifersüchtig auf Irene zu sein. Denn im Gegensatz zu seiner Verlobten nahm Herbert keinen Anstoß an Irenes niederer Herkunft. »Aus der Frau wäre auch ohne diese Ehe etwas geworden«, pflegte er zu schwärmen. »Schließlich wurde sie in kürzester Zeit die beste Vorarbeiterin, die ich je hatte.« Überdies bildete er sich etwas darauf ein, dass Franz Irene in seiner Fabrik nach einer langen Zeit des Suchens wiedergesehen hatte. »Ich war euer Glücksbote«, scherzte er immer wieder, sehr zum Ärger Mathildes.

Einen kurzen Moment erlaubte sich Franz noch, seinen Blick über die restlichen Hochzeitsgäste schweifen zu lassen. Mit großer Dankbarkeit konstatierte er, dass alle Menschen, die ihm in den vergangenen schweren Jahren zur Seite gestanden hatten, vollständig versammelt waren.

Da saß der evangelische Pfarrer Carl Klein, ein treuer Freund, der nach der Schlacht von Fröschweiler-Wörth nahezu Übermenschliches für die Pflege der Verwundeten beider Kriegsparteien geleistet hatte und sein Trauzeuge sein würde. Gleich hinter Pauline und Mathilde hatte Madame Marianne Serge in der Bank für die Ehrengäste Platz genommen. Ihr weinrotes Samtkostüm stand an Eleganz dem von Pauline in nichts nach. Die reiche französische Industriellenwitwe hatte Franz nach seiner schweren Verwundung in ihrem Haus in Saint-Quentin nicht nur gesund gepflegt, sondern ihm darüber hinaus auch eine beträchtliche Summe Geldes geliehen, mit der Franz das von seinem Ziehvater fast ruinierte Weinunternehmen Gerban hatte retten können.

In den Bänken für die männlichen Gäste auf der anderen Seite des Ganges waren seine Straßburger Cousins versammelt, die für die zweite Hälfte des Kredits zusammengelegt hatten und mit ihren Gattinnen vollzählig zur Feier erschienen waren. Besonders Pauline hatte sich sehr gefreut, ihre Herkunftsfamilie nach langen Jahren endlich einmal wiederzusehen.

Und Franz hielt für seine Schuldner sogar eine Überraschung parat: Das Bankhaus Quistorp, bei dem sein Vater seine wertlos gewordenen Immobilienpapiere erstanden hatte, würde sich tatsächlich über einen Teil der verlorenen Summen mit seinen Gläubigern vergleichen. Ginge auch alles Weitere gut, was Franz plante, würde er die Kredite schon in wenigen Jahren vollständig tilgen können.

Auch dank des wunderbaren Personals, das er für das Weingut in Schweighofen gewonnen hatte, welches nun die hinteren Kirchenbänke füllte. Der neue Verwalter Nikolaus Kerner war ebenso tüchtig wie sein Schwager, der Kellermeister Johann Hager. Besonders gut machte sich auch der junge Hansi Krüger, der Sohn seines Freundes Karl Krüger, der Vorarbeiter auf dem Weingut gewesen und vor Sedan gefallen war. Vor seinem Tod hatte ihm Franz in die Hand versprochen, seinen begabten Sohn Hansi zu fördern. Und siehe da! Schon jetzt versprach der gerade einmal Achtzehnjährige, nach Abschluss seiner Verwalterlehre trotz seiner Jugend bereits für eine Schlüsselposition auf dem Weingut qualifiziert zu sein. *Ungeahnte Möglichkeiten für mich, den Weinhandel auszubauen.* Bevor er darüber weiter ins Grübeln kam, riss Franz sich zusammen. Heute stand anderes im Mittelpunkt als zukünftige gute Geschäfte!

Da näherte sich die Frau seines Lebens, um für immer die Seine zu werden. Wunderschön und ohne jeden Dünkel, was ihre zukünftige Stellung anging.

Wahrlich, ich bin ein glücklicher Mann!

»Und so erkläre ich Euch für Mann und Frau.«

»Sie dürfen die Braut jetzt küssen«, fügte der Priester pflichtgemäß hinzu, obwohl er natürlich darüber im Bilde war, dass Irene und Franz schon ein gemeinsames Kind hatten.

Durch den zarten Schleier hindurch strahlten Irenes blaue Augen wie zwei funkelnde Saphire. Franz zog sie sanft in seine Arme. Für einen Augenblick versanken sie in einem innigen Kuss. Vergessen waren die schweren Jahre voller Enttäuschungen und Entbehrungen. In diesem Moment schwelgten die beiden in reinem, unverfälschtem Glück.

Während sich die Menge nach dem Ende der Messe nach draußen begab, um das Brautpaar vor der Kirchentür mit Reis und einem Blütenschauer zu erwarten, traten die Trauzeugen vor, um Irene und Franz in die Sakristei zu begleiten und die Trauung mit ihrer Unterschrift zu beurkunden.

Sowohl Irene als auch Franz hatten dafür eine Person erwählt, die für sie eine ganz besondere Bedeutung hatte. *Was für einfache Leute,* konnte Irene Mathilde geradezu abfällig flüstern hören, als ihre Freundin Minna mit einem breiten Lächeln auf sie zutrat. Es war Minna gewesen, die Irene einst als Dienstmädchen im Haushalt der Gerbans angeleitet und ihr später mit ihren gesamten Ersparnissen bei der Flucht ausgeholfen hatte. Erst vor wenigen Wochen hatte Franz diese Schuld in doppelter Höhe beglichen.

Nur kurz hatte Irene zwischen Minna und Trude Ludwig geschwankt, ihrer gütigen Vermieterin während der schweren Lambrechter Zeit, wo Irene unter härtesten Bedingungen in einer Tuchfabrik geschuftet hatte. Dann war ihr klargeworden, dass sie Minna noch mehr verdankte als Trude.

Nun drückte die Freundin Irene an ihre volle Brust und küsste sie hernach auf beide Wangen. Dann schob sie Irene mit beiden Armen ein Stück weit von sich fort. »Was für ein wunderschönes Halsband. Wie nennt man diese Edelsteine?«

Irene spürte, dass sie errötete. »Es sind Smaragde. Meine Schwiegermutter hat mir die Kette zur Hochzeit geschenkt. Es ist ein Familienerbstück, das von Generation zu Generation weitergegeben wird. Eigentlich viel zu kostbar für mich.«

»Wäre es dir lieber gewesen, Mathilde hätte es bekommen?«, erwiderte Minna schlagfertig.

Bevor Irene darauf antworten konnte, zupfte Franz sie am Ärmel. »Komm endlich, Liebes! Das Wetter ist leider zu ungemütlich, um unsere Gäste allzu lange vor der Kirchentür warten zu lassen.«

Gemeinsam mit Pfarrer Carl Klein betraten die drei hinter dem Priester die Sakristei. Als die kleine Gruppe sie nach den Unterschriften wieder verließ, hielt der Pfarrer von St. Ulrich Franz noch kurz zurück. »Seien Sie nachsichtig mit Ihrer Tante Ottilie! Heute ist ein besonders schwerer Tag für sie.«

Mit gemischten Gefühlen erinnerte sich Franz daran, dass der Pfarrer in der Kirche von St. Ulrich auch die Totenmesse für seinen in der Schlacht am Geisberg gefallenen Cousin Fritz, den einzigen Sohn von Ottilie und Gregor Gerban, gelesen hatte. Er nickte widerwillig.

Verdient hat Ottilie es nicht. Wenn es damals nach ihr gegangen wäre, hätten mich die Preußen standrechtlich erschossen. Denn Franz, wie seine Mutter Pauline von Geburt her Franzose, war auf der gegnerischen Seite in den Krieg gezogen. Allerdings als Zivilist, worauf die Todesstrafe gestanden hatte.

»Denn niemand von uns ist ohne Schuld.« Der Pfarrer deutete Franz' Gesichtsausdruck richtig.

Als er Irenes Arm nahm und zur Kirchentür ging, spürte Franz zum ersten Mal an diesem Tag wieder den pochenden Schmerz in seinem Beinstumpf.

Mit einem leisen Seufzer blickte Mathilde Frau Burger, der Altenstädter Hausdame, nach, die soeben auf die Straße trat, um mit einer Mietsdroschke vorzeitig zurückzufahren und die letzten Vorbereitungen für das üppige Hochzeitsmahl zu überwachen. Die Feierlichkeiten würden im großen Festsaal des Herrenhauses stattfinden, da das Gutshaus in Schweighofen, in dem Irene und Franz weiterhin wohnen würden, keine vergleichbaren Räumlichkeiten aufwies.

Einen kurzen Moment lang war Mathilde durch ihre Gedanken an all die Köstlichkeiten, die sie dort erwarteten und aus denen sie eine sorgfältige Auswahl treffen wollte, um ihre neu gewonnene schlanke Figur nicht zu gefährden, von den widrigen Wetterverhältnissen abgelenkt.

Soll ich die Hirschpastete probieren oder lieber das Trüffelmousse? Als Hauptgang werde ich wohl oder übel die Forelle nehmen müssen, obwohl ich den Entenbraten oder das Rinderfilet vorziehen würde. Aber vielleicht erlaube ich mir dafür zum Dessert dann zumindest die Biskuitrolle anstatt des langweiligen Fruchtsalats.

In diesem Moment wehte der Aprilwind erneut einen Graupelschauer heran. »Wo bleiben sie denn nur?«, beklagte sich Mathilde und trat ungeduldig von einem Fuß auf den anderen. »Hier zieht es ganz fürchterlich! Wir werden uns noch alle erkälten.«

Sie ignorierte das Stirnrunzeln ihres Verlobten, der auf der anderen Seite der Gasse stand, die die Hochzeitsgäste vor dem Kirchenportal für das Brautpaar frei hielten, um es mit Reis und Blüten zu überschütten.

Ihre Mutter Pauline, die Adressatin der Unzufriedenheit ihrer

Tochter, lächelte mit einer Spur Spott um die Mundwinkel. »Sie werden jeden Moment kommen. Und erinnere dich, ich habe dir heute Morgen empfohlen, etwas Wärmeres mitzunehmen als diese Stola.«

»Ich habe aber keine passende Jacke zu diesem Kleid«, murrte Mathilde.

Pauline verkniff sich die Bemerkung, dass nahezu jede Jacke zu Mathildes Robe aus hellblauem Samt gepasst hätte. Allerdings um den Preis, das Dekolleté zu verbergen, mit dem Mathilde wahrscheinlich ihren Verlobten beeindrucken wollte.

Es wird wirklich Zeit, dass sie unter die Haube kommt, seufzte Pauline innerlich. Die Hochzeit war bereits mehrere Male verschoben worden, unter anderem wegen Wilhelm Gerbans plötzlichem Tod im vergangenen Spätsommer. Obwohl Pauline nicht an Herbert Stockhausens Absichten zweifelte, machten die Verzögerungen Mathilde offensichtlich zunehmend nervös.

»Was schenkst du mir denn zu meiner Hochzeit?«, unterbrach sie jetzt Paulines Gedanken mit dem nörgelnden Unterton, den sie bei solchen Gelegenheiten stets anschlug.

Was für ein verzogenes Weibsbild, schoss es Pauline unwillkürlich durch den Kopf. *Stellt wie eh und je nur Ansprüche. Ohne jede Ahnung von den Entbehrungen dieser Welt.*

Kurz erinnerte sie sich an das traurige Schicksal von Emma Schober, Irenes Freundin in Lambrecht, von dem ihre Schwiegertochter erst kürzlich erzählt hatte.

»Emma darf nicht zur Hochzeit kommen. Ihr Mann hat es ihr verboten«, erklärte sie traurig, nachdem sie Emmas Antwortschreiben auf ihre Einladung gelesen hatte. »Er hat ihr sogar das Geld weggenommen, das ich ihr für die Reise geschickt habe, und es gleich in die nächste Kneipe getragen.«

Nach einem Blick in Mathildes blassblaue Augen, in denen Pauline neben der üblichen Anmaßung auch Unsicherheit zu erkennen glaubte, biss sie jedoch wieder das altvertraute schlechte Gewissen. Obwohl Wilhelm Mathilde nach Strich und Faden verwöhnt hatte, war ihre Tochter vielleicht auch deshalb so unleidlich geworden, weil sie, Pauline, sie immer weniger geliebt hatte als Franz.

Habe ich sie überhaupt jemals wirklich geliebt?, fragte sie sich nun. Schon die Schwangerschaft war beschwerlich gewesen, gar nicht zu reden von der qualvollen Geburt. Pauline schüttelte die unangenehmen Erinnerungen ab und konzentrierte sich auf die Gegenwart.

»Nun«, beantwortete sie die Frage ihrer Tochter schließlich. »Ich dachte an das Diamantcollier, das mir dein Vater zur Hochzeit geschenkt hat.«

Mathildes Züge entspannten sich augenblicklich. »Das freut mich über alle Maßen, Mutter. Ich hätte es dem Smaragdcollier ohnehin vorgezogen. Zumal es das wertvollere Schmuckstück ist.«

Bevor Pauline etwas erwidern konnte, traten Franz und Irene auf den Platz vor der Kirche. Hochrufe erklangen, die Gäste jubelten, Reis prasselte auf die Steinfliesen, blaue, rosa und weiße Blüten landeten auf dem Schleier und der Zylinderkrempe des Brautpaars.

Pauline drängte ihren erneut aufgeflammten Unmut über Mathilde beiseite und trat mit Fränzel an der Hand als Erste vor, um dem Brautpaar zu gratulieren.

»Ich wünsche euch alles erdenklich Gute, meine Kinder. Dass ihr in eurer Ehe glücklich und zufrieden bleibt bis an euer Lebensende.«

Sie ahnte mehr, als dass sie hörte, was Mathilde daraufhin ihrer neben ihr stehenden Tante Ottilie zuflüsterte.

»Ein Dienstmädchen und ein Herrensohn! Ob das wirklich gut geht, wollen wir doch erst einmal abwarten!«

Teil 1

Unrast

Kapitel 1

Weingut bei Schweighofen
Oktober 1877

»Wo ist Fränzel? Habt ihr Fränzel gesehen?«

Die beiden Buben in den einfachen Kitteln und Hosen von Landarbeiterkindern, deren bloße Füße in groben Holzpantinen steckten, schüttelten die Köpfe. Kurz kam es Irene so vor, als mieden die beiden ihren Blick. Aber das mochte auch einfach daran liegen, dass sie schüchtern gegenüber der Gutsherrin waren.

Mit den Zwillingsmädchen Sophia und Klara an beiden Händen überquerte Irene den Hof des Schweighofener Weinguts in Richtung der Wirtschaftsgebäude. Ernsthafte Sorgen machte sie sich nicht um ihren Ältesten. Schon mehr als einmal war Fränzel in den letzten Tagen mit den Leserinnen in die Weinberge gezogen und hatte bei der Traubenernte mitgeholfen.

Allerdings hätte er mir vorher Bescheid geben müssen, dachte sie ärgerlich. *Das hat er mir erst vorgestern versprochen, als er nicht rechtzeitig zum Mittagessen zurück war.*

Sie nahm sich vor, ihrem sechseinhalbjährigen Sohn diesmal ernsthaft ins Gewissen zu reden und ihn mit einem Tag Hausarrest zu bestrafen. Obwohl sie wusste, dass dies Fränzel, der die turbulente Zeit der Traubenlese über alles liebte, hart treffen würde.

In diesem Moment strauchelte die kleine Klara und wäre fast auf den rauen Schotter des Hofs gestürzt, wenn Irene sie nicht instinktiv nach oben gerissen hätte. Da dies jedoch mit einem kräftigen Ruck an ihrem Ärmchen verbunden war, fing die Kleine trotzdem an zu weinen.

»Ach, mein Schatz!« Irene ließ Sophia los, ging in die Hocke und nahm ihr Töchterchen in die Arme. Klara schluchzte noch eine kleine Weile ausgiebig, bis sie sich wieder fasste und von Irene die Nase putzen ließ.

Derweil trat Sophia, ihre um zehn Minuten ältere Zwillingsschwester, ungeduldig von einem Fuß auf den anderen. »Heulsuse, Heulsuse!«, schimpfte sie.

»Pscht!«, rief Irene das Mädchen milde zur Ordnung. »Klara tut der Arm weh, weil ich so stark daran ziehen musste, damit sie nicht hinfällt.«

Aber Sophia blieb unnachsichtig und schüttelte nur trotzig den Kopf.

Wieder einmal wunderte sich Irene über die Verschiedenartigkeit der beiden Mädchen, die erst vor wenigen Tagen ihren dritten Geburtstag gefeiert hatten.

Obwohl sich Irene während ihrer Schwangerschaft über die zunehmende Unförmigkeit ihres Leibes gewundert hatte, war es selbst der Hebamme bis zum Augenblick von Klaras Geburt verborgen geblieben, dass es einen zweiten Säugling gab.

»Das kommt davon, dass Sie keinen Arzt hinzugezogen haben«, erlaubte sich Rosa, die der Hebamme als ehemalige Krankenschwester zur Hand gegangen war, Irene und Franz' Mutter Pauline nach der Geburt zu tadeln. »Es hätte, wer weiß was, passieren können.«

Dass Irene gute Gründe gehabt hatte, sich nicht an Dr. Etienne, den bekannten Weißenburger Arzt für Frauenheilkunde zu wenden, konnte Rosa nicht ahnen. Denn seinerzeit war er es gewesen, der die illegale Abtreibung Fränzels vornehmen wollte, für die Wilhelm Gerban, Irenes Vater, den korrupten Mediziner fürstlich entlohnt hatte. Und eigens einen Arzt aus Landau kommen zu lassen war Irene zu aufwendig erschienen.

»Lassen Sie es gut sein, Rosa!«, beschwichtigte Pauline daher auch ihre ehemalige Wärterin aus der Anstalt in Klingenmünster. Aufgrund ihrer Loyalität in der letzten Zeit ihres Aufenthalts hatte

Pauline Rosa nach ihrer Entlassung als Zofe mit nach Schweighofen genommen. Und auch deshalb, weil die durch Blattern entstellte Frau dort nicht weiter beschäftigt worden wäre. »Alles ist gut gegangen. Und nun helfen Sie dabei, die Kleinen zu baden, damit Irene sie anlegen kann, bevor sie sich erst einmal ausschlafen muss.« Rosa hatte zwar geknurrt, sich dann aber gefügt.

Es schien, als ob die kleinen Mädchen von ihrem ersten Lebensmoment an geradezu gegensätzlich wären. Während Sophia kräftig geschrien und sofort gierig getrunken hatte, gab Klara nur ein leises Wimmern von sich und saugte eher zaghaft an der ihr dargebotenen Brust.

Auch äußerlich glichen sich die beiden von Anfang an nur wenig. Sophia war schon bei der Geburt beträchtlich größer und schwerer gewesen als Klara. Heute mit drei Jahren überragte sie ihre Schwester um fünf Zentimeter, wenn man die vor ein paar Jahren in der bayerischen Pfalz eingeführten Längenmaße zugrunde legte.

Zwar hatten beide dunkle Haare, doch Sophia hatte die Locken ihres Vaters geerbt, dazu Irenes dichten Schopf. Klaras Haare waren dagegen dünn und ließen sich nur schwer zu Zöpfen flechten. Als ob die Natur dafür einen Ausgleich schaffen wollte, waren Klaras Augen von dem gleichen intensiven Saphirblau wie die ihrer Mutter. Sophias Augen hatten zu Irenes Verdruss dagegen die gleiche Bernsteinfarbe wie die ihrer ungeliebten Tante Ottilie.

Charakterlich unterschieden sich die Mädchen noch mehr als äußerlich. Sophia war wie Fränzel eher draufgängerisch veranlagt, obwohl Irene ihren Sohn aus seinen ersten Lebensjahren als meist ruhiges Kind in Erinnerung hatte. *Wahrscheinlich spürte der Kleine damals, wie oft ich am Rand meiner Kräfte war,* dachte Irene oft, wenn sie Fränzels heutigen Tatendrang wieder einmal bändigen musste.

Jedenfalls waren ihre beiden Ältesten aufgeweckt und für ihr Lebensalter ausnehmend altklug. Ab und an sogar vorlaut.

Klara blieb dagegen das kleine zarte Geschöpf, das sie schon am Tag ihrer Geburt gewesen war. Zögerlich, ängstlich und häufig weinerlich. »Als ob Sophia ihr schon im Mutterleib die Energie streitig gemacht hätte«, pflegte Franz zu sagen.

Eine ganz andere Erklärung für die Wesensart der Zwillinge hatte ihre Schwiegermutter Pauline. »Für mich spiegelt sich der Charakter deiner Mutter Sophia in den beiden wider. Das junge Mädchen, das ich vor der Schwangerschaft kannte, strotzte nur so vor Lebensfreude und Energie. Erst als sie aus der Gebäranstalt heimkehrte, war sie oft traurig und ohne jeden Lebensmut.«

Sogar die Namen der Zwillingsmädchen spiegelten diesen Gegensatz wider. Von vorneherein war klar gewesen, dass eine Tochter nach Irenes Mutter Sophia heißen sollte. Als dann das zweite Kindchen dazukam, nannte Irene es spontan Klara. So hatte der Deckname ihrer Mutter in der Gebäranstalt gelautet, wie sie bei einem Besuch im Heidelberger Waisenhaus von Schwester Agnes, der heutigen Leiterin, erfuhr.

Trotz ihrer Unterschiedlichkeit liebten Franz und Irene jedes ihrer Kinder von ganzem Herzen. Fränzel besuchte seit Ostern mit großem Erfolg die Altenstädter Volksschule. »Es wird keine vier Jahre dauern, bis Sie ihn in ein Internat geben können«, prophezeite der Lehrer. »Wenn er weiter so rasch lernt, kann er schon nach drei Schuljahren aufs Gymnasium gehen.«

Irene dachte mit sehr gemischten Gefühlen an diese bevorstehende Zeit der Trennung. Schon jetzt hatte sie nicht einmal in den aufgrund der Weinlese herrschenden Ferien viel von Fränzel. Dauernd war er mit den Landarbeiterkindern unterwegs und interessierte sich für jeden Vorgang auf dem Weingut. Sehr zu Franz' Freude.

Irene spürte dagegen häufig eine gewisse Wehmut. Die Kinder wurden so schnell groß. Zumal wohl auch keine weiteren dazukommen würden, hatte der Landauer Arzt für Frauenheilkunde ihr vor einem Jahr erklärt, als sie ihn deshalb aufsuchte. Nach Zwillingsgeburten sei dies sogar recht häufig der Fall.

Nun zupfte Sophia energisch an ihrem Rock. »Gehen wir jetzt weiter?«, quengelte sie. »Wir wollten doch in die Stallungen.«

Gerade als sich Irene aus der unbequemen Hocke erhoben hatte und die schmerzenden Glieder streckte, sah sie den Verwalter Nikolaus Kerner auf sich zukommen.

»Wissen Sie vielleicht, wo sich Fränzel schon wieder herumtreibt?«, ergriff sie die Gelegenheit beim Schopf.

Kerner schüttelte den Kopf. »Zuletzt habe ich ihn im großen Weinkeller gesehen. Aber das ist mindestens zwei Stunden her.«

Irene spürte ein leichtes Ziehen in der Magengrube. »Also ist er nicht mit der Lesekolonne mitgegangen?«

»Ich glaube nicht. Aber machen Sie sich mal keine Sorgen. Bengel in diesem Alter treiben sich überall herum. Fränzel passiert schon nichts. Aber es ist gut, dass ich Sie gerade antreffe. Ihr Gatte möchte Sie gerne zu unserer Besprechung bitten.«

»Oh nein!«, jammerte Sophia.

»Was ist denn, mein kleines Fräulein?«

Irene seufzte. »Ich hatte den Mädchen versprochen, mit ihnen in die Stallungen zu gehen. Dort soll es neugeborene Kaninchen geben.«

Kerner lächelte. »Das ist wahr, Frau Gerban. Doch ich habe eine Idee«, wandte er sich an Sophia und ging nun seinerseits in die Hocke. »Was hältst du davon, wenn ich Albert, den Stallburschen, bitte, euch die Kaninchen zu zeigen? Dann kann eure Mama an unserem Treffen teilnehmen.«

»Eine wunderbare Idee«, stimmte Irene zu. Auch Sophias Miene hellte sich sofort auf.

»Worum geht es denn?«, fragte sie Kerner wenig später, während sie den Mädchen nachsah, die sich an Alberts Seite zu den Stallungen aufmachten.

»Ihr Gatte hat wohl erst heute Morgen per Telegramm erfahren, dass er nach seiner Reise nach Hamburg gleich noch nach Berlin weiterfahren muss. Dort hat man ihm einen sehr lukrativen Geschäftskontakt zu einem örtlichen Weingroßhändler vermittelt, der sogar den Kaiserhof beliefert. Er wird wahrscheinlich erst zum Lesefest zurückkehren können und wünscht deshalb, dass Sie in seiner Abwesenheit in alles eingeweiht sind, was währenddessen hier zu tun ist.«

Falls sich Nikolaus Kerner darüber ärgerte, dass Franz ihm diesbezüglich nicht genügend zu vertrauen schien, ließ er sich das nicht anmerken.

Aber vielleicht ahnt Kerner ja auch, worum es Franz dabei wirklich geht, sinnierte Irene auf dem Weg ins Kelterhaus, wo die Besprechung stattfinden sollte. *Er merkt, dass ich mich zunehmend unausgefüllt fühle und mich beschäftigen möchte, da Franz so oft auf Reisen ist. Gleichzeitig weiß er, dass ich mich nicht in die betrieblichen Angelegenheiten des Weinguts einmischen will. Das habe ich bei vorangehenden Besprechungen ja schon oft genug deutlich gemacht.*

»Ich brauche natürlich noch einen zweiten Mustersatz mit Probefläschchen. Können Sie das bitte veranlassen, Hager?«

Der Schweighofener Kellermeister nickte. »Das versteht sich von selbst, Herr Gerban. Ich werde die Proben nach unserer Besprechung eigenhändig abfüllen.«

»Gut, denn ich würde gerne den Nachtzug nach Hamburg nehmen. Um ihn in Landau erreichen zu können, muss ich spätestens um vier Uhr nachmittags hier abfahren.« Franz zückte seine Taschenuhr und warf einen ungeduldigen Blick darauf. »Wenn ich den Weißenburger Zug verpasse, erreiche ich auch den Nachtzug in Landau nicht mehr. Wo bleiben sie denn nur?«

»Es ist erst elf Uhr«, beschwichtigte ihn der Kellermeister. »Ich bin sicher, sie werden jeden Moment eintreffen.«

Tatsächlich öffnete Nikolaus Kerner Irene gerade in diesem Moment die Tür zum Kelterhaus. Es war kühl hier drinnen, und Irene zog ihr Umschlagtuch fester um die Schultern. Franz trat auf sie zu und küsste sie flüchtig auf die Wange.

»Ich danke dir, dass du gleich mitgekommen bist. Leider

muss ich früher als gedacht abreisen, nämlich schon heute Nachmittag. Trägst du bitte Sorge dafür, dass meine Sachen rechtzeitig gepackt sind?«

»Natürlich. Ich werde Frau Burger unmittelbar nach meiner Rückkehr ins Gutshaus davon unterrichten.« Die ehemalige Hausdame im Altenstädter Herrenhaus hatte bereits vor zwei Jahren darum gebeten, nach Schweighofen wechseln zu dürfen. Seither leitete sie den dortigen Haushalt mit ihrer bewährt umsichtigen Routine.

Vor dem Gutspersonal verzichtete Irene auf jeden weiteren Kommentar. An ihrer umwölkten Stirn erkannte Franz jedoch, dass sie verstimmt war.

»Es hat sich eine unverhoffte Gelegenheit ergeben«, erläuterte er daher, als er seine Frau zu ihrem Platz auf der groben Holzbank geleitete, auf die Hager einige Kissen gelegt hatte. An dem fast zehn Meter langen Tisch nahm das in Zeiten der Weinlese durch Fremdarbeiter ergänzte Hofgesinde seine Mittagsmahlzeit ein, da die Räume im Gutshaus für die Menge der Helfer zu klein waren. Auch das große Buffet für das Lesefest, das man nach Abschluss der Ernte jährlich feierte, würde in diesem Raum aufgestellt werden.

Es roch durchdringend nach Maische. Längs der Wände standen riesige abgedeckte Holzbütten, in denen die ausgepressten Rotweintrauben lagen. Anders als Weißweine mussten sie mehrere Wochen darin gären, damit der Wein seine dunkelrote Farbe aus den Beerenschalen gewann. Erst danach wurde die Maische gekeltert.

Nachdem Irene Platz genommen hatte, fuhr Franz fort. »Gegen eine geringe Provision, die außerdem nur bei einem Geschäftsabschluss zum Tragen kommt, hat mir Meisel« – Irene war der Name von Franz' Hamburger Geschäftspartner bekannt – »einen Kontakt zu Blauberg und Söhne nach Berlin vermittelt. Das ist einer der bedeutendsten Weinhändler der Hauptstadt. Er beliefert sogar den Kaiserhof.«

Irene nickte. »Das hat mir Kerner bereits mitgeteilt«, unterbrach sie Franz mäßig begeistert.

»Gut, dann kannst du ja ermessen, was diese Chance für uns bedeutet.« Franz bemühte sich, Irenes mangelnden Enthusiasmus zu ignorieren. »Gelingt es mir, auch mit Blauberg ins Geschäft zu kommen, können wir endgültig beruhigt in die Zukunft blicken. Die Krise, die mein Vater selig zu verantworten hat, dürfte dann ein für alle Male überwunden sein.«

Irene nickte wieder. Doch im Gegensatz zu Nikolaus Kerner, dem Verwalter, und Johann Hager, dem Kellermeister, die beide über das ganze Gesicht strahlten, wirkte ihr Lächeln gezwungen.

Franz deutete das Zeichen richtig und bemühte sich, seinen Ärger hinunterzuschlucken. Es war nicht so, dass Irene Franz seinen Erfolg nicht gönnte, zumal sie ja alle davon profitierten. Bereits im Jahr ihrer Hochzeit hatte er begonnen, sich selbst um den Weinhandel zu kümmern, zumal er Kerner und Hager auf dem Weingut vorbehaltlos vertraute. Anders als seinem Onkel Gregor, der die Weingeschäfte nach Wilhelm Gerbans Tod interimsweise geleitet und den Franz mit einer großzügigen Pension endgültig in den Ruhestand geschickt hatte.

Von Anfang an sah sich Franz auf dem Weinmarkt um und verließ schnell die zwar bewährten, aber ausgetretenen Pfade seines Ziehvaters. Jetzt belieferte die Weinhandlung Gerban nur noch die Hälfte ihrer ehemaligen Endkunden, und Ladengeschäfte unterhielt sie nur noch in Weißenburg und Landau.

Stattdessen hatte Franz auch im Deutschen Reich die Methode übernommen, die sein Vater ehemals nur für seine Geschäfte in Europa und Übersee gewählt hatte: Er belieferte sowohl mit seinen Fass- als auch mit den immer noch raren, in Flaschen abgefüllten Weinen Großhändler in allen Bundesstaaten. Nach wie vor gehörten auch die im Elsass stationierten reichsdeutschen Truppen zu seinen Kunden, ebenso wie die bayerische Garnison in Landau.

Der Umsatz des Weinguts hatte sich auf diese Weise bereits in den wenigen Jahren seit Wilhelms Tod verdoppelt. Und auch in anderer Hinsicht hatte sich Franz als kluger Geschäftsmann erwiesen: Anstatt seinen Schuldnern, den Straßburger Cousins und seiner französischen mütterlichen Freundin Marianne Serge die Kredite zurückzuzahlen, die ihm 1873 geholfen hatten, die schlimmsten Folgen der fehlgeschlagenen Immobilienspekulationen seines Ziehvaters zu verhindern, hatte er ihnen eine Gewinnbeteiligung angeboten, wenn sie ihre Gelder weiterhin in seinem Geschäft beließen. Alle Parteien hatten sich darauf eingelassen und würden in diesem Geschäftsjahr erstmals mit einer Rendite rechnen können.

Besonders stolz war Franz darauf, dass er trotz der Unwetterschäden von vor vier Jahren auch die dafür benötigte Menge Wein, insbesondere der Spitzenweine, erzeugen konnte. Hier hatte sich Johann Hagers Idee, sortenreine Spitzenwein-Cuvées aus Schweighofener und dazu gekauften Südpfälzer Trauben herzustellen, als unschlagbar erwiesen. Vor allem der Jahrgang 1873, in dem etliche Weingüter in der Südpfalz schwere Ernteeinbußen durch Unwetter in Kauf hatten nehmen müssen, war wegen der geringen und daher heiß begehrten Menge für die Gerbans zur Goldgrube geworden. Man riss ihnen ihre Riesling- und Spätburgunderweine nahezu aus den Händen. Doch selbst weniger populäre Sorten wie Gewürztraminer, Grau- und Weißburgunder, Silvaner und der rote Portugieser hatten Spitzenpreise am Markt erzielt.

Schon im nachfolgenden Jahr hatte sich Franz zudem entschlossen, die Eisweinproduktion auszubauen. Er kaufte mit dem Gewinn des Jahrgangs 1873 jede Rieslinglage, die er im Umkreis von Schweighofen erstehen konnte, und ging ein Jahr später das ungeheure Risiko ein, deren Trauben bis zum Januar hängen zu lassen. Und wieder war ihm Fortuna hold und belohnte ihn mit einem der strengsten Winter der letzten Jahrzehnte. Durch diesen exquisiten und so seltenen Eiswein waren wiederum die ersten reichsdeutschen Großhändler auf die Weinhandlung Gerban aufmerksam geworden und hatten ihrerseits Referenzen für deren Spitzenweine innerhalb der Branche ausgesprochen.

Doch natürlich gab es auch einen Wermutstropfen, der Franz ab und an die Freude über seinen Erfolg vergällte. Er war jetzt nahezu jeden Monat für mehrere Tage auf Reisen, unterwegs im ganzen Reich und mittlerweile sogar im benachbarten Ausland, unter anderem in Belgien, den Niederlanden und Österreich. Dort besuchte er Weinmessen oder interessierte Großhändler und weitete seine Geschäfte immer mehr aus.

Kam er dann zurück, musste er oft bis spät in die Nacht aufarbeiten, was im Weißenburger Kontor an geschäftlichen Vorgängen liegen geblieben war, und hatte immer weniger Zeit für Irene und seine Familie. Das bedauerte Franz sehr, war jedoch ohne rechte Idee, wie er es ändern könnte. Denn noch waren die Häuser in Altenstadt und Schweighofen mit den Hypotheken belastet, die sein Ziehvater seinerzeit aufgenommen hatte. Franz konnte zwar die vergleichsweise niedrigen Zinsen dafür problemlos aufbringen, wollte aber auch die gesamte Schuld so schnell wie möglich tilgen.

Irene war, wie auch heute, dagegen zunehmend verstimmt wegen seiner häufigen Abwesenheit. Leider zeigte sie darüber hinaus aber auch nicht die geringste Lust, ihn beim Weinhandel zu unterstützen. Im Gegenteil mied sie das Weißenburger Kontor, soweit sie nur konnte. Denn dort hatte Wilhelm Gerban sie seinerzeit mehrere Wochen lang eingesperrt, um sie zur Abtreibung von Fränzel zu zwingen.

Auch im Schweighofener Haushalt fand sich keine rechte Beschäftigung für sie. Denn selbstverständlich hatte Franz' Mutter Pauline die Haushaltsführung während Irenes beschwerlicher Zwillingsschwangerschaft übernommen. Seitdem dann noch Frau Burger vor zwei Jahren dazugestoßen war, bildeten die beiden wieder das perfekt aufeinander eingespielte Duo, das einst auch den Haushalt in Altenstadt während Franz' Kindheit und Jugend geräuschlos und hoch professionell geleitet hatte.

So blieben Irene als eigene Aufgabe nur die drei Kinder. Sie weigerte sich erwartungsgemäß, ein Kindermädchen zu engagieren, und kümmerte sich selbst um die Belange der Kleinen. Aber das füllte sie mittlerweile längst nicht mehr aus, zumal Fränzel häufig auf dem Weingut unterwegs war, wo er mit seinen Schulkameraden unter den Landarbeiterkindern spielte.

Auch Sophia wurde immer selbstständiger und bat Fränzel oft, sie mitzunehmen, wenn er draußen unterwegs war. An anderen Tagen half sie mit ihren kindlichen Kräften im Stall oder in der Küche, wobei sie ohne ihr Wissen zwar allen im Wege stand, man sie aber aufgrund ihres Charmes lächelnd gewähren ließ. Lediglich Klara hing noch immer stark am Rockzipfel ihrer Mutter. Irenes Tatendrang brauchte dringend ein Ventil, das wurde Franz von Tag zu Tag klarer. Deshalb verfolgte er in jüngster Zeit die Idee, wie er sie dazu bewegen könnte, sich mehr um die Belange des Weinguts zu kümmern, und zwar auf Dauer, nicht nur in seiner Abwesenheit.

Wenn sich Hansi Krüger weiterhin so gut entwickelt, könnte ich Kerner in diesem Fall zum lokalen Geschäftsführer der Weinhandlung bestellen. Das gäbe mir die Möglichkeit, unsere Geschäfte noch weiter auszudehnen.

Bislang reagierte Irene jedoch zurückhaltend auf seine Bemühungen, sie mit Angelegenheiten des Weinguts zu betrauen, auch wenn sie alle ihr übertragenen Aufgaben gewissenhaft erfüllte. Nun, sein heutiger Versuch hatte mehr Gewicht als seine früheren. Er wollte Irene während der wichtigsten Zeit des Jahres, der Weinlese, mit in die Verantwortung für ein erfolgreiches Gelingen nehmen. Vielleicht würde ja dadurch der Funke endlich überspringen.

»Also, wir haben große Pläne mit diesem Jahrgang!« Herausfordernd sah Franz in die Runde. »Ich möchte ein weiteres Experiment wagen.«

Johann Hager, mit dem Franz seine Idee bereits erörtert hatte, lächelte. Irene und Kerner wirkten gespannt.

»Bislang wurden nur die Traubensorten für unsere Spitzenweine vor dem Keltern abgebeert. Nun möchte ich den Versuch unternehmen, auch Grauburgunder und Gewürztraminer auf diese Weise zu veredeln.«

Irene ging ein Licht auf. »Ach, deshalb stehen noch einige Mostfässer-Wagen im Schuppen. Ich hatte mich schon gewundert.«

Franz nickte lächelnd. »Ja, ich lasse heute nur die Silvaner- und Weißburgundertrauben gleich vor Ort zu Most verarbeiten. Das übrige Lesegut wird am frühen Nachmittag angeliefert, hier vor Ort abgebeert und gepresst und ein paar Stunden danach gekeltert.«

Das sogenannte Abbeeren, nämlich die Trauben von den Stielen zu lösen, war eine mühsame Arbeit. Sie lohnte sich allerdings, weil dadurch vermieden wurde, dass sich die Bitterstoffe in den Stielen und vor allem in den Blättern und anderen Fremdkörpern im Lesegut in den Most mischen konnten, was dem Geschmack des Weins natürlich sehr förderlich war.

»Ich habe eigens fünf weitere Arbeiterinnen angeworben, die beim Abbeeren helfen werden.« Er lächelte Irene zu. »Auch Fränzel will mithelfen. Ich habe ihm fünf Pfennige Tageslohn versprochen.« Seit einiger Zeit galt auch in Rheinbayern, wie man die Pfalz nannte, und dem Elsass die neue deutsche Währung in Mark und Pfennig, welche Gulden und Kreuzer abgelöst hatte.

»Wo ist Fränzel denn? Hast du ihn irgendwo gesehen?« Irene klang aufgeregt.

Franz runzelte die Stirn und überlegte. »Nach dem Frühstück hat er mir gesagt, dass er beim Fässerreinigen zusehen wollte. Mehr weiß ich nicht.«

»Da war er auch«, bestätigte Kerner. »Ich habe Fränzel heute Morgen im großen Weinkeller gesehen.«

»Ich sehe gleich nach der Besprechung noch mal nach ihm«, beruhigte der Verwalter Irene. »Wenn ihm etwas passiert wäre, wüssten wir es schon längst.«

Franz warf einen weiteren Blick auf seine Taschenuhr. »Lasst mich jetzt bitte fortfahren. Auf herkömmliche Weise werden in diesem Jahr nur noch die Silvaner-, Weißburgunder- und Portugiesertrauben gelesen. Sie werden gleich in den Weinbergen in den Traubenmühlen vorgepresst, der Most in die Fässer gefüllt und hierhertransportiert. Dann werden Maische und Most gekeltert und zum Gären in die großen Holzfässer abgefüllt. Bis auf den Portugieser natürlich. Der muss auf der Maische gären.«

Der Kellermeister Johann Hager hob die Hand. »Darf ich dazu auch einen Vorschlag machen, Herr Gerban?«

Franz wirkte zwar überrascht, stimmte aber zu. »Natürlich, Hager. Bislang haben sich all Ihre Vorschläge bewährt.«

»Was halten Sie denn von einem weiteren Experiment mit den Portugiesertrauben?«

»Was für ein Experiment soll das sein?«

»Nun, eines Tages kam es auf dem Weingut, auf dem ich vor meiner Schweighofener Zeit beschäftigt war, zu einer Panne. Ein ungebildeter Erntehelfer füllte die gepressten Portugiesertrauben schon nach wenigen Stunden in die Kelter, wie er es von den Weißweintrauben gewohnt war. Heraus kam schließlich ein hellroter Most. Der Weingutsbesitzer tobte und wollte den Most wegschütten. Schließlich ließ er ihn wie Tresterwein als Haustrunk verarbeiten.«

Hager machte eine kleine Pause.

»Na und?« Franz schwante plötzlich, worauf Hager hinauswollte. »Nun sagen Sie nicht, das Gebräu hätte auch noch geschmeckt.«

»Doch. Am Ende hatte man einen frischen, leichten roséfarbenen Wein gewonnen«, bestätigte Hager. »Ich mochte ihn gern, und vor allem meine Frau schwärmt noch heute davon.«

»Und nun wollen Sie mir vorschlagen, einen solchen Pannenwein zu produzieren? Mit dem Siegel des bekannten Weinguts Gerban?«

»Es wäre einen Versuch wert. Wir könnten ja zunächst nicht mehr als einen halben Fuder herstellen. Taugt der Wein nicht, haben wir keinen großen Verlust. Schmeckt er jedoch, hätten Sie im nächsten Jahr eine weitere Novität.«

»Und wie soll ich einen solchen Wein anpreisen? Als Experiment oder als Fehler bei der Rotweingärung?« Franz blieb skeptisch.

»Als altes Rezept aus französischen Klöstern. Dort wurde ein solcher Wein wahrscheinlich schon im Mittelalter hergestellt. Ich habe mich sachkundig gemacht.«

Franz begann, freudig zu grinsen. »Dann versuchen wir es wie von Ihnen angeraten. Ich denke, wir nehmen die Portugieserlage bei Schweigen dafür.«

»Die ganze Lage?«, fragte Kerner ungläubig. »Das sind mindestens drei Fuder Wein. Eher mehr.«

Franz nickte. »So machen wir es. Wer nicht wagt, der nicht gewinnt. Aber wir brauchen natürlich neue Fässer dafür. Gibt es noch welche?«

Kerner nickte. »Fünf Fuder-Fässer hätten wir noch in Reserve. Aber danach müssten wir sofort neue bestellen.«

Franz wandte sich an Irene. »Würdest du das übernehmen, mein Liebes? Du könntest mit Hansi Krüger zu Minnas Mann Otto nach Schweigen fahren und dabei auch gleich deine alte Freundin besuchen.«

Zum ersten Mal während der Besprechung wurde Irenes Lächeln herzlich. »Das mache ich natürlich sehr gerne und nehme die Mädchen auf diesen Ausflug mit. Sophia liebt ihre Patentante heiß und innig. Auch Klara ist sehr gern dort.«

Die restlichen Punkte hakte Franz so schnell wie möglich ab, zum einen, da er vor seiner Abfahrt nach Hamburg noch einiges zu erledigen hatte, zum anderen, weil er frustriert bemerkte, dass Irene das Interesse gleich wieder verlor. Immerhin erfuhr er noch, dass die Menge und Qualität der Trauben aus den Weinbergen, die nach dem Unwetter vor vier Jahren neu bepflanzt worden waren, schon überraschend gut ausfiel. Wie auch der Most aller alten Lagen, die bereits gelesen waren, eine gute bis sehr gute Süße aufwies. Johann Hager legte Franz die aktualisierte Tabelle mit den Mostgewichten vor, die er gerade erst am Morgen mit der Oechslewaage selbst ermittelt hatte.

»Bitte besprechen Sie sich alle drei regelmäßig über die Fortschritte und erstatten mir telegrafisch Bericht. Besonders, wenn es unvorhergesehene Probleme geben sollte«, schloss Franz die Diskussion über seine Tagesordnungspunkte schließlich ab. Dabei verzichtete er darauf, Irene explizit mit dieser Berichterstattung zu betrauen, was er ursprünglich vorgehabt hatte.

Nur beim letzten Thema, das er sich dafür eigens aufgespart hatte, richtete er das Wort wieder direkt an seine Frau. »Ich werde erst kurz vor dem Lesefest zurückkehren, meine Liebe. Würdest du dich mit meiner Mutter und Frau Burger um die nötigen Vorbereitungen kümmern?«

»Selbstverständlich«, stimmte Irene zu, diesmal ohne ein Lächeln. »Sofern die beiden mir noch etwas zu tun übrig lassen.«

Keinem der Männer am Tisch entging der bittere Unterton in ihrer Stimme.

Mit Johann Hager an ihrer Seite eilte Irene wenig später besorgt über den Hof des Weinguts. Sie hatte sich zunächst kurz davon überzeugt, dass der Stallbursche die Zwillinge längst zurück in Paulines Obhut gebracht hatte. Dabei erfuhr sie auch, dass es von Fränzel immer noch keine Spur gab. Ihre Unruhe stieg, als die ersten Leserinnen zum Abbeeren der geernteten Trauben zum Gut zurückkehrten und nochmals bestätigten, dass Fränzel heute nicht mit in die Weinberge gefahren war.

»Wo kann er nur sein? Vielleicht ist er gestürzt und hat sich verletzt!«

»Das müsste ja dann im großen Weinkeller geschehen sein und wäre sofort bemerkt worden. Schließlich wurden die Fässer heute Morgen gereinigt«, entgegnete Hager. »Aber ich begleite Sie jetzt selbstverständlich dorthin, um einmal nach dem Rechten zu schauen«, kam er Irenes Bitte zuvor.

Auf der glitschigen, nur von ein paar Petroleumlampen beleuchteten Treppe, die in den unterirdisch liegenden, größten Weinkeller des Gutes führte, reichte er Irene hilfreich die Hand. Nur langsam gewöhnten sich ihre Augen an die Dunkelheit.

Im vorderen Teil des Kellers herrschte lebhaftes Treiben, das Irene nicht gleich einordnen konnte. Vor zwei der riesigen Fässer standen halbwüchsige Burschen, fast noch Kinder, und reichten immer wieder etwas in deren Inneres hinein. Beim Näherkommen erkannte Irene, dass es Schwämme und ausgewrungene Tücher waren.

»Was geschieht denn da?«, fragte sie den Kellermeister.

»Die Fässer müssen von innen gereinigt werden, bevor wir sie mit dem frischen Most füllen können.«

»Von innen? Wie geht das denn vonstatten?«

Hager winkte sie näher an das erste Fass heran, das gerade bearbeitet wurde. »Da drinnen befindet sich ein Knabe, der durch diese enge Öffnung dort geschlüpft ist, und macht sauber. Ein erwachsener Mann würde gar nicht hineinpassen.« Tatsächlich erschien in diesem Moment der blonde Schopf von einem der beiden Jungen, die Irene am Morgen nach Fränzel gefragt hatte, vor dem Loch, das durch einige herausgenommene Fassdauben entstanden war.

»Kinder?«, fragte sie ungläubig. »Wir beschäftigen auf unserem Weingut Kinder mit solchen Arbeiten?« Sie ärgerte sich über sich selbst, weil ihr das bislang offensichtlich entgangen war.

Hager sah Irene überrascht an. »Kinder helfen seit jeher bei der Lese mit, Frau Gerban. Das ist überall in der Pfalz so. Dafür gibt es ja eigens Schulferien.«

»Ja, das weiß ich«, fiel ihm Irene ins Wort. »Aber ich dachte, Kinderarbeit wäre auf die Weinlese beschränkt.«

»Wir beschäftigen in dieser Zeit auch einige ältere Knaben mit der Fassreinigung«, fuhr Hager unbeirrt fort. »Auch das ist Sitte und Brauch seit alters her.«

Irene ließ das auf sich wirken. Es erinnerte sie unangenehm an ihre Fabrikzeit, wo Kinder unter anderem dazu herangezogen worden waren, das Innere der Heizöfen, mit denen die Dampfmaschinen angetrieben wurden, zu reinigen.

»Aber ich hoffe, die Kinder werden bei allen Tätigkeiten nicht über Gebühr beansprucht«, wandte sie ein.

»Das versteht sich von selbst«, antwortete Hager. »Jedes Kind hilft nur gemäß seinen Fähigkeiten mit. Die kleinsten heben bei der Ernte zu Boden gefallene Trauben auf oder helfen beim Abbeeren. Die größeren lesen mit. Die Fässer-Reinigung ist bei den Knaben sogar die beliebteste Tätigkeit. Und auch die lukrativste. Ihr Gatte zahlt zehn Pfennig pro sauberes Fass.«

Bevor Irene etwas erwidern konnte, war der blonde Knabe aus seinem Fass geklettert. »Heda, Konrad! Komm einmal her!«, rief Hager ihn an.

Der Junge näherte sich zögernd. Seine Miene wirkte im Schein der Lampen wie das personifizierte schlechte Gewissen. »Weißt du, wo Fränzel sein könnte?«

Der Junge wies in Richtung der langen Fassreihe, die sich im Dunkel des hinteren Weinkellers verlor. »Da habe ich ihn heute Früh zuletzt gesehen.« Seine Stimme klang piepsig.

Auch Hager wurde nun misstrauisch und fasste den Bengel am Ohr. »Wo genau war das? Zeig es uns!«

Irene hatte schon eine der am Boden vor dem Fass stehenden Lampen ergriffen und eilte voraus. Plötzlich hörte sie aus der Ferne ein leises Klopfen. Als sie näher kam, konnte sie Fränzel nirgends erblicken; das Klopfen wurde jedoch immer lauter, und schließlich vernahm sie auch ein leises Schluchzen. Es schien aus dem Inneren eines der großen Fässer zu kommen.

»Verdammt!«, fluchte Hager entgegen seiner sonstigen Höflichkeit in Gegenwart von Damen. Dann schüttelte er den Jungen, den er am Arm hinter sich hergezerrt hatte. »Habt ihr Fränzel etwa da eingesperrt?« Das Kind nickte furchtsam.

»Bleib hier stehen und rühre dich nicht von der Stelle!«, befahl Hager, kniete sich bereits vor das Fass und löste einige Dauben im unteren Bereich. Wenig später schloss Irene ihren zitternden und schluchzenden Sohn in die Arme.

»Was ist denn passiert, mein Schatz?«, fragte sie sanft, als sich Fränzel wieder ein wenig beruhigt hatte.

Ihr Sohn zog die Nase hoch. »Ich wollte auch einmal wissen, wie es in so einem Fass aussieht. Da haben Konrad, Martin und noch ein paar andere mich hier reingelassen, aber danach das Loch wieder zugemacht.«

Hager schoss zu Konrad herum und gab ihm eine schallende Ohrfeige. »Ja, seid ihr denn völlig verrückt geworden? Fränzel hätte da drin ersticken können!«, brüllte er.

»Es war Martins Idee«, jammerte der Junge und hielt sich die Wange, auf der sich alle fünf Finger von Hagers Hand abzeichneten. »Wir wollten den Fränzel spätestens nach dem Mittagessen wieder rauslassen.«

Hager hob erneut die Hand, aber Irene, die sich inzwischen wieder aufgerichtet hatte, fiel ihm in den Arm. Dann beugte sie sich zu Konrad hinunter.

»Warum habt ihr Fränzel denn eingesperrt?«

Erst jetzt fing Konrad an zu weinen. Dicke Tränen rollten ihm übers Gesicht. »Der Martin hat sich darüber geärgert, dass der Fränzel mit seinem Lohn geprahlt hat. Er hat behauptet, er kriegt fünf Pfennig pro Tag, wenn er beim Abbeeren hilft. Damit kann er dann machen, was er will, hat er gesagt. Sich Spielsachen oder Naschereien kaufen. Wir kriegen aber gar nichts für unsere Arbeit, weil die Eltern unseren Lohn behalten. Dabei ist der Fränzel doch sowieso reich, und wir haben nichts.«

Trotz ihrer Empörung über den Streich, den die Buben Fränzel gespielt hatten, war Irene betroffen. Auch wenn die Landarbeiter auf dem Weingut Gerban dank Franz' Initiative über bessere Wohnungen und einen höheren Lohn verfügten als auf anderen Gütern, waren die Familien immer noch bitterarm. Zumal wenn sie kinderreich waren.

Plötzlich kam ihr eine Idee. »Ich möchte, dass alle Kinder, die heute bei der Lese und auf dem Gut mitgeholfen haben, heute um sechs Uhr abends ins Kelterhaus kommen.«

Auf dem Rückweg zum Gutshaus überschlug sie im Geiste ihre Vorräte. Zumindest für heute dürften sie reichen. Franz hatte ihr genug von seinen zahlreichen Reisen mitgebracht.

»Ich möchte mich bei allen entschuldigen, die ich heute Morgen mit meiner Angeberei gekränkt habe. Das wird nicht wieder vorkommen.«

Gerührt betrachtete Irene ihren bald siebenjährigen Sohn, der sich nach einem langen Gespräch mit ihr dazu bereit erklärt hatte, diese kleine Ansprache zu halten.

Dann trat sie selbst vor die Kinderschar. Sie bestand aus ungefähr zwanzig Jungen und Mädchen in abgetragenen, vielfach geflickten Kitteln oder Schürzen und Holzpantinen. Die jüngsten mochten kaum so alt sein wie Fränzel, die ältesten ungefähr elf oder zwölf Jahre alt wie Martin, der Rädelsführer des Streichs, den man ihrem Sohn gespielt hatte. Er wippte nervös mit den Füßen auf und ab.

»Trotzdem finde ich es nicht gut, dass einige von euch Fränzel in ein Fass gesperrt haben, in dem wir ihn erst nach Stunden fanden. Er selbst und auch ich als seine Mutter haben große Ängste ausgestanden. Ich erwarte daher auch von den Verantwortlichen eine Entschuldigung.«

Sie blickte Martin auffordernd an, der zögernd nach vorn trat, gefolgt von Konrad und drei weiteren Knaben. »Es tut mir leid.« Martin klang ehrlich zerknirscht. »Wir wussten nicht, dass man in einem Fass irgendwann keine Luft mehr bekommt.« Er sah Fränzel an und verbeugte sich. »Ich bitte dich um Entschuldigung.«

Fränzel nickte und suchte Irenes Blick. »Nimmst du Martins Entschuldigung an?« Fränzel nickte ein weiteres Mal. »Dann reich ihm die Hand!«

Als sich auch die weiteren Knaben für ihren Streich entschuldigt und Fränzel jedem die Hand gegeben hatte, griff Irene hinter sich in einen Henkelkorb.

»Ich weiß, dass ihr alle kein Geld für eure Mithilfe bei der Lese bekommt, weil eure Eltern den Lohn brauchen, um Essen und Kleidung für euch zu bezahlen. Deshalb dürft ihr euch jetzt jeden Abend nach der Arbeit hier einfinden, um euch eine Süßigkeit abzuholen. Heute habe ich Schokolade für euch. Für jedes Kind gibt es einen Riegel.«

Strahlend traten die Kinder vor, um die ungewohnte Leckerei in Empfang zu nehmen. »Ich habe noch nie Schokolade gegessen«, piepste ein kleines Mädchen mit blonden Zöpfen. Es stellte sich schnell heraus, dass sie nicht die Einzige war.

»So lasst euch die Süßigkeit schmecken. Mit herausnehmen dürft ihr sie nicht. Ihr müsst sie hier essen«, hielt Irene einen Jungen zurück, der sich bereits zur Tür wenden wollte.

Diesen Rat hatte ihr Nikolaus Kerner erteilt, als sie ihn in ihren Plan einweihte. »Wenn Sie den Kindern wirklich etwas Gutes tun wollen, sollten sie ihr Geschenk gleich an Ort und Stelle verzehren. Wer weiß, ob es ihnen nicht sonst jemand wegnimmt. Für einen Riegel Schokolade dürfte es in so mancher Gastwirtschaft ein Bier geben.«

Das hatte Irene eingeleuchtet. Nun beobachtete sie gerührt, wie die Kinder verzückt an ihren Riegeln lutschten. Manche hatten dabei sogar die Augen geschlossen. Erst als sie sich auch noch den letzten Rest von den kleinen Fingern geschleckt hatten, gab Irene das Zeichen zum Aufbruch.

»Bis morgen Abend also, meine Lieben. Ich werde die Köchin bitten, Sahnebonbons zu machen. Oder Krapfen zu backen. Das weiß ich noch nicht.«

Jubelnd strömten die Kinder hinaus in die Abenddämmerung.

Minnas Haus in Schweigen
Oktober 1877, einige Tage später

»Also, ihr beiden! Wollt ihr jetzt nicht einmal schauen, was in der Werkstatt so alles vor sich geht? Mein Sohn Otto wird euch alles zeigen. Eure Mutter und ich würden gern ein paar Worte in Ruhe miteinander sprechen.«

»Au ja, Tante Minna!«, rief Sophia und wischte sich die letzten Krümel ihres Butterkuchens vom Mund. Klara dagegen, die auf Irenes Schoß saß, kuschelte sich noch enger an ihre Mutter.

Sophia betrachtete das mit einem Anflug von Eifersucht. »Darf ich denn so lange, bis Otto kommt, auf deinem Schoß sitzen, Tante Minna?« Ihr Wunsch war verständlich, denn Minna war ihre Patentante.

Die wehrte jedoch ab. »Heute nicht, mein Kleines. Ich bin immer noch etwas verkühlt und möchte dich nicht anstecken.« Sie hüstelte.

Sophia zog einen Schmollmund und wandte sich an Irene. »Darf ich dann auch mal auf deinen Schoß?«

In diesem Moment kam Otto junior, Minnas ältester Stiefsohn, in die Küche. Er war mittlerweile vierzehn Jahre alt und Lehrling in der Küferwerkstatt seines Vaters. Während er sich rasch ein Stück Butterkuchen griff, fragte Irene: »Was möchtest du den Mädchen denn in der Werkstatt zeigen? Sicher stehen sie dort überall im Weg herum.«

Otto schüttelte den Kopf und schluckte sein Kuchenstück hinunter, bevor er antwortete. »Keine Sorge, Frau Gerban. Ich passe schon gut auf die beiden auf. Erst zeige ich ihnen, wo die großen Fässer gemacht werden. Dann nehme ich sie in die Lehrwerkstatt mit. Mein Vater hat mir aufgetragen, ein Branntweinfässchen herzustellen, an dem ich schon einmal üben kann, richtig mit den Dauben umzugehen. Ich zeige den Mädchen erst, wie man sie einsteckt und mit einem eisernen Reifen zusammenhält. Danach können sie mir beim Bemalen des Fässchens helfen. Und wenn dann noch Zeit ist, besuchen wir die Lämmchen im Stall.«

»Au ja!«, rief Sophia wieder, während sich Klara nach wie vor eng an Irene kuschelte. Die ergriff ihr Töchterchen sanft und stellte es auf den blank gescheuerten Fliesenboden. »Also geht jetzt mit Otto und lasst uns eine Weile allein.«

Als die drei die Küche verlassen hatten, betrachtete sie Minna, die bereits wieder hüstelte, besorgt. »Das ist aber ein hartnäckiger Katarrh. Den schleppst du ja schon seit dem Sommer mit dir herum. Geht es dir wirklich gut?«

»Mit mir steht alles zum Besten«, wehrte Minna ab.

»Aber mich dünkt, du bist auch schmaler geworden.«

»Es geht mir gut«, betonte Minna jetzt nachdrücklich. »Dass ich ein wenig schlanker geworden bin, ist nur von Nutzen. So muss ich meine Winterkleider nicht weiter machen. Sag mir lieber, wie es dir geht!«

Irene zuckte mit den Achseln. »Mir geht es wie immer. Franz ist schon wieder auf Reisen, diesmal sogar in Berlin. Wenn seine Geschäfte dort erfolgreich sind, wird unser Wein wohl demnächst an der kaiserlichen Tafel serviert werden.«

»Das ist ja fantastisch!«, rief Minna, was Irene daran gemahnte, dass sie selbst bislang recht wenig Begeisterung für diese Chance, die sich der Weinfirma Gerban bot, gezeigt hatte.

»Aber dich freut das nicht«, konstatierte Minna nüchtern nach einem Blick in Irenes Gesicht, bevor sie wieder zu hüsteln begann.

Irene seufzte. »Ich gönne Franz seinen Erfolg und bin auch sehr stolz auf ihn. Aber er fehlt mir so sehr. Ich fühle mich einsam und unausgefüllt, wenn er nicht da ist.«

»Du hast doch die Kinder«, wunderte sich Minna.

»Natürlich! Sie sind mein ganzer Stolz. Aber obwohl ich immer noch alle Kleidchen der Zwillinge nähe, beschäftigt mich das nicht den ganzen Tag. Die Mädchen halten außerdem noch ihren Mittagsschlaf und wollen ab und zu auch zu ihrer Oma Pauline. Fränzel ist ohnehin den ganzen Tag auf dem Gut unterwegs. Kaum dass er pünktlich zu den Mahlzeiten kommt. Ich spiele zwar viel mit den Mädchen und lese ihnen vor, aber …« Sie stockte.

»Aber das reicht dir nicht!«, vollendete Minna Irenes Satz.

Die nickte.

»Jetzt hast du doch endlich einmal Zeit für dich! Du musst nicht mehr von frühmorgens bis spät in die Nacht als Textilarbeiterin schuften und kannst tun, was dir beliebt.«

Irene blieb stumm.

»Du könntest zum Beispiel endlich all die Bücher lesen, wie du es dir früher gewünscht hast. Bis du die Altenstädter Bibliothek durchhast, dürften noch Jahre vergehen.«

»Da hast du recht, Minna. Doch seit Frau Burger bei uns tätig ist, fahre ich nicht mehr gerne dorthin. Frau Burger hat mir früher die Bücher stets bereitgelegt, um die ich bei meinem vorigen Besuch gebeten hatte. Ottilie und Gregor bin ich deshalb so gut wie nie begegnet. Das ist heute anders.«

»Und die siehst du nicht so gern. Verstehe ich gut. Nach allem, was sie deiner Mutter angetan haben.«

»Das ist die eine Seite, Minna. Die andere ist, dass sie ja nicht einmal ahnen, dass ich ihre leibliche Nichte bin. Sie halten mich nach wie vor für ein emporgekommenes Dienstmädchen. Und lassen mich das mehr als deutlich spüren.«

»Außerdem habe ich niemanden, mit dem ich über die Bücher sprechen kann, wenn Franz nicht da ist«, fügte sie hinzu.

»Was ist mit deiner Schwiegermutter Pauline?«

»Pauline ist eine herzensgute Frau. Kurz nach meiner Ankunft hatten wir viele, sehr innige Gespräche miteinander. Aber mittlerweile ist die Vergangenheit kein fesselndes Thema mehr. Und so belesen, wie ich einmal dachte, ist Pauline nicht. Sie hat andere Interessen als ich.«

»Und die wären?«, hakte Minna nach.

»Nun, sie spielt viel Klavier und macht Besuche bei ihren alten Bekannten. Wenn nichts im Haushalt zu regeln ist, verbringt sie mehrere Stunden des Tages mit Sticken. Sie ist eben eine wahre Vertreterin ihrer Gesellschaftsschicht und hat nie ein anderes Leben geführt.«

»Im Gegensatz zu dir«, konstatierte Minna.

Irene nickte bedrückt.

»Also gilt für dich wohl das alte Sprichwort: ›Bedenke, was du dir wünschst, denn es könnte dir gewährt werden‹«, sagte die Freundin mit leiser Ironie.

»Ich wollte nie eine feine Dame sein«, begehrte Irene auf. »Ich wollte mit Franz zusammen sein, sonst nichts!«

»Nun, das eine geht wohl nicht ohne das andere.« Minna überlegte. »Aber falls du dich nicht davor scheust zu arbeiten, warum engagierst du dich dann nicht mehr auf dem Weingut?«

»Franz hätte das gerne«, räumte Irene ein. »Aber von diesem Geschäft verstehe ich nichts. Nikolaus Kerner und Johann Hager sind absolute Experten auf ihrem Gebiet. Ich könnte ihnen selbst in zwanzig Jahren nicht das Wasser reichen. Abgesehen davon, dass es sie sicherlich in ihrem Stolz kränken würde, wenn ich ihnen in ihre Arbeit hineinpfusche.«

Sie redete sich in Rage. »Du siehst doch, dass selbst heute Hansi Krüger mit hierhergekommen ist, um das Geschäft mit deinem Mann abzuwickeln. Und in der Tat wüsste ich nicht, was ein brauchbares Fass von einem weniger brauchbaren unterscheidet. Es ist Franz' schlechtes Gewissen, das ihn diese Vorschläge machen lässt. Er will mich beschäftigen.«

»Damit meint er es doch nur gut«, wandte Minna ein.

Irene lächelte bitter.

»Warum begleitest du Franz nicht auf einigen Reisen? Vor

allem an solch interessante Orte wie Berlin?«, kam Minna eine neue Idee.

»Daran habe ich auch schon gedacht, zumal die Mädchen jetzt groß genug sind, um einmal für ein paar Tage in der Obhut Paulines zu bleiben. Aber das findet Franz nicht gut. Er argumentiert, dass er von den Sehenswürdigkeiten der Orte, die er besucht, gar nichts sieht, sondern den ganzen Tag mit seinen Geschäften befasst ist. Auch am Abend. Bei den Geschäftsessen mit seinen Partnern macht er sogar die erfolgreichsten Abschlüsse.«

»Und allein kannst du als seine Gattin natürlich nichts unternehmen. Das schickt sich nicht für die Frau eines wohlhabenden Weinhändlers und Großgrundbesitzers.« Nun klang Minna etwas sarkastisch.

Irene nickte. »Ich müsste Rosa mitnehmen, mit der ich nie richtig warm geworden bin. Außerdem würde die dann wiederum Pauline in Schweighofen fehlen.«

»Mein Gott, ist das alles kompliziert!« Minna hüstelte wieder und nahm einen Schluck von ihrem mittlerweile kalt gewordenen Tee. »Soll ich uns einen neuen aufbrühen?«, bot sie an.

Irene lehnte ab. »Danke, ich habe genug. Ich muss ohnehin um sechs Uhr wieder zurück in Schweighofen sein.«

»Aha!« Minna merkte auf. »Heute gibt es also doch etwas für dich zu tun? Außer die Kinder ins Bett zu bringen, meine ich damit natürlich.«

Irene erzählte Minna von ihren allabendlichen Schenkungen an die Landarbeiterkinder. Die Freundin beobachtete sie fasziniert.

»Das ist tatsächlich das erste Mal, dass du heute strahlst, Irene«, freute sie sich. »Wenn es um das Wohl der Landarbeiterkinder geht.« Wieder hüstelte sie.

Irene musterte Minna scharf. »Ich glaube, du hustest heute sogar noch mehr als bei meinem letzten Besuch.«

»Ach was. Das bildest du dir ein«, wehrte Minna ab. Dann wechselte sie rasch das Thema.

»Wie geht es denn Emma? Hast du in letzter Zeit etwas von ihr gehört?« Irene hatte Minna natürlich vom traurigen Schicksal ihrer Lambrechter Freundin berichtet. Nun seufzte sie.

»Leider geht es ihr gar nicht gut. Georg hat seine Arbeit verloren. Darauf mussten sie auch die Wohnung räumen. Emma ist vorerst mit den Mädchen wieder zu Trude Ludwig gezogen. Sonst lägen sie jetzt alle auf der Straße. Sie selbst ist mittlerweile durch die Entbehrungen der letzten Jahre zu schwach, um in der Fabrik zu arbeiten. Selbst in der Stillstube kam sie am Ende nicht mehr zurecht.« Minna schnaubte, was sie mit einem erneuten, diesmal heftigen Hustenanfall bezahlte.

»Warum holst du Emma und ihre Töchter denn nicht zu dir nach Schweighofen?«, japste sie, als sie wieder zu Atem kam.

»Georg hat es verboten«, erwiderte Irene kurz. »Er hat wieder damit gedroht, ihr die Kinder wegzunehmen. Ich war eigens in Weißenburg bei Monsieur Payet, unserem Rechtsbeistand, um mich zu erkundigen, ob Georg das überhaupt möglich wäre. Leider hat Payet es mir bestätigt. Georg kann Emma schlagen und die Mädchen aufgrund seiner Trunksucht dem erbärmlichsten Mangel aussetzen, als Familienoberhaupt behält er trotzdem das Sagen. Wenn er will und darüber einen richterlichen Beschluss erwirkt, könnte er die Mädchen sogar an Emma vorbei zur Adoption freigeben.«

»Das ist ja furchtbar!«

»In der Tat«, bestätigte Irene. »Also schicke ich Emma regelmäßig Geld. Zum einen, damit sie Trude davon einen Beitrag für ihren Lebensunterhalt geben kann, aber vor allem, damit sie Georg damit zum Saufen schickt. Wir hoffen, dass er sie im Gegenzug zumindest in Ruhe dort wohnen lässt.«

Die beiden Frauen schwiegen eine Weile erschüttert.

»Aber eine Lösung auf Dauer ist das doch nicht«, sagte Minna schließlich leise.

»Natürlich nicht!« Irene geriet wieder in Rage. »Aber was sollen wir anderes tun in einem Land, dessen Gesetze Männern solch eine Allmacht über ihre Ehefrauen verleihen. Wo Arbeiterinnen nur ein Drittel dessen verdienen, was ein Mann für die gleiche Arbeit und Stundenzahl bekommt. Wo Kinder noch immer illegal beschäftigt werden, weil ihre Eltern nicht wissen, wovon sie sie sonst ernähren sollen. Weil …«

Minna hob lächelnd die Hand und stoppte Irenes leidenschaftlichen Redefluss.

»Jetzt weiß ich, worin deine wahre Bestimmung liegt und was die richtige Aufgabe für dich sein könnte, die dich ganz und gar ausfüllt. Ich weiß nur noch nicht, wie du sie in die Tat umsetzen kannst.«

Kapitel 2

Berlin
die letzte Woche im Oktober 1877

»Sehr fruchtig, sehr süffig, Ihr Spätburgunder. In der Tat! Ganz wunderbar.«

Franz' Gegenüber roch noch einmal an dem Rotwein, nahm einen weiteren Schluck aus dem Kelch und rollte den Wein eine Weile im Mund hin und her. Dann spuckte er ihn in den irdenen Krug, der auf dem Tisch der Probierstube von Blauberg und Söhne, Berlins bekanntester Weinhandlung, stand.

»Das freut mich sehr, Herr Blauberg. Darf ich fragen, wie Ihnen der Rotwein mundet?«, wandte sich Franz dann an den zweiten Mann am polierten Holztisch. Es war Hermann Gehl, der stellvertretende Geschäftsführer.

Arnold Blauberg, der korpulente, untersetzte Inhaber der Firma, war der einzige verbliebene Angehörige der alteingesessenen Weinhändlerfamilie. Seine beiden jüngeren Brüder waren im Deutsch-Französischen Krieg gefallen. Soweit Franz unterrichtet war, gab es auch keine Söhne, die das Geschäft in die vierte Generation im Familienbesitz hätten führen können. Blauberg war seit Langem verwitwet. Gerüchte besagten, dass der Mittvierziger mit den graumelierten Haaren und der von feinen roten Äderchen durchzogenen, knollenförmigen Nase sich nicht viel aus Frauen machte.

Geschwätz, auf das Franz nicht viel gab. Immerhin war der Ruf der Weinhandlung tadellos genug, um den Kaiserhof beliefern zu dürfen. Und nur darauf kam es Franz an, alles andere betrachtete er als die Privatangelegenheit des Weinhändlers.

Hermann Gehl, dem man nachsagte, dass er demnächst zum Kompagnon Blaubergs aufsteigen würde, spuckte seinen Rotwein ebenfalls in den Krug. »Hervorragend, Herr Gerban. Wirklich ganz hervorragend. Allerdings …« Er stockte.

Franz' Herz begann, schneller zu schlagen. »Allerdings keine echte Sensation. Wir haben bereits eine vergleichbare Spitzenlage aus Deidesheim in unserem Programm. Sie verstehen …« Er stockte wieder und sah Blauberg an.

Der schürzte seine vollen Lippen unter dem gepflegten Schnurrbart. Seine Koteletten reichten wie bei Kaiser Wilhelm bis auf den Hemdkragen hinab.

»Natürlich dürfen wir uns mit unseren Weinen keine Konkurrenz im eigenen Programm machen«, stimmte Blauberg seinem Partner zu. »Wir brauchen Alternativen zu den Weinen, die wir bereits in unserem erlesenen Kundenkreis vertreiben, keine austauschbaren Produkte. Und wie mein geschätzter Gehl schon sagte, Ihr Rotwein ist zwar noch eine Spur samtiger und fruchtiger als der Deidesheimer«, er hob das Glas ins Licht der Deckenlampe, »und, wie mich dünkt, auch von leuchtenderer Farbe. Aber ob unsere Kunden das wirklich merken und zu schätzen wissen? Die meisten halten sich zwar für Weinkenner, aber …« Blauberg lächelte süffisant und ließ den Rest des Satzes unvollendet.

»Zumal ein Dutzend Flaschen des Deidesheimers etliche Mark preiswerter im Einkauf sind«, fiel Gehl ein.

Aha! Daher weht der Wind also. Franz war gleichermaßen amüsiert wie beruhigt. *Sie wollen mit mir feilschen.* Er kannte selbstverständlich den Spätburgunder des Deidesheimer Konkurrenten und wusste um dessen Qualität, sehr wohl jedoch auch um die kleinen, aber feinen Unterschiede zugunsten des eigenen Erzeugnisses.

»Aber der Riesling und der Gewürztraminer sind unstrittig eine Bereicherung Ihres Sortiments?«, hakte er nach, bevor er seinen letzten Trumpf ausspielte.

Blauberg lächelte. »Für das Gros unserer Kunden sicherlich. Aber für den Hof…?«

»Da braucht es ganz besondere Weine«, fiel Gehl erneut ein.

»Nun, da hätte ich Ihnen vielleicht noch etwas ganz Besonderes anzubieten.« Franz öffnete ein weiteres Fach seines gepolsterten Musterkoffers und zog eins der darin enthaltenen Probefläschchen hervor. Ihm entging dabei nicht, dass die Augen seiner Geschäftspartner zu leuchten begannen.

Blauberg schlug sich etwas zu theatralisch mit der Hand an die Stirn. »Ach ja! Ich vergaß fast vollständig…« Langsam gingen Franz die unvollständigen Sätze seines Gegenübers auf die Nerven.

»Unseren Eiswein«, kam er Gehl zuvor, der schon den Mund geöffnet hatte. »Bevor Sie diese exklusive Spezialität kosten, stelle ich jedoch eine Bedingung.«

Die Herren betrachteten Franz mit großen Augen.

»Spülen Sie Ihren Mund mit Wasser aus, und essen Sie am besten noch ein paar Stücke Brot! Ich möchte nicht, dass sich der herbe Geschmack des Spätburgunders mit diesem überaus lieblichen Wein beißt.«

Die beiden zögerten kurz, leisteten dann aber Franz' Aufforderung Folge. Währenddessen leerte der den goldgelben Inhalt des Probefläschchens in drei kleine Dessertweingläser. Sofort begann sich, ein wunderbarer Duft am Tisch zu verbreiten.

Blauberg schnupperte. »Der riecht ja köstlich«, entfuhr es ihm.

Franz lächelte in sich hinein und erwiderte nichts darauf. Stattdessen erhob er sein Glas und wartete, bis die Herren einen weiteren Schluck Wasser getrunken hatten.

»Auf Ihr ganz besonderes Wohl«, stieß er dann mit ihnen an.

Amüsiert beobachtete er, wie sich Blaubergs Nasenlöcher weiteten, während er an seinem Glas Eiswein roch und sodann fast zaghaft daran nippte. Unwillkürlich verzog sich sein fleischiges Gesicht vor Entzücken. Er rollte den Wein im Mund und schluckte ihn dann zu Franz' Erstaunen sogar hinunter, um gleich darauf den nächsten größeren Schluck zu nehmen.

»So muss der Wein der Götter im Olymp geschmeckt haben«, schwärmte er, jetzt gänzlich ohne die Maske des professionellen Weinhändlers. »Wie nannte man dieses Getränk doch gleich?«

»Nektar«, erinnerte sich Franz dankbar an eine Stunde des ehemals so langweiligen Altgriechischunterrichts im Straßburger Lyzeum und fügte überflüssigerweise hinzu: »Ambrosia nennt man die dazugehörige Speise der Götter.«

Obwohl Gehl Blauberg missbilligend musterte, entging Franz nicht, dass auch er seinen Wein hinunterschluckte, anstatt ihn auszuspucken.

»Sie haben nachgesüßt«, unterstellte er Franz.

Obwohl das Nachsüßen der Weine nicht verboten war und auch auf dem Weingut Gerban in Maßen eingesetzt wurde, wenn auch nicht bei den Spitzenweinen, schüttelte Franz mit leichtem Ärger den Kopf.

»Das habe ich natürlich nicht, Herr Gehl. Das ist unser ganz besonderer Eisweinjahrgang von 1875. Da fror es nahezu ununterbrochen von November bis Januar.« Nicht zum ersten Mal beglückwünschte sich Franz dazu, das ungeheure Risiko eingegangen zu sein, die Ernte von drei kompletten Weinbergen dafür hängen gelassen zu haben.

Blauberg, jetzt eher in der Rolle des Weinkenners als in der des Weinhändlers, wie Franz erstaunt feststellte, wandte sich nun an Gehl. »Meisel aus Hamburg hat nicht zu viel versprochen. Das ist wirklich etwas ganz Besonderes.«

»Ich gratuliere Ihnen zu diesem Tropfen. Was verlangen Sie dafür? Ich nehme alles, was Sie noch auf Lager haben«, bot er Franz ohne weitere Rücksprache mit Gehl an.

Der setzte nun alles auf eine Karte. »Der Eiswein ist nur im Sortiment mit den Weißweinen und dem Spätburgunder, die Sie ja bereits gekostet haben, erhältlich. Und bedauere, wir hatten zwar in diesem Jahrgang eine für Eiswein beträchtliche Menge von mehr als zwei Fuder. Aber er ist unser Spitzenprodukt, das uns auch andere Großhändler nahezu aus den Händen reißen.«

»Was heißt das?«, fragte nun Gehl, der einen kühlen Kopf bewahrte.

»Ich kann Ihnen einhundert Fläschchen zu je 0,375 Liter anbieten. Sofern Sie auch mindestens je zweihundert Flaschen der drei anderen Weine bestellen. Zum Großhandelspreis aus unserem Katalog.«

Gehl blätterte rasch das Heft durch, das Franz bereits zu Beginn der Weinprobe überreicht hatte. »Der Eiswein ist nicht ausgewiesen«, konstatierte er. »Hier steht ›Preis auf Nachfrage‹.«

Franz nickte kühl. »Mit Absicht, meine Herren. Der Preis richtet sich nämlich nach der Menge der übrigen abgenommenen Weine.«

»Gesetzt den Fall, wir würden sechshundert Flaschen der anderen Sorten bestellen. Was verlangen Sie dann für den Eiswein?«

»Fünfzehn Mark pro Flasche.« Spontan schlug Franz ein Drittel auf die Summe auf, die er ursprünglich verlangt hätte.

»Fünfzehn Mark? Sind Sie von Sinnen? Als Großhandelseinkaufspreis?«

»Zuzüglich der Kosten für den Transport.«

»Das kommt gar nicht infrage«, wehrte Gehl ab. Blauberg fasste ihn am Arm. »Nun beruhigen Sie sich doch einmal, Mann.«

Dann richtete er seinen Blick auf Franz. »Ich biete Ihnen zwölf Mark, wenn Sie mir zweihundert Flaschen liefern.«

»Das kann ich zu diesem Preis unmöglich tun. Das Produkt wird uns aus den Händen gerissen. Wir liefern es zu fünfzehn Mark pro Flasche sogar an unseren größten Kunden in New York.«

»Was ist mit dem Eiswein-Jahrgang 1876?«

Auf diese Frage hatte Franz gewartet. Er zog ein weiteres Probefläschchen heraus und schenkte den Herren ein. Beide kosteten und schluckten den Wein erneut hinunter.

»Auch dieser Jahrgang ist köstlich. Aber nicht so köstlich wie der von 1875.«

Franz nickte. »Das weiß ich, Herr Blauberg. Der letzte Winter war nicht so kalt wie der vorletzte. Wir mussten schon kurz vor Weihnachten lesen.« Er machte eine Kunstpause. »Aber diesen Wein kann ich Ihnen für zwölf Mark pro Flasche anbieten.«

»Er ist aber nicht so gut wie der Jahrgang 1875«, insistierte Blauberg.

Franz nickte wieder. »Das ist mir bewusst.«

Blauberg stieß hörbar den Atem aus. »Sie sind ja wirklich mit allen Wassern gewaschen, Herr Gerban. Ganz wie Ihr seliger Herr Vater, den ich einmal auf einer Weinmesse traf«, ergänzte er zu Franz' Überraschung. »Aber mich dünkt, Ihr Sortiment hat tatsächlich im Vergleich zu früher noch einmal an Profil hinzugewonnen. Obwohl die Weinhandlung Gerban schon damals einen guten Ruf hatte. Ins Geschäft kamen wir leider trotzdem nicht. Die Vorstellungen Ihres Herrn Vater und die unsrigen passten nicht zusammen.«

Franz verzichtete darauf nachzufragen, woran dies gelegen hatte. Zumal ihm Blauberg jetzt die erhoffte Frage stellte. »Also, unter welchen Umständen kommen *wir* ins Geschäft?«

Franz überschlug im Geiste rasch seine Möglichkeiten. »Was halten Sie davon, das ganze Gerban'sche Sortiment zu bestellen? Sie haben doch sicherlich Kunden, die weniger exklusiv als der Kaiserhof sind. Auch unser Portugieser und unsere übrigen Weißweine sind trinkbar und allemal als Tischweine in gut bürgerlichen oder sogar gehobenen Lokalitäten geeignet. Zumal ich auch da einige Novitäten plane.«

Er erzählte von dem Rosé, den er als leichten Damenwein anpries.

»Lassen Sie uns einen Vertrag machen, der uns eine gewisse Abnahmemenge pro Jahrgang garantiert und Ihnen die zuverlässige Lieferung eines ausgezeichneten Sortiments für nahezu jeden Geldbeutel und jeden Geschmack.«

»An welche Liefermenge denken Sie?«

Franz nannte seine Zahl und fügte hinzu: »Unter diesen Voraussetzungen bin ich bereit, Ihnen sogar dreihundert Flaschen des 1875-er Eisweins zum selben Preis anzubieten wie die gleiche Menge des nächsten Jahrgangs: für zwölf Mark pro Flasche.«

Gehl machte Blauberg ein Zeichen. Der deutete dies richtig und meinte: »Wir müssen uns kurz unter vier Augen besprechen.«

Die beiden verschwanden in einem Nebenraum, wo sie eifrig miteinander debattierten. Franz schnappte nur wenige Wortfetzen auf, die ihm allerdings zeigten, dass er auf dem richtigen Weg war.

»Mindestens zweiundzwanzig Mark pro Flasche ... Sensation der diesjährigen Ballsaison ... vielleicht sogar in den Wiener Markt ...«

Schließlich kamen die beiden zurück. Blauberg war hochrot im Gesicht, wirkte aber zufrieden. Gehl lächelte etwas verkniffen.

»Nun gut. Wir bieten Ihnen einen Vertrag zu den von Ihnen gewünschten Konditionen an. Aber zunächst befristet auf drei Jahre. Wenn wir dann mit Ihnen zufrieden sind, sehen wir weiter. Und für den 1876-er Eiswein zahlen wir höchstens zehn Mark pro Flasche.«

Trotz der letzten Einschränkung, die Franz bereits einkalkuliert hatte, war das weit mehr, als er sich erhofft hatte. Im Bemühen, sich das nicht allzu sehr anmerken zu lassen, schlug er ein.

Erst als ihn eine Mietsdroschke zu seinem Hotel brachte, jubelte er vor Freude so laut, dass Passanten erstaunt auf dem Gehweg stehen blieben und der Kutscher Mühe hatte, die Pferde ruhig zu halten.

Villa Stockhausen in Oggersheim
die letzte Woche im Oktober 1877

»Also ist dir gar nicht aufgefallen, dass die Haushaltskosten von Monat zu Monat gestiegen sind?«

Herbert Stockhausen musterte seine junge Frau Mathilde mit strenger Miene.

Die war den Tränen nahe, versuchte aber, Haltung zu bewahren. »Natürlich ist mir das aufgefallen«, log sie. »Aber ich dachte, du schätzt die bessere Qualität der Speisen!«

Ihr Mann ließ sich davon allerdings nicht ablenken. »Und du wusstest gar nicht, dass Herta mittlerweile überall anschreiben ließ? Beim Kolonialwarenhändler, beim Fleischer, beim Milchmann, beim Bäcker? Es sind fast einhundert Mark aufgelaufen!«

Mathilde schüttelte den Kopf.

»Das kann dir nur entgangen sein, weil du die Haushaltsbücher nicht kontrolliert hast«, warf Ilse Stockhausen, Herberts altjüngferliche Tante, ein. »Herta hat jeden Posten säuberlich eingetragen, auch was sie anschreiben ließ und im nächsten Monat beglich, bevor ihr das Geld erneut ausging. Ihr kann man nur den Vorwurf machen, dass sie sich nicht früher an mich gewandt hat.«

Mathilde blieb weiter stumm, zupfte mit den Fingern am Rock und kaute auf ihrer Unterlippe.

»Ich habe dir einhundertfünfzig Mark Haushaltsgeld im Monat gegeben«, setzte Herbert Stockhausen das Verhör fort. »Dazu zwanzig Mark zu deiner freien Verfügung. Herta sagt aber, du hättest ihr höchstens einhundert Mark pro Monat ausgehändigt.«

»Ich habe der Köchin das Haushaltsgeld jeden Monat auf einmal gegeben«, fuhr Mathilde auf, ohne auf die letzte Bemerkung einzugehen. »Ich kann doch nichts dafür, wenn sie das nicht richtig eingeteilt hat.«

»Das zu kontrollieren wäre deine vornehmste Aufgabe als Herrin des Hauses gewesen.«

Herbert machte seiner Tante ein Zeichen. »Eins nach dem anderen, Tante Ilse. Hast du der Köchin nun einhundertfünfzig oder einhundert Mark ausgehändigt?«, insistierte er.

Mathilde strich sich fahrig durch die Haare, wodurch sich weitere Strähnen aus ihrer bereits in Unordnung geratenen Frisur lösten. »Das weiß ich nicht mehr so genau. Es können auch einmal zehn oder zwanzig Mark weniger gewesen sein.«

»Zehn oder zwanzig Mark weniger«, echote ihr Gatte. Ilse und er warfen sich einen Blick zu.

»Und wofür hast du das Geld verwendet, das du einbehalten hast?« Herbert gab nicht nach.

Mathildes Mund verzog sich trotzig. »Daran kann ich mich nicht mehr erinnern. Es mag einmal für ein Paar Handschuhe gewesen sein. Ein anderes Mal habe ich mir einen alten Hut neu garnieren lassen. Solche Kleinigkeiten eben.«

»Du warst in jüngster Zeit fast jeden Nachmittag in einem Café«, behauptete Ilse. »Was man dir auch ansieht.«

Tatsächlich hatte Mathilde in den mittlerweile drei Jahren ihrer Ehe wieder einiges an Gewicht zugelegt, wenn sie auch noch weit entfernt von ihrer früheren Fettleibigkeit war.

Sie warf Ilse einen hasserfüllten Blick zu. »Hier bin ich doch immer allein«, fauchte sie. »Herbert ist den ganzen Tag über nicht da. Ohnehin kommt es mir so vor, als ob …« Sie stockte.

»Als ob?«, fragte ihr Gatte nach.

»Als ob du eher mit deiner Tuchfabrik verheiratet bist als mit mir.«

Ilse Stockhausen schnaubte empört. »Herbert kommt jeden Tag zum Mittagsmahl nach Hause. Und wenn du endlich in andere Umstände kämst, hättest du tagsüber eine Beschäftigung und müsstest dich nicht jeden Nachmittag mit Sahnekuchen vollstopfen! Und vorher sinnlose Einkäufe tätigen. Mit einem Säugling …«

»Tante Ilse, bitte«, fiel ihr Herbert ins Wort, während Mathilde blutrot anlief. Ihre Kinderlosigkeit war für beide ein heikles, bislang auch vor den engsten Verwandten totgeschwiegenes Thema.

»Vielleicht kommt das zu knappe Haushaltsgeld ja auch dadurch, dass du mich besonders gut verköstigen möchtest«, lenkte Herbert zum Ärger seiner Tante jetzt ein.

Mathilde griff sofort nach der ihr zugeworfenen Rettungsleine. »Das ist wahr, mein lieber Mann. Ich weiß doch, wie sehr du Forelle schätzt und eine knusprige Ente oder einen saftigen Rehrücken.« Alle genannten Speisen gehörten zu den teuersten Nahrungsmitteln.

»Was geschieht mit den Resten der Mahlzeiten?« Ilse Stockhausen klinkte sich unerbittlich wieder ein, um sich keinen Lidschlag später selbst die Antwort auf ihre Frage zu geben.

»Die Köchin Herta sagt, die Reste der Mahlzeiten würden oft verkommen. Ihr und auch dem Rest der Dienerschaft hättest du verboten, davon zu essen. Sie müssten sich oft mit einfachsten Speisen wie Sauermilch, Bratkartoffeln oder Gemüseeintöpfen begnügen.«

Herta hatte Ilse zwar gestanden, dass sich die Dienerschaft keineswegs an Mathildes Verbote hielt, nachdem man bemerkt hatte, dass diese die Küche und Speisekammer kaum je betrat. Aber es erschien ihr nicht opportun, dieses Wissen preiszugeben.

Mathilde reagierte erwartungsgemäß wieder empört. »Wo hat man denn so etwas je gehört? Gesinde, das Ente und Rehrücken speist! Das gab es für diese Leute in meinem früheren Heim in Altenstadt höchstens zu den Festtagen.«

»Hat man bei dir zu Hause diese teuren Köstlichkeiten dann etwa auch zu gewöhnlichen Zeiten an der herrschaftlichen Tafel gegessen?«

Mathilde wurde wieder rot im Gesicht und wich aus. »Das weiß ich nicht mehr. Es ist lange her. Außerdem …« nun fiel ihr ein weiteres Argument ein, das sie für unschlagbar hielt, »außerdem hatten wir in Altenstadt eine Hausdame, die sich um alles kümmerte. Auch während meine Mutter im Sanatorium war.«

Leider verfing dieser Einwand bei ihrem Ehemann nicht. »Unser Haushalt ist viel kleiner, als es der eurige in Altenstadt war. Wir sind doch hier nur zu zweit!«

»Und das ist nicht meine Schuld!«, begehrte Mathilde nun auf, was ihr einen so zornigen Blick ihres Gatten eintrug, dass sie schnell zurückruderte. »Ich meine damit, dass wir, als Franz im Krieg war und meine Mutter im Sanatorium, auch nur zu zweit waren. Mein Vater und ich.«

»Wir haben eine Köchin, zwei Zimmermädchen, von denen eines auch deine Zofe ist, und einen Diener für mich, der auch als Kutscher fungiert. Mehr Personal brauchen wir nicht. Im Gegenteil, ich habe dich gebeten, die höhere Töchterschule in Landau zu besuchen, damit du lernst, wie man einen Haushalt führt«, hielt Herbert ihr vor. »Mit den Gärtnerarbeiten und der Versorgung der beiden Pferde habe ich einen meiner Arbeiter betraut, der mittlerweile zu schwach ist, um noch in die Fabrik zu gehen. Seine Frau besorgt unsere Wäsche. Beide wohnen und essen in ihrem eigenen Heim.«

»Da sollte es doch wohl nicht zu viel verlangt sein, dass du dir als deine einzige Pflicht die Haushaltsbücher ansiehst und das Haushaltsgeld sinnvoll einteilst«, wies Ilse Stockhausen sie erneut zurecht. »Stattdessen hältst du das Personal durch deine täglichen Ausflüge sogar von der Arbeit ab. Theobald, der dich kutschiert, und Hanne, die dich begleiten muss, arbeiten oft bis spät in die Nacht, um nachzuholen, was sie tagsüber nicht erledigen konnten.«

Angesichts der Wucht dieser weiteren Vorwürfe verlor Mathilde nun doch die Fassung und brach in Tränen aus.

»Tante Ilse, du meinst es ja gut, aber so hat es leider keinen Zweck«, reagierte Herbert auf die offensichtliche Hilflosigkeit seiner Frau. »Mathilde ist einfach zu jung und vielleicht auch von Haus aus zu verwöhnt, um einem Haushalt vorzustehen. Was hältst du davon, wenn du sie anleitest?«

Darauf hatte Ilse Stockhausen nur gewartet. Sie unterdrückte ein triumphierendes Lächeln und setzte stattdessen eine skeptische Miene auf.

»Wie stellst du dir das denn vor, mein Lieber? Ich habe den ganzen Tag in der Weißnäherei zu tun.«

»Die wird auch einmal zwei Stunden am Tag ohne dich auskommen. Ich überantworte dir das Haushaltsgeld und bitte dich, die Ausgaben jeden Tag mit der Köchin durchzugehen. Mathilde soll dir dabei zusehen, damit sie es lernt. Hältst du die Summe von einhundertfünfzig Mark denn für angemessen?«

Ilse nickte. »Mehr als für angemessen. Sofern du auch einmal Schweinekotelett oder Hackbraten zum Mittagsmahl akzeptierst. Und eine kalte Platte am Abend.«

Herbert strahlte. »Ich liebe Schweinekoteletts und Hackbraten. Forelle, Geflügel und Wild habe ich mittlerweile fast über. Es darf sogar auch einmal ein herzhafter Erbsen- oder Linseneintopf sein. Und zweimal am Tag warm essen, muss ich schon gar nicht.«

Er übersah, wie sehr er Mathilde mit dieser indirekten Abwertung ihrer Bemühungen, ihn kulinarisch zu verwöhnen, verletzte.

Seine Tante registrierte es dagegen sehr wohl und warf der ungeliebten Gattin ihres vergötterten Neffen einen hochmütigen Blick zu. »Nun gut«, seufzte sie mit aufgesetzter Leidensmiene. »Dann übernehme ich auch diese Pflicht.«

»Nur solange Mathilde noch deine Hilfe benötigt, liebe Tante. Ich danke dir sehr für dein Entgegenkommen.«

Zum ersten Mal während dieser Unterredung wandte sich Herbert mit einem freundlichen Lächeln an Mathilde. Er tätschelte ihr die Wange, ohne ihren versteinerten Gesichtsausdruck zu bemerken. »Du wirst sehen, meine Liebe. So wendet sich alles schon bald zum Besten.«

Berlin
die letzte Woche im Oktober 1877

Gerade als Franz das Restaurant betrat, das zu seinem Hotel gehörte, sprach ihn eine ihm vage bekannte Stimme von hinten an. »Guten Abend Herr Gerban.«

Überrascht drehte Franz sich um und erkannte Ernest Lauth, den ehemaligen Bürgermeister von Straßburg.

»Herr Lauth! Was für eine Überraschung! Was tun Sie denn in Berlin? Ich dachte, Sie hätten Ihr Mandat bei der letzten Reichstagswahl im Januar …« Erst jetzt wurde Franz bewusst, welche Taktlosigkeit er im Begriff war auszusprechen. Er hielt verlegen inne.

Ernest Lauth hatte sich neun Monate nach seiner Absetzung als Bürgermeister der sogenannten Elsässischen Liga als Kandidat für die Reichstagswahlen von 1874 zur Verfügung gestellt und damals für den überaus wichtigen Wahlkreis Straßburg mit Bravour gewonnen.

Franz, der 1874 noch zu jung gewesen war, um wählen zu dürfen, hatte zu dieser Zeit stark mit der Elsässischen Liga sympathisiert, da er erwartete, dass sich deren Abgeordnete nachdrücklich für das benachteiligte Elsass-Lothringen einsetzen würden. Den Protest der Liga-Abgeordneten im deutschen Reichstag gegen die Annexion Elsass-Lothringens, die ja über die Köpfe der Bevölkerung hinweg erfolgt war, hatte er als symbolischen Akt noch ausdrücklich begrüßt.

Reichlich naiv war ihm jedoch der Antrag der Liga vorgekommen, einen nachträglichen Volksentscheid über die Zugehörigkeit des annektierten Gebiets zur französischen oder deutschen Nation durchzuführen. Trotz seiner zweiundzwanzig Jahre und dem Umstand, dass ihm das Wahlrecht versagt blieb, bis er fünfundzwanzig würde, war er pragmatisch genug zu erkennen, dass dieser zentrale Bestandteil des Friedensvertrags durch nichts rückgängig gemacht werden könnte. Erwartungsgemäß hatte der Reichstag den Antrag der »Protestler«, wie die Elsässische Liga seither genannt wurde, auch mit großer Mehrheit abgelehnt.

Und keinerlei Verständnis mehr konnte er dafür aufbringen, dass die Abgeordneten der Protestpartei danach jeder Reichstagssitzung demonstrativ ferngeblieben waren. Entsprechend dieser Verweigerungshaltung hatte sich für Elsass-Lothringen in den vergangenen Jahren auch rein gar nichts zum Positiven gewendet.

Da Franz seit diesem Jahr nun endlich wählen durfte, hatte er sich daher für eine Gruppierung entschieden, die sich die »Autonomisten« nannte. Und diese hatte tatsächlich im Unterelsass jedes Mandat gewonnen, für das sie einen Kandidaten ins Rennen geschickt hatte. Da Franz in Altenstadt, das zum Wahlkreis Hagenau-Weißenburg gehörte, mit seinem Hauptwohnsitz gemeldet war, zählte seine Stimme für das Unterelsass. Schweighofen, wo er eigentlich lebte, gehörte dagegen zur bayerischen Pfalz.

»Sie müssen sich nicht genieren«, half Ernest Lauth Franz nun über die peinliche Gesprächspause hinweg. »Jedermann weiß, dass ich meinen Wahlkreis an einen Autonomisten verloren habe.«

Franz nickte. »Deshalb hatte ich mich ja auch gewundert, Sie hier zu treffen.«

»Möchten Sie mit mir zu Abend essen? Dann können wir uns ja gegenseitig berichten, was uns in die Hauptstadt geführt hat.«

Franz stimmte gerne zu. Denn heute Abend hatte er keinen Geschäftstermin und freute sich daher über Lauths Gesellschaft, den er als Menschen nach wie vor außerordentlich schätzte. »Wohnen Sie auch in diesem Hotel?«

Lauth nickte. »Ich habe einen Tisch reserviert, da es hier abends sehr voll werden kann. Die Küche hat einen ausgezeichneten Ruf.«

Da Franz am Morgen versäumt hatte, sich um eine Reservierung zu bemühen, war er angesichts der vollbesetzten Tische doppelt froh über Lauths Angebot. Wie immer nach einem arbeitsreichen Tag schmerzte sein Beinstumpf. Es wäre ihn hart angekommen, das Hotel zum Abendessen noch einmal verlassen zu müssen.

Der Kellner brachte die Speisekarte. Sie wählten einen Spätburgunder aus Deidesheim zu Rinderbraten mit Semmelknödeln und Rotkohl. Zu Franz' Bedauern war das einzige typische Berliner Gericht auf der Karte, die Kalbsleber mit geschmorten Äpfeln und Stampfkartoffeln, schon ausgegangen.

Da sie beide keinen allzu großen Hunger hatten, verzichteten sie auf eine Vorspeise. Ernest Lauth roch genießerisch an dem Rotwein, bevor er einen herzhaften Schluck davon nahm.

»Hervorragend«, lobte er das Getränk.

Franz lächelte. »Vielleicht können Sie an diesem Ort zukünftig einen noch besseren Spätburgunder kosten.«

»Das klingt so, als seien Sie geschäftlich in Berlin und das nicht ganz ohne Erfolg.«

»So ist es«, bestätigte Franz. Er berichtete Lauth von seinem heutigen Abschluss bei Blauberg und Söhne, die dieses Restaurant offensichtlich belieferten, bislang allerdings noch mit den Weinen des Pfälzer Konkurrenten aus Deidesheim.

»Dann gratuliere ich ganz herzlich, Herr Gerban. Wie lange werden Sie noch in Berlin bleiben?«

»Das ist der einzige Wermutstropfen«, gestand Franz. »Wahrscheinlich noch mindestens drei Tage. Jedenfalls bis der Vertrag aufgesetzt und unterzeichnet ist. Blauberg und Söhne sind sehr korrekt und ziehen dabei ihren Advokaten zurate, der sich allerdings gerade nicht in der Stadt befindet und frühestens übermorgen zurückkommt.«

»Und ohne Unterschrift möchten Sie natürlich nicht nach Hause zurückkehren.«

Franz schüttelte den Kopf. »Dazu ist das Geschäft zu wichtig und die Anreise zu weit. Ich habe noch keine Erfahrung mit diesem Geschäftspartner. Sollten wir uns bei irgendeinem Passus doch noch nicht einig sein, will ich das sofort vor Ort gütlich bereinigen können.«

»Versäumen Sie dadurch denn andere wichtige Geschäftstermine?«

Franz seufzte. »Das nicht. Aber als Gutsherr von Schweighofen wäre ich gerne rechtzeitig zum Lesefest zurück. Es macht keinen guten Eindruck auf die Landarbeiter, wenn ihr Brotgeber dabei fehlt. Für die Leute ist diese Feier wichtiger als Weihnachten und Ostern.«

Von Irenes zu erwartender Verstimmung, wenn er es nicht rechtzeitig nach Hause schaffen würde, sagte er wohlweislich nichts.

»Und was führt Sie denn nun nach Berlin, Herr Lauth?«, lenkte er vom Thema ab.

»Ich habe zwar keinen Sitz mehr im Parlament, nutze meine Kontakte aber für eine gute Sache.«

Als Franz ihn fragend ansah, ergänzte er: »Sie wissen sicherlich, dass die Abgeordneten der Protestpartei jede Reichstagssitzung boykottieren.«

»Bedauerlicherweise!« Franz entschloss sich zur Offenheit. »Ich durfte in diesem Januar das erste Mal wählen. Und möchte Ihnen offen gestehen, dass ich meine Stimme nicht für eine Partei vergeuden wollte, die aus dem Felde geht, anstatt aktiv für das Elsass zu kämpfen. Wir haben nicht annähernd die gleichen Rechte wie die restlichen Bundesstaaten und unterliegen mit dem Diktaturparagrafen nach wie vor der reinen Willkür des Reichskanzleramts in Berlin.«

Der Diktaturparagraf ermöglichte es den politisch Verantwortlichen jederzeit, den Ausnahmezustand über das Land zu verhängen, Vereine und Zeitungen zu verbieten und unliebsame Bürger sogar auszuweisen.

Lauth schaute angelegentlich auf seinen Teller und zerteilte einen Knödel, bevor er antwortete. »Aber Sie kennen auch den Grund für diesen Boykott?«

Franz schnaubte leicht. »Es war naiv zu glauben, einen Volksentscheid durchsetzen zu können, mit dem die Annexion rückgängig gemacht werden soll.«

»Aber sie wissen doch genauso gut wie ich, dass sich die Mehrheit der Elsass-Lothringer aber genau dafür entschieden hätte. Mit Demokratie hatte die Ablehnung des Plebiszits also nichts zu tun.«

»Das kommt auf den Blickwinkel an«, konterte Franz. »Schließlich hat die Mehrheit der gewählten Abgeordneten des Reichstags gegen den Volksentscheid gestimmt. Auch das nennt man Demokratie.«

Beide widmeten sich eine Weile dem Essen auf ihren Tellern.

Schließlich brach Franz das Schweigen. »Ich habe jedenfalls nie verstanden, was die Abgeordneten der Protestpartei mit dem Boykott der Reichstagssitzungen für unser geliebtes Elsass erreichen wollen. Das bringt die Regierung und den Rest der Abgeordneten doch nur gegen uns auf und macht alles noch schwerer.«

Lauth blickte auf. »Also hängt Ihr Herz doch noch am Elsass und Frankreich?«

»Am Elsass«, betonte Franz. »Um einen bekannten Autonomisten zu zitieren: ›Das Elsass ist nicht mehr französisch, es sei also elsässisch!‹«

»Das ist von Schneegans«, konstatierte Lauth.

»Allerdings nicht von Carl August, dem Führer der Autonomisten, sondern von seinem Colmarer Namensvetter Ferdinand«, räumte Franz ein.

Lauth winkte ab und trank einen Schluck Rotwein. »Es sei, wie es sei. Bevor ich Ihnen endlich verrate, was ich hier in Berlin zu tun habe, verraten Sie mir doch noch den Grund für Ihren Pragmatismus. Nach meiner Absetzung als Bürgermeister vor mehr als vier Jahren wirkten Sie noch reichlich antipreußisch auf mich.«

»Wie ich Ihnen schon sagte, halte ich nichts von Bismarcks Elsass-Politik. Aber für unsere Wirtschaft gibt es auch viele Vorteile durch die Zugehörigkeit zum Reich.«

Lauth lächelte süffisant. »Ah ja, Sie erwähnten es schon. Gerban'sche Weine am Kaiserhof.«

Franz spürte, dass er errötete. Zum ersten Mal bereute er das gemeinsame Abendessen. Doch Lauth fuhr ganz anders fort, als er es erwartet hatte.

»Um einen anderen bekannten Mann unserer Zeit zu zitieren, den Arbeiterführer Karl Marx: ›Das Sein bestimmt das Bewusstsein.‹ Das gilt für Sie genauso wie für mich.«

»Wie meinen Sie das?« Franz war verblüfft.

»Nun, Sie nutzen die Möglichkeiten, die Ihnen die Annexion gibt, für Ihre Geschäfte. Das ist nicht verwerflich, sondern nur zu verständlich.« Er machte eine Pause und schien nach den richtigen Worten zu suchen.

»Und Sie? Wieso gilt dieser Satz auch für Sie?«, drängte Franz, der nun neugierig geworden war.

»Ich habe meinen Wahlkreis mit Pauken und Trompeten an einen Autonomisten verloren. Das gab mir die Zeit und die Gelegenheit, ausführlich darüber nachzudenken, welche Gründe dafür verantwortlich waren.« Er seufzte vernehmlich. »Und Sie werden es vielleicht nicht glauben, Herr Gerban, aber mittlerweile teile ich Ihre Ansicht. Und genau deshalb bin ich hier. Ich treffe morgen Carl August Schneegans.«

»Den Führer der Autonomisten?«

Lauth bejahte. »Er ist dabei, eine Landesverfassung für Elsass-Lothringen zu entwerfen. Er strebt die Selbstverwaltung des Landes an, ein Anliegen, das ich uneingeschränkt teile. Deshalb diene ich ihm als inoffizieller Berater. Und gebe ihm

Hinweise, welche Beamten im Reichskanzleramt den meisten Widerstand gegen sein Vorhaben leisten werden. Sagt Ihnen der Name Kegelmann etwas?«

Franz wurde es heiß und kalt. Kegelmann hieß der Beamte, den sein Ziehvater Wilhelm einst bestochen hatte, damit er Franz, der von Geburt aus eigentlich Franzose war, illegal zur bayerischen Staatsbürgerschaft verhalf.

Doch er bemühte sich darum, sich nichts anmerken zu lassen, und nickte bedächtig. »Gehörte der nicht zu den preußischen Beamten, die die Aufgaben von Edgar Hepp, dem elsässischen Subpräfekten von Weißenburg, nach dessen Entlassung wahrgenommen haben?«

Edgar Hepp, der das Elsass nach der Annexion verlassen hatte, war Franz ein treuer Freund während des Krieges gewesen. Leider war der Kontakt zwischen ihnen abgebrochen.

»Genau der«, bestätigte Lauth. »Kegelmann ist so glatt wie ein Aal und dabei genauso falsch wie eine Schlange. Zudem feige. Er agiert nur im Verborgenen.«

Also scheint er sich seit damals nicht geändert zu haben, dachte Franz. Aber das war eine andere Geschichte.

»Warum lassen Sie sich denn nicht bei der nächsten Wahl als Kandidat für die Autonomisten aufstellen?«, fragte er Lauth stattdessen. »Wo Sie doch mittlerweile deren Ansichten teilen.«

Lauth schüttelte den Kopf. »Das hätte keinen Zweck. Würde ich offiziell die Partei wechseln, würden mich die Protestler als Abtrünnigen verunglimpfen. Deshalb wirke ich lieber im Verborgenen.«

Er musterte Franz mit plötzlich erwachtem Interesse. »Aber Sie! Sie wären doch ein wunderbarer Kandidat. Ihr Wahlkreis Hagenau-Weißenburg ist eine Hochburg der Autonomisten. Und dass Xaver Nessel, deren Kandidat, eigentlich gar nicht mehr antreten wollte, wissen Sie doch sicher auch.«

Tatsächlich war Franz dieses Kuriosum bekannt. Nessel war mit großer Mehrheit wiedergewählt worden, obwohl er eine erneute Kandidatur abgelehnt hatte. Nur weil er ohne jedes eigene Zutun dennoch haushoch gewann, nahm er die Wahl überhaupt im Nachgang an.

»Dass Nessel als illoyal gilt und sowieso nur eine Notlösung für die Autonomisten war, wissen Sie sicherlich auch.« Franz wusste es nicht, ließ sich das aber nicht anmerken. »Sie dagegen sind loyal gegenüber der Partei und dem Elsass, politisch gebildet und pragmatisch genug, um gute Beziehungen zu Reichsdeutschland anzustreben, allein schon um Ihrer Geschäfte willen. Salonfähig sozusagen! Schließlich hat Bismarck führende Autonomisten schon mehrmals empfangen.«

Lauth begeisterte sich immer mehr für seine Idee. »Und trotzdem den Idealen der Französischen Revolution immer noch verbunden. Davon könnte sich so mancher Parlamentarier und vor allem so mancher Regierungsbeamte eine Scheibe abschneiden. Sie wären als Abgeordneter ideal. Ihre Stimme würde sicherlich gehört werden.«

Obwohl Franz spontan energisch verneinte, an einer Reichstagskandidatur interessiert zu sein, schmeichelte ihm Lauths Ansinnen mehr, als er sich zunächst eingestehen wollte. Tatsächlich ging ihm der Gedanke in den nächsten Tagen nicht mehr aus dem Kopf.

Villa Stockhausen in Oggersheim
die letzte Woche im Oktober 1877

Angestrengt lauschte Mathilde in die Dunkelheit. Das Licht anzulassen traute sie sich nicht. Herbert sollte denken, dass sie schon schliefe. Sie wollte ihn nämlich überraschen. Und das ging nur, wenn er vor dem Zubettgehen nicht mehr bei ihr hereinschaute, um ihr einen keuschen Gute-Nacht-Kuss auf die Stirn zu drücken, und sich hernach in sein eigenes Zimmer verabschiedete.

Schon von Beginn ihrer Ehe an hatten sie eigene Schlafzimmer. Herbert begründete dies mit seinem durchdringenden Schnarchen, das Mathilde tatsächlich durch die Wand ihres Zimmers hindurch hören konnte. Dennoch vermutete sie mittlerweile noch einen ganz anderen Grund für ihre getrennten Betten.

Nach der furchtbaren Szene wegen ihrer Haushaltsführung am Nachmittag hatte sie sich auf ihr Zimmer zurückgezogen und stundenlang geweint, bis sie schließlich völlig erschöpft eingeschlafen war. Hanne, das Dienstmädchen, das vorsichtig klopfte, um sie zum Abendessen zu rufen, scheuchte sie barsch durch die geschlossene Tür hindurch davon. Sie verspürte weder Hunger noch die geringste Lust, allein am großen Nussbaumtisch im Esszimmer zu sitzen. Denn Herbert aß heute Abend auswärts, da er an der monatlichen Versammlung der Oggersheimer Fabrikherren teilnahm.

Erst als die Uhr neun schlug, erwachte Mathildes Kampfgeist wieder. So hart sie die gesamte nachmittägliche Szene, bei der Herberts verhasste Tante Ilse einmal mehr die Oberhand behalten hatte, auch im Nachhinein ankam, tat ihr deren Hinweis auf ihre andauernde Kinderlosigkeit doch besonders weh. Zumal Mathilde daran vollständig unschuldig war und deren Ende täglich herbeisehnte.

Wenn ich Herbert einen strammen Stammhalter oder sogar einen zweiten und dritten Sohn schenke, hat der alte Drache nichts mehr zu sagen, machte sie sich jetzt selbst Mut.

Dann schlüpfte sie aus dem Bett, legte ihre zerknitterte Kleidung ab und wusch sich von Kopf bis Fuß mit Wasser, in das sie zuvor eine halbe Flasche des teuren Parfums gegossen hatte, das sie erst vorgestern erstanden hatte. Erstanden von dem Haushaltsgeld, das sie regelmäßig für sich abzweigte und mit dessen Hilfe sie sich die wenigen kleinen Freuden in ihrem öden Alltag ermöglichte.

Niemals hätte Mathilde gedacht, dass sie als verheiratete Frau so einsam sein würde. *Aber Herbert lebt nur für seine Fabrik, und Vater ist tot. Mutter und Franz wollen nichts von mir wissen und ziehen mir dieses erbärmliche Dienstmädchen vor.*

Beim Gedanken an Irene fiel ihr wieder ihr eigenes Oggersheimer Personal ein, das sie so schmählich verraten hatte. Alle steckten sie unter einer Decke.

Herta, die Köchin, hatte sich als Erste bei Herberts furchtbarer Tante beklagt. Dabei kam ihr zupass, dass Ilse Stockhausen eine eigene kleine Wohnung in einem Flügel der Villa bewohnte, die vom Dienstpersonal mitbetreut wurde. Zum Glück zog Ilse, die wie Herberts verstorbene Eltern aus einfachen Verhältnissen stammte, es vor, für sich selbst zu kochen, sodass Mathilde sie nicht auch noch bei den Mahlzeiten ertragen musste.

Nach dem Gespräch mit Herta hatte die Tante erst noch das übrige Personal befragt, bevor sie Herbert informierte und Mathilde zur Rede stellte. Dabei nutzten die treulose Zofe Hanne und der Kutscher Theobald die Gelegenheit, sich ebenfalls über Mathilde zu beschweren.

Das werden sie mir noch büßen. Alle werden sie mir das noch büßen, schwor sich Mathilde insgeheim zum wiederholten Mal, während sie sich abtrocknete und dann ohne Unterwäsche in das hauchzarte Negligé aus zartrosa Seide schlüpfte, das sie ebenfalls erst kürzlich von dem abgezweigten Haushaltsgeld erworben hatte. Leider spannte der dünne Stoff ein wenig über ihrem Bauch.

Aber auch das ist aller Welt bald einerlei, wenn ich endlich schwanger bin. Dann darf ich so dick sein, wie ich will.

Seither wartete sie nun schon nahezu zwei Stunden auf Herberts Heimkehr. Endlich hörte sie leise Schritte auf der Treppe. Gedämpftes Tuscheln verriet ihr, dass Theobald aufgeblieben war, um seinem Herrn beim Auskleiden zu helfen. Erst nach weiteren zwanzig Minuten verließ der Diener das Zimmer ihres Gatten und stieg die Hintertreppe zum Dienstbotentrakt empor. Seine Kammer lag direkt über der von Mathilde. Sie hörte ihn noch einige Minuten auf den knarrenden Dielen hin und her gehen.

Erst als Ruhe eingetreten war, zog sie sich einen Morgenrock über, schlüpfte, so leise sie konnte, auf den Gang hinaus und pochte zaghaft an Herberts Zimmertür.

Viel lieber hätte sie die Zwischentür benutzt, die ihre Räume miteinander verband, damit sie sich in aller Diskretion besuchen konnten, wenn ihnen danach zumute war. Doch diese war schon seit längerer Zeit abgeschlossen. Auch heute. Davon hatte sie sich bereits überzeugt. Seitdem sie die Tür einmal von Herberts Seite her aufgeschlossen hatte, war der stets im Schloss steckende Schlüssel verschwunden, als sie es ein weiteres Mal versuchen wollte.

»Herein!«, ertönte Herberts Stimme nun. Als sie das Zimmer betrat, sah sie, dass ihr Mann ihr den Rücken zukehrte. Er saß auf dem Bett und schien etwas auf dem Fußboden zu suchen.

»Gut, dass du noch mal kommst, Theobald«, knurrte er. »Mir ist einer dieser verfluchten Manschettenknöpfe hinuntergefallen, und ich kann ihn auf dem bunten Teppich nicht …« Das Wort blieb ihm im Halse stecken, als er Mathildes ansichtig wurde.

Sie zog den Morgenrock absichtlich dicht über ihrer Brust zusammen. »Ich komme, um dich um Verzeihung zu bitten, Herbert«, sagte sie mit der hohen Kleinmädchenstimme, die ihn sofort weich und nachsichtig ihr gegenüber stimmte. So auch diesmal.

Seine zunächst finstere Miene wich einem zärtlichen Lächeln. »Das ist aber lieb, mein Schatz, dass du so lange aufgeblieben bist, um mir das zu sagen.«

»Ich konnte eh nicht schlafen, bevor ich nicht alles ins Reine gebracht habe«, beteuerte sie mit einem unschuldigen Augenaufschlag.

»Dann komm näher und hole dir deinen Gute-Nacht-Kuss ab«, lud Herbert sie ein.

Mathilde ließ sich das nicht zweimal sagen. »Darf ich mich ein wenig auf deinen Schoß setzen?«

Herbert nickte nach kurzem Zögern. Als sich Mathilde an ihn kuschelte, den Morgenrock immer noch hochgeschlossen, schnupperte er. »Du riechst aber gut. Ist das eine neue Seife?«

Mathilde bejahte das und begann, seinen Nacken zu streicheln. Dabei ließ sie wie zufällig ihren Morgenrock aufspringen. Durch den dünnen Stoff des Negligés schimmerten ihre Brustwarzen hindurch. Dann ergriff sie seine Hand und drückte sie darauf. Zu ihrer Erleichterung ließ er es geschehen und begann, sie sogar ebenfalls zu streicheln.

»Mein Geliebter«, hauchte Mathilde und knabberte an seinem Ohrläppchen. Dann ließ sie ihre rechte Hand langsam über seinen Bauch nach unten wandern. Auch das ließ Herbert geschehen. Triumphierend umfasste Mathildes schließlich sein schon halb erigiertes Glied.

»Oh, wie ich dich liebe«, stöhnte sie an seinem Ohr. »Und wie sehr ich mir ein Kind von dir wünsche!«

Herbert grunzte. Dann ließ er sich mit Mathilde auf dem Schoß rücklings aufs Bett fallen, rollte sie neben sich und zog ihren Morgenrock auseinander. Er zog überrascht den Atem ein. In dem hautfarbenen Negligé wirkte Mathilde so gut wie nackt.

»Gefalle ich dir?«, gurrte sie mit halb geschlossenen Augen. Sie wartete seine Antwort gar nicht ab, sondern zerrte an seiner Unterhose, die er unter seinem eigenen Nachthemd aus weißem Leinen trug. Dann begann sie, sein entblößtes Glied sanft zu massieren. Zu ihrer Genugtuung richtete es sich nun völlig auf. Als er so weit zu sein schien, ließ sie es los. »Komm zu mir, mein Geliebter«, flüsterte sie.

Herbert hievte sich auf die Knie, während Mathilde lasziv die Beine spreizte. So hatte er es sie zu Beginn ihrer Ehe gelehrt. Auch jetzt schien diese Geste ihre Wirkung zu tun. Herbert stöhnte leise auf, kletterte zwischen ihre Schenkel und hob ihre Beine an. Dann versuchte er, kraftvoll in sie einzudringen.

Schon der erste Versuch misslang. Mathilde verkrampfte sich unwillkürlich, als Herberts bereits halb erschlaffter Penis abrutschte. Auch der zweite Versuch misslang. Verzweifelt griff Mathilde nach unten und versuchte, seine Erektion durch kraftvolle Auf-und-Ab-Bewegungen ihrer Hand wiederzubeleben. Dies gelang ihr zwar, doch auch beim dritten Mal verfehlte sein Glied das Ziel. Frustriert schob Herbert ihre Hand weg, als sie es ein weiteres Mal zu umfassen versuchte.

»Ich bin heute einfach nicht in Stimmung«, wehrte er ab. »Außerdem mag ich es nicht, wenn du dich aufführst wie eine Dirne. Das stößt mich ab.« Wie immer, und dieser Zustand währte schon lange, gab Herbert ihr die Schuld für sein Versagen. Tränen schossen ihr in die Augen.

»Ich möchte doch so gerne endlich ein Kind von dir empfangen«, schluchzte sie.

Herbert blieb unberührt von ihrem Elend. »Geh jetzt zurück auf dein Zimmer«, knurrte er. »Es ist schon spät. Mich erwartet morgen ein anstrengender Tag.«

Weinend befolgte Mathilde seine Anweisung, zog sich den Morgenrock wieder über ihr Negligé und schlüpfte mit den Füßen in ihre Seidenpantöffelchen.

»Und warte demnächst, bis *ich* zu *dir* komme«, befahl ihr Herbert herrisch, als sie den Knauf der Zimmertür bereits in der Hand hielt. »Etwas anderes schickt sich nicht für eine anständige Frau.«

Erst als Mathilde zitternd und schluchzend in ihrem verwaisten Bett lag, gestand sie sich endlich die unausweichliche Wahrheit ein, die sie schon seit vielen Monaten verdrängte. Herbert, ihr Ehemann, konnte seine ehelichen Pflichten nicht erfüllen. Er war das, was ihr Oggersheimer Hausarzt, den sie eines Tages verschämt um Rat gefragt hatte, als »impotent« bezeichnete.

Aber nicht nur vorübergehend, aus Erschöpfung oder Übermüdung, wie der alte Arzt ihr erklärte, während er verlegen seinen grauen Spitzbart zwirbelte.

Mathilde wusste es mittlerweile besser. Dieser Zustand war von Dauer.

Kapitel 3

Weingut bei Schweighofen

Samstag, 3. November 1877, am Morgen

»Und es macht Ihnen wirklich nichts aus, die ganzen Zwiebeln und Karotten zu schneiden, gnä … Frau Gerban?«

Irene lächelte die Altenstädter Köchin Frau Kramm sowohl amüsiert als auch ironisch an. »Nun, liebe Frau Kramm, Sie müssten doch am besten wissen, dass mir die Mithilfe bei der Zubereitung von Speisen schon immer Freude gemacht hat.«

Frau Kramm erwiderte das Lächeln verlegen. Sie war wie immer zum Lesefest aus dem Herrenhaus aufs Weingut gekommen, um ihrer Schweighofener Kollegin, die alle nur Frau Grete riefen, zu helfen. Schließlich mussten ab dem Nachmittag ungefähr einhundertdreißig Leute verköstigt werden, zu denen neben den vielen Landarbeitern auch die Honoratioren aus dem Dorf zählten. Die Angestellten des Weinhandelskontors und des Ladengeschäfts in Weißenburg waren genauso eingeladen wie der Familie nahestehende Dienstleister, darunter Monsieur Payet, der Rechtsbeistand, und Dr. Frey, der Hausarzt der Gerbans. Natürlich würde auch Irenes Freundin Minna mit ihrer ganzen Familie kommen.

Gemäß der Stellung des Weinguts Gerban als dem bekanntesten und erfolgreichsten in der Südpfalz, war es das größte Lesefest in der Region. Unter Franz' Onkel Gregor hatte es in dessen letzten Jahren als Gutsherr nicht mehr stattgefunden, war von Franz aber bereits 1872 nach der Übernahme der Leitung des Weinguts wiederbelebt worden, wenn auch anfangs in bescheidenerem Rahmen als heute.

»Aber als Sie nach Altenstadt kamen, waren noch andere Zeiten«, erwiderte Frau Kramm Irene nun. »Sie waren damals ein Küchen ...« Sie hielt abrupt inne und legte, über ihre Worte erschrocken, die Hand vor den Mund.

»So ist es, Frau Kramm. Ich habe als Küchenmädchen im Hause Gerban angefangen. Daraus habe ich nie einen Hehl gemacht und werde es auch nie tun. Aber nun sollte ich mich mit dem Schneiden sputen, denn die Gulaschsuppe muss doch sicherlich noch mehrere Stunden lang köcheln.«

»Das hat keine so große Eile«, beschwichtigte Frau Kramm. »Frau Burger hat angeordnet, dass es die Suppe erst zum Abendessen geben soll. Am Nachmittag werden die kalten Speisen, Würste und Käse, Kraut- und Kartoffelsalat und natürlich das große Kuchenbuffet angeboten.«

»Aha.« Irene enthielt sich jedes weiteren Kommentars. Tatsächlich war sie von ihrer Schwiegermutter Pauline und Frau Burger zwar bei der Auswahl der Speisen mit einbezogen worden und fand ihre Vorschläge alle berücksichtigt. Aber die genaue Planung des Fests war dann wieder einmal ohne sie erfolgt.

Irene wusste, dass dahinter keine böse Absicht steckte. Die Zwillinge waren in den letzten Wochen erkältet gewesen und mussten das Bett hüten. Natürlich ließ Irene es sich nicht nehmen, die Mädchen selbst zu betreuen, an ihren Bettchen zu sitzen, sie zu waschen, ihnen Pfefferminztee und Grießbrei zu verabreichen und ihnen die bittere Medizin, die sie schlucken mussten, mit Vorlesen zu versüßen.

Dennoch hätte Rosa, die jetzige Kammerzofe und ehemalige Krankenschwester, sie in der Zeit, in der die Symptome abklangen, durchaus ablösen können, damit Irene an den weiteren Planungen teilnehmen konnte. Doch jedes Mal, wenn sie dazu einen Vorstoß unternommen hatte, war sie vor vollendete Tatsachen gestellt worden: Die Sitzordnung für die bedeutenden Gäste, die Anzahl der Tische und Bänke, die im Kelterhaus und den angrenzenden Wirtschaftsgebäuden aufgestellt werden sollten, der Tanzboden in der Scheune, sogar der herbstliche Blumenschmuck und die Musikkapelle, alles war schon in Auftrag gegeben oder entschieden, wenn sie sich danach erkundigte.

Genauso wie schon in den letzten Jahren, seitdem Pauline kurz vor ihrer Niederkunft mit den Zwillingen das Fest zum ersten Mal selbst organisiert hatte. Nur die Einladungen an die Ehrengäste durfte Irene schreiben.

Nun waren die Mädchen schon seit einigen Tagen wieder gesund, und Irene hatte mehr denn je das Gefühl, allen im Wege zu stehen, die das Fest vorbereiteten, wenn sie ihre Mithilfe anbot.

Zudem ließ Franz' Rückkehr Tag für Tag auf sich warten. Ursprünglich hatte er schon vor einer Woche zurück sein wollen. Dieses Vorhaben musste er aufgeben, weil die Ausfertigung des Liefervertrags mit Blauberg und Söhne sich ständig verzögerte.

Nun hatte er gestern Abend aus Mainz telegrafiert, dass er dort feststecken würde, weil sein Zug aufgrund eines technischen Defekts nicht weiterfahren konnte, aber hoch und heilig versprochen, am frühen Nachmittag in Weißenburg einzutreffen. Peter, der junge Kutscher, den der alte Riemer aus Altenstadt zu seinem Nachfolger ausgebildet hatte und der nun in Schweighofen tätig war, sollte ihn abholen.

Heute Morgen war Irene dann beim Frühstück der Kragen geplatzt. Von Pauline erfuhr sie, dass es schon wieder rein gar nichts für sie zu tun gäbe. »Am besten ruhst du dich noch ein bisschen aus, meine Liebe, bis die ersten Gäste kommen«, schlug ihre Schwiegermutter fürsorglich vor. »Es wird ein langer Tag für dich werden. Du musst mit Franz nicht nur die Gäste begrüßen, sondern bis spät in die Nacht ausharren, da jedermann einen früheren Rückzug als Zeichen zum Aufbruch deuten würde. Bis Mitternacht wird das Fest mindestens dauern. Während du ruhst, kann Rosa die Mädchen betreuen.«

»Das kann Rosa gerne tun.« Irene merkte selbst, wie schnippisch ihr Tonfall war. »Aber ausruhen will ich mich derweil nicht. Wenn ihr mich nirgendwo gebrauchen könnt, helfe ich eben in der Küche mit, da, wo ich bei den Gerbans einmal zu arbeiten begonnen habe.«

»Aber …« Irene ignorierte Paulines betroffenen Gesichtsausdruck, warf ihre Serviette auf den Tisch und stand auf. »Ich gehe mich jetzt umziehen.«

In einem abgetragenen Waschkleid, das noch aus ihrer Zeit als Fabrikarbeiterin stammte, tauchte sie wenig später in der Küche auf, wo die beiden Köchinnen und vier Landarbeiterfrauen eifrig werkelten.

Ingrimmig hackte sie jetzt auf die Zwiebeln ein, die sie geschält hatte, und merkte gar nicht, dass die anderen Frauen ihr immer wieder verstohlene Blicke zuwarfen und sich hernach bedeutungsvoll ansahen.

So kann es auf keinen Fall weitergehen, beschloss sie. *Mir fällt hier die Decke auf den Kopf. Ich muss endlich wieder etwas Sinnvolles zu tun haben.*

Wieder grübelte sie über Minnas Aussage bei ihrem Besuch vor einigen Wochen nach. *Ich habe sogar am Grab meiner Mutter versprochen, dass ich mich für die Rechte der Frauen einsetzen werde. Wenn ich doch nur wüsste, wie ich das bewerkstelligen kann.*

Bahnhof in Landau
3. November 1877, gegen Mittag

»Das darf doch nicht wahr sein. So ein verfluchter Mist!«

Ratlos und wütend zugleich sah Franz dem Dampfzug nach, dessen Rücklichter gerade im Novembernebel verschwanden. Neben ihm stellte der Gepäckmann schwer atmend die beiden Koffer ab.

»Wie komme ich denn heute noch nach Weißenburg? Wissen Sie das?«

Der Mann hob die Schultern. »Leider nein, gnädiger Herr. Am besten fragen Sie den Bahnhofsvorsteher.«

»Eine gute Idee!«, stimmte Franz grimmig zu. »Dem werde ich was erzählen!«

»Soll ich Ihr Gepäck wieder zurücktragen?«, fragte der Mann schüchtern. Er wirkte abgehärmt und viel zu dünn für den harten Beruf, den er ausübte.

»Natürlich! Natürlich! Und das versprochene Trinkgeld bekommen Sie auch! Sie können ja nichts dafür, dass der Zug nicht lange genug gewartet hat.«

Ein freudiges Strahlen zog über das zerfurchte Gesicht des Gepäckmanns. Sicher war er nicht viel älter als vierzig Jahre, glich aber bereits einem Greis. Gepäckmänner erhielten von ihrem Brotgeber, in der Regel der Eisenbahngesellschaft, nur einen Hungerlohn und waren auf die Trinkgelder der Passagiere angewiesen.

Wieder einmal wurde Franz bewusst, dass er trotz seiner Verkrüppelung zu den gesellschaftlich Privilegierten dieses Landes gehörte. Er beschloss, dem Mann das Doppelte der ihm versprochenen Summe zu geben, zumal er die schweren Koffer ja erneut in die Bahnhofshalle schleppen musste, wo sich das Büro des Vorstehers befand.

»Warten Sie bitte hier draußen«, beschied er dem Mann und betrat das Kontor. Ein Beamter in der Uniform der Eisenbahngesellschaft erhob sich hinter seinem verschrammten Schreibtisch. »Sie wünschen, mein Herr?«

»Sind Sie der Bahnhofsvorsteher?«

»Ich bedauere, der Herr Vorsteher speist gerade zu Mittag und darf nicht gestört werden.«

»Da drin?« Franz zeigte auf die geschlossene Tür hinter dem Beamten.

»Jawohl … aber, was tun Sie denn da? Sie dürfen da nicht hinein!«

»Wollen Sie sich etwa an einem Kriegsversehrten vergreifen?« Der Mann, der Franz schon am Arm gepackt hatte, ließ ihn daraufhin los, als hätte er sich an ihm verbrannt.

Bevor Franz die Gelegenheit nutzen und die Tür öffnen konnte, kam der Bahnhofsvorsteher aber schon heraus, ohne Mütze und mit der Serviette noch in der Hand.

»Was geht hier vor?«, herrschte er seinen Untergebenen und Franz gleichermaßen an.

»Was hier vorgeht? Das frage ich Sie!« Franz blieb dem Beamten nichts schuldig. »Schon gestern bin ich Opfer der Unzuverlässigkeit Ihrer Bahn geworden. Ich musste wegen eines technischen Defekts, der die Weiterfahrt unmöglich machte, in Mainz übernachten. Nun hatte der Zug, den ich heute nahm, bereits ab Mannheim enorme Verspätung. Und wissen Sie warum?« Franz deutete mit dem Finger seiner freien Hand auf den Beamten und stützte sich mit der anderen schwer auf seinen Gehstock. Bei dem vergeblichen Versuch, den Anschlusszug noch zu erreichen, war seine Prothese verrutscht. Wie so oft, wenn er sich schnell damit bewegte.

»Woher soll ich das wissen?« Noch ließ sich der arrogante Beamte nicht aus der Contenance bringen.

»Weil Sie diesen Bahnhof leiten!« Franz wurde laut. »Und wissen sollten, dass der Zug nach Straßburg auf die verspäteten Passagiere aus Mannheim zu warten hat, weil diese wiederum auf einen verspäteten Zug aus Stuttgart warten mussten.«

»Das ist durchaus geschehen, mein Herr. Ich habe dem Lokführer Anweisung gegeben, erst fünf Minuten nach der Ankunft des Mannheimer Zuges abzufahren. Das dürfte doch wohl reichen, um den Bahnsteig zu wechseln.«

»Ja, wenn man gesunde Glieder und kein schweres Gepäck hat, Sie …«, Franz suchte nach einem passenden Schimpfwort, »Sie unsäglicher Ignorant!« Er zerrte an seinem linken Hosenbein, bis die Metallschiene seiner Prothese sichtbar wurde.

In der Tat hatte Franz die wenigen Minuten, die der Zug nach Straßburg gewartet hatte, nahezu vollständig gebraucht, um den

Waggon mit seinem schweren Gepäck überhaupt zu verlassen. Bis er den Gepäckmann gefunden und zum Bahnsteig des abfahrenden Zuges gehinkt war, war es zu spät gewesen.

Trotz der Beleidigung wirkte der Vorsteher betroffen. »Das bedauere ich wirklich sehr, mein Herr!«

»Wann geht der nächste Zug mit Halt in Weißenburg?«

Hektische rote Flecken zeigten sich auf den Wangen des Beamten. »Leider erst gegen zehn Uhr abends. Es ist der Nachtzug nach Paris.«

»Zehn Uhr?« Jetzt brüllte Franz wirklich. »Das ist nicht Ihr Ernst!« Mit diesem Zug wäre er frühestens kurz vor Mitternacht in Schweighofen. Das Lesefest wäre um diese Uhrzeit so gut wie vorbei.

Er warf einen Blick auf die große Wanduhr. Sie zeigte zehn Minuten vor eins.

»Ich habe um drei Uhr einen unaufschiebbaren Termin in Schweighofen. Wie komme ich jetzt von Landau aus weiter?«

»Am besten, Sie nehmen eine Mietsdroschke. Dann könnten Sie in ungefähr drei Stunden dort sein.«

Franz holte tief Luft. »Eine Mietsdroschke, so, so.« Eigentlich war dies eine brauchbare Idee, denn anders würde er nicht vor dem späten Abend weiterkommen. Dennoch ärgerte er sich darüber, nicht selbst darauf gekommen zu sein, und ließ dies nun an dem Bahnhofsvorsteher aus. »Gesetzt den Fall, ich finde überhaupt einen Kutscher, der bereit ist, den weiten Weg hin- und zurückzufahren, wer trägt die immensen Kosten dafür? Ich habe die Bahnfahrkarte schließlich bereits bezahlt.«

»Wir können Ihnen den Fahrpreis bis Weißenburg erstatten«, bot der Beamte an.

»Dabei komme ich nicht einmal auf eine Mark«, schätzte Franz. »Die Droschke nach Schweighofen wird mich aber mindestens das Zehnfache kosten.«

»Über eine höhere Summe kann ich leider nicht entscheiden.« Der Beamte verbeugte sich knapp. »Ob man Ihnen die

Kosten für die Kutschfahrt erstatten kann, muss meine vorgesetzte Dienststelle in Mannheim entscheiden. Dazu müssten Sie dort eine förmliche Beschwerde einreichen.«

»Seien Sie versichert, das werde ich tun.« Die nächsten Worte entschlüpften Franz, ehe er recht darüber nachgedacht hatte. »Schließlich sprechen Sie gerade mit einem zukünftigen Abgeordneten des Deutschen Reichstags.«

Als Franz den Gepäckmann mit zwei Mark, nahezu einem durchschnittlichen Tagesverdienst, entlohnt hatte und eine Viertelstunde später in der Mietsdroschke saß, überlegte er, was da in ihn gefahren war.

Vor seiner Abreise aus Berlin war er beim Frühstück noch einmal Ernest Lauth begegnet. Der ehemalige Bürgermeister erzählte ihm, dass er Franz bei seinem Gespräch mit Carl August Schneegans, dem Führer der Autonomisten, bereits als möglichen Kandidaten für den Bezirk Hagenau-Weißenburg bei der nächsten Wahl im Januar 1880 ins Spiel gebracht hätte. Franz war gleichermaßen geschmeichelt wie verärgert ob dieser Eigenmächtigkeit Lauths gewesen. Sie waren so verblieben, dass Lauth eine Begegnung zwischen Franz und Schneegans arrangieren sollte, möglicherweise in Straßburg, wo sich beide öfter aufhielten. Den Zeitpunkt für das Treffen hatte Franz bewusst offengelassen.

Jetzt grübelte er darüber nach, warum aus der anfangs vagen Idee so rasch eine für ihn sehr attraktive Option geworden war. Trotz der Probleme, die damit einhergehen würden.

Ich habe ja noch mehr als zwei Jahre Zeit, bis ich antreten müsste. Bis dahin ist Hansi Krüger sicher so weit, Kerner auf dem Weingut zu entlasten, sodass der in den Weinhandel einsteigen kann.

Die weitaus schwierigere Frage war, wie Irene auf diesen Plan reagieren würde. Schließlich wäre Franz als Abgeordneter noch weit häufiger unterwegs als jetzt und damit fern seiner Familie.

Ein Problem, für das ihm auf der ganzen Fahrt nach Schweighofen keine rechte Lösung einfallen wollte.

Weingut bei Schweighofen
Samstag, 3. November 1877, am frühen Nachmittag

»Der gnädige Herr war leider nicht im Zug.« Verlegen drehte der Kutscher Peter seinen Hut in den Händen.

Irene starrte den jungen Mann ungläubig an. »Bist du dir da ganz sicher?«

»Ich habe am Bahnsteig gewartet, bis alle Fahrgäste ausgestiegen waren. Dann habe ich noch in der Halle und auf dem Vorplatz nachgeschaut, ob der gnädige Herr mich vielleicht übersehen hat, und bin danach extra noch einmal zurück auf den Bahnsteig gelaufen. Doch ich habe ihn nirgendwo gesehen. Zum Glück hat der Fahrer einer Mietsdroschke derweil ein Auge auf den Einspänner gehabt. Ich wollte das Pferd nicht unbeaufsichtigt lassen, weil es schon auf der Hinfahrt so unruhig war. Der Droschkenfahrer meint, es könnte an den Hufeisen liegen, wir sollten …«

»Ich danke dir, Peter«, fiel Pauline ihm ins Wort. »Mein Sohn war offenbar nicht im Zug, daran lässt sich nun einmal leider nichts ändern. Nun geh und schau nach dem Pferd. Du kannst den Hufschmied sofort für Montag bestellen, wenn es nötig ist.«

Typisch, schoss es Irene durch den Kopf. Ungerechtfertigterweise verübelte sie Pauline ihr Eingreifen. *Mit Dingen, die nebensächlich für sie sind, hält sie sich gar nicht erst auf. Ganz die geborene Gutsherrin.*

Pauline schien zu spüren, dass Irene etwas bewegte. Als Peter den Salon verlassen hatte, suchte sie jedoch zunächst an der falschen Stelle. »Nun mach dir keine Sorgen, meine Liebe! Franz wird schon noch kommen.«

Ihre Beschwichtigung steigerte Irenes Ärger nur noch mehr.

»Wie denn? Meines Wissens war das der letzte Zug, der heute in Weißenburg hält.« Sie kannte die Fahrpläne mittlerweile besser als Franz, weil sie sich jedes Mal so sehr auf seine Rückkehr freute.

»Oh, was für ein Pech!« Pauline überlegte kurz, dann straffte sie die schmalen Schultern. »Wir beide werden die Gäste eben allein begrüßen müssen. Es wird gewichtige Gründe haben, dass Franz verhindert ist.«

»Wir sind kein Ersatz für den Gutsherrn. Die Leute werden sein Fernbleiben übel vermerken.«

Pauline warf einen Blick auf die Standuhr. Noch war ungefähr eine halbe Stunde Zeit, bis sie sich umziehen mussten.

»Irene, was ist denn heute nur los mit dir? Erst die kleine Szene am Frühstückstisch, dann verschwindest du für mehr als drei Stunden in der Küche, und jetzt hast du schon wieder schlechte Laune.«

»Was soll mit mir los sein? Wo doch alles wie immer ist.«

Pauline fasste Irene am Arm. »Setzen wir uns noch ein wenig aufs Sofa. Und dann erzählst du mir, was dich bedrückt.«

Halbherzig folgte Irene Paulines Aufforderung. Eigentlich verspürte sie wenig Lust, gerade ihrer Schwiegermutter jetzt ihr Herz auszuschütten.

»Also!« Pauline sah Irene erwartungsvoll an.

»Nutzlos fühle ich mich. Nutzlos und überflüssig!«, brach es aus Irene heraus. »Ich denke, ich bin für ein Leben als feine Dame einfach nicht gemacht.«

Pauline wirkte betroffen. Sie öffnete schon den Mund zu einer Antwort, als Irene sie mit einer Geste daran hinderte.

»Du wolltest es wissen, dann höre mir jetzt auch zu. Ich habe mein ganzes Leben lang gearbeitet, schon von Kindesbeinen an. Aber etwas Rechtes gelernt habe ich dabei trotzdem nicht. Zum Beispiel, wie man einen großen Haushalt führt. Das können Frau Burger und du viel besser.«

»Ich kann dich alles lehren, was du nicht weißt, Irene. Hätte ich früher gewusst, dass ich dich gar nicht entlaste, sondern dir nur Verdruss bereite, wenn ich die Führung des Haushalts übernehme, hätte ich dich schon längst eingewiesen. Aber ich dachte, nach deinem schweren Schicksal, besonders in der Zeit der Trennung von Franz, wärst du froh, nicht mehr arbeiten zu müssen.«

»Ja und nein«, gab Irene zu. »Natürlich möchte ich nicht mehr so schuften müssen wie in der Fabrik. Aber gar nichts zu tun liegt mir auch nicht.«

Pauline musterte Irene prüfend. »Was würdest du denn gerne tun? Bei Licht besehen kann ich mir kaum vorstellen, dass es die Haushaltsführung ist. Denn du bist sonst auch nicht auf den Mund gefallen, wenn irgendetwas ist, und hättest mich das daher sicher längst wissen lassen.«

Irene erwiderte Paulines Blick. »Da hast du recht«, gab sie zu. »Es würde mich vielleicht beschäftigen, aber nicht ausfüllen. Ich möchte Franz auch nicht bei der Führung seiner Weinfilialen oder auf dem Weingut helfen. Das reizt mich ebenfalls nicht.«

»Weißt du denn überhaupt, was du lieber tun würdest?«

»Nur vage«, räumte Irene ein. »Ich würde gerne etwas für Frauen tun.«

»Für Frauen?« Pauline klang verwirrt. »Was meinst du denn damit?«

»Ich habe dir doch einmal erzählt, dass ich Heimarbeiterinnen gelehrt habe, mit einer Nähmaschine umzugehen. Damals in Frankenthal. Damit sie einen besseren Lohn erzielen können. So etwas in dieser Art stelle ich mir vor.«

Pauline überlegte. »Wir könnten eine zweite Nähmaschine anschaffen«, schlug sie vor. »Darauf könntest du unsere Landarbeiterfrauen das Nähen lehren. Und wenn sie es können, stellen wir die Maschine in einen Raum, in dem jede Frau sie bei Bedarf benutzen kann. Zum Beispiel in das Kämmerchen neben dem Verwalterkontor. Es ist freundlich, hell und viel zu schade, um staubige Akten darin zu verwahren.«

Irene ließ sich das durch den Kopf gehen. Die Aufgabe reizte sie in der Tat. Dennoch hatte sie einen Einwand.

»Und wenn alle Frauen, die es lernen wollen, nähen können? Was tue ich dann?«

»Wir könnten den Pastor von Schweighofen und den Pfarrer von St. Ulrich in Altenstadt fragen, ob du mit ihrer Unterstützung auch Nähkurse in den Gemeinden geben könntest. Ich bin sicher, dass Franz dem zustimmen wird. Er weiß ja, dass du ursprünglich …« Sie ließ den Satz unvollendet, da sie noch nach den richtigen Worten suchte.

»Dass ich ursprünglich in sehr bescheidenen Verhältnissen aufgewachsen bin. Das meinst du doch.«

Pauline nickte. »Zumindest gibt er nicht viel auf die Meinung der Leute. Darin seid ihr euch ähnlich.«

Irene wusste, was Pauline meinte. Für eine Frau ihres jetzigen Standes schickte es sich nicht einmal, selbst zu nähen, geschweige denn, es anderen Frauen beizubringen.

»Würdest du das denn auch mittragen?«, fragte sie Pauline. »Denn einige deiner Freundinnen werden es sicher nicht gutheißen.«

Pauline zuckte mit den Achseln. »Das nehme ich in Kauf. Sie müssen sich endlich an dich gewöhnen.«

Irene durchfuhr ein leichter Stich. Nicht nur Ottilie und Gregor Gerban ließen sie ihre vermeintlich niedrige Herkunft spüren. Auch andere Damen aus Paulines Bekanntenkreis waren noch immer pikiert über ihre Ehe mit Franz. Das hatte sie schon kurz nach ihrer Heirat bei den ersten gemeinsamen Besuchen mit Pauline gespürt. Und diese dann schnell wieder eingestellt.

Die Uhr schlug die volle Stunde. »Wir müssen uns jetzt umziehen«, drängte Pauline. Traditionell erschienen die Gutsherrinnen beim Lesefest in der Festtracht der Landfrauen. »In spätestens einer Stunde treffen die ersten Gäste ein.«

Sie stand auf. »Und wenn dir meine Vorschläge auch morgen, wenn du eine Nacht darüber geschlafen hast, noch gefallen, dann lass sie uns alsbald in Angriff nehmen.«

Irene nickte. So ganz war sie nicht davon überzeugt, dass die Nähkurse ihr Dilemma lösen würden. Aber es war zumindest ein Anfang.

Trude Ludwigs Haus in Lambrecht
November 1877

»Ich will noch mit Emma sprechen. Schließlich ist und bleibt sie meine Frau.« Trotzig stellte Georg Schober einen Fuß in die Türschwelle und hinderte Trude Ludwig auf diese Weise daran, die Haustür wieder zu schließen.

»Aber Sie haben Ihr Geld doch bekommen. Emma schläft. Sie hatte eine unruhige Nacht.«

»Das ist mir egal!« Georg wurde lauter. Seine blutunterlaufenen Augen funkelten tückisch. »Ich habe mit ihr zu reden! Sofort!«

»Lass es gut sein, Trude. Ich bin schon da.«

Zögernd trat die alte Frau zurück in den Flur und ließ Emma vorbei.

»Wann kommst du endlich zurück?«, schnauzte Georg seine Frau ohne Gruß an.

»Sobald du eine Wohnung und Arbeit gefunden hast, Georg. Das haben wir doch schon ein dutzend Mal besprochen.«

»Werde nicht frech, du Luder!« Georg hob drohend die Hand.

Trude trat daraufhin wieder einen Schritt vor, während Emma zurückwich. Beide Frauen stießen fast zusammen.

»Wenn du mich wieder schlägst, bekommst du kein Geld mehr!« Emmas Stimme klang schrill.

»Ich habe eine Dachkammer gefunden, in die ihr mit einziehen könnt. Du kannst gleich deine Sachen packen.«

»Und wo soll das sein?«

Georg nannte eine Adresse in einer Straße, die zu den heruntergekommensten und ärmsten von Lambrecht gehörte. Hier logierten überwiegend Bettler, Huren und noch schlimmeres Gesindel.

»Aber hast du denn auch Arbeit?«

»Die wird sich beizeiten finden. Was dir diese Schlampe aus Schweighofen schickt, reicht erst mal zum Leben für uns.«

»Irene wird jede Zahlung einstellen, wenn ich wieder zu dir zurückkehre. Zumindest, solange du noch keine Arbeit hast«, fügte Emma hastig hinzu, um ihren Mann nicht noch mehr zu reizen.

Trotzdem hob Georg erneut die Hand. »Du kommst sofort mit, Weib! Schließlich hat ein Mann auch Bedürfnisse! Du hast eheliche Pflichten zu erfüllen. Muss ich dich eigens daran erinnern?«

Jetzt trat Trude zwischen die beiden. »Emma bleibt hier bei mir. Was wollen Sie? Noch mehr Geld? Ich biete Ihnen fünf Mark aus meiner eigenen Kasse an. Davon können Sie sich mehr als einmal eine Dirne kaufen. Es dürfte genug davon geben, dort, wo Sie jetzt hausen.«

Einen Moment lang schwankte Georg zwischen trotziger Rechthaberei und Gier. Dann siegte die Gier.

»Zehn Mark!«, versuchte er zu handeln.

»Fünf Mark oder gar nichts.« Trude blieb fest. Als Georg nicht reagierte, ergriff sie die Initiative.

»Emma, geh und hol das Geld. Du weißt ja, wo meine Börse ist.«

Die junge Frau huschte zurück ins Innere des Hauses.

Was für ein Elend. Wieder wurde Trude von der ihr schon vertrauten Ratlosigkeit und dem Mitleid angesichts der immer unhaltbareren Situation der Familie Schober ergriffen.

Emma war nur noch ein Schatten ihrer selbst. Abgemagert bis auf die Knochen, Tag und Nacht von Ängsten und damit einhergehenden Albträumen und Schlaflosigkeit gequält, waren ihre aschblonden Haare dünn geworden und fielen in Büscheln aus, sodass ihr Kopf bereits einige kahle Stellen aufwies. Der Blick ihrer ehemals ausdrucksvollen dunkelgrauen Augen war heute stumpf, dunkle Ringe umschatteten sie.

Der früher ebenfalls stattliche Georg war dagegen von seiner Trunksucht gezeichnet. Sein Gesicht war aufgedunsen, die Nase mit den geplatzten Äderchen saß wie eine rote Geschwulst in seinem ansonst bleichen Gesicht. Er stank wie ein Schwein im Koben, da er weder sich noch seine verdreckte Kleidung wusch.

Die beiden Töchter, verschüchterte Wesen, lebten ob der vergangenen durchlittenen Schrecken und fortwährenden Bedrohung durch ihren Vater auch in Trudes Haus nicht wirklich auf. Da die Mädchen mittlerweile beide schulpflichtig waren, mussten sie das Haus jeden Tag verlassen. Mehr als einmal hatte Georg seine Töchter auf dem Schulweg abgefangen, bedroht und ihnen die Schulbrote abgenommen, obwohl er sie wenigstens nicht schlug. Deshalb zwang sich Emma nun trotz ihrer Furcht jeden Tag zweimal aus dem Haus, um Marie und Thea zur Schule zu bringen und wieder abzuholen. Dabei erledigte sie auch die notwendigen Einkäufe.

Trude, deren Gicht mittlerweile fortgeschritten war, konnte kaum mehr gehen und sie daher nicht begleiten. Schon zweimal hatte Georg auch Emma vor dem Einkauf aufgelauert und ihr das Geld entwendet, das sie dabeihatte.

Trotz der furchtbaren Situation lernten die Mädchen fleißig und gehörten zu den Besten ihrer Klasse. »Weil wir später für die Mama Geld verdienen wollen und dazu einen guten Beruf brauchen«, erklärte ihr die achtjährige Marie, als sie mit ihrem letzten guten Zeugnis nach Hause kam.

Wie konnte es nur so weit kommen? Es war zum Verzweifeln.

Leichte Schritte in ihrem Rücken kündigten Emmas Rückkehr an. Trude griff nach hinten, ließ sich die Münzen aushändigen und drückte sie Georg in die vor Schmutz starrende Hand.

Als er sich endlich trollte, schloss sie aufatmend die Tür. Für heute war die Gefahr ein weiteres Mal gebannt. Doch die Mädchen, die furchtsam in der Küche kauerten, wussten genauso gut wie Emma und sie selbst, dass ihnen wieder nur eine kurze Atempause vergönnt sein würde.

Weingut bei Schweighofen
3. November 1877, gegen drei Uhr

Irene schaute ein letztes Mal in den Spiegel und kontrollierte, ob ihr weißes Häubchen, das zur bäuerlichen Festkleidung der Pfälzerinnen gehörte, richtig saß. Franz war wie erwartet immer noch nicht eingetroffen. Also würde sie die Gäste tatsächlich gemeinsam mit Pauline an seiner Stelle begrüßen müssen.

Zum Glück klarte es draußen gerade auf. Bislang war der Tag neblig gewesen. Sie warf einen prüfenden Blick zum Himmel, als sie aus dem Gutshaus trat. Keine Regenwolken in Sicht. Das war gut, denn sowohl das Schwein als auch die Ochsenlende drehten sich schon seit einer geraumen Weile im Freien am Spieß. Und obwohl jeder verfügbare Raum im Kelterhaus und den angrenzenden Wirtschaftsgebäuden mit Tischen für die Gäste und das umfangreiche Buffet gefüllt war, würde ein Teil der Eingeladenen mit einem Platz in dem großen, an einer Seite offenen Zelt vorliebnehmen müssen, das einige Landarbeiter am Vormittag im Hof aufgestellt hatten. Kohlebecken würden dort drinnen wie auch in der nicht heizbaren Scheune, in der getanzt werden sollte, die Kühle des Novembertags in Schach halten.

Irene fand Pauline, die ebenfalls in die Tracht der Bäuerinnen gekleidet war, im Gespräch mit Frau Burger und den beiden Köchinnen im Kelterhaus. Dort war es im Gegensatz zu draußen mollig warm. Seit Tagen schon wurde der große, mit einer Eisenplatte luftdicht verschlossene Kamin geheizt. Man brauchte ihn nur wenige Male im Jahr und feuerte ihn nur an, wenn keine Rotweinmaische offen gärte.

An der dem Kamin gegenüberliegenden Wand war das große Buffet aufgebaut, das die Frauen gerade begutachteten. Frau Kramm aus Altenstadt und die Schweighofener Köchin Frau Grete waren regelrecht über sich hinausgewachsen. Seit Allerheiligen werkelten sie mit ihren Helferinnen ununterbrochen in der Küche.

Die Tische bogen sich unter der Last von Kartoffel- und Krautsalatschüsseln, frisch gebackenem Brot neben Butter und Griebenschmalz, verschiedenen Würsten und Käsesorten sowie aufgeschnittenem Braten, Fleischklopsen und eingelegten Heringen. Hinzu würde am Abend noch das Schweine- und Ochsenfleisch vom Spieß kommen.

Fleisch war insbesondere für die geladenen Landarbeiter und Tagelöhner, die bei der Lese geholfen hatten, eine rare Speise. Franz hatte als Gutsherr den Anspruch, dass seine Leute sich zumindest an diesem Tag daran satt essen sollten.

Auch an Süßspeisen mangelte es nicht. Grießbrei und mehrere Puddingsorten waren in irdenen Schüsseln angerichtet und liebevoll mit Obststücken und Minzblättern garniert. Es gab sogar zwei Schüsseln mit Schokoladenpudding, für den Frau Kramm ein ganzes Pfund des teuren Kakaopulvers verwendet hatte, das man nur im Kolonialwarenladen bekam.

Daneben standen Blechkuchen aller Art, mit Äpfeln, Birnen, eingemachten Kirschen und Pflaumen sowie Streuseln belegt, dazu Gewürzschnitten, Zimtschnecken und vieles andere mehr. Steif geschlagene Sahne wurde in Eiswasser kühl gehalten.

»Ein Fest, das sich sehen lassen kann!« Freudig drehte Irene sich um, als sie Minnas Stimme hinter sich hörte. »Das Weingut Gerban lässt sich wieder einmal nicht lumpen.«

Irene erwiderte Minnas Lächeln. »Leider fehlt nur der Hausherr«, antwortete sie in einem Anflug von Bitterkeit. Sie breitete die Arme aus, um ihre Freundin zu begrüßen. »Umso schöner, dass ihr schon da seid.«

Minna wich einen Schritt vor Irene zurück. »Ich bin noch immer erkältet. Halte ein wenig Abstand von mir!«

»Warst du nun endlich bei Dr. Frey?« Das war der in Weißenburg ansässige Hausarzt der Gerbans. »Wenn nicht, könntest du ihn heute einmal nach einem Termin in seiner Sprechstunde fragen. Er gehört auch zu unseren Gästen.«

Minna schüttelte den Kopf. »Ich trinke fleißig Salbei- und Fencheltee. Das hilft genauso gut und kostet nur ein paar Pfennige.«

»Damit können wir heute leider nicht dienen, Minna. Es gibt helles und dunkles Bier sowie unseren Wein, soviel das Herz begehrt. Dazu Kaffee, Apfelmost, Traubensaft und Milch. Soll ich Frau Grete bitten, dir etwas Tee zu kochen?«

»Das wird nicht nötig sein. Oh, ich sehe gerade, mein Schuhband hat sich gelockert.«

Minna bückte sich, um ihren Halbstiefel neu zu binden, als sie ein plötzlicher Hustenanfall schüttelte. Gekrümmt blieb sie stehen und zog ein Taschentuch aus dem Rock, das sie sich vor Mund und Nase hielt.

»Tante Minna!« Genau in diesem Moment stürmte Sophia ins Kelterhaus. Auch sie war entzückend in die Tracht der Landarbeiterinnen gekleidet. Bevor eine der beiden Frauen reagieren konnte, schlang Sophia der immer noch tief gebückten Minna auch schon die Ärmchen um den Hals und versuchte, sie auf den Mund zu küssen.

Zu Irenes Entsetzen stieß diese das Kind jedoch heftig von sich. Sophia landete auf dem Hosenboden und fing sofort durchdringend zu schreien an, wahrscheinlich eher vor Schreck als vor Schmerz. Irene nahm ihre Tochter auf den Arm und versuchte, sie zu trösten.

»Es … es tut mir leid«, keuchte Minna, immer noch von Husten geschüttelt. »Ich wollte der Kleinen nichts tun.«

Sophia barg ihr tränenüberströmtes Gesicht an der Schulter ihrer Mutter. »Hast du dir sehr wehgetan?«, fragte Irene besorgt.

Sophia schüttelte den Kopf. Sie schluchzte etwas Unverständliches.

Hilflos trat Minna näher und versuchte, Sophia über das Haar mit dem verrutschten Häubchen zu streichen. »Geh weg!«, schrie das Kind nun deutlich vernehmbar. »Wo du mich doch gar nicht mehr liebhast!«

»Ich bringe Sophia besser zurück ins Haus, bis sie sich beruhigt hat.«

»Das kann Rosa übernehmen«, ertönte Paulines Stimme in Irenes Rücken. »Der Pfarrer von Altenstadt und der Dorfschulze von Schweighofen kommen bereits die Auffahrt zum Gut hoch. Dicht dahinter sehe ich Ottilie und Gregor in ihrem Einspänner.«

Irene setzte Sophia ab. Minna, deren Hustenanfall nun abgeklungen war, ging vor dem Mädchen in die Hocke. »Ich bitte dich um Entschuldigung, Sophia. Ich wollte dir nicht wehtun! Ich habe dich weggestoßen, weil ich dich nicht anhusten wollte. Damit du dich nicht ansteckst. Verzeihst du mir? Ich habe dich nämlich immer noch lieb, sogar sehr lieb.«

Sophia hörte auf zu schluchzen und sah Minna forschend an. Schließlich streckte sie das Händchen aus. »Dann geh du mit mir ins Haus. Ich muss nämlich sowieso aufs Töpfchen.«

Irene fiel auf, dass Minna Handschuhe aus ihrem Beutel zog und sie überstreifte, bevor sie Sophias Hand ergriff. Kopfschüttelnd sah sie hinter den beiden her.

Minna benimmt sich immer seltsamer. Was kann das nur zu bedeuten haben?

In diesem Augenblick fiel ihr Blick auf das Taschentuch, in das Minna gehustet und sich hernach geschnäuzt hatte. Es musste ihr aus der Rocktasche gerutscht sein, in das sie es wieder hineingestopft hatte.

Mit spitzen Fingern hob Irene das Tuch auf und erstarrte vor Schreck. Der weiße Stoff war mit Blutstropfen gesprenkelt.

Weingut bei Schweighofen
3. November 1877, eine Stunde später

Franz ließ die Mietsdroschke fünfzig Meter vor dem Weingut halten und entlohnte den Kutscher. Anstatt der geforderten zehn drückte er ihm fünfzehn Mark in die Hand. Immerhin hatte der Kutscher die Fahrt in der kürzest möglichen Zeit von etwas mehr als drei Stunden geschafft.

Der Mann zog seine Mütze und bedankte sich überschwänglich. Sein Angebot, das Gepäck noch ins Gutshaus zu bringen, lehnte Franz ab. Er wollte seine Familie überraschen. »Stellen Sie die Koffer dort hinter das Gebüsch. Ich lasse sie später holen.«

Er sammelte sich noch einen Moment, während der Kutscher sein Gefährt wendete, und machte sich danach auf den Weg. Es war jetzt kurz vor halb fünf und wurde schon dunkel. Sicher waren die Gäste längst eingetroffen.

Tatsächlich begegnete Franz niemandem auf seinem kurzen Weg. Schon von Weitem hörte er das fröhliche Stimmengewirr vieler Menschen. Gerade, als er die Einfahrt erreichte, wurden die Gaslampen angeschaltet, die Franz schon vor zwei Jahren im Hof, dem Gutshaus und den wichtigsten Wirtschaftsgebäuden hatte installieren lassen.

In deren sanftem Schein stach ihm Irene sofort ins Auge, die sich mit ihren Töchtern an der Hand gerade mit Monsieur Payet, ihrem Weißenburger Anwalt, unterhielt. Das Herz ging ihm auf. Sie war wunderschön in der Tracht, die sie eigenhändig für sich, Pauline und die Mädchen genäht hatte.

Über einem dunkelroten Rock trug sie eine gelbe Schürze, ein schwarzes Leibchen und eine grüne Jacke. Ein gelbes Tuch mit

Fransen hatte sie über der Brust gekreuzt und im Nacken gebunden, sodass nur der Kragen der weißen Bluse hervorblitzte. Die Mädchen und seine Mutter Pauline, die die feine Lochstickerei an den weißen Häubchen beigesteuert hatte, trugen die gleiche Tracht, nur in anders kombinierten Farben.

»Papa! Da ist Papa!« Schon rannte Fränzel auf ihn zu. Auch er war wie ein Bauernjunge am Sonntag gekleidet, mit einer hellen Leinenhose, dazu passender Weste und Jacke über einem locker fallenden weißen Hemd und einem keck um den Hals geschlungenen roten Tuch.

»Nicht ganz so stürmisch, mein Junge! Du reißt mich ja um!« Tatsächlich brachte ihn Fränzel beinahe aus dem Gleichgewicht, als er sich in Franz' ausgebreitete Arme warf. Die beiden umfingen sich innig.

»Papa!« Nun hatte auch Sophia ihn entdeckt und zwängte sich zwischen ihren großen Bruder und ihn. Franz ging vorsichtig in die Hocke und schloss beide fest in die Arme.

Als er Irenes Gegenwart spürte, sah er zögernd auf. Etwas ängstlich sah er ihr ins Gesicht. Doch auch ihre blauen Augen strahlten ihn liebevoll an.

»Wie schön, dass du doch noch gekommen bist!« Zärtlich fuhr sie Franz durch das Haar. Er drückte ihr und Klara, die sie auf dem Arm hielt, einen keuschen Kuss auf die Stirn. Mehr erlaubte der öffentliche Rahmen, in dem ihre Begrüßung nach seiner über dreiwöchigen Abwesenheit stattfand, nicht, zumal jetzt ein Teil der Gästeschar ebenfalls auf ihn aufmerksam geworden war.

Franz gab auch seiner Mutter, die sich zunächst im Hintergrund gehalten hatte, einen Kuss auf die Wange und schüttelte Nikolaus Kerner die Hand. Er bat den Verwalter, zwei Burschen loszuschicken, um sein Gepäck ins Haus zu bringen.

Dann wandte er sich den Gästen zu, die ihm entgegenströmten. »Ich bin gerade mit einer Droschke aus Landau gekommen und heiße Sie alle herzlich willkommen zum Lesefest. Nachdem ich zwei Tage unterwegs war, würde ich mich aber gerne erst einmal frischmachen und verspreche, danach jeden von Ihnen persönlich zu begrüßen.«

Zwanzig Minuten später erschien Franz, nun ebenfalls in bäuerlicher Festtagskleidung, mit Irene am Arm wieder unter den Gästen. Sie hatten es sich nicht nehmen lassen, sich zumindest in der Abgeschiedenheit ihrer Schlafkammer innig zu küssen. Am liebsten hätte Franz Irene gleich auf das mit blütenweißem Leinen bezogene große Himmelbett gezogen. Doch das musste noch warten.

Während er sich mit kaltem Wasser wusch und die Kleider anzog, die Irene ihm bereitlegte, erzählte er ihr kurz von seiner mühsamen Rückreise. Den erfolgreichen Vertragsabschluss mit Blauberg und Söhne hatte er bereits von Berlin aus telegrafiert.

»Wirst du denn jetzt öfters dorthin fahren müssen?«

»Höchstens zweimal im Jahr, jeweils im Frühjahr und im Herbst vor Beginn der Saison.« Angesichts Irenes ängstlicher Stimme biss Franz kurz wieder das schlechte Gewissen, als er an seine Pläne dachte, sich als Abgeordneter zur Wahl zu stellen. *Aber das ist ja noch Jahre hin,* tröstete er sich. *Heute will ich erst einmal mein Zuhause genießen. Zumal dies meine letzte längere Reise in diesem Jahr gewesen ist.*

»Ich bin so froh, dass du noch rechtzeitig genug gekommen bist, um den Leuten persönlich zu danken und ihnen ihre Prämie zu überreichen.«

Irene hielt Franz den Henkelkorb entgegen, der die namentlich gekennzeichneten Beutelchen mit den Münzen enthielt, die jedem Helfer beim Lesefest überreicht wurden.

»Ich habe Kerner gebeten, auch Beutel für das Küchenpersonal vorzusehen. Die Frauen haben buchstäblich Tag und Nacht gearbeitet. Die Speisen munden den Gästen vorzüglich.«

Franz war das nur recht. Die Entlohnung des Hauspersonals überließ er vollständig seiner Frau. Mit Irene an seiner Seite begrüßte er nun jeden der zahlreichen Gäste und übergab bei dieser Gelegenheit die Beutelchen an die Mitarbeiter des Weinguts. »Ich danke Ihnen für Ihren großen Einsatz in diesem Jahr, der dazu beigetragen hat, uns eine so fantastische Ernte zu bescheren.«

Franz' Dankesformel war bei jedem Arbeiter und jeder Arbeiterin die gleiche. Natürlich enthielten die Beutelchen unterschiedliche Summen. Nikolaus Kerner, der Verwalter, und Johann Hager, der Kellermeister, erhielten je fünfzig Mark, Hansi Krüger und die Vorarbeiter je fünfundzwanzig. Diese Summe hatte Irene auch in die Beutel für die beiden Köchinnen füllen lassen. Deren Augen strahlten besonders vor Dankbarkeit, betrug ihre Prämie doch einen ganzen Monatslohn.

Alle Arbeiter des Weinguts erhielten fünfzehn Mark, ihre Frauen und sogar die Tagelöhner, die man mit dem heutigen Tag wieder entlassen musste, immerhin noch zehn Mark. Mit dieser großzügigen Geste und dem üppigen Fest hob sich das Weingut Gerban von allen anderen Pfälzer Weingütern ab.

Und die Leute dankten es Franz. Niemand hatte gekündigt, um sich in Lambrecht, Pirmasens oder Kaiserslautern als Fabrikarbeiter zu verdingen, seitdem er die Leitung des Weinguts vor mehr als fünf Jahren übernommen hatte. Und die Tagelöhner rissen sich regelmäßig um die Helferstellen zur Zeit der Lese, sodass Franz nie einen Mangel an Arbeitskräften zu beklagen hatte wie andere Weingüter in der Region.

»Und nun lasst uns nach Herzenslust schmausen!« Bislang hatten die Gäste vor allem den kalten Speisen und dem Kuchen zugesprochen. Nun versammelten sie sich erwartungsvoll um die Spieße mit dem appetitlich duftenden Fleisch. Frau Grete schleppte einen großen Topf mit Soße heran, dicht gefolgt von Frau Kramm mit ihren Helferinnen, die Klöße, gekochte Kartoffeln und verschiedene Gemüse brachten. Zwei Stallburschen stellten den riesigen gusseisernen Topf mit der würzig riechenden Gulaschsuppe dazu, für die Irene am frühen Morgen die Zwiebeln und Möhren geschnitten hatte.

Franz saß am Kopfende des Tischs mit den Ehrengästen, der im Kelterhaus aufgestellt war, und genoss das herzhafte Mahl. Eine große Dankbarkeit erfüllte ihn, als er in die fröhliche Runde blickte. Nun musste nur noch der Eiswein gelingen, dann wäre es wieder ein reiches Erntejahr. Das Weingut wuchs und gedieh, auch der Weinhandel entwickelte sich prächtig. Was wollte er mehr!

Ein kühner Gedanke erfasste ihn. *Warum nicht? Nach all der langen Zeit kann ich es wagen! Obwohl ich nie gern getanzt und es mit der Prothese auch nie versucht habe, habe ich heute Abend doch Lust dazu.*

Als es acht Uhr wurde und alle Gäste gesättigt waren, gab er der Musikkapelle, die bislang nur leise Tischmusik gespielt hatte, ein Zeichen.

»Macht euch nun auf in die Scheune! Der Tanz beginnt! Spielt zuerst einen Walzer!«

Fröhlich erhob sich die Menge und folgte Franz, der wieder Irenes Arm genommen hatte. In der Scheune angekommen wartete er, bis die Musiker ihre Instrumente gerichtet hatten. Dann verbeugte er sich formvollendet vor der verblüfften Irene und führte sie auf die Tanzfläche. Die Kapelle stimmte eine Melodie an. Franz umfasste Irene mit seiner Rechten oberhalb der Taille, ergriff mit seiner Linken ihre rechte Hand und eröffnete mit ihr den Tanz. Zwar ging es mehr schlecht als recht, da ihn seine Prothese behinderte und ab und zu stolpern ließ, sodass er aus dem Takt kam, doch der aufbrandende Applaus, der die Musik fast übertönte, machte das wett.

Irene, die nie tanzen gelernt hatte, überließ sich ganz seinem Rhythmus und schloss dabei sogar die Augen. Als er den innigen, hingebungsvollen Gesichtsausdruck wahrnahm, brach sich mit Macht ein Gedanke in ihm Bahn, der ihn ganz und gar erfüllte.

Glück! So fühlt sich Glück an! Ich bin der glücklichste Mann der Welt.

Kapitel 4

Lambrecht
Dezember 1877

»Ist mein Geld etwa schlechter als das der anderen Freier?« Herausfordernd starrte Georg Schober die Bordellwirtin an.

Die ließ sich nicht beeindrucken. »Die Mädchen in diesem Haus sind sauber. Darauf lege ich den allergrößten Wert. Filzläuse, Flöhe oder noch schlimmeres Ungeziefer halten wir von hier fern. Entweder Sie lassen sich baden, das kostet nur eine Mark mehr. Oder Sie gehen wieder.«

Georg gab nach. Mürrisch folgte er der dicken Frau in ihrem hochgeschlossenen schwarzen Kleid. So aufreizend die Mädchen und jungen Frauen, deren Dienste sie verkaufte, auch aufgemacht waren, so spießig wirkte die Bordellbesitzerin selbst. Wäre man ihr auf der Straße begegnet, hätte man sie gut und gerne für eine Stütze der örtlichen Kirchengemeinde halten können. Lediglich der abschätzige Blick, mit dem sie ihre Kunden musterte, sprach eine andere Sprache.

Die Frau öffnete die Tür zu einem Raum, aus dem Georg dichter, nach Seife riechender Dampf entgegenquoll, der ihm anfangs die Sicht nahm. Als sich seine Augen an das Zwielicht gewöhnt hatten, bemerkte er eine Reihe von hölzernen Badezubern, von denen ungefähr die Hälfte besetzt war. Nur mit dünnen Leinenhemden bekleidete Mädchen schrubbten einigen Gästen den Rücken oder wuschen ihnen die Haare. In anderen, nur mit durchsichtigen Vorhängen abgetrennten Zubern tummelten sich die Dirnen offensichtlich in einschlägiger Weise mit ihren Kunden.

Georg war verblüfft. Von diesem Haus hatte er schon viel gehört, es allerdings bislang gemieden, weil es ihm zu teuer war. Heute jedoch war ihm das Glück hold gewesen. Er hatte eine Börse mit fünfzig Mark in Goldmünzen auf der Straße gefunden und beschlossen, sich davon nicht nur ein ausgiebiges Trinkgelage, sondern zuvor einen Besuch in diesem Bordell zu leisten.

»Wie viel wollen Sie ausgeben?« Der Blick der Hurenwirtin glitt abfällig über seine verschmutzte, abgetragene Kleidung.

»Was kostet es denn?«

Ein spöttisches Lächeln verzerrte das feiste Gesicht der Frau zu einer Grimasse. »Fünf Mark mindestens. Für eine halbe Stunde ohne Extras. Dazu kommt eine Mark fürs Baden.«

»Ich will eine Dirne für zehn Mark«, beschloss Georg spontan. Heute wollte er es sich einmal richtig gut gehen lassen. Es war ohnehin ein stetiger Stachel in seinem Fleisch, dass er für das, was ihm als verheiratetem Mann zustand, bezahlen musste, seit Emma ihn verlassen hatte. Zumal die Fünfgroschenhuren, für die es häufig nur reichte, den hastigen Akt, oft in der Nische einer Hauswand, passiv über sich ergehen ließen und sich keine Mühe gaben, ihm Lust zu bereiten.

»Dafür haben Sie eine Stunde und dürfen auch ein paar Sonderleistungen erwarten. Bezahlung im Voraus!« Die Wirtin streckte ihre fette Hand aus. Mürrisch zählte ihr Georg elf Mark hinein. Mit einem Blick auf ein Paar, das sogar bei offenem Vorhang gerade ungeniert kopulierte, fügte er hinzu: »Aber ich will eine abgeschlossene Kammer.«

Wieder lächelte die Bordellwirtin spöttisch. »Können Sie haben! Wenn Ihnen später noch danach zumute ist.«

Dann wies sie auf einen freien Zuber. »Setzen Sie sich schon mal in diese Wanne. Ich hole derweil Ihre Bademagd.«

Georg hatte sich kaum in das wohlig warme Wasser gleiten lassen, da sprach ihn plötzlich jemand aus dem Nachbarzuber an. »Bist du nicht der Georg Schober?«

Überrascht blickte der zur Seite und erkannte Robert Sieber, der in der Tuchfabrik Reuter, in der Georg einst als Weber gearbeitet hatte, zunächst Leiter der Färberei gewesen und später zum Stellvertreter des Verwalters aufgestiegen war. Sieber hatte sich dem großen Streik von 1872 verweigert und war weiter zur Arbeit gegangen. Das hatte ihm der Fabrikherr mit der für einen ungelernten Arbeiter seltenen Beförderung gedankt.

Georg grinste über das ganze Gesicht. »Der bin ich. Sieh an, sieh an, so trifft man sich wieder.«

»Du scheinst ja zu Geld gekommen zu sein«, konstatierte Sieber. »Hast du wieder Arbeit gefunden?«

Georgs Grinsen erlosch. »Offenbar nicht«, schloss Sieber aus dessen nun verkniffener Miene. »Dann wüsste ich nur zu gern, wieso du dir dieses Hurenhaus leisten kannst.«

Zwei mit durchsichtigen Hemden bekleidete Frauen, beide nicht älter als zwanzig Jahre, näherten sich mit zwei Holzeimern, die sie an einem Joch über den Schultern trugen.

»Aber dafür haben wir später immer noch Zeit. Weißt du was, ich lade dich nachher noch zu einem Bier ein.« Mit einem anzüglichen Blick auf die beiden Frauen fügte er hinzu: »Jetzt genieße erst mal die Anna. Ich hatte sie letztes Mal. Sie macht ihre Sache gut. Lass dir auch den Schwanz von ihr waschen. Du wirst es nicht bereuen.«

Eineinhalb Stunden später standen die beiden an der Theke des dem Bordell angeschlossenen Wirtshauses. Vor jedem der Männer stand ein großer Humpen Starkbier und ein Glas Tresterschnaps. Sieber hatte sein Versprechen gehalten und Georg eingeladen.

»Und? Habe ich dir zu viel versprochen?«

Georg schüttelte den Kopf. »Das Luder hat seine Sache recht anständig gemacht«, untertrieb er. Tatsächlich war ihm nur allzu schmerzhaft bewusst geworden, wie sehr er das heiße Bad und vor allem die Zärtlichkeiten genossen hatte, für die er nun teures Geld bezahlen musste. In den ersten Monaten ihrer

Ehe hatten Emma und er oft zusammen gebadet. Und da seine Frau nie prüde gewesen war, hatte sie all das, was die Dirne Tag für Tag ohne echte Gefühle bei vielen Freiern machte, freiwillig und freudig und nur für ihn getan.

Seine dreckigen Kleider wieder überstreifen zu müssen hatte ihn sogar angeekelt. Aber wer sollte sie ihm jetzt waschen? Der Bordellbesuch hatte seine Stimmung keineswegs aufgehellt. Stattdessen tat er sich jetzt unendlich leid.

Als hätte Robert Sieber seine Gedanken gelesen, schlug er sofort in diese Kerbe. »Und was macht deine Frau, dass du ins Hurenhaus gehen musst? Oder war es einfach mal der Wunsch nach ein bisschen Abwechslung?«

Georg seufzte schwer. »Wir wohnen nicht mehr zusammen«, gestand er.

»Was heißt das, ihr wohnt nicht mehr zusammen? Lässt du dir von dem Weib schon wieder auf der Nase rumtanzen?«

Georg erinnerte sich daran, dass ihm Robert Sieber schon einmal Vorhaltungen gemacht hatte, als sich Emma weigerte, ihre Teilnahme am Streik der Textilarbeiter zu beenden und wieder in die Fabrik zurückzukehren. Damals hatte er sie nach Strich und Faden vermöbelt, woraufhin sich das störrische Weib zum ersten Mal zu Trude Ludwig geflüchtet hatte, wo sie auch jetzt wieder hauste.

»Daran ist nur diese Schlampe Irene schuld«, verteidigte er sich jetzt. »Erinnerst du dich noch an die? Sie hat so einen feinen Pinkel mit mächtig viel Kohle geheiratet. Weiß Gott, was so jemand an der findet. Damals war sie das Liebchen von diesem Arbeiterführer, dem Hartmann.«

Sieber nickte bedächtig. »Ich erinnere mich. Ein aufmüpfiges Weib. Jetzt erzähl mal, was sie nun wieder auf dem Kerbholz hat.«

Georg ließ sich das nicht zweimal sagen, zumal ihm der Alkohol nicht nur die Zunge löste, sondern auch sein Selbstmitleid kräftig steigerte. Nachdem Robert Sieber seiner Version der Ereignisse geduldig gelauscht hatte, gab er seine Meinung ausführlich zum Besten.

»Eine Frau hat zu spuren und das zu tun, was ihr Ehemann sagt. Notfalls musst du ein wenig nachhelfen. Hol die Emma und deine Töchter zu dir in die Kammer. Dann hast du wenigstens jemanden, der deine Kleider wäscht und flickt und für dich kocht. Und musst dein Geld nicht für Huren ausgeben.«

»Aber die Emma sagt, dass Irene ihr kein Geld mehr schickt, wenn sie zu mir zurückkommt, solange ich noch keine Arbeit habe.« Er sah Sieber bittend an. »Kannst du bei Reuter nicht was für mich tun?«

Er war schon zu betrunken, um den verächtlichen Zug um Siebers Mund zu bemerken. Hätte er dessen Gedanken lesen können, wäre ihm klargeworden, dass dieser den Teufel tun würde, sich bei seinem Fabrikherrn für einen verkommenen Säufer einzusetzen. Aber so merkte er nichts.

Stattdessen schlug Sieber ihm auf die Schulter. »Du weißt doch, dass im Winter keine Leute eingestellt werden, Georg. Vielleicht kann ich im Frühjahr was für dich tun. Bring in der Zwischenzeit erst mal deine Verhältnisse in Ordnung! Weihnachten steht vor der Tür. Da gehören Familien zusammen. Und was diese Irene sagt, halte ich für eine leere Drohung. Wenn ihr so viel an deiner Frau liegt, wird sie auch weiterhin etwas springen lassen. Darauf lass uns noch einen trinken.«

Georg stimmte nur allzu gern zu. Erst nach etlichen weiteren Gläsern fiel ihm auf, dass Robert und er bislang nur über ihn gesprochen hatten.

»Was macht denn deine Frau?«, fragte er nun.

»Die Magda ist letztes Jahr an der Schwindsucht abgekratzt«, gab Sieber ohne jede Betroffenheit Auskunft. »Wenigstens hat sie mir keine Bälger hinterlassen, für die ich sorgen muss. Deshalb suche ich mir vorläufig auch kein anderes Weib. Aber wenn ich es tue, dann wird meine Zukünftige nur nach meiner Pfeife tanzen. Das kannst du mir glauben.«

Villa Stockhausen in Oggersheim
Dezember 1877

»Hat es dir denn geschmeckt, mein Lieber?«

Mathildes Teller mit dem herzhaften Erbseneintopf war im Gegensatz zu dem ihres Gatten noch halb gefüllt.

»Ausgezeichnet, ausgezeichnet, mein kleines Frauchen!« Herbert leckte genüsslich den Löffel ab. »Solche Gerichte gab es in meiner Kindheit oft. Du weißt ja, dass mein Vater ursprünglich Schneidermeister war, bevor er die Tuchfabrik eröffnete. Er hat seinen späteren Reichtum erst mühsam erworben. Und Tante Ilse, welche die Mutterstelle eingenommen hat, nachdem meine eigene Mutter viel zu früh gestorben war, hat noch lange Zeit dafür gesorgt, dass gute Hausmannskost auf den Tisch kam.«

Mathilde lächelte gezwungen und hoffte, dass es Herbert nicht auffiel. Zwar hatte er ihr erst nach der Hochzeit gestanden, aus viel kleineren Verhältnissen zu stammen als sie selbst. Doch seither wurde er nicht müde, ihr wieder und wieder von seiner bescheidenen Kindheit und den Großtaten seiner Tante Ilse zu erzählen.

»Erst als mein Vater gestorben war und Tante Ilse mir in der Fabrik zur Seite stand, haben wir Herta als Köchin eingestellt. Vorher kamen wir mit einem einzigen Dienstmädchen aus. Als die Villa dann fertiggestellt war, brauchten wir natürlich noch mehr Personal. Doch eigentlich sehne ich mich oft nach dem einfachen Lebensstil meiner frühen Jahre zurück.«

»Ich bin sehr froh, dass ich es dir jetzt endlich rechtmachen kann«, antwortete Mathilde, ohne davon auch nur annähernd überzeugt zu sein. Immerhin hatten die geänderten Speisepläne und die strenge Überwachung ihrer Ausgaben dazu geführt, dass sie wieder an Gewicht verloren hatte.

Was nun auf den Tisch kam, schmeckte ihr meistens nicht. Und die nachmittäglichen Besuche im Café waren auch nicht mehr möglich.

Herbert tätschelte ihre Hand. »Ich wusste ja, dass du es lernen würdest, mein Mäuschen. Tante Ilse hat dich heute sogar gelobt. Ich denke, im neuen Jahr wird sie die Haushaltsführung wieder an dich abtreten und dir nur noch ab und zu über die Schulter schauen.«

Plötzlich zog er scharf den Atem ein. »Autsch!« Er griff sich mit der Hand an die linke Schulter.

»Was ist denn, mein Schatz? Wieder dieser stechende Schmerz?«

»Mach dir um mich keine Sorgen, mein Herzblatt. Es ist schon wieder vorbei.«

»Möchtest du jetzt deinen Nachtisch haben? Oder noch einen Nachschlag von der Erbsensuppe?«

»Lieber den Nachtisch. Was gibt es denn?«

Mathilde klingelte und rief damit das Dienstmädchen herbei, das das benutzte Geschirr abräumte.

»Es gibt eingemachte Pfirsiche und Pflaumenkompott.« Innerlich schüttelte es Mathilde geradezu. Sie hasste eingekochtes Obst. »Alles für dich allein, mein Schatz. Ich bin nämlich schon satt.«

Herbert strahlte über sein ganzes rundes Gesicht.

Lambrecht
Dezember 1877, in der Woche vor Weihnachten

So beschwingt wie selten in den letzten Jahren näherte sich Emma Schober mit ihren Töchtern Marie und Thea Trudes Haus. Heute Morgen war eine weihnachtliche Geldzuwendung Irenes eingetroffen und sehr großzügig ausgefallen. Es würde ein wunderbares Fest werden, sicher das schönste seit langer Zeit.

Gönnt Euch einen leckeren Weihnachtsbraten, am besten eine fette Gans, hatte Irene geschrieben. *Ich wünsche mir, dass es Dir und den Mädchen zum Fest an nichts fehlt und auch die liebe Trude ihre Freude mit Euch hat.*

In den beiden riesigen Paketen, die zwei Dienstmänner am Morgen gebracht hatten, waren neben dem Beutelchen mit den Münzen im Wert von zwanzig Mark auch Kleiderstoffe, ein elegantes Schultertuch für Trude und warme Wintermäntel für Emma und ihre Töchter gewesen. Dazu Mützen, Schals, Handschuhe und warme Strümpfe. Gar nicht zu reden von den Plätzchen und Sahnebonbons, die die Schweighofener Köchin Frau Grete gemacht hatte. Sogar eine kleine Tafel der teuren Schokolade war dabei.

Jetzt waren die drei auf dem Rückweg von ihren Weihnachtseinkäufen. Beim Schlachter hatten sie eine Gans bestellt, die sie am Tag vor Heiligabend abholen sollten. Kartoffeln, Rotkohl, Butter, Schmalz, geräucherte Würste und würzigen Käse trugen Emma und die Mädchen in ihren Rucksäcken nach Hause. Beim Kolonialwarenhändler hatten sie ein Pfund Bohnenkaffee und sogar eine Vanilleschote erstanden, die Trude für einen weihnachtlichen Pudding verwenden wollte.

Sie waren nur noch knapp zweihundert Meter von Trudes Haus entfernt, als ihnen eine abgerissene Gestalt in den Weg trat. Georgs Augen waren blutunterlaufen, er stank nach billigem Fusel, Tabakrauch und schon wochenlang nicht mehr gewaschener Kleidung.

Mit einer spöttischen Verneigung zog er seine zerlumpte Mütze vom Kopf. Auch seine Haare starrten vor Schmutz und hingen ihm in fettigen Strähnen bis auf die Wangen hinab. »Einen wunderschönen Tag wünsche ich den Damen.« Seine Stimme klang heiser. »Wohin des Wegs, wenn ich höflichst fragen darf?«

Emma fuhr der Schrecken durch alle Glieder. Marie und Thea versteckten sich hinter ihrem Rücken. Erst vorgestern hatte Trude Ludwig Georg das Geld ausgehändigt, das sie ihm jede Woche wohl oder übel gaben. Es stammte wie immer aus Irenes monatlicher Zuwendung.

In ihrer Furcht fiel Emma keine unverfängliche Antwort ein.

Sie behalf sich daher mit der Wahrheit. »Wir haben Einkäufe für das Weihnachtsessen gemacht.«

Georgs Reaktion zeigte ihr augenblicklich, dass diese Auskunft nicht klug gewesen war. Er trat dicht an sie heran und befühlte den prallen Rucksack auf ihrem Rücken. Thea, das jüngere Mädchen, wimmerte und verbarg ihr Gesicht in Emmas Rock.

Georg packte sie grob an den Zöpfen, die unter der Mütze hervorlugten, und riss ihren Kopf zurück. Thea schrie auf.

»Begrüßt man so seinen Vater?«

Marie trat hinter Emma hervor. »Guten Tag, Vater. Ich wünsche dir ein gesegnetes Weihnachtsfest.«

Georg grinste und ließ Thea los. »Na also, nimm dir ein Beispiel an deiner Schwester!«, fuhr er das Mädchen an.

»Ich wünsche dir auch ein gesegnetes Fest.« Theas Worte waren kaum zu verstehen.

»Das werden wir alle gemeinsam haben. Mit all den guten Sachen, die ihr sicher in euren Rucksäcken habt, wird eure Mutter uns ein herrliches Weihnachtsmahl kochen.«

Er packte Marie am Arm. »Eine Familie gehört zusammen. Also kommt mit.« Als Marie sich sträubte, zerrte er sie gewaltsam neben sich.

»Lass mich los!« Anders als Thea, ließ sich Marie nicht so schnell einschüchtern. »Du tust mir weh!« Sie riss sich los und wich drei Schritte von ihm zurück.

Georg machte Anstalten, ihr nachzusetzen, stolperte in seiner Trunkenheit aber über die eigenen Füße.

»Komm sofort her, du Luder! Es wird Zeit, euch störrische Weiber Mores zu lehren.« Er warf sich in die Brust. »Ich bin euer Vater und verlange Respekt!« Er drehte sich zu Emma um. »Und dein Mann! Ihr habt alle zu tun, was ich euch sage! Also folgt ihr mir jetzt in meine Wohnung.« Er machte Anstalten, wieder nach den Mädchen zu greifen.

»Mama! Mama, so hilf uns doch!« Theas Jammern riss

Emma aus ihrer Erstarrung. Sie straffte die schmalen Schultern. Die Misshandlung und Bedrohung ihrer Töchter gab den Ausschlag. Sie nahm all ihren Mut zusammen und sah Georg gerade in die Augen.

»Du hast keine Arbeit und keine anständige Wohnung. Außerdem trinkst du schlimmer denn je.« Sie bemühte sich, bei den Fakten zu bleiben und keine beleidigenden Äußerungen zu machen. Außerdem waren sie auf einer belebten Straße. Hier würde er nicht wagen, sie wieder zu misshandeln.

Sie holte tief Luft und fuhr fort. »Du hast deine Pflichten als Ehemann und Vater seit Jahren nicht mehr wahrgenommen. Das entbindet die Mädchen und mich auch von den unsrigen. Wir werden nicht mehr zu dir zurückkehren, Georg. Heute nicht und auch nicht in Zukunft. Lass uns bitte ein für alle Male in Ruhe!« Ihre Stimme klang ruhig und klar. Die Worte fühlten sich gut und richtig an. Sie hätten schon längst gesagt werden müssen.

Georg gab keine Antwort. Er starrte sie nur dümmlich aus seinen geröteten Augen an. Offensichtlich zeigten ihre Worte die gewünschte Wirkung.

»Leb wohl, Georg.« Sie wandte sich zu Thea und streckte die Hand aus. »Komm, mein Schatz. Wir gehen jetzt heim in unser Zuhause. Marie, geh voran!«

Der brutale Schlag traf sie völlig unerwartet im Gesicht. Er brach ihr den linken Kiefer und kostete sie zwei Zähne. Während sie panisch ihr Gleichgewicht zu halten versuchte, traf sie schon der nächste Fausthieb mitten aufs Nasenbein. Halb ohnmächtig sank sie zu Boden. Nur der Rucksack verhinderte, dass sie mit dem Hinterkopf hart auf das Pflaster schlug.

Wie aus weiter Ferne hörte sie Marie und Thea schreien. »Hilfe, zu Hilfe! Der Papa schlägt unsere Mama! So helft uns doch!« Dann trafen sie Georgs Tritte überall in den Leib. Sie spürte, dass inwendig etwas in ihr zerriss. Mit den Händen über dem Kopf rollte sie sich zur Seite und versuchte, sich zu schützen. Doch Georg trat weiter auf sie ein.

Bevor sie das Bewusstsein verlor, spürte sie noch, dass er an ihrem Rucksack zerrte. Er renkte ihr fast die Schulter aus, als er ihn ihr brutal herabriss. Dann wurde alles um sie herum schwarze Nacht.

Weingut bei Schweighofen
Dezember 1877, drei Tage vor Weihnachten

Stirnrunzelnd las Franz die heutige Tageszeitung, die sich ausführlich, wenn auch mit vorsichtigen Worten und ohne Bewertung, mit den jüngsten Erlassen des Reichskanzleramtes in Berlin beschäftigte. Im Reichskanzleramt war die eigentliche Regierungsgewalt für Elsass-Lothringen angesiedelt. Oft war sich die Berliner Behörde in der Sache aber nicht mit dem von ihr eingesetzten, in Straßburg ansässigen Oberpräsidenten Eduard von Möller einig. In diesem Fall schien die Ausnahme jedoch die Regel zu bestätigen.

Wieder war unter Anwendung des Diktaturparagrafen eine katholische Zeitung verboten worden, die sich kritisch über die Bismarck'schen Gesetze geäußert hatte, die den Einfluss der katholischen Kirche im Elsass wie auch im restlichen Deutschen Kaiserreich beschränkten. Obwohl Franz wie die Mehrzahl der Bewohner des Unterelsass katholisch war, stand er der römischen Kirche aufgrund ihrer verkrusteten Strukturen und veralteten Überzeugungen eigentlich kritisch gegenüber.

Dennoch ärgerte es ihn über alle Maßen, dass es den Bürgern im Elsass noch weniger als den Bürgern im restlichen Reich möglich war, sich eine eigene Meinung zu bilden. Nirgendwo wurde die Pressefreiheit aufgrund dieses dubiosen Ausnahmeparagrafen, der nur in Elsass-Lothringen galt, stärker eingeschränkt als hier.

Nicht anders verhielt es sich auch mit dem reichsweit geltenden Kanzelparagrafen. Zwar war Geistlichen jeder Konfession bei Androhung einer Freiheitsstrafe verboten, sich im Rahmen von Predigten oder Gebeten politisch zu äußern. Aber erneut ging man im Elsass schon im Vorfeld schärfer als anderswo gegen mögliche Zuwiderhandlungen vor.

Die Gazette kündigte jedenfalls an, dass jede Weihnachtsmesse, in der auch nur eine Fürbitte für die Gleichstellung Elsass-Lothringens mit den anderen deutschen Bundesstaaten gesprochen wurde, als nicht genehmigte politische Versammlung angesehen und unverzüglich aufgelöst werden würde.

Leider konnte Franz sich nur zu gut vorstellen, dass der lange Arm des Reichskanzleramtes nicht einmal vor einer weihnachtlichen Christmette haltmachen würde.

Wieder einmal grübelte er über seine Absicht nach, sich den Autonomisten als Kandidat bei der nächsten Reichstagswahl zur Verfügung zu stellen. Irene hatte er noch mit keinem Wort in seine Pläne eingeweiht. Zu sehr genoss er die Harmonie, die seit dem Lesefest und der anschließenden leidenschaftlichen Liebesnacht wieder zwischen ihnen herrschte.

Liebevoll fiel sein Blick auf seine Frau, die am großen Esstisch mit Pauline und den Zwillingen Strohsterne bastelte. Sie würden die Christbäume für die Familie, das Hauspersonal und die Weihnachtsfeier im Kelterhaus schmücken, bei der die Kinder der Landarbeiter wie immer am Morgen des Heiligabends beschert werden sollten. Fränzel war gerade mit Hansi Krüger und zwei Gutsarbeitern unterwegs, um Tannen in einem nahe gelegenen Wäldchen zu schlagen.

Franz seufzte. Noch immer hatte er den Brief von Ernest Lauth nicht beantwortet, der ihm ein Treffen mit dem Anführer der Autonomisten Carl August Schneegans in Straßburg vorschlug. Es sollte im Februar stattfinden.

»Nein! Ich kann das nicht!« Sophias Stimmchen riss Franz aus seinen Gedanken. In ihren Händchen hielt die Dreijährige zwei zerknickte Strohhalme.

»Komm, ich zeige es dir noch einmal.« Irene nahm einen

neuen der platt gebügelten Strohhalme auf. »Du musst vorsichtig einen kleinen Ritz hineinmachen, damit du einen anderen Strohhalm hindurchstecken kannst.«

Amüsiert beobachtete Franz den erneuten vergeblichen Versuch seiner Ältesten, gefolgt von einem weiteren Wutanfall. Klara dagegen ging völlig in ihrer Aufgabe auf. Vor ihr lagen bereits mehrere akkurat gesteckte kleine Sterne. Sosehr ihr das Temperament und Selbstbewusstsein ihrer Schwester abging, so geschickt war sie andererseits in allen Arbeiten, die Feinfühligkeit und Sorgfalt erforderten.

»Aber Sophia!« Pauline rief ihre Enkelin mit leisem Tadel zur Ordnung. »Das gehört sich nicht für ein feines Mädchen.« Sophia zog einen trotzigen Schmollmund.

Pauline griff zu einem Bogen Glanzpapier, von denen ebenfalls eine ganze Menge zum Basteln bereitlagen. »Vielleicht möchtest du lieber hieraus Sterne machen? Ich zeige dir, wie es geht.«

Sophia nickte getröstet. Gerade als sich Franz fragte, ob sie diesmal erfolgreicher sein würde, klopfte es an der Salontür. Frau Burger, die Hausdame, trat ein.

»Herr Hager lässt ausrichten, dass er jetzt im kleinen Weinkeller auf Sie wartet. Sie wollten den neuen Roséwein probieren.«

»Vielen Dank, Frau Burger. Ich komme sogleich.«

Mit einem leichten Ziehen in der Magengrube erhob sich Franz aus dem bequemen Sessel. Mittlerweile hatte er gelernt, seinen Beinstumpf dabei nicht mehr allzu stark zu belasten, sodass seine Behinderung kaum mehr auffiel.

Irene blickte erwartungsvoll auf. Er warf ihr und den anderen eine Kusshand zu. »Drückt uns die Daumen, dass der Wein geraten ist.«

Vom Gelingen des Roséweins aus den Portugiesertrauben, der mehrere Fuder Menge umfasste, hing einiges für das Weingut Gerban ab.

»Es sieht so aus, als könnte das Experiment gelingen.« Franz schwenkte die zartrosa Flüssigkeit noch einmal in seinem Glas, roch daran und nahm einen weiteren Schluck. »Der Geschmack ist frisch und fruchtig. Er erinnert mich entfernt an …« Er kam nicht gleich darauf.

»Erdbeeren?«, half Hager nach.

Franz lächelte. »Ja, da haben Sie recht. Erdbeeren und noch eine weitere Note. Es wird mir noch einfallen.«

»Auf jeden Fall ist es ein leichter Tischwein, der vor allem im Sommer seine Liebhaber finden wird«, konstatierte Hager. »Wie ich schon öfters sagte, vor allem die Damen werden ihn mögen. Sie ziehen ihn in der Regel den schweren Rotweinen vor.«

»Wir werden ihn ausschließlich in Flaschen abfüllen. Das erhöht die Exklusivität. Wie lange wollen Sie ihn noch reifen lassen?«

Hager nahm noch einen Schluck Wein und rollte ihn im Mund. »Nicht mehr allzu lange. Ich koste ihn jeden Tag. Spätestens Ende Januar sollte es so weit sein.« Er stellte sein Glas ab. »Aber wir müssen noch Flaschen nachbestellen. So viele haben wir nicht mehr auf Lager.«

»Veranlassen Sie sofort nach Weihnachten alles Nötige. Aber eine Frage habe ich noch an Sie. Wie der Eiswein ist ja auch der Rosé ursprünglich das Produkt einer Panne. Als Sie im Herbst von Ihrer Idee erzählten, erwähnten Sie, die vorzeitig gekelterte Maische hätte auch bei Ihrem ehemaligen Arbeitgeber einen Wein erzeugt, der durchaus Anklang gefunden hat. Aus welchen Gründen wurde er aber dann dort nicht weiterhin produziert?«

Hager lächelte. »Nicht jeder Weingutsherr geht die gleichen Wagnisse ein wie Sie. Deshalb ist auch kaum ein anderes Weingut so erfolgreich.«

Franz freute sich noch über das Kompliment, als hastige Schritte die Treppe hinabpolterten. Es war Rosa, Paulines und

Irenes Kammerzofe. Sie trug ihre Hausschuhe und weder Mantel noch Kopfbedeckung, obwohl es seit gestern schneite. Einige Schneeflocken hatten sich in ihren Haaren verfangen.

»Kommen Sie rasch, Herr Gerban! Ihre werte Frau Gattin hat ein Telegramm erhalten und ist völlig verstört.«

So rasch er konnte, hinkte Franz hinter Rosa her ins Gutshaus. Er nahm sich nicht die Zeit, in der Halle seine groben Schuhe abzulegen, obwohl sie voller Schneematsch waren.

Im Salon fand er Irene weinend in Paulines Armen vor. Die Zwillinge standen hilflos um sie herum und versuchten, ihre Mutter mit kindlichen Sätzen zu trösten.

»Die Mama hat einen schlimmen Brief bekommen«, erklärte Sophia. »Tante Emma ist krank. Es wird doch alles wieder gut werden, Papa? Das sagt sie uns doch auch immer, wenn wir traurig sind.«

Über Irenes Kopf hinweg, die haltlos an Paulines Schulter schluchzte, wies seine Mutter mit einer Kopfbewegung auf ein Telegramm, das mitten zwischen den Strohsternen lag.

Bitte sofort kommen – Stopp – Emma nach Angriff von Georg schwer verletzt – Stopp – Doktor sagt, sie wird sterben – Stopp – Trude Ludwig

Nun hob Irene ihr tränenüberströmtes Gesicht von Paulines Schulter. »Ich muss sofort nach Lambrecht fahren.«

Franz nickte grimmig. »Das versteht sich von selbst. Ich komme mit dir. Aber heute ist es schon zu spät dafür. Es fährt wahrscheinlich kein Zug mehr von Weißenburg, und mit der Kutsche ist es bei dem Schneetreiben zu unsicher. Außerdem kämen wir erst spät in der Nacht an. Wir nehmen den ersten Zug morgen früh.«

Trude Ludwigs Haus in Lambrecht
Dezember 1877, am nächsten Tag

»Wie geht es Emma?« Irene bemühte sich, die Panik, die seit dem Eintreffen des Telegramms am gestrigen Nachmittag immer wieder in ihr aufstieg, im Zaum zu halten.

In der Nacht hatte sie kaum ein Auge zugetan. Sie war Franz, der sie tröstend in seinen Armen gehalten hatte, unendlich dankbar dafür, dass er sich sofort bereit erklärt hatte, sie zu begleiten. Obwohl oder vielleicht gerade deshalb, weil er Emma Schober nie persönlich kennengelernt hatte. Zu ihrer Hochzeit hatte Emma nicht kommen dürfen. Seit sie mit ihren Töchtern wieder in Trudes Haus wohnte, hatte Irene sie dort zwar zweimal mit den Zwillingen besucht. Aber Franz' Geschäfte ließen ihm nie die Zeit, sie dorthin zu begleiten.

Trudes Antwort bestätigte jetzt ihre schlimmsten Befürchtungen.

»Emma wird sterben.« Die alte Frau nahm kein Blatt vor den Mund. »Im Augenblick schläft sie. Marie und Thea sind bei ihr. Dr. Pöhler hat ihr eine starke Dosis Morphium gegeben. Aber er sagt, mehr kann er leider nicht für sie tun. Sie hat durch Georgs Tritte innere Verletzungen davongetragen, die nicht mehr heilen werden.«

»Wie ist das Ganze denn überhaupt geschehen?« Franz' Stimme klang belegt. Er räusperte sich.

»Emma und die Mädchen haben die Einkäufe für unser Weihnachtsessen gemacht. Ich hatte Georg schon zwei Tage vorher sein Wochengeld gegeben. Deshalb haben wir alle nicht mit solch einer Attacke gerechnet. Zumal auf offener Straße!« Ein trockener Schluchzer schüttelte die alte Frau. »Hätte Marie nicht nach langem Suchen zwei Männer gefunden, die zu Hilfe eilten, hätte er Emma wohl noch an Ort und Stelle totgeschlagen. Er versuchte gerade, ihr den neuen Mantel vom Leib zu zerren, als die Helfer herbeieilten.«

»Also gibt es Zeugen für die Misshandlung?«

Trude schüttelte mutlos den Kopf. »Nur die Mädchen. Aber Thea ist völlig verstört. Sie spricht kaum noch ein Wort, seit das Furchtbare geschehen ist. Und Marie lief ja los, um Hilfe zu holen. Viele Passanten wandten sich ab. Sie rannte bis zum Krämer, der seinen Gehilfen schickte. Unterwegs schloss sich ihnen noch ein Arbeiter an. Als sie endlich bei Emma ankamen, war es schon zu dämmrig, um Georgs Gesicht aus der Ferne eindeutig erkennen zu können. Er gab gleich Fersengeld, als die Männer um die Ecke bogen. Sie können zwar bezeugen, dass da ein Kerl über Emma gebeugt stand, aber nicht, dass es ihr Ehemann Georg Schober war. Immerhin haben sie Emma hierhergetragen.«

»Die Mädchen sind unmündige Kinder. Kein Richter wird ihre Aussage ernst nehmen«, konstatierte Franz bedrückt, während Irene die Tränen über die Wangen liefen. »Wir werden dennoch Anzeige erstatten, mein Liebes«, wandte er sich ihr zu. »Ich bezweifele nur, dass es etwas nutzen wird.«

In diesem Moment hörten sie leichte Tritte auf der Treppe. Marie kam herein. »Mama ist aufgewacht und hat furchtbaren Durst.« Sie bemerkte Irene und stürzte sich in ihre Arme. »Wie gut, dass du da bist!« Das Mädchen brach in Tränen aus. Offensichtlich hatte es sich bislang bemüht, die Fassung zu bewahren. »Nicht wahr, jetzt wird alles wieder gut?«

Über den Kopf des weinenden Kindes trafen sich Trudes und Irenes Blicke. Trude schüttelte leicht den Kopf. Sie hatte den Töchtern also die furchtbare Wahrheit noch nicht gesagt.

»Was soll ich Emma zu trinken geben?« Irene löste sich sanft von Marie.

»Der Doktor sagt, sie soll nicht trinken. Wegen der inneren Verletzungen. Ich darf ihr auch nichts zu essen geben«, antwortete Trude bedrückt.

Franz fuhr ein Stich durch die Brust. Eine der furchtbaren Szenen von den Schlachtfeldern des vergangenen Krieges erschien vor seinem inneren Auge. *Das ist ein Bauchschuss. Der darf nichts trinken,* hörte er wieder einen der vielen Sanitäter oder Ärzte sagen, als stünde er neben ihnen.

»Warum soll sich Emma denn auch noch mit Durst quälen? Sie wird doch sowieso sterben.« Die Worte entfuhren ihm unbedacht. Marie stieß einen spitzen Schrei aus.

Die Situation drohte, Irene über den Kopf zu wachsen. Mit letzter Kraft riss sie sich zusammen.

»Wir bringen deiner Mama jetzt etwas Wasser«, entschied sie. »Das wird ihr helfen.« Sie beugte sich zu Marie nieder. »Und du und Thea, ihr müsst jetzt ganz tapfer sein. Der liebe Gott im Himmel wartet schon auf eure Mama. Sie wird bald an einem schöneren Ort wohnen und euch von dort oben beschützen.« Ihre Stimme brach.

Schnell richtete sie sich auf. Trude hatte schon einen irdenen Becher mit Wasser gefüllt, in das sie noch etwas Zucker rührte. Dann stiegen alle gemeinsam die Treppe empor. Emma lag in derselben Kammer, die Irene in ihrer Lambrechter Zeit mit Fränzel bewohnt hatte.

Die unterdrückte ein Stöhnen, als sie Emma erblickte. Hinter ihrem Rücken zog Franz scharf den Atem ein. Emmas Gesicht glich einer grotesken Maske. Es war blau und rot angelaufen und so geschwollen, dass man ihre Züge kaum mehr erkennen konnte. Außerdem wirkte es merkwürdig schief.

Die Freundin verzog ihren zerschlagenen Mund zu etwas, das Irene erst auf den zweiten Blick als Lächeln identifizierte. Sie stammelte etwas Unverständliches.

»Mama freut sich sehr, dass du da bist.« Nur Maries gerötete Augen wiesen darauf hin, dass sie gerade noch heftig geweint hatte. Offenbar hatte sie in den vergangenen Stunden gelernt, die Laute, die ihre Mutter mit ihrem gebrochenen Kiefer mühsam von sich gab, zu entschlüsseln.

Irene beugte sich zum Bett hinunter und gab Emma einen zarten Kuss auf die Stirn. Mit Franz' Hilfe richtete sie die vor

Schmerz Wimmernde etwas auf und flößte ihr vorsichtig ein wenig Zuckerwasser ein.

Emma verschluckte sich und hustete heftig. Dabei rann ihr etwas Blut aus dem Mund. Sie atmete röchelnd.

Diesmal hat eine gebrochene Rippe die Lunge verletzt. Schon damals, als Georg Emma während des Lambrechter Streiks schwer verletzt hatte, war dies Dr. Pöhlers größte Befürchtung gewesen. Jetzt schien sie eingetreten zu sein.

Emma machte Irene ein schwaches Zeichen. Auch ihre beiden Arme waren verbunden.

Irene brachte ihr Ohr so dicht an Emmas Mund, wie es ihr möglich war. Obwohl sie nur einige Wort- und Satzfetzen verstand, wusste sie sofort, was Emma ihr sagen wollte.

»Sterbe bald … die Mädchen … für sie sorgen.« Erschöpft hielt sie inne und schloss die Augen.

Irene drückte vorsichtig Emmas Hand. »Ich verspreche es dir! Die Mädchen kommen mit mir nach Schweighofen. Sie werden es gut bei uns haben.«

Als wäre dies das Einzige, was Emma noch am Leben erhalten hatte, stöhnte sie plötzlich heftig auf. Sie rang noch einige Male keuchend nach Luft, dann brachen ihre Augen.

Sie schimmerten silbern, wie früher, wenn sie sich sehr über etwas gefreut hatte.

Villa Stockhausen in Oggersheim
24. Dezember 1877

»Und nun, liebe Tante Ilse, liebes Frauchen, wollen wir hinüber in den Salon gehen, um unsere kleine Weihnachtsfeier zu begehen und danach zur Bescherung zu schreiten.«

Herbert Stockhausen wischte sich mit der Serviette noch einmal den Mund, trank den letzten Schluck des Gerban'schen Eisweins, Franz' Weihnachtsgeschenk, und stand auf.

Mathilde klingelte den Dienstboten, die bereits am Nachmittag beschert worden waren, damit sie das restliche Geschirr abräumten. Nach dem Abspülen würden sie in der Gesindestube bei einem warmen Eierpunsch zusammensitzen und sich endlich auch ein wenig Muße gönnen können.

Obwohl Mathilde der Köchin immer noch gram war, weil sie sie bei Tante Ilse verpetzt hatte, musste sie zugeben, dass Herta sich mit dem Weihnachtsmahl selbst übertroffen hatte. Nach der klaren Geflügelbrühe mit hauchfein geschnittenem Gemüse tischte sie eine knusprige, mit Bratäpfeln und Maronen gefüllte Gans auf, dazu Kartoffelknödel und Rosenkohl mit Speck. Zum Nachtisch gab es eine Rhabarber-Baiser-Torte, von der sogar die hagere Tante Ilse ein zweites Stück nahm.

Im Salon hatte Theobald die duftenden Wachskerzen am Weihnachtsbaum bereits angezündet. Ihr sanftes Licht spiegelte sich in den goldenen und silbernen Kugeln wider.

Mathilde ließ sich auf das weiche, mit grünem Stoff überzogene Sofa sinken, dessen Polster an einigen Stellen bereits abgewetzt waren. Es hätte dringend neu bezogen werden müssen.

Mathilde seufzte still in sich hinein. Ihre Mutter Pauline hätte ein solches Sitzmöbel seinerzeit in Altenstadt bereits bei den ersten sichtbaren Gebrauchsspuren überholen lassen. Aber in der Villa Stockhausen ging es weit sparsamer zu, als es sich Mathilde angesichts ihrer üppigen Verlobungsfeier vor ihrer Eheschließung hätte träumen lassen. Da wurden lediglich einige, von Tante Ilse handgestickte Petit-Point-Kissen auf die schadhaften Stellen drapiert. Immerhin hatte Ilse keine Einwände gegen ihr Weihnachtsmenu erhoben. Und ihr Mann hatte sogar jeden Gang ausdrücklich gelobt.

»Ich lese euch jetzt die Weihnachtsgeschichte aus dem Lukasevangelium vor.« Stockhausen setzte seine Lesebrille auf. »Und es begab sich zu der Zeit …«, begann er mit salbungsvoller Stimme. Mathilde bemühte sich um einen konzentrierten Gesichtsausdruck, während sie ihre Gedanken schweifen ließ.

Würden ihre Geschenke Herbert gefallen? Stundenlang hatte sie darüber gegrübelt, wie sie dafür unter Tante Ilses wachsamen Augen in diesem Jahr Geld abzweigen könnte. Es war ihr nichts eingefallen.

Die Idee, eine ihrer Broschen im Pfandhaus zu versetzen, hatte sie ebenso rasch verworfen wie ihren Einfall, sich von ihrer Freundin Ernestine, Franz' ehemaliger Verlobten, Geld zu leihen, als diese sie am zweiten Adventssonntag besuchte.

In beiden Fällen hätte sie Theobald als Kutscher und ihre Zofe Hanne als Begleitung in die Stadt mitnehmen müssen, um ihre Einkäufe zu tätigen. Die Blöße, sich zum Pfandhaus fahren zu lassen, wollte sich Mathilde aber vor den Dienstboten nicht geben. Und das ihr geliehene Geld hätte sie Ernestine früher oder später zurückzahlen müssen, wobei sie Gefahr lief, ihre just in Aussicht gestellte Autonomie bei der Verwaltung des Haushaltsgelds wieder zu verlieren, wenn sie die Summe davon abzuzweigen versuchte.

Obwohl Ernestine das Geld beileibe nicht zurückgebraucht hätte, dachte Mathilde nun mit einem Anflug von Bitterkeit. Ihre Freundin aus der Höheren-Töchter-Schule war seit knapp drei Jahren mit einem gut betuchten Obermedizinalrat verheiratet. Ihr machte niemand Vorschriften über die Höhe der Haushaltsausgaben.

Mathilde ertappte sich in jüngster Zeit immer wieder dabei, dass sie die Freundin beneidete, obwohl deren Gesicht durch eine Hasenscharte verunstaltet war. Ihre beiden gesunden Kinder, ein Mädchen und der ersehnte, jetzt sechs Monate alte Stammhalter, waren ein weiterer Grund dafür, dass sich Mathilde oft selbst bemitleidete. Ernestines entstelltes Gesicht schien ihren Gatten keineswegs von ihrem Bett fernzuhalten. Sie dagegen war zwar auch keine Schönheit, aber doch recht ansehnlich, und ihr eigener Ehemann …

Sie schnaubte unwillkürlich, was ihr einen irritierten Blick Herberts eintrug, der ihnen gerade von den himmlischen

Heerscharen vorlas. Demütig senkte Mathilde den Kopf und kramte nach ihrem Taschentuch, in das sie sich zum Schein leise schnäuzte.

Apropos Taschentuch. Da sie sich auch nicht dazu hatte durchringen können, ihr mageres Taschengeld für Geschenke auszugeben, hatte sie Ilse um feinen Leinenstoff gebeten, den diese ihr aus Herberts Weißnäherei, in der sie Oberaufseherin war, mitbrachte.

Selbstverständlich verfügte auch der Haushalt Stockhausen über eine der neumodischen Nähmaschinen. Allerdings konnte Mathilde diese nicht bedienen. So hatte die Zofe Hanne achtzehn Taschentücher aus dem Stoff zugeschnitten und mit der Maschine gesäumt. Mathilde stickte lediglich noch Herberts Initialen in zwölf, und die Ilses in die restlichen sechs Taschentücher. Da sie Handarbeiten jeder Art hasste, war sie dies hart genug angekommen.

Erst als Herbert vor zwei Tagen geheimnisvoll andeutete, dass er ihr ein überaus großzügiges Geschenk machen würde, hatte sich Mathilde darüber hinaus entschlossen, ihren zartgrauen, in sich gemusterten Seidenschal für die Herstellung zweier Halstücher zu opfern, wie sie Männer neuerdings anstelle der bisherigen steifen Binder zu tragen pflegten. Wieder hatte Hanne ihr beim Säumen geholfen. Immerhin würde Herbert den Stoff nicht erkennen, da der Schal zu den heimlichen Käufen Mathildes gehörte und sie ihn bislang vor ihm und Ilse verborgen hatte.

»Und nun lasst uns singen!« Schon stimmte Herbert mit seinem etwas unreinen Tenor das Lied »Stille Nacht« an. Eher krächzend als singend fiel Ilse mit ein. Es folgten noch »Vom Himmel hoch« und »Oh, du fröhliche«, dann war die Feier zu Mathildes Erleichterung vorbei.

Mit einem Begeisterungsschrei, von dem sie hoffte, dass er nicht allzu gekünstelt klang, empfing sie bei der anschließenden Bescherung Tante Ilses Abendtäschchen in Petit-Point-Stickerei. Herberts Tante rang sich angesichts der sechs Taschentücher ebenfalls ein Lächeln ab.

Nur Herbert reagierte wirklich gerührt und angetan von Mathildes Geschenken, zumal sie ihm zu erkennen gab, dass sie sie selbst angefertigt hatte. »Mein liebes Frauchen!« Er küsste sie keusch auf die Wange. »Wie schön, dass du deinem Mann zuliebe Freude an der Handarbeit gefunden hast!«

»Dann habe ich erst recht wohl getan mit meinem Geschenk für dich.« Er blitzte sie erwartungs- und geheimnisvoll zugleich an und überreichte ihr einen rechteckigen, mit dunkelrotem Samt bezogenen Kasten. Als Mathilde ihn öffnete, verschlug es ihr tatsächlich die Sprache.

Ein goldgefasstes Granatkollier prangte auf der weißen Seide, mit der die Schatulle ausgeschlagen war. Dazu lange Ohrringe und ein dreireihiges Armband aus den gleichen Materialien.

»Oh, wie wunderschön!« Vor Überraschung wurden Mathildes Augen feucht.

»Gefällt dir die Garnitur? Mein Vater hat sie meiner Mutter zum zehnten Hochzeitstag geschenkt. Nach seinem ersten wirklich erfolgreichen Jahr in der Tuchfabrik. Schon im Jahr danach ist sie gestorben.« Seine Stimme schwankte leicht. Er räusperte sich.

»Also soll dieser Schmuck von Generation zu Generation weitergegeben werden. Du, mein Schatz, wirst ihn dereinst deiner Schwiegertochter überreichen. Aber bis es so weit ist, soll er dich zieren.«

Mathilde schlang Herbert spontan beide Arme um den Hals. Unter Tante Ilses säuerlichem Lächeln presste sie sich fest an ihn.

»Der Schmuck ist wunderschön, mein Geliebter! Ich werde ihn über alle Maßen in Ehren halten.«

Mehr als das unerwartet großzügige Geschenk wirkten allerdings Herberts Worte in ihr nach.

Dereinst soll ich ihn an meine Schwiegertochter weitergeben. Er rechnet also noch immer mit einem Sohn. Am liebsten hätte sie laut gejauchzt. *Vielleicht wird ja doch noch alles gut.*

Weingut bei Schweighofen
am späten Abend des 24. Dezember 1877

»Die Mädchen schlafen jetzt fest. Rosa hat ihnen einige Baldriantropfen gegeben. Sie hat außerdem ein Feldbett in deren Kammer aufgeschlagen. Falls sie doch wieder von Albträumen geplagt werden und aus dem Schlaf schrecken, ist sie bei ihnen.«

»Ich danke dir von Herzen, Pauline. Auch Rosa!«

»Da gibt es nichts zu danken, meine liebe Irene. Es ist unser aller Christenpflicht, jetzt für die Mädchen zu sorgen. Die armen Wesen haben Furchtbares durchgemacht. Sollen wir sie etwa in ein Waisenhaus geben?«

Eine warme Welle der Zuneigung für ihre Schwiegermutter durchflutete Irene.

»Wir könnten das kleine Schreibzimmer räumen und sie dort einquartieren«, stellte Franz erste praktische Überlegungen an. »Wenn ihr beide damit einverstanden wärt, eure Korrespondenz im Salon zu erledigen. Der kleine Sekretär hätte dort noch Platz. Dann wären die Mädchen zumindest im Familientrakt untergebracht.«

Das Weingut in Schweighofen bot nicht die gleichen großzügigen Räumlichkeiten wie das Herrenhaus in Altenstadt. Kurz schoss Irene durch den Kopf, welche Verschwendung es doch war, dass dort nur noch Ottilie und Gregor Gerban mit ein paar Dienstboten lebten. Die meisten Zimmer blieben ungenutzt. Doch um keinen Preis der Welt hätte sie Schweighofen gegen Altenstadt eintauschen mögen. In Altenstadt war sie unglücklich gewesen, in Schweighofen fühlte sie sich zu Hause.

Was machte es da schon aus, dass es außer dem Salon und dem kleinen Esszimmer kaum mehr repräsentative Räume im

Weingut gab. Franz und Irene hatten das ehemalige Schlafzimmer von Onkel und Tante Gerban samt Ankleidezimmer bezogen, Fränzel das Kinderzimmer ihres gefallenen Sohnes Fritz.

Schon für Pauline hatte man Ottilies ehemaligen Privatsalon im Turm des Weinguts zu deren Schlafzimmer umgestaltet. Als dann die Zwillinge zur Welt kamen, hatte Pauline diesen Raum mit dem einstigen Herrenzimmer ein Stockwerk tiefer getauscht, damit die Familie in der zweiten Etage zusammenbleiben konnte.

Für Emmas Töchter hatte im Moment nur eine Dienstbotenkammer im Dachgeschoss zur Verfügung gestanden. Da Franz und Irene nur wenig Hauspersonal beschäftigten und sich stattdessen mit Landarbeiterfrauen behalfen, die in ihren eigenen Häuschen im Dorf wohnten, gab es nur noch dort zwei freie Räume.

»Ich brauche das Schreibzimmer nicht«, antworteten Pauline und Irene jetzt wie aus einem Munde.

»Gut, dann wäre das ja geklärt. Gleich nach den Feiertagen lasse ich den Raum für die Mädchen herrichten. Wir schlafen ja auf der gleichen Etage, falls die beiden nachts etwas brauchen. Außerdem verfügt das Zimmer über einen Klingelzug in den Dienstbotentrakt«, überlegte er laut.

»Also habt ihr fest vor, die beiden hierzubehalten«, konstatierte Pauline zufrieden.

»Natürlich«, bestätigte Franz. »Wir müssen sie nach den Ferien auch gleich in der Schule anmelden.«

»Meinst du, die beiden sind dann bereits so weit, Franz?« Irene legte ihrem Mann die Hand auf den Arm. »Thea spricht immer noch kaum ein Wort und lutscht dauernd am Daumen wie ein Kleinkind. Letzte Nacht hat sie sich sogar eingenässt. Ich möchte nicht, dass die anderen Kinder sie hänseln.«

»Marie wird ein Auge auf ihre Schwester haben«, beruhigte Pauline Irene. »Und Fränzel auch. Beide werden uns sofort sagen, wenn man Thea verspottet. Aber ich glaube das nicht.

Einen großen Teil der Schüler stellen die Kinder unserer Gutsarbeiter. Und die waren heute bei der Bescherung alle sehr freundlich zu den Mädchen. Schließlich hattest du ihnen ja gesagt, dass diese erst vor wenigen Tagen ihre Mutter verloren haben.«

»Dennoch werden die beiden Zeit brauchen, um das Schlimme, das sie erlebt haben, zu verwinden. Vielleicht ist das ja die Aufgabe, die du dir so sehnlichst gewünscht hast, Irene. Vielleicht füllt dich die Sorge um Emmas Kinder gemeinsam mit der Aufzucht unserer eigenen ja in dem Maße aus, wie du es dir wünschst.« Franz suchte mit ernster Miene Irenes Blick.

»Und die Nähkurse kannst du trotzdem weiter geben«, fiel Pauline ein. »Ich bin gerne bereit, die beiden in dieser Zeit mit zu betreuen.«

Irene versuchte, sich die widersprüchlichen Gefühle, die in ihrer Brust tobten, nicht anmerken zu lassen. Einerseits war sie Franz und Pauline von ganzem Herzen dankbar, dass sie nicht eine Sekunde lang infrage gestellt hatten, Marie und Thea in Schweighofen aufzunehmen.

Andererseits war ihr Emmas schreckliches Schicksal der beste Beweis dafür, wie notwendig es war, Frauen endlich mehr Rechte zu verschaffen. Zu den Nähkursen, die Pauline ihr vorgeschlagen hatte, um sich zu beschäftigen, hatte sich Irene nach einigem Überlegen entschlossen. Seit November hielt sie die Kurse jede Woche an einem Abend ab, einen für die Landarbeiterfrauen des Weinguts, den anderen für Frauen aus Schweighofen. Sie machten ihr zwar Spaß, füllten aber, wie sie es schon vermutet hatte, die Leere nicht wirklich aus, die sie innerlich spürte.

Deshalb hatte sie in den Wochen vor Weihnachten immer wieder mit dem Gedanken gespielt, an Josef Hartmann zu schreiben, um ihn zu fragen, welche andere Betätigung, die Frauen zugutekäme, er ihr sonst noch anraten könnte. Vielleicht eine Sprechstunde für Frauen in Not, wie damals in Frankenthal? Vielleicht die Mitarbeit an einer Arbeiterzeitung mit einer eigenen Rubrik für Frauen? Vielleicht sogar Reisen durch das Reich, um vor

Arbeiterinnen zu sprechen und sie zu ermutigen, sich selbst für ihre Rechte einzusetzen?

Seit sich die beiden ehemals getrennten Arbeiterparteien im Jahr 1875 in Gotha zur »Sozialistischen Arbeiterpartei Deutschlands«, kurz SAP genannt, formiert hatten, gab es immer wieder Bemühungen, auch die Rechte der Frauen zu stärken. Diese Bestrebungen gingen jedoch vorwiegend von Männern wie August Bebel aus, der sich sogar für ein Frauenwahlrecht einsetzte. Denn noch viel zu wenige Frauen hatten den Mut, sich selbst zu Wort zu melden.

Irene war sich zwar keineswegs sicher, wie Franz diese Pläne aufnehmen würde. Die harmonischen Wochen, die seit seiner Rückkehr aus Berlin hinter ihnen lagen, müssten ihm allerdings gezeigt haben, dass von der erneuten Kontaktaufnahme zu Josef Hartmann keine Gefahr für ihre Ehe ausging.

Josef hatte sie freigegeben, als Franz sie nach einigen Jahren endlich wiedergefunden hatte. Irene hatte ihrerseits keinen Wimpernschlag lang bereut, ihn um Franz' willen verlassen zu haben. Sie vermisste ihre Arbeitsbeziehung zu Josef, nicht aber ihre Liebesbeziehung.

Und so hatte sie nur einen Tag, bevor die schlimme Nachricht aus Lambrecht eintraf, einen Brief an ihn aufgesetzt. Es war noch die Rohfassung, die sie überarbeiten und dann selbstverständlich Franz vor dem Absenden zeigen wollte.

Nun war die Lage jedoch eine völlig andere. Pauline war agil, aber mit weit über fünfzig Jahren nicht mehr die Jüngste. Ihr immer wieder für längere Zeitabschnitte die Sorge für fünf Kinder zu übertragen, darunter zwei seelisch schwer verletzte Mädchen, deren geliebte Mutter sozusagen vor ihren Augen totgeschlagen worden war, erschien Irene nicht richtig. Zudem *sie* Emma auf dem Sterbebett versprochen hatte, für ihre Töchter zu sorgen. Diese Aufgabe konnte sie nicht so einfach auf ihre Schwiegermutter abwälzen, auch nicht teilweise.

»Irene? Irene, ich hatte dich gerade etwas gefragt.«

»Verzeih mir, Pauline. Ich war einen Augenblick lang in Gedanken.«

»Nun, es war auch nicht so wichtig. Es ging um die Frage, welche Kleidung Marie und Thea noch brauchen. Aber darüber können wir auch morgen noch sprechen.« Pauline tätschelte Irenes Hand. »Du bist ja selbst von den Ereignissen noch schwer mitgenommen. Wir sollten jetzt alle zu Bett gehen. Morgen ist auch noch ein Tag.«

Als Franz wenig später das Schlafzimmer noch einmal verließ, um den Abtritt aufzusuchen, zog Irene den Brief an Josef Hartmann aus der Schublade ihrer Wäschekommode, wo sie ihn verborgen hatte. Einen kurzen Augenblick lang zögerte sie. Dann zerriss sie das Schreiben in kleine Fetzen und warf sie in den noch glimmenden Ofen.

Teil 2

Tatendrang

Kapitel 5

Weingut bei Schweighofen
Februar 1878

»Es sieht ganz so aus, als käme er tatsächlich mit einer simplen Verwarnung davon.« Bedrückt las Irene Trude Ludwigs Brief. Wirklich überrascht war sie jedoch nicht.

Gleich zu Beginn des neuen Jahres war sie mit Franz wieder nach Lambrecht gefahren, um Anzeige gegen Georg Schober zu erstatten. Bereits auf dem städtischen Kriminalamt konfrontierte sie der steife Beamte, der die Anzeige aufnahm, mit den Realitäten.

»Es entspann sich also auf offener Straße eine Meinungsverschiedenheit zwischen den Eheleuten Schober über ihren künftigen Wohnsitz?«

»Herr Schober wollte, dass seine Frau mit den Töchtern zu ihm zurückkehren sollte.«

»Und?« Der Beamte musterte Franz scharf. »Was ist daran auszusetzen, wenn er doch über eine Wohnung verfügte?«

»Emma hat erzählt, dass es nur ein kahles Loch ohne Heizmöglichkeit im Dachgeschoss eines baufälligen Hauses war. Es regnete sogar hinein.«

Der Blick, den der Beamte Irene zuwarf, war womöglich noch finsterer. »Waren Sie selbst einmal vor Ort?«, fragte er sie streng.

Irene musste dies verneinen.

»Also wissen Sie das nur vom Hörensagen«, konstatierte der Beamte grimmig. »Es kann auch eine böswillige Übertreibung Ihrer verstorbenen Freundin gewesen sein.«

An diesem Punkt der Befragung angelangt, die Irene schon

zuvor wie ein Verhör vorgekommen war, ahnte sie zum ersten Mal, dass ihr Ansinnen, Georg seiner gerechten Strafe zuzuführen, womöglich aussichtslos sein könnte.

»Was spielt das denn für eine Rolle?«, griff Franz jetzt unwillig in das Gespräch ein. »Der Kerl hat seine Frau immer wieder geschlagen und vor Jahren schon einmal fast zu Tode geprügelt.«

Der Beamte stieß einen hörbaren Seufzer aus. »Also wenden wir uns wieder den unmittelbaren Ereignissen an dem Tag zu, der Gegenstand Ihrer Anzeige ist. Was also ist Ihrer Auffassung nach genau passiert?«

»Georg Schober hat seine Frau ins Gesicht geschlagen, sodass sie zu Boden gestürzt ist. Er hat ihr den Kiefer und die Nase gebrochen.«

»Und daran ist die Frau dann gestorben?«

Franz schnaubte. »Der Arzt, der sie behandelt hat und dies auch zu Protokoll geben kann, hat gesagt, sie sei an den inneren Verletzungen gestorben, die Schober ihr danach durch Tritte in den Leib zugefügt hat.«

»Wurde eine Leichenöffnung angeordnet?«

Daran hatten weder Franz noch Irene auch nur einen Moment lang gedacht.

»Natürlich nicht!« Franz verlor langsam die Contenance. »Emma Schober starb kurz vor Weihnachten. Wir waren froh, dass wir ihr Begräbnis noch zwischen den Jahren organisieren konnten.«

Drei Tage nach Weihnachten war Emma Schober in aller Stille auf dem städtischen Friedhof von Lambrecht unter die Erde gebracht worden. Dem Begräbnis hatten nur Franz und Irene beigewohnt. Es war ein bitterkalter Tag. Ein eisiger Wind trieb Schneeschauer vor sich her. Selbst Trude Ludwig konnte wegen ihrer zunehmenden Gebrechlichkeit nicht an der Beerdigung teilnehmen. Das städtische Kriminalamt war an diesem Tag bereits geschlossen gewesen, als sie es danach aufsuchen wollten.

»Also könnte sich Frau Schober ihre inneren Verletzungen auch durch den Sturz zugezogen haben?«

Auf eine solche Idee waren Franz und Irene ebenfalls noch nicht gekommen. »Das glaube ich nicht«, warf Irene aufgeregt ein.

»Aber sicher wissen Sie es nicht?«, insistierte der Beamte.

Franz und Irene schwiegen bestürzt.

»Gibt es Zeugen, die sahen, wie Georg Schober seine Frau vorgeblich trat?«

»Nur die beiden Töchter.«

Der Beamte studierte die Notizen, die er sich zu Beginn der Anzeigenaufnahme gemacht hatte. »Im Alter von gerade einmal sieben und nicht ganz neun Jahren? Die Aussagen unmündiger Kinder sind nicht gerichtsverwertbar. Zumal Sie doch angeben …«, er las noch einmal in seinen Notizen, »dass das ältere Mädchen sofort wegrannte, um Hilfe zu holen.«

Franz wurde es nun zu bunt. »Es bleibt dabei, Herr Kriminalinspektor. Wir erstatten Anzeige gegen Georg Schober wegen Totschlags an seiner Frau.«

Auch der Beamte hatte offensichtlich genug. »Gut.« Er schrieb noch einige Zeilen und reichte Franz dann das Papier. »Unterzeichnen Sie hier!« Irene wurde gar nicht erst um ihre Unterschrift gebeten.

Über den weiteren Verlauf der Dinge wussten sie nur dank Trude Ludwig Bescheid, oder vielmehr dank deren Dienstmädchen Wilma, das Irene bei ihrem letzten Besuch im Januar für ihre greise Freundin engagiert hatte. Trude hatte die junge Frau zu der Verhandlung geschickt, zu der es vor einigen Tagen gekommen war. Sie war so kurzfristig angesetzt worden, dass Irene und Franz nicht mehr hatten anreisen können.

Laut Trudes Brief hatte der Richter Georg zwar verwarnt, weil er seine Frau geschlagen habe, was der auch einräumte. Als mildernde Umstände billigte er Georg jedoch nicht nur zu, dass Emma ihn zuvor »böswillig verlassen« hatte und nicht bereit gewesen war, auf sein weihnachtliches Versöhnungsangebot einzugehen. Zu Irenes Empörung wurde sogar Georgs Trunksucht zu seinen Gunsten ausgelegt. Dass er betrunken gewesen sei, habe seine Zurechnungsfähigkeit herabgesetzt.

Alle weiteren Anklagepunkte waren abgewiesen worden. Emmas Tod würde also ungesühnt bleiben.

Gepolter und Kinderlärm kündigten die Rückkehr der Mädchen und Fränzels aus der Dorfschule an. Seit Jahresbeginn nahmen Marie und Thea am Unterricht teil. Nur wenig später stürmten die drei mit rot gefrorenen Nasen in den Salon, in dem Irene mit Trudes Brief saß.

Sie zwang sich zu einem Lächeln, das unbekümmert wirken sollte. »Nun ihr Rangen! Wie war es heute?«

»Ich war die Beste beim Diktat«, erzählte Marie stolz.

»Dafür war ich der Beste im Kopfrechnen«, fiel Fränzel ein.

Nur Thea hatte nichts Besonderes zu berichten. Um sie machte sich Irene nach wie vor große Sorgen. Zwar nässte das Mädchen sich nicht mehr ein, war aber nach wie vor sehr zurückhaltend und verschlossen und lachte so gut wie nie.

»Für morgen müssen wir ein Gedicht auswendig lernen«, erklärte Fränzel. »Es handelt von einem Büblein, das im Eis versinkt und dann gerettet wird. Ich kann es allerdings schon«, fügte er stolz hinzu. »Die Oma hat es mir vorgelesen, damit ich nie auf einen gefrorenen Teich gehe.«

»Weißt du was?«, schlug Irene ihrem altklugen Sohn vor. »Dann hilf doch der Thea dabei, es ebenfalls zu lernen. Am besten wäre es, du hörst sie ab. Dann kann sie sich morgen in der Schule melden und sich auch ein Lob verdienen.«

»Na gut.« Fränzel wirkte nicht sehr begeistert.

»Und nun lauft und wascht euch die Hände. Das Mittagessen wird gleich aufgetragen.« Irene klatschte einmal in die Hände. »Und ruft auch eure Oma und die Zwillinge! Die Oma spielt in ihrem Zimmer mit ihnen!«

Franz war wie jeden Mittag im Weißenburger Kontor und würde dort essen.

Die Kinder stürmten hinaus. Irene spürte, wie sich ein Kloß in ihrer Kehle bildete. Noch einmal las sie Trudes letzte Sätze.

Georg selbst trat vor Gericht manierlich und sogar reuig auf, hat mir Wilma berichtet. Er war nüchtern, seine Kleidung zwar schäbig, aber sauber. Seine letzten Worte waren, dass er den Tod seiner Frau sehr bedauern würde und ihn an den Kindern wiedergutmachen wolle. Was immer auch das bedeuten mag.

Ja, dachte Irene, *was auch immer das bedeuten mag.*

Minnas Haus in Schweigen
Februar 1878

»So, so. Das sind also deine neuen Töchter. Wie schade, dass ich gerade heute im Bett liegen muss.«

Minnas Gesicht wirkte eingefallen. Dunkle Schatten lagen unter ihren Augen.

Eigentlich hatte Irene die Freundin mit ihrem Besuch überraschen wollen. Auch die Kinder freuten sich auf die Fahrt im Landauer, den Franz schon lange von Altenstadt nach Schweighofen geholt hatte. Frau Grete hatte ihnen noch einen frisch gebackenen Napfkuchen mit Rosinen und Dörrpflaumenstückchen mitgegeben. Doch nun fand Irene Minna zu ihrem Entsetzen kränker vor denn je.

Natürlich hatte sie Minna noch am Abend des Lesefestes im vergangenen Oktober beiseitegenommen und auf das blutige Taschentuch angesprochen. Minna hatte die Blutstropfen mit Nasenbluten erklärt. In der Tat wusste Irene von ihren Kindern, dass diese bei Erkältungen auch oftmals Nasenbluten bekamen. Ihr Angebot, Dr. Frey zu Minna zu schicken, hatte die Freundin auf dem Fest erneut abgelehnt. Nun bereute es Irene heftig, nicht vehement darauf bestanden zu haben. Und danach hatte sie Minna, bedingt durch die Ereignisse rund um Emmas Tod, nicht mehr gesehen.

Zum Glück hatte Irene Rosa mitgenommen, die den fünf Kindern in Minnas Küche gerade einen heißen Pfefferminztee braute und ihnen von dem mitgebrachten Kuchen gab. Allein dass Minna keinen eigenen Kuchen vorrätig hatte, war ungewöhnlich. Irene fasste den Entschluss, sich diesmal nicht mehr beschwichtigen zu lassen.

»Seit wann liegst du zu Bett?«, fragte sie eindringlich.

Minna wandte den Blick ab. »Seit Weihnachten immer wieder einmal. Gestern ging es mir besser, da konnte ich aufstehen und den Haushalt besorgen. Heute ist es wieder schlechter. Vielleicht, weil ich gestern gewaschen und mich dabei überanstrengt habe. Dieser Brustkatarrh ist sehr hartnäckig.« Sie hustete und hielt sich dabei ein Taschentuch vor Mund und Nase.

Die Schlafkammer war ungeheizt. Irene fröstelte trotz ihres warmen Winterpelzes, den sie anbehalten hatte. Deshalb war sie froh, als sich die Tür öffnete und Rosa mit zwei dampfenden Tassen erschien.

»Ich bringe Ihnen beiden auch einen heißen Tee. Der wird Ihnen guttun.« Die ehemalige Krankenschwester musterte Minna kritisch, als diese sich mühsam aufrichtete und nach dem Becher griff. Sie nahm einen Schluck, begann gleich darauf aber wieder zu husten. Der Becher in ihrer Hand schwankte. Ein Teil des Pfefferminztees ergoss sich über die Bettdecke, bevor Irene eingreifen konnte.

»Das klingt aber gar nicht gut, Frau Leiser«, meldete Rosa sich nun ungefragt zu Wort. »Wie lange leiden Sie schon an diesem Husten?«

Minna winkte mit der freien Hand ab. »Ein paar Wochen«, keuchte sie, als sie wieder zu Atem kam.

»Das stimmt doch gar nicht«, entfuhr es Irene. »Du hustest schon seit dem Sommer. Und es wird immer schlimmer!«

»Haben Sie an Gewicht verloren?« Auch Rosa blieb hartnäckig. Minna gab zunächst keine Auskunft. Dann nickte sie unwillig. Sie machte Anstalten aufzustehen. »Ich muss den Bettüberzug wechseln.«

»Bleib liegen, das besorgen wir, wenn du …«

»Haben Sie manchmal blutigen Auswurf?« Rosa fragte unbeirrt weiter.

Minna schüttelte heftig den Kopf.

Jetzt war Irene endgültig davon überzeugt, dass ihre Freundin ihnen allen etwas vormachte. »Das glaube ich dir nicht, Minna! Schon beim Lesefest habe ich ein blutiges Taschentuch von dir gefunden. Damals hast du behauptet, du hättest Nasenbluten aufgrund deiner Erkältung.«

Minna hustete wieder. »Das stimmt doch auch! Ich habe ab und zu Nasenbluten«, krächzte sie, bevor der nächste Anfall sie schüttelte.

Irene wollte nach Minnas Hand greifen, die auf der feuchten Bettdecke lag. Nahezu panisch zog die Freundin sie zurück.

»Und du meidest seit Monaten den Kontakt mit den Kindern, umarmst sie nicht mehr und gibst ihnen keinen Kuss. Auch mir gibst du nicht einmal mehr die Hand.« Irene sah plötzlich alles, was sie zuvor nicht hatte wahrhaben wollen, in klarem Licht. »Du bist sehr krank, Minna. Und du weißt es«, sagte sie ihr auf den Kopf zu. »Und hast Angst, dass du uns ansteckst.«

Minna fing plötzlich an zu weinen. Als Irene sich zu ihr niederbeugen wollte, um sie tröstend in die Arme zu nehmen, fühlte sie sich zu ihrer Überraschung von Rosa hart an der Schulter zurückgerissen.

»Halten Sie Abstand, Frau Gerban! Ihre Freundin leidet wahrscheinlich an der Schwindsucht.«

Straßburg
Februar 1878

»Ich freue mich sehr, Ihre Bekanntschaft zu machen, Herr Gerban. Herr Lauth hat Sie in den höchsten Tönen gelobt.«

»Und zu Recht, mein Lieber, zu Recht«, bekräftigte dieser. Sie saßen bei Kaffee und Cognac im Rauchsalon der Villa von Ernest Lauth, dem ehemaligen Straßburger Bürgermeister und Reichstagsabgeordneten, zusammen.

Franz war verlegen. »Womit verdiene ich diese Ehre denn?« Das war ihm noch keineswegs klar.

»Sie verfügen über das Talent für pragmatische Lösungen. Denken Sie nur an die Szene vor dem Straßburger Rathaus vor einigen Jahren.« Lauth setzte Carl August Schneegans, den charismatischen Anführer der Autonomisten, mit kurzen Worten ins Bild.

Damals hatte Franz verhindert, dass die nach dem Diktaturparagrafen abgesetzten Gemeinderäte ihr Recht als gewählte Volksvertreter gegen einen Zug bis an die Zähne bewaffneter preußischer Soldaten durchzusetzen versuchten, was höchstwahrscheinlich in sinnlosem Blutvergießen oder zumindest mit Verhaftungen geendet hätte. Dennoch hatten die Gemeinderäte nicht ihr Gesicht verloren. Begleitet vom Hohn und Spott der Straßburger Bürger für die preußischen Besatzer, verließen sie dank Franz die Wallstatt hoch erhobenen Hauptes als moralische Sieger.

Interessiert musterte Schneegans Franz, der sich seinerseits ein Bild von seinem Gegenüber zu machen versuchte. Schneegans war ein Mann in den Vierzigern. Sein dichtes schwarzes, seitlich gescheiteltes Haupthaar wies ebenso wie sein Vollbart, der die untere Gesichtshälfte fast vollständig bedeckte, die ersten silbernen Fäden auf. Seinen wachsamen Augen entging so leicht nichts, seine ganze Haltung drückte trotz der unauffälligen Kleidung Tatkraft und Zielstrebigkeit aus. *Ein Mann, der weiß, was er will.*

Franz wusste, dass er und Schneegans außerdem eines gemeinsam hatten: Genau wie Franz es ursprünglich beabsichtigt hatte, optierte auch Schneegans nach der Annexion des Elsass zunächst für die französische Staatsbürgerschaft. Anders als Franz, der seine Absicht aufgrund einer Intrige seines verstorbenen Ziehvaters aber nicht in die Tat umsetzen konnte, hatte Schneegans seine bereits vollzogene Option sogar zurückgezogen, um im Elsass bleiben und dort Politik für seine Heimat machen zu können. Bei der letzten Reichstagswahl hatte er den Wahlkreis Zabern mit großer Mehrheit gewonnen.

»Was spricht Ihrer Auffassung nach denn noch für mich?«, fragte Franz jetzt Schneegans direkt.

»Sofern Sie unsere Ideen mittragen können, wäre einiges zu Ihren Gunsten ins Feld zu führen. Sie sind als Deutscher im Elsass geboren, sind nie durch radikale Äußerungen gegenüber dem Kaiserreich aufgefallen und doch gleichzeitig dem Elsass als Ihrer Heimat aufs Engste verbunden, wenn man Ernest Lauth und seinem geschätzten Nachfolger Otto Back glauben will.«

Offensichtlich hatte Schneegans vor dem Treffen Erkundigungen über Franz eingezogen und dabei unter anderem auch den liberalen jetzigen Straßburger Bürgermeister befragt. Er schien allerdings nicht zu wissen, dass Franz ursprünglich französischer Staatsbürger gewesen war.

»Außerdem bewegen Sie sich als angesehener Geschäftsmann mittlerweile im gesamten Reich und bleiben dennoch den Idealen der Französischen Revolution verhaftet«, fuhr Schneegans fort. »Niemand dürfte Ihnen unterstellen, nur um des Krawalls willen zu opponieren, wie man es den Protestlern nachsagt. Sie verzeihen mir meine Offenheit, geschätzter Herr Lauth.«

Lauth winkte ab. »Wir säßen heute nicht hier, wenn ich das Vorgehen meiner ehemaligen Partei immer noch gutheißen würde.«

»Wie groß schätzen Sie Ihre Chancen ein, Ihr Vorhaben in Berlin durchsetzen zu können?«, wollte Franz nun wissen.

»Nun«, Schneegans warf sich stolz in die Brust, »wir haben bereits etliche hochkarätige Audienzen in Berlin erhalten, zweimal sogar beim Reichskanzler Otto Graf Bismarck selbst. Er steht der Idee einer autonomen Regierung von Elsass-Lothringen, die in Straßburg angesiedelt und unabhängig vom Reichskanzleramt ist, sehr aufgeschlossen gegenüber. Zwar bliebe der Kaiser nach wie vor die höchste Instanz, wenn es zum Beispiel um die Besetzung von Posten in der neuen Behörde in Straßburg geht. Aber Wilhelm I. hat sich bislang noch nie in die konkreten Regierungsbelange von Elsass-Lothringen eingemischt, sondern dies immer seinem Reichskanzler Bismarck und dessen Beamten überlassen. Warum sollte sich das ändern, wenn die Landesregierung erst einmal in Straßburg anstatt in Berlin sitzt? Jedenfalls würde Elsass-Lothringen, was seine Rechte betrifft, damit maßgeblich zu den übrigen Bundesstaaten aufschließen.«

»Aber völlig gleichgestellt wären wir diesen damit immer noch nicht.«

»Auch Rom wurde nicht an einem Tag erbaut, Herr Gerban«, beschwichtigte Schneegans. »Eine autonome Regierung wäre immerhin ein erster wesentlicher Schritt zur völligen Gleichberechtigung.«

»Was geschieht mit dem Diktaturparagrafen?«

»Der wird hoffentlich schnellstens abgeschafft.«

»Was käme an Aufgaben und Pflichten im Rahmen der nächsten Reichstagswahl auf mich zu? Sie haben soeben zu Recht erwähnt, dass ich Geschäftsmann bin. Als solcher müsste ich diese umfangreichen Verpflichtungen mit denen eines Kandidaten und später mit denen eines Abgeordneten unter einen Hut bringen.«

Zum ersten Mal wirkte Schneegans' Miene säuerlich. »Ein solches Amt verlangt jedem, der sich ihm widmet, persönliche Opfer ab.«

»Kommt Zeit, kommt Rat«, griff Lauth ein, der spürte, dass die optimistische Stimmung zu kippen drohte. »Wir wissen doch, dass Ihre Geschäfte Sie auch jetzt schon oft von zu Hause wegführen. Schließlich sind *wir* uns in Berlin wiederbegegnet«, betonte er. »Sie können Ihre Aufenthalte in der Hauptstadt sicherlich mit Ihren anderen Geschäftsreisen verbinden, zumal Sie als Abgeordneter über eine Freifahrkarte der Eisenbahn verfügen, die im ganzen Reich gültig ist.«

Franz spürte, dass der Reiz, den diese Aufgabe für ihn hatte, immer größer wurde. Dennoch hatte er einen letzten Einwand.

»Xaver Nessel, der jetzige Abgeordnete für Hagenau-Weißenburg, hat den Wahlkreis mit überwältigender Mehrheit gewonnen. Warum sollte er mir seine Kandidatur kampflos überlassen?«

»Sie wissen doch bestimmt, dass Nessel eigentlich gar nicht zur Wahl antreten wollte und sie nur widerwillig annahm, nachdem er sie gewann.«

Franz nickte. Für die Reichstagswahlen galt das in Preußen und etlichen anderen Bundesstaaten übliche Drei-Klassen-Wahlrecht nicht. Jeder Mann ab dem Alter von fünfundzwanzig, der nicht von staatlicher Fürsorge abhängig war, hatte eine von seinem Vermögen unabhängige, gleichberechtigte Stimme und konnte den Kandidaten wählen, der ihm am ehesten zusagte. Aufgrund der noch gültigen französischen Wahlgesetze konnte im Elsass deshalb auch ein Kandidat gewählt werden, der sich gar nicht zur Wahl gestellt hatte.

»Nessel hat bereits angekündigt, nach der nächsten Wahl auf keinen Fall mehr zur Verfügung zu stehen. Selbst wenn er wiedergewählt würde, will er das Amt diesmal ablehnen.« Schneegans nahm einen Schluck von dem ausgezeichnet schmeckenden Cognac. Dann ließ er die Katze aus dem Sack. »Und das ist uns sogar nur recht.«

Franz war verblüfft. »Wie darf ich das verstehen?«

»Nessel ist janusköpfig. Er hat zwei Gesichter«, erläuterte Schneegans. »Nach außen hin gibt er sich loyal. Doch man sagt ihm nach, er liefere heimlich Informationen aus dem Elsass ins Reichskanzleramt. An einen Mann namens Werner Kegelmann.«

Franz zuckte unwillkürlich zusammen.

»Kennen Sie Kegelmann etwa?«, fragte Schneegans argwöhnisch.

»Nein, nein!«, wehrte Franz spontan ab. Schon zum zweiten Mal wurde dieser Mann nun erwähnt. Auch Ernest Lauth hatte im Oktober in Berlin von ihm gesprochen. Es erschien Franz erneut nicht opportun offenzulegen, welch heikle Geschichte ihn mit diesem zweifelhaften Herrn verband, den er noch nie gesehen hatte.

»Das ist gut«, sagte Lauth. »Wie ich Kegelmann kenne, wird er sicherlich versuchen, auch auf Sie Einfluss zu nehmen, wenn Sie Abgeordneter werden.«

Nun, dem hätte ich dann eine tatsächlich unschlagbare Waffe entgegenzusetzen, dachte Franz.

Da erschien ihm ein anderes Hindernis, das es zu überwinden galt, schon weit höher. Er trank ebenfalls einen Schluck Cognac.

»Nun, meine Herren, wie ich Ihnen schon bedeutet habe, ehrt mich Ihr Angebot, und ich werde es gründlich bedenken. Sie erkennen sicherlich auch, dass ich nicht abgeneigt bin, es anzunehmen. Dennoch bitte ich mir Bedenkzeit aus. Ich verhehle Ihnen zudem nicht, dass ich ohne das Einverständnis meiner lieben Gattin nicht zur Verfügung stehe.«

Franz ignorierte die irritierten Blicke seiner Gesprächspartner. Normalerweise wurden Ehefrauen bei solchen Entscheidungen keinerlei Mitspracherechte eingeräumt.

»Außerdem muss ich sicherstellen, dass meine Geschäfte dadurch nicht beeinträchtigt werden.« Jetzt nickten beide verständnisvoll.

»Und zu guter Letzt möchte ich mir vor Ort in Berlin erst einmal ein eigenes Bild vom Reichstag machen. In einigen Monaten reise ich wieder dorthin, um meinen wichtigen Kunden Blauberg und Söhne aufzusuchen. In diesem Zusammenhang würde ich gerne einmal eine Debatte im Parlament beobachten.«

Schneegans nickte. »Das ist selbstverständlich möglich, wenn Sie sich rechtzeitig anmelden. Die Debatten sind öffentlich.«

»Und Zeitdruck haben Sie ja ohnehin nicht«, fügte Lauth hinzu. »Die nächste Reichstagswahl findet erst in knapp zwei Jahren statt. Wenn Sie sich sechs Monate vorher für die Kandidatur entscheiden, dürfte das nach meinem Dafürhalten völlig ausreichend sein. Was meinen Sie, werter Herr Schneegans?«

Der blickte erneut säuerlich drein. »Je früher die Entscheidung fällt, desto besser. Spätestens sechs Monate vor der Wahl *müssen* Sie sich festlegen, Herr Gerban. Aber lassen Sie es mich bitte wissen, wenn Sie sich schon vorher dagegen entscheiden sollten.«

Minnas Haus in Schweigen

Februar 1878, einige Stunden später

»Es besteht keinerlei Zweifel, Frau Leiser. Sie leiden an der Schwindsucht, und zwar im bereits fortgeschrittenen Stadium.«

Dr. Frey, der Hausarzt der Gerbans, den Irene umgehend hatte holen lassen, nahm seinen Mundschutz ab, bevor er seine Handschuhe auszog. Beide Utensilien hatte er zur Sicherheit vor der Untersuchung angelegt und steckte sie jetzt mit spitzen Fingern in eine eigens dafür mitgebrachte Papiertüte.

Zuvor hatte er Minna abgehört, ihr die Brust und den Rücken abgeklopft, ihr in den Hals gesehen und den Stapel blutiger Taschentücher besichtigt, den Minna verschämt aus einer Leinentasche zog, die sie unter der Bettdecke verborgen hatte.

»Und was für eine Behandlung empfehlen Sie?«

»Es gibt kein Heilmittel gegen die Schwindsucht«, antwortete Frey zu Irenes Entsetzen. »Es sei denn … Aber das dürfte in diesem Fall wohl kaum infrage kommen.«

»Was kommt nicht infrage?«

»Es gibt eine Lungenheilstätte im Taunus, nicht weit von Frankfurt. Sie liegt im kleinen Ort Falkenstein. Dort wird eine Luftkur durchgeführt, die erstaunliche Heilerfolge zeitigen soll. Aber der Aufenthalt ist sehr teuer und nur sehr wohlhabenden Erkrankten möglich, zumal die Behandlung Monate, wenn nicht sogar Jahre, währen kann.«

»Schreiben Sie unverzüglich dorthin und kündigen Sie Minna als Patientin an!«

»Aber Irene!«, warf Minna ein, bevor sie wieder ein Hustenanfall schüttelte. »Das können wir uns nicht leisten. Mein Otto hat als Küfer ein gutes Auskommen, aber wir sind keine reichen Leute.«

»Aber wir sind es«, entgegnete Irene kurz. »Du weißt, dass ich dir immer zu Dank verpflichtet sein werde.«

Minnas Augen wurden feucht.

»Müssten Sie nicht erst Ihren werten Herrn Gatten fragen, Frau Gerban? Verstehen Sie, der ganze Aufwand. Ich muss einen Arztbrief mit meinem Untersuchungsbefund verfassen und sicherlich viele Formulare ausfüllen. Ich möchte das nicht vergeblich tun. Schon meine heutige Konsultation …«

»Mein Gatte hält sich zurzeit in Straßburg auf. Senden Sie Ihre Rechnung ans Weißenburger Kontor, Dr. Frey«, antwortete Irene kurz angebunden. »Und seien Sie versichert, mein Mann wird keinerlei Einwände erheben.«

Der Arzt griff nach seinem Zylinder und seinem warmen Mantel. Er verbeugte sich knapp. »Wie Sie es wünschen, Frau Gerban.«

»Peter wird Sie mit dem Landauer zurück nach Weißenburg bringen. Bitte richten Sie dem Kutscher aus, dass er mich danach hier abholen soll.«

»Sehr wohl, Frau Gerban.«

»Willst du nicht mitfahren und nach den Kindern sehen? Peter könnte dich doch in Schweighofen absetzen.«

Irene schüttelte den Kopf. »Nein, Minna. Ich bleibe noch hier bei dir. Pauline und Rosa werden die Kinder zu Bett bringen.« Der Kutscher hatte die Kleinen schon auf der Fahrt zu Dr. Frey im Weingut abgesetzt. Rosa hatte ihrerseits angekündigt, alle Kinder vor dem Zubettgehen zu baden und von Kopf bis Fuß abschrubben zu wollen.

»Niemand weiß ganz genau, wie man sich diese furchtbare Krankheit zuzieht. Wer weiß, was die Kinder im Haus so alles angefasst haben. Auch ihre Kleider sollten gewaschen werden.«

Irene hatte zugestimmt und sich gleich danach eine weitere Mahnung Rosas eingehandelt. »Waschen Sie sich die Hände am besten mit reinem Alkohol. Soll ich Ihnen ebenfalls ein Bad richten, wenn Sie zurückkommen?«

Ihre Stimme und Mimik drückten pure Missbilligung darüber aus, dass Irene sich noch weiter in diesem verseuchten Haus aufhalten wollte.

»Im Medizinschränkchen steht Spiritus«, kam Minna einem Einwand Irenes zuvor. Sie wies auf ein kleines Wandschränkchen in einer Nische der Schlafkammer. Ohne weitere Worte ging Rosa dorthin, fand den Alkohol und befeuchtete damit ein reines Taschentuch, das sie aus ihrem eigenen Beutel zog. Sie hielt es Irene hin, die Rosa ärgerlich anfunkelte.

»Tu, was sie sagt!«, krächzte Minna. »Rosa meint es nur gut.«

»Aber sie müsste dich nicht so behandeln, als würdest du an Aussatz leiden«, tadelte Irene die Bedienstete indirekt, während sie sich die Hände mit dem feuchten Tuch abrieb.

Doch Rosa war nicht auf den Mund gefallen. »Auch Aussätzige wurden früher isoliert und mussten in eigenen, für gesunde Menschen verbotenen Quartieren am Stadtrand hausen. Sie waren sogar verpflichtet, mit einer Schelle auf ihr Kommen aufmerksam …«

»Es ist gut, Rosa«, unterbrach Irene die ehemalige Krankenschwester. »Fahren Sie los, damit Dr. Frey schnellstmöglich hier eintreffen kann.«

Erst als sich jetzt auch der Arzt verabschiedet hatte, wagte Irene die Frage zu stellen, die sie schon seit Rosas Verdachtsdiagnose bewegte. »Hast du denn eine Ahnung, wo du dir die Schwindsucht geholt haben könntest? Man sagt doch, es ist vor allem eine Krankheit der armen und unreinlichen Leute. Beides kann man von dir nun wirklich nicht behaupten.«

»Und doch ist es wahr.« Minna senkte die Stimme. Es war unklar, ob sie damit einem neuen Hustenanfall vorbeugen oder Irene etwas anvertrauen wollte, das nur für ihre Ohren bestimmt war. »Erinnerst du dich noch an Herta? Sie war Küchenmädchen in Altenstadt und deine Vorgängerin. Ich habe dir einmal von ihr erzählt.«

Irene erinnerte sich vage. »Sie wurde schwanger und sofort des Hauses verwiesen. Meinst du diese Frau?«

Minna nickte. »Ich bin Herta zufällig wiederbegegnet. In Bergzabern. Ich hatte Otto begleitet, der in der Nähe eine Ladung Fässer abliefern wollte. Ich selbst bummelte ein wenig durch die Stadt. Es war im vorletzten Jahr kurz vor Weihnachten. Da sprach mich auf einmal eine verwahrloste Frau an. Ich hätte Herta beinahe nicht mehr erkannt.«

»Das heißt, es ist ihr schlimm ergangen, seit sie das Herrenhaus verlassen musste?«

»Mehr als schlimm. Ihr Kind war schon längst gestorben, und Herta kam nicht mehr auf die Füße. Da sie einen Eintrag wegen ›unmoralischen Verhaltens‹ in ihrem Gesindebuch hatte, fand sie als Dienstmädchen keine Anstellung mehr. Sie arbeitete deshalb zuerst als Prostituierte, wurde dann von der Polizei aufgegriffen und ins örtliche Arbeitshaus gesteckt. Dort starb ihr Kleines im angeschlossenen Waisenhaus. Man hatte sie zuvor von dem Kind getrennt.«

Minna hielt inne und hustete wieder. Sie griff mühsam nach dem Becher mit dem längst erkalteten Tee und ließ sich dabei nicht von Irene helfen. »Soll ich dir einen neuen kochen?«, erbot die sich.

Minna trank durstig einige Schlucke. »Lieber nicht. Du solltest hier nichts mehr anfassen. Jetzt, wo ich es sicher weiß.«

»Also hast du es zuvor nur geahnt?«

»Herta hustete in einem fort, als ich sie traf. Sie war aus dem Arbeitshaus geflohen und trug nur ein paar Lumpen am Leib. Ihre Hände waren ganz blutig. Ich ekelte mich vor ihr, aber gleichzeitig tat sie mir furchtbar leid. So nahm ich sie in den Arm. Sie klammerte sich an mich wie eine Ertrinkende. Dabei muss ich mich angesteckt haben.«

Irene lauschte erschüttert. »Und wie ging es dann weiter?«

»Ich gab ihr alles Geld, das ich dabeihatte. Eigentlich wollte ich Weihnachtsgeschenke davon besorgen. Mehr konnte ich nicht für sie tun. Erst als ich mich am Treffpunkt bei Otto einfand, bemerkte er, dass ich Blutflecken im Gesicht hatte. Und ich sah, dass auch meine Hände blutig waren. Da war es wahrscheinlich schon geschehen.«

»Wann hast du die ersten Anzeichen bemerkt?«

»Wenn ich es recht bedenke, traten sie erstmals wohl im späten Frühjahr auf. Ich dachte anfangs tatsächlich, ich hätte mich nur erkältet. Von Woche zu Woche hoffte ich, es würde sich bessern. Aber stattdessen wurde es schlimmer. Deshalb mied ich zuerst den Körperkontakt mit meinen und deinen Kindern, was mir insbesondere Sophia sehr übel nahm. Ich habe immer so gerne mit ihr gekuschelt.« Jetzt schwangen Tränen in Minnas Stimme mit.

»Sophia ist noch zu klein, um sich einen Reim auf dein Verhalten machen zu können.« Auch Irenes Augen begannen zu brennen.

»Das weiß ich doch. Aber trotz meiner Vorsicht gegenüber anderen war ich selbst wie ein Kleinkind, das sich die Hände vor die Augen hält und glaubt, dann könne ihm nichts Schlimmes geschehen. Ich wollte es einfach sehr lange nicht wahrhaben. Erst als ich immer häufiger Blut gehustet habe, wurde mir klar, dass ich bald sterben muss.«

Sie senkte wieder die Stimme. »Otto und den Jungen habe ich bislang auch etwas vorgemacht. Ich habe mich sogar einmal mit Otto gestritten, weil er mir nicht glauben wollte, dass ich nur eine harmlose Erkältung habe. Um ihm zu beweisen, dass ich gesunde, habe ich danach die Zähne zusammengebissen und meinen Haushalt besorgt, auch wenn es mir schlecht ging. Das hat der Krankheit sicherlich weiteren Vorschub geleistet. Und jetzt muss ich dafür büßen.«

Irene holte tief Luft und drängte ihre Tränen zurück. »Du wirst nicht sterben, Minna. Ich muss Franz gar nicht erst fragen, ob er dir den Aufenthalt in dieser Heilstätte bezahlt. Wir stehen für immer in deiner Schuld. Das weiß er so gut wie ich.«

»Aber ihr habt das Geld, das ich dir geliehen habe, doch längst zurückgezahlt. Sogar viel mehr, als wir dir überhaupt gegeben haben.«

Fast hätte Irene instinktiv nach Minnas Hand gegriffen, erst im letzten Moment zuckte sie zurück. »Du hast mir damals viel mehr als Geld gegeben. Du hast mich vor meinem Vater versteckt, der mich sicher noch zur Abtreibung gezwungen hätte, wäre er meiner habhaft geworden. Otto hat sogar riskiert, das Weingut Gerban als größten Kunden für seine Fässer zu verlieren. Was ganz sicher eingetreten wäre, hätte mein Vater erfahren, dass ihr mir geholfen habt. Du hast mir deinen Wintermantel und deine Sonntagsschuhe geschenkt. Und ihr beide habt all eure Ersparnisse für mich geopfert.«

Erneut traten ihr Tränen in die Augen. »Fränzel wäre vielleicht nie zur Welt gekommen, wenn du mir damals nicht so selbstlos geholfen hättest. Wir lieben den Jungen über alles, zumal ich wohl keine weiteren Kinder mehr haben werde. Fränzel bleibt wahrscheinlich unser einziger Sohn. Das weiß Franz so gut wie ich. Da ist es nur recht und billig, dass wir dir jetzt zur Seite stehen. Ein Leben für ein Leben. Das ist nur gerecht.«

Auf dem Rückweg nach Schweighofen grübelte Irene über das Schicksal des Küchenmädchens Herta nach. *Wie konnte Frau Burger damals nur so mitleidlos handeln und das Mädchen einfach hinauswerfen? Mit mir hatte sie später doch auch Mitgefühl.*

Aber als Herta schwanger wurde, war Pauline schon so süchtig nach ihrem Laudanum, dass sie sich in die wichtigen Belange des Haushalts nicht mehr einmischte, wurde ihr klar. *Und Frau Burger verhielt sich nur so, wie die meisten Herrschaften in diesem Fall gehandelt hätten. Sie wusste es damals wahrscheinlich nicht besser und hätte ihre eigene Entlassung riskiert, wenn sie Herta behalten hätte.*

Wieder spürte Irene den ihr mittlerweile wohlbekannten inneren Drang. *Es ist so ungerecht. Man müsste etwas für die Rechte solch armer Frauen tun. Sonst gibt es diese Missstände noch viele Jahrzehnte lang. Wenn sie sich denn überhaupt jemals ändern lassen.*

Weingut bei Schweighofen
Ende Februar 1878

Irene unterbrach ihre Lektüre, als sie das Knirschen einer Kutsche auf dem Kies der Auffahrt hörte. Sie warf einen Blick auf die Uhr. Es war erst früher Nachmittag. Die Zwillinge schliefen nach dem Essen, Marie, Thea und Fränzel saßen in ihren Zimmern über den Hausaufgaben. Wer mochte das sein?

Erst am Morgen hatte Franz ihr mitgeteilt, dass ihn seine Geschäfte heute nach Landau führen würden und es spät werden könnte. War ihm etwas dazwischengekommen?

Sie trat ans Fenster. Nein, dies war nicht der Gerban'sche Landauer. Als Irene sah, wer dem schäbigen Gefährt, offenbar eine Mietsdroschke, entstieg, fuhr ihr der Schrecken in alle Glieder. Sie griff sich an die Brust und atmete mehrmals tief durch, um ihren rasenden Herzschlag zu beruhigen. Dann nahm sie wieder auf dem Sofa im Salon Platz und bemühte sich um eine gefasste Miene.

Schon wenig später hörte sie Schritte auf der Treppe. Nach kurzem Klopfen trat Frau Burger ein, ohne ihre Erlaubnis abzuwarten.

»Da möchte Sie ein Herr Schober sprechen, Frau Gerban. Er ist in Begleitung eines Mannes, der sich als Beamter der Stadt Lambrecht ausgibt.«

Irene holte noch einmal tief Luft. »Geben Sie erst meiner Schwiegermutter Bescheid, dass sie dazukommen soll. Sie dürfte in ihrem Zimmer sein. Wecken Sie sie bitte, falls sie sich hingelegt hat! Führen Sie die Herren erst danach herein!«

Es dauerte kaum fünf Minuten, bis Pauline erschien. Ihrem beunruhigten Gesichtsausdruck entnahm Irene, dass Frau Burger sie schon in Kenntnis gesetzt hatte, wer da zu Besuch gekommen war.

»Ich habe Rosa gebeten, die Mädchen abzulenken und in ihrem Zimmer zu halten. Ich hoffe, sie bekommen nicht mit, dass ihr Vater da ist.«

Irene nickte zustimmend.

»Wie dumm, dass Franz nicht im Haus ist!« Pauline sprach Irene aus der Seele. Kurz überlegten die Frauen, ob sie noch den Verwalter Kerner dazuholen sollten, entschieden sich dann aber dagegen. Auf dem Weingut waren nur Frau Burger und Rosa vollständig in die Umstände eingeweiht, die zu Maries und Theas Aufnahme geführt hatten. Der Rest des Personals hielt Emmas Töchter für verwaiste, entfernte Verwandte, die in Schweighofen ein neues Heim gefunden hatten.

Wenig später klopfte Frau Burger erneut und führte die Herren in den Salon. Irene stand auf. »Es tut mir leid, dass Sie ein wenig warten mussten. Darf ich Ihnen etwas anbieten? Einen Kaffee oder einen Obstbrand?«

Bei ihrer Offerte sah sie Schober scharf in die Augen. Das gierige Aufleuchten darin entging ihr nicht. Aber schon ergriff der Beamte, ein steif aussehender Herr in einem etwas abgetragenen Gehrock, die Initiative.

»Vielen Dank! Das ist nicht erforderlich. Wir können uns nicht lange aufhalten, da wir noch heute nach Lambrecht zurückfahren.«

Irene nahm wieder neben Pauline Platz und gab Frau Burger ein Zeichen zu bleiben. »Nun, dann darf ich sicher um Auskunft bitten, was Sie hierherführt und vor allem, mit wem wir es zu tun haben.«

Der Beamte verbeugte sich knapp. »Mein Name ist Feudel, Balduin Feudel. Ich bin stellvertretender Leiter der städtischen Armenfürsorge in Lambrecht. Herrn Georg Schober kennen Sie ja bereits.«

Irene verzog den Mund und machte eine sparsame Geste der Zustimmung. Dann wies sie auf die beiden Fauteuils gegenüber dem Sofa.

Feudel räusperte sich. Er zog ein Papier aus einer verschrammten Aktentasche. »Das ist ein richterlicher Bescheid, mit dessen Vollzug unser Amt betraut wurde. Herr Georg Schober hat vor Gericht geltend gemacht, dass Sie seine beiden leiblichen Töchter Marie, acht Jahre alt, und Dorothea, sieben Jahre alt, ohne sein Einverständnis aus Lambrecht entführt und hierher mitgenommen haben.«

Pauline fuhr empört auf. »Was erlauben Sie sich! Entführt! Die Mädchen haben es gut bei uns! Besser als …«

»Erlauben Sie mir, meine Ausführungen zu Ende zu bringen, gnädige Frau …?« Feudel erhob fragend die Stimme.

»Das ist Pauline Gerban, meine Schwiegermutter«, beeilte sich Irene, die versäumte Vorstellung nachzuholen.

»Also ebenfalls nicht verwandt mit den Töchtern des Herrn Schober«, konstatierte Feudel nüchtern. Er räusperte sich noch einmal. »Herr Schober hat vor Gericht geklagt, seine unmündigen Töchter wieder in seine Obhut nehmen zu dürfen. Das hohe Gericht hat dem stattgegeben. Wir sind also heute hierhergekommen, um die Kinder mitzunehmen und derart wieder mit ihrem Vater zu vereinen.«

Obwohl Irene von Anfang an gewusst hatte, worauf der Besuch hinauslaufen würde, verlor sie die Fassung. »Das kommt überhaupt nicht infrage, werter Herr Feudel.« Sie betonte den Namen sarkastisch. »Dieser Mann da«, sie wies verächtlich auf Schober, »hat die Mutter der Kinder vor deren Augen totgeschlagen. Beide Mädchen beginnen sich hier in Schweighofen gerade erst von den Schrecken zu erholen, die ihr Vater sowohl ihnen als auch ihrer Mutter viele Jahre lang zugefügt hat. Beide leiden immer noch unter Albträumen und wachen fast jede Nacht schreiend auf. Es wäre unmenschlich, sie einem solch verkommenen Subjekt, wie es Georg Schober ist, auszuliefern.«

Der fuhr aus seinem Sessel hoch. »Was wagst du dich, du Schlampe«, hob er an, als Feudel ihn am Arm packte und mit einer energischen Geste zurückhielt.

»Mäßigen Sie sich und halten Sie sich an unsere Absprachen!«, schnauzte er ihn an. »Und Sie, gnädige Frau, darf ich ergebenst bitten, auf Ihre Wortwahl zu achten! Man könnte Sie wegen Verleumdung und übler Nachrede belangen, zumal hier noch weitere Zeuginnen im Raum sind!«

Pauline öffnete schon den Mund zu einer Gegenrede, während Frau Burger, die neben der Tür stand, hörbar die Luft einzog. Feudel kam beiden zuvor.

»Herr Georg Schober ist vor einem ordentlichen Gericht vom Vorwurf des Totschlags an seiner Frau Emma freigesprochen worden. Dass es zu einer Auseinandersetzung auf der Straße kam, bei der er seine Frau ins Gesicht schlug, sodass sie unglücklich stürzte und sich dabei ihre tödlichen Verletzungen zuzog, bedauert Herr Schober aufs Äußerste und wurde darob zu einer beachtlichen Geldstrafe von fünfzig Mark verurteilt. So ist es doch, Herr Schober? Bestätigen Sie bitte hier vor den anwesenden Damen, wie sehr Sie Ihr Verhalten bereuen!«

Georg sah aus, als hätte er gerade in eine Zitrone gebissen. Dennoch nickte er mürrisch. »Ich bereue es und möchte es an meinen Töchtern wiedergutmachen«, leierte er sein offenbar auswendig gelerntes Sprüchlein herunter.

»Und dazu hat er als Vater nicht nur das moralische, sondern auch das juristische Recht«, betonte Feudel.

»Meine Schwiegertochter hat mich in Kenntnis darüber gesetzt, dass Herr Schober arbeitslos und darüber hinaus der Trunksucht verfallen ist«, mischte sich nun Pauline ein. »Wie kann er seinen Töchtern da ein fürsorglicher und vorbildlicher Vater sein? Es war außerdem der letzte Wunsch seiner sterbenden Frau, dass mein Sohn und meine Schwiegertochter ihre Töchter zu sich nehmen.«

Feudel musterte sie finster, während Georg seine Hände zu Fäusten ballte. »Herr Schober hat eidesstattlich versichert, dass er dem Alkohol abschwören und ein gesittetes Leben führen wird. Er verfügt über eine angemessene Einzimmerwohnung, wovon sich ein subalterner Beamter meiner Behörde persönlich überzeugt hat. Das ist Platz genug für einen Erwachsenen und zwei Kinder. Viele Familien wohnen mit weit mehr Köpfen auf vergleichbarem Raum. Herr Schober bemüht sich außerdem unermüdlich um Arbeit und hat bereits eine Stelle in Aussicht.«

»Und wer garantiert Ihnen, dass er seinen ersten Lohn nicht sofort wieder in die Schänken trägt und seinen väterlichen Pflichten auch tatsächlich nachkommt?« Irene war aufgebracht, wie selten zuvor.

»Die städtische Armenfürsorge wird die Familie selbstverständlich im Auge behalten, Frau Gerban«, antwortete Feudel gestelzt. »Wir haben Herrn Schober jetzt vierzehn Tage lang intensiv beobachtet und immer wieder befragt. Er hat uns davon überzeugt, dass es ihm ernst mit seinen guten Absichten ist. Er achtet auf ein gepflegtes Äußeres, ist seit Wochen nüchtern geblieben und hat sogar mehrere Leumundszeugen beigebracht, die sich für ihn verbürgen.«

»Leumundszeugen? Welche zweifelhaften Herrschaften sollen das sein? Saufkumpane und Dirnen?«

Pauline legte Irene beruhigend eine Hand auf den Arm. Feudel fixierte sie ärgerlich.

»Frau Gerban, ich muss Sie noch einmal um Mäßigung bitten, insbesondere darum, die Kompetenz meiner Behörde nicht in Zweifel zu ziehen. Das grenzt hart an Beamtenbeleidigung. Aber als Zeichen meines Entgegenkommens nenne ich Ihnen den Namen eines der Leumundszeugen: Herr Robert Sieber, seines Zeichens Stellvertreter des Verwalters in der angesehenen Tuchfabrik Reuter und Söhne.«

Irene hätte am liebsten laut aufgelacht. Doch Pauline drückte beschwörend ihren Arm. Irene sah ein, dass sie auf diese Weise nichts für Emmas Töchter erreichen würde.

Sie betrachtete Georg Schober von Kopf bis Fuß. Tatsächlich schien er in jüngster Zeit auf seinen üblichen Alkoholkonsum verzichtet zu haben. Seine Gesichtszüge wirkten straffer, nicht mehr so aufgeschwemmt, wie ihn Emma zuletzt beschrieben hatte. Seine Haare waren ordentlich geschnitten. Er trug einfache, aber saubere Kleidung, Jacke, Weste und Hose aus dunklem Stoff, dazu ein blaues Halstuch und ein reines Hemd.

Offensichtlich Kleidung aus zweiter Hand, wahrscheinlich von einem Trödler. Aber dort hatte Irene in ihrer Fabrikzeit auch einkaufen müssen, da sie sich nur gebrauchte Kleidung leisten konnte. Viele Arbeiterinnen und Arbeiter trugen zeit ihres Lebens nicht ein einziges neues Kleidungsstück.

»Was ist, wenn wir uns weigern, die Mädchen herauszugeben?«, machte sie einen letzten Versuch.

Feudel spitzte die Lippen. »Das dürfte Ihnen eine Anzeige wegen Kindesentzugs eintragen sowie eine weitere wegen Widerstands gegen die Staatsgewalt. Auch könnte Sie der Vater der Kinder auf Schadensersatz verklagen.«

»Darüber hinaus würde es Ihnen nichts nutzen. Die Mädchen würden wir dennoch mitnehmen. Wenn nicht mit Ihrem Einverständnis, dann eben mithilfe von Schutzmännern, die wir beim nächsten Mal mitbringen«, deutete Feudel Irenes trotzigen Blick richtig. »Zum Wohle der Mädchen wäre das allerdings nicht. Das gebe ich zu bedenken.«

Bevor Irene sich erneut empören konnte, griff Pauline ein. »Ich möchte mich mit meiner Schwiegertochter unter vier Augen besprechen. Frau Burger, führen Sie die Herren solange ins kleine Esszimmer.«

»Irene, es hat keinen Sinn, weiter Widerstand zu leisten. Wir müssen Marie und Thea herausgeben, so schwer es uns auch fällt. Sonst bekommen wir alle nur Schwierigkeiten, die unsere Sache aussichtslos machen. Sobald Franz nach Hause kommt, werden wir sehen, was zu tun ist. Monsieur Payet wird sicherlich Rat wissen.«

Irene kämpfte mit den Tränen. »Ich habe Emma auf ihrem Totenbett versprochen, für ihre Töchter zu sorgen. Nur deshalb ist sie friedlich gestorben.«

»Und du wirst dein Versprechen halten! Nur nicht hier und heute! Bedenke, meine Liebe, dass der Klügere nachgibt. Mach es uns und den Mädchen nicht noch schwerer, als es schon ist. Wenn wir Widerstand leisten und sie wirklich mit der Polizei wiederkommen, sind unsere Aussichten gleich null, die Mädchen zurückzubekommen. Selbst wenn Schober sie nicht bei sich behalten kann, wird uns niemand mehr als Ersatzfamilie in Betracht ziehen.«

Irene schüttelte verzweifelt den Kopf. Aber sie wusste, dass Pauline recht hatte.

Die nahm sie fest in die Arme. »Nun lass uns gehen und die Mädchen auf das vorbereiten, was auf sie zukommt. Damit es für sie nicht noch schwerer wird, uns verlassen zu müssen, als es ihnen jetzt schon fallen dürfte.«

Kapitel 6

Weingut bei Schweighofen
März 1878, ungefähr vier Wochen später

»Und du hast überhaupt keine Spur von den Mädchen gefunden? Nicht den geringsten Hinweis, wohin dieser Schuft sie verschleppt hat?«

Franz schüttelte bedrückt den Kopf. »Ich war mit Monsieur Payet zunächst in dem heruntergekommenen Haus, in dem Schober zuletzt gelebt hat. Die kleine Wohnung unter dem Dach war längst wieder vermietet. Dort konnten wir nur in Erfahrung bringen, dass die jetzigen Bewohner bereits vor über drei Wochen eingezogen sind. Schober muss Lambrecht also unmittelbar nach seinem Besuch in Schweighofen verlassen haben.«

Irene rang die Hände. »Also war unser Plan von Anfang an falsch.«

»Das konnten wir doch nicht ahnen. Monsieur Payet hat uns keinerlei Chancen eingeräumt, dass wir die Mädchen dem Vater entziehen können, solange der sich wohl verhält. Das weißt du doch. Also blieb uns nur die Hoffnung, dass Georg nach einigen Wochen wieder säuft und nach wie vor oder schon wieder arbeitslos ist. Und es Unregelmäßigkeiten bei der Kindererziehung gibt. Zum Beispiel, dass die Mädchen nicht mehr zur Schule gehen oder Georg sie schlägt …«

Irene zuckte mit einem Jammerlaut zusammen. »Nie, niemals hätte ich diesem Vorgehen zustimmen dürfen!«

Pauline mischte sich ein. »Was habt ihr denn in Lambrecht unternommen, nachdem ihr die Wohnung verlassen vorfandet?«

»Wir haben natürlich bei der städtischen Armenfürsorge vorgesprochen. Balduin Feudel weigerte sich erwartungsgemäß, uns irgendeine Auskunft über den Verbleib der Familie Schober zu geben.«

Irene, die bislang im Salon auf und ab gegangen war, sank mutlos auf einen Sessel. »Hätte ich doch nur mitfahren können«, haderte sie mit sich.

Franz runzelte die Stirn. »Selbst wenn sich die Zwillinge keinen Magen-Darm-Katarrh eingefangen hätten, an dem du dich angesteckt hast, hättest du nicht mehr erreicht als wir. Wir waren sogar in der Tuchfabrik Reuter, um mit diesem Sieber zu sprechen, wurden dort aber nicht einmal vorgelassen.«

»Die Mädchen haben so furchtbar geweint, als diese Kerle sie mitnahmen.« In der Erinnerung an diese Szene kamen Irene die Tränen. »Und ich hatte ihnen bei meinem Seelenheil versprochen, sie nicht aus den Augen zu verlieren und alles zu tun, damit sie wieder zurück nach Schweighofen kommen können.«

Pauline legte ihr tröstend die Hand auf den Arm. »Und dieses Versprechen hast du gehalten. Zumindest so weit es dir möglich war. Wahrscheinlich hat dieser Schober geahnt, dass wir nicht aufgeben würden, und die Stadt deshalb so rasch verlassen.«

»Eben«, weinte Irene. »Deshalb hätten wir nie so lange warten dürfen.«

»Laut Monsieur Payet war dieses Vorgehen unsere einzige Chance.« Jetzt stand Franz auf und humpelte hin und her. Offensichtlich schmerzte sein Beinstumpf. »Wir haben die Gesetze in unserem Land nicht gemacht. Aber wir müssen uns ihnen fügen.«

»Nein, das müssen wir nicht!« Irene hörte zu weinen auf und ballte stattdessen die Hände zu Fäusten. »Es ist ein himmelschreiendes Unrecht, wie Frauen in diesem Land behandelt werden. Sie schuften härter als jeder Mann, da sie neben ihrer täglichen Arbeit auch noch den Haushalt und die Kinder versorgen müssen. Für ihre Arbeit erhalten sie nur einen Hungerlohn, denn als Ernährer gilt der Mann! Pah, dass ich nicht lache!«

Sie redete sich immer mehr in Rage. »Wenn der großmächtige Eheherr seinen Lohn in die Kneipen trägt, wenn er Frau und Kinder misshandelt, soll dies in Demut und Sanftmut ertragen werden!«

Sie stand auf, durchquerte mit großen Schritten den Raum und warf ein Büchlein auf den Tisch. »So empfiehlt es jedenfalls dieses erbärmliche Traktat, geschrieben von einem Pfarrer. Es ist zum Verzweifeln!«

Franz griff nach dem Büchlein. »Das häusliche Glück«, las er den Titel laut vor. Dann blätterte er es kurz durch. Seine Miene wurde spöttisch. »Woher hast du denn dieses Machwerk?«

»Der Pfarrer von St. Ulrich hat es mir gegeben, als ich ihn darauf ansprach, ob ich auch in Altenstadt einen Nähkurs anbieten darf. Er sagte mir, er wolle sichergehen, dass dieser Kurs im rechten christlichen Geiste abgehalten werden würde. Deshalb empfahl er mir die Lektüre dieses Büchleins und wollte von meinem Einverständnis damit seine Zustimmung abhängig machen.«

»Das klingt ja regelrecht lächerlich!«, empörte sich Pauline. »Wie kommt er denn darauf, dass die Frauen dort noch etwas anderes lernen würden als Nähen?«

Irene errötete leicht. »Nun, ich habe den Teilnehmerinnen ab und zu etwas vorgelesen«, gestand sie ein. »Da wir nur eine Nähmaschine haben, die ich zudem jeweils mitbringe, kann immer nur eine Frau üben. Mit dem Vorlesen habe ich den anderen Frauen währenddessen die Zeit vertrieben.«

»Und was hast du ihnen vorgelesen?«

»Etwas aus den Schriften eines Mannes namens August Bebel. Er gehört der Sozialistischen Arbeiterpartei Deutschlands an …«

Franz winkte ab. »Ich habe schon von dem Mann gehört.«

»… und fordert auch für arbeitende Frauen mehr Rechte«,

ließ Irene sich nicht beirren. »Sogar das Wahlrecht sollen wir erhalten, wenn es nach ihm geht.«

Franz musterte seine Frau mit einer Mischung aus Ärger und Amüsement. »Dies dünkt mich der dritte Schritt vor dem zweiten zu sein. Wir wären doch schon froh, wenn alle Männer im Deutschen Reich gleichberechtigt wählen dürften. In vielen Bundesstaaten gilt aber das Drei-Klassen-Wahlrecht, nach dem die Stimmen der Besitzenden weit mehr als die der ärmeren Klassen zählen. Und wer keine oder zu wenig Steuern zahlt, darf überhaupt nicht wählen.«

»Und was ficht dich das an, mein Sohn? Das gilt doch nur für die Wahlen innerhalb der Bundesstaaten, nicht für den Reichstag. Und im Elsass gibt es doch gar kein Landesparlament. Oder irre ich mich?«, fragte Pauline.

»Nein, du hast recht«, bestätigte Franz. Pauline und Irene musterten ihn wortlos. Sie merkten, dass ihm noch etwas auf dem Herzen lag.

Franz holte tief Luft. »Deshalb möchte ich auch bei der nächsten Reichstagswahl kandidieren. Für die Partei der Autonomisten. Um etwas für das Elsass zu erreichen, aber auch um mich für mehr Gerechtigkeit im ganzen Land einzusetzen.«

Irene war sprachlos. Pauline fand schneller zur entscheidenden Frage. »Und wie willst du ein politisches Amt mit der Leitung des Weinguts und des Weinhandels vereinbaren?«

»Die nächste Reichstagswahl ist erst im Januar 1880. Bis dahin wird Hansi Krüger den Verwalter Nikolaus Kerner zumindest zum Teil ersetzen können. Hansi und Kerners Schwager Johann Hager können das Weingut leiten. Zumal Kerner ja noch zur Verfügung steht, wenn es Probleme gibt.«

»Und Kerner soll dann deinen Posten im Weinhandel übernehmen«, schloss Pauline messerscharf.

Franz nickte. »Er kann mich vertreten, wenn ich meinen politischen Pflichten Genüge tun muss.« Er blickte Irene an. »Aber ich tue nichts ohne dein Einverständnis.«

Irene löste sich aus ihrer Erstarrung. »Dann wärst du ja noch häufiger fern von zu Hause, als du es jetzt schon bist!«

Franz bejahte. »Ich müsste häufiger nach Berlin fahren, das ist wahr. Aber da ich das mit meinen Geschäftsreisen verbinden könnte, bliebe die Zeit meiner Abwesenheit im Vergleich zu jetzt überschaubar. Sehr viel öfter wäre ich nicht weg.«

In Irenes Kopf arbeitete es. »Fassen wir die Lage einmal zusammen. Marie und Thea sind fort und werden auch so schnell nicht wiederkommen, wenn überhaupt. Und eine politische Tätigkeit schließt mich von deinen Reisen und Aktivitäten aus. Meines Wissens dürfen Frauen weder Mitglied in einer Partei sein noch an Versammlungen teilnehmen.«

Franz nickte säuerlich. »Leider ist das wahr, meine Liebe. Gerade hier im Elsass hält man es damit besonders streng. Jede Versammlung, an der nicht wahlberechtigte Bürger teilnehmen, gilt als illegal und kann sofort aufgelöst werden.«

»Und was würdest du als Abgeordneter dagegen tun?«

Franz zuckte mit den Schultern. »Dagegen könnte ich erst mal gar nichts tun. Im Mittelpunkt des Programms der Autonomisten steht, dass das Reichsland Elsass-Lothringen die gleichen oder zumindest ähnliche Rechte wie die anderen Bundesstaaten erhalten soll.«

»Also würde diese Partei sich nicht für die Rechte der Frauen einsetzen?«

»Leider sieht es vorerst so aus. Da gibt es andere Prioritäten.«

»Andere Prioritäten.« Nun klang Irenes Stimme sarkastisch. Sie straffte die Schultern. »Wenn das so ist, würde *ich* mich gerne für Frauenrechte engagieren. Quid pro quo, so heißt doch dieser lateinische Spruch, den unser Vater so gerne zitiert hat?«

Franz war irritiert. »Was schwebt dir denn vor? Selbst die SAP nimmt keine Frauen auf.«

»Das stimmt leider. Noch nicht.« Irene machte eine Kunstpause. »Aber es ist die einzige Partei, in der es auch Befürworter von Frauenrechten gibt. Auch wenn sich diese noch in der Minderheit befinden.«

»Ah, ja! Du beziehst dich wieder auf diesen Bebel.«

Irene sah Franz fest in die Augen. »Keineswegs allein auf ihn. Du vergisst, dass mich seinerzeit schon Josef Hartmann dazu ermutigt hat, für die Belange von Frauen zu arbeiten. Und ich war nicht ganz erfolglos damit. Ich habe die Entlassung der Weißnäherinnen in der Tuchfabrik deines Schwagers Herbert Stockhausen verhindert und eine Sprechstunde für Frauen in Frankenthal abgehalten, bei der ich Arbeiterinnen für einen Beitritt zum örtlichen Arbeiterverein angeworben habe. Die Sektion hätte ich leiten sollen. Hast du das vergessen?«

Franz seufzte. »Und was genau hast du vor?«

»Ich möchte an Josef Hartmann schreiben und ihn um seinen Rat bitten, wie ich mich am besten für die Rechte der Frauen einsetzen könnte. Er lebt noch immer in Frankenthal.«

»Woher weißt du das?« Franz' Stimme klang scharf.

Irene blieb gelassen. »Kürzlich stand etwas über ihn in der Zeitung. Im Zusammenhang mit einem drohenden Streik der dortigen Metallarbeiter.«

Franz stieß hörbar die Luft aus. »Und wer soll sich derweil um die Kinder kümmern?«

Pauline griff ein. »Das kann ich tun. Sofern Irene nicht allzu oft abwesend ist.«

Irene lächelte ihre Schwiegermutter dankbar an. »Ich versichere dir, dass ich bestimmt nicht so häufig unterwegs sein werde wie Franz. Dazu sind mir die Kinder zu wichtig.«

Franz ärgerte sich über die Spitze, beschloss aber, sie zu ignorieren. »So schreibe an diesen Hartmann und lass uns dann darüber sprechen, was du vorhast«, schlug er vor.

»Das ist eine gute Idee«, stimmte Pauline zu. »So sollten wir es halten!«

Auf dem Weg zum Landauer Bahnhof
Anfang April 1878

»Hoffentlich habt ihr eine einigermaßen angenehme Reise!« Mit ihrer behandschuhten Hand griff Irene nach der von Minna, die ebenfalls Handschuhe trug, und drückte sie.

»Na, wenn diese Reise nicht angenehm ist, weiß ich nicht, was Reisen überhaupt angenehm machen könnte.« Minna hustete und wandte dabei den Kopf von Irene ab. »Aber ihr hättet zu all eurer Großzügigkeit nicht auch noch diesen Aufwand betreiben müssen.«

Die beiden Frauen saßen im geschlossenen Landauer, mit dem der Kutscher Peter zum Bahnhof in Landau unterwegs war. Von diesem Knotenpunkt aus ging ein direkter Zug nach Frankfurt. Dort würden Minna und ihr Mann Otto, der sie begleitete, noch in einen Zug nach Königstein umsteigen müssen, zu dem der Vorort Falkenstein mit seiner Lungenheilstätte gehörte.

»Du sollst doch dort nicht noch kränker ankommen, als du schon bist. Umso schneller wirst du wieder gesund«, machte Irene Minna und vor allem sich selbst Mut. Minnas Gesundheitszustand hatte sich in den letzten Wochen weiter verschlimmert, trotz der lindernden Salben, mit denen sie sich jeden Tag auf Dr. Freys Rat hin die Brust einrieb.

Eigentlich hätte sie schon vor vier Wochen anreisen sollen, war aber zu krank dazu gewesen. Sie hatte sich neben der Schwindsucht auch noch mit einer banalen Erkältung angesteckt und litt an hohem Fieber. Dass Franz den Aufenthalt trotz der späteren Anreise als dem ursprünglich vereinbarten Aufnahmedatum bezahlen musste, wussten weder Otto noch Minna. Die Klinik war ständig voll belegt und hatte eine lange Warteliste. Der Platz wäre anderweitig vergeben worden, ungeachtet der erklecklichen Summe, die Franz bereits entrichtet hatte, um Minnas Aufnahme zu beschleunigen.

»Aber Eisenbahnplätze in der ersten Klasse, das wäre doch

nicht nötig gewesen«, wandte Minna ein, ohne zu wissen, dass der Aufpreis zur dritten Klasse der kleinste finanzielle Posten war, den Franz entrichtet hatte.

»Wir möchten, dass du es bequem hast«, betonte Irene. »Und trage ja kein Gepäckstück selbst, wenn ihr ankommt! Nehmt euch einen Dienstmann zu Hilfe, damit dich Otto beim Gehen stützen kann! Du weißt, dass dir Dr. Frey jede Anstrengung auf das Strengste verboten hat. In Königstein erwartet euch dann eine Equipage der Klinik am Bahnhof.«

»Wie können wir das je wiedergutmachen, Irene. Otto wird Jahre brauchen, um euch die Summe für meinen Kuraufenthalt zurückzuzahlen.«

»Wird er nicht«, entgegnete Irene leicht gereizt. »Weil er nämlich gar nichts zurückzahlen muss.« Das Thema hatten Minna und sie sicherlich schon zwanzigmal erörtert.

Jetzt kam ihr eine Idee. »Aber sobald du wieder gesund bist, kannst du mich vielleicht bei meinen Frauenversammlungen unterstützen.«

»Das tue ich gerne! Sehr gerne sogar!« Minna klang begeistert. »Was hast du denn vor?«

Einen kleinen Moment lang überlegte Irene, wie konkret sie schon werden sollte. Aber Otto saß wegen der milden Frühlingssonne neben dem Kutscher auf dem Bock, und so konnten die Frauen ungestört sprechen.

»Ich möchte mit monatlichen Versammlungen in Landau und Herxheim beginnen und Frauen, die in der Fabrik oder in Heimarbeit tätig sind, dazu einladen. Ich möchte sie für ihre Lage sensibilisieren und sie zur Selbsthilfe ermuntern. Vielleicht gelingt es mir ja sogar, regelmäßige Treffen anzustoßen, die auch ohne mich stattfinden. Und bei denen die Frauen sich weiterbilden können, Bücher und Zeitungen lesen oder gar denjenigen unter ihnen, die gar nicht lesen und schreiben können, beides beibringen. Was genau die Frauengruppen beschließen, wenn es sie denn erst einmal gibt, weiß ich heute noch nicht. Ich will ihnen da auch nicht dreinreden. Hauptsache, sie engagieren sich und legen sich eine Kasse für Notzeiten zu.«

»Und dazu hat dir Josef Hartmann geraten, mit dem du einmal zusammen warst?«

Irene nickte. »In Frankenthal gibt es noch immer die Gruppe der Arbeiterinnen, die sich unter der Leitung meiner Nachfolgerin Irmgard Fischer gebildet hat. Sie ist sogar größer denn je. Josef meint, das sei ein ermutigendes Beispiel zur Nachahmung. Leider gibt es noch viel zu wenig Frauen, die solche Veranstaltungen ins Leben rufen.«

Minna spitzte die Lippen. Offensichtlich überlegte sie, ob sie ihre nächste Frage stellen sollte, was sie dann auch tat. »Und was sagt Franz dazu, dass du wieder mit Hartmann Kontakt hast?«

Irene zuckte mit den Schultern. »Recht ist es ihm eigentlich nicht«, gestand sie ein. »Aber das ist nicht ausschlaggebend für mich, den Kontakt zu ihm wieder aufzugeben. Franz müsste wissen, dass er keinerlei Grund hat, auf Josef eifersüchtig zu sein.«

Minna wiegte den Kopf.

»Und außerdem hat Franz ja auch seine eigenen Pläne«, fuhr Irene trotzig fort. »Nächsten Monat reist er für mehrere Wochen nach Berlin. Unter anderem, um sich eine Reichstagsdebatte anzuhören. Danach will er entscheiden, ob er für Hagenau-Weißenburg kandidiert.«

»Und wie hoch schätzt du die Chancen dafür ein?«

Irenes Lächeln war etwas bitter. »Er ist schon längst dazu entschlossen, auch wenn er es selbst noch nicht weiß. Nicht umsonst hat er mich gebeten, keine Versammlungen im Elsass abzuhalten.«

»Aha.« Minna verstand. »Das ist der Grund, warum du nicht in Weißenburg tätig wirst. Ich hatte mich schon gewundert.«

»So ist es«, bestätigte Irene. »Das war eine von Franz' Bedingungen, mich gewähren zu lassen.«

»Und welche anderen Bedingungen gibt es noch?«

»Eigentlich nur eine. Dass ich nie mit Josef Hartmann im selben Gasthof übernachte. Am liebsten wäre es Franz, wir würden gar nicht mehr persönlich zusammentreffen.«

»Deinem Tonfall nach zu schließen findest du Ersteres lächerlich und schließt Letzteres aus«, konstatierte Minna, die schon immer eine gute Beobachterin gewesen war.

Irene blieb der Freundin diesmal die Antwort schuldig. Minna seufzte und wechselte das Thema.

»Und warum gehst du nicht auch nach Lambrecht? Da kennt man dich doch noch von früher. Du hättest dort sicherlich großen Zulauf.«

»Oder auch nicht. Die Fabrikherren kennen meinen Namen noch aus dem Streik von 1872. Meinen Mädchennamen«, ergänzte sie. »Aber wenn ich auf meine Bekanntheit setzen will, müsste ich mich ja zu erkennen geben. Sicherlich würde man den Arbeiterinnen dann mit Repressalien drohen, wenn sie zu meinen Versammlungen kämen.«

»Außerdem …« Sie stockte. »Außerdem weiß man dort, dass ich einmal mit Josef Hartmann liiert war und jetzt einen reichen Grundbesitzer und Weinhändler geheiratet habe. Das macht mich nicht gerade sehr glaubwürdig, was die Sache der Arbeiterinnen angeht.«

»Ist das woanders nicht auch so?«

Irene hob wieder die Schultern. »Möglicherweise. Aber dort, wo man mich noch nicht kennt, kann ich meinen Werdegang und meine Motive in der ersten Versammlung schildern, sodass es vielleicht gar nicht erst zu Vorurteilen mir gegenüber kommt. Und wenn ich erst einmal erfolgreich bin, wage ich mich vielleicht auch nach Lambrecht.«

Die Kutsche passierte die Stadtgrenze von Landau. Bald würde sie den Bahnhof erreichen.

»Also schreibe mir auf jeden Fall, welche Erfahrungen du machst«, bat Minna. »Wann wird die erste Versammlung sein?«

»Ich plane sie im Mai, hier in Landau. Lene Krüger, eine verwitwete Arbeiterin auf dem Gut, deren Sohn der Gehilfe unseres Verwalters ist, und zwei andere Frauen werden mir helfen, die Plakate zu verteilen.«

»Wir werden eine Bildungsveranstaltung anbieten. Dazu brauchen wir keine Genehmigung, zumal man Frauen ohnehin keine politische Tätigkeit zutraut«, ergänzte sie spöttisch. »Ich nutze heute die Gelegenheit, ein geeignetes Gasthaus für die Versammlung zu suchen, wo wir auch übernachten können. Drück mir die Daumen, dass ich etwas finde.«

»Da bin ich optimistisch, Irene. Du hast noch immer alles erreicht, was du dir in den Kopf gesetzt hast.« Minna seufzte tief und bezahlte dies mit einem weiteren Hustenanfall. Als sie wieder zu Atem kam, fuhr sie fort.

»Ich wünschte, ich wäre gesund und könnte dir helfen. Zumal mir noch eine andere Gruppe von Frauen am Herzen liegt. Kannst du dir denken, welche?«

Irene überlegte ein Weilchen. »Nein, im Moment kann ich das nicht. Fabrik- und Heimarbeiterinnen stellen den Großteil der berufstätigen Frauen dar. Wenn man einmal von den Bäuerinnen und Landarbeiterinnen absieht. Aber denen wird der Weg in die Städte zu weit und zu beschwerlich sein.«

Minna betrachtete Irene mit einem merkwürdigen Gesichtsausdruck. »Ich glaube, es stimmt nicht, was du da sagst. Die größte Gruppe der berufstätigen Frauen kommt von dort, wo auch wir beide einmal angefangen haben.«

Irene ging ein Licht auf. »Du meinst die Dienstboten?«

Minna nickte. »Genau die. Erinnere dich doch an deine Zeit im Herrenhaus von Altenstadt. Obwohl es dort weit großzügiger zuging als in den meisten Haushalten, hatten wir kaum Freizeit und nur einen sehr geringen Lohn für all die viele Arbeit.«

»Aber Dienstmädchen haben nur alle vierzehn Tage einen Nachmittag frei. Sie müssen abends wieder im Haus ihrer Herrschaft sein. Wie sollen sie da eine meiner Versammlungen besuchen?«

»Eben«, lächelte Minna. »Du sprichst mir aus der Seele.

Diese Frauen haben noch weit weniger Freiheiten und Rechte als Arbeiterinnen. Deshalb sollten wir auch für sie etwas tun. Was genau, können wir uns ja überlegen, wenn ich wieder zurück bin.«

Irene erwiderte Minnas Lächeln. »Das werden wir, liebe Minna.« Sie freute sich sehr, dass Minna nicht mehr vom Sterben sprach, seit die Luftkur bevorstand.

Die Kutsche hielt auf dem Bahnhofsvorplatz. »Aber nun werde erst einmal gesund. Und schreibe mir jede Woche, wie die Behandlung anschlägt.«

Weingut bei Schweighofen
April 1878

Prüfend warf Irene einen letzten Blick in den Spiegel ihrer Kommode im kleinen Ankleidezimmer. Rosa hatte ihr eine Hochfrisur gesteckt. Irene spürte jetzt schon das Ziepen der Nadeln, die nötig gewesen waren, um ihre schwere braune Haarpracht zu bändigen. Heute Abend würde sie den Besuch in Altenstadt wahrscheinlich mit heftigen Kopfschmerzen büßen.

Auch das Korsett, das Irene im Alltag gerne vermied, hatte Rosa so eng geschnürt, dass ihre schlanke Taille in dem ockerfarbenen Nachmittagskleid mit den dunkelbraunen Samtbesätzen vorteilhaft zur Geltung kam. Es war eigentlich ein Winterkleid. Aber draußen war das warme Wetter, das noch vor einigen Tagen geherrscht hatte, mittlerweile umgeschlagen und wieder empfindlich kühl geworden. Der stürmische Wind trieb sogar ab und zu Graupelschauer vor sich her.

Es klopfte leise an die Tür. Auf ihren Ruf hin trat Franz in den kleinen Raum. Er hatte sich im gemeinsamen Schlafzimmer ohne Hilfe umgekleidet. Schon seit er nach Schweighofen gezogen war, verzichtete er auf die Dienste eines Kammerdieners.

»Du siehst wunderschön aus, Irene.« Liebevoll trat er auf sie zu und küsste sie auf den Mund. »Sogar diese unscheinbare Farbe kleidet dich prächtig und betont den Kontrast zwischen deinen dunkelblauen Augen und dem braunen Haar.«

Irene erwiderte Franz' Zärtlichkeit. »Und die kleinen Fältchen um die Augen stören dich nicht?«

Franz fuhr diese sanft mit dem Finger nach. »Wir werden alle nicht jünger. Aber wir reifen zu Persönlichkeiten. Und das zeigt sich auch in unseren Gesichtern.«

Er schob Irene ein Stück weit von sich fort, um sie besser begutachten zu können. »Nein, ich finde, deine Fältchen stehen dir gut. Früher warst du hübsch. Jetzt bist du schön.«

Irene erwiderte Franz' intensiven Blick. Er näherte sich mittlerweile den dreißig. In knapp eineinhalb Jahren würde es so weit sein. Auch seine Züge glichen inzwischen mehr denen eines Mannes als denen des Jünglings, in den sich Irene einst verliebt hatte. Und auch um seine dunklen Augen und die vollen Lippen hatten sich Fältchen gebildet. Sie zeugten von den Schlachten in jenem furchtbaren Krieg, den Franz mitgemacht hatte, von den schlaflosen Nächten, die ihm seine Verkrüppelung sogar noch heute ab und zu bereitete, und vom zwar erfolgreichen, aber anstrengenden Kampf im harten Geschäft des Weinhandels.

Wenn Irene überhaupt irgendetwas vermisste, dann waren es Franz' Locken. Er trug das dunkle Haar schon länger so kurz geschnitten, dass sie kaum mehr zur Geltung kamen. Zu Irenes Erleichterung verzichtete er jedoch, anders als viele seiner Altersgenossen, auf einen Vollbart und hielt auch seinen Oberlippenbart kurz, anstatt ihn mit Pomade zu solch grotesken Formen zu zwirbeln, wie es so manch eitler Laffe tat.

Zum Glück hatte Franz ihrem Sohn Fränzel seine Locken vererbt. Irene liebte es, den Wuschelkopf ihres Ältesten zu zausen, wie sie es als jung Verliebte auch bei Franz getan hatte.

»Müssen wir denn eigentlich unbedingt nach Altenstadt fahren?«, hauchte sie nun mit einem verführerischen Augenaufschlag. »Wir könnten uns doch hier viel besser beschäftigen. Und ich wäre dieses furchtbare Korsett wieder los.«

Franz stupste sie auf die Nasenspitze. »Verstehe ich Sie richtig, Frau Gerban, dass Sie am helllichten Tage der Lust frönen möchten, anstatt Ihren verwandtschaftlichen Verpflichtungen nachzukommen?«, neckte er sie.

Sie nickte mit gespielt ernster Miene. »So ist es, werter Herr Gerban.«

Franz seufzte. »Glaub mir, mein Lieb, auch ich wüsste meine Zeit weit besser zu verbringen als mit diesem vermaledeiten Besuch in Altenstadt. Selbst ohne dein verführerisches Angebot. Aber es ist Ottilies sechzigster Geburtstag. Sie hat außer der Familie auch Freunde und Bekannte eingeladen. Alle Welt würde sich wundern, wenn wir fehlen.«

Irene stieß frustriert die Luft aus. »Also gut. Dabei bist du nicht einmal mit den beiden verwandt.«

»Aber du bist es«, neckte er sie weiter. »Und da Gregor und Ottilie beides nie erfahren sollen, bleibt uns gar nichts anderes übrig, als gute Miene zum bösen Spiel zu machen und die Form zu wahren. Also komm! Meine Mutter wartet sicher schon auf uns.«

Anwesen der Gerbans bei Altenstadt

April 1878, eine Stunde später

»Und du bist ganz sicher, dass sich dieser Wein gut verkaufen lässt?«

Skeptisch drehte Gregor Gerban sein Glas mit dem Roséwein zwischen den Fingern und roch daran. Dann kostete er vorsichtig einen winzigen Schluck.

»Zu wenig Körper, wenn du mich fragst. Ein leichter Tischwein. Zu mehr ist er nicht zu gebrauchen.«

Franz bemühte sich, seinen Ärger nicht zu zeigen. »Genau das soll der Rosé auch sein, Onkel Gregor. Kein schwerer Rotwein mit Körper, wie du es ausdrückst. Sondern ein leichter Tischwein, besonders für Damen. Nicht umsonst haben wir Ottilie eine Kiste davon zu ihrem Geburtstag mitgebracht. Übrigens«, fuhr er fort, um Gregors nächstem Einwand zuvorzukommen. »Blauberg aus Berlin hat bereits ein Viertel unseres Kontingents geordert. Der Rosé soll die Novität für diese Sommersaison in der Hauptstadt werden.«

Gregor lächelte säuerlich. »Dann gratuliere ich dir zu deinem Geschäftssinn«, wahrte er die Form. »Doch nun lass uns zurück in den Festsaal gehen.«

Die Männer traten vom halbrunden Balkon, auf dem Gregor trotz der Aprilkühle in Gegenwart von Franz seine Zigarre geschmaucht hatte, zurück in den seit vielen Jahren unbenutzten Tanzsaal. Von dort aus erreichte man den großen Speisesaal, in dem Ottilie ihr Geburtstagsfest ausrichtete. Es war im Wesentlichen ein opulenter Nachmittagskaffee, zu dem sie geladen hatte. Für ein aufwendiges Dinner mit vielen Gästen fehlte den beiden sowohl das Geld als auch das Personal. Franz und Gregor waren daher auch die einzigen Männer auf dieser Feier.

Im Speisesaal rund um die große Tafel, die als Kuchenbuffet diente, waren kleine Sitzgruppen mit Tischchen und Stühlen eingerichtet worden, in denen sich die Gäste niedergelassen hatten. Das fand Ottilie gemütlicher, als an der großen Tafel zu sitzen, die für fünfzig Gäste ausgelegt war und an der sich die zwanzig Geladenen sicher etwas verloren vorgekommen wären.

Und jeder hätte noch einmal deutlicher gemerkt, dass sich Ottilie und Gregor so große Feste, wie sie früher in diesen Räumlichkeiten gefeiert wurden, nicht mehr leisten können, dachte Irene nicht ohne Häme bei sich.

Sie saß mit Pauline wohl oder übel dicht neben Ottilie. Deren Sitzgruppe war die größte und mit ihren sieben Plätzen der Verwandtschaft und ihren engsten Freundinnen vorbehalten. Im Augenblick gab es zwei freie Plätze, da sich Gregor und Franz auf dem Balkon aufhielten. Auch Ottilie würde hoffentlich bald wieder ihre Runde drehen, um mit den Damen in den anderen Sitzgruppen zu plaudern.

Niemann, der Hausdiener, servierte den Besucherinnen gemäß ihrer Wünsche Stücke der köstlichen Kuchen und Torten, die die tüchtige Frau Kramm gebacken hatte. Gitta und Heidi, die beiden Dienstmädchen, schenkten Kaffee oder Tee aus und trugen Tabletts mit kalten Getränken herum, die sie den Gästen anboten.

Mit vier Dienstboten und zusätzlich Riemer, dem alten Kutscher, der auch die beiden verbliebenen Pferde versorgte, war der Haushalt in Altenstadt für die lediglich zwei Personen, die dort noch wohnten, eigentlich überreichlich mit Personal ausgestattet. Doch Franz hatte es nicht übers Herz gebracht, dem langjährigen Hausdiener Niemann nach dem Tod seines Ziehvaters Wilhelm zu kündigen oder Ottilie anzuweisen, ihr Dienstmädchen Gitta zu entlassen, das sie von Schweighofen mitgebracht hatte. Zum Glück deckte der Ertrag des Weinguts bislang all diese zusätzlichen Kosten.

»Und Mathilde hat dir gestern ein Telegramm geschickt, dass sie nun doch nicht kommen kann?«, fragte Pauline gerade ihre Schwägerin Ottilie.

Die setzte eine tragische Miene auf. »Herbert, ihrem Ehemann, geht es leider nicht gut. Er leidet in jüngster Zeit an Schwindel und Herzrasen und muss sich schonen. Die Reise wäre zu anstrengend für ihn geworden.«

Sie seufzte theatralisch. »Dabei habe ich mich so auf Mathilde gefreut. Ich hatte schon ihr altes Zimmer als Gästezimmer für sie herrichten lassen. Und Franz' ehemaliges Zimmer für Herbert.« Ottilie klang jetzt so weinerlich, als sei dies eine große und nun auch noch vergebliche Anstrengung für sie gewesen.

Was für ein Affentheater. Irene vermisste Franz' jüngere Schwester kein bisschen. Und auch auf die anderen Damen dieser Gesellschaft hätte sie am liebsten verzichtet. Sie verhielt sich so schweigsam wie möglich, um keine Aufmerksamkeit auf sich zu ziehen.

Leider vergeblich. »Wie geht es denn Ihnen, liebe Frau Gerban?«, sprach sie nun die Frau des Kommerzienrats Krämer an. Ihr Gatte betrieb von Weißenburg aus einen schwunghaften Handel mit Kolonialwaren aller Art und unterhielt mittlerweile Ladengeschäfte in jedem größeren Ort der Umgegend. »Wie verbringen Sie denn heute Ihre Zeit?« Dabei betonte sie das Wort »heute« so stark, dass es Irene nicht entgehen konnte. »Fehlt Ihnen nicht ab und zu Ihre ehemalige Tätigkeit?«, fuhr Frau Krämer reichlich impertinent fort.

»Welche meinen Sie denn?« Irene sah der ältlichen Frau geradewegs in die blassgrauen Augen. »Die als Dienstmädchen oder die als Fabrikarbeiterin?«

Sie hatte sich schon vor Jahren abgewöhnt, sich an diese scheinheilige Gesellschaft anpassen zu wollen. Was auch immer sie tat oder sagte, hatte sie sowieso noch nie vor Anspielungen oder sogar anzüglichen Bemerkungen bewahrt.

»Nun … ich meine«, stotterte Frau Krämer. Offensichtlich hatte sie eine solch unverblümte Reaktion nicht erwartet.

»Nun«, fuhr Irene fort. »Ich gestehe freimütig ein, dass ich mich an der Hausarbeit kaum mehr beteilige. Mit Ausnahme unseres Schlafzimmers halte ich keinen Raum selbst in Ordnung. Das kostet mich in der Tat jeden Tag nur eine halbe Stunde und alle vierzehn Tage auch einmal zwei beim Großreinemachen.«

»Sie machen Ihr Bett doch nicht etwa selbst?«, mischte sich nun eine weitere Freundin Ottilies ein. Es war die Frau eines höheren preußischen Beamten in der Weißenburger Präfektur.

Irene verzog spöttisch die Lippen. »Selbstverständlich mache ich unser Bett jeden Tag selbst, Frau Oberinspektorin. Und wische auch Staub im Schlafzimmer. Schließlich war ich dreizehn Stunden Fabrikarbeit am Tag gewohnt. Mit der Zeit für den Haushalt und die Betreuung meines Sohnes sogar sechzehn Stunden. Wie einst als Dienstmädchen hier im Hause.«

Die Frau errötete. »Aber das hätten Sie doch gar nicht mehr nötig«, wandte sie ein. »Sie können sich doch glücklich schätzen, aus dieser subalternen Position …«, sie bemerkte ihre Taktlosigkeit und verbesserte sich rasch, »dass andere das jetzt für Sie übernehmen.«

»Ich tue es auch nicht, weil ich es nötig habe, sondern weil es mir Spaß macht.«

Irene bemerkte die konsternierten Blicke, die die Damen wechselten. Eine peinliche Pause entstand.

Das Dienstmädchen Gitta trat an den Tisch und bot den Damen den von Franz' mitgebrachten und zwischenzeitlich gekühlten Roséwein in schlanken Kristallgläsern an. Die Damen bedienten sich neugierig. Irene fiel der ängstliche Blick der Dienstbotin auf. Außerdem war ihre rechte Wange gelblich verfärbt, als würde dort ein ehemals blauer Fleck abheilen. *Emma hatte oft solche Male,* schoss es Irene unwillkürlich durch den Kopf.

»Oh!«, rief die Frau Kommerzienrat entzückt. »Dieser Wein schmeckt ja köstlich. Das sollte man gar nicht meinen bei der blassen Farbe.« Sie wandte sich an Pauline. »Sie müssen sehr stolz auf Ihren erfolgreichen Sohn sein.«

»Das bin ich. Genauso stolz wie auf meine tüchtige Schwiegertochter und meine entzückenden Enkel«, ergänzte Pauline demonstrativ.

»Stickst du noch immer so viel?«, lenkte Ottilie das Gespräch nun in eine, wie sie wohl glaubte, unverfänglichere Bahn. »Sicher hast du es Irene schon seit Langem beigebracht?«

»Irene kann sehr gut nähen. Sticken gehört nicht zu ihren Leidenschaften«, antwortete Pauline wahrheitsgemäß.

»Apropos nähen«, fiel jetzt wieder die Frau des Oberinspektors ein. »Ich habe ein ganz seltsames Gerücht gehört. Der Pfarrer von St. Ulrich war neulich bei uns zu Besuch. Er erzählte, dass Sie, liebe Frau Gerban, einen Nähkurs für einfache Bauersfrauen und Kleinbürgerinnen aus Altenstadt anbieten möchten.

Angeblich wollen Sie die Frauen ermutigen, sich danach eine Nähmaschine anzuschaffen, um sich die Hausarbeit zu erleichtern. Da muss ich Ehrwürden doch sicherlich missverstanden haben.« Ihr Blick bekam etwas Lauerndes.

»Ganz und gar nicht, Frau Oberinspektorin«, erwiderte Irene kühl. »Ehrwürden hat leider nur noch nicht zugestimmt. Er befürchtet, dass ich dabei aufrührerische Texte vorlesen könnte.«

»Wie bitte?« Bis auf Pauline blickten jetzt alle Damen schockiert drein. »Was für Texte könnte der Pfarrer denn meinen?«

»Kennen Sie einen Mann namens August Bebel?«

Die Damen schüttelten die Köpfe. »Nein. Von einem solchen Mann hat sicherlich keine von uns je gehört«, übernahm Ottilie das Wort für ihre Freundinnen.

»Er gehört der Sozialdemokratischen Arbeiterpartei an und fordert mehr Rechte für Frauen. Sogar das Wahlrecht.« Irene genoss die entsetzten Mienen.

»Sie ... Sie treiben Ihren Scherz mit uns, Frau Gerban!«

»Keineswegs, Frau Kommerzienrat. Was ist denn an den Forderungen Bebels so erstaunlich?«

Ottilie holte tief Luft. Sie richtete sich mit ihrer hageren Gestalt zu voller Größe auf. »Eine Frau gehört ins Haus«, echauffierte sie sich. »Nicht in die Öffentlichkeit und schon gar nicht in die Politik. Das überlassen wahre Damen ihren Männern, die sich auch sehr viel besser in dieser Materie auskennen. Eine gottesfürchtige Frau würde nie auf die Idee kommen, wählen zu wollen.«

»Und warum nicht, Ottilie?« Irene hatte es noch nie übers Herz gebracht, diese Frau »Tante« zu nennen, obwohl sie es, ohne es zu wissen, sogar im wahrsten Sinne des Wortes war. »Was hat Gottesfurcht mit den Rechten der Frauen zu tun? Stellen wir Frauen nicht mindestens die Hälfte der Menschheit? Arbeitet jede Frau in der Fabrik nicht ebenso hart wie ein Mann? Und führt ihm danach noch die Wirtschaft und versorgt seine

Kinder? Oder«, sie lächelte spöttisch, »hältst du deinesgleichen einfach für zu dumm, um mitzudenken?«

Ottilie schnappte empört nach Luft. Pauline griff ein.

»Nun, nun«, beschwichtigte sie. »Leben und leben lassen, schien mir schon immer eine gute Maxime zu sein. Lebe du dein Leben so, wie es dir behagt, Ottilie! Und lass Irene ihr Leben anders gestalten, wenn es ihr so besser gefällt.«

»Dass … dass Franz so etwas erlaubt!« Ottilie ließ nicht locker.

»Was erlaubt?«

»Nun, solche aufrührerischen Ansichten. Offensichtlich sogar beeinflusst von unseren ausgemachten Staatsfeinden, zu denen Gregor auch diese Sozio … nun eben diese Partei zählt, die Irene gerade erwähnt hat! Und dazu noch diese unwürdigen Nähkurse!«

»Leider habe ich außer Nähen nichts anderes gelernt.« Irene reckte trotzig das Kinn. »Doch das kann ich so gut, dass ich sogar Vorarbeiterin in Herbert Stockhausens Weißnäherei war. Dort habe ich viele Arbeiterinnen erfolgreich angeleitet.«

»Schlimm genug.« Ottilie nahm nun kein Blatt mehr vor den Mund. »Schlimm genug, dass du dich damals so erniedrigen musstest, um dein Brot zu verdienen.«

»Erniedrigen? Was ist an ehrlicher Arbeit erniedrigend? Außer dem schlechten Lohn, den man uns Frauen zahlt!«

»Warum liegt Ihnen denn so viel an diesen Nähkursen?«, fragte Frau Krämer.

»Ich möchte dazu beitragen, den Frauen das Leben ein wenig leichter zu machen. Ich ermutige die Frauen auch zusammenzulegen, um gemeinsam eine Nähmaschine zu erwerben. Wenn man nicht gerade sechzehn bis achtzehn Stunden in Heimarbeit daran schuften muss, erleichtert der Umgang mit diesem Gerät es der einfachen Hausfrau sehr, die Kleider ihrer Familie zu ergänzen und in Ordnung zu halten. Vor allem in Familien, in denen das Einkommen gering ist.« Irenes Stimme klang scharf.

»Aber liebe Frau Gerban! Ärgern Sie sich doch nicht über uns! Wir sind nur neugierig«, versuchte die Frau Oberinspektorin zu begütigen. Sie blickte Bestätigung suchend in die Runde. »Es ist ja bewundernswert, dass Sie weiterhin etwas leisten wollen, obwohl Sie nun alle Annehmlichkeiten genießen könnten, die Ihnen früher versagt blieben. Vielleicht braucht es einfach noch ein wenig Zeit, bis Sie die Vorzüge Ihres jetzigen Standes in Gänze ermessen können.«

Irene hatte genug. Sie stand auf. »Entschuldigen Sie mich bitte einen Augenblick, meine Damen. Ich muss den Erfrischungsraum aufsuchen.«

Einen kurzen Moment lang war sie versucht, durch den Tanzsaal auf den Balkon zu treten, um ihren Zorn bei den frischen Temperaturen abzukühlen. Immerhin hatten die Schauer aufgehört. Hinter ihrem Rücken hörte sie die Frauen erregt tuscheln, ohne deren Worte zu verstehen.

Da sie sich bewusst war, dass ihr die Blicke fast aller anwesenden Damen folgten, auch jener, die nicht in ihrer Sitzgruppe saßen, aber die zunehmend lautstarke Unterhaltung wahrscheinlich verfolgt hatten, nahm Irene den direkten Ausgang vom Speisesaal ins Treppenhaus. Dann wandte sie sich nach rechts, um den Abtritt aufzusuchen, der am Ende eines jeden Gangs hinter den Schlafzimmern in den seitlichen Flügeln des Herrenhauses lag. Sie war so in ihre zornigen Gedanken versunken, dass sie fast mit dem Dienstmädchen Gitta zusammengestoßen wäre, das gerade die Hintertreppe vom Küchentrakt emporrannte.

»Die gnädige Frau möge mir bitte verzeihen!« Instinktiv hob die junge Frau den Arm, als wolle sie sich vor etwas schützen.

»Keine Ursache!«, erwiderte Irene. »Zumal doch *ich* fast in dich hineingerannt bin.« Plötzlich stutzte sie. Der abheilende blaue Fleck im Gesicht Gittas stach ihr wieder ins Auge. Sie trat ihr in den Weg, woraufhin sich Gittas Gesicht erneut schreckhaft verzog.

»Lass mich dir eine Frage stellen, Gitta. Wirst du hier im Haus etwa geschlagen?«

Gitta zuckte zusammen. Dann schüttelte sie mit panischer Miene den Kopf. »Nein, gnädige Frau. Das darf die gnädige Frau auf keinen Fall glauben.«

Irene erinnerte sich an die gestelzte Anrede, die auch sie einst als Dienstmädchen in diesem Haus benutzen musste. Es war verboten, die Herrschaften direkt anzusprechen. Da sie und Franz mit allem Personal des Weinguts, seien es Landarbeiter oder häusliche Dienstboten, einen lockeren Umgangston pflegten, hatte Irene diese archaische Form der Ansprache schon fast vergessen.

»Und woher stammt dann der blaue Fleck auf deiner Wange?«

Gitta mied Irenes Blick. »Ich war ungeschickt und habe mich gestoßen. Es ist aber schon fast wieder weg.«

»Woran gestoßen?«

»An einer Tür oder einem Schrank. Ich weiß es nicht mehr.«

Irene musterte Gitta prüfend. Ihr war klar, dass das Dienstmädchen log. Sie legte ihr leicht die Hand auf den Arm, woraufhin Gitta sofort einen Schritt zurückwich.

»Hör genau zu, was ich dir jetzt sage, Gitta. Ich glaube, dass hier etwas Unrechtes vor sich geht. Wenn du jemals Hilfe brauchst, komm nach Schweighofen und wende dich an mich. Oder an Pauline Gerban, falls ich nicht da sein sollte«, fügte sie angesichts ihrer Reisepläne hinzu.

Kapitel 7

Landau
22. Mai 1878

Nervös sah Irene immer wieder auf ihren alten Wecker, den sie zur ersten geplanten Frauenversammlung ins Gasthaus »Zum silbernen Kreuz« nach Landau mitgebracht hatte. Es war schon fast halb acht Uhr. Noch immer war keine einzige Besucherin erschienen. In wenigen Minuten sollte die Veranstaltung beginnen.

Lene Krüger, die Irene begleitet hatte, beschäftigte sich damit, die Stuhlreihen noch einmal zurechtzurücken und gerade auszurichten. Auch sie war nervös und mied Irenes Blick. Sie wusste nur zu gut, wie enttäuscht ihre Dienstherrin sein würde, wenn gar niemand käme. Irene hatte dreißig Plätze vorgesehen, wobei sie mit ungefähr zwanzig Frauen gerechnet und diese Zahl schon als großen Anfangserfolg gewertet hätte.

»Aber selbst wenn nur zehn Frauen kommen, wäre ich schon zufrieden«, hatte sie Lene Krüger noch vor einer knappen Stunde gesagt, als sich beide ihr einfaches Abendessen aus Pfälzer Wurst und frischem Brot schmecken ließen. Doch jetzt sah es so aus, als würde außer der Wirtin womöglich keine einzige Frau ihrer Einladung Folge leisten.

Dabei hatte doch alles so gut angefangen. Noch am selben Tag, an dem Irene Minna zum Bahnhof gebracht hatte, war ihr die Idee gekommen, genau in dem Gasthof, in dem sie nach ihrer Flucht aus Weißenburg vor fast acht Jahren übernachtet hatte, nach einem Raum zu fragen. Sie hatte auf Anhieb Glück.

Zwar erkannte die ehemalige Schankmagd und heutige Wirtin Irene in ihrer feinen Kleidung nicht mehr. Dagegen kam die Frau Irene sofort bekannt vor. Sie sprach Greta Leyendecker, wie sie mittlerweile hieß, an und erinnerte sie an den Kontakt, den sie ihr damals zu ihrer Tante im benachbarten Pfarrhaus vermittelt hatte, wo diese Haushälterin war. Greta selbst hatte vor zwei Jahren den mittlerweile verwitweten Wirt geheiratet.

»Ach, Sie sind die Frau, die diese unbarmherzige Frau Färber damals kurz vor Weihnachten aus der Wohnung geworfen hat, weil Sie schwanger waren«, entsann sich schließlich auch Frau Leyendecker der damaligen Ereignisse. Zu ihrer Betrübnis erfuhr Irene, dass Pfarrer Hansberg im vergangenen Winter verstorben war und Gretas Tante mittlerweile bei einem Pfarrer in Edenkoben arbeitete.

»Ich hätte die beiden so gerne wiedergesehen und mich für ihre Fürsorge bedankt«, bedauerte Irene. »Das Weihnachtsfest, an dem ich damals im Pfarrhaus teilnehmen durfte, war für lange Zeit mein einziger Lichtblick.«

»Nun«, Greta musterte Irene prüfend. »Mich dünkt, diese schweren Jahre sind jetzt vorbei. Was führt Sie denn heute hierher?«

Irene erläuterte der staunenden und zunehmend interessierten Wirtin ihr Vorhaben. »Sie möchten eine Frauengruppe ins Leben rufen, aus der sich später vielleicht ein Bildungsverein für Arbeiterinnen entwickeln könnte? Was für eine ungewöhnliche Idee!«

»Und glauben Sie, das könnte in Landau gelingen?«

Greta Leyendecker wiegte den Kopf. »Viel Industrie haben wir hier ja nicht. Das wissen Sie sicherlich schon. Es gibt nur die Bürstenfabrik. Aber daneben noch eine kleinere Anzahl von Manufakturen und natürlich auch sehr viel Heimarbeit. Einerseits für die Bürstenfabrik, andererseits für verschiedenste Verleger. Frauen nähen Unterwäsche und Weißwaren, rollen Tabak zu Zigarren, bemalen Spielzeug und was es sonst noch so alles gibt.

An einen Arbeiterinnenverein hat sicherlich noch nie jemand in Landau gedacht.«

»Was ist mit der Garnison?«, fiel Irene plötzlich ein. »Arbeiten Frauen auch dort?«

Die Wirtin nickte. »Natürlich. Und für einen erbärmlichen Lohn, kann ich Ihnen sagen. Vor allem als Wäscherinnen, Putzfrauen und Küchenhilfen. Häufig vom Morgengrauen bis tief in die Nacht hinein.«

»An die Bürstenfabrik und die Heimarbeiterinnen habe ich gedacht«, räumte Irene ein. »An die Frauen, die in der Garnison tätig sind, jedoch nicht. Wir müssen sie auf unseren Plakaten aber gleichfalls berücksichtigen.«

»Das wäre eine meiner nächsten Fragen gewesen. Auf welche Weise wollen Sie denn an die Frauen herankommen?«

»Wir wollten in der Nähe der Bürstenfabrik und in der Stadt Plakate aufhängen. Und natürlich jetzt auch rund um die Garnison.«

»Das sollten Sie sich aber vorsichtshalber von den Stadtbehörden genehmigen lassen.«

»Warum?«, fragte Irene verblüfft. »Wir wollten lediglich zu einem Bildungsabend für Frauen einladen. Eine politische Versammlung ist es doch nicht. Die würde uns als Frauen ohnehin verboten werden.«

»Besser ist besser!«, riet Greta. »Mit einem amtlichen Stempel versehen wird kein übereifriger Stadtbediensteter Ihre Plakate herunterreißen.«

Dies sah Irene ein, auch wenn es sie noch einen weiteren Besuch in Landau vor der Veranstaltung kosten würde.

»Und wo soll die Versammlung stattfinden?«, fragte Greta neugierig.

Irene hob entschlossen den Kopf. »Wenn es möglich und erschwinglich wäre, gerne in Ihrem Hause, Frau Leyendecker. Deswegen habe ich Sie heute eigens aufgesucht.«

»Da muss ich erst einmal meinen Mann fragen«, gab Greta

zu. »Aber ich kann Ihnen den Raum ja schon einmal zeigen, den wir zur Verfügung hätten.«

In der Tat war der einem Saal ähnliche Nebenraum mehr als geeignet für die geplante Veranstaltung. Er war gut geschnitten und verfügte sogar über eine kleine Bühne. »Manchmal treten hier wandernde Schauspieler auf«, erklärte die Wirtin.

Der Preis, den ihr Ehemann als Saalmiete verlangte, verschlug Irene allerdings erst einmal den Atem. »Zwanzig Mark?« Sie hatte mit maximal der Hälfte gerechnet.

»Als Garantiehonorar. Das halte ich genauso wie mit den Theateraufführungen. Nehmen wir als Gastwirtschaft bei einer Veranstaltung genügend ein, reduziert sich der Preis bis auf zehn Mark. Die wären immer zu entrichten, auch wenn wir für mehr als zehn Mark Umsatz machen. Immerhin fasst der Saal hundert Leute, wenn wir nur Stühle und keine Tische hineinstellen.«

»Für mehr als zehn Mark«, echote Irene. Sie erinnerte sich daran, dass schon vor acht Jahren der Preis für eine Übernachtung in diesem Gasthaus sehr hoch gewesen war. *Einen solchen Umsatz bekommen wir nie und nimmer zusammen.*

Selbst auf den Versammlungen, die Josef Hartmann seinerzeit in Lambrecht rund um den Streik abgehalten hatte, begnügten sich viele Arbeiter mit einem Glas Bier am Abend. Das kostete ungefähr zehn Pfennige, ein Glas Wein dreißig Pfennige. Und ob die weit weniger verdienenden Frauen überhaupt genug Geld hätten, um sich etwas bestellen zu können, stand völlig in den Sternen.

Im Geiste überschlug Irene in diesem Moment die Unkosten. Mit den Plakaten, die sie in Weißenburg drucken lassen wollte, dem Geld, das sie für die Bahnfahrt mit ihren Helferinnen benötigte, um die Plakate aufzuhängen, der Entlohnung für deren Mühe und der Übernachtung für sich und Lene Krüger nach der Versammlung kämen sicherlich Unkosten von mindestens fünfzig Mark zusammen, errechnete sie. Eine Arbeiterfrau müsste dafür vier Wochen lang schuften, eine Heimarbeiterin womöglich noch länger.

Und nun sah es so aus, als ob alle Vorbereitungen und Ausgaben vergeblich gewesen wären. Wobei bis zum heutigen Abend sogar noch einige Mark mehr dazugekommen waren, denn auch die Stadtbehörde hatte sich die Genehmigung der Veranstaltung mit einer Gebühr bezahlen lassen.

Der Zeiger rückte auf Viertel vor acht. Irene fühlte sich niedergeschlagen und bedrückt.

Wenn sie allein daran dachte, wie mühsam es vor einer Woche gewesen war, alle Plakate aufzuhängen. Die Frauen waren den ganzen Tag paarweise durch Landau gelaufen, bis sie alle einhundert Stück angebracht hatten. Erst mit dem Nachtzug nach Paris, der gegen Viertel vor elf Uhr in Weißenburg hielt, waren sie vor einer Woche nach Hause gekommen.

Und nun das. Um Viertel nach acht Uhr gab Irene auf. In ihrer Enttäuschung fiel ihr wenigstens ein, wie sie ein paar Mark sparen könnte. »Wenn wir noch heute nach Weißenburg zurückfahren, erlassen Sie uns dann die Kosten für die Übernachtung?«, fragte sie die Wirtin Greta. »Der Zug fährt um zehn Uhr ab. Normalerweise hätten wir ihn wohl nicht mehr bekommen, aber so …« Sie ließ den Satz unvollendet, auch weil es sie in der Kehle würgte.

Greta nickte. In ihren Augen stand Mitgefühl. »Ich hätte sehr gerne eine solche Versammlung erlebt. Mein Mann würde Ihnen die Übernachtung zwar berechnen. Aber das nehme ich auf meine Kappe. Ebenso das Abendessen. Und wenn Sie vor der Abfahrt noch ein Glas Wein oder Bier trinken wollen, sind Sie ebenfalls eingeladen.«

Weinhandelskontor Blauberg und Söhne in Berlin

22. Mai 1878

»Ich möchte Sie bitten, noch einen Augenblick zu verweilen, Herr Gerban.« Arnold Blauberg strich sich über seinen gepflegten Schnurrbart. »Ich erwarte noch einen wichtigen Kunden, der den Wunsch geäußert hat, Sie einmal persönlich kennenzulernen.«

Franz war verblüfft. »Aus welchem Grund, wenn ich fragen darf?«

Blauberg schmunzelte. »Graf von Sterenberg, so heißt der Herr, gehört zum diplomatischen Korps der österreichischen Botschaft. Beim diesjährigen Neujahrsempfang servierte man dort Ihre Weine, unter anderem den herrlichen Eiswein. Seither gehören sowohl die Botschaft als auch der Herr Graf zu meinen besten Kunden, was die Produkte des Weinguts Gerban angeht.«

»Das ist ja ganz famos«, bestätigte Franz. »Natürlich bleibe ich da gerne noch etwas länger.«

Innerlich wunderte er sich dennoch über den Wunsch des Grafen. Schließlich hatte ihm Blauberg begeistert erzählt, dass er die Gerban'schen Weine auch schon zu diversen Bällen und Wohltätigkeitsveranstaltungen in der vergangenen Wintersaison geliefert hatte, die in Berlin von Januar bis März dauerte. Der Eiswein aus dem Spitzenjahrgang war sogar bei einem Hofball serviert worden. Die österreichische Botschaft stach also gar nicht besonders unter Blaubergs prominenten Kunden hervor.

Recht war es Franz nämlich nicht, dass er noch verweilen sollte. Denn heute Abend war er mit Carl August Schneegans und einigen anderen Reichstagsmitgliedern der Autonomisten verabredet. Morgen würde es eine wichtige Debatte im Parlament geben.

Am 11. Mai war ein Attentat auf Kaiser Wilhelm verübt worden. Der Täter namens Max Hödel war ein bekennender Sozialist. Obwohl man ihn aufgrund seiner radikalen Ideen bereits, bevor er die Tat verübte, aus der Sozialdemokratischen Arbeiterpartei ausgeschlossen hatte und dem Kaiser zum Glück nichts passiert war, drohte der SAP Unheil. Es hieß, der Reichskanzler Otto Graf Bismarck wolle den Vorfall zum Anlass nehmen, um Gesetze gegen die Sozialisten zu fordern, die deren Einfluss erheblich einschränken sollten.

Wie viele andere Abgeordnete hielten dies auch die Autonomisten für keine gute Idee, obwohl sich alle Parteien natürlich von dem Attentat distanzierten. Insbesondere die wenigen Reichstagsmitglieder der SAP, zu denen August Bebel gehörte, den Irene schon mehrmals erwähnt hatte.

Franz war also doppelt neugierig auf diese Debatte. Es würde die erste sein, die er verfolgen würde, und noch dazu eine mit solch einem interessanten Thema. Er war zudem gespannt darauf, was August Bebel für ein Mensch war.

Heute Abend wollten ihn die Autonomisten näher mit dem Prozedere im Reichstag vertraut machen. Vor dem geplanten gemeinsamen Abendessen hätte sich Franz gerne noch frisch gemacht und ein heißes Bad genommen. In jüngster Zeit schmerzte sein Rücken nach anstrengenden Tagen. Dr. Frey, sein Hausarzt, hatte dies auf seine Verkrüppelung zurückgeführt, die sich nach Jahren der ungleichmäßigen Belastung aufgrund des fehlenden Beins nun auch zunehmend auf die Wirbelsäule niederschlug. Wärme wirkte da wahre Wunder und linderte den Schmerz.

Doch die Firma Blauberg und Söhne mauserte sich zunehmend zum wichtigsten und auch solventesten Kunden der Weinhandlung Gerban. Da auch Franz' Rosé großen Anklang bei ihm gefunden hatte, geriet Franz sogar langsam in die Schwierigkeit, seine anderen treuen langjährigen Kunden ebenfalls nach wie vor mit den von ihnen gewünschten Mengen seines bisherigen Sortiments samt der Novitäten beliefern zu können.

Eine Lösung für dieses Dilemma hatte er noch nicht gefunden. Einerseits lockte ihn der Gedanke, weniger in andere Städte des Deutschen Reichs reisen zu müssen, andererseits wollte er seine Firma nicht von einigen wenigen großen Kunden abhängig machen oder sogar sein internationales Geschäft einschränken.

Blauberg schien seinen Unmut zu spüren, obwohl Franz ihn zu verbergen versuchte. »Graf von Sterenberg ist ein Mitglied des österreichischen Hochadels. Er gehört zu dem Personenkreis, der am Wiener Kaiserhof empfangen wird. Das kann nicht jeder adelige Österreicher von sich sagen. Denn dazu bedarf es sechzehn hochadeliger Vorfahren. Neureiche Großbürger, denen man lediglich einen Titel als Baron zuerkannt hat, haben dort keinen Zutritt.«

Franz wurde klar, dass sich Blauberg mit dem Kontakt zu von Sterenberg einen Zugang zum österreichischen Kaiserhof verschaffen wollte. Sollte ihm das gelingen, würde dies Franz' Dilemma jedoch noch verschärfen.

Expansion um jeden Preis habe ich niemals angestrebt, seufzte er innerlich. Noch ehe Blauberg dieses Thema vertiefen konnte, ertönte der Klopfer. Wenig später führte sein Kompagnon Hermann Gehl den Gast in die Probierstube.

Blauberg sprang eilfertig auf und begrüßte den Grafen überschwänglich mit Handschlag und einer tiefen Verbeugung. Dann wies er auf Franz, der sich ebenfalls erhoben hatte.

»Hier darf ich Ihnen Herrn Franz Gerban aus Weißenburg im Elsass vorstellen, sehr verehrter Herr Graf. Von seinen Ländereien stammen die köstlichen Tropfen, die Ihnen so sehr munden.«

»Graf Eberhard von Sterenberg. Sehr erfreut.« Der Graf schüttelte Franz kurz die Hand. Dann fuhr er fort. »Ich bin erstaunt. Ich dachte, Sie bauen pfälzische Weine an.«

Franz bestätigte das. »So ist es auch, Erlaucht. Der Weinhandel hat seinen Hauptsitz im elsässischen Weißenburg, das

Weingut meines verstorbenen Vaters liegt jedoch zur Gänze in der bayerischen Südpfalz.«

»Wie kommt es, dass Sie an verschiedenen Standorten tätig sind?«, griff der Graf den Faden wieder auf, nachdem sich alle Herren gesetzt und ein Gehilfe die Wünsche nach Kostproben verschiedener Weine aufgenommen hatte. »Vor weniger als einem Jahrzehnt lag sogar noch eine Landesgrenze zwischen den beiden Gebieten.«

»Meine Mutter ist Französin und brachte den Weinhandel quasi mit in die Ehe«, vereinfachte Franz den Sachverhalt. »Unsere Weine stammen hingegen schon immer aus pfälzischen Lagen.«

»Sehr interessant!« Über die Züge des Grafen huschte ein Ausdruck, den Franz nicht zu deuten wusste.

»Und Ihr Herr Vater ist verstorben?«, fuhr er zu Franz' Erstaunen mit einem Thema fort, mit dem der nicht gerechnet hatte.

Er neigte dennoch zustimmend den Kopf. »Schon vor einigen Jahren, verehrter Herr Graf. Seither führe ich die Geschäfte.«

»Wir sind leider erst vor einem Dreivierteljahr in Kontakt zueinander getreten«, riss Blauberg den Gesprächsfaden an sich. »Aber besser spät als nie.«

Während der Großhändler den Grafen in ein Gespräch über seine verschiedenen Produkte verwickelte, zu denen natürlich nicht nur die Gerban'schen Weine gehörten, nutzte Franz die Zeit, um von Sterenberg verstohlen zu mustern.

Er war ein distinguiert wirkender Herr, den Franz vom Alter her auf Ende fünfzig schätzte. Seine ehemals dunklen Haare waren ergraut, lediglich der gepflegte Schnurrbart über den für einen Mann etwas zu vollen Lippen wies noch einige schwarze Strähnen auf. Am auffälligsten waren die eisblauen Augen, denen so leicht nichts zu entgehen schien. Seine schlanke, sogar drahtig wirkende Statur deutete darauf hin, dass der Graf viel Sport betrieb.

Wahrscheinlich ein passionierter Reiter, vermutete Franz. Von Sterenberg trug eine ordensgeschmückte Uniform, die Franz aufgrund seiner Unkenntnis der österreichischen Militäreinheiten nicht genau zuordnen konnte. Sie gehörte womöglich zu einer Kavallerieeinheit, in der es der Graf immerhin zum Rang eines Obersten gebracht hatte.

»Leider war ich noch nie in der Gegend, aus der Sie stammen«, wandte sich von Sterenberg jetzt wieder an Franz. »Doch man sagt, sowohl das Elsass als auch die Pfalz seien überaus liebliche Landschaften.«

»Ja, ganz sicherlich eine Reise wert«, mischte sich Blauberg schon wieder ein. Kurz zeigte sich Unmut auf den Zügen des Grafen. Der Weingroßhändler ging ihm offensichtlich auf die Nerven.

»Darf ich fragen, aus welchem Teil Frankreichs Ihre Frau Mutter stammt?«

»Aus Straßburg, der Hauptstadt des Elsass. Ihr Vater besaß dort ebenfalls eine große Weinhandlung. Leider starb er früh und hinterließ sein ganzes Vermögen seiner einzigen Tochter, die es mit in die Ehe brachte.«

Wieder huschte dieser seltsame Ausdruck über das Gesicht des Grafen.

»Nun, dann liegt Ihnen der Wein ja vonseiten beider Elternteile im Blut«, scherzte er. »Kein Wunder, dass Sie so köstliche Sorten herstellen.«

Er zog seine goldene Taschenuhr hervor. Franz erhaschte einen flüchtigen Blick auf die Initialen, die in den Deckel eingraviert waren. »E. F.« las er. Darunter war ein Wappen abgebildet, das Franz nicht genau erkennen konnte, sowie ein Schriftzug, der mit »S« begann. Franz vermutete, dass es »Sterenberg« heißen sollte.

»Darf ich fragen, woher Sie stammen, Herr Graf? Auch Österreich verfügt ja über eine ganze Reihe berühmter Weinlagen.«

Blauberg warf Franz einen missmutigen Blick zu, den der jedoch ignorierte. Natürlich hatte der Berliner Händler kein Interesse daran, die Aufmerksamkeit des Grafen auf dessen eigene nationale Weine zu lenken.

»Meine Familie hat ihren Stammsitz in der Steiermark«, antwortete von Sterenberg. »Aber dort hält sich mein Bruder als Majoratsherr nur ein paar Wochen im Sommer auf. Überwiegend bewohnen wir unser Stadtpalais in Wien.«

Aha, ein jüngerer Sohn, realisierte Franz. Auch in deutschen Adelsfamilien war es üblich, dass der älteste Sohn das gesamte Familienvermögen erbte, damit sich der Besitz durch beständige Erbteilungen nicht immer weiter verkleinerte. Den nachgeborenen Söhnen blieb meist nur eine Position in der Armee oder im diplomatischen Dienst übrig. Offenbar hatte von Sterenberg beide Laufbahnen eingeschlagen.

Der Graf erhob sich und mit ihm die anderen drei Männer rund um den Tisch. Als Franz seinen linken Beinstumpf belastete, rutschte er halb von der Prothese. Er strauchelte, und sein Gesicht verzog sich vor Schmerz.

»Oh, Sie wurden verwundet?«, erkannte der Graf Franz' Versehrtheit sofort. »Sicher in diesem furchtbaren Krieg mit den Franzosen, aus dem sich Österreich zum Glück herausgehalten hat.«

Franz nickte nur, ohne einen Kommentar dazu abzugeben.

»Auch ich bin als junger Kavallerist in den Krieg gezogen«, bestätigte der Graf Franz' Vermutung über dessen Truppenzugehörigkeit. »Und wurde mehrere Male verwundet. Zum Glück nicht verstümmelt. Aber die Narben sind bis heute sichtbar.«

Beim Wort »verstümmelt« fuhr ein Stich durch Franz' Brust. *Aber der Mann hat ja recht. Und langsam sollte ich mich daran gewöhnt haben.*

»Auf Wiedersehen«, verabschiedete sich der Graf von Franz. »Ich wünsche Ihnen weiterhin viel Erfolg für Ihr Weingeschäft.

Und wenn Sie wieder einmal in Berlin sind, ergibt sich vielleicht ein nächstes Treffen.«

Dann reichte er Blauberg die Hand. »Vielen Dank, dass Sie mir meinen Wunsch erfüllt haben. Es war sehr interessant, diesen vielversprechenden jungen Mann einmal persönlich kennengelernt zu haben.«

»Ach ja!« Von Sterenberg war schon fast aus der Tür, als er sich noch einmal umdrehte. »Jetzt hätte ich doch beinahe meine Bestellung vergessen.«

Blaubergs zu einem gezwungenen Lächeln verzerrte Züge entspannten sich. Auch sein Kompagnon Gehl atmete sichtlich auf. »Zwanzig Flaschen von diesem herrlichen Spätburgunder, den Sie mir soeben kredenzt haben. An die Adresse der Botschaft! Das ist doch ein Gerban-Wein?«

Blauberg verbeugte sich. »Selbstverständlich, Herr Graf. Ich bedanke mich sehr herzlich und hoffe, dass Sie uns bald wieder einmal beehren.«

»Das werde ich, guter Freund. Das werde ich«, versicherte von Sterenberg. Mit einem letzten Blick auf Franz verließ er die Weinhandlung.

Weingut bei Schweighofen
23. Mai 1878, am nächsten Morgen

»Du hättest auf gar keinen Fall noch so spät nach Hause zurückfahren sollen, Irene«, tadelte Pauline ihre Schwiegertochter am nächsten Morgen, während sie dieser bei ihrem späten Frühstück Gesellschaft leistete. »Die paar Mark mehr, die du für eure Übernachtung gebraucht hättest, machen den Kohl auch nicht mehr fett. Und mir ist selbst jetzt nicht wohl bei dem Gedanken, dass du als Frau zur Nachtzeit allein auf den Bahnhöfen unterwegs warst und in Weißenburg sogar noch eine Mietsdroschke suchen musstest.«

»Ich war nicht allein«, erinnerte sie Irene. »Lene Krüger war bei mir. Und in Landau brachte uns der Knecht des Gasthofs zum Bahnhof und blieb da, bis der Zug abfuhr.«

Pauline stieß hörbar die Luft aus. »Schön und gut, Irene. Aber Franz wäre das sicher nicht recht gewesen. Nun iss dein Frühstück, bevor es kalt wird.«

Irene blickte auf ihren Teller und versuchte, noch einige Bissen des köstlichen Omeletts, das ihr die Köchin auf Geheiß Paulines zubereitet hatte, hinunterzubringen. Dunkle Schatten lagen unter ihren Augen, da sie kaum geschlafen hatte.

»Was wird Franz nur zu alledem sagen?«, rang sie sich schließlich zu der Frage durch, die sie am meisten beschäftigte. »Er hat mir die finanziellen Mittel für die Versammlung großzügig bewilligt. Und nun war alles umsonst.«

Pauline winkte ab. »Mach dir darüber bitte keine Sorgen! Nach allem, was ich weiß, floriert das Geschäft. Nicht umsonst trifft er sich schon wieder mit dem Weingroßhändler Blauberg in Berlin.«

Irene legte die Gabel ab. Der Magen war ihr wie zugeschnürt.

»Er will sondieren, ob er sich für ein Reichstagsmandat bewirbt. Das ist doch der eigentliche Grund, warum er dorthin gereist ist.« *Franz wird seine Ziele erreichen, ich nicht.* Sie fühlte sich zutiefst deprimiert.

»Ich denke eher, dass Franz zwei Fliegen mit einer Klappe schlagen will. Ihn führen sowohl seine Geschäfte als auch die Politik in die Hauptstadt.« Pauline durchschaute sie. »Und bevor du dich darüber grämst, dass Franz seine politischen Ambitionen in die Tat umsetzt, während du nur Ehefrau und Mutter sein darfst, lass uns einmal überlegen, warum niemand deiner Einladung zur Versammlung gefolgt ist.«

Irene blickte verbittert auf. »Das liegt doch klar auf der Hand. Kaum eine Frau, die von früh bis spät schuftet, hat noch die Kraft, abends zu einer Bildungsveranstaltung zu kommen. Da wir den eigentlichen Zweck der Veranstaltung auf den Plakaten außerdem nicht benennen durften, weil die Versammlung dann sofort verboten worden wäre, dachten die Frauen wahrscheinlich, sie sollten mit einem langweiligen Vortrag beglückt werden. Und darauf hatten sie eben keine Lust.« Dies war das Ergebnis ihrer nächtlichen Grübeleien.

»Was genau stand denn auf den Plakaten? Ich habe sie ja nie gesehen, weil du sofort nach Landau weitergefahren bist, nachdem du sie aus der Druckerei in Weißenburg abgeholt hast.«

»Wir haben darauf für die Bildung von Arbeiterfrauen geworben«, antwortete Irene lahm.

»Wie genau? Mit welchen Worten?«, insistierte Pauline.

»An alle arbeitenden Frauen in Landau! Wenn Ihr Lust und Zeit habt, Euch weiterzubilden, laden wir Euch herzlich ins Gasthaus ›Zum silbernen Kreuz‹ in die Königstraße ein. Die Veranstaltung beginnt am Mittwochabend, den 22. Mai, um halb acht Uhr«, leierte Irene den Plakattext, den sie auswendig wusste, widerwillig herunter. »Frau Irene Gerban aus Weißenburg wird die Veranstaltung leiten und Euch mit den verschiedenen Möglichkeiten der Weiterbildung für Frauen vertraut machen. Der Eintritt ist frei.«

Pauline spitzte die Lippen. Dann holte sie tief Luft. »Du hast recht. Dieser Text ist wirklich für keine Frau verlockend, die den ganzen Tag auf den Beinen war und abends todmüde ist. Zumal die meisten Frauen ja auch um halb acht Uhr noch längst nicht mit ihrem Tagewerk fertig sind.«

»Du meinst, der Text klingt langweilig und uninteressant?«

Pauline nickte. »Ja, wenn du mich so offen fragst.«

»Wie hätten wir die Einladung deiner Ansicht nach denn formulieren sollen?«

Pauline überlegte. »Mir stellt sich eher die Frage, was für einen Anreiz du bieten willst, damit überhaupt jemand kommt.«

»Anreiz bieten? Wie meinst du das?«

»Hast du mir nicht einmal erzählt, dass die Schicht der Fabrikarbeiterinnen oft bis sieben Uhr abends dauert? Dann hätten zumindest diese Frauen nicht einmal etwas im Magen, wenn es um halb acht Uhr losgeht.«

Irene ging ein Licht auf. »Denkst du, eine kostenlose Mahlzeit könnte der Anreiz sein, ins Gasthaus zu kommen?«

»Das wäre eine Idee. Es müsste ja gar nichts Aufwendiges sein. Ein kräftiger Eintopf mit Speck oder Wurst täte es schon.«

Irene dachte nach. »Wir müssen dem Gastwirt ohnehin ein Garantiehonorar von zwanzig Mark versprechen. Zehn Mark schreibt er uns gut, wenn die Versammlung ihm den entsprechenden Umsatz bringt«, überlegte sie laut. »Ich könnte ihm anbieten, dass er jeder Frau, die zur Versammlung kommt, auf meine Kosten einen Teller Eintopf serviert. Das Essen dort schmeckt sehr gut.«

Pauline reagierte begeistert. »Das heißt, anstatt dem Wirt das ganze Geld für nichts und wieder nichts in den Rachen zu werfen, zahlst du ihm zwanzig Pfennig für jede Portion Eintopf. Oder meinethalben auch dreißig Pfennig, wenn noch eine schöne Mettwurst dabei ist. Für deine zehn Mark, die du diesmal ohne Gegenleistung entrichten musstest, könnten sich dann mindestens dreißig Frauen einmal an einer nahrhaften Mahlzeit satt essen. Glaub mir, wenn jetzt noch der Text auf den nächsten Plakaten ansprechender ist, wirst du sicher nicht wieder vor einem leeren Saal stehen.«

»Was könnte den Text denn interessanter machen?«

»Vielleicht könntest du den Frauen Beratung statt Bildung anbieten. Hilfestellung und Austausch mit Gleichgesinnten. Irgend so etwas!«

Irene ließ sich das durch den Kopf gehen. »Ich setze gleich einmal einen neuen Entwurf auf. Würdest du ihn nachher begutachten?«

Pauline lächelte. »Nur unter einer Bedingung! Dass du vorher dein Frühstück aufisst.«

Eine Stunde später klopfte Irene an Paulines Tür. Mit dem Papier in der Hand trat sie ein. Pauline saß in ihrem bequemen Sessel und stickte.

»Nun! Lass sehen! Oder besser noch: Lies mir vor!«

»Arbeiterfrauen von Landau! Ihr alle leistet Tag für Tag Unglaubliches. Neben dem Beitrag zum Unterhalt der Familie, den Ihr viele Stunden lang mit Eurer Hände Arbeit verdient, besorgt Ihr den Haushalt und kümmert Euch um die Kinder! Für Eure Muße bleibt kaum einmal Zeit!

Deshalb möchte ich Euch am – hier füge ich dann noch das Datum ein – ins Gasthaus ›Zum silbernen Kreuz‹ einladen und Euch auf meine Kosten eine kräftige Mahlzeit servieren lassen. Dabei könnt Ihr Euch mit anderen Frauen in gleicher Lage austauschen und gegenseitig beraten.

Über Euer zahlreiches Erscheinen freut sich Frau Irene Gerban aus Weißenburg, ehemals selbst Dienstmädchen und Fabrikarbeiterin.«

»Wunderbar!« Pauline klatschte in die Hände. »Das ist ganz wunderbar! Der Text macht einerseits neugierig darauf, wer du wohl bist, dass du es dir heute leisten kannst, so großzügig zu sein. Andererseits lockst du mit einem nahrhaften Abendessen.«

»Also soll ich die Plakate so in Auftrag geben?«

»Vielleicht ist der Text ein wenig zu lang für ein Plakat. Aber du könntest zudem noch Handzettel vor der Garnison und der Bürstenfabrik verteilen. Dafür wäre der längere Text goldrichtig.«

»Dann würde das Ganze aber noch einmal teurer«, zögerte Irene. »Die Druckkosten sind inzwischen gestiegen, und wir müssten wegen der Verteilung vielleicht sogar ein weiteres Mal in Landau übernachten.«

»Selbst wenn es so wäre, ist das nicht schlimm. Aber wenn ihr nur fünfzig anstatt hundert Plakate drucken lasst und stattdessen die Handzettel dazu und die Frauen damit nach Dienstschluss vor der Fabrik und der Garnison abpasst, könntet ihr immer noch den Zehn-Uhr-Zug in Landau erreichen. Später als gestern wärst du dann auch nicht zu Hause. Und die Kosten wären nicht wesentlich höher!«

»Meinst du denn, Franz heißt den zweiten Versuch gut? Was ist, wenn auch dieser fehlschlägt?« Irene war plötzlich ganz verzagt.

»Zerbrich dir darüber nicht den Kopf! Franz ist noch in Berlin. Wir fragen ihn erst, wenn du deine Vorbereitungen abgeschlossen hast. In der Zwischenzeit gebe ich dir das Geld für die nächste Versammlung. Das ist mir dein Anliegen wert!«

»Zumal dich Peter beim nächsten Mal mit dem Landauer in Weißenburg abholen kann, wenn du wieder so spät ankommst«, fügte Pauline noch hinzu.

Villa Stockhausen in Oggersheim
Mai 1878

»Nun, ich gestehe freimütig ein, dass ich dich diesmal auch nicht verstehe, lieber Herbert.« Tante Ilse betrachtete ihren Neffen über den Goldrand ihrer Brille hinweg mit kritischem Blick. »Dass du dich derart vom Dienstbotengeschwätz einnehmen lässt, nimmt mich, gelinde gesagt, wunder.«

Herberts rundes Gesicht lief rot an. Er rieb sich den linken Arm. »Theobald ist schon mehr als fünfzehn Jahre im Haus«, verteidigte er sich. »Wenn er mir sagt, dass er noch nie so wenig und so kärglich zu essen bekam, muss da ja wohl etwas dran sein.«

»Dann hättest du dich wenigstens gleich an mich oder Mathilde wenden sollen, anstatt auch noch die beiden Dienstmädchen und die Köchin auszufragen.«

Mathilde hielt sich die Hand vor den Mund, um ihr Lächeln zu verbergen. Dass Herberts verhasste Tante ihr sogar den Rücken stärken würde, hatte sie beileibe nicht erwartet.

»Du musst außerdem daran denken, dass Mathilde als Hausfrau durch solche Aktionen das Gesicht verliert«, fuhr Tante Ilse in der gleichen Tonart fort. »Wie soll sie sich, zumal in ihrem noch jungen Alter, denn Respekt beim Personal verschaffen können, wenn du ihr derart in den Rücken fällst?«

Herberts Gesichtsröte vertiefte sich. »Moment einmal«, fuhr er angesichts dieser Vorwürfe auf. »Lass mich hier und jetzt erst einmal herausfinden, was wahr und was falsch an diesen Behauptungen ist.«

»Also, Mathilde«, wandte er sich mit strenger Stimme an seine Frau. »Theobald und die weiblichen Dienstboten sagen, zum Frühstück gäbe es seit ungefähr vier Wochen ausschließlich einen dünnen Haferschleim und zwei trockene Brotscheiben. Keine Butter, keine Marmelade, keinen Honig, wie es früher der Fall war. Dazu nur dünnen Zichorienkaffee.«

»Mit Ausnahme des Sonntags«, verteidigte Mathilde sich. »Da habe ich erlaubt, dass es Brote mit Pflaumenmus oder einer anderen Marmelade gibt.«

Herbert schnaubte. Ohne auf die Aussage Mathildes einzugehen, fuhr er fort: »Abends soll es an Werktagen ausschließlich Schmalz- oder Quarkbrote geben. Keine Wurst, keinen Käse, nicht einmal die billigen Sorten wie Handkäse, Blut- oder Leberwurst, die früher reichlich zur Verfügung standen. Als Getränk außer Wasser nur Kräutertee. Kein Bier für Theobald, kein Apfelmost für die Frauen. Das sei alles gestrichen.«

»Ich verstehe nicht, was daran falsch sein soll«, mischte sich jetzt wieder Tante Ilse ein. »Das ist das Nachtmahl einfacher Leute, nicht nur das unserer Dienstboten. In anderen Häusern geht es vergleichbar zu.«

Herbert beachtete auch diesen Einwand nicht. »Und am merkwürdigsten erschien mir, dass es für das Mittagessen eines jeden Wochentages über Monate hinweg immer wieder den gleichen Speiseplan gibt.« Er griff gleichzeitig nach seinem Lorgnon und einem Zettel.

»Montag Erbsensuppe. Dienstag Graupensuppe. Mittwoch

Kartoffelsuppe. Donnerstag Pellkartoffeln mit Quark. Freitag Linsensuppe. Samstag saure Milchsuppe. Und nur sonntags überhaupt einmal Fleisch oder Fisch, also: Kartoffeln, Gemüse und entweder einen sauren Hering oder eine billige Bratwurst dazu.«

Nun wurde auch Mathilde rot. »So habe ich es in der Schule für höhere Töchter in Landau gelernt. Dienstboten sollen oft Eintopf essen und nur preiswerten Fisch oder gewöhnliches Fleisch.«

»Eintopf auch ohne Speck oder Wurst darin? Mit einer einzigen Scheibe trockenem Schwarzbrot? Und das jeden Werktag? So etwas hast du im Internat gelernt?«

»Wenn die Speisen gleichbleiben, erleichtert mir das die Kontrolle über die Haushaltsausgaben«, erklärte Mathilde. Tante Ilse nickte nachdrücklich dazu.

»Mathilde hat sich diesbezüglich sehr gebessert«, betonte sie. »Im letzten Monat verbrauchte sie nur achtzig Mark anstatt der einhundertfünfzig, die du ihr gibst.«

Herbert atmete tief ein. Seine Miene wurde weicher. »Vielleicht hast du es mit dem Sparen jetzt einfach zu gut gemeint, liebe Mathilde. Vielleicht waren wir ja vorher zu streng mit dir.«

Tante Ilse runzelte missbilligend die Stirn, sagte aber nichts.

»Aber ich lege großen Wert darauf, dass die Dienstboten ordentliches Essen bekommen. Sie arbeiten hart, manchmal sogar noch härter als meine Fabrikarbeiter und -arbeiterinnen«, argumentierte er. »Deshalb habe ich Folgendes beschlossen und der Köchin auch bereits mitgeteilt: Ab sofort gibt es morgens wieder Butter und Marmelade oder Honig zum Frühstück und Brot, so viel jeder will. Dazu am Sonntag ein weiches Ei. Abends wie früher zwei Wurst- oder Käsesorten zum Brot. Sonntags sogar drei.«

»Aber …«, fiel ihm Tante Ilse ins Wort.

»Lass mich ausreden, Tante! Mittags gibt es höchstens dreimal pro Woche Eintopf mit Brot, woran sich jeder satt essen darf. An normalen Werktagen mit Speck oder preiswerter Wurst darin, an Freitagen mit Räucherfisch. An den übrigen Tagen einfache andere Mahlzeiten.«

»Was verstehst du denn unter ›einfachen anderen Mahlzeiten‹?«, frage Ilse spitz.

Herbert rieb sich wieder den Arm. »Dazu hat die Köchin verschiedene, mir vernünftig dünkende Vorschläge gemacht: Bratkartoffeln mit Sülze, Hackbraten, Dampfnudeln, Mehlklöße mit Specksoße und so weiter. Das scheint mir nicht unangemessen teuer und anspruchsvoll zu sein.«

»Und sonntags? Was sollen die Dienstboten zum sonntäglichen Mittagessen erhalten?«, fragte Mathilde.

»Was schlägst du denn vor, mein Lieb?«

Mathilde lächelte ihn an und überlegte kurz. »Vielleicht ein Schweinekotelett für jeden? Oder ein andermal Eisbein oder Schweinebauch? Bist du dann wieder mit mir zufrieden?«

Herbert erwiderte ihr Lächeln. »Sofern du alle Ausgaben weiterhin sorgfältig im Haushaltsbuch kontrollierst, mein Schatz, und die einhundertfünfzig Mark nicht überschreitest.«

»Das verspreche ich dir«, säuselte Mathilde.

»Aber ich bin damit nicht einverstanden, Herbert.« Tante Ilse hob energisch die Stimme. »Ich habe mir alle Mühe gegeben, Mathilde zu einer sparsamen Haushaltung anzuleiten. Das ist mir auch bestens gelungen, wie du ja selbst festgestellt hast. Nun werden die Kosten bald wieder explodieren. Denn darauf läuft es hinaus.«

»Nun, liebe Tante, ich danke dir sehr für deine Fürsorge. Aber manchmal bist du mir sowohl hier im Haus als auch in der Weißnäherei ein wenig zu streng.« Mathilde glaubte, ihren Ohren nicht zu trauen. Noch nie hatte ihr Gatte seine hochgeschätzte Tante in ihrer Gegenwart kritisiert.

»Ein voller Bauch studiert nicht gern«, versuchte Ilse einen letzten Einwand.

»Von Studieren kann hier ja auch keine Rede sein«, widersprach Herbert. »Die Leute sollen zufrieden ihre Arbeit tun. In der Fabrik und wahrscheinlich auch im Haushalt führt das zu besseren Ergebnissen. Doch genau das fällt schwer, wenn der Magen knurrt.«

Jetzt rötete sich auch Ilses Gesicht. Sie biss sich auf die Lippen, sagte aber nichts.

Herbert wandte sich derweil wieder an Mathilde. »Was glaubst du denn, wie viel die Mehrausgaben für das Dienstbotenessen ausmachen werden?«

Die lächelte süß. »Vielleicht zwanzig, vielleicht auch dreißig Mark im Monat. Je nachdem, ob Herta preiswert einkauft.«

Herbert tätschelte Mathildes Hand. »Darauf wirst du ja ein Auge haben.«

Mathilde nickte und lächelte süß. »Darf ich dir noch einen letzten Vorschlag machen, mein Lieber?«

»Aber gerne, mein Schatz. Was hast du noch auf dem Herzen?«

Mathilde rang die Hände in gespielter Verlegenheit. Sie genoss ihren ersten Triumph über Tante Ilse in vollen Zügen.

»Ich lasse uns ja jeden Sonntag einen Kuchen zum Nachmittagskaffee backen. Eine Sahnetorte oder zumindest einen Käsekuchen. Vielleicht darf Herta für die Dienstboten auch einen Kuchen backen? Nichts Teures natürlich. Ich dachte an einen Hefekuchen, mit Äpfeln oder eingemachtem Obst belegt. Was denkst du? Das würde nur ein paar Pfennige mehr kosten.«

Nun strahlte Herbert über das ganze Gesicht. »Was habe ich nur für ein kluges Frauchen!«, lobte er Mathilde. »Sie lernt jeden Tag mehr, wie sie meine Wünsche erfüllen kann, ohne dass ich es ihr extra sagen muss.«

Er gab Mathilde einen keuschen Kuss auf die Stirn. »Gib noch geschlagene Sahne und eine Tasse echten Bohnenkaffee dazu, wenn du mit dem Personal in der vergangenen Woche zufrieden warst. Die Leute werden es dir danken.«

Er zückte seine Taschenuhr. »Oh, jetzt muss ich aber eilen,

um pünktlich im Kontor zu sein. Tante Ilse und ich müssen zurück an die Arbeit. Mach dir einen angenehmen Nachmittag, mein Schatz.«

»Den werde ich haben.« Mathilde reckte sich und gab ihrerseits Herbert einen Kuss auf die Wange. Den hämischen Blick, den sie Tante Ilse dabei über Herberts Schulter hinweg zuwarf, bemerkte ihr Ehemann nicht.

Kapitel 8

Reichstag in Berlin

24. Mai 1878

»Das Resultat der Abstimmung ist Folgendes. Es waren dreihundertneun Mitglieder des Reichstags anwesend; von denen haben mit Nein gestimmt: zweihunderteinundfünfzig Mitglieder, mit Ja siebenundfünfzig Mitglieder«, verkündete der Reichstagspräsident mit seiner sonoren Stimme.

Obwohl er dieses Ergebnis erwartet hatte, atmete Franz auf. Er hatte bereits die gestrige kontroverse Debatte von der Gästetribüne des Reichstags aus verfolgt, zu der ihm Carl August Schneegans mit einer Besucherkarte Zutritt verschafft hatte.

Nun war das vom Reichskanzleramt, allen voran vom Reichskanzler Otto Graf Bismarck selbst vorgeschlagene »Gesetz zur Abwehr sozialdemokratischer Ausschreitungen« mit großer Mehrheit abgelehnt worden. Franz war einerseits darüber erleichtert, andererseits aufgrund der gestrigen Debatte jedoch auch beunruhigt.

Denn selbst die Abgeordneten, die sich in geradezu polemischer Weise gegen das Gesetz, das die Rechte der Sozialistischen Arbeiterpartei massiv eingeschränkt hätte, aussprachen, zogen gleichzeitig in ähnlich harschen Worten fast geschlossen über die sozialdemokratischen Ideale und Grundideen her.

In Franz' Brust schlugen daher zwei Herzen: Einerseits verstand er gut, warum sich Irene aufgrund ihrer vergangenen Erfahrungen für die Rechte von Arbeiterinnen einsetzen wollte. Emmas Schicksal ging auch ihm noch immer nach, zumal es nach wie vor keine Spur von den Schobermädchen gab.

Andererseits würde seine Frau bei einem solch feindseligen politischen Klima tatsächlich mit Ablehnung bis hin zur Ausgrenzung seitens der Mitglieder ihrer Gesellschaftsschicht rechnen müssen, wenn sie ihre sozialistischen Ideen öffentlich äußerte. Erst recht, wenn sie dabei sogar »politische Agitation« betrieb, wie die Werbung für sozialdemokratische Ideale auch bezeichnet wurde. Ein Umstand, der mit Sicherheit auf ihn als Wahlkandidaten für die Elsässer Autonomisten zurückfiele, machte sich Franz nach der gestrigen Debatte klar. Neben dem Vorwurf, unter Irenes Pantoffel zu stehen, wenn er sie gewähren ließ.

Leider war es ihm darüber hinaus nicht gelungen, sich einen Eindruck von den sozialdemokratischen Abgeordneten zu machen. »Wir werden uns an dieser Diskussion nicht beteiligen, sehr wohl jedoch an der Abstimmung«, erklärte ihr Sprecher Wilhelm Liebknecht gleich nach der gestrigen Eröffnungsrede des Ministers aus dem Reichskanzleramt, in der dieser den neuen Gesetzentwurf rechtfertigte. Bismarck selbst war erkrankt und hatte nicht teilnehmen können.

»Wir distanzieren uns ausdrücklich von dieser Einzeltat eines Wahnsinnigen«, hatte Liebknecht noch hinzugefügt und machte keinen Hehl daraus, für wie unwürdig er die Debatte aufgrund des Attentats auf Kaiser Wilhelm I. hielt. Die SAP betrachtete diese offensichtlich nur als Vorwand, um ihren immer größer werdenden politischen Einfluss auf die Angehörigen der niederen sozialen Schichten zu beschneiden.

Deshalb hatte sich Franz auch kein Bild von August Bebel machen können, der zwar anwesend war, aber wie seine Parteigenossen außer einigen Zwischenrufen bei besonders provokativen Äußerungen der Redner keinen aktiven Wortbeitrag leistete.

Neben der Sorge, die er sich um Irenes Vorhaben machte, beschäftigte Franz aber noch etwas anderes: Er hatte sehr viel über die Arbeit des Parlaments gelernt. Oder besser gesagt, über die Nichtarbeit vieler Abgeordneter.

Bereits gestern war ihm aufgefallen, dass viele Sitze im halbrunden Plenarsaal leer blieben, obwohl es um ein Aufsehen erregendes Thema von großer Wichtigkeit ging. Und trotz der namentlichen Abstimmung hatten heute noch mehr Abgeordnete gefehlt, der größte Teil davon sogar unentschuldigt. Selbst August Bebel war, wenn auch entschuldigt, nicht erschienen.

Schon gestern Abend hatte Franz Carl August Schneegans nach diesem Phänomen befragt. »Es besteht keine Anwesenheitspflicht im Parlament«, klagte der. »Nur aus diesem Grund hat wieder kein einziger der fünf Protestler an der Sitzung teilgenommen.«

Aber besonders ärgerte sich der Anführer der Autonomisten über Xaver Nessel, den Abgeordneten aus dem Wahlkreis Hagenau-Weißenburg. »Nessel ist gar nicht erst nach Berlin angereist. Er hat seine Wahl zwar damals angenommen, schert sich aber keinen Deut um sein Mandat.« Schneegans suchte Franz' Blick. »Selbst wenn Sie eine Kandidatur ablehnen sollten, werden wir daher nicht mehr mit Nessel antreten.«

Verwirrt war Franz auch darüber, dass sich viele Abgeordnete in ihrer Rede über die Ablehnung des Gesetzes offen gegen die Staatsmacht aussprachen. Es ging ihnen dabei gar nicht um die Sozialdemokraten, die massive Nachteile durch das Gesetz zu befürchten hatten. Sondern sie empfanden die Bemühungen der Regierung, auf diese Weise gegen die SAP vorzugehen, lediglich als ein Zeichen von deren Schwäche, um vergangene Versäumnisse wiedergutzumachen. Nur die Argumente, dass man mit einer Unterdrückung der sozialdemokratischen Ideen durch Polizeigewalt den Zulauf zur SAP eher erhöhen als eindämmen und die Partei dadurch vielleicht sogar in den Untergrund drängen würde, konnte Franz nachvollziehen.

Deshalb schien ihm die Abstimmung vieler Abgeordneter gegen das Gesetz auch eher taktischer Natur zu sein als ein ernstgemeinter Versuch, die SAP von ihrer behaupteten Verwicklung in das Attentat reinzuwaschen. Franz fühlte sich dadurch abgestoßen.

Besonders beschämend fand er, dass ausgerechnet die Abgeordneten aus Elsass-Lothringen heute ein erbärmliches Bild abgegeben hatten. Außer dem Autonomisten Nessel und den fünf Protestlern hatten zwei weitere Autonomisten sowie drei Abgeordnete des sogenannten politischen Katholizismus, die ebenfalls fünf Sitze im Reichstag innehatten, gefehlt. Es hatten also gerade einmal vier der fünfzehn Abgeordneten mit abgestimmt, wenn auch geschlossen gegen das Gesetz. *Kein Wunder, dass wir politisch nicht ernst genommen werden,* ärgerte sich Franz.

Er ließ seinen Blick über die Lücken in den Sitzreihen der Parlamentarier schweifen. Schneegans hatte dies gestern Abend sogar vorausgesagt. »Es würde mich nicht wundern, wenn morgen noch mehr Mitglieder des Reichstags fehlen würden als heute. Etliche werden sich einfach darauf verlassen, dass die von ihnen gewünschte Ablehnung des Gesetzes stattfinden wird, auch wenn sie selbst nicht präsent sind.«

Genauso war es heute gekommen. Fast ein Viertel der Abgeordneten war nicht erschienen. Franz' Zweifel an der Sinnhaftigkeit, ein politisches Mandat anzunehmen, waren dadurch eher gewachsen als kleiner geworden. Zumal er deutlicher denn je spürte, dass es seinem Ehefrieden mit Irene nicht guttun würde.

Weingut bei Schweighofen

31. Mai 1878

Liebe Irene,

nun bin ich schon fast zwei Monate in Falkenstein, und endlich beginnt meine Kur anzuschlagen. Dr. Dettweiler, der Klinikleiter, ist sehr streng mit uns Patienten und weist auch sein Pflegepersonal dazu an. Da es mir bis vor Kurzem nicht besser ging und ich großes Heimweh hatte, melde ich mich erst heute bei Dir, auch weil ich jetzt endlich Gutes zu berichten habe.

Anfangs fand ich besonders die stundenlangen Liegezeiten in den dazu eigens erbauten, nach allen Seiten hin offenen Freilufthallen ganz fürchterlich. Obwohl die Liegen bequem sind und ich dicke Decken bekam, fror ich manchmal ganz erbärmlich, auch weil es im April noch so kalt war. Trotzdem musste und muss ich dort bis heute jeden Tag volle zehn Stunden lang liegen. Oft war mir entweder zum Heulen zumute oder ganz furchtbar langweilig.

Langweilig ist es mir immer noch. Dazu trägt auch bei, dass ich die einzige Patientin bin, die aus bescheidenen Verhältnissen kommt. Wenn die anderen Damen beim Mittagessen über ihre Garderobe oder ihre Villen reden, bleibe ich meistens stumm. Nur einmal habe ich mich eingemischt, als so eine schreckliche Alte über ein Dienstmädchen herzog, mit dem sie nicht zufrieden war.

Ich habe natürlich nicht gesagt, dass ich selbst mal eines war, sonst würden diese Damen wahrscheinlich kein Wort mehr mit mir sprechen. Im Gegenteil habe ich sogar so getan, als ob ich ebenfalls Dienstmädchen hätte, und diese hochmütige Person darauf hingewiesen, dass ein schlechter Eintrag ins Gesindebuch das ganze Leben eines jungen Dings verderben kann. Ob sie auf mich hören wird, weiß ich nicht. Die meisten dieser reichen Patientinnen kann ich nicht leiden. Sie mich wohl auch nicht.

Aber ich will mich nicht beklagen. Das Essen ist sehr gut und vor allem sehr reichlich. Mittags müssen wir fünf bis sechs Gänge essen. So viele gab es nicht mal für die Herrschaft in Altenstadt, es sei denn bei festlichen Abendessen. Und ich muss viermal am Tag Milch trinken, obwohl ich die gar nicht mag. Aber es hilft nichts. Die Pflegerinnen bestehen darauf.

Medizin gibt es gar keine, was ich am Anfang sehr sonderbar fand. Aber diese merkwürdige Kur schlägt jetzt wirklich an.

Seit zwei Tagen huste ich kein Blut mehr. Und während meines Aufenthalts hier sind schon fünf Patienten als geheilt entlassen worden.

Ein Mann wurde aber auch rausgeworfen. Obwohl er ein reicher Patient war. Da kennt Dr. Dettweiler keine Gnade. Zum einen hat dieser Mann immer wieder gegen das Rauchverbot verstoßen und heimlich seine dicken Zigarren geschmaucht. Aber viel schlimmer war, dass er dauernd auf den Boden gespuckt hat. Das ist uns allen strengstens verboten, wir müssen in ein Taschentuch spucken. Auch damit wir das Personal nicht anstecken, sagt der Doktor.

Aber jetzt ist es genug von mir. Ich finde es sehr schade, dass Deine erste Veranstaltung in Landau ein Misserfolg war, freue mich aber, dass Du es noch mal versuchen willst. Ich denke wie Pauline Gerban, dass die Frauen, wenn es etwas umsonst gibt, eher hingehen werden. Ich drücke Dir auf jeden Fall beide Daumen.

Aber wenn Du auch mal was für die Dienstmädchen tun willst, müsstest Du was am Sonntagnachmittag anbieten. Du weißt ja sicher noch, dass da viele alle zwei Wochen ein paar Stunden freihaben. Auch wenn das bei uns in Altenstadt anders war, weil die Burger am Wochenende immer genug Personal im Haus haben wollte und wir unsere Freizeit deshalb während der Woche nehmen mussten.

Aber uns ging es ja auch nicht schlecht. Die Dienstmädchen, die allein einen ganzen Haushalt führen müssen und noch dazu die Kinder betreuen, haben oft nur am Sonntagnachmittag frei, wenn die Familie Besuche macht. Und für die muss man wirklich etwas tun.

Es pochte an die Tür des Schreibzimmers, das Pauline und Irene wieder als solches eingerichtet hatten, nachdem die Schobermädchen weg waren. Auf ihren Ruf hin trat Frau Burger ein. Ihre Miene war ernst.

»Draußen steht das Dienstmädchen Gitta aus Altenstadt. Es sagt, Sie hätten ihr erlaubt, sich an Sie zu wenden, wenn es ihr schlecht geht.«

Berlin
1. Juni 1878

»Ich begrüße es ganz außerordentlich, dass Sie an unserem heutigen Treffen mit den Beamten aus dem Reichskanzleramt teilgenommen und deshalb sogar Ihren Aufenthalt in Berlin verlängert haben.« Schneegans strahlte Franz mit seinen dunklen Augen an. »Zu schade, dass Otto Graf Bismarck noch immer erkrankt ist und nicht dabei sein konnte.«

Das bedauerte Franz insgeheim ebenfalls sehr, da dies ursprünglich den Ausschlag für die ungeplante Verlängerung seiner Reise gegeben hatte. Zweimal war die Audienz schon verschoben worden, bis sie dann schließlich heute ohne den Reichskanzler stattgefunden hatte. »Und glauben Sie denn, wir haben Fortschritte erzielt?«, fragte Franz, da er auch davon nicht völlig überzeugt war.

»Wenn ich Staatsminister Hofmann Glauben schenken darf, der sicherlich im Sinne seines Dienstherrn Bismarck spricht, dürfte der Selbstverwaltung des Elsass bald nichts mehr entgegenstehen.« Schneegans war optimistischer als Franz.

»Aber es wäre trotzdem keine echte Selbstverwaltung. An ihrer Spitze stünde immer noch ein vom Kaiser ernannter Statthalter. Nicht ein gewählter Vertreter des nach wie vor nicht vorhandenen Landesparlaments«, wandte Franz ein.

»Doch die Regierung von Elsass-Lothringen säße in Straßburg, nicht mehr in Berlin«, entgegnete Schneegans. »Das ist ein erheblicher Unterschied. Und das dazu eigens geschaffene Ministerium hätte seinen Sitz ebenfalls in Straßburg. Bismarcks Abteilung im Reichskanzleramt in Berlin wäre dann nicht mehr für die Belange unseres Landes zuständig. Im Gegenteil: Der Statthalter untersteht dann tatsächlich nur noch dem Kaiser, aber in der Tagesarbeit eben nicht mehr wie bislang de facto dem Reichskanzleramt. Auch die ewigen Kompetenzstreitigkeiten zwischen Berlin und Straßburg würden nicht mehr auf dem Rücken der Bevölkerung ausgetragen werden.«

Eduard von Moeller, der seit 1871 als Oberpräsident des Reichslandes in Straßburg residierte, und das Reichskanzleramt in Berlin lagen beständig im Streit über ihre Zuständigkeiten in Elsass-Lothringen. Nicht zuletzt, weil Bismarck und der ursprünglich sogar von ihm eingesetzte von Moeller sich nicht ausstehen konnten.

»Glauben Sie, die Beamten, die jetzt in Berlin mit unseren Angelegenheiten befasst sind, freuen sich über die Auflösung ihrer Dienststelle? Möglicherweise versuchen sie sogar, die Idee der Selbstverwaltung zu untergraben.«

Schneegans zuckte mit den Achseln. »Das ist mir vollkommen gleichgültig«, antwortete er.

»Mir nicht«, entgegnete Franz. »Wenn diese subalternen Beamten gegen uns arbeiten, könnte das gefährlich für unsere Ideen werden.«

»Was könnten die denn schon tun?«, meinte Schneegans abfällig.

»Oh, eine ganze Menge. Zum Beispiel Gerüchte über uns als Abgeordnete in die Welt setzen, um unsere Reputation zu beschädigen. Schließlich ist der Ruf vieler Parlamentarier aus Elsass-Lothringen denkbar schlecht. Da ist die Protestpartei, die immer noch offen gegen die Annexion und den Kaiser opponiert. Da gibt es die in die Politik gegangenen Katholiken, denen nur daran liegt, die Bismarck verhasste Machtstellung der Kirche wieder zu stärken. Wer soll uns da glauben, dass wir als Autonomisten die Ausnahme sind, treu zum Kaiserreich stehen und lediglich die gleichen Rechte für Elsass-Lothringen begehren, die alle anderen Bundesstaaten haben?«

Schneegans runzelte die Stirn. Er richtete den Blick zur Decke und bewegte lautlos die Lippen, als ob er im Geiste mögliche Widersacher an seinem inneren Auge vorbeiziehen sähe.

»Werner Kegelmann«, sagte er schließlich. »Der Einzige, dem ich zutraue, uns schaden zu wollen, ist Werner Kegelmann. Er hat auch am meisten zu verlieren. Denn er ist so unbeliebt, dass man ihm wohl nur den vorzeitigen Ruhestand anbieten wird, wenn seine jetzige Stelle wegfällt. Aber er unterhält ausgezeichnete Beziehungen zu vielen Abgeordneten der Zentrumspartei und der Nationalliberalen.« Dies waren die größten im Reichstag vertretenen Parteien, wie Franz wusste. »Deren Stimmen benötigen wir auf jeden Fall für die Annahme eines Gesetzes über mehr Autonomie.«

Schneegans überlegte noch einmal kurz. »Kegelmann«, wiederholte er. »Wir müssen vor allen Dingen Kegelmann im Auge behalten.«

Eine Stunde zuvor hatte Franz Gelegenheit gehabt, jenen Mann, dem er seine illegale bayerische Staatsbürgerschaft verdankte, endlich einmal persönlich in Augenschein zu nehmen. Aus seinem ersten Gespräch mit Ernest Lauth über seine mögliche Kandidatur wusste er ja bereits, dass Kegelmann sich von Weißenburg aus ins Reichskanzleramt hatte versetzen lassen. Weshalb sein Ziehvater damals auch vergeblich versucht hatte, ihn ausfindig zu machen.

Werner Kegelmann war ein älterer Beamter mit einem struppigen Vollbart, der dringend einen Schnitt brauchte. Aus der Art, wie er Franz mit seinem stechenden Blick aus wässrig blauen Augen betrachtete, vermutete der, dass Kegelmann der Name Gerban durchaus noch ein Begriff war.

Im Versuch, Franz' ehemals französische Staatsbürgerschaft zu verschleiern, hatte sein Vater Wilhelm kurz vor dessen Volljährigkeit im Jahr 1872 den damals an der Präfektur in Weißenburg tätigen Beamten bestochen, Franz falsche bayerische Papiere auszustellen und jeden Hinweis auf seine französische Staatsbürgerschaft zu vernichten. Das war auch nicht mehr zu ändern gewesen, als Franz das Elsass verlassen wollte, um Teilhaber in der Eisenwarenfabrik seiner mütterlichen Freundin Marianne Serge in Saint-Quentin zu werden. Denn als Franz' Ziehvater Wilhelm den Handel rückgängig machen wollte, hatte sich Kegelmann umgehend nach Berlin abgesetzt und war für die Gerbans nicht mehr erreichbar gewesen.

Heute war Franz froh über diesen, damals so sehr von ihm bedauerten Tatbestand. *Wäre ich nach Saint-Quentin gegangen, hätte ich Irene nicht wiedergefunden.* Dennoch flößte ihm Kegelmann einen heftigen Widerwillen ein, den er sich aus dem bloßen Treffen heraus gar nicht erklären konnte. Denn Kegelmann hatte sich zwar eifrig Notizen gemacht, zur Diskussion aber kaum etwas beigetragen.

Schneegans hatte Franz als möglichen Kandidaten der Autonomisten bei der nächsten Reichstagswahl vorgestellt. Daraufhin stellte niemand mehr seine Teilnahme an der bevorstehenden Audienz infrage. Wie Franz allerdings Schneegans unmittelbar nach dem Treffen bedeutet hatte, gingen ihm die möglichen Zugeständnisse Berlins nicht weit genug. Und verstärkten noch einmal die nach den Reichstagsdebatten entstandenen Zweifel, ob sein Pragmatismus für ein politisches Mandat wirklich ausreichen würde.

Zumal er davon ausgehen musste, dass der Haussegen in Schweighofen jetzt schon wegen seiner langen Abwesenheit schief hing. Denn nicht Irene, sondern seine Mutter Pauline hatte ihm auf sein Telegramm hin geantwortet, dass er seine Reise um eine noch unbestimmte Zeit von mehreren Tagen verlängern wolle. Auch den Brief, den Franz daraufhin sowohl an Irene als auch an seine Mutter gerichtet hatte und in dem er über seine Erlebnisse in Berlin berichtete, beantwortete nur Pauline. Interessanterweise erkundigte sie sich dabei besonders nach seinem Treffen mit Graf Eberhard von Sterenberg, das Franz nur am Rande erwähnt hatte.

Auch Maman ist also nicht frei von der Faszination, die der Hochadel auf uns Bürgerliche ausübt, lächelte er, als er diese Passage des Briefes las.

Weniger schön fand er ein kurzes Schreiben von Nikolaus Kerner, das dem Brief beilag. Darin berichtete ihm der Verwalter des Weinguts von mehreren Reklamationen wichtiger Kunden, die zerbrochene Flaschen erhalten hatten. Er schlug eine verbesserte Verpackungsmethode vor, um diesem Missstand abzuhelfen. Darum würde sich Franz gleich nach seiner Rückkehr kümmern müssen.

Ob ich es also wirklich schaffe, das Weingut, den Weinhandel und einen Sitz im Parlament unter einen Hut zu bekommen, steht in den Sternen, seufzte er jetzt stumm. *Aber zum Glück habe ich ja noch ein Jahr Zeit für die Entscheidung.*

Wenigstens stand ihm in Berlin noch ein aufregendes Ereignis bevor. Da die Zugverbindungen am Wochenende sehr schlecht waren, würde er erst am Montag zurück nach Weißenburg fahren. Am morgigen Sonntag wollte er sich endlich einmal die kaiserliche Parade auf der Prachtstraße »Unter den Linden« ansehen. Dazu hatte sich noch bei keinem seiner früheren Aufenthalte in der Hauptstadt eine Gelegenheit ergeben.

Anwesen der Gerbans bei Altenstadt

1. Juni 1878

»Was verschafft uns denn diese unerwartete Ehre?«

Gregor Gerban bemühte sich nicht einmal, seinen sarkastischen Tonfall zu unterdrücken.

»Es ist eine Angelegenheit unter Frauen. Aber wenn du dabeibleiben willst, schadet es auch nichts. Im Gegenteil, vielleicht nutzt es sogar.«

Mit Genugtuung bemerkte Irene, dass Ottilies Blick unruhig wurde. »Gregor, mein Lieber. Dann lass uns allein. Wenn Irene etwas Vertrauliches mit mir besprechen möchte, fällt es ihr unter vier Augen sicherlich leichter«, drehte sie Irene die Worte im Munde herum.

»Es geht um das Dienstmädchen Gitta, das du gestern fristlos entlassen hast«, begann Irene, sobald sich Gregor entfernt hatte. »Sogar ohne ihm den Lohn auszuzahlen, der ihm noch zusteht.«

»Dafür gibt es gute Gründe, die du gar nicht beurteilen kannst«, wählte Ottilie den Angriff als beste Verteidigung.

»Gut, ich höre«, beschied ihr Irene kühl. Sie hatte sich vor ihrem Besuch ausführlich mit Pauline besprochen und sich eine Taktik zurechtgelegt. Die beinhaltete hauptsächlich, bei ihrer Linie zu bleiben, ohne sich provozieren zu lassen, gleichgültig, was Ottilie sagen und tun würde.

»Gitta hat von Anfang an nichts getaugt«, begann ihre Tante nun.

»Komm zum Wesentlichen!«, unterbrach sie Irene. »Gitta war mehrere Jahre in deinem Haushalt. Was ist der Grund für die plötzliche fristlose Kündigung?«

»Sie hat eine Tasse meines kostbaren Teeservices zerbrochen. Deshalb zahle ich ihr auch den ausstehenden Lohn nicht.«

»Was ist diese Tasse denn wert?«

Ottilie ging Irene in die Falle. »Das kann ich noch gar nicht sagen. Es ist Meißener Porzellan.«

Irene lächelte spöttisch. »Soviel ich weiß, ist das Geschirr eine Imitation. Zumindest sagt dies Franz' Mutter, die es ja wissen muss. Ihr habt lange genug hier zusammengewohnt.«

Ottilie schoss die Röte ins Gesicht. »Das Service liegt mir trotzdem am Herzen. Und Gitta hat wieder einmal nicht aufgepasst. Obwohl ich sie viele Male ermahnt habe.«

»Mir hat Gitta erzählt, sie wäre über einen Schuh deines Mannes gestolpert, den dieser achtlos im Gang liegen gelassen hätte.

Wahrscheinlich, weil du ihm befohlen hast, den Salon nicht mit schmutzigen Sohlen zu betreten. Dabei sei ihr die Tasse vom Tablett gerutscht.«

»Auch daran ist Gitta selbst schuld. Ich hatte geläutet, um ihr zu sagen, sie solle die Schuhe wegräumen. Aber sie hat nicht darauf reagiert.«

Irene ließ das so stehen. Da Gitta ihr nichts davon erzählt hatte, hielt sie Ottilies Aussage für eine Schutzbehauptung. Dafür sprach auch, dass sie wieder einmal nervös mit ihren dünnen Fingern spielte.

»Wie dem auch immer sei, es ist ein Missgeschick, das jedem einmal passieren kann. Kein Grund, jemanden fristlos zu entlassen und schon gar kein Grund, ein Mädchen derart ins Gesicht zu schlagen. Gittas linkes Trommelfell ist geplatzt. Das hat Dr. Frey festgestellt, den ich rufen ließ, weil sie aus dem Ohr blutete. Was hast du dazu zu sagen?«

Ottilies Röte vertiefte sich. »Das war ein unbeabsichtigtes Missgeschick.«

»Ach so, dir stehen solche unbeabsichtigten Missgeschicke also zu.« Irene betonte die beiden vorletzten Worte spöttisch. »Aber Gitta nicht?«

»Die Gesindeordnung erlaubt ausdrücklich, Dienstboten zu züchtigen«, verteidigte sich Ottilie.

»Diese Gesindeordnung ist völlig veraltet, sofern du die preußische meinst. Sie stammt vom Beginn dieses Jahrhunderts. Hier in Altenstadt gab es zu meiner Zeit stattdessen eine Hausordnung für die Dienstboten. Sie sah zwar den Entzug von Ausgang als Strafe vor, im schlimmsten Fall auch einmal eine Lohnkürzung. Aber geschlagen wurde in den Jahren, die ich hier gearbeitet habe, nie jemand. Nicht einmal von deiner Nichte Mathilde.«

»Wie du bereits richtig erwähnt hast, gilt das für die Jahre, in denen *du hier gearbeitet hast*«, entgegnete Ottilie spitz. »Diese Zeit ist lange vorbei.«

»Aber mein Mann ist der Hausherr von Altenstadt und bezahlt meines Wissens zusätzlich zu eurer Rente auch alle Dienstbotengehälter.« Irene ließ sich nicht einschüchtern. »Möchtest du, dass ich ihn in dieser Angelegenheit zurate ziehe? Genauer gesagt, möchtest du, dass ich ihn frage, ob er in diesem Haus die Prügelstrafe befürwortet?«

Auch wenn Irene sehr ärgerlich war, weil sich Franz' Aufenthalt in Berlin derartig lange hinzog, war sie sicher, dass er in dieser Sache uneingeschränkt auf ihrer Seite stehen würde.

Diese Ansicht schien auch Ottilie zu teilen. »Es wäre mir lieber, wenn wir die Sache auf kleiner Flamme kochen«, trat sie den Rückzug an. »Da ich an den übrigen Dienstboten zudem nicht das Geringste auszusetzen habe, ist diese Form der Züchtigung ohnehin nicht mehr vonnöten.«

»Das freut mich zu hören, Ottilie. Bleibt also nur noch die Frage zu klären, was nun aus Gitta wird.«

»Was ficht mich das an? Sie soll sehen, wo sie bleibt.«

Irene zückte Gittas Gesindebuch. »Dann lass mich einmal zitieren, was hier drinsteht: *Gitta ist unordentlich, unfolgsam und verrichtet ihre Pflichten sehr nachlässig. Sie gibt zudem freche Widerworte, wenn man sie zu einer besseren Arbeitsweise anhalten will. Bei den anderen Dienstboten ist sie aufgrund ihrer Faulheit und fehlenden Hilfsbereitschaft sehr unbeliebt. Da sie aufgrund ihrer mangelhaften Sorgfalt zahllose Schäden verursacht hat, wurde sie mit dem heutigen Tage fristlos entlassen.* Irene hob den Kopf und sah Ottilie gerade in die Augen. »Möchtest du das so stehen lassen?«

Deren Blick begann wieder hin und her zu irren. Die Röte ihrer Wangen vertiefte sich noch einmal. Doch zunächst blieb sie trotzig. »Selbstverständlich. Denn jedes Wort entspricht der reinen Wahrheit.«

»Du möchtest also mit Absicht bewirken, dass Gitta nirgendwo mehr eine neue Stelle findet und somit auf der Straße endet?«

Ottilie öffnete zwar schon den Mund, schwieg dann aber doch angesichts des scharfen Untertons in Irenes Stimme still.

Die wartete noch einen kurzen Moment und fuhr dann fort. »Pauline und ich haben ausführlich mit Gitta gesprochen und jeden einzelnen Satz deines Zeugnisses hinterfragt. Nirgendwo haben wir ein Anzeichen dafür gefunden, dass dieses schlechte Zeugnis gerechtfertigt ist. Gitta gibt an, auch beim übrigen Hauspersonal beliebt zu sein. Sie sagt weiterhin, dass sie außer der besagten *unechten* Meißener Teetasse«, Ottilie zuckte zusammen, was Irene genoss, »nur einen weiteren irdenen Teller zerbrochen hätte, der zum Geschirr für das Personal gehörte. Du hättest sie andererseits gestern nicht zum ersten Mal geschlagen, sondern bereits etliche Male vorher. Vor allem, wenn sie nicht schnell genug nach dem Läuten erschienen sei. Du hättest sie darüber hinaus in vielen Nächten aus dem wenigen Schlaf, den du ihr zugestanden hast, geklingelt, damit sie dir ein Glas Wasser bringt, oder wegen ähnlicher Nichtigkeiten.«

Sie warf einen Blick auf ihre mitgebrachten Notizen. »Des Weiteren gibt Gitta an, seit drei Monaten keinen Ausgang mehr gehabt zu haben und dass du ihr mehrmals den Lohn gekürzt hättest, einmal sogar um die Hälfte. Auch hättest du verfügt, dass sie oft nur Wasser und Brot zum Abendessen bekommen solle, worüber sich die Köchin Frau Kramm zum Glück mit Einverständnis der übrigen Dienstboten hinweggesetzt habe.«

Irene hob ihren Kopf und fixierte Ottilie grimmig. »Soll ich fortfahren? Hier stehen noch weitere Vorwürfe gegen dich.«

»Das sind Lügen! Alles Lügen!« Ottilies Stimme wurde schrill. »Von einem verlogenen Stück, das sich für ihre Entlassung rächen will und sich nicht scheut, dafür meinen guten Ruf zu beflecken.«

»*Deinen guten Ruf*«, echote Irene verächtlich. »Nun gut.« Sie holte tief Luft. Pauline hatte ihr ein solches Verhalten Ottilies vorausgesagt. »Dann muss ich die Wahrheit eben auf andere Weise herausfinden.« Sie stand auf und betätigte den Klingelzug. »Ich lasse jetzt alle Dienstboten einzeln kommen und befrage sie nach Gitta. Natürlich nicht in deinem Beisein. Dann werden wir ja sehen, ob ihre Aussagen mehr den deinen oder denen von Gitta gleichen.«

»Das kannst du nicht tun!«, empörte sich Ottilie. »Dazu hast du kein Recht.«

»Mein Mann bezahlt diesen ganzen Haushalt. Ich denke, ich habe dazu also jedes Recht.« Es klopfte an der Tür.

»Warte!«, lenkte Ottilie jetzt ein. »Lass uns eine andere Lösung finden!«

Es klopfte noch einmal. Irene ging zur Tür und öffnete sie. Draußen stand Niemann, der Hausdiener. Er verbeugte sich. »Die gnädige Frau hat geläutet?«

»Nein«, antwortete Irene mit einem verschmitzten Lächeln. »Geläutet habe ich, Niemann. Und ich bin keine gnädige Frau, sondern einfach nur Frau Gerban.«

»Sehr wohl.« Niemann verneigte sich nochmals. »Und Sie wünschen bitte?«

»Lassen Sie alles Hauspersonal in der Gesindestube zusammenkommen. Bitten Sie Frau Kramm, allen eine Tasse Bohnenkaffee zu servieren.« Ottilie in ihrem Rücken zog scharf die Luft ein. Irene ignorierte es. »Ich komme dann hinunter, wenn ich so weit bin.«

»Sehr wohl.« Niemann verbeugte sich ein drittes Mal mit unbewegter Miene. In den über dreißig Jahren, in denen er nun schon im Dienst stand, hatte er gelernt, jede Gefühlsregung sorgfältig zu verbergen.

»So, was willst du jetzt von mir?«, fragte Ottilie, kaum dass Niemann die Tür hinter sich geschlossen hatte.

Irene setzte sich wieder auf das Sofa. Sie hob die rechte Hand. »Drei Dinge, Ottilie, will ich von dir. Erstens«, sie streckte den Daumen nach oben, »bezahlst du Gitta ihren ausstehenden Lohn in voller Höhe. Zweitens«, nun hob sie den Zeigefinger, »zahlst du ihr ein Schmerzensgeld für die Ohrfeigen in Höhe von zwanzig Mark. Zuzüglich der Kosten für die Behandlung von Dr. Frey in Höhe von zehn Mark.«

Ottilies Miene glich der fleischgewordenen Empörung. Sie öffnete den Mund, um zu protestieren, doch Irene ließ es gar nicht so weit kommen. »Lass mich ausreden! Drittens«, nun hob sie den Mittelfinger der rechten Hand, »schreibst du Gitta ein gutes Zeugnis. Dieses erlogene Machwerk werfe ich nach unserer heutigen Unterredung ins Feuer.«

»Gitta wird auf der Weißenburger Polizeistation behaupten, sie habe ihr Gesindebuch verloren«, fuhr sie fort. »Sofern du diese Behauptung bestätigst, wird ihr danach ein neues ausgestellt werden. In dieses neue Gesindebuch trägst du ein Zeugnis ein, das ich dir wortwörtlich vorgebe.« Sie zog ein Blatt Papier aus ihrer Handtasche. »Das hier haben Pauline und ich gemeinsam mit Gitta aufgesetzt.«

»Das tue ich nie und nimmer. Ihr könnt mich nicht dazu zwingen! Ich weigere mich …«

Aber Irene hatte genug gehört und stand auf. »Dann gehe ich jetzt und befrage die restliche Dienerschaft in der Gesindestube. Sollten sich Gittas Angaben bewahrheiten, die deinen also erlogen sein, werde ich Franz bitten, alle Leute vorübergehend nach Schweighofen zu holen, bis sie eine neue Stelle gefunden haben. Er bezahlt sie ja sowieso. Und genug Arbeit für die Übergangszeit findet sich auf einem Weingut immer. Du und Gregor werdet dann hier in Altenstadt eben ohne Personal zurechtkommen müssen.«

Ottilie schnappte nach Luft. Da sie zunächst stumm blieb, ging Irene zur Tür. Sie hatte die Klinke schon in der Hand, als Ottilie sie zurückrief.

Schwer atmend saß Irene schließlich im Landauer auf dem Rückweg ins Weingut. Ottilie würde sich fügen. Dennoch hatte Irene das ungute Gefühl, dass sie sich bei nächster Gelegenheit für die erlittene Demütigung an ihr rächen würde.

Berlin
Sonntag, 2. Juni 1878

Es war kurz nach ein Uhr, als Franz am Brandenburger Tor ankam. Er hatte hervorragend zu Mittag gespeist und genoss es nach all den Tagen, die er in Gesellschaft von Schneegans, Blauberg und anderen verbracht hatte, endlich wieder einmal allein unterwegs zu sein. So konnte er sich in Ruhe auf all die Sehenswürdigkeiten konzentrieren, die die Prachtstraße zu bieten hatte.

Nachdem er die Quadriga auf dem Brandenburger Tor von allen Seiten betrachtet hatte, überquerte er die aufgrund der erwarteten Parade mittlerweile für alle Fahrzeuge bereits gesperrte Straße, um seinen Weg in der Mittelpassage unter den dicht belaubten Linden fortzusetzen. Die Bäume hatten dem Boulevard seinen Namen gegeben und spendeten in der Mittagshitze wohltuenden Schatten. Von den Rändern der Passage aus konnte Franz die mit Statuen, Stuck und Zierrat aller Art geschmückten Gebäude zu beiden Seiten der mehrspurigen Straße am besten betrachten. Der Kaiser würde den Weg von seinem Stadtschloss aus nehmen. Gemächlich hinkte Franz dem zu erwartenden Zug entgegen.

Nach und nach sammelte sich an den Straßenrändern eine immer größere Menschenmenge, um bei der sonntäglichen Parade einen Blick auf den Kaiser erhaschen zu können. Dazu lud nicht zuletzt auch der warme Sommertag ein. Die Sonne strahlte von einem azurblauen Himmel, an dem nur einige Schäfchenwolken wie weiße Wattebäusche standen.

Gerne hätte Franz seinen Weg noch bis zum Reiterstandbild Friedrichs des Großen fortgesetzt. Aber nun wurde die Menge so dicht, dass es kaum noch ein Durchkommen gab. Tatsächlich kündigte die immer lauter werdende Marschmusik bereits von Weitem die Ankunft der Parade an.

Schutzmänner in Uniform und mit Pickelhauben begannen,

vor den Menschen, die sich am Straßenrand drängten, auf und ab zu gehen und die Menge scharf zu beobachten. Franz reckte den Hals, um etwas sehen zu können. Doch die Zylinder und Federhüte der in ihren Sonntagsstaat gekleideten Männer und Frauen vor ihm verwehrten ihm zunächst jeden Blick auf das Geschehen. Er stellte sich auf die Zehenspitzen des unversehrten rechten Fußes und begann prompt, aufgrund seiner Prothese zu straucheln. Instinktiv hielt er sich an seinem Nebenmann fest.

»Entschuldigen Sie bitte!«, murmelte er verlegen. Die zunächst empörte Miene des kräftig gebauten Mannes wurde milder, als er Franz' Gehstock bemerkte.

»Warten Sie!«, bot er ihm an. Dann drängte er sich rücksichtslos durch die Menge und benutzte dabei seine Ellenbogen. »Machen Sie Platz, um einem Kriegshelden freie Sicht zu gewähren!«

»Nicht doch, mein Herr«, versuchte Franz, ihn aufzuhalten. Aber schon wich die Menge tatsächlich ein kleines Stück zurück und ließ ihn passieren. Schließlich stand er in der zweiten Reihe, von wo aus er einen guten Blick hatte.

Jetzt tauchten die ersten Berittenen auf. Es war offensichtlich eine Gardeeinheit, wie Franz an den Pickelhelmen mit dem charakteristischen Stern, der den schwarzen Reichsadler im Zentrum hatte, erkennen konnte. Die Truppe ritt in leichtem Trab an den Menschen vorbei, den Blick streng geradeaus gerichtet. Dahinter marschierte eine Kapelle, deren Musiker ebenfalls in prächtige, mit goldenen Tressen geschmückte Uniformen gekleidet waren.

Ein weiterer Gardetrupp ritt vorbei. Anstatt der Pickel trugen die Männer Büsche aus Rosshaar auf den Helmen, die Franz an die bayerischen Helme im Deutsch-Französischen Krieg erinnerten. Er verspürte ein dumpfes Ziehen in der Magengrube und verdrängte die aufkommenden Bilder der Schlachten. Stattdessen lenkte er seinen Blick auf die offene Equipage des Kaisers, die jetzt in Sicht kam.

»Dass er es so schnell nach dem Anschlag wagt, sich wieder ungeschützt in der Öffentlichkeit zu zeigen«, wunderte sich eine junge Dame, die so knapp vor Franz stand, dass die üppig mit Volants verzierte Turnüre ihres bronzefarbenen seidenen Kleids fast seinen Bauch berührte. Franz wäre beinahe auf ihren Rocksaum getreten, als er seinen Kopf ebenfalls in die Richtung wandte, aus der die Kutsche kam. *Obacht,* rief er sich selbst zur Ordnung.

»Zum Glück ist unserem Kaiser ja nichts passiert«, antwortete eine zweite, korpulentere Dame der jungen Frau, möglicherweise ihre Mutter oder Tante. Die Frauen unterhielten sich offensichtlich über den missglückten Anschlag des Klempnergesellen Max Hödel auf Kaiser Wilhelm. Der hatte erst vor drei Wochen am 11. Mai stattgefunden und war Anlass der Reichstagsdebatten gewesen, die Franz verfolgt hatte.

Die jüngere Dame stützte sich nun auf die Schulter der älteren und stellte sich auf die Zehenspitzen. Offensichtlich sah sie die kaiserliche Equipage näher kommen, während Franz vorerst nur die Sicht auf die golden gefärbten Straußenfedern blieb, mit denen ihr Hut garniert war.

»Diesmal ist der Kaiser allein«, berichtete sie der Älteren. »Wahrscheinlich sitzt ihm der Schreck noch in allen Gliedern, wenn er daran denkt, dass die Kugel des Attentäters auch seine Tochter hätte treffen können.«

Franz wusste, dass am 11. Mai Wilhelms einzige Tochter Luise, die Großherzogin von Baden, an seiner Seite gesessen hatte.

Plötzlich ertönte ein lauter Knall. Die Menge schrie entsetzt auf. »Der Kaiser! Er ist getroffen! Er blutet! Er scheint verletzt zu sein!«, tönte es von allen Seiten.

Der Schuss war offenbar aus einem Fenster im zweiten Stock eines schräg gegenüberliegenden Hauses gekommen. Franz konnte dahinter einen Schemen erkennen, der einen langen Gegenstand hielt, wahrscheinlich das Gewehr, aus dem der Schuss abgegeben worden war.

Da wurde er brutal zur Seite gestoßen. Ohne die Rücksicht, die er noch vor Kurzem gegenüber Franz gezeigt hatte, drängte sich der bullige Mann, der ihm den Platz in der zweiten Reihe verschafft hatte, an ihm vorbei und rannte über die Straße. Er verschwand mit einigen anderen Männern im Eingang des Hauses, aus dem der Schuss gekommen war.

Kurze Zeit später knallte es erneut. Einmal, zweimal und dann noch ein drittes Mal. Die Damen in der Nähe von Franz schlugen entsetzt die Hände vor den Mund. Da sich ihre Augen auf das Haus richteten, in dem die Schüsse gefallen waren, erhaschte Franz einen Blick auf die mittlerweile von Menschen umringte Kutsche des Kaisers. Ein Mann in der Paradeuniform der vor der Equipage reitenden Gardeeinheit war zu ihm hineingestiegen und beugte sich über den halb nach vorne gesunkenen Greis. Sein Helmbusch verdeckte das kaiserliche Gesicht, sodass Franz nicht erkennen konnte, ob und wie schwer der Monarch verletzt war.

Einige Frauen, die neben und hinter Franz standen, begannen zu schluchzen. »Oh mein Gott! Unser Kaiser ist einundachtzig Jahre alt. Wie soll er da eine schwere Verwundung überleben?«, hörte Franz sie klagen.

Plötzlich vernahm er eine weitere Stimme in seinem Rücken. »Dahinter stecken sicher wieder diese verdammten Sozialisten«, ertönte der tiefe Bass eines Mannes voller Wut. »Doch diesmal werden sie dafür bezahlen, so wahr uns Gott helfe.«

Franz ahnte, dass der Mann recht behalten würde.

Kapitel 9

Friedhof von Altenstadt
6. Juni 1878

Irene nutzte den kurzen Moment der Stille, um am Grab ihrer Mutter ein inniges Stoßgebet zum Himmel zu schicken. *Mutter, liebste Mutter, ich habe dir hier an dieser Stelle nach meiner Rückkehr versprochen, mich für die Rechte der unterdrückten Frauen einzusetzen. Gib mir deinen Segen, damit es morgen besser gelingen wird als beim ersten Versuch.*

Eigentlich hatte Irene heute allein zum Friedhof kommen wollen, so wie sie es seit ihrer Rückkehr regelmäßig tat. Doch da sich Franz' Ankunft aufgrund des Attentats auf den Kaiser ein weiteres Mal verzögert hatte, waren nun Pauline und die Kinder mit dabei, da alle gemeinsam Franz nach seiner nunmehr über dreiwöchigen Abwesenheit am Bahnhof von Weißenburg abholen wollten.

Gerade waren ihre drei Rangen unterwegs, um unter Paulines Aufsicht Wasser am Friedhofsbrunnen in die Vase zu schöpfen, in die Irene den mitgebrachten Strauß aus rosa Rosen, die in üppiger Pracht überall um das Weingut herum blühten, stellen wollte. Schon von Weitem hörte sie eines der Zwillingsmädchen weinen. Da sah sie auch schon, dass die Gruppe sich wieder näherte. Beim Herankommen erkannte Irene, nicht wirklich überrascht, dass es Sophia war, die nun schluchzend mit ausgebreiteten Armen auf sie zulief. Ihr hellblaues Kleidchen war vorne ganz nass.

Zum Glück trug auch Irene ein einfaches geblümtes Sommerkleid aus Baumwollstoff, sodass sie sich nicht scheute, das tropfnasse Kind in die Arme zu schließen. »Was ist denn geschehen, mein Schatz?«

»Fränzel«, schluchzte Sophia, »Fränzel ist schuld. Er hat mich die Vase nicht tragen lassen. Da ist sie übergeschwappt und hat mich ganz nass gemacht.«

Nun waren auch die anderen heran. Fränzel, der tatsächlich die irdene Vase mit beiden Händen umklammert hielt, sah schuldbewusst drein. Paulines Miene zeigte eine Mischung aus Amüsement und Ärger. Klara an ihrer Hand lutschte am Daumen, wie immer, wenn es zwischen den Geschwistern Auseinandersetzungen gab, an denen Irenes Jüngste so gut wie nie beteiligt war.

»Die Vase wäre viel zu schwer für Sophia gewesen«, rechtfertigte sich Fränzel schon, bevor er Irene erreichte.

»Dennoch hättest du sie ihr nicht aus den Händen reißen dürfen«, tadelte ihn Pauline. »Es ist so schnell geschehen, dass ich keine Zeit hatte einzugreifen«, entschuldigte sie sich bei Irene.

Die musste wider Willen lächeln. Fränzel und Sophia ähnelten sich immer mehr im Charakter und konkurrierten daher auch immer häufiger miteinander. Meistens ging das allerdings von Sophia aus, die ihrem großen Bruder mit Ungestüm in allem nacheifern wollte.

»Du bist der Ältere, Fränzel«, fuhr Pauline fort. »Ich erwarte, dass du auf deine kleineren Schwestern Rücksicht nimmst.« Nun erblickte Pauline die dunklen Wasserflecken auf Irenes Kleid, nachdem sich Sophia mittlerweile wieder von ihr gelöst hatte. »Nun sieh dir einmal an, was du angerichtet hast. Nicht nur deine Schwester, auch deine Mutter ist nun durchnässt. Was soll dein Vater von uns denken, wenn wir ihn so empfangen!«

Irenes Lächeln gefror. »Nun, nach all der Zeit, die er weg gewesen ist, dürfte er sich wohl nicht an ein paar feuchten Kleidern stören.« Sie zog die kleine goldene Uhr aus ihrer Rocktasche, die ihr Franz zu ihrem letzten Geburtstag geschenkt hatte. »Zumal er ja erst in knapp einer Stunde ankommen wird. Bis dahin sind die Kleider in dieser Hitze längst wieder trocken.«

Pauline legte Irene eine Hand auf den Arm. »Nun sei Franz doch nicht mehr böse, meine Liebe«, bat sie. »Ich weiß ja, dass er schon vor zwei Wochen zurück sein wollte. Aber es waren doch wichtige Geschäfte, die ihn in Berlin aufgehalten haben.«

»Eher die hohe Politik«, wandte Irene ein. Nach dem Attentat hatte Franz telegrafiert, dass er noch in Berlin bleiben wolle, bis sich herausgestellt hätte, ob der Kaiser überleben und welche Folgen das Attentat haben würde. Tatsächlich mutmaßten die Gazetten, dass der Kronprinz, der den lebensgefährlich verletzten Kaiser vertrat, und dessen Reichskanzler Bismarck geneigt sein könnten, das Parlament aufzulösen und Neuwahlen anzusetzen.

»Wie dem auch sei, Irene. Franz hat es nicht verdient, so ungnädig aufgenommen zu werden. Zumal du doch auch deinen eigenen Plänen nachgehst.«

Irene ging nicht darauf ein. »Stell die Vase jetzt hier auf dem Stein ab, Fränzel«, bedeutete sie ihrem Sohn. »Und ihr beiden, Sophia und Klara, dürft den Strauß darin arrangieren. Aber Vorsicht! Stecht euch nicht an den Dornen!«

Weingut bei Schweighofen

6. Juni 1878, zwei Stunden später

»Aber die Ärzte glauben, dass der Kaiser überleben wird?«

»Wir alle hoffen es, Maman. Er hat eine eiserne Natur.«

»Eben ein echter deutscher Recke«, ließ sich der Verwalter Nikolaus Kerner mit einem von ihm ungewohnten Pathos vernehmen. Die restlichen Angestellten und Dienstboten murmelten Zustimmung.

Da Franz unmittelbarer Zeuge des Attentats auf Kaiser Wilhelm gewesen war, das auch hier in der tiefsten Provinz die Gemüter erregte, hatte Irene alle Mitglieder des Haushalts und die Gutsarbeiter, die gerade in der Nähe des Weinguts ihrem Tagewerk nachgingen, eingeladen, Franz' Bericht mit anzuhören. Alle Plätze im Salon waren besetzt. Man hatte sogar noch weitere Stühle holen müssen.

Nur die Kinder hatte man trotz ihres Protestgeschreis ausgeschlossen. Ein deswegen ebenfalls missmutig gestimmter Stallbursche erhielt den Auftrag, sie im Hof zu beaufsichtigen.

Franz beendete gerade den Bericht über den Ablauf des Attentats. »Denkt euch nur«, fügte er hinzu. »Der Mann, der den Mörder als Erster zu überwältigen versucht hat, war derjenige, der mir zu einem guten Platz am Straßenrand verholfen hat, damit ich überhaupt etwas von der Parade sehe.«

»Sie meinen diesen Gastwirt ... wie heißt er doch gleich noch?«, fragte der Kellermeister Johann Hager. »Holtmeier?«

»Holtfeuer«, korrigierte Franz. »Dieser Nobiling hat auch ihn niedergeschossen. Zum Glück wird er gleichfalls überleben.«

»Ja, Gott sei Dank!«, ertönte es aus der Zuhörerschaft. Obwohl alle Einzelheiten über das Attentat und seine Folgen in jeder Zeitung des Deutschen Reiches gestanden hatten, wollten die Leute aus Franz' Munde hören, wie es gewesen war.

»Aber, wenn der Kaiser nicht einmal das Bewusstsein verloren hat und sogar eine einigermaßen ruhige Nacht nach dem Anschlag verbrachte, wieso musste dann Kronprinz Friedrich zu seinem Vertreter bestellt werden?«, fragte die Frau des Kellermeisters.

Franz schnaubte leicht. »Immerhin wurde mit einer doppelläufigen Schrotflinte auf ihn geschossen. Mehr als dreißig Kugeln haben ihn getroffen und sind in sein Gesicht, den Kopf, in beide Arme und den Rücken eingedrungen. Obwohl sein Pickelhelm viele Schrotkörner abfing, schwebte der Kaiser vorübergehend sogar in Lebensgefahr.«

Die meisten Zuhörer wussten auch das bereits. Trotzdem stöhnten sie auf.

»Auch jetzt gibt es noch keinen Grund zur Entwarnung. Der

Kaiser ist alt. Da weiß man nie, wie sich sogar recht harmlose Verletzungen entwickeln«, ergänzte die Zofe Rosa wichtigtuerisch und ließ dabei einmal mehr ihre Vergangenheit als Krankenschwester durchblicken.

Irene, die bislang noch nichts gesagt hatte, bemerkte, wie die Hausdame Frau Burger einen Augenblick lang die Augen gen Himmel richtete. Rosas Marotte, immer wieder auf ihre medizinische Kompetenz hinzuweisen, ging ihrem Umfeld mittlerweile gehörig auf die Nerven.

»Und stimmt es, dass der Attentäter danach versucht hat, sich selbst zu entleiben?«, mischte sich diesmal die Köchin Frau Grete ins Gespräch.

»So ist es. Er schoss mit einer Pistole zuerst zwei der Männer nieder, die ihn ergreifen wollten. Dann richtete er die Waffe gegen sich selbst.«

»Aber er wird hoffentlich so lange überleben, bis ihm der Prozess gemacht worden ist«, sagte Kerner grimmig.

»Allerdings sagt man auch, der Attentäter sei nicht recht bei Verstand«, warf Pauline ein.

Verblüffte Blicke streiften sie. Ihre Stimme klang tatsächlich so milde, als wolle sie Nachsicht für diesen Schurken erwirken.

»Immerhin hat er einen Doktortitel, soviel ich weiß«, entgegnete der Kellermeister Hager prompt. »Er soll sogar ein Doktor der Philosophie sein.«

Franz nickte.

»Und warum hat er dann so etwas Furchtbares getan?« Frau Burger schüttelte ratlos den Kopf.

»In der Zeitung steht, er habe es für das Staatswohl als am besten erachtet. Und dass er den Sozialdemokraten nahestünde.« Das war Hansi Krüger, der bislang stumm gelauscht hatte. »Sind das Gerüchte, oder glauben Sie das auch, Herr Franz?«

Der seufzte. »Ich will es nicht hoffen, Hansi, denn sonst …« Er stoppte mitten im Satz. Dann straffte er sich. »Doch nun habe ich alles gesagt, was ich weiß, meine Lieben. Nun würde ich gerne noch ein paar vertrauliche Worte mit meiner Familie wechseln. Gehen Sie jetzt alle bitte zurück an die Arbeit und lassen Sie mich mit meiner Mutter und meiner Frau noch eine kleine Weile ungestört plaudern.«

»Der Kronprinz wird den Reichstag mit an Sicherheit grenzender Wahrscheinlichkeit auflösen.« Auch dies war für Pauline und Irene nicht neu, da darüber in allen Zeitungen spekuliert wurde. Doch sie wussten, warum Franz darüber nicht vor den Ohren des Personals hatte sprechen wollen.

»Und Bismarck wird in einem neu gewählten Reichstag einen weiteren Versuch unternehmen, den Sozialdemokraten an den Kragen zu gehen«, ergänzte Irene mit bitterer Stimme. Bislang hatte sie die ganze Zeit über geschwiegen. »Da ist es ja vielleicht sogar von Vorteil, wenn du zum Abgeordneten gewählt wirst, Franz. Dann kannst du wenigstens gleich gegen diesen zweiten Versuch stimmen.«

Franz bemühte sich, seine Mimik im Griff zu behalten. Für den morgigen Tag war ein Treffen der Abgeordneten der Autonomisten und sogar einiger anderer elsässischer Parlamentarier in Straßburg vereinbart, um eine Solidaritätsadresse für den Kaiser zu verfassen. Schon bei den Besprechungen in Berlin kurz nach dem Anschlag, deretwegen Franz noch einmal zwei Tage länger geblieben war, hatte Carl August Schneegans ihre politische Linie klar skizziert.

»Wir können weder wagen, es uns mit dem Reichskanzler zu verscherzen noch mit der Nationalliberalen Partei, die schon jetzt offen gegen die Sozialdemokraten wettert, die man zwar wahrscheinlich fälschlicherweise, aber dennoch äußerst öffentlichkeitswirksam erneut für die Urheber des Mordversuchs hält. Auf beide sind wir angewiesen, wenn wir größere Freiheiten für Elsass-Lothringen erwirken wollen. Kommt es also zu einer erneuten Abstimmung über das Sozialistengesetz, tun wir gut daran, uns möglichst bedeckt zu halten.«

Laut sagte Franz nun: »Du kommst mir zuvor, meine Liebe.« Irenes unterkühlte Begrüßung war ihm nicht entgangen, und er lobte sich deshalb selbst für seine Klugheit, nicht auch noch der Einladung nach Straßburg gefolgt zu sein, die man natürlich auch ihm gegenüber ausgesprochen hatte. »Sollte der Kronprinz den Reichstag tatsächlich auflösen, werde ich schon in wenigen Wochen für die Autonomisten im Wahlkreis Hagenau-Weißenburg antreten.«

»Das habe ich mir gedacht«, bestätigte Irene. »Aber mittlerweile haben wir uns alle ja schon an deine häufige Abwesenheit gewöhnt.«

»Wenn ich dich richtig verstanden habe, meine Liebe, bist erst einmal du als Nächste abwesend.« Franz' Tonfall klang schärfer, als er es beabsichtigt hatte. Auf der Heimfahrt vom Bahnhof nach Schweighofen hatte ihn Irene kurz über die morgen stattfindende Veranstaltung in Landau informiert.

»Nur einen knappen Tag und möglicherweise eine Nacht, nicht fast vier Wochen lang«, schoss Irene zurück.

»Hoffentlich nicht wieder umsonst wie beim letzten Mal!« Die Worte rutschten Franz gegen seinen Willen heraus. Dabei hatte er sich nichts so sehr gewünscht wie eine harmonische Heimkehr. »Maman hat mir davon nach Berlin berichtet«, ergänzte er angesichts Irenes fassungslosen Blicks.

»Aber auch davon, dass wir eine sehr gute Idee hatten, wie die nächste Veranstaltung erfolgreicher werden könnte.« Paulines Wangen hatten sich leicht gerötet. »Und ich hoffe sehr, du wünschst deiner Frau Erfolg für die morgige Veranstaltung.«

»Natürlich, natürlich«, beeilte Franz, sich zu versichern. Er merkte selbst, wie wenig überzeugend er klang. Die Gattin eines Wahlkandidaten der Autonomisten, die sich für die sozialdemokratischen Ideen engagierte, noch dazu für Frauenrechte, wäre Carl August Schneegans im Moment alles andere als willkommen.

Auch Irene, die Franz durch und durch kannte, bemerkte

seine mangelnde Begeisterung. »Ich danke dir.« Sie stand auf. »Aber jetzt muss ich nach den Kindern sehen. Schließlich müssen sie mich ab morgen einen ganzen Tag lang entbehren.«

Damit rauschte sie hinaus und ließ die Tür geräuschvoll hinter sich ins Schloss fallen.

»Nimm es als Zeichen dafür, dass Irene dich liebt und dass du ihr sehr gefehlt hast«, interpretierte Pauline das Verhalten ihrer Schwiegertochter, noch bevor sich Franz dazu äußern konnte. »Sie war ganz mutlos und niedergeschlagen, als sie nach dem ersten Misserfolg aus Landau zurückkam. Und hatte nur mich alte Frau zum Trost, nicht die starken Arme ihres Gatten«, fügte sie in bemüht leicht klingendem Tonfall hinzu.

»Wenn es wirklich zu einer Neuauflage des Sozialistengesetzes kommt, was ich befürchte, Maman, wird Irene diese Aktivitäten ohnehin wieder aufgeben müssen. Denn sie stünden dann mit Sicherheit unter Strafe.«

»Das lass sie besser vorerst gar nicht wissen, Franz. Sie ist entschlossener denn je, für die Rechte der Frauen zu kämpfen. Mittlerweile nicht nur für die von Arbeiterfrauen, sondern auch für die von Dienstmädchen.«

»Wie kommt denn das? So schlecht ging es ihr doch damals in Altenstadt gar nicht. Jedenfalls um Längen besser als später in der Fabrik.«

»Das hat einen anderen Grund. Hast du bemerkt, dass das Dienstmädchen Gitta unter dem Hauspersonal war?«

Franz nickte. »Ja, ich habe mich schon darüber gewundert. Was ist geschehen?«

Kurz erzählte Pauline Franz von den Geschehnissen in Altenstadt. Genau wie sie und Irene es erwartet hatten, war er empört und hieß alles gut, was die Frauen unternommen hatten.

»Dann lass Irene das wissen!« Pauline legte ihrem Sohn eine Hand auf den Arm. »Das wird sie freuen und ihren Ärger über dich mildern.«

»Eine gute Idee, Maman.« Franz wollte sich schon erheben, um ihr einen Kuss auf die Wange zu geben und Irene nachzugehen, als ihn seine Mutter mit einer Geste zurückhielt.

»Eines würde ich noch sehr gerne über deine Berlinreise wissen, Franz. Nimmst du dir noch einen Moment dafür Zeit?«

»Natürlich, Maman. Was hast du auf dem Herzen?«

Mit allem hätte Franz gerechnet, nur nicht mit der Frage, die Pauline ihm daraufhin stellte.

»Dieser Graf von Sterenberg, den du bei deinem Kunden getroffen hast. Sag mir, was ist das für ein Mensch?«

Gasthaus »Zum silbernen Kreuz« in Landau
Freitag, 7. Juni 1878

Lange bevor Irene und Lene Krüger ihr eigenes Abendessen beendet hatten, trafen bereits die ersten Frauen im Gasthof »Zum silbernen Kreuz« ein.

»Es sind schon fast dreißig Besucherinnen da«, raunte Greta Leyendecker, die Wirtin, Irene zu. »Sollen wir schon damit beginnen, ihnen die Mahlzeit zu servieren?«

»Nur das Getränk«, entschied Irene. Jede Frau konnte zwischen einem Glas Bier oder Apfelsaft wählen.

Schon um zehn nach sieben erschien Greta erneut an Irenes Tisch in der großen Gaststube, die sich ebenfalls langsam mit männlichen Gästen füllte. »Die fünfzig Plätze im Saal, die wir vorgesehen haben, sind bereits alle besetzt. Sollen wir noch zusätzliche Tische und Bänke hineinschaffen, oder sagen, die Versammlung sei voll und weitere Frauen abweisen?«

»Auf keinen Fall, wir stellen weitere Plätze zur Verfügung«, entschied Irene spontan. Sie schob ihren eigenen, noch halb vollen Teller von sich. »Ich werde die Frauen jetzt persönlich begrüßen. Komm, Lene«, forderte sie ihre Begleiterin auf. »Oder willst du erst aufessen?«, besann sie sich angesichts Lenes enttäuschtem Blick auf die Portion Kartoffelsalat und die halbe Bockwurst auf ihrem Teller. »Dann gehe ich vor, und du kommst einfach nach, wenn du so weit bist.«

Ihr Abendessen war genau das Gleiche, das auch den Frauen serviert werden würde. Für Eintopf war es an diesem Sommerabend zu warm. Deshalb hatte sich Irene für eine kalte Mahlzeit entschieden. Trotz der Einfachheit schmeckte sie köstlich. Die Wurst war frisch und knackig, der Kartoffelsalat mit einer Kräutersahnesoße angemacht. »Geheimnis des Hauses«, zwinkerte Greta Irene zu, als diese sie nach dem Rezept fragte.

Jetzt blieb sie überwältigt an der Schwelle zum Saal stehen und ließ ihren Blick über die versammelte Menge gleiten. Frauen jeden Alters saßen um die einfachen Holztische auf den schmalen Bänken, wie man sie auch in Gartenwirtschaften benutzte. Es waren ebenso kaum fünfzehnjährige Mädchen wie Greisinnen mit faltigen Gesichtern darunter. Die größte Zahl der Frauen schien Irene zwischen zwanzig und dreißig Jahren alt zu sein. Ihr eigenes Alter von siebenundzwanzig Jahren passte da gut dazu. Man würde sie weder als zu jung und unerfahren noch als zu alt und belehrend abtun können.

Etliche Frauen hatten ihre Kinder mitgebracht. Eine junge Mutter stillte sogar unter einem Dreieckstuch einen Säugling.

Irene ging von Tisch zu Tisch und gab jeder Frau die Hand. »Herzlich willkommen! Irene ist mein Name. Und wie heißt du?«

»Ilse.«

»Gerda.«

»Marlene.«

»Johanna.« Schon bald schwirrte Irene der Kopf ob all der vielen Namen.

Bis punkt halb acht waren noch weitere zwanzig Frauen eingetroffen, die an den eilig herbeigeschafften Tischen Platz nahmen. Greta kam mit angespannter Miene auf Irene zu.

»Jetzt haben wir keine Biertischgarnituren mehr. Und auch das Essen wird nicht reichen, wenn wir weitere Frauen einlassen.«

»Dann sag den Nachzüglerinnen, dass es weitere Versammlungen geben wird«, beschied Irene Greta mit Bedauern. »Und dann beginnt damit, das Essen aufzutragen.«

Die Schankmägde des Gasthofs brachten große Körbe mit Brot herbei. Der Kartoffelsalat und die Würste wurden auf Tellern serviert. Auf diese Weise wollte Irene sichergehen, dass auch jede Frau ihre Portion erhielt.

Während die Schankmägde diensteifrig hin und her eilten, bestieg Irene die kleine Bühne. »Ich begrüße euch alle noch einmal herzlich.« Sie musste ihre Stimme erheben, um das Klappern des Geschirrs zu übertönen. Glücklicherweise verstummten die Gespräche der Frauen sofort. Siebzig neugierige Augenpaare richteten sich auf sie.

»Ich freue mich sehr, dass ihr heute so zahlreich erschienen seid. Damit wir rasch miteinander ins Gespräch kommen, schlage ich vor, dass ich mich erst einmal kurz vorstelle. Mein Name ist Irene Gerban. Aber nennt mich bitte Irene, so wie wir uns alle mit unseren Vornamen ansprechen sollten. Ich habe lange Zeit als Dienstmädchen und in Tuchfabriken gearbeitet, zuletzt auch als Näherin in Heimarbeit. Nun geht es mir gut, weil ich einen reichen Weinhändler geheiratet habe, den jungen Herrn aus dem Haushalt, in dem ich einst Dienstmädchen war. Warum ich euch heute Abend eingeladen habe, erzähle ich euch, wenn ihr alle eure Mahlzeit erhalten habt. Und nun lasst es euch schmecken.«

Sie wartete eine Viertelstunde, bis sie wieder an den Rand der Bühne trat. »Nun würde ich gerne wissen, wer ihr seid und was euch heute Abend bewogen hat hierherzukommen.« Irene blickte eine ältere Frau am ersten Tisch, die eine schmuddelige Schürze über ihrem einfachen Baumwollkleid trug, ermutigend an. »Möchtest du beginnen und uns sagen, wie du heißt und wo du arbeitest? Und steh doch bitte kurz auf, damit dich alle sehen können.«

Die Frau verzog spöttisch den Mund, während sie Irenes Aufforderung Folge leistete. »Lore ist mein Name. Ich bin Arbeiterin in der Bürstenfabrik. Und komme heute hierher, weil es was umsonst gibt. So eine feine Wurst habe ich schon lange nicht mehr gegessen.«

Gelächter brandete auf. Aber Irene ließ sich nicht beirren. »Ich weiß, wie es ist, wenn man sich kaum einmal etwas Gutes zu essen leisten kann. Genieße deine Mahlzeit!«

Irene fing die ersten verwunderten Blicke auf. Weitere Frauen hoben die Hand und standen auf, wenn Irene ihnen ein Zeichen gab.

»Ich heiße Rosel und arbeite als Weißnäherin in Heimarbeit. Und bin froh, dass ich heute Abend nicht kochen muss. Mein Mann ist in der Kneipe, und meine zwei Kleinen habe ich dabei.« Sie wies auf zwei magere Kinder, die rechts und links von ihr saßen. »Danke, dass sie mitessen dürfen.«

Kurz schoss Irene durch den Kopf, dass die Kosten für die Veranstaltung wohl weit höher ausfallen würden als geplant. *Mit dem Essen für die Kinder sind es mehr als achtzig Mahlzeiten zu dreißig Pfennig. Macht allein über fünfundzwanzig Mark. Hinzu kommt die Garantiemiete von zehn Mark. Und Lenes und meine Übernachtung.* Schon in Schweighofen hatte Irene beschlossen, nur dann am selben Abend noch nach Hause zu fahren, wenn nicht mehr als zwanzig Frauen kommen würden. Erschienen mehr, wäre die Zeit bis zur Abfahrt des letzten Zuges um zehn Uhr wohl zu knapp bemessen.

Doch jetzt verdrängte sie diese Gedanken. Sie war viel zu glücklich über die zahlreichen Besucherinnen und mehr denn je bestrebt, alles dafür zu tun, dass der Abend auch bezüglich ihres eigentlichen Anliegens ein Erfolg werden würde. Lächelnd gab sie der nächsten Frau ein Zeichen.

»Elsbeth ist mein Name. Ich bin Putzfrau in der Garnison.

Und mein Junge hier«, die hohlwangige Frau zeigte auf ein schmächtiges Bürschlein an ihrer Seite, »hat noch nie in seinem Leben Apfelsaft und Wurst zu ein und demselben Abendessen bekommen. Allerdings viele Kartoffeln. Wenn auch nicht so köstlich angemacht wie in diesem Salat.« Wieder lachte die Menge.

Weitere Frauen stellten sich vor. Sie kamen meistens ebenfalls aus der Fabrik, der Garnison oder waren Heimarbeiterinnen. Eine Kleinkrämerin war dabei, die mit ihrer Kiepe durch die Pfälzer Dörfer wanderte. Und einige Handwerkerfrauen.

Irene stellte die nächste Frage. »Wem passt denn der Freitag besser als der Mittwoch, um zu dieser Veranstaltung zu kommen?«

Viele Hände schossen in die Höhe. »Am Freitag ist die Woche ja schon fast vorbei.«

»Am Freitag geht auch mein Mann in die Gastwirtschaft.«

»Mittwochs würde ich mich gar nicht trauen, noch mal auszugehen. Da brauche ich jede Sekunde Schlaf für die restlichen Arbeitstage«, kam es von allen Seiten.

Irene und Lene warfen sich einen Blick zu. Sie fanden ihre Vermutung bestätigt, dass zum ersten Termin nicht nur deshalb niemand erschienen war, weil der Anreiz eines kostenlosen Essens gefehlt hatte, sondern auch der Wochentag falsch gewählt worden war.

Nach weniger als einer halben Stunde waren alle Teller leer gegessen und mit Brot so blitzblank ausgewischt, dass sie wie gespült aussahen. Anstatt abräumen zu lassen, ließ Irene die Brotkörbe nachfüllen und Schmalztöpfchen dazu bringen. Auch Krüge mit frischem Wasser bat sie, auf die Tische zu stellen.

»Brot und Schmalz berechne ich aber extra«, brummte der Wirt. Irene nickte nur. Diese Zusatzkosten würden nun auch keinen großen Unterschied mehr machen.

Sie holte tief Luft. »Liebe Freundinnen«, begann sie. »Viele von euch haben ganz freimütig zugegeben, dass sie heute Abend nur wegen des Essens gekommen sind.«

»Und wegen des Biers«, unterbrach sie eine vorwitzige Stimme. Als das erneute Gelächter verebbt war, fuhr Irene fort. »Doch das wundert mich nicht. Viele Jahre meines Lebens wäre ich ebenfalls meilenweit gelaufen, um mich einmal satt essen oder ein Stück Wurst kosten zu können. Ich bin in einem Waisenhaus aufgewachsen, wo Schmalhans Küchenmeister war. Und später, als ich als Nopperin in einer Lambrechter Tuchfabrik schuftete, reichte mein Lohn auch nicht für nahrhafte Mahlzeiten.«

Es wurde mucksmäuschenstill im Saal. »Als Dienstmädchen war ich zwar in einem Haus, wo auch das Personal genug zu essen bekam. Aber dort musste ich sechzehn Stunden am Tag schwere Arbeit tun. Und ich weiß, dass viele Dienstmädchen genauso viel oder sogar noch mehr arbeiten müssen als ich damals und dafür nur dünne Suppen und schimmliges Brot erhalten.«

»Das ist wahr.« Irene konnte nicht erkennen, aus welcher Richtung die Stimme kam. »Als Dienstmädchen ging es mir noch dreckiger als heute.«

Irene hob die Hand. »Magst du kurz aufstehen und uns deinen Namen nennen? Damit alle wissen, wer du bist.«

In der hinteren Tischreihe, an der die zuletzt Eingetroffenen saßen, erhob sich eine hagere Frau in einem verwaschenen Kleid, das ihr um den Leib schlackerte. »Ich heiße Luise und stamme aus Herxheim. Wir waren daheim sechs Kinder. Der Weberlohn meiner Eltern reichte hinten und vorne nicht. Mit dreizehn Jahren musste ich deshalb aus dem Haus und mich hier in Landau als Dienstmädchen verdingen. Von meinem Verdienst sah ich nie einen Pfennig. Der ging gleich an meine Eltern. Mir blieb nur ein Nachtlager in einem verlausten Hängeboden über dem Küchenherd und zum Essen die wenigen Reste der Mahlzeiten meiner Herrschaft. Da bin ich mit fünfzehn abgehauen und habe Arbeit in der Bürstenfabrik gefunden. Auch dort geht es elendiglich zu, ist aber immer noch besser als die Sklaverei im Haushalt.«

Irene nickte. »Ich danke dir, Luise. Wer kann Ähnliches über sich erzählen?«

Weitere Frauen meldeten sich zu Wort. Eine saß bis zu achtzehn Stunden am Tag an der Nähmaschine und wurde seit einigen Monaten von heftigen Unterleibsschmerzen geplagt. »Das kommt von der vielen gebückten Sitzerei. Meiner Schwester geht's auch nicht besser.«

Andere Frauen arbeiteten in der Garnison. Sie hatten oft keinen einzigen Tag in der Woche frei und mussten bis spät in die Nacht und sogar sonntags putzen, waschen oder in der Küche helfen. »Zum Beispiel, wenn hoher Besuch kommt. Neulich war so ein Großkopfeter aus dem Kriegsministerium in München zu Gast. Da musste alles strahlen und blitzen, auch wenn wir deshalb vor lauter Erschöpfung fast tot umgefallen sind.«

Den Fabrikarbeiterinnen ging es nicht viel besser. »Ich verdiene nur ein Drittel vom Lohn meines Mannes. Den hat man ebenso wie viele andere Männer entlassen, damit man Frauen für die Arbeit an den neuen Maschinen einstellen kann. Damit steigert der Fabrikant seinen Profit. Mein Mann verdingt sich nun als Tagelöhner im Weinbau. Er muss jeden Morgen zwei Stunden laufen, bis er am Ziel ist. Oft kommt er abends gar nicht mehr heim, sondern schläft dort im Stall.«

So ging es noch eine ganze Weile weiter. Als ob ein Damm gebrochen wäre, meldeten sich immer mehr Frauen mit ihren Elendsgeschichten zu Wort. Schließlich hob Irene die Hand.

»Ich kann euch sehr gut verstehen. Aber habt ihr euch schon einmal gefragt, woher all euer Elend kommt?« Sie machte eine kleine Pause, um Atem zu schöpfen. »Das ist nur möglich, weil wir Frauen alles klaglos erdulden und uns ausbeuten lassen, ohne auch nur auf den Gedanken zu kommen, dass wir uns dagegen wehren sollten.«

Einen Moment war es still. Dann erklang empörtes Geraune. »Wie sollen wir uns denn wehren?«

»Dann würden wir doch alle verhungern.«

»Du hast gut reden. Du bist heute jeden Tag satt.« Einzelne Stimmen übertönten die Menge.

Irene hob wieder die Hand. »Dann lasst euch einmal erzählen, wie meine Kameradinnen und ich verhindert haben, entlassen zu werden …«, sie machte eine Kunstpause, »indem wir zusammengehalten haben.«

Wieder wurde es mucksmäuschenstill im Saal. »Das war vor fünf Jahren in einer Weißnäherei in Oggersheim. Mitten im Winter im Januar. Draußen herrschte eisige Kälte. Eines Morgens kam ich in die Fabrik …« Irene erzählte, wie sie als Vorarbeiterin die drohende Entlassung von zwei Dritteln der weiblichen Belegschaft in der Weißnäherei von Herbert Stockhausen verhindert hatte. Die Frauen im Saal hingen an ihren Lippen.

»Und darum weiß ich aus eigener Erfahrung, wovon ich spreche«, schloss sie ihre Erzählung. »Hätten wir Textilarbeiterinnen uns damals in Oggersheim in unser Schicksal gefügt, wären die meisten von uns entlassen worden. Die anderen hätten zu einem Lohn weitergearbeitet, der nicht einmal zum nötigsten Lebensunterhalt ausreichte. Dabei war der Fabrikherr keineswegs grausam oder böswillig.« Irene verschwieg natürlich, dass Stockhausen zwischenzeitlich zur Familie gehörte.

»Er war einfach nur gedankenlos«, fuhr sie fort. »Auch deshalb, weil sich keine Frau ihm gegenüber jemals zu äußern gewagt hatte. Wie sollte ein reicher Mann wie er also von unserer Not erfahren? Woher hätte er wissen sollen, dass die alleinstehende Arbeiterin, sei sie nun unverheiratet oder verwitwet, sich von ihrem Lohn kein menschenwürdiges Dasein ermöglichen kann? Woher, dass die verheiratete Mutter trotz ihrer Sklavenarbeit, die sie tagtäglich verrichtet, darben muss, um ihre Kinder notdürftig ernähren zu können?«

»Ich glaube, die Fabrikherren und Verleger wissen sehr genau, dass wir von unserer Arbeit nicht leben können«, warf eine abgearbeitet aussehende Frau ein, deren Gesicht von tiefen Falten durchzogen war.

»Wie heißt du denn?«, fragte Irene freundlich. »Ich hatte euch doch gebeten, euren Namen zu nennen, wenn ihr euch zu Wort meldet.«

»Maria heiße ich und binde seit mehr als zwanzig Jahren Bürsten und Besen in Heimarbeit.«

»Nun, Maria. Ich weiß natürlich nicht, ob dein Bürstenverleger weiß, dass er dir viel zu wenig bezahlt. Aber zumindest die Tuchherren in Lambrecht, wo ich als Nopperin arbeitete, wussten nicht, was sich ihre Arbeiter von ihrem Lohn überhaupt kaufen können. Vor dem großen Streik von 1872 fragte einer der Streikführer sie, wie viel Geld man ihrer Meinung nach für einen Laib Schwarzbrot ausgeben müsste. Sie schätzten den Preis nur auf ein Drittel dessen, was er tatsächlich kostete.«

»Kein Wunder, sie essen ja nie welches. Auf ihrem Tisch wird nur Weißbrot serviert!«, rief eine andere Frau, die trotz der Hitze ein Kopftuch trug. »Ich bin die Marianne«, beeilte sie sich hinzuzufügen.

»Das mag so sein, Marianne«, antwortete Irene. »Aber solange wir Frauen uns nicht zu Wort melden, haben wir keine Stimme und werden folglich auch nicht gehört.«

»Aber was du aus Oggersheim erzählt hast, ist ein Einzelfall. Es war eine Notsituation, in der du dir was Schlaues hast einfallen lassen. Und du hast Glück gehabt!« Eine Frau, die sich als Helene vorgestellt hatte, fuchtelte vor Aufregung mit den Händen. »Wie sollen wir Heimarbeiterinnen uns denn wehren? Wir sind einfach machtlos, wenn der Verleger uns schon wieder den Stücklohn kürzt oder jeden Vorwand nutzt, um uns die mühsam gefertigten Hemden nicht bezahlen zu müssen. Weil ein Staubkorn darauf gefallen oder ein Fädchen am Saum gezogen ist.«

»Dann müssen wir Frauen eben Wege finden, um uns für solche Situationen zu wappnen. Auch diesbezüglich habe ich Erfahrungen sammeln können. Wer von euch hat eine Nähmaschine auf Raten gekauft?« Wieder gingen einige Hände in die Höhe.

»Dann wisst ihr ja, wie ungerecht es dabei zugeht. Bezahlt

ihr die Rate von wenigen Groschen nur zwei Wochen hintereinander nicht, müsst ihr die Maschine zurückgeben. Ungeachtet dessen, wie viel Geld ihr schon hineingesteckt habt. Selbst Anzahlungen werden einbehalten. Wir Frauen haben damals eine Lösung für solche Vorkommnisse gefunden. Hört zu, wie wir uns selbst geholfen haben!«

Nun berichtete Irene von ihren Aktivitäten in Frankenthal. Sie erzählte von der Sprechstunde, die sie im Auftrag des Arbeitervereins eingerichtet hatte, und von der Notfallkasse, in die die Frankenthaler Heimarbeiterinnen freiwillig kleine Beträge einzahlten. »Damit konnten dann bei Bedarf säumige Raten oder Arztrechnungen beglichen oder sogar eine Zeitspanne der Auftragslosigkeit überbrückt werden.«

Zum Schluss erwähnte Irene die Frauensektion des Arbeitervereins, die sie mit den Kameradinnen gegründet hatte.

»Aber hier in Landau gibt es keinen Arbeiterverein«, tönte es aus der Menge.

»Dann müssen wir eben einen Arbeiterinnenverein gründen. Wer soll uns das denn verwehren?«

»Frauen dürfen sich doch gar nicht politisch betätigen!«

»Wer spricht denn von hoher Politik? Es geht um unsere Solidarität untereinander als schwer arbeitende Frauen.«

Irenes Blick fiel auf Lene Krüger, die ihr ein Zeichen gab. Sie drehte sich zur Uhr hinter ihrem Rücken um und erschrak. Schon nach zehn Uhr. Scheinbar war das Schlagwerk der Wanduhr defekt. Sie musste zum Ende kommen. Denn auch morgen würden die meisten der anwesenden Frauen arbeiten müssen. Und ihre Teilnahme heute womöglich bereuen, wenn sie in der Nacht zu wenig Schlaf fänden.

»Es gäbe noch so viel zu sagen und auszutauschen«, richtete Irene das Wort noch einmal an die Menge. »Doch heute ist es dafür zu spät. Wer von euch hätte denn Lust, in ungefähr vier bis sechs Wochen noch einmal zu einer solchen Versammlung zu kommen?«

»Gibt es dann wieder eine kostenlose Mahlzeit? Ich heiße Anna!«, rief eine junge Frau aus der Mitte des Saals.

Irene bejahte. Sofort schossen fast alle Hände der anwesenden Frauen in die Höhe.

»Ich heiße Lisbeth. Darf ich auch meine Freundin mitbringen?«

Irene lächelte. »Natürlich, Lisbeth. Jede Frau ist mir herzlich willkommen.«

Sie holte tief Luft. »Und für das nächste Mal habe ich schon einen Plan. Als ich euch im Mai erstmalig hierher ins Gasthaus einlud, kam niemand von euch. Vielleicht weil ihr dachtet, ich wollte euch mit einem langweiligen Vortrag traktieren. Aber die Wurzel all unseres Elends ist, dass wir Frauen zu wenig Bildung haben. Deshalb möchte ich euch beim nächsten Treffen Vorschläge unterbreiten, wie ihr das ändern könntet. Je mehr wir wissen, desto mehr können wir bewirken.«

Die meisten Frauen zogen lange Gesichter.

»Es gibt sogar einen Mann, der sich für Frauenrechte einsetzt. Er ist Abgeordneter im Reichstag in Berlin«, spielte Irene ihren Trumpf aus.

»Wie? Du machst Scherze! Wer soll das sein?«, riefen die Frauen durcheinander.

Irene wartete, bis wieder etwas Ruhe eingekehrt war. »Der Mann heißt August Bebel und ist Sozialdemokrat. Wer Interesse daran hat zu erfahren, was er zu den Rechten von uns Frauen zu sagen hat, ist beim nächsten Mal ganz herzlich eingeladen.«

Mit Genugtuung registrierte sie, dass sich der bisher skeptische Gesichtsausdruck der meisten Arbeiterinnen nun in Neugier verwandelte.

»Also, achtet auf die Plakate!«, rief Irene zum Abschied. »Ich danke euch allen noch einmal für euer Kommen und wünsche euch einen sicheren Heimweg.«

Der brausende Beifall, der nun aufbrandete, trieb ihr die Tränen in die Augen.

So soll es sein, liebe Mutter, sandte sie der Verstorbenen eine stumme Botschaft. *So habe ich es mir vorgestellt. Ich danke dir von ganzem Herzen für deinen Beistand.*

Villa Stockhausen in Oggersheim
Anfang Juli 1878

Zum letzten Mal überprüfte Mathilde den für sie und Herbert zum Abendessen gedeckten Tisch. Alles stand akkurat an seinem Platz. Die Servietten aus weißem gestärktem Leinen waren in Form einer Blüte gefaltet. Die Kristallgläser blinkten ohne einen einzigen Flecken, als Mathilde sie prüfend gegen das Licht der Abendsonne hielt, deren Strahlen durch das halb geöffnete zweiflügelige Fenster fielen.

Unter einer silbernen Haube war die Wurst- und Käseplatte, die sich Herbert zum Nachtmahl wünschte, appetitlich mit Radieschen-Scheiben und fächerförmig aufgeschnittenen Essiggürkchen angerichtet. Als kleine Überraschung würde es darüber hinaus mit Senfcreme gefüllte Eier geben sowie einen Vanillepudding zum Nachtisch.

Nachdem Mathilde sich auch noch davon überzeugt hatte, dass die Butter frisch gekühlt unter einer Glasglocke bereitstand, warf sie einen Blick auf die Wanduhr. Es war schon fünf Minuten nach halb acht.

Herbert war bereits vor einer Stunde aus dem Kontor gekommen, hatte sich frisch gemacht und sich dann in die kleine Hausbibliothek zurückgezogen, um die Tageszeitung zu lesen. Obwohl der Gong zu Mahlzeiten, zu denen keine Gäste geladen waren, nicht geschlagen wurde, war Herbert in der Regel immer sehr pünktlich. Auch weil er sich mittlerweile auf die Nachtessen mit Mathilde freute, die sich immer etwas Neues einfallen ließ, um seine Wünsche nach einfachen, aber dennoch delikaten Genüssen zu erfüllen.

Seitdem das Hauspersonal wieder genug zu essen bekam, gab sich die Köchin mit den Mahlzeiten besondere Mühe. Und Theobald oder das Dienstmädchen Hanne deckten den Tisch tadellos, wie es auch heute Abend der Fall war.

Vielleicht ist Herbert ja zu sehr von den politischen Ereignissen gefesselt, um ans Essen zu denken. So ganz überzeugt war Mathilde davon zwar nicht. Aber obwohl sie sich selbst überhaupt nicht dafür interessierte, war sie wohl oder übel darüber im Bilde, was aktuell in Berlin vor sich ging, da Herbert sie unaufgefordert bei jeder Mahlzeit darüber informierte. Tatsächlich hatte Kronprinz Friedrich am 11. Juni den Reichstag aufgelöst. Neuwahlen waren für den 30. Juli angesetzt worden.

Und Herbert wetterte jeden Tag über die Sozialisten, denen »jetzt endlich das Handwerk gelegt werden würde«, wie er sich ausdrückte. »Dass so ein anarchistisches Pack überhaupt an den Wahlen teilnehmen darf, ist mir unbegreiflich«, wiederholte er bei jeder sich bietenden Gelegenheit. Daran änderte auch nichts, dass sich der Kaiser mittlerweile von dem Anschlag auf sein Leben erholt hatte.

Mathilde ertrug dies alles mit einem für sie ungewohnten Gleichmut. Tatsächlich war Tante Ilses Einfluss auf ihren Gatten seit der Auseinandersetzung über die Verpflegung der Dienstboten gesunken. Zumal die »alte Zicke«, wie Mathilde sie bei sich zu nennen pflegte, den Fehler begangen hatte, sich noch zweimal mit Herbert über dieses Thema auseinanderzusetzen, und sich jedes Mal eine Abfuhr geholt hatte.

Zu ihrem Triumph über Ilse trug auch wesentlich bei, dass Mathilde trotz der gesteigerten Ausgaben für Lebensmittel mit dem Haushaltsgeld auskam, wie sie im Monat Juni gerade erfolgreich bewiesen hatte. Und dies, obwohl jetzt sowohl die Dienstboten als auch Herbert selbst nichts entbehren mussten.

Nachdem Herbert die Köchin Herta im Mai über billige, aber reichliche und schmackhafte Mahlzeiten für die Dienerschaft befragt hatte, war Mathilde auf eine ähnliche Idee gekommen.

Jetzt setzte sie sich jeden Montagmorgen mit Herta zusammen, um den Speiseplan für die Mittag- und Abendessen mit Herbert zu besprechen, und stellte dabei fest, dass es auch hier preiswerte und leckere Alternativen zu den bisher von ihr bevorzugten Gerichten gab. Und heute Abend freute sogar sie sich auf die gefüllten Eier.

Die Uhr schlug ein Viertel vor acht. Mathilde stutzte. Was konnte Herbert denn so sehr an den heutigen Zeitungsnachrichten fesseln, dass er sich derart verspätete? Zumal ihn ja nichts daran hindern würde, seine Lektüre nach dem Essen fortzusetzen. Obwohl Mathilde Handarbeiten jeder Art hasste, hatte sie sich angewöhnt, Herbert abends im Salon oder in der Bibliothek mit ihrer unbeholfenen Stickerei Gesellschaft zu leisten. Anstatt sich, wie früher, bereits in ihr Schlafzimmer zurückzuziehen, um sich dort mit aufwendiger Toilette auf seinen Besuch vorzubereiten, der dann in der Regel doch nicht stattfand.

Ein spitzbübisches Lächeln stahl sich auf Mathildes Gesicht. Ihre neuen hausfraulichen Tugenden schienen auch Herberts Begehren wieder angefacht zu haben. Immerhin hatte er sie schon dreimal in den letzten Wochen aufgesucht. Und auch, wenn er den Liebesakt nach wie vor nicht bis zum Ende vollziehen konnte und im entscheidenden Moment immer noch versagte, schöpfte Mathilde neue Hoffnung. Es war zumindest ein vielversprechender Anfang nach der langen Zeit der Abstinenz. Und irgendwann würde es schon einmal mit dem Geschlechtsakt und schließlich auch mit der Schwangerschaft klappen.

Zu gerne hätte sie die Köchin gefragt, ob es nicht auch Lebensmittel gäbe, die die Potenz eines Mannes steigerten, hatte sich aber bislang noch nicht getraut.

Der Zeiger der Uhr rückte unerbittlich gegen acht Uhr vor. Jetzt wurde Mathilde doch unruhig. Obwohl sie wusste, dass Herbert vor dem Abendessen bei seiner Lektüre nicht gestört zu werden wünschte, beschloss sie, nach ihm zu sehen. Und sei es nur, damit die bereits aufgetragenen Speisen nicht unansehnlich wurden oder gar verdarben. Schließlich war es draußen sommerlich warm, und weder der Butter noch den gefüllten Eiern würde es guttun, noch länger ungekühlt auf dem Tisch zu stehen.

Leise durchquerte Mathilde die Halle und legte ihr Ohr an die Tür zur Bibliothek. Kein Laut war zu hören. Sie drückte vorsichtig die Klinke herunter und trat ein. Herbert saß in seinem großen Lehnsessel, die Zeitung auf dem Schoß. Sein Kopf war auf seine Brust gesunken.

Der Ärmste, dachte Mathilde. *Er ist eingeschlafen. Er arbeitet einfach zu viel.*

Lächelnd näherte sie sich dem schweren Fauteuil. »Herbert!«, säuselte sie. »Herbert!« Sie schüttelte ihn sanft an der Schulter. »Wach auf, mein Lieber! Das Abendessen wartet.«

Zu ihrem Erstaunen fiel Herberts Kopf durch das leichte Rütteln jedoch noch weiter nach vorne. Jetzt erst bemerkte Mathilde auch die ungewöhnliche Stille im Raum. Meistens schnarchte Herbert laut, wenn er schlief. Jetzt war nicht einmal sein Atmen zu vernehmen.

In Mathildes Brust begann sich, ein Eisklumpen zu bilden. »Herbert! Was ist mit dir?« Sie ergriff sein Gesicht mit beiden Händen und hob es empor.

Die halb geschlossenen Augen waren gebrochen. Aus seinem Mund rann ein Speichelfaden. Herbert Stockhausen war tot.

Teil 3

Geheimnisse

Kapitel 10

Weberdorf in Herxheim
Anfang September 1878

Irene atmete auf, als der Landauer endlich das »Weberdorf« erreichte, wie die Ansammlung ärmlicher Hütten am Rand des Ortes Herxheim in der Südpfalz genannt wurde. Der Weg hierher war beschwerlicher gewesen, als sie erwartet hatte. Die Landstraße war schlecht, größtenteils noch nicht gepflastert und wies viele Schlaglöcher auf.

»Gott sei Dank sind wir endlich da.« Lene Krüger sah grünlich im Gesicht aus. Wie Irene war ihr übel von all dem Geruckel und Schaukeln auf der mehrstündigen Fahrt von Schweighofen hierher. Zudem war es draußen drückend schwül. Ein Gewitter kündigte sich an. Die Wolken ballten sich grau und drohend am Horizont zusammen. Schon grollte ab und zu Donner in der Ferne.

»Und zurückfahren müssen wir heute nicht mehr«, seufzte Lene und streckte ihre verkrampften Glieder, nachdem sie aus der Kutsche gestiegen war, die vor einem Gebäude mit einem verrosteten Wirtshausschild angehalten hatte.

Irene konnte die Erleichterung, die in Lene Krügers Stimme mitschwang, nicht teilen. Skeptisch blickte sie an der Fassade des verwahrlost wirkenden Hauses empor, in dem die heutige Versammlung stattfinden und in dem sie danach nächtigen sollten.

Die Weber in Herxheim waren bitterarm. Selbst wenn Luise, die ehemalige Dienstmagd und heutige Fabrikarbeiterin, Irene vorab nichts von den ärmlichen Verhältnissen, in denen sie aufgewachsen war, erzählt hätte, wäre ihr das Elend auf Anhieb ins Auge gesprungen.

Magere Kinder in zerlumpten Kitteln spielten barfuß im Staub der mit Unrat übersäten Straße. Zwei räudig aussehende Hunde strichen umher und suchten nach etwas Fressbarem. Dazwischen gackerten ein paar Hühner und Enten. Ein Schwein, das fast ebenso mager war wie die Kinder, wälzte sich im Dreck.

»Soll ich die Körbe abladen, gnädige Frau?« Peter, der Kutscher, trat auf Irene zu. Er war von Kopf bis Fuß mit dem Staub der Landstraße bedeckt.

Irene nickte geistesabwesend. »Ja, mach das! Und nenne mich Frau Gerban, nicht gnädige Frau«, fügte sie mechanisch die dauernd wiederholte Formel hinzu.

»Jawohl, gnädige Frau!«

Wider Willen musste Irene lächeln. Peter würde es wohl nie lernen.

Während der Kutscher die mitgebrachten Esswaren, Dauerwürste, frisch gebackenes Brot, ein Fässchen Sauerkraut und einen Sack mit Äpfeln ins Innere des Gebäudes schleppte, ließ Irene ihren Blick über die Häuser am Rande der Dorfstraße schweifen. Es waren eher Katen, die meisten aus mittlerweile verwitterten, grob behauenen Brettern zusammengefügt. Viele besaßen nur Dächer aus Stroh, selten sah Irene mit Moos überzogene Schindeln.

Eine Frau, die trotz der schwülen Hitze ihre Haare mit einem Kopftuch zurückgebunden hatte und eine Halbschürze über einem verwaschenen Baumwollkleid trug, kam auf sie zu. Schon als die Frau sich näherte, roch Irene ihren Schweiß, der sie wie eine Dunstwolke umhüllte. Sie bemühte sich um eine gelassene Miene, während Lene offen die Nase rümpfte.

»Ich bin Hilde Kessler«, stellte die Frau sich vor und hielt Irene eine abgearbeitete Hand entgegen. Irene ergriff sie und spürte dabei die verhornten Schwielen, die die Handfläche bedeckten. »Und Sie sind sicher Frau Gerban?«

»Irene für dich, Hilde.«

Die Frau lächelte kurz. »Gut, dann Irene. Herzlich willkommen! Meine Schwester Luise hat mir viel von dir erzählt.«

Irene reagierte darauf mit gemischten Gefühlen. Einerseits freute sie sich sehr über den großen Erfolg, der auch den beiden nächsten Versammlungen, die sie im Landauer Gasthaus »Zum silbernen Kreuz« durchgeführt hatte, beschieden gewesen war. Es kamen jeweils fast einhundert Frauen zusammen. Da das Wetter es ermöglichte, war man jedes Mal auf den Wirtshausgarten ausgewichen und musste daher niemanden abweisen. Die letzten Nachzüglerinnen saßen im Gras, weil alle Plätze an den Tischen besetzt waren.

Die Kosten für eine Veranstaltung beliefen sich mittlerweile auf fast einhundert Mark. Doch Franz bewilligte Irene das Geld anstandslos, nachdem er den Wahlkreis Hagenau-Weißenburg am 30. Juli gegen den preußischen Kreisdirektor gewonnen hatte, den der Straßburger Oberpräsident ins Rennen schickte. Von nun an würde er jeden Monat ein bis zwei Wochen in Berlin verbringen müssen, zusätzlich zu seinen Geschäftsreisen als Weinhändler. Mit dem Geld für Irenes Versammlungen erkaufte sich Franz für diese langen Abwesenheiten quasi die Absolution.

Schon bei der zweiten Versammlung in Landau waren August Bebels Schriften über die Rechte der Frauen für die Zuhörerinnen längst nicht so interessant gewesen wie Irenes Erlebnisse während des Streiks der Lambrechter Tuchmacher im Jahr 1872. Irene sah mit einem lachenden und einem weinenden Auge ein, dass die Besucherinnen noch nicht offen für die abstrakten Thesen der Arbeiterführer waren. Zwar lauschten sie aufmerksam, als Irene ihnen den Begriff des »Pauperismus« erklärte, mit dem die Arbeiterführer das Phänomen bezeichneten, dass sich ganze Familien auch durch angestrengteste Arbeit höchstens ein notdürftiges Auskommen erwerben konnten.

Doch als es um die Frage ging, wie man sich denn dagegen zur Wehr setzen könnte, waren Irenes persönliche Erfahrungen weitaus gefragter als die »Bücherweisheiten«, wie einige Frauen die Zitate aus dem »Kapital« von Karl Marx oder aus Bebels »Die Frau und der Sozialismus« bezeichneten. Also beugte sich Irene und berichtete in der restlichen Zeit der zweiten und der gesamten dritten Versammlung, wie es zum Streik in Lambrecht gekommen, wie er verlaufen war und wie er geendet hatte.

»Und würdest du denn heute wieder streiken? Obwohl ihr doch damals gar nichts erreicht habt?«, wurde sie von einer der Zuhörerinnen aus der Menge heraus gefragt.

Irene musste nicht lange überlegen. »Auf jeden Fall! Denkt doch nur an die Gefühllosigkeit des Fabrikherrn Benjamin Reuter! Wie wenig er sich um Gerti Gläsers furchtbaren Unfall geschert hat, wie gefühllos er die kleine Anna zuvor gezwungen hat, unter den laufenden Spinnmaschinen Wollflocken aufzukehren. Erst das führte ja dazu, dass Gertis Zöpfe in den Selfaktor gerieten.«

Endgültiger Auslöser des Streiks in Lambrecht war dieses Unglück gewesen. Die Haare von Gerti Gläser, der Tochter der damaligen Vorarbeiterin Else Gläser, waren ihr samt der Haut vom Kopf gerissen worden, als sie der achtjährigen Anna zu Hilfe kommen wollte, deren Kleid sich in der Spinnmaschine verfangen hatte. Nach dem Ende des Streiks hatten sich Mutter und Tochter das Leben genommen, da Gerti sich von ihrem Unfall seelisch nicht mehr erholte und ihre Einweisung in die Irrenanstalt von Klingenmünster der einzige andere Ausweg gewesen wäre.

»Zwar haben Reuter und die übrigen Lambrechter Tuchherren damals die arbeitslosen Bischwiller Textilarbeiter als Streikbrecher gegen uns ausgespielt. Aber sie hatten zuvor erhebliche Produktionsausfälle zu verkraften und mussten auch die Kosten für die Reise der Bischwiller übernehmen«, argumentierte Irene. »Vor Ort mussten sie den Arbeitern Quartiere bereitstellen und akzeptieren, dass die Qualität der von ihnen produzierten Tuche zunächst sehr viel schlechter war als die der erfahrenen Lambrechter. Wir haben ihnen also damals nachhaltig gezeigt, dass mit uns zu rechnen ist und sie nicht alles mit uns machen können.«

»Und was hat euch das auf Dauer genutzt?«

Irene lächelte grimmig. »Viel mehr, als ich ursprünglich wusste. Erst viel später habe ich erfahren, dass die Landauer Garnison der Tuchfabrik Reuter die Aufträge um die Hälfte gekürzt hat, weil die ihr gelieferten Uniformtuche so fehlerhaft waren. Reuter hat Jahre gebraucht, um den Unternehmer aus Barmen, bei dem die Intendantur der Garnison stattdessen bestellte, wieder aus dem Geschäft zu drängen. Und aus lauter Sorge, es könne zu einem neuen Ausstand kommen, hat er seinen Arbeitern schließlich sogar aus freien Stücken die Lohnerhöhung gewährt, um derentwillen wir überhaupt gestreikt hatten.«

Trude Ludwig, Irenes ehemalige Vermieterin in Lambrecht, deren verstorbener Mann einst bei Reuter als Verwalter tätig gewesen war, hatte die weitere Entwicklung nach dem Streik aufmerksam verfolgt und Irene regelmäßig brieflich darüber berichtet.

Nach dieser dritten Versammlung war Luise Kessler, die aus Herxheim stammte, auf Irene zugekommen. »In meinem Heimatdorf gibt es das, was du Pauper-Dingsbums oder so ähnlich genannt hast, in Reinform. Dort leiden die Leineweber immer größere Not. Sie sind vollständig von einem einzigen Großhändler abhängig, der den Lohn immer weiter nach unten drückt. Obwohl die ganze Familie mitarbeitet, kann man sich von dem verdienten Geld kaum mehr als Brot und Kartoffeln leisten. Und nicht einmal davon genügend. Willst du nicht auch dort einmal sprechen und die Leute ermutigen, sich zu wehren?«

Da Irene ursprünglich ohnehin vorgehabt hatte, eine Frauenversammlung in Herxheim abzuhalten, obwohl dazu heute auch die Männer eingeladen werden sollten, stimmte sie sofort zu.

Jetzt nach ihrer Ankunft sah sie dem heutigen Abend allerdings mit einer Mischung aus Spannung und Unbehagen entgegen. Würde man sie, die reiche Weinhändlergattin, angesichts der großen Armut, die hier herrschte, überhaupt ernst nehmen? Oder sie im Gegenteil sogar als Hoffnungsträgerin und Garantin dafür empfangen, dass selbst die Herxheimer Weber ihrem Elend entkommen könnten?

Einen Augenblick lang durchfuhr sie der Gedanke, wie ihr heutiges Nachtquartier wohl beschaffen sein würde. Doch dann schämte sie sich wegen ihrer hohen Ansprüche an Bequemlichkeit.

»Es sind noch fast zwei Stunden Zeit bis zum Beginn der Versammlung«, sprach Hilde sie nun an. »Komm doch mit und mach dir ein eigenes Bild davon, wie wir hier leben.«

»Gerne«, stimmte Irene zu.

Eine Nacht ohne weiches Daunenbett werde ich wohl ertragen können, beruhigte sie sich selbst, während sie Hilde folgte.

Auf dem Weg vom Bahnhof zur Villa Stockhausen in Oggersheim

Anfang September 1978, am selben Tag

Franz überreichte dem Diener Theobald seine Reisetasche und lehnte dessen Hilfe beim Einsteigen in Stockhausens Kutsche, die ihm Mathilde an den Oggersheimer Bahnhof geschickt hatte, ab. Er biss die Zähne so lange zusammen, bis er endlich darin Platz genommen hatte. Nach anstrengenden Reisen machten ihm seine Knochen immer mehr zu schaffen. Nicht nur sein Beinstumpf schmerzte dann, auch der Rücken tat ihm zunehmend weh.

Und anstrengend war diese Reise nach Oggersheim in der Tat gewesen. Zwar hatte ihn der alte Riemer mit dem Altenstädter Einspänner nach Weißenburg an den Bahnhof gebracht. Doch der Zug hatte Verspätung und erreichte den Umsteigebahnhof in Kaiserslautern nur so knapp, dass Franz mit seiner Prothese nahezu rennen musste, um seinen Anschluss zu erreichen. Nur der Aufmerksamkeit des Schaffners, dem Franz mit seinem Gehstock ein Zeichen gab, war es zu verdanken, dass er ihn nicht verpasste. Der Anschlusszug von Mannheim nach Oggersheim hatte dagegen eine Stunde Verspätung, die Franz in der drückenden Schwüle des Wartesaals verbringen musste.

Kurz dachte er mit einem Anflug von Groll an Irene, die heute Morgen mit dem bequemen Landauer nach Herxheim aufgebrochen war. Dann gestand sich Franz jedoch ein, dass die Fahrt von Schweighofen nach Oggersheim mit der Kutsche noch weit beschwerlicher gewesen wäre als mit dem Zug.

Zudem war er froh über die kurzen Wochen der Schonzeit, die ihm wegen des drohenden Sozialistengesetzes noch mit Irene vergönnt waren. Bei seinem letzten Aufenthalt in Berlin war ihm klargeworden, dass es diesmal auf jeden Fall eine Mehrheit für Bismarcks Gesetzentwurf geben würde. Daran änderte auch nichts, dass man Max Hödel, den Attentäter vom 11. Mai, mittlerweile hingerichtet hatte und dem von seiner sich selbst zugefügten Schussverletzung angeblich genesenen Karl Eduard Nobiling das gleiche Schicksal bevorstand.

Bei einer Besprechung der Abgeordneten der Autonomisten hatte Carl August Schneegans offen eingestanden, dass Nobiling vor seinem Anschlag am 2. Juni zwar wirre sozialistische Ideen geäußert hatte, aber mit der SAP in keiner nachweisbaren Verbindung stand.

»Trotzdem profilieren sich vor allem die Nationalliberalen mit ihrer mittlerweile glühenden Begeisterung für das ›Gesetz gegen die gemeingefährlichen Bestrebungen der Sozialdemokratie‹. Damit möchten sie wohl auch über die erheblichen Stimmenverluste hinwegtäuschen, die sie bei der letzten Wahl zugunsten der konservativen Parteien hinnehmen mussten. Wir sollten uns daher keine Illusionen machen: Die SAP wird von großen Teilen der Bevölkerung zumindest der geistigen Mittäterschaft am Mordanschlag auf den Kaiser beschuldigt. Deswegen dürfen wir diese Parteien durch unser Abstimmungsverhalten auf keinen Fall gegen uns aufbringen.«

»Das erwähnten Sie kurz nach dem Anschlag schon einmal, Herr Schneegans«, warf Franz ein. »Was genau bedeutet das also für uns?«

»Nun, dass wir wohl mit den Wölfen heulen und ebenfalls für das Gesetz stimmen müssen.«

»Das tue ich nicht«, protestierte der wie Franz ebenfalls neu in den Reichstag gewählte Abgeordnete Lorette. »Ich hänge mein Fähnchen nicht nach dem Wind. Wenn uns Bismarck und die anderen Parteien als derart opportunistisch erleben, werden sie das leicht als rückgratlos interpretieren und nach wie vor glauben, dass sie mit uns Elsässern machen können, was sie wollen. Lieber bleibe ich der Abstimmung ganz fern.«

Schneegans musterte Lorette nachdenklich. »Sie haben mich gerade auf eine Idee gebracht. Was halten Sie davon, wenn tatsächlich nur ich selbst bei der Abstimmung anwesend bin und Sie alle fehlen? Es wird wieder namentlich abgestimmt werden. Ich stimme gegen das Gesetz, und Ihre Stimmen fallen unter den Tisch. Ich denke, dieses Signal wird von allen Befürwortern des Sozialistengesetzes richtig verstanden werden.«

Darauf hatte man sich dann schließlich geeinigt. Franz war zwar als Einziger gegen dieses Vorgehen, weil ihm solche taktischen Manöver zutiefst zuwider waren. Er musste sich aber wohl oder übel dem mehrheitlichen Beschluss seiner Kollegen beugen, wollte er sich nicht gleich zu Beginn seiner parlamentarischen Tätigkeit mit ihnen entzweien.

Wie er das Irene beibringen sollte, war ihm noch immer ein Buch mit sieben Siegeln. Denn nach der Annahme des Gesetzes würde sie all ihre politischen Aktivitäten einstellen müssen, da diese eindeutig von den Ideen der Sozialdemokratie geprägt waren. Ein Versammlungsverbot stand aber an erster Stelle der gegen die SAP beabsichtigten Maßnahmen.

Vor allem aus diesem Grund lasse ich sie machen, solange es geht.

Damit sie nicht glaubt, ich stünde ihr im Wege. Dem Gesetz wird auch sie sich beugen müssen und das hoffentlich einsehen.

Wenn er allerdings ganz ehrlich zu sich selbst war, war Franz auch froh über das absehbare Ende von Irenes Agitation für die Frauenrechte. Obwohl sie bislang mit Josef Hartmann nur korrespondiert und ihn nie persönlich getroffen hatte, war ihm der wiederaufgenommene Kontakt ein Dorn im Auge.

Wenigstens läuft auf dem Weingut alles ganz prächtig, lenkte er sich nun von den Gedanken an Irene ab.

Die neue Verpackung der Flaschen in dicke Strohhüllen, in denen sie in nach wie vor ebenfalls ausgepolsterte Versandkisten gelegt wurden, hatte sich bereits nachweislich bewährt und die dadurch höheren Kosten mehr als gerechtfertigt. Am meisten freute sich Franz darüber, dass es Hansi Krügers Idee gewesen war, auf diese Weise nicht nur weiteren Schäden durch zerbrochene Flaschen, sondern auch den damit verbundenen, für den Ruf der Weinfirma Gerban blamablen Reklamationen vorzubeugen.

Hansi macht sich wirklich gut als stellvertretender Leiter. Die Gesamtleitung des Weinguts hatte Franz inzwischen dem Kellermeister Johann Hager anvertraut. Da der ehemalige Verwalter Kerner, der jetzt hauptamtlich im Weißenburger Kontor tätig war, weiterhin in Schweighofen wohnte, war außerdem gewährleistet, dass er bei unerwartet auftretenden Problemen zeitnah mit Rat und Tat zur Seite stehen konnte, wenn Franz auf Reisen war.

Sobald Kerner sich vor Ort in alle Weingeschäfte eingearbeitet und einen Überblick über unsere Kunden und deren Bestellungen gewonnen hat, werde ich ihn an meiner statt auch auf Geschäftsreisen schicken, beschloss Franz.

Die Kutsche bog in die Auffahrt zur Villa Stockhausen ein. Franz spürte ein heftiges Ziehen in der Magengrube und realisierte, dass er sich mit den Gedanken an Irene, das Sozialistengesetz und das Weingut vor allem von dem bevorstehenden, möglicherweise sehr unangenehmen Termin in Oggersheim hatte ablenken wollen. Mit mehrwöchiger Verspätung sollte heute Abend Stockhausens Testament eröffnet werden. Mathilde hatte Franz als ihren nunmehr nächsten männlichen Verwandten gebeten, ihr dabei Beistand zu leisten.

Beistand zu leisten. Schon auf der tränenreichen Beerdigung ihres Mannes hatte Mathilde diese Formulierung gewählt, um Franz um seine Unterstützung zu bitten. Zum ersten Mal in ihrer konfliktreichen Geschwister-Vergangenheit tat ihm Mathilde wirklich leid. Sie war durch Herberts plötzlichen Tod am Boden zerstört. Seit der Beerdigung hütete sie in tiefer Melancholie das Bett, was die Testamentseröffnung bis zum heutigen Tage verzögert hatte.

Auch dieser Termin war nur auf Initiative von Stockhausens Tante Ilse zustande gekommen. Sie hatte gedroht, dass die Zeremonie ansonsten ohne Mathilde stattfinden würde.

Ihre Mutter Pauline, die Mathilde mehrmals in Oggersheim besucht hatte, sorgte sich sehr um deren weiteres Wohlergehen. »Ich glaube nicht, dass es die große Liebe war, die Herberts Tod für Mathilde so unerträglich macht«, mutmaßte sie. »Eher die Gefühllosigkeit dieser Tante Stockhausens ihr gegenüber, die sie mehr denn je wie einen unerwünschten Eindringling behandelt.«

»Und der fehlende Ehevertrag«, fügte sie dann zu Franz' Überraschung hinzu.

»Es gibt keinen Ehevertrag?«

Pauline verneinte. »Ich denke, dass Wilhelm schon zu krank war oder auch zu erschüttert über die Verluste durch seine Börsenspekulationen, um dies noch in die Wege zu leiten, wie er es als verantwortungsbewusster Vater in anderen Zeiten sicher getan hätte, um Mathilde abzusichern. Wenn damals alles seinen rechten Gang gegangen wäre, hätte Wilhelm den Ehevertrag zuerst mit Herbert ausgehandelt, bevor er die Mitgift ausgezahlt hätte. Aber wegen seiner hohen Verluste musste er befürchten, dass Mathildes Mitgift für den fälligen Wechsel hätte herhalten müssen. Du hast ihm doch meines Wissens tatsächlich heftige Vorwürfe gemacht, weil er das Geld nicht zur Tilgung dieser Schuld verwendet hat, oder irre ich mich?«

»Nein, da hast du recht«, bestätigte Franz.

»Und danach geriet der Ehevertrag ganz aus dem Blickfeld. Durch Wilhelms plötzlichen Tod haben die beiden zwar erst Monate später geheiratet als beabsichtigt. Aber Herbert hatte wahrscheinlich gar kein Interesse an einem Ehevertrag, denn so blieb ihm die uneingeschränkte Vollmacht über Mathildes Mitgift. Und Mathilde selbst war viel zu ungeduldig wegen der mehrmals verlängerten Verlobungszeit, um dich darum zu bitten, an Vaters Stelle mit Herbert zu verhandeln. Zumal sie befürchtete, ihn mit dieser Forderung vor den Kopf zu stoßen, da sie ihm doch in allem gefallen wollte. Das bereut sie jetzt und ist in Sorge, im Testament benachteiligt zu werden, was tatsächlich nicht von der Hand zu weisen ist.«

Die Kutsche hielt an. Theobald stieg vom Bock und öffnete Franz den Schlag. Nach dem Aussteigen schweifte dessen Blick kurz zu dem Pfad neben dem Haus, wo er Irene vor fünf Jahren zum ersten Mal wieder in die Arme geschlossen hatte.

Das Ziehen in seiner Magengrube verstärkte sich. *Das heutige Treffen wird unerfreulicher werden,* war er sich plötzlich ganz sicher, als er über den Kies der Auffahrt zum Haupteingang der Villa hinkte.

Weberdorf in Herxheim
Anfang September 1878,
am späten Nachmittag des selben Tages

Mit einem beklemmenden Gefühl in der Brust folgte Irene Hilde Kessler zum vierten Mal in die Behausung einer Leineweberfamilie. Obwohl sie in ihrer Zeit als Fabrikarbeiterin so manches Elend gesehen und auch selbst durchlebt hatte, übertrafen die Zustände in Herxheim alles, was sie bis dahin kennengelernt hatte.

Wieder bückte sie sich nun unter dem niedrigen Türsturz hindurch und betrat den düsteren, nur von einem kleinen, nicht verglasten Fensterloch erhellten einzigen Raum. Wie in den anderen Hütten nahm der mächtige Webstuhl den meisten Platz in der Kammer ein. Davor saß ein wegen der Hitze nur mit Hemd und Hose bekleideter Mann, offensichtlich der Familienvater. Ein Mädchen, das Irene auf nicht älter als sechs Jahre schätzte, drehte ein Spulrad, um Garn aus einem Knäuel auf die zum Weben benötigten Schiffchen zu wickeln.

Im Hintergrund saß eine magere Frau auf der einzigen Bettstatt, die nur mit einem Strohsack als Matratze und einem grauen groben Leintuch bedeckt war. Sie hatte ihr Kleid vorne geöffnet und versuchte, einen Säugling zu stillen, der sich offensichtlich vergeblich abmühte, etwas Milch aus den schlauchförmig herabhängenden Brüsten zu saugen. Immer wieder quäkte er erbärmlich. In der ganzen Hütte roch es durchdringend nach Schweiß.

»Guten Tag, Walter. Kommt ihr auch heute Abend zur Versammlung ins Wirtshaus?«, grüßte Hilde den Weber.

Der sah kaum von seinem Webstuhl auf. »Das weiß ich noch nicht, Hilde. Es würde uns drei Stunden Arbeitszeit kosten. Und ich sehe beim besten Willen nicht ein, was es uns nützen könnte.«

»Nun, immerhin bekämen du und deine Frau eine Wurst mit Brot und Sauerkraut zu kosten«, lockte Hilde den Mann auf die gleiche Weise wie schon in den Hütten zuvor. »Sag an, wann hast du zum letzten Mal so was Köstliches gegessen?«

Jetzt erst hob der Mann seinen Kopf und bemerkte Irene, die sich hinter Hilde in die enge Kate gezwängt hatte. Trotz des diffusen Lichts sah sie die plötzlich aufflammende Gier in seinen Augen.

»Stimmt das denn wirklich?«, fragte er ungläubig. »Eine Wurst für jeden? Und ganz umsonst?«

Irene ergriff das Wort. »Ich verbürge mich dafür. Jeder, der kommt, erhält eine kostenlose Mahlzeit. Auch die Kinder!«

Der Mann namens Walter nickte, noch immer mit mürrischer Miene. »Gut, dann werden Lore und ich da sein. Aber wir nehmen all unsere Kleinen mit.«

»Und bitte auch Teller, Besteck und Becher!«, mahnte Hilde. »Du weißt, dass es im Wirtshaus nur wenig Geschirr gibt. Das Essen hat Irene mitgebracht, Getränke schenkt Johannes auf ihre Kosten aus.«

Wieder spürte Irene Unbehagen. Für die Qualität ihrer Speisen konnte sie sich verbürgen. Zudem aber auch noch Bier und Apfelsaft mitzubringen war ihr nicht möglich gewesen. Das Gepäckfach des Landauers war auch so schon überfüllt.

Johannes, der Wirt, der sie kurz begrüßt hatte, war ihr ebenso unangenehm gewesen wie das Anwesen, das er bewirtschaftete. Er sah schmuddelig aus und stank nach altem Schweiß, wie offenbar jedermann hier im Ort.

Hoffentlich hat er überhaupt etwas Gutes auf Lager. Andererseits trinken die Leute hier schon immer, was der Wirt zu bieten hat. Und Lene Krüger kümmert sich ja um die Gaststube, während ich mit Hilde unterwegs bin, versuchte sie ein weiteres Mal, sich zu beruhigen, ohne dass ihr Unbehagen dadurch geringer wurde.

In diesem Moment trat ein Junge in die Hütte. Das Reisigbündel auf seinem Rücken schien Irene viel zu schwer für das schmächtige Kind zu sein.

»Seid ihr endlich zurück, Martin?«, blaffte der Vater seinen Sohn an. »Wo ist der Jakob?«

»Der kommt gleich nach, Vater. Wir haben getrocknete Kuhfladen auf dem Weg gefunden und sie am Straßenrand im Gras versteckt. Jakob geht sie gerade holen. Sie taugen sicher gut, um damit zu kochen.«

»Nun gut. Dann setz dich wieder an deine Arbeit.« Irene entdeckte ein zweites Spulrad im hinteren Teil der Hütte, vor dem der dünne Knabe nun auf einem dreibeinigen Schemel Platz nahm. Sofort begann das Spulrad zu surren.

»Hast du gehört, Lore?«, sprach der Weber jetzt seine Frau an, ohne sie dabei anzusehen. Sein Blick war auf das Weberschiffchen gerichtet, das ununterbrochen durch die Kettfäden sauste. »Heute musst du kein Essen machen. Und das Brennmaterial reicht sicher zwei Tage lang.«

Die Frau gab einen unbestimmten Laut von sich.

»Jetzt leg das Kleine endlich wieder ins Bett und mach deine Arbeit. Der fertige Ballen muss noch geprüft und ausgebessert werden, damit uns der Großhändler nicht wieder den Lohn kürzt, wenn er morgen kommt. Und danach löse die Liesel ab. Sie spult nicht rasch genug. Mir geht bald das Garn aus. Derweil kann sie dann im Garten das Unkraut jäten.«

Schwerfällig erhob sich die Frau, legte den greinenden Säugling auf den Strohsack und ging hinaus. Als Hilde und Irene die Hütte ebenfalls nach einem kurzen Abschiedsgruß wieder verließen, sahen sie Lore schon über einen Tisch mit schräger Holzplatte neben der Hütte gebeugt, über den das fertig gewebte Leinen gespannt war. Offensichtlich betätigte sie sich als Nopperin. Auch Irene hatte einst die fertigen Stoffe in der Nopperei der Tuchfabrik Reuter an einem ähnlichen Tisch auf Webfehler überprüft und diese beseitigt.

Ein kleiner Junge, der mit beiden Händen einen schweren Holzeimer schleppte, kam ihnen entgegen. Seine Beine waren gebogen wie die eines berufsmäßigen Reiters, die Handgelenke merkwürdig geschwollen.

Da Lore nicht einmal von ihrer Arbeit aufsah, fragte Irene ihre Führerin Hilde: »Ist das der Jakob?« Die nickte nur.

»Wie alt ist das Kind?«

Hilde überlegte kurz. »Fünf wird er sein. Vielleicht auch erst vier. Ganz genau weiß ich es nicht.«

Irene fasste einen Entschluss.

»Weißt du, wo man hier in der Nähe frische Milch kaufen kann? Ich hatte Sorge, die könnte auf dem Weg hierher sauer werden, und habe daher keine dabei.«

In Wahrheit hatte Irene bisher gar nicht so weit gedacht. Aber die vielen, halb verhungerten Kinder mit den merkwürdig verformten Gliedmaßen, die sie während der kurzen Zeit ihres Aufenthalts im Weberdorf schon gesehen hatte, erschütterten sie noch mehr als das Elend der Erwachsenen. Dr. Frey, ihr Hausarzt, würde ihr später erklären, dass diese Kinder an einem Gebrechen litten, welches man die »Englische Krankheit« nannte und das vor allem bei unterernährten Kindern auftrat. Jetzt reagierte sie auch ohne dieses Wissen intuitiv.

»Nur der Großbauer hinter dem Dorfrand hält Milchkühe«, erklärte ihr Hilde. »Aber die Milch ist unerschwinglich für uns. Der Bauer nimmt zwanzig Pfennige für den Liter. Die Leute hier verdienen kaum eine Mark pro Tag. Die reicht gerade mal für einen Dreipfund-Laib Brot, ein wenig Schmalz und ein paar Kilo Kartoffeln. Zwiebeln, Möhren und Kohl ziehen sich manche Familien in ihren Gärtchen. Mehr gibt es an den meisten Tagen im Jahr nicht zu essen.«

»Eine Mark pro Tag?« Irene war entsetzt. »Für die Arbeit der ganzen Familie?«

Hilde nickte nur.

Irene rechnete. In der Nopperei hatte sie vor einigen Jahren immerhin drei Gulden pro Woche verdient. Das waren in heutiger Währung ungefähr fünfeinhalb Mark. Fast so viel, wie hier die ganze Familie für ihre Arbeit bekam. Und die Lebenshaltung war damals noch um einiges billiger gewesen, auch wenn ihr Geld ebenfalls kaum gereicht hatte.

Ein Weber in der Tuchfabrik verdiente dagegen schon damals acht bis zehn Gulden pro Woche, also ungefähr vierzehn bis achtzehn Mark.

Sie zückte ihre Börse und zog Münzen im Wert von fünf Mark heraus. »Wie viele Kinder gibt es im Weberdorf?«

Hilde runzelte die Stirn und zählte stumm mithilfe ihrer Finger. »Ich schätze, so zwischen vierzig und fünfzig. Es sterben ja dauernd welche, und neue werden geboren. Da behalte ich nur mit Mühe den Überblick.«

»Dann schick jemanden, der von dem ganzen Geld so viel Milch kauft, wie er kriegen kann.«

Hilde starrte die Münzen, die Irene ihr in die Hand drückte, ungläubig an. »Das ist fast der Wochenlohn eines Webers. Bist du dir sicher?«

Irene bejahte stumm. Der Kloß in ihrer Kehle hinderte sie am Sprechen.

Villa Stockhausen in Oggersheim
Anfang September 1878, am selben Abend

»Nun gut, dann lassen Sie uns jetzt zur Kundgabe des letzten Willens unseres lieben Verstorbenen Herbert Stockhausen kommen.« Der glatzköpfige Notar und Familienanwalt der Stockhausens namens Friedemann Wolf setzte eine randlose Brille auf, räusperte sich ausgiebig und öffnete umständlich einen großen Umschlag, den er aus seiner verschrammten Aktentasche gezogen hatte.

Man saß nach dem Abendessen im Salon der Villa Stockhausen. Bereits die Sitzordnung auf den verschiedenen, mit teilweise schon abgewetztem grünem Stoff überzogenen Möbeln deutete an, dass sich hier zwei Parteien gegenübersaßen.

Ilse Stockhausen hatte mit den beiden Cousins ihres Neffen Herbert auf einem Sofa mit geschwungenen Beinen und Armlehnen Platz genommen. Sie saß so kerzengerade, als hätte sie einen Ladestock verschluckt. Die zwei Männer in mittleren Jahren, dem Alter des Verstorbenen, lümmelten sich dagegen rechts und links von ihr bequem in die Kissen.

Franz hatte sie nur einmal flüchtig auf Mathildes Hochzeit gesehen und damals kein Wort mit ihnen gewechselt. Er wusste nur, dass sie die Söhne des ebenfalls früh verstorbenen Onkels von Herbert Stockhausen waren und sich bislang im Tabakgeschäft engagierten. Das war ein neuer, aufstrebender Handelszweig in der Pfalz.

Beim Abendessen hatten die beiden erzählt, dass sie die Tabakernte gleich von den Feldern der Bauern aufkauften und eine große Anzahl von Heimarbeitern damit beschäftigten, daraus Zigarren zu rollen. Diese brachten sie dann mit »einem ansehnlichen Profit«, wie sich einer der Herren ausdrückte, in den Handel. Franz waren die beiden auf Anhieb zuwider, ebenso wie Herberts Tante Ilse, die ihn und Mathilde kühl und von oben herab behandelte.

Demgemäß saß Franz nun neben seiner Schwester auf einem der beiden dem Sofa gegenüberstehenden, unbequemen Lehnsessel, während der Anwalt zwischen den Parteien am Kopfende des ovalen Salontischs, der inmitten der Sitzgelegenheiten stand, in Herberts bevorzugtem Sessel Platz genommen hatte. Es war ein mächtiger, schon leicht durchgesessener Fauteuil.

Der Anwalt räusperte sich ein letztes Mal, bevor er vorzulesen begann. *Dies ist mein, Herbert Michael Stockhausens, Tuchfabrikant zu Oggersheim, am 20. April 1875 aufgesetzter letzter Wille, niedergeschrieben bei klarem Verstand und vollem Bewusstsein.*

Mathilde zuckte zusammen. Das Testament war also ein knappes Jahr nach ihrer Hochzeit mit Stockhausen, die im Mai 1874 stattgefunden hatte, entstanden. Sie hatte nichts davon gewusst.

Sofern mich meine liebe Gattin Mathilde, geborene Gerban, überlebt und wir gemeinsame männliche Nachkommen haben, ernenne ich Herrn Notar Friedemann Wolf bis zur Volljährigkeit meines ältesten Sohnes zum Treuhänder des gesamten beweglichen und unbeweglichen Vermögens. Meiner lieben Gattin soll es vorher und nachher an nichts fehlen … Der Notar salbaderte weiter, während Franz nur noch mit halbem Ohr zuhörte.

Mathilde und Herbert hatten keine Söhne. Insofern waren

diese Passagen des Testaments gegenstandslos, ebenso wie Herberts Vorkehrungen im Falle eventueller Töchter, die lange Liste der Verfügungen über die Leitung der Fabrik und der Weißnäherei sowie die zahlreichen Legate, die Herberts Verwandten zugestanden werden sollten.

Im Falle, dass meine Gattin Mathilde mich überlebt, ohne dass unsere Ehe gemeinsame, lebende Kinder hervorgebracht hat, verfüge ich über meinen Nachlass ihr gegenüber in Abhängigkeit von der Dauer unserer Ehe.

Der Notar räusperte sich wieder und blickte auf. »Ich beziehe mich im Folgenden nur auf den in unserem Fall aktuellen Passus«, erläuterte er und fuhr dann fort. *Erfolgt mein Ableben nach kinderloser Ehe von höchstens fünf Jahren Dauer, setze ich meiner Gattin Mathilde eine Rente von zweihundert Mark monatlich aus, die ihr entweder lebenslang oder bis zu einer Wiederverheiratung ausbezahlt werden soll.*

Friedemann Wolf ignorierte Mathildes entsetzten Aufschrei und fuhr ungerührt fort. *Darüber hinaus erhält meine Gattin Mathilde ein lebenslanges oder bis zu ihrer Wiederverheiratung gültiges Wohnrecht im Nebengebäude meiner Villa in den Räumen, die jetzt meine Tante Ilse Stockhausen bewohnt. Sie darf zur Pflege dieser Räumlichkeiten auf das Dienstpersonal des Haushalts zurückgreifen.*

Mathilde brach in Tränen aus und begann haltlos zu schluchzen. Obwohl auch Franz über diese dürftigen Bestimmungen zugunsten Mathildes mehr als entsetzt war, zischte er ihr zu: »Nun reiß dich um Himmels willen zusammen!«

Er selbst fragte den Notar mit mühsam unterdrückter Wut: »Und was geschieht mit Stockhausens restlichem Vermögen? Bitte fassen Sie sich kurz! Sie sehen ja, wie der genaue Wortlaut dieses Machwerks meiner Schwester zu schaffen macht.«

Friedemann Wolf erwiderte Franz' zornigen Blick empört. »Das Zeremoniell verlangt …«, setzte er an.

»Das Zeremoniell ist mir scheißegal«, fiel Franz ihm vulgär

ins Wort. »Meiner Schwester geschieht hier gerade himmelschreiendes Unrecht. Ich möchte das ganze Ausmaß in Erfahrung bringen, aber ohne die verschnörkelten Formulierungen des Erblassers.« Das letzte Wort betonte er verächtlich.

»Nun gut.« Der Notar straffte sich. »Die Villa mit allem Inventar geht an Frau Ilse Stockhausen. Ebenso wie das gesamte liquide Vermögen und alle vorhandenen Wertpapiere. Der Fabrikbesitz wird fünf Jahre lang als Treuhandvermögen verwaltet. Während dieser Zeit haben die werten Herren Stockhausen«, er machte eine leichte Verbeugung in Richtung der Cousins, »die Gelegenheit, sich bei der Leitung der Tuchfabrik und der Weißnäherei zu bewähren. Mehren sie in dieser Zeit den Profit oder erhalten ihn zumindest aufrecht, gehen Fabrik und Weißnäherei zu gleichen Teilen in den Besitz der Herren und Frau Ilse Stockhausen über, die sich in der Folge die jährlich erwirtschafteten Gewinne nach Abzug aller einvernehmlich vereinbarten notwendigen Investitionen teilen. Machen die Herren dagegen Verluste, wird der gesamte Besitz mit Ausnahme der Villa nach fünf Jahren durch den Treuhänder verkauft. Der Erlös wird wiederum unter den drei Haupterben aufgeteilt, wobei diese verpflichtet sind, einen Fonds anzulegen, deren Ertrag die monatliche Leibrente der Gattin Mathilde sicherstellt.«

Franz holte tief Luft, während Mathilde weiterhin in ihr Taschentuch schluchzte. »Auf wie viel Mark beläuft sich das aktuelle Vermögen Stockhausens?«

Der Notar schürzte die Lippen. »Das kann ich nur schätzen.« Er kritzelte ein paar Zahlen auf einen Zettel und rechnete sie zusammen. »Aufgrund meiner Erfahrung mit vergleichbaren privaten und geschäftlich genutzten Immobilien und des vorhandenen Barvermögens dürften es ungefähr eineinhalb Millionen Mark sein. Vielleicht auch ein paar Zehntausend weniger oder mehr.«

»Eineinhalb Millionen Mark?« Franz war fassungslos. »Und davon soll meine Schwester Mathilde weniger als zweieinhalbtausend Mark Leibrente im Jahr erhalten?«

»Sie vergessen das Wohnrecht auf Lebenszeit und die Haushaltsdienstleistungen«, warf Ilse Stockhausen ein und ignorierte die Geste des Notars, mit der er sie zum Schweigen auffordern wollte. »Zweihundert Mark im Monat zur alleinigen Verfügung scheint mir keine unangemessene Summe zur Bestreitung des Lebensunterhalts einer einzigen Person zu sein«, fuhr sie in belehrendem Tonfall fort. »Die meisten Familien in unseren deutschen Landen müssen mit weitaus weniger auskommen.«

Obwohl Ilse Stockhausen damit nicht einmal unrecht hatte, fuhr Franz ihr in die Parade. »Meine Schwester hat eine Mitgift von damals fünfundzwanzigtausend Gulden mit in die Ehe gebracht. Das sind in heutiger Währung fast fünfzigtausend Mark.«

»Nun, nun, jetzt übertreiben Sie aber, Herr Gerban«, mischte sich der links neben Ilse sitzende Cousin ein. »Ein Gulden ist höchstens mit einer Mark fünfundsiebzig gleichzusetzen. Das dürften also …«, er rechnete mit lautlosen Lippenbewegungen nach und nahm dabei die Finger zu Hilfe.

»Wie dem auch immer sei«, ergriff der Notar die Chance, wieder die Leitung des Gesprächs zu übernehmen. »Es gibt keinen Ehevertrag, der über die Verwendung der Mitgift bestimmt. Insofern ging die Summe also nach der Eheschließung ohne Einschränkungen in die Verfügungsgewalt des Ehemanns über.«

Franz knirschte vor Wut mit den Zähnen. »Das werden wir vor Gericht klären lassen.«

»Tun Sie das, Herr Gerban, wenn Sie glauben, dass dies dem häuslichen Frieden hier in der Villa dienlich ist!« Der Notar musterte Franz kühl.

»Und machen Sie sich in diesem Fall darauf gefasst, dass wir ebenfalls gerichtlich klären lassen, warum Mathilde keinerlei Erbe aus dem Vermögen ihres verstorbenen Vaters Wilhelm erhielt«, warf Ilse Stockhausen giftig ein. »Das erschien mir schon immer höchst seltsam.«

Dieser gewiefte Teufelsbraten. Franz bemühte sich um eine

gleichmütige Miene, obwohl Ilse, noch dazu vollkommen unerwartet, eine Schwachstelle traf. Natürlich hatte Wilhelm Gerban seine Tochter Mathilde in seinem Testament bedacht, sogar mit einer recht ansehnlichen Summe. Aber die Tatsache, dass dieses Geld zum Zeitpunkt seines Todes gar nicht mehr vorhanden gewesen war, weil die Weinfirma kurz vor dem Ruin stand, war nur die eine Seite der Medaille.

Die andere und weitaus maßgeblichere war, dass Wilhelm aufgrund seines Fehlverhaltens jeden Anspruch auf das von Pauline mit in die Ehe eingebrachte Vermögen und dessen Nutznießung verwirkt hatte. Dies war jedoch ein wohl gehütetes Geheimnis. Bis heute wusste Mathilde nicht, dass Irene Wilhelms leibliche Tochter war, während er, Franz, einem Seitensprung seiner Mutter entstammte.

Wie man es auch drehte und wendete, Mathilde hätte in keinem Fall Anspruch auf einen Erbteil ihres leiblichen Vaters Wilhelm gehabt, weil dieser, strenggenommen, bei seinem Tode gar nichts mehr besessen hatte.

Aber angesichts der Drohung Ilses, die zweifelsfrei ernst gemeint war, war Franz jedes gerichtliche Vorgehen gegen Stockhausens Testament versagt, wollte er dieses Familiengeheimnis bewahren. Und auch der vor fünf Jahren drohende Bankrott aufgrund der fehlgeschlagenen Börsenspekulationen seines Vaters sollte nicht ans Licht der Öffentlichkeit gezerrt werden, um der Reputation der Weinfirma nicht zu schaden. Franz blieb also nichts anderes übrig, als den geordneten Rückzug anzutreten.

»Ich werde mich juristisch beraten lassen. Dann sehen wir weiter.« Er stemmte sich aus seinem Lehnsessel hoch. »Für heute haben Mathilde und ich genug gehört. Wir möchten uns nun auf unsere Zimmer zurückziehen.«

Er reichte Mathilde, die sich ebenfalls erhoben hatte, den Arm. Am liebsten wäre Franz sofort in einen Gasthof gezogen. Aber Mathilde heute Abend in diesem feindseligen Hause allein zu lassen brachte er nicht übers Herz.

Vor der Salontüre gab er seiner Schwester sein eigenes frisches Taschentuch, in das sie sich die inzwischen laufende Nase putzte. Sie schluchzte noch einmal auf. »Wir sollten wirklich klagen, Franz!«, bestärkte sie ihn in seinem mittlerweile schon wieder aufgegebenen Plan.

»Ich lasse Monsieur Payet die ganze Sache beurteilen«, wich Franz aus. Das war sein eigener Weißenburger Rechtsbeistand, der ihm bereits aus so mancher prekären Situation herausgeholfen hatte. *Zum Glück können Frauen ohne männlichen Beistand keinen Prozess anstrengen,* dachte er mit schlechtem Gewissen. Vor Gericht brauchten sie dazu die Zustimmung ihres Ehemanns oder als Witwe die Unterstützung ihres nächsten männlichen Verwandten. Ansonsten liefen sie Gefahr, von den ausschließlich männlichen Richtern und Schöffen sehr schnell abgewiesen zu werden.

»Und hierbleiben will ich auch nicht!«, kündigte seine Schwester an. »Ich will zurück nach Altenstadt kommen. Dort ist und war mein Zuhause.«

Franz zuckte zusammen. Dieses Problem würde sich nicht so einfach lösen lassen wie der Verzicht auf einen Erbschaftsprozess.

Mit düsteren Vorahnungen begleitete Franz Mathilde bis zu ihrem Schlafzimmer. »Auch darüber entscheiden wir dann zu gegebener Zeit«, wich er den drohenden Verwicklungen ein weiteres Mal aus.

Weberdorf in Herxheim
Anfang September 1878, in derselben Nacht

Schlaflos wälzte sich Irene in der stickigen Dachkammer von einer Seite auf die andere. In der drückenden Hitze begann ihr Kopf, immer heftiger zu schmerzen.

Zwar war das Gewitter am Abend tatsächlich mit voller

Wucht über das Weberdorf hereingebrochen und hatte die staubige Straße in eine Schlammwüste verwandelt. Aber die damit verbundene Abkühlung war nur von kurzer Dauer gewesen. Die abgestandene Luft unter dem Dach des schäbigen Wirtshauses war wegen des geschlossenen Fensters davon ohnehin nicht aufgefrischt worden.

»Das würde ich Ihnen nicht raten«, hatte die Mutter des Wirts Irene gewarnt, als diese nach dem Betreten der Kammer sofort zum Fenster stürzte, um es zu öffnen. »Unter dem Dach hausen Hornissen. Und Stechmücken gibt es hier auch eine ganze Menge.«

Irenes Unbehagen hatte sich in Abscheu verwandelt, gleich nachdem sie entdeckte, dass ihr Bett nicht frisch bezogen worden war. Als sie die Wirtin erneut herbeirief, schüttelte die alte Frau nur den Kopf. »Da haben höchstens drei Gäste vor Ihnen drin geschlafen. Und ich habe nur noch ein reines Laken, keine frischen Bezüge. Davon gibt es nur einen pro Bett. Sie müssen mit dem vorliebnehmen, was da ist.«

Voller Ekel hatte Irene das grobe Leintuch über den fleckigen Strohsack gebreitet. Ihr durchgeschwitztes Kleid faltete sie zu einem Kissen. Zum Glück war es so warm, dass sie keine Decke brauchte.

Als sie noch einmal an das mit Fliegendreck übersäte, halb blinde Fenster trat, sah sie, dass die ganze Straße hinunter noch Licht in den Hütten brannte. Offensichtlich waren die Weberfamilien nach der Unterbrechung im Wirtshaus noch einmal an ihre Arbeit zurückgekehrt.

Neben der Waschschüssel, die einen dicken Schmutzrand aufwies, stand nur ein einziger kleiner Krug mit lauwarmem Wasser. Anstatt sich damit ein wenig zu erfrischen, wie Irene gehofft hatte, tupfte sie sich mit ihrem Taschentuch nur einige Tropfen davon ins Gesicht, ohne das Wasser in die Waschschüssel zu gießen. Daneben lag ein graues Handtuch, das sie ebenfalls nicht zu benutzen wagte. Schon bald hatte sie den

Eindruck, dass sie genauso abscheulich roch wie die Herxheimer Weber.

Nun lag sie in ihrem Unterkleid auf dem Strohsack und versuchte, ein wenig zur Ruhe zu kommen. Auf der anderen Seite der Kammer schnarchte Lene Krüger leise. Von klein auf an ärmliche Wohnverhältnisse gewöhnt schien ihr das unappetitliche Ambiente im Gegensatz zu Irene kaum etwas auszumachen.

Irene war gerade dabei, in einen unruhigen Schlummer zu fallen, als ihr Magen zu rumoren begann. *Das kommt wahrscheinlich von dem sauren Wein,* dachte sie. *Hätte ich doch am besten gar nichts getrunken. Aber es war den ganzen Tag über so heiß.*

Der gekühlte, mit frischem Wasser verdünnte Apfelsaft, den sie für sich und Lene aus Schweighofen mitgenommen hatte, war bereits aufgebraucht gewesen, als sie angekommen waren. Und ihre Befürchtung, die im Wirtshaus vorhandenen Getränke seien nicht besonders verträglich, hatte sich leider mehr als bewahrheitet. Es gab nur lauwarmes Wasser aus einem Eimer, in dem schon ein paar tote Fliegen schwammen, außerdem schales Bier und sauren Tresterwein. Mehr hatte diese ärmliche Kneipe nicht zu bieten.

Nicht zum ersten und nicht zum letzten Mal hatte die alte Wirtin verständnislos den Kopf geschüttelt, als Irene sie nach Apfelmost oder Traubensaft gefragt hatte. Da Irene Bier nicht mochte und sich vor dem Wasser ekelte, hatte sie sich schließlich wohl oder übel für den Tresterwein entschieden.

Von der Milch für die Kinder wollte sie aus anderen Gründen keinen Tropfen trinken. Die strahlenden Augen der Kleinen, die mit der einen schmutzigen Hand ihren Wurstzipfel umklammert hielten, mit der anderen den mit frischer Milch gefüllten Becher, waren Irenes einzige Entschädigung für die wohl vergebliche Strapaze ihrer Reise nach Herxheim.

Denn gerade, als die Erwachsenen ihre Mahlzeit beendet hatten, war das Gewitter losgebrochen und hatte jeden Versuch Irenes, zu der Menge zu sprechen, vereitelt. Da es nach dem

Gewitter nichts mehr zu essen gab und selbst die wenigen Getränke der Gastwirtschaft aufgebraucht waren, hatten sich die Besucher hernach rasch zerstreut.

Hilde hatten Tränen in den Augen gestanden, als sich die Gaststube schon gegen neun Uhr wieder völlig geleert hatte. »Die Menschen hier haben alle Hoffnung verloren«, entschuldigte sie sich bei Irene. »Sie glauben nicht, dass sie etwas an ihrem Elend ändern können. Es tut mir so leid wegen all der Unkosten, die du jetzt ganz umsonst hattest. Hätte ich das vorher gewusst, hätte ich meine Schwester Luise nie gefragt, ob du nicht auch mal nach Herxheim kommen willst.«

»Lass es gut sein, Hilde«, beruhigte Irene sie im Versuch, ihre eigene Enttäuschung zu verbergen. »Immerhin habe ich den Leuten eine gute Mahlzeit beschert. Wenn ich dich richtig verstanden habe, gibt es Wurst oder Fleisch kaum zweimal im Jahr.«

Hilde nickte. »Bei manchen Familien noch nicht mal das. Höchstens ranzigen Speck oder Schlachtabfälle, die anderswo nicht mal die Hunde fressen würden. Das ist dann die Grundlage für das Weihnachts- oder Ostermahl.«

Es surrte an Irenes Ohr. Offensichtlich waren trotz des verschlossenen Fensters Steckmücken in der Kammer. Nun wusste sie, dass sie in dieser Nacht kein Auge zutun würde. Zumal sie nichts hatte, womit sie ihren schweißbedeckten Körper schützen konnte.

Mit einem tiefen Seufzer richtete sie sich auf und griff nach der kleinen Petroleumlampe, die die Wirtin in ihre Kammer gebracht hatte. In einer Vertiefung im Lampenfuß fand sie eine Schachtel Zündhölzer. Damit entzündete sie die Lampe und hoffte, Lene Krüger nicht allzu sehr zu stören.

Sie hatte ein Buch von Friedrich Engels, das sie erst vor Kurzem erworben hatte, nach Herxheim mitgebracht. Darin beschrieb er die Lebensumstände der Arbeiterfamilien in der englischen Stadt Manchester. Auf dem Weg nach Herxheim hatte

Irene aufgrund des Schaukelns der Kutsche nicht lesen können. Nun schlug sie das erste Kapitel auf.

Bereits die ersten Seiten kamen ihr vor wie ein Déjà-vu. Als hätten die Verhältnisse in Manchester denen in Herxheim als Vorlage gedient, las Irene von Arbeiterfamilien, die in ungezieferverseuchten, schimmligen Wohnungen ohne Wasser und Abtritt hausten, oft zu acht oder mehr Personen in einem einzigen Raum. Manche nächtigten sogar auf der Straße, wenn der Vater arbeitslos geworden war und nicht einmal mehr das elende Obdach bezahlen konnte, in dem die Familie bislang gewohnt hatte.

Also sollte ich mich nicht so anstellen wegen einer einzigen unbequemen Nacht, rief sich Irene zum wiederholten Male seit ihrer Ankunft im Weberdorf selbst zur Ordnung. Allerdings war sie erschüttert, als sie las, dass Engels diese Beobachtungen bereits vor mehr als dreißig Jahren gemacht hatte. *Haben sich die Verhältnisse dort mittlerweile gebessert?* Irene beschloss, gleich nach ihrer Rückkehr zum Buchhändler nach Weißenburg zu fahren, um in Erfahrung zu bringen, ob es auch aktuellere Berichte über die Lebensumstände der Textilarbeiter in Manchester gab.

Und ich werde noch mal mit Franz sprechen, bevor er das nächste Mal nach Berlin fährt, beschloss sie. *Die Autonomisten stellen zwar nur fünf Abgeordnete, aber jede Stimme, die solche unmenschlichen Lebens- und Arbeitsbedingungen wie die hier in Herxheim, anprangert und die Sozialisten unterstützt, ist wichtig. Er muss seine Mitstreiter davon überzeugen, dass es noch mehr zu erkämpfen gilt als die Rechte von Elsass-Lothringen.*

Ein leises Schaben an der Wand ließ sie aufhorchen. Im diffusen Licht sah sie undeutlich einen kleinen Schatten. Sie griff nach der Lampe, hielt sie empor und quiekte vor Entsetzen. Eine riesige Kakerlake bewegte sich träge geradewegs auf ihre schmuddelige Bettstatt zu.

Mit einem Satz sprang Irene vom Lager auf, die Lampe noch immer in der Hand. Erst später würde ihr klarwerden, wie dicht sie davor gewesen war, mit dem entflammten Öl einen Brand zu entfachen. Sie stürzte auf Lene Krügers Bett zu und rüttelte sie an der Schulter. Schlaftrunken öffnete die Wäscherin die Augen.

»Was ist denn los, Frau Gerban?«, murmelte sie. »Können Sie wegen der Hitze nicht schlafen?« Nur während der Versammlungen duzte Lene Irene. Auf dem Weingut hatte Franz sich diese Vertraulichkeiten mit den Landarbeitern verbeten. Trotz seiner Leutseligkeit befürchtete er, dass die Arbeiter sonst den Respekt vor Irene als Gutsherrin verlieren könnten.

»Nein, nein! Da sind Schaben, riesige Küchenschaben! Bitte, bitte mach doch irgendetwas!« Irene war geradezu hysterisch. Schon seit ihrer Zeit im Waisenhaus ekelte sie sich vor kaum einem Lebewesen mehr als vor diesen, an sich harmlosen Insekten.

»Die tun doch niemandem was zuleide«, antwortete Lene nun auch erwartungsgemäß, offenbar auch an solche Zimmergenossen gewöhnt. »Wenn Sie das Licht wieder ausmachen, verschwinden sie sowieso. Die kommen nur im Hellen aus ihren Ritzen.«

Damit drehte sie sich auf die andere Seite und war kurz darauf wieder eingeschlafen.

Trotz der Hitze in der Kammer war Irenes ganzer Körper von einer Gänsehaut überzogen. Nur kurz überlegte sie, ob sie Lenes Rat folgen sollte. Dann sah sie zwei weitere dieser Ungetüme, beide so lang wie ihr kleiner Finger, unter dem Bett hervorkriechen.

Hier kann ich nicht bleiben. Auf gar keinen Fall. Das Herz schlug ihr bis zum Hals. *Doch wo soll ich hin? Die Kutsche! Ich schlafe in der Kutsche,* kam ihr ein Geistesblitz. *Hoffentlich hat Peter die Türen nicht verschlossen. Und sonst wecke ich ihn. Er schläft ja im Stall neben dem Haus.*

Hastig zog sie ihr verschwitztes Kleid an, ergriff die Lampe und schlich sich die steile Stiege bis in den Gastraum hinunter. Die Vordertür war verschlossen. Schon überfiel Irene die nächste

Verzweiflungsattacke, als ihr die Hintertür einfiel. Die war zum Glück nur von innen verriegelt und ließ sich daher öffnen.

Ein angenehmer Lufthauch empfing sie, als sie in den schmutzigen Hinterhof trat. Im ersten Augenblick genoss sie die Kühle in vollen Zügen. Erst dann fiel ihr ein, dass dadurch auch die Nacht in der Kutsche unangenehm werden könnte.

Die Tür des Landauers war nicht verschlossen. Ohne wärmende Decke kauerte sich Irene auf die immerhin weichen Polster und versuchte, eine möglichst bequeme Lage zu finden. Doch die wirren Bilder des Tages zogen ununterbrochen an ihr vorüber. Erst als der Himmel am Horizont bereits zu grauen begann, fiel sie in einen kurzen Schlaf der Erschöpfung.

Kapitel 11

Weingut bei Schweighofen
Mitte Oktober 1878

»Was meinst du, Franz, wie wird die Abstimmung über das Sozialistengesetz ausgehen?« Irene sah sorgenvoll von der Zeitung auf, die sie gerade las.

»Ganz genau kann das natürlich niemand sagen, mein Liebes. Aber es sieht nicht besonders gut für die Sozialdemokratie aus«, antwortete Franz ehrlich.

Irene atmete schwer und versuchte, die Panik zu unterdrücken, die sie in sich aufkommen spürte. »Aber wie soll es denn dann für die Arbeiter weitergehen? Die SAP ist doch ihr einziger Verbündeter im Kampf gegen Ausbeutung und Armut.« Die entsetzlichen Bilder aus Herxheim, die sie seit ihrem dortigen Besuch nicht mehr losließen, standen wieder vor ihrem inneren Auge.

Franz schwieg bedrückt und überlegte, was er darauf antworten sollte.

»Dahinter stecken die Unternehmer«, sprach Irene seine eigenen Vermutungen aus. »Sie wollen ihren Profit maximieren und nach Belieben weiter in ihren Fabriken schalten und walten können. Ohne dass die Arbeitervereine sich organisieren und ihnen dabei in die Suppe spucken.«

Franz widersprach Irene nicht, unterließ es aber auch, sie in dieser Ansicht zu bestärken. Um die peinliche Schweigepause zu überbrücken, stand er auf, um sich noch einen Cognac einzuschenken. Es war schon am späteren Abend, die Kinder schliefen längst. Auch Pauline hatte sich bereits in ihr Zimmer zurückgezogen.

»Gibst du mir denn weiterhin das Geld für meine Versammlungen, auch wenn das Gesetz durchkommt?« Irene hatte sich in ihrem Sessel aufgerichtet und suchte Franz' Blick. »Du weißt doch, dass ich in Landau kurz davorstehe, einen Arbeiterinnen-Bildungsverein zu gründen«, drängte sie, als Franz nicht sofort antwortete. »Wir haben beim letzten Mal bereits über die möglichen Statuten gesprochen. Auch eine Notfallkasse wollten wir einrichten. Und die erste Veranstaltung in Neustadt war ein voller Erfolg. Außerdem hast du mir nach dem Besuch in Herxheim versprochen, dich politisch für humanere Arbeits- und Lebensbedingungen der unteren Klassen einzusetzen.«

Um Zeit zu gewinnen, nahm Franz einen Schluck Cognac. Er spürte einen Augenblick lang der scharfen Wärme des Getränks nach, als es ihm durch die Kehle rann.

Dann sah auch er Irene geradewegs in die Augen. »Wenn Bismarcks Gesetz angenommen wird, wovon ich ausgehe, wird man dir vonseiten der Behörden Versammlungen wie die in Landau und in Neustadt wohl nicht mehr genehmigen. Denn du musst dann wahrscheinlich noch genauer als jetzt angeben, um was es dort geht. Und es geht auf deinen Versammlungen eindeutig um Bestrebungen im Sinne der Sozialdemokratie. Handelst du der Verpflichtung zur Offenlegung zuwider, indem du deine wahren Zielsetzungen verschleierst oder diese Zusammenkünfte sogar ohne behördliche Erlaubnis einberufst, machst du dich strafbar.« Bewusst sparte er jede Stellungnahme zu Herxheim aus.

Beunruhigt registrierte er den aufblitzenden Trotz in Irenes blauen Augen. »Im schlimmsten Fall gehst du sogar ins Gefängnis«, mahnte er eindringlich. »Denk an die Kinder! Wie sollten sie das verkraften?«

Irene sank in ihrem Sessel zusammen. Sie rang enttäuscht ihre Hände. »Vielleicht geschieht ja doch noch ein Wunder.«

Dann hob sie wieder den Kopf. »Wenigstens du wirst gegen

dieses ungerechte Machwerk stimmen.« Ihr vertrauensvoller Blick traf ihn mitten ins Herz. »Ich hätte nie gedacht, dass ich einmal stolz darauf sein würde, dass du im Reichstag sitzt.«

Weingut bei Schweighofen
25. Oktober 1978

»Es ist gut, dass Sie wieder zurück sind, Herr Franz.«

Er hatte kaum den Schlag des Einspänners, mit dem ihn Peter vom Weißenburger Bahnhof abgeholt hatte, geöffnet, als Hansi Krüger schon auf ihn zutrat. An seiner Miene konnte Franz erkennen, dass er keine guten Neuigkeiten hatte.

»Leider werden wir in diesem Jahr erhebliche Einbußen bei unseren Rotweinsorten hinnehmen müssen«, fiel der junge Verwalter mit der Tür ins Haus, sobald Franz ausgestiegen war.

»Ausgerechnet bei den Rotweinsorten? Wie das? Wir hatten doch einen so sonnigen Sommer!«

»Nikolaus Kerner meint, das sei möglicherweise genau das Problem. Viele Rebstöcke in den Rotweinlagen wurden von einer Pilzkrankheit befallen. Dem ›Echten Mehltau‹, wie man sie nennt. Lange Zeit glaubten wir, dass wir das Problem durch das Zurückschneiden der befallenen Triebe und das Herausschneiden der Blätter in den Griff bekommen würden. Aber erst jetzt zeigt sich, dass die Ernte weit stärker beeinträchtigt ist, als wir dachten.«

Franz runzelte die Stirn. »Und warum erfahre ich erst heute davon?«

Hansis Wangen röteten sich leicht. »Sie waren doch im Sommer so sehr beschäftigt, Herr Franz. Zuerst mit dem Wahlkampf und später mit Ihrem Abgeordnetenmandat. Da wollten wir Sie nicht unnötig beunruhigen.« Er holte tief Luft. »Zumal wir das Problem unterschätzt haben. Oder besser gesagt, ich habe es unterschätzt.«

»Was heißt das?« Franz verlor langsam die Geduld. »Hatte ich nicht ausdrücklich gesagt, dass ich über alle besonderen Vorkommnisse sofort unterrichtet werden will?«

Hansis Gesicht färbte sich nun tiefrot. »Doch, das haben Sie, Herr Franz«, murmelte er. »Es ist ganz allein meine Schuld. Ich habe auch Herrn Hager und Herrn Kerner nicht rechtzeitig genug über das ganze Ausmaß des Befalls informiert.«

»Und warum nicht?«

Hansi trat von einem Fuß auf den anderen und wich mit seiner Antwort zunächst aus. »Beide wussten seit dem Frühjahr von dem Mehltau. Auch Ihnen habe ich es damals gesagt.«

Franz runzelte die Stirn. Er erinnerte sich vage. »Ja, aber mit der Prognose, dass es nicht schlimmer werden würde als in jedem Jahr. Pilzkrankheiten treten nun einmal auf, das lässt sich nie ganz vermeiden.«

»So ist es, Herr Franz. Und bis zum Hochsommer war es auch nicht so bedrohlich. Zwar mussten wir einige Weinstöcke fast kahl schneiden und ein paar sogar ganz herausreißen. Aber ich dachte, ich komme damit zurecht, und habe wohl nicht sorgfältig genug auf diese Lagen geachtet. Zumal sich die Krankheit erst durch den heißen September in den letzten Wochen vor der Lese so stark verbreitet hat. Da war ich zur Kontrolle zu oft in den Weißwein- und zu selten in den Rotweinlagen.«

Zwar leuchtete Franz das im Grundsatz ein, denn das Weingut baute mehr als doppelt so viele Weißwein- wie Rotweinreben an. Doch offensichtlich hatte Hansi ein sehr schlechtes Gewissen. Der junge Verwalter sah wieder zu Boden und scharrte mit den Füßen.

»Jedenfalls sind viele Traubendolden befallen. Besonders schlimm ist es mit dem Portugieser. Und der Spätburgunder, der widerstandsfähiger gegen den Mehltau ist, taugt in diesem Jahr zumindest nicht zu einem Spitzenwein. Selbst wenn wir die nicht befallenen Trauben abbeeren, fällt die Menge dennoch viel geringer aus als im letzten Jahr.«

»Das sind ja wunderbare Neuigkeiten«, erwiderte Franz sarkastisch. Er verbiss sich die Bemerkung, dass Hansi sein Vertrauen missbraucht hätte. Schließlich hatte er selbst ihn trotz seiner jungen Jahre in diese verantwortungsvolle Position gebracht. »Und was schlägst du jetzt vor?«, fragte er stattdessen.

»Wenn Sie wieder die gleiche Menge Rosé produzieren möchten wie im vergangenen Jahr, müssen wir Portugiesertrauben hinzukaufen.« Franz fuhr herum. Das war Johann Hagers Stimme. Offensichtlich hatte der Kellermeister das Gespräch zwischen Hansi und Franz mit angehört.

»Ich wollte, dass Hansi Krüger Ihnen selbst seinen Fehler eingesteht«, erklärte Hager, warum er sich erst jetzt ins Gespräch einmischte.

»Also haben Sie den Pilzbefall tatsächlich auch unterschätzt?«

»Zumindest kannte ich nicht das volle Ausmaß, Herr Gerban. Meine Domäne sind die Weinkeller, nicht die Weinberge. Hansi Krüger und ich haben uns die Arbeit mit Ihrem Einverständnis doch mit Absicht so aufgeteilt.«

Franz seufzte resigniert. Widerwillig musste er zugeben, dass die Lösung, die er sich nach seiner Wahl zum Abgeordneten im Sommer überlegt hatte, wohl doch nicht so ideal gewesen war, wie gedacht. *Hansi ist jung und ehrgeizig. Er wollte sich ohne die Hilfe der Älteren bewähren,* wurde ihm klar. *Und das ist jetzt schiefgegangen. Nikolaus Kerner ist auf dem Weingut nicht so leicht zu ersetzen, wie ich es mir gewünscht habe.*

»Verhindert hätten wir den Ernteausfall allerdings auch nicht, wenn wir alle früher erkannt hätten, wie gravierend das Problem mit dem Mehltau bei diesem Jahrgang ist. Dann hätten wir die Reben schon im Frühjahr so stark beschneiden und danach immer wieder mit Schwefel spritzen müssen, sodass sie kaum noch Erträge gebracht hätten. Außerdem hätte das auch den Geschmack der wenigen Trauben und damit den des späteren Weins beeinträchtigt.« Zu Franz' Verblüffung trat nun auch

Nikolaus Kerner aus einer Nische hervor und gesellte sich zu ihnen.

»Zumal eine so starke Kürzung der Triebe gerade unsere jungen Spätburgunderreben, die wir ja erst nach dem Unwetter vor ein paar Jahren neu gepflanzt haben, in ihrer Entwicklung weit zurückgeworfen hätte. Da ist es besser, in diesem Jahr die schmalen Erträge hinzunehmen und darauf zu hoffen, dass der Befall im nächsten Jahr nicht mehr so schlimm werden wird«, fuhr der ehemalige Verwalter des Weinguts und jetzige Leiter des Weinkontors fort.

Franz ging ein Licht auf. »Sie haben hier alle drei auf mich gewartet und Hansi Krüger vorgeschickt, damit er sich zu seinem Versäumnis bekennt?«

»Das erschien uns angemessener zu sein als eine Strafpredigt von uns«, gab Johann Hager zu.

Franz stieß frustriert die Luft aus. »Gibt es auch irgendwelche guten Neuigkeiten?«

»Oh ja!« Jetzt strahlte Hansi Krüger über das ganze Gesicht. »Sowohl der Riesling als auch der Weißburgunder sind ganz wunderbar gelungen. Riesige Erträge und ein fantastisches Mostgewicht. Die Öchslewaage zeigt fast überall zwischen achtzig und neunzig Grad.«

»So viel?« Franz war baff. »Bei der gesamten Ernte?«

»Ja. Wir sagten es ja schon. Der Sommer war heiß und trocken. Und damit für den Mehltau genauso vorteilhaft wie für den Riesling oder den Weißburgunder.«

Franz atmete auf. »Also wird es doch kein verlustreiches Weinjahr werden?«

Hager und Kerner schüttelten lächelnd die Köpfe. »Es wird kein Spitzenjahr, aber auch kein katastrophales Jahr. Die Gewinne werden wahrscheinlich geringer ausfallen.«

»Und selbst das steht noch dahin«, fiel Hager seinem Schwager Kerner ins Wort. »Du weißt doch, dass das Wetter an Mosel und Rhein viel schlechter war als bei uns. Das wird sich auch auf die Mostgewichte der Trauben in diesen Anbaugebieten auswirken. Zumindest für unsere Weißweine können wir daher Spitzenpreise verlangen. Erst recht für den Eiswein. Gelingt er auch dieses Jahr, wird es bei diesem Mostgewicht wohl unser bester bisheriger Jahrgang werden.«

Franz war beruhigt. Trotzdem wandte er sich noch einmal an Hansi. »Und was lernst du daraus?«

»Wir haben uns schon geeinigt, Herr Franz. Ich versuche in Zukunft nicht mehr zu lange, Probleme alleine zu lösen, sondern benachrichtige Sie alle sofort, wenn mir etwas auffällt. Dann beschließen wir gemeinsam, ob ich der Lösung des Problems allein gewachsen bin oder Hilfe brauche. Und ich erstatte in jedem Fall regelmäßig Bericht.«

Franz überlegte kurz. »Damit bin ich einverstanden. Aber ich verlasse mich darauf, Hansi, dass so etwas nicht mehr vorkommt«, fügte er eindringlich hinzu.

»Das können Sie auch, Herr Franz«, versicherte der.

»Morgen früh setzen wir uns alle vier zusammen und besprechen die Lage ausführlich«, entschied Franz. »Gleich nach dem Frühstück um neun Uhr. Heute Abend ist es mir dafür zu spät.«

Erst als er sich dem Haupteingang näherte, fiel ihm auf, dass ihm niemand von der Familie entgegengekommen war, um ihn zu begrüßen. Weder Irene noch seine Mutter noch die Kinder.

Dabei hatte Peter seine Reisetasche schon längst ins Haus gebracht. Jedermann wusste daher, dass er angekommen war. Mit einem äußerst unguten Gefühl trat er ein.

»Papa! Papa!« Kaum hatte Franz die Eingangshalle betreten, rannten Sophia und Fränzel mit ausgebreiteten Armen auf ihn zu. Dahinter folgte Klara etwas zögerlicher.

Franz fing Sophia auf und schwenkte sie trotz seiner Prothese einmal um die eigene Achse durch die Luft. Auch Fränzel streckte ihm die Arme entgegen.

»Du bist mir leider schon zu schwer, mein Lieber.« Franz strich seinem Sohn über die zerzausten Locken. »Mir scheint, du brauchst wieder einmal einen neuen Haarschnitt.«

Fränzel zog einen Schmollmund. »Das ziept immer so, wenn mich Rosa schneidet.«

»Es ziept noch viel mehr, wenn du dich kämmst. Falls du dich einmal kämmst«, lächelte Franz.

Nun war auch Klara herangekommen und hob die Ärmchen. Franz nahm sie wie Sophia auf und schwenkte sie einmal herum.

»Wo ist denn eure Mama?«

Fränzels Miene verdüsterte sich. »Die Oma ist bei ihr. Mama geht es nicht gut. Sie hat den ganzen Tag geweint.«

Franz' ungutes Gefühl kehrte zurück. »Sie sitzen oben im Salon und warten auf dich«, beantwortete Fränzel seine unausgesprochene Frage.

Mit schweren Schritten stieg Franz die Treppe empor. Dass eine große Mehrheit im Reichstag das Sozialistengesetz angenommen hatte, konnte Irene natürlich nicht verborgen geblieben sein. *Aber warum meidet sie mich? Ich kann doch nichts dafür.*

Denn dass Franz wie seine drei Abgeordneten-Kollegen von den Autonomisten der Abstimmung am 19. Oktober ferngeblieben war, konnte Irene ja nicht wissen. *Oder etwa doch? Aber woher?* Das Herz klopfte Franz bis zum Hals.

Zögernd stieß er die Tür zum Salon auf. Irene und seine Mutter Pauline saßen dicht nebeneinander auf dem Sofa. Pauline hatte den Arm um Irenes Schultern gelegt. Als sie Franz erblickte, stand sie auf, ging auf ihn zu und küsste ihn flüchtig auf die Wange.

Ohne weitere Begrüßung mahnte sie: »Nun verhaltet euch bitte beide wie erwachsene Menschen, die eine Meinungsverschiedenheit klären müssen. Darum bitte ich euch schon um eurer Kinder willen.«

Damit verließ sie den Raum und schloss leise die Tür hinter sich. Flüchtig hörte Franz noch, wie sie die Kinder daran hinderte hereinzukommen. »Kommt mit, ihr drei! Ihr esst heute in der Gesindestube. Es gibt Pfannkuchen und heißen Kakao zum Abendbrot. Und danach bringe ich euch zu Bett und lese euch eine Gute-Nacht-Geschichte vor. Mama und Papa müssen etwas besprechen.«

Als Franz auf Irene zutrat, um sie zu küssen, wandte sie ihr Gesicht ab. Sie machte auch keinerlei Anstalten aufzustehen, um ihn zu umarmen, wie sie es sonst tat.

Franz begann sich zu ärgern. »Eine höchst merkwürdige Art, mich willkommen zu heißen, Irene. Also, was hast du mit mir zu klären?« Er ließ sich ihr gegenüber in einem der Fauteuils nieder.

Anstatt einer Antwort warf Irene ihm eine Zeitung in den Schoß. Es war eine überregionale Gazette, die im ganzen Raum rund um Mannheim erschien.

Die Ergebnisse der Reichstagsabstimmung über das »Gesetz gegen die gemeingefährlichen Bestrebungen der Sozialdemokratie«, las er stirnrunzelnd.

»Was soll das?«, fragte er barsch. »Es gab eine Mehrheit von zweihunderteinundzwanzig zu einhundertneunundvierzig Stimmen. Die Gegner des Gesetzes hatten keine Chance, wie ich es dir vorausgesagt habe.«

Erst jetzt hob Irene zum ersten Mal den Kopf. Ihre Augen waren tatsächlich geschwollen und gerötet. »Und gehörtest du zu den Gegnern?«

»Natürlich!« Die Lüge kam Franz spontan über die Lippen. Er sollte sie in der Folge noch viele Male bereuen. »Was soll denn dieses Theater?«, trat er die Flucht nach vorne an.

»Das frage ich dich. Lies genau, was in dem Artikel steht! Auf dem unteren Teil der Seite!«

Franz drehte die Zeitung um und erstarrte. Sämtliche Namen aller dreihundertsiebenundneunzig Reichstagsabgeordneten waren in alphabethischer Reihenfolge aufgeführt. Da es eine namentliche Abstimmung gewesen war, stand ihr Votum für oder gegen das Gesetz neben dem Namen. Sein Blick glitt zum Buchstaben »G«. Und da sah er es schwarz auf weiß.

Franz Gerban. Abgeordneter der elsässisch-lothringischen Partei der Autonomisten. Unentschuldigtes Fehlen.

Franz spürte sein Gesicht heiß werden.

»Du hast mir nach der Abstimmung telegrafiert, dass du nichts hättest ausrichten können.« Irene warf nun auch noch ein zerknittertes Telegramm auf den Tisch, das ihr Franz in der Tat noch am Tag der entscheidenden Parlamentssitzung gesandt hatte. Nun verfluchte er seine Unvorsichtigkeit.

»Stattdessen warst du nicht einmal da! Du lässt uns hier wochenlang allein und schwänzt diese wichtige Sitzung!«

Franz' Blick fiel wieder auf die Gazette. »Woher hast du diese Zeitung?«, lenkte er von sich ab. »Es gibt sie hier nirgends zu kaufen.«

Irene fixierte ihn. Ihre dunkelblauen Augen verengten sich. Sie wirkte trotzig.

»Josef Hartmann hat mir die Zeitung geschickt.«

Heiße Wut schoss in Franz hoch. Erst viel später würde er sich eingestehen, dass er damit sein schlechtes Gewissen übertüncht hatte.

»Josef Hartmann! Natürlich, wer sonst! Wer sonst sollte für den ersten ernsthaften Streit in unserer Ehe verantwortlich zeichnen?«

Irene funkelte ihn an. »Sprich nicht so verächtlich von einem ehrlichen Mann, der sein Rückgrat nicht eingebüßt hat, so wie du! Willst du etwa abstreiten, dass nichts anderes als die Wahrheit in dieser Zeitung steht?«

Franz schüttelte wohl oder übel den Kopf. »Nein, es stimmt. Ich bin der Abstimmung aus taktischen Gründen ferngeblieben. Es geht um das Wohl Elsass-Lothringens.«

»Das Wohl Elsass-Lothringens? Du glaubst, dass Elsass-Lothringen von diesem Sozialistengesetz profitiert?«

»Nein … ja«, stammelte Franz. »Ja und nein, müsste es heißen. Wir brauchen die Stimmen der Befürworter dieses Gesetzes, um unser eigenes Gesetz für mehr Autonomie durchzubringen.«

»Ihr redet diesen widerwärtigen Hetzern nach dem Munde, eurer eigenen Interessen halber?« Irene wurde laut. »Und dafür verrätst du skrupellos unsere gemeinsamen Ideale? Die für dich etwa gar nicht mehr zählen?«

Franz holte tief Luft. »Ich habe mich nicht zur Wahl gestellt, um für die Sozialisten einzutreten. Sonst hätte ich mich *ihnen* als Kandidat angedient. Ich nehme all die Mühen, die meine Tätigkeit im Parlament mit sich bringt, und sogar die Nachteile, die sie für die Weinfirma hat, nur deshalb auf mich, damit meine Heimat die gleichen Rechte bekommt wie alle anderen Bundesstaaten.«

»Die Nachteile, die es für die Weinfirma hat«, echote Irene. »Die Nachteile, die das alles für uns als Familie hat, spielen dabei also keine Rolle?«

Das wäre die Möglichkeit für Franz gewesen einzulenken. Sich bei Irene für seine Lügen zu entschuldigen, Besserung zu geloben und die Wichtigkeit, die seine Familie für ihn hatte, zu betonen. Stattdessen wählte er die denkbar ungeschickteste Antwort.

»Die Familie! Die schiebst du doch nur vor! Du bist nur wütend, weil du deine Versammlungen nicht mehr abhalten kannst und deine Klüngelei mit diesem Hartmann ein Ende hat!«, brüllte er.

»Also gehst du wie selbstverständlich davon aus, dass *ich* jetzt alles, was ich gerade begonnen habe aufzubauen, wegen diesem abscheulichen Gesetz wieder aufgeben soll?«

»Selbstverständlich erwarte ich das von dir!«, schrie Franz zurück. »Glaubst du, ich möchte das Risiko eingehen, dass unsere ganze Parteiarbeit zunichtegemacht wird, weil die Gattin eines Parlamentariers der Autonomisten sich sozialistischer Umtriebe schuldig macht? Eher wird die Hölle kalt. Ich verbiete dir alle derartigen Aktivitäten!«

Als hätte sie etwas gestochen, sprang Irene auf. »Das werden wir ja noch sehen!« Ohne ein weiteres Wort trat sie zum Klingelzug und läutete. Wenig später trat das Dienstmädchen Gitta, das noch immer in ihrem Haus wohnte, ein.

»Sie wünschen, Frau Gerban?«

»Rufen Sie Frau Burger herbei!«

»Irene, was soll das Getue?«

Die ignorierte Franz vollständig.

Die Hausdame trat ein, mit unbewegter Miene, obwohl der Streit der Eheleute sicher im ganzen Haus zu hören gewesen war.

»Lassen Sie meinem Gatten ein Abendessen im kleinen Esszimmer servieren und fragen Sie seine Mutter, ob sie ihm Gesellschaft leisten will. Für mich braucht es kein Gedeck. Ich habe keinen Hunger, sondern ziehe mich in mein Schlafzimmer zurück. Richten Sie während des Abendessens das Feldbett, das Rosa benutzt, wenn sie bei den kranken Kindern schläft, im Schreibzimmer her. Mein Gatte wird heute dort nächtigen.«

Bevor Franz auch nur eine Silbe des Widerspruchs äußern konnte, rauschte Irene aus dem Salon und warf die Tür trotz Frau Burgers Anwesenheit mit einem lauten Knall hinter sich ins Schloss.

Weingut bei Schweighofen
26 Oktober 1878, am nächsten Morgen

»Guten Morgen, meine Liebe! Hast du gut geschla …« Die Worte blieben Pauline im Halse stecken, als sie Irenes bleiches, übernächtigtes Gesicht erblickte.

Sie goss ihr eigenhändig eine Tasse Kaffee ein und bedeutete dem Dienstmädchen Gitta, das beim Frühstück servierte, sie allein zu lassen.

»Du hast also auch keine Ruhe gefunden«, konstatierte sie betroffen. »Auch Franz ist die ganze Nacht auf und ab gewandert. Ich habe seine schweren Tritte auf dem Flur vor meinem Zimmer immer wieder gehört. Zuletzt um fünf Uhr heute früh. Das wird er wohl mit heftigen Schmerzen zu büßen haben.«

Als Irene trotzig aufblickte, fügte Pauline hastig hinzu: »Ich möchte dir kein schlechtes Gewissen machen, Irene.« Sie seufzte schwer. »Aber es bedrückt auch mich, dass ihr euch gestern Abend so heftig gestritten habt. Vor allem, weil ihr doch so lange gebraucht habt, um euch wiederzufinden. Das kann doch jetzt nicht an nichtigen politischen Meinungsverschiedenheiten scheitern! Zumal ihr drei Kinder miteinander habt!«

Irene lächelte müde. »Vom Scheitern unserer Ehe sind wir sicher noch weit entfernt, Pauline. Dazu liebe ich Franz zu sehr und er mich. Aber meine Pläne, die ich mit solcher Leidenschaft und trotz so mancher Entbehrung und Enttäuschung verfolgt habe, werden jetzt durch ein ungerechtes, unsinniges Gesetz durchkreuzt.«

»Dafür kann aber Franz doch nichts, meine Liebe. Und aktiv hat er doch auch nicht dafür gestimmt.«

»Nein. Er war allerdings feige genug, sich nicht einmal offen zu enthalten«, erwiderte Irene bitter. »Er ist der Abstimmung einfach ferngeblieben. Dabei hat er sich nach der ersten gescheiterten Abstimmung über das Sozialistengesetz im Mai noch so sehr über die ›faulen Gesellen aus Elsass-Lothringen‹, wie er die Abgeordneten nannte, die damals ebenfalls nicht erschienen waren, erregt. Zudem hat er sich auch noch alle Mühe gegeben, mich über sein Verhalten zu täuschen. Sogar mit einem erlogenen Telegramm.«

»Er wollte eben sein Gesicht vor dir wahren«, versuchte Pauline zu begütigen. »Zumal er ja wusste, wie wichtig dir die Ideale der Sozialdemokraten sind.«

»Du bringst es auf den Punkt«, erwiderte Irene bitter. »Nur noch *mir* sind diese Ideale wichtig. Er selbst hat sie schmählich verraten.«

Pauline gab auf. »Möchtest du denn nichts essen?«, lenkte

sie auf ein unverfängliches Thema ab. »Das Rührei mit Schnittlauch schmeckt köstlich.« Sie wies auf die silberne Schüssel, die mit einer Haube abgedeckt war. »Am Ende wird es noch kalt.«

Irene schüttelte den Kopf. »Ich habe gar keinen Appetit, Pauline.« Sie straffte den Rücken. »Aber ich habe einen Entschluss gefasst. Mir fällt hier in Schweighofen die Decke auf den Kopf. Ich will ein paar Tage verreisen und Minna in der Lungenheilstätte in Falkenstein besuchen.«

»Ausgerechnet jetzt? Wo Franz zwei Wochen hierbleibt?«

Irene holte tief Luft. »Gerade jetzt! Damit gebe ich ihm die Gelegenheit, sich auch einmal intensiv um die Kinder zu kümmern, bevor er das nächste Mal nach Berlin fährt. Schließlich war er, angeblich wegen dieser vermaledeiten Abstimmung, nicht einmal zum vierten Geburtstag der Zwillinge hier. Und die Stofftiere und das Naschwerk, das er den Kindern regelmäßig mitbringt, machen ihn noch lange nicht zu einem guten Vater.«

Pauline seufzte.

»Zudem wird er genug mit der Lese zu tun haben«, fuhr Irene fort, bevor Pauline etwas erwidern konnte. »Ich habe gehört, da gibt es auch ein paar Probleme zu lösen.«

»Was ist mit dem Lesefest? Es soll in genau einer Woche am nächsten Samstag stattfinden.«

»Bis dahin bin ich zurück. Länger als drei oder vier Tage will ich ja gar nicht fort. Ich nehme Gitta als Begleitung mit. Dann fehlt euch im Vergleich zum vergangenen Jahr auch niemand bei den Vorbereitungen für das Fest.«

Pauline blickte sie prüfend an. »*Du* fehlst uns, Irene.«

Die machte eine abschätzige Handbewegung. »Bislang seid Frau Burger und du noch immer bestens ohne mich ausgekommen.«

Pauline biss sich auf die Lippen. »Franz wird es schwer nehmen«, überlegte sie laut. »Ich bin sicher, dass er sich heute Morgen mit dir versöhnen will.«

Irene zuckte mit den Achseln. »Versöhnen können wir uns ja

noch. Auch ich habe nicht vor, mich im Streit von ihm zu verabschieden. Aber ich brauche jetzt den guten Rat einer Freundin, um selbst wieder einen klaren Kopf zu bekommen. Zumal ich Minna bislang noch nie besucht habe. Sie ist schon über sechs Monate in der Klinik und hat immer wieder Andeutungen gemacht, wie sehr sie sich freuen würde, mich zu sehen.«

Pauline überlegte. »Auf den zweiten Blick gesehen, hast du nicht unrecht, Irene. Denn jetzt sind wir wieder genau an dem Punkt, an dem wir beim letzten Lesefest vor einem Jahr schon einmal waren. Dir fehlt eine Aufgabe, die dich ausfüllt, während Franz sogar vorzeitig sein Reichstagsmandat ausübt. Willst du denn nicht wenigstens deine Nähkurse wieder aufnehmen? Die Frauen, die daran teilnahmen, sind noch immer des Lobes voll für dich.«

Eigentlich hatte Pauline überhaupt nicht erwartet, dass Irene dieser Vorschlag zusagen würde. Ihre Schwiegertochter hatte die Nähkurse schon vor der ersten, nicht erfolgreichen Versammlung in Landau eingestellt. Deshalb wunderte sie sich, dass Irenes Augen zu leuchten begannen.

»Das ist eine ausgezeichnete Idee, liebe Maman.« So nannte sie Pauline aus Achtung für ihre verstorbene Mutter Sophia nur selten. »Ich werde das alles ausführlich mit Minna besprechen.«

»Lass sie gehen, Franz«, beschwichtigte Pauline eine halbe Stunde später ihren Sohn. »Ein paar Tage Abstand voneinander werden euch beiden guttun, um wieder zur Besinnung zu kommen.«

»Aber ich hatte mich so sehr auf die beiden Wochen mit ihr und den Kindern gefreut«, begehrte Franz auf.

»Das verstehe ich ja. Allerdings …« Sie stockte.

»Ja?«

»Allerdings hättest du sie nicht belügen sollen. Im Gegenteil, hättest du am besten von vorneherein mit offenen Karten gespielt.«

»Carl August Schneegans hat uns zu strengstem Stillschweigen über unsere Linie bei der Abstimmung verpflichtet«, verteidigte sich Franz.

»Papperlapapp«, entgegnete Pauline, nun etwas ärgerlich. »Irene hättest du unbeschadet einweihen können. Du hast sogar zugelassen, dass sie Hoffnungen auf dich gesetzt hat. Die hast du nun gründlich enttäuscht.«

»Aber was hätte denn meine eine Stimme genützt?«

»In der Abstimmung nichts. Da hätte sie den Kohl auch nicht fett gemacht, wie unsere Köchin Frau Grete sagen würde. Aber wenn du gegen das Gesetz gestimmt hättest, hätte Irene das Gefühl gehabt, dass du solidarisch mit ihr bist. Zumal *du* ja der Erste von euch beiden warst, der sich für bessere Lebensbedingungen der Arbeiter eingesetzt hat. Damals hast du sogar mit einem Streik unserer Gutsarbeiter während der Weinlese gedroht, wenn Wilhelm nichts in die Sanierung ihrer Hütten investiert.«

Wider Willen musste Franz lächeln. Als Sechzehnjähriger war er ein richtiger Heißsporn gewesen. Er seufzte leise. *Aber das ist zwölf Jahre und einen Krieg lang her.*

»Also, lass Irene nun zu Minna nach Falkenstein reisen, ohne ihr eine weitere Szene zu machen«, appellierte Pauline noch einmal. »Zumal sie ohnehin fahren würde, aber dann eben im Unfrieden.«

»Und jetzt sage nicht, dass zwei Frauen allein nicht reisen sollten«, kam seine Mutter Franz' Einwand, den er tatsächlich gerade äußern wollte, zuvor.

»Aber so ist es doch«, argumentierte er lahm.

Pauline hob die Augenbrauen. »Du glaubst also wirklich, eine Frau, die in noch viel jüngerem Alter deinen Sohn Fränzel alleine großgezogen hat, die bis zu sechzehn Stunden am Tag in der Fabrik schuftete, die aus eigener Kraft Vorarbeiterin bei Stockhausen wurde, die …«

»Ist ja schon gut, Maman. Ich ergebe mich«, fiel ihr Franz ins Wort und hob die Hände.

»… kann nicht in Begleitung einer Zofe mit dem Zug nach Falkenstein reisen?«, ließ sich Pauline nicht beirren. »Gib ihr genügend Geld für ein gutes Hotel, und du musst dir nicht die geringsten Gedanken machen.«

Franz sah ein, dass seine Mutter recht hatte, und stimmte zu.

»Aber während Irene packt, lass uns noch über etwas anderes sprechen, das uns sehr viel mehr Grund zur Sorge gibt.«

»Mathilde«, stöhnte Franz resigniert. Schon beim gestrigen Abendessen hatte seine Mutter berichtet, dass sie einen flehentlichen Brief seiner Schwester erhalten hätte, ohne aufgrund der schon angespannten Stimmung näher auf dessen Inhalt einzugehen. Das holte sie nun nach.

»Wie wir schon befürchtet haben, geht es Mathilde in Oggersheim sehr schlecht.« Pauline hielt Franz ein eng beschriebenes Stück Büttenpapier entgegen. Noch ehe er ein Wort gelesen hatte, bemerkte er, dass die blaue Tinte an einigen Stellen verwischt war, als ob Tränen darauf gefallen wären.

Hier in der Villa halte ich es kaum mehr aus, hieß es im Brief bereits nach wenigen einleitenden Worten. *Tante Ilse macht mir das Leben zur Hölle. Wenn ich die Kutsche haben möchte, um einmal diesen bedrückenden vier Wänden zu entkommen, muss ich das eine Woche vorher anmelden. Sie untersagt es trotzdem unter nichtigen Vorwänden in der Hälfte aller Fälle. Jede Benutzung ist auf zwei Stunden begrenzt, sodass ich nicht einmal Zeit habe, nach einem kleinen Einkaufsbummel, bei dem ich mir ja ohnehin nicht viel leisten kann, ein Stück Kuchen in einem Café einzunehmen.*

Allein kann ich als Dame in Trauer die Villa aber nicht verlassen, um mir eine Mietsdroschke in die Stadt zu nehmen. Als ich das ein einziges Mal getan habe, schimpfte mich der alte Drache, ich sei eine Frau ohne Anstand und noch dazu pietätlos.

Auch die Einkäufe für meine eigene Haushaltung kann ich nicht beeinflussen. Ilse gibt der Köchin Herta Anweisungen, welche Lebensmittel sie mir besorgen soll, ohne mich vorher zu fragen, was ich haben möchte. Gestern brachte mir die Köchin Rauchspeck und

Sellerie mit. Beides kann ich nicht ausstehen, obwohl Herbert so etwas sehr gerne aß.

Da Ilse sich selbst gekocht hat, erwartet sie das jetzt auch von mir. Aber ich kann doch überhaupt nicht kochen. Ich habe es nie gelernt. Also esse ich meistens kalt. An dieser Stelle des Briefes befanden sich besonders viele Tränenflecken.

Das Hausmädchen kommt auch vorbei, wann es ihm passt, oder wann Ilse es zulässt. Gestern blieb mein Bett bis fünf Uhr nachmittags ungemacht. Dabei habe ich Hanne immer am späten Vormittag in Ilses Wohnung geschickt, als sie noch hier lebte. Damit sie alles in Ordnung und sauber vorfindet, wenn sie in der Mittagspause aus der Fabrik kommt.

Ich habe schon daran gedacht, mir ein eigenes Dienstmädchen zu suchen. Aber es könnte in meiner kleinen Wohnung nur in der Küche schlafen und müsste sich sogar das Bad mit mir teilen. Um es im Dienstbotentrakt in der Villa unterzubringen, müsste ich Ilse wiederum um Erlaubnis fragen. Auch rund um diese Zeilen gab es viele Tränenspuren.

Aber am schlimmsten war die gestrige Szene, die mir Ilse gemacht hat. Ich traf sie zufällig, als ich von einem meiner seltenen Ausflüge in die Stadt heimkam. Obwohl ich ganz in Trauerkleidung war, wie es die Sitte gebietet, hatte ich den Granatschmuck angelegt, den mir Herbert zu unserem letzten Weihnachtsfest geschenkt hat. Das Wort »Weihnachtsfest« musste Franz erraten. Darüber zog sich größtenteils ein blassblauer Fleck.

Ilse stellte mich vor der Tür der Villa zur Rede. Theobald, der Diener, der mich kutschiert hatte und gerade das Pferd ausspannte, hörte alles mit an. Was mir denn einfallen würde, in der Trauerzeit Schmuck zu tragen, fuhr diese furchtbare Alte mich an. Ob mir an Herbert denn gar nichts gelegen hätte! Wieder ein blassblauer Fleck. *Und überhaupt sei es ein Familienerbstück, das mir überhaupt nicht zustünde, unfruchtbar, wie ich sei. Das sagte sie wirklich, vor den Ohren des Kutschers. Und dabei lag es gar nicht an mir.*

Franz unterbrach die Lektüre und erwiderte den besorgten Blick seiner Mutter. »Das klingt in der Tat alles andere als gut. Und Herberts Tod ist erst ein paar Monate her.«

»Ja, so empfinde ich es auch. Es wird uns wohl nichts anderes übrig bleiben, als ihre Bitte zu erfüllen.«

»Welche Bitte?«, fragte Franz, obwohl er ahnte, worum es ging.

»Lies weiter!«

Und deshalb wolle sie den Schmuck zurückhaben, und wenn sie dafür mit mir vor Gericht ziehen müsste. Aber sie bekommt ihn nicht zurück! Eher hacke ich mir die rechte Hand ab.

Das klang schon eher nach der Mathilde, die Franz kannte. Er las die letzten Sätze.

Ich verstecke den Schmuck jetzt immer, wenn das Dienstmädchen kommt. Ich traue Ilse zu, dass sie Hanne befohlen hat, ihn für sie zu stehlen.

Wegen alldem und noch vielem mehr, was mir Ilse jeden Tag zufügt, kann ich hier nicht bleiben. Bitte, liebe Mutter, erbarme Dich meiner und erwirke bei Franz, dass ich zurück nach Altenstadt kommen darf. Ich habe ja meine Leibrente und werde ihm keine Unkosten verursachen. Das verspreche ich hoch und heilig. Und ich werde mir auch niemals anmerken lassen, dass ich seine Ehe mit einer Frau, die so weit unter unserem Stand ist, missbillige. Bitte, ich flehe Dich an, setze Dich bei Franz dafür ein, dass ich heimkommen darf.

Bis zu Mathildes vorletztem Satz war Franz durchaus nicht abgeneigt gewesen, die Erfüllung von Mathildes Wunsch in Betracht zu ziehen. Aber nun verhärtete er sein Herz.

»So leid es mir für Mathilde tut, in Altenstadt will ich sie nicht mehr haben«, beschied er seiner Mutter. »Mir liegen schon Ottilie und Gregor wie Steine im Magen und wie Blei auf der Tasche. Ottilie und Mathilde zusammen, das würde niemals gut gehen. Sie würden den ganzen Tag über Irene und vielleicht auch über dich und mich herziehen. Ich bin froh, wenn ich den Frieden in meinem eigenen Haus wiederherstellen kann. Da brauche ich nicht noch einen anderen Schauplatz beständigen Zwists vor meiner Haustür.«

»Franz, nun sei …«, versuchte Pauline zu begütigen.

Aber diesmal ließ er seine Mutter nicht zu Wort kommen.

»Mathilde liegt so, wie sie sich gebettet hat, Mutter. Nun muss sie sehen, wie sie mit ihrem Schicksal zurechtkommt.«

Kapitel 12

Josef Hartmanns Wohnung in Frankenthal
26. Oktober 1878, am späten Nachmittag

»Irene? Du hier?« Josef Hartmann starrte sie ungläubig an. Erst nach einigen Sekunden trat ein strahlendes Lächeln auf sein Gesicht. Spontan ging er auf Irene zu und schloss sie fest in die Arme. Obwohl ihr Josefs Geruch noch vertraut war, versteifte sie sich unwillkürlich. Josef ließ sie sofort los. Sein Lächeln verschwand.

»Das ist ja wirklich eine ganz unerwartete Überraschung! Komm herein! Was führt dich denn heute hierher? Bist du auf der Durchreise und wolltest mir schnell ›Guten Tag‹ sagen?«

»Nein.« Irene folgte Josef in die Wohnung, in der sie vor Jahren mehrere Monate lang gemeinsam mit ihm gelebt hatte, bevor Franz sie wiederfand. »Ich wollte dich treffen, um mit dir zu sprechen. Darf ich ablegen?«

»Natürlich. Natürlich. Ich bin gerade erst nach Hause gekommen.«

Irene knöpfte ihren dunkelbraunen Mantel auf und zog die Nadel heraus, die den dazu passenden, mit Fasanenfedern garnierten Hut in ihrem dichten, zu einer Schnecke gedrehten Haar hielt. Gitta würde sie erst in ungefähr einer Stunde abholen.

Sie sah sich in der Wohnküche um, an deren emailliertem Herd sie so oft selbst gestanden hatte. Josef füllte gerade einen Wasserkessel und setzte ihn auf die gusseiserne Platte. Dann öffnete er die Feuerklappe und legte noch ein Holzscheit nach.

»Soll ich Kaffee oder Tee aufbrühen?«

»Tee wäre fein. Was hast du denn da?«

»Kräutertee oder einen echten englischen Tee aus dem Kolonialwarenladen«, antwortete Josef nicht ohne Stolz.

»Lieber Kräutertee«, entschied Irene, die schwarzen Tee nicht mochte. »Gibt es Pfefferminze?«

Josef sah leicht gekränkt aus. Offensichtlich hatte er ihr mit dem teuren Tee aus Übersee einen besonderen Genuss bieten wollen. »Pfefferminze oder Malve«, antwortete er.

Irene entschied sich für Malve. Diesen Tee hatte sie lange nicht mehr getrunken.

Während Josef die Malvenblätter in ein Teesieb füllte und kochendes Wasser darübergoss, erhaschte Irene durch die offene Tür einen Blick ins danebenliegende Zimmer, in dem einst ihre Nähmaschine gestanden hatte. Heute beherrschte ein riesiger Schreibtisch den Raum. Offensichtlich diente dieser Josef jetzt als Arbeitszimmer.

»Bist du allein gekommen?«, fragte er nun wie beiläufig.

»Natürlich nicht, mein Lieber. Ich habe meine Zofe Gitta dabei. Sie ist mit der Mietsdroschke ins Gasthaus unterwegs, um uns ein Zimmer zu reservieren. Es ist das Gasthaus, in dem Franz und ich damals genächtigt haben«, fügte sie unbedachterweise hinzu und schämte sich für diese Bemerkung, als Josef zusammenzuckte.

»Verzeih mir! Das war taktlos!«

Josef kommentierte das nicht, reichte ihr schweigend einen irdenen Becher mit dem heißen Getränk und wies auf eine Schale mit Zucker. Irene gab einen Löffel davon in den Tee und umklammerte das Gefäß dann mit beiden Händen. Die Wohnung war gut geheizt. Trotzdem fröstelte sie, nachdem sie mit Gitta fast zwei Stunden in der Droschke gewartet hatte, bis Josef nach Hause kam.

Sie wusste aus seinem letzten Brief, dass er in Frankenthal sein würde. Aufgrund des gerade in Kraft getretenen Sozialistengesetzes waren alle Veranstaltungen der SAP, zu denen man ihn als Redner eingeladen hatte, abgesagt worden. Ins Büro des Arbeitervereins in Frankenthal hatte sie dennoch nicht fahren wollen, um ihn zu treffen. Sie befürchtete, dass man sie dort wiedererkennen würde. Und da sie Franz und Pauline über ihr wahres Reiseziel belogen hatte, weil sie befürchtete, dass Franz ihr die Reise sonst verboten hätte, wollte sie möglichst wenig Aufsehen erregen.

Josef setzte sich ihr gegenüber an den blank gescheuerten Küchentisch. Irene wusste, dass er allein lebte und eine Zugehfrau seine Wohnung und Wäsche in Ordnung hielt. Nach dem Ende ihrer Beziehung war Josef keine neue feste Bindung mehr eingegangen. Auch das verursachte ihr nun, wie auch schon früher, ein schlechtes Gewissen.

»Also«, begann Josef, »wie komme ich zu der unerwarteten Freude deines Besuchs? Zumal du mir ja geschrieben hast, dass dein Mann unseren jüngst wieder aufgenommenen Kontakt eher tolerieren würde, wenn wir uns nach Möglichkeit nicht persönlich träfen.«

Irene errötete leicht. »Deshalb bin ich auch heimlich ohne sein Wissen hier. Franz wähnt mich bei meiner lungenkranken Freundin Minna in Falkenstein.«

»Aha!« Als einzige Reaktion schnellten Josefs Augenbrauen in die Höhe.

»An sich hat Franz nur darauf bestanden, dass wir nie im selben Haus übernachten. Aber das war, als er noch nicht absehen konnte, dass es ein Versammlungsverbot für die SAP geben würde, und davon ausging, dass wir vielleicht ab und an gemeinsam auftreten wollten. Ich hätte ihm also kaum plausibel erklären können, warum ich dich jetzt persönlich treffen möchte, wo solche Aktivitäten nicht mehr legal sind.«

»Aha!«, wiederholte Josef. »Deshalb hast du mir auch nicht vorher geschrieben.«

»So ist es. Ich wusste ja aus deinem letzten Brief, dass du hier sein würdest.«

»Und was ist nun der Grund deines Besuchs?«, fragte Josef

zum wiederholten Mal mit gerunzelter Stirn. »Wie du ja bereits gesagt hast, dürfen wir keine legalen Aktivitäten mehr für die SAP ausüben. Unsere Zeitungen wurden bereits verboten, Versammlungen werden nicht mehr genehmigt.« Ein bitterer Unterton lag in seiner Stimme.

Er nahm einen Schluck Tee. »Und wie ernst sie es damit meinen, haben wir gerade sehr schmerzlich erfahren müssen. Vor einigen Tagen wurde Irmgard Fischer verhaftet.«

Irene erschrak. »Irmgard? Weil sie den örtlichen Arbeiterinnenverein leitet?« Die verwitwete Heimarbeiterin hatte vor fünf Jahren Irenes Nachfolge im Arbeiterbüro in Frankenthal angetreten.

Josef schüttelte den Kopf. »Nein. Sie wird wegen Majestätsbeleidigung angeklagt.«

»Wegen Majestätsbeleidigung?« Irene glaubte zuerst, sich verhört zu haben. Doch Josefs finstere Miene belehrte sie eines Besseren. »Was hat sie denn Schlimmes gesagt?«

»Bereits am Mittwoch hat die Polizei unser Büro durchsucht. Sie kam perfiderweise am frühen Abend, als kaum jemand mehr vor Ort war. Irmgard hielt gerade ihre Sprechstunde ab. Als man auch das Zimmer durchsuchen wollte, in dem sie mit einer Besucherin saß, wehrte sie sich dagegen. Nicht tätlich, sondern mit Worten.«

»Was hat sie denn nun gesagt?«

»Leider etwas sehr Unglückliches.«

»Nämlich?«

Josef räusperte sich. »Die Beamten forderten Irmgard im Namen des Kaisers auf, ihren Anordnungen Folge zu leisten. Darauf antwortete sie, der Kaiser müsse beim Juni-Attentat durch die Treffer in seinen Kopf wohl um den Verstand gekommen sein, wenn er tatsächlich so etwas Unsinniges befohlen hätte.«

»Oh weh!« Irene begriff die Tragweite dieser unvorsichtigen Äußerung sofort. »Das war wirklich sehr unklug!«

Josef nickte grimmig. »So ist es. Die Polizei nahm Irmgard gleich mit. Nun droht ihr mindestens ein Jahr Festungshaft, heißt es.«

»Ein ganzes Jahr? Wegen eines einzigen unbedachten Satzes?«

»Ein Jahr, wenn sie Glück hat«, fügte Josef hinzu. »Da das Attentat die Gemüter noch immer erregt, könnte es leicht noch eine schlimmere Strafe werden. Es hängt davon ab, wie sich Irmgard vor Gericht verhält. Ob sie Reue zeigt und sich demütig gibt.«

»Wann ist die Verhandlung?«

»Schon nächsten Montag. Überall in den größeren Städten wurden Schnellgerichte gebildet. Irmgard wird in Ludwigshafen der Prozess gemacht.«

»Dann rede ihr auf jeden Fall gut zu, dort diplomatischer aufzutreten«, riet Irene.

»Das ist bereits geschehen.«

»Was wird jetzt aus Irmgards Kindern?«

»Zwei Familien haben sie aufgenommen. Die Arbeiterkasse bezahlt für ihren Unterhalt. Zusammen konnten die beiden Geschwister leider nicht unterkommen. Dazu fehlt in den Familien der Platz.«

»Wurde denn etwas Belastendes bei der Durchsuchung gefunden?«

Josef verzog verächtlich den Mund. »Nicht das Geringste. Wir hatten alle einschlägigen Bücher und Zeitungen schon vorher aus dem Lesesaal entfernt.« Er zeigte auf sein Arbeitszimmer. »Die meisten Bücher befinden sich jetzt hier. Und unsere Vereinsstatuten weisen unsere Arbeiterkasse als reine Hilfskasse für Notlagen aus, ohne ein einziges Wort über Gewerkschaft oder gar Streiks zu verlieren. Das hatte ich mir schon während meiner einjährigen Festungshaft nach dem Lambrechter Ausstand vorgenommen. Jetzt hat es sich ausgezahlt. Unser Geld wurde nicht konfisziert, so wie es bei vielen Vereinen in anderen Städten geschehen ist.«

»Das war wirklich sehr klug von dir«, lobte Irene. »Wie ist es denn in den letzten Jahren hier in Frankenthal weitergegangen?«

Sie lauschte fasziniert, was Josef Hartmann und Irmgard Fischer alles auf die Beine gestellt hatten. Bildungsabende für die Arbeiter, bei denen aus den Schriften von Marx, Engels, Bebel und anderen Arbeiterführern vorgelesen wurde. Abendkurse für Analphabeten beiderlei Geschlechts. Fortsetzung der von ihr begonnenen Nähkurse für Heimarbeiterinnen. Am meisten interessierte Irene sich für die kleine Wohnung, die der Arbeiterinnenverein angemietet hatte, um von ihren Ehemännern misshandelten Frauen ein Obdach zu bieten.

»Obwohl die meisten danach wieder zu ihren Männern zurückkehren. Immerhin hält die Blamage einschließlich der Standpauke von Irmgard und mir und die Drohung, sie in Notlagen nicht mehr zu unterstützen, viele Arbeiter erst einmal davon ab, ihre Frauen gleich wieder zu schlagen. Leider ist das in vielen Fällen nicht von sehr langer Dauer.«

Irene dachte an Emmas trauriges Schicksal und nickte. »Aber es ist gut, dass die Frauen zumindest eine erste Zuflucht haben und die Männer für ihr abscheuliches Verhalten getadelt werden.«

Die Uhr im Nebenzimmer schlug siebenmal.

»Oh Gott!«, erschrak Irene. »Es ist schon so spät. Gitta wird jeden Moment mit der Droschke kommen.«

Josef legte seine Hand auf die ihre. »Nun hast du mir noch immer nicht gesagt, was dich hierherführt.«

»Morgen, Josef! Morgen komme ich wieder«, versprach Irene. »Sobald es hell ist, kann ich da sein. Gitta, mein Mädchen, ist zuverlässig und wird schweigen. Sie schuldet mir noch einen Gefallen. Aber ich sollte nicht nach Einbruch der Dunkelheit allein mit dir in deiner Wohnung sein.«

Josefs Augen verdunkelten sich. Er zog seine Hand zurück und ballte sie zu einer Faust. Dann öffnete er sie wieder und legte sie flach auf den Tisch. Er holte tief Luft, hob seinen Kopf und sah Irene gerade ins Gesicht.

»Du weißt, wie sehr ich mich freue, dich zu sehen«, sagte er mit dem rauen Unterton, den Irene sofort wiedererkannte. So hatte seine Stimme geklungen, als er um sie warb und sich ihrer Zuneigung zu ihm noch nicht sicher war. »Und daher sollst du auch wissen, dass ich dich immer noch liebe. Nie hat eine andere Frau deinen Platz eingenommen, Irene.«

In tödlicher Verlegenheit wich sie aus. »Kann ich denn morgen wieder zu dir kommen? Ich möchte mit dir besprechen, ob und welche Wege es gibt, meine Aktivitäten für die Rechte der Frauen trotz dieses schlimmen Gesetzes fortzuführen. Wäre es dir«, sie überlegte kurz, »wäre es dir gegen elf Uhr recht?«

»Das kann ich mir einrichten. Zumal morgen Sonntag ist.«

Ein lautes Klopfen hallte durch das Stiegenhaus. »Das wird Gitta sein.«

Hastig zog Irene Mantel, Hut und Handschuhe an und zog den Schleier ihres Hutes tief ins Gesicht. »Damit deine Hauswirtin mich nicht als Frau Hartmann erkennt«, äußerte sie überflüssigerweise und spürte erneut einen Stich in der Brust, als Josefs Gesicht sich schmerzlich verzog. In ihrer Frankenthaler Zeit hatte sie als Josefs Ehefrau gegolten.

Josef stand auf und begleitete Irene zur Tür. Um einer weiteren Umarmung auszuweichen, streichelte Irene ihm mit ihrer behandschuhten Hand über die Wange und hauchte einen Kuss darauf.

»Einen schönen Abend wünsche ich dir. Und freue mich sehr auf morgen.«

Dann huschte sie rasch ins Stiegenhaus und die Treppe zur Haustür hinab, vor der Gitta sie schon erwartete.

Weingut bei Schweighofen
28. Oktober 1878

Mit den Zwillingen an der Hand ging Pauline über den Hof des Weinguts. Wie immer herrschte während der Weinlese überall geschäftiges Treiben. Frauen saßen in Gruppen um schmale Holztische herum und beerten die gerade geernteten Trauben ab. Mostfässer von den weniger guten Lagen, wo die Dolden in Traubenmühlen bereits bei den Weinbergen vorgepresst wurden, trafen auf von schweren Kaltblütern gezogenen Karren ein.

Zum Glück hatte das trübe Wetter der vergangenen Tage wieder aufgeklart. Die blasse Oktobersonne spendete zwar keine Wärme, tauchte das Gut aber in ein freundliches Licht. In wenigen Tagen würde die Lese bis auf den Eiswein beendet sein.

»Onkel Otto!«, rief Sophia plötzlich. »Da ist Onkel Otto!« Sie riss sich von Paulines Hand los und stürmte über den Hof. Einen Moment lang glaubte Pauline, die Kleine würde unter Ottos Gespann geraten. Ihr Herz setzte einen Schlag lang aus.

Dann sprang Minnas Mann von seinem mit Fässern beladenen Karren und hob Sophia hoch. »Was bist du doch für ein Wildfang! So benimmt sich ein feines Mädchen nicht!«, tadelte er sie mit schlecht verhohlener Belustigung.

Mittlerweile waren Pauline und Klara herangekommen. »Eigentlich müsste ich dich zur Strafe für deine Unvorsichtigkeit jetzt ins Haus schicken, Sophia«, versuchte sich Pauline in großmütterlicher Strenge. »Ohne dir die neugeborenen Kätzchen im Stall zu zeigen.«

Sophia verzog die Lippen zu einem reizenden Schmollmund und schüttelte ihre dunklen Locken, die ihr bis auf die Schultern fielen und mit einem schmalen grünen Band aus der Stirn gehalten wurden. Anders als Klara, die Rosa bevorzugte, hasste Sophia diese Farbe.

»Ich habe mich doch so gefreut, dass der Onkel Otto einmal

kommt«, verteidigte sich die Vierjährige. »Wo doch die Tante Minna schon so lange weg ist.«

Fast hätte Pauline Sophia daran erinnert, dass ihre Mutter Irene Minna gerade in der Klinik besuchte. Dann besann sie sich jedoch auf die Höflichkeitsformen und reichte Otto Leiser zuerst die Hand. Der zog seinen Hut und ergriff sie mit der Ehrerbietigkeit der einfachen Leute gegenüber den Höhergestellten.

»Ja, wir alle vermissen die Tante Minna sehr«, bestätigte er, an Sophia gewandt. »Und hoffen, dass wir sie schon bald wieder zu Hause haben.«

In diesem Augenblick kam Fränzel über den Hof. »Was macht ihr beiden denn hier?«, fragte er seine Schwestern.

»Wir möchten die neuen Kätzchen besuchen«, antwortete Klara. »Zeigst du sie uns?«

»Das mache ich gerne. Darf ich, Großmama?«, wandte sich Fränzel an Pauline. »Ich passe auch gut auf die beiden auf.«

»Dann lauft!«, entschied Pauline lächelnd. »Doch zum Mittagessen um Schlag zwölf Uhr seid ihr mit gewaschenen Händen wieder im Haus.«

Sie war nicht sicher, ob überhaupt eins ihrer Enkelkinder diese Mahnung gehört hatte, denn die drei liefen bereits in Richtung der Stallungen.

»Wie geht es denn Ihrer Frau, Herr Leiser?«

»Wieder besser, nachdem sie einen kleinen Rückschlag hatte, schreibt sie. Sie muss immer noch jeden Tag von morgens bis abends in dieser offenen Halle liegen. Wir hoffen, dass sie Weihnachten endlich wieder daheim ist. Wir vermissen sie wirklich sehr. Besonders die Jungen.«

Pauline nickte, innerlich sorgenvoll. Denn Irene hatte ihr vor ihrer Abreise etwas ganz anderes erzählt, nämlich, dass Minna aufgrund eines schweren Rückfalls noch Monate in der Klinik verbringen müsste. Offenbar verheimlichte Minna das noch vor ihrer Familie. Doch sie, Pauline, fühlte sich nicht berufen, Otto darüber aufzuklären.

»Es muss hart für Sie alle sein, Minna so lange zu entbehren. Ich verstehe, dass vor allem die Buben es schwernehmen«, versuchte sie, den geordneten Rückzug anzutreten. »Sie ist ihnen wirklich eine vorbildliche Mutter.« Eigentlich war Minna als Ottos zweite Frau die Stiefmutter der Jungen. Aber das war aufgrund ihres herzlichen Umgangs mit ihnen fast in Vergessenheit geraten.

»Da haben Sie recht, gnädige Frau. Minna fehlt uns allen sehr«, bestätigte Otto. »Zumal wir sie jetzt seit über einem halben Jahr nicht mehr gesehen haben.«

Pauline war verwirrt. »Ja, haben Sie Ihre Frau denn noch nie in Falkenstein besucht?«

»Leider nein, Frau Gerban. In der Lungenheilstätte ist jeder Besuch verboten. Wegen der Ansteckungsgefahr. Ich durfte Minna nicht einmal hineinbegleiten, als ich sie im April dorthin brachte.«

Pauline fühlte sich wie vom Blitz getroffen. Sekundenlang war sie sprachlos. Otto verbeugte sich und setzte seinen speckigen Hut wieder auf.

»Doch nun bitte ich Sie, mich zu entschuldigen, gnädige Frau. Diese Fässer hier werden dringend gebraucht.«

Am Bahnhof von Frankenthal
30. Oktober 1878

»Nun bin ich sehr gespannt darauf, wie es weitergeht, Irene. Ob und was du aus den Plänen machst, die wir besprochen haben.«

»Ich werde mein Bestes geben«, versprach Irene. »Und hoffe, dass meine Schwiegermutter mich weiterhin unterstützt, so wie sie es bislang schon getan hat. Meine Reisen zu den einzelnen Städten kann ich nur in Franz' Abwesenheit machen, sonst leidet unser Familienleben noch mehr. Deshalb muss Pauline die Kinder betreuen, wenn ich weg bin. Und ich hoffe, dass Franz meine

Pläne gutheißt und mir vor allem glaubt, dass ich nur Nähkurse und informelle Gesprächskreise veranstalten will. Aufgeben will ich mein Vorhaben nämlich nicht. Ist Franz nicht damit einverstanden, müsste ich Mittel und Wege finden, es heimlich zu tun.«

Ihre Stimme klang so traurig, wie ihr das Herz schwer wurde, wenn sie an diese letzte Möglichkeit dachte. Bis zu dieser Reise nach Frankenthal hatte sie Franz noch nie etwas verheimlicht oder ihn gar belogen, seit sie sich vor fünf Jahren wiedergefunden hatten.

»Du weißt, dass dir meine Tür jederzeit offensteht, Irene.« Josef sah sie eindringlich an.

Irene nickte, wich seinem Blick aber aus. Erst am gestrigen Abend hatte sie Josef von dem furchtbaren Streit erzählt, den sie einige Tage zuvor mit Franz gehabt hatte.

»Ich habe vor, mich mit Franz wieder völlig auszusöhnen«, sagte sie jetzt. »Und nicht nur, damit er mich gewähren lässt. Ich liebe ihn nach wie vor, Josef«, setzte sie hinzu, nachdem sie sich mit einem raschen Seitenblick davon überzeugt hatte, dass Gitta nicht mithören konnte. Die stand neben den Koffern und stellte sich immer wieder ungeduldig auf die Zehenspitzen, um am Gleis entlangzuspähen, auf dem der bereits verspätete Zug eintreffen sollte.

Josef nickte resigniert. »Ich wünsche dir in deiner Ehe weiterhin Glück, Irene. Doch was genau willst du tun, wenn Franz nicht einverstanden ist? Oder sie sich zum Beispiel schon bezüglich dieser Reise verplappert?« Er machte eine Kopfbewegung in Richtung des Dienstmädchens.

»Das wird Gitta nicht.« Hierin war sich Irene sicher. »Ich werde ihr auf der Rückfahrt sagen, dass ich sie dauerhaft als Dienstmädchen in Schweighofen behalten möchte. Auch damit sie mich auf meinen kleinen Agitationsreisen begleitet. Lene Krüger, die das bislang getan hat, wird verstehen, dass ich ihre Hilfe bei der Organisation von Nähkursen nicht brauche. Aber eine Zofe dabeihaben muss, wenn ich über Nacht wegbleibe. Zumal niemand verstehen würde, warum ich Lene auch nach Falkenstein mitnehme, wenn ich Minna vorgeblich das nächste Mal dort besuche.«

»Das möchtest du also wieder zum Vorwand nehmen, wenn du im Februar nach Frankenthal kommst, um an dem geheimen Treffen der Arbeiterführer teilzunehmen?« Missbilligung und Hoffnung schwangen gleichermaßen in Josefs Stimme mit.

»So ist es. Ich will unbedingt August Bebel kennenlernen. Zumal mir Minna geschrieben hat, dass sie noch mindestens sechs Monate in der Klinik bleiben muss. Es ist sehr traurig für sie und vor allem für ihre Familie. Minna hat ihnen noch gar nicht gestanden, dass Otto und die Buben Weihnachten ohne sie verbringen müssen. Sie hat ihren Rückfall als harmlos hingestellt, damit sie sich keine großen Sorgen machen. Nur mir hat sie eingestanden, dass es ein schwerer Rückschlag war, den sich auch die Ärzte nicht erklären können.«

»Und mich gebeten, niemandem außer Franz, der ihren verlängerten Aufenthalt ja bezahlt, und Pauline etwas davon zu sagen«, fügte sie hinzu. »Daran habe ich mich gehalten. Dass die beiden es wissen, kam mir jetzt zupass, als ich einen Vorwand für meine Reise brauchte.«

Josef wiegte sorgenvoll den Kopf. »Das gefällt mir nicht, Irene. Eheleute sollten einander nicht belügen.«

Irene verdrängte ihre Schuldgefühle mit Trotz. »Franz hat damit angefangen«, verteidigte sie sich. »Und als mein Ehemann könnte er mir alles verbieten, was ich zu tun beabsichtige, wenn er wüsste, dass ich dich in diesem Rahmen ab und zu auch persönlich treffe. Darauf will ich es erst gar nicht ankommen lassen.«

Wenn du das befürchtest, steht es mit eurer Ehe nicht zum Besten, lag es Josef schon auf der Zunge zu sagen. Doch er verkniff sich diese Bemerkung. Mit der Zeit würde sich herausstellen, ob Irene auf Dauer mit Franz glücklich wäre. Oder ob sie am Ende doch merken würde, dass sie, das ehemalige Dienstmädchen, besser zu ihm, dem unehelichen Sohn einer Pfarrmagd, passte als zum reichen Erben eines Großgrundbesitzers.

Auch Josef wusste nichts über Irenes wahre Herkunft.

Der Pfiff der Dampflokomotive ertönte. Irene drückte Josef einen schwesterlichen Abschiedskuss auf die Wange und bestieg mit Gitta den Zug.

»Jetzt ist es an der Zeit, dass wir einiges miteinander besprechen, Gitta«, begann sie. Zum Glück war ihr Abteil in der zweiten Klasse außer ihnen leer.

»Du hast dich sicher schon die ganze Zeit über gefragt, was ich hier in Frankenthal tue. Zumal ich dir ja erst nach der Abfahrt aus Weißenburg gesagt habe, dass wir gar nicht nach Falkenstein fahren.«

»Sie erklärten, einen alten Freund besuchen zu wollen, Frau Gerban«, antwortete Gitta. »Und dass nichts Unrechtes zwischen ihnen vorfallen würde. Das schien mir auch so zu sein. Mehr muss ich doch gar nicht wissen.«

»Doch, liebe Gitta. Das musst du«, widersprach Irene. »Hast du schon von dem neuen Gesetz gegen die Sozialisten gehört?«

»Nur vage, Frau Gerban. Frau Burger wollte nicht, dass in der Gesindestube über Politik gesprochen wird.«

»Dann lass dir zuerst einmal die Zusammenhänge erklären!« Bis zur nächsten Station in Ludwigshafen erläuterte Irene Gitta die Hintergründe ihres Besuchs bei Josef Hartmann. Zum Glück stieg auch jetzt niemand zu. Bis zum Halt in Kaiserslautern, wo sie den Zug wechseln müssten, blieb genug Zeit für den Rest des Gesprächs.

»Sie möchten also im Verborgenen weiterführen, was Sie wegen des neuen Gesetzes nicht mehr in der Öffentlichkeit tun dürfen?«, begriff Gitta.

»Im Verborgenen, aber vor allem im Kleinen. Offiziell biete ich Nähkurse in verschiedenen Orten an. Bilde Arbeiterfrauen aus, damit sie ihre Fertigkeiten wiederum an andere Frauen weitergeben können. So will ich es auch meinem Mann sagen. Dich brauche ich als zuverlässige Begleitung. Entsprechend meines jetzigen Standes kann ich nicht mehr, so wie früher, einfach allein auf Reisen gehen. Damit werde ich auch begründen, warum ich dich als Zofe in meinen Diensten behalten möchte.«

Gitta strahlte, als sie die Tragweite von Irenes Worten begriff. »Dann kann ich damit aufhören, mich nach einer neuen Stelle umzusehen? Sie wissen ja, dass meine Suche bislang vergeblich war.«

Sowohl Irene als auch Gitta vermuteten, dass Gerüchte, die Ottilie Gerban über ihr ehemaliges Dienstmädchen in der Region verbreitet hatte, für die vielen Absagen trotz Gittas jetzt wieder einwandfreien Gesindebuchs verantwortlich waren.

»So ist es«, bestätigte Irene.

»In welchen Orten wollen Sie die Versammlungen anbieten?«

»Wir haben zunächst drei Städte ins Auge gefasst. Landau, wo ich selbst ja schon gute Kontakte aufgebaut habe, Lambrecht, wo Josef Hartmann zuverlässige Arbeiterfrauen kennt, und Frankenthal, wo ich bereits im Arbeiterverein tätig war und man sich noch an mich erinnert.«

Schweren Herzens hatte sich Irene von Josef davon überzeugen lassen, dass ihre gerade begonnenen Aktivitäten in Neustadt keine zuverlässige Basis für eine Fortsetzung ihres dortigen Engagements waren.

»Von den Reisen nach Frankenthal darf aber zu Hause niemand wissen«, fügte sie nun hinzu. »Ich werde stattdessen behaupten, nach Oggersheim zu fahren, wo ich ja auch schon gearbeitet habe.«

»Dann soll ich also weiterhin für Sie lügen«, konstatierte Gitta.

Irene verspürte einen Stich in der Brust. »Daran führt leider kein Weg vorbei. Ganz allein auf mich gestellt will ich nicht sein. Ich brauche den Kontakt zu Josef Hartmann und anderen Arbeiterführern, denen er mich bei Gelegenheit vorstellen will, um mich austauschen, Hilfe bei Problemen finden und weiter dazulernen zu können.«

Gitta ließ das eine Weile auf sich wirken, bis sie zu Irenes Erleichterung nickte. »Sie haben mir in Altenstadt geholfen, jetzt helfe ich Ihnen«, versprach sie. »Aber was tun Sie bei den Versammlungen, wenn Sie gar keine Nähkurse anbieten?«

»Ich berate die Frauen vor Ort, wie sie einander unterstützen können. Zum Beispiel, indem sie eine Kasse für Notlagen einrichten. Oder wie sie es bewerkstelligen, denen, die es nicht können, Lesen und Schreiben beizubringen. Wie sie misshandelten Frauen helfen können. Wir werden über alles beraten, was den Frauen hilft, sich selbst zu helfen. Ich will sie auch dazu ermutigen, selbst weitere Gesprächskreise zu gründen. So können aus der Keimzelle einer Gruppe viele weitere entstehen. Nur nicht, wie offiziell behauptet, zum Zweck von Nähkursen, sondern zur Verbreitung der Ideen des Sozialismus. Für eine bessere und gerechtere Welt.«

Vorsichtshalber verschwieg sie Gitta noch, dass sie bei diesen Treffen auch verbotene Bücher und Zeitungen mit den Frauen lesen wollte.

»Und wie oft möchten Sie das machen?«

Irene seufzte. »Das wird von den Reisen meines Mannes nach Berlin abhängen. Denn wenn er zu Hause ist, will auch ich daheim sein. Nach Landau und nach Lambrecht schaffe ich es zusammen mit nur einer Übernachtung. Wenn alles so klappt, wie ich es mir vorstelle, fahren wir samstags nach Landau, treffen uns am Abend dort mit den Frauen und übernachten im Gasthaus ›Zum silbernen Kreuz‹. Am Sonntagmorgen fahren wir dann nach Lambrecht weiter, machen das Treffen um die Mittagszeit und sind am Abend wieder in Schweighofen.«

»Aber wo möchten Sie sich denn treffen? Wenn es doch in

Wahrheit gar keine Nähkurse sind, wird man das doch rasch merken.«

Irene seufzte und registrierte zugleich Gittas Scharfsinn. Offensichtlich hatte sie das Dienstmädchen bislang unterschätzt.

»In Lambrecht ist das nicht schwierig. Da habe ich eine gute Freundin, die uns ihr Haus sicherlich zur Verfügung stellen wird.« Sie meinte damit Trude Ludwig, ihre ehemalige Vermieterin.

»Und in Landau frage ich Luise Kessler, wo wir uns treffen könnten.« Das war die Schwester der Herxheimer Weberin Hilde. »Oder Greta Leyendecker, die Wirtin vom ›Silbernen Kreuz‹«, überlegte sie laut. »Eine der beiden wird sicherlich etwas wissen.«

»Und was ist mit Frankenthal?«

Irene stieß die Luft aus. »Dorthin ist es am weitesten und auch am kompliziertesten«, gab sie zu. »Aber auch am wichtigsten. Man hat die dortige Arbeiterführerin vorgestern wegen Majestätsbeleidigung zu achtzehn Monaten Haft verurteilt.« Sie erläuterte kurz die Hintergründe des Prozesses gegen Irmgard Fischer.

»Deshalb braucht man gerade dort eine Frau, die alles, was bereits aufgebaut wurde, weiterführt. Josef Hartmann hat mich darum gebeten. Denn vor Ort traut sich nach der Verhaftung Irmgards niemand mehr, ihre Nachfolge anzutreten. Wir werden uns in der Wohnküche von Josef Hartmann treffen und zur Tarnung dort sogar eine Nähmaschine bereithalten. Denn Frankenthal steht jetzt wahrscheinlich unter besonderer Beobachtung der Behörden.«

Irene schluckte den Kloß, der sich in ihrer Kehle zu bilden begann, hinunter. »Aber wie ich schon sagte, zu Hause darf niemand wissen, dass ich nach Frankenthal fahre. Übernachten werden wir in dem Gasthaus, das du schon kennst. Denn in einem einzigen Tag schaffe ich es nicht hin und zurück.«

Gitta nickte verständnisinnig. »Sie wollen nicht, dass Ihr Mann von Herrn Hartmann erfährt.«

Irene spürte, dass ihre Kehle wieder enger wurde. »Er könnte es missverstehen«, sagte sie leise.

Sie stieß hörbar die Luft aus. »Also werde ich vorgeben, in Oggersheim zu sein, wie ich es eben schon sagte. Auch bis dahin wäre es eine so weite Reise, dass wir einmal übernachten müssten. Und da ich dort sogar einmal Vorarbeiterin in einer Weißnäherei war, wird sich keiner darüber wundern.«

Kurz hatten Josef Hartmann und sie sogar überlegt, ob Irene auch in Oggersheim tätig werden sollte, dies dann aber wieder verworfen, damit Irene nicht zu oft von zu Hause wegmüsste.

»Nach Frankenthal oder offiziell Oggersheim fahre ich dann jeweils am zweiten Wochenende im Monat, an dem mein Mann auf Reisen ist. Auf diese Weise kann ich ungefähr alle vier Wochen in jedem Ort eine kleine Versammlung abhalten.«

Dass sie im Februar des nächsten Jahres noch einmal für mehr als ein Wochenende nach Frankenthal kommen wollte, um an einer geheimen Zusammenkunft wichtiger SAP-Politiker teilzunehmen, verschwieg sie Gitta heute noch. Diese Reise müsste unter dem Vorwand eines weiteren Besuchs in Falkenstein stattfinden.

»Tun Sie denn auch etwas für uns Dienstmädchen, Frau Gerban?«, fragte Gitta plötzlich.

»Das würde ich gerne«, antwortete Irene nach einiger Überlegung zögernd. »Aber da weiß ich noch nicht, wie ich es anstellen soll.« Minna fiel ihr ein.

»Vielleicht haben wir ja eine Idee, wenn meine Freundin Minna wieder gesund und zu Hause ist«, vertröstete sie Gitta und sich selbst.

Weingut bei Schweighofen

30. Oktober 1878, einige Stunden später

Die Dämmerung begann schon hereinzubrechen, als Irene und Gitta im Weingut ankamen. Man merkte, dass sich langsam der Winter näherte.

Daher war Irene erstaunt, als Pauline, nur mit einem Schultertuch vor der herbstlichen Kühle geschützt, in den Hof trat, kaum dass der Kutscher Peter den Schlag des Einspänners geöffnet hatte. Normalerweise saß sie um diese Stunde mit einer Handarbeit oder einem Buch im Salon.

Ihr Lächeln gefror, als Irene Paulines düsterer Miene gewahr wurde. »Ich habe auf dich gewartet, Irene«, sagte ihre Schwiegermutter nach einer knappen Begrüßung. »Zum Glück ist Franz noch nicht aus den Weinbergen zurück. Ich muss dringend mit dir sprechen, bevor er nach Hause kommt. Rosa hütet derweil die Kinder, damit wir zehn Minuten ungestört sind.«

Mit einem unguten Gefühl folgte Irene Pauline in den zweiten Stock des Gutshauses und den langen Flur entlang ins Schreibzimmer. Das Feldbett, auf dem Franz nach seiner Ankunft genächtigt hatte, war wieder daraus entfernt worden.

Mit einer brüsken Bewegung wies Pauline auf einen Sessel. Irene nahm auf seiner äußersten Kante Platz. Pauline drehte den kleinen Stuhl vor dem Sekretär um und setzte sich ihr gegenüber.

»Ich will gar nicht um den heißen Brei herumreden, Irene. Wo kommst du her? In Falkenstein kannst du nicht gewesen sein, denn dort darf kein Patient Besuche empfangen. Das weiß ich von Otto Leiser selbst, der seine Frau Minna seit April nicht mehr gesehen hat.«

Irene fühlte ihr Gesicht heiß werden. Die Idee einer weiteren Lüge verwarf sie sofort. Sie widerstrebte ihr aus ganzem Herzen und würde wahrscheinlich ohnehin auffliegen, da sie nicht mit Gitta abgesprochen war.

So holte sie hörbar Luft. »Ich war in Frankenthal. Bei Josef Hartmann«, antwortete sie zu Paulines Entsetzen. »Aber es ist nichts Unrechtes zwischen uns geschehen. Gitta ist meine Zeugin.«

Pauline öffnete und schloss ihre Hände. »Und was wolltest du bei Josef Hartmann in Frankenthal, wenn ich das fragen darf?«

Angesichts ihres sarkastischen Tonfalls wäre Irene gern wütend geworden, spürte aber stattdessen Tränen in ihren Augen aufsteigen. »Ich wollte Josef um Rat fragen, wie ich meine Aktivitäten für die Frauenrechte trotz dieses verfluch …«, sie biss sich auf die Lippen, »… dieses unsäglichen Gesetzes fortsetzen kann.«

»Und dafür hast du fünf Tage lang gebraucht? Du bist am Samstag abgereist. Heute ist Mittwoch.« Der reine Vorwurf sprach aus Paulines Worten.

»Ich habe am Samstagabend nur kurz mit Josef gesprochen«, stellte Irene klar. »Und ihn heute früh nur am Bahnhof gesehen.«

»Das sind Spitzfindigkeiten. Dann eben drei Tage und einen Abend. Was hattet ihr so lange zu besprechen?«

»Oh, einiges.« Jetzt wurde Irene doch trotzig. »Immerhin haben wir uns fünf Jahre lang nicht mehr gesehen. Und Josef Hartmann ist mittlerweile einer der bekanntesten Arbeiterführer in der Pfalz.«

Das Herz pochte ihr bis zum Hals. Sie machte eine kleine Pause und fuhr dann fort. »Am Montag und am Dienstag hatte Josef erst am späten Nachmittag Zeit für mich. Die ganze Arbeiterschaft in Frankenthal ist in Aufruhr. Da hatte er alle Hände voll zu tun, um weiteres Unheil abzuwenden.« Kurz skizzierte sie Irmgard Fischers Schicksal. »Und da ich jeden Abend bei Einbruch der Dunkelheit wieder in den Gasthof zurückkehrte, waren es an diesen Tagen nur kurze Gespräche. Am ausführlichsten haben wir uns am Sonntag unterhalten.«

Paulines strenge Miene entspannte sich ein wenig. »Also hast du die Grenzen von Anstand und Schicklichkeit nicht überschritten? Ich werde Gitta darüber befragen.«

Irene ballte die Hände zu Fäusten. »Tu das ruhig. Sie wird dir nichts anderes sagen. Ja, ich war einige Male allein mit Josef in seiner Wohnung. Aber ich sage das jetzt nur noch einmal: Zwischen uns ist nichts Unrechtes vorgefallen.«

Ob Franz Josefs lange Umarmung, mit der er Irene am Dienstagabend verabschiedet hatte, auch so gewertet hätte, ließ sie offen. Sie selbst wusste ja am besten, dass sie nur freundschaftliche Gefühle für Josef empfand.

»Außerdem habe ich noch einige Bekannte aus meinen Frankenthaler Zeiten getroffen. Frauen, die damals in meine Sprechstunde kamen.« Auch das war die Wahrheit.

»So, so.« Pauline war noch nicht überzeugt. »Und was ist nun das Ergebnis dieser Beratungen?« Sie betonte das letzte Wort.

Auch weil sie auf Paulines Unterstützung angewiesen war, entschloss sich Irene, ihr so ehrlich wie möglich zu antworten.

»Du selbst hast mich auf die Idee gebracht, die Nähkurse wieder aufzunehmen. Doch in der Umgebung von Schweighofen sehe ich darin wenig Sinn. Die Frauen hier sind zu unpolitisch. Außerdem können die meisten, die sich überhaupt dafür interessiert haben, mittlerweile nähen.«

»Hm. Was hat denn Politik mit den Nähkursen zu tun?«

»Die Kurse sind reine Tarnung. Sie bieten uns den Vorwand für unsere Zusammenkünfte.« Irene war jetzt rückhaltlos offen.

»Uns? Von wem sprichst du?«

»Ich möchte engagierten, vertrauenswürdigen Frauen vermitteln, wie sie anderen Frauen am besten helfen können. Hilfe zur Selbsthilfe, wenn du es so nennen willst. Dabei kann es um eine Vielzahl von Themen gehen. Zum Beispiel darum, wie man sich zudringlicher Vorarbeiter oder Schlafburschen erwehrt«, nannte sie ein Thema, das sie Gitta gegenüber zu erwähnen vergessen hatte. »Wie man die Symptome schlimmer

Krankheiten erkennt. Wie man Schäden aufgrund der beengten Wohnverhältnisse bei den Produkten der Heimarbeit vermeidet. Was Frauen mit kleinen Kindern, die tagsüber in die Fabrik gehen müssen, tun können, damit die Kleinen richtig versorgt sind. Wie man eine Bleibe für misshandelte Ehefrauen einrichtet und, und, und«, fielen Irene neue und bereits besprochene Themen ein.

»Es soll die Keimzelle einer Organisation der Arbeiterfrauen in der jeweiligen Stadt werden«, redete sie sich nun in Rage. »Wenn die Frauen sich nicht zusammentun, gibt es niemanden sonst, der sich für sie einsetzt. An jedem Zirkel werden sechs bis acht Arbeiterinnen teilnehmen, denen ich zutraue, dass sie unsere gemeinsamen Ideen weitertragen oder umsetzen, je nachdem, was notwendig ist.«

Paulines Gesichtszüge entspannten sich jetzt völlig. Sie ergriff Irenes Hand und streichelte sie. »Ach, du Unbeugsame! Du lässt dich niemals entmutigen.«

Irene erwiderte Paulines Lächeln zaghaft. »So wirst du mir dabei helfen?«

»Wobei?« Paulines Miene wurde wieder ernst. Sie zog ihre Hand zurück.

»Ich möchte diese Zirkel in Landau, in Lambrecht und in Oggersheim anbieten«, blieb Irene so dicht bei der Wahrheit, wie sie es für möglich hielt, ohne das Risiko einzugehen, einen Teil ihrer Pläne zu gefährden. »Ungefähr alle vier Wochen, während Franz in Berlin ist. Wärst du wieder bereit, derweil auf die Kinder zu achten?«

Pauline ließ sich Zeit mit der Antwort. Sie blickte aus dem Fenster in den dämmriger werdenden frühen Abend. Beide hörten Stimmen im Hof. Franz kam nach Hause.

»Bitte!« Irenes Stimme wurde flehentlich. »Bitte! Tu es um unserer Ehe willen! Ich kann nicht ertragen, dass Franz als Mann tun kann, was er will, um für seine Interessen zu kämpfen, während ich als seine Frau untätig und abhängig bleiben soll. Das würde unserer Ehe und damit auch den Kindern auf Dauer nicht guttun. Bitte, Pauline, hilf mir bei meinen Vorhaben!«

Pauline sah Irene prüfend in die Augen. »Ich stelle dir zwei Bedingungen, Irene. Oder besser gesagt, sogar drei.«

Irene machte eine resignierte Handbewegung, um sie zum Sprechen aufzufordern.

»Erstens! Du unterrichtest Franz genauso vollständig über deine Pläne wie mich mit der einzigen Einschränkung, dass du so tust, als hättest du sie mit Minna entwickelt. Und versprichst ihm wie mir, dass nichts, was nach dem neuen Gesetz strafbar ist, bei diesen Versammlungen stattfinden wird. Keine verbotenen Bücher oder Schriften, keine aufrührerischen Reden gegen die Staatsgewalt und so weiter.«

Irene entschloss sich schweren Herzens zu einer weiteren Unwahrheit. »Ich verspreche es.« Ein beklemmendes Gefühl ergriff sie, noch bevor sie den Satz vollendet hatte. Selbst jetzt führte sie ein Exemplar einer geheimen Flugschrift der SAP mit sich, welches ihr Josef Hartmann überlassen hatte. Sie befürchtete, dass Pauline sich doch an Franz wenden und ihm ihre Reise nach Frankenthal verraten könnte, wenn sie zugab, diese Schriften auch weiterhin verwenden zu wollen. Doch zumindest für ihre Frankenthaler Gruppe waren sie unentbehrlich.

»Zweitens! Und das ist noch viel wichtiger. Du fährst nicht mehr nach Frankenthal, um Hartmann zu treffen. Es ist in Ordnung, wenn ihr euch Briefe schreibt, um euch auszutauschen. Aber du wirst den Mann vorerst nicht wiedersehen. Unter dieser Bedingung schweige ich über deine vorgeschobene Reise nach Falkenstein und hoffe, dass Franz nicht auf die gleiche Weise erfährt wie ich, dass du gar nicht dort gewesen sein kannst.«

Irenes Puls begann, sich zu beschleunigen. Vor allem ihre Tätigkeit in Frankenthal wollte sie unter allen Umständen aufnehmen. Alles, was sie vor ihrer Wiederbegegnung mit Franz und nach ihr die jetzt inhaftierte Irmgard Fischer dort aufgebaut hatten, könnte sonst wieder verloren gehen.

»Aber da war nichts Unrechtes zwischen uns«, beteuerte sie noch einmal. »Ich habe meinen Mann noch nie betrogen und werde es auch nicht tun.«

Erst als Pauline errötete, wurde ihr die Doppeldeutigkeit ihrer Aussage bewusst. Immerhin war Franz das Ergebnis eines Seitensprungs von Pauline.

»Franz würde es trotzdem sehr kränken, wenn er von deiner heimlichen Reise wüsste. Zumal du ihm wegen der Lappalie, über die er dir nicht die Wahrheit gesagt hat, eine solche Szene gemacht hast.«

»Das war keine Lappalie«, begehrte Irene auf und verdrängte den Umstand, dass Franz ihr die eigene Lüge womöglich trotzdem sehr übel nehmen könnte. »Er hat unsere Ideale verraten. Ihm lässt du ohne ein Wort der Kritik durchgehen, was du mir vorwirfst!«

Pauline war jetzt wirklich beunruhigt über die zukünftige Beziehung zwischen Irene und Franz. »Ihr müsst euch gegenseitig so respektieren, wie ihr seid. Mit all euren Fehlern und Schwächen«, mahnte sie. »Ich möchte den Frieden in diesem Hause, den ich in meiner eigenen Ehe zeit meines Lebens entbehren musste, nicht gefährden, Irene. Dazu liebe ich euch alle zu sehr.« Sie räusperte einen trockenen Schluchzer weg. »Darum versprich mir, was ich von dir verlange. Dann unterstütze ich dich, so gut ich es vermag.«

Irene starrte zu Boden. Seit ihrer Zeit im Speyerer Waisenhaus hatte sie es nicht mehr nötig gehabt zu lügen, um sich ein aus ihrer Sicht völlig berechtigtes Bedürfnis zu erfüllen. Damals hatte sie den kleinlichen Nonnen öfter vorgegaukelt, sie ginge zur Beichte in die nahe gelegene Kirche, und hatte stattdessen einen kleinen Spaziergang gemacht. Noch heute gehörten diese Augenblicke, die sie sich auf diese Weise gestohlen hatte, zu den wenigen schönen Erinnerungen an ihre Zeit im Waisenhaus.

Sie entschloss sich zu einem Kompromiss zwischen Wahrheit und Unwahrheit und holte tief Luft. »Ich verspreche es dir mit einer Ausnahme. Ich fahre nicht mehr nach Frankenthal. Bis auf eine Reise im nächsten Februar. Dort kann ich August Bebel kennenlernen. Das ist kein illegales Treffen, denn die Reichstagsabgeordneten der SAP sind nicht von dem Gesetz betroffen und dürfen ihr Mandat in vollem Umfang weiter ausüben.« Zumindest in dieser Hinsicht wollte sie bei der Wahrheit bleiben.

»Ich kann wieder behaupten, ich würde Minna besuchen«, fuhr sie fort. »Oder Franz die Wahrheit sagen! Zumal seine Eifersucht vollkommen lächerlich ist und sowohl Josefs als auch meiner nicht würdig! Doch wenn er es mir verbieten will, werde ich mich ihm offen widersetzen und es eben darauf ankommen lassen, dass unsere Ehe dadurch Schaden nimmt.«

»Denk doch einmal an eure Kinder! Sind sie dir nicht wichtiger als deine politische Arbeit?«

Irene hob trotzig den Kopf. »Sind die Kinder Franz wichtiger als sein Reichstagsmandat?«

Pauline seufzte und wich erst einmal aus, wie sie es ihr ganzes Leben lang in solchen Situationen getan hatte. »Ich kann heute weder Ja noch Nein dazu sagen. Bis Februar ist es noch eine lange Zeit. Lass uns darüber sprechen, wenn es so weit ist.«

Sie fixierte Irene. »Aber das wäre dann das einzige Mal, dass du Josef Hartmann wiederbegegnest. Garantierst du mir das?«

Irenes Kehle war wie zugeschnürt. Doch einen anderen Ausweg, als wieder zu lügen, sah sie nicht. »Ich verspreche es«, antwortete sie gepresst.

Pauline musterte sie weiter. Ihr Blick war skeptisch. Trotzdem sagte sie: »Ich will dir glauben, Irene. Doch bitte enttäusche mein Vertrauen nicht!«

»Und was ist deine dritte Bedingung?«, fiel Irene plötzlich ein.

Nun entspannten sich Paulines Gesichtszüge wieder. »Ich möchte im nächsten Jahr einmal mit Franz nach Berlin reisen. Ich bin schon mein ganzes Leben lang auf die Hauptstadt neugierig und möchte endlich die Gelegenheit beim Schopf packen, sie einmal mit eigenen Augen zu sehen.«

Irene war verblüfft. »Aber warum stellst du mir eine solche Reise als Bedingung? Das ist doch ganz selbstverständlich!«

Pauline schmunzelte. »Nun, in dieser Zeit musst du deine Kinder selbst betreuen und deine Versammlungen einmal aussetzen. Ich hoffe, das ist für dich akzeptabel.«

Irene nickte erleichtert. »Natürlich ist das akzeptabel.« Wenigstens bei der dritten Bedingung blieb ihr eine weitere Lüge erspart.

Kapitel 13

Österreichische Botschaft in Berlin
Januar 1879

»Eure Exzellenz, darf ich Ihnen die Herren vorstellen, denen wir einige der besten Tropfen auf diesem Empfang verdanken?«

Graf von Sterenberg verneigte sich vor dem österreichischen Botschafter in Berlin und wies dann auf den Weinhändler Arnold Blauberg und Franz Gerban.

Der Botschafter, ein ungarischer Graf mit dem unaussprechlichen Namen Széchényi, reichte erst Blauberg, dann Franz die Hand. Beide verneigten sich ihrerseits vor dem Mann, dessen markanter Vollbart ihm bis auf die Brust reichte und den Hemdausschnitt des eleganten Abendanzugs zur Hälfte verdeckte. Franz schätzte ihn auf Mitte bis Ende fünfzig, also ungefähr so alt wie von Sterenberg.

Der Botschafter hielt einen kostbaren Kristallpokal mit Weißwein in der Hand. »Dies hier ist in der Tat ein ganz besonderer Tropfen. Selten habe ich einen besseren Wein außerhalb meiner Heimat Ungarn genossen.«

Er trank ihnen zu. Bereits am zarten Pfirsich-Geruch erkannte Franz, dessen Nase mittlerweile geübt war, einen der Gerban'schen Rieslingweine.

»Wir schätzen uns glücklich, Sie für solch eine wunderbare Festlichkeit wie die heutige beliefern zu dürfen.« Blauberg verneigte sich ein zweites Mal. »Und wenn ich meinem geschätzten Lieferanten Gerban Glauben schenken darf, wird der diesjährige Weißweinjahrgang noch besser werden.«

»Noch besser?« Der Botschafter blickte ungläubig drein.

Dann wandte er sich an Franz. »Sie sind also Ihrer Geschäfte halber heute im prächtigen Berlin?«

»Nicht nur, Eure Exzellenz. Ich vertrete das Land Elsass-Lothringen im deutschen Reichstag.«

Der Botschafter war überrascht. »Sieh an, Sie sind ein Abgeordneter. Welcher Partei gehören Sie an?«

»Den Autonomisten.«

Széchényi hob seine buschigen Augenbrauen. »Sie gehören zu denen, die die Loslösung des Elsass vom Deutschen Reich fordern?« Offensichtlich verwechselte er die Autonomisten mit der Protestpartei. »Glauben Sie einem ungarischen Diplomaten, junger Mann! Zu viel Streben nach Eigenständigkeit führt nur zu Unfrieden. Das sage ich aus eigener leidvoller Erfahrung.« Er spielte wohl auf die jahrzehntelangen Bestrebungen seines Heimatlandes an, unabhängiger von Österreich zu werden.

Franz wusste auf die Schnelle nicht, was er antworten sollte.

»Nun, immerhin sind Sie keiner von diesen Anarchisten.« Der als erzkonservativ bekannte Botschafter meinte offensichtlich die Sozialisten. »Gut, dass Ihr ehrwürdiger Kaiser Wilhelm diesen dubiosen Subjekten Einhalt geboten hat. In meinen Landen steht dies in der gleichen Schärfe noch aus.«

Ein Botschaftsbeamter, ebenfalls im Abendanzug, trat auf den Ungarn zu. »Eure Exzellenz, der englische Gesandte ist gerade eingetroffen. Sicherlich möchten Eure Exzellenz ihn persönlich begrüßen.«

Széchényi nickte den Herren zum Abschied zu und wandte sich dann zum Gehen. Auch Blauberg entschuldigte sich. Offenbar hatte er einen weiteren solventen Kunden in der illustren Gästeschar ausgemacht.

Franz war erleichtert. Von Sterenberg hatte ihn nicht als Weinlieferanten, sondern vor allem als Abgeordneten zu dieser Veranstaltung eingeladen. Dafür sprach, dass er dessen Billett in seinem Reichstagsbüro vorgefunden hatte. Blauberg entdeckte er erst, nachdem er den prächtigen Festsaal in der Beletage des

Palais Blücher am Pariser Platz betreten hatte, in dem der Neujahrsempfang des österreichischen Botschafters stattfand.

Sofort hatte sich Blauberg an Franz' Fersen geheftet, um mit ihm an seiner Seite immer wieder seine Kunden unter den anwesenden Diplomaten zu begrüßen und dabei auf die pfälzischen Spitzenweine der Gerbans hinzuweisen. Erst als von Sterenberg hinzutrat und vor allem Franz in ein Gespräch verwickelte, schien Blauberg allmählich zu akzeptieren, dass Franz diesen Abend nicht als Werbeveranstaltung für seine Weine nutzen wollte.

»Ich weiß nicht, wer Arnold Blauberg eingeladen hat. Ich war es jedenfalls nicht.« Graf von Sterenberg schien Franz' Unmut zu spüren. »Der Mann ist sehr tüchtig. Doch manchmal kann er eine richtige Pest sein.« Er zwinkerte Franz verschwörerisch zu.

Der musste grinsen. Von Sterenberg hatte den Nagel auf den Kopf getroffen.

»Ich hoffe sehr, wir sind ihn jetzt erst einmal los, nachdem ich Sie beide dem Botschafter persönlich vorgestellt habe. Damit dürfte sich der Empfang für Blauberg bereits gelohnt haben.«

Franz' Grinsen wurde breiter. *Von Sterenberg beherrscht sein Handwerk als Diplomat,* zollte er ihm innerlich Anerkennung.

»Nun lassen Sie uns ein wenig ungestört miteinander plaudern, Herr Gerban«, lud ihn der Graf ein. »Doch vorher ...« Er winkte einem der zahlreichen Kellner, die geschäftig durch den Saal eilten. »Nehmen Sie von diesen wunderbaren Kanapees! Sie stehen Ihren Weinen in nichts nach.«

Franz hatte zwar vor Aufregung gar keinen Hunger, nahm sich aber von der ihm dargereichten Platte einen kleinen Teller mit Lachsschnittchen, die mit Meerrettich und Dill garniert waren. Während von Sterenberg ihm sein Glas abnahm, biss er vorsichtig, um seine Hemdbrust nicht zu beflecken, ein Stück davon ab. »Wirklich köstlich«, bestätigte er.

»Kommen Sie! Begleiten Sie mich dort hinüber in die Fensternische! Da gibt es keine unerwünschten Zuhörer.«

Franz folgte dem Grafen und stellte Glas und Teller auf der marmornen Fensterbank ab. Noch immer fragte er sich, warum von Sterenberg ihn eingeladen hatte. Zwar waren auch einige weitere Abgeordnete vertreten, hauptsächlich führende Mitglieder der konservativen Parteien. Ebenso waren hohe preußische Diplomaten anwesend, allen voran der Reichskanzler Otto von Bismarck. Doch was hatte er hier zu suchen?

»Sie haben mich neugierig gemacht, mein Freund.« Wieder hatte von Sterenberg seine Gedanken erraten. »Sie sind noch sehr jung an Jahren und haben doch schon ein so wechselvolles Schicksal hinter sich. Kriegsversehrt, einer der erfolgreichsten Weinproduzenten im Reich und nun sogar Abgeordneter des Reichstags. Wie alt sind Sie, wenn ich fragen darf?«

»Achtundzwanzig Jahre. Im September werde ich neunundzwanzig.«

Der seltsame Ausdruck, den Franz bereits in den Geschäftsräumen Blaubergs bemerkt hatte, als er dem Grafen das erste Mal begegnet war, huschte erneut einen Lidschlag lang über dessen Gesicht. Seither hatte er von Sterenberg nur noch von Weitem gesehen, in den Restaurants oder Theatern, die Franz manchmal abends besuchte. Die Gelegenheit zu einem Gespräch hatte sich dabei nicht ergeben.

Die nächste Frage des Grafen bot Franz erst einmal eine Erklärung für dessen schwer zu deutende Miene.

»Sie sind erst achtundzwanzig Jahre alt? Wie kann das sein? Ich dachte, das Mindestalter für einen Reichstagsabgeordneten wäre dreißig.«

»Das ist auch in der Regel so, Erlaucht …«

Der Graf wehrte ab. »Um Gottes willen, seien Sie nicht so förmlich. Nennen Sie mich einfach Herr von Sterenberg.«

»Gerne, Herr von Sterenberg.« Franz wurde aus diesem österreichischen Adligen nicht schlau. »Man erwirkte eine Sondergenehmigung für mich, da man keinen anderen Kandidaten fand, der in meinem Wahlkreis für die Autonomisten-Partei anzutreten bereit war. Dabei half mir wohl auch, dass ich ein Bein fürs Vaterland verloren habe. Damit gilt man automatisch als Patriot.«

»Und sind Sie ein Patriot?«

»Ich fühle mich meiner Heimat, dem Elsass, verbunden. Nur in der Hoffnung, dazu beitragen zu können, dass sich dort die politischen Verhältnisse bessern, habe ich mich zur Parlamentswahl gestellt.«

»Aha«, kommentierte der Graf kurz, ohne weiter auf Franz' Ausführungen einzugehen. »Doch Ihr Amt führt Sie nun häufig fort von zu Hause. Sie haben doch sicherlich eine Familie?«

Franz nickte.

»Erzählen Sie mir doch ein wenig von ihr! Haben Sie Kinder? Woher stammt Ihre Frau?«

Franz wunderte sich über das Informationsbedürfnis dieses Mannes, den er doch kaum kannte. Daher leistete er seinem Wunsch mit gemischten Gefühlen Folge. Irenes Dienstboten- und Arbeiterinnenvergangenheit sparte er vollständig aus und sprach von ihr nur als »früh verwaister Frau aus guter Familie«. Umso mehr schwärmte er von seinen drei Kindern.

»Sie sind mein ganzer Stolz. Darf ich fragen, ob Sie selbst Kinder haben?«, drehte er den Spieß um.

Für den Bruchteil einer Sekunde wirkte der Graf betroffen. »Unglücklicherweise nicht. Oder besser gesagt, nicht mehr. Mein Geschlecht wird daher mit mir in der männlichen Linie aussterben«, antwortete er zu Franz' Erstaunen mit großer Offenheit.

Der schwieg verblüfft. Der Blick des Grafen schweifte durch das Fenster, vor dem sie standen, in die Ferne. Franz betrachtete währenddessen das beleuchtete Brandenburger Tor und wippte vor Verlegenheit leicht mit seinem unversehrten Fuß.

»Ich hatte drei kleine Söhne«, fuhr der Graf mit leiser Stimme fort. »Obwohl beide Söhne meines älteren Bruders in der Schlacht bei Königgrätz gefallen sind, schien die Erbfolge dadurch gesichert. Doch im gleichen Jahr nahm der ›Würgeengel‹ auch mir meine Buben.«

Franz schwieg betroffen. »Würgeengel« wurde eine lebensgefährliche Kinderkrankheit im Volksmund genannt, die die Ärzte als »Halsbräune« oder »Diphterie« bezeichneten. Sie begann wie eine harmlose Erkältung, befiel dann aber die Atemwege der Kinder, die schließlich jämmerlich erstickten, weil ihnen der Hals zuschwoll. Nur wenige überlebten.

»Ein Jahr später nahm mir Gevatter Tod auch meine Gattin. Sie hat den Tod der Kinder nie verwunden und starb an gebrochenem Herzen.«

»Das tut mir sehr leid, Herr von Sterenberg.«

Um die Schweigepause zu überbrücken, fuhr er fort. »Und Sie und Ihr Bruder sind nun die einzigen überlebenden Männer Ihrer Familie? Das muss schwer für Sie beide sein.«

Der Graf nickte. »Zumal bald nur noch ich übrig sein werde. Mein Bruder ist über zehn Jahre älter als ich und seit Jahren kränklich. Der Schlagfluss hat ihn schon mehrmals getroffen. Es ist ein Wunder, dass er noch lebt. Aber er sitzt im Rollstuhl und kann nur noch undeutlich sprechen. Zum Glück ist sein Verstand unversehrt geblieben. Dennoch werde ich den diplomatischen Dienst in wenigen Monaten verlassen und in unser Stadtpalais nach Wien zurückkehren. Ich muss beginnen, mich in die Majoratsgeschäfte einzuarbeiten.«

Franz war nur vage bekannt, was das hieß. Deshalb nickte er nur.

Von Sterenberg durchschaute ihn und gab freiwillig weitere Auskünfte. »Das Adelsrecht in Österreich ist dem in Preußen sehr ähnlich. Um zu verhindern, dass sich der Besitz mit jeder Teilung bis ins Unbedeutende verkleinert, erbt jeweils nur der älteste Sohn. Und zwar alles, seien es bewegliche oder unbewegliche Güter, Barvermögen, Schmuckstücke, eben alles, was im Verzeichnis der Familiengüter, dem sogenannten Fideikommiss, als unveräußerlich aufgeführt ist.«

»Den übrigen Söhnen und unverheirateten Schwestern wird eine Apanage ausgesetzt, manchmal auch entfernteren Verwandten«, fuhr der Graf fort. »In unserer Familie gibt es außer mir allerdings nur noch zwei Tanten, die auf diese Weise versorgt werden müssen. Meine beiden Schwestern sind gut verheiratet. Deshalb war meine Apanage recht großzügig.«

Franz kam aus dem Staunen nicht mehr heraus. Weshalb weihte ihn dieser distinguiert wirkende Graf in seine internen Familienangelegenheiten ein?

»Nun werde ich nach dem Tod meines Bruders der Majoratsherr unseres nicht unbeträchtlichen Besitzes sein. Obwohl ich es finanziell nie nötig hatte, in den diplomatischen Dienst einzutreten, wird er mir fehlen. Ich schätze ihn jedenfalls mehr als meine militärische Vergangenheit.«

Von Sterenberg seufzte. »Viele nachgeborene Söhne wählen eine dieser Laufbahnen nur aus Verlegenheit. Um ihr Leben mit etwas Sinnvollem zu füllen. Die meisten bevorzugen eine Stellung in der Armee. Bei mir war es ehedem genauso. Doch nach Solferino hatte ich davon genug.«

Diese Entscheidungsschlacht im Krieg gegen das mit Frankreich verbündete Königreich Sardinien hatte Österreich im Jahr 1859 unter furchtbaren Verlusten verloren.

»Das kann ich sehr gut verstehen.« Franz trank einen Schluck seines mittlerweile zu warm gewordenen Weins. »Auch ich bin froh, nie wieder in eine Schlacht ziehen zu müssen.«

Eine kleine Weile betrachteten beide die erleuchtete Quadriga auf dem Brandenburger Tor.

»Ihr Vater ist ja vor einigen Jahren verstorben«, wechselte von Sterenberg erneut das Thema. »Aber Ihre Frau Mutter ist noch wohlauf?«

»Das ist sie, Herr von Sterenberg.«

»Und hat sie den Tod ihres Gatten mittlerweile verwunden?«

Franz betrachtete von Sterenberg indigniert. *Was geht ihn das denn an?*, schoss es ihm durch den Kopf.

»Die Ehe meiner Eltern war leider nicht sehr glücklich«, hörte er sich zu seiner eigenen Überraschung antworten. *Bin ich jetzt auch von allen guten Geistern verlassen?*

»Also geht es ihr gut?«, insistierte der Graf.

»Ich glaube sogar besser als in den vielen Jahren zuvor«, antwortete Franz erneut ehrlich.

Von Sterenberg nickte, wieder mit jenem nicht deutbaren Ausdruck auf seinem Gesicht.

»Bestellen Sie Ihrer Frau Mutter unbekannterweise Grüße von mir«, forderte der Graf Franz zu dessen Verblüffung auf. »Und natürlich auch Ihrer Frau«, fuhr er eine Spur zu hastig fort.

»Doch nun muss ich mich leider verabschieden. Man wird mich sicherlich schon bei den übrigen Gästen vermissen. Ich danke Ihnen für dieses aufschlussreiche Gespräch und hoffe, Sie verbringen noch einen angenehmen Abend.«

Stirnrunzelnd sah Franz von Sterenberg nach.

Erst auf dem Heimweg in sein Hotel überfiel ihn ein Gedanke. Der Schweiß brach ihm aus, er zerrte an dem kleinen Fenster der Mietsdroschke, das sich verklemmt hatte. Als es sich endlich öffnen ließ, atmete er die kühle Nachtluft in vollen Zügen ein.

»Dein Vater ist ein österreichischer Gardeoffizier, Franz«, hörte er seine Mutter in jenem bedeutungsvollen Gespräch über seine wahre Abstammung erneut sagen, als sei es erst gestern gewesen.

Doch sie nannte meinen Vater Ferdinand. Der Graf heißt jedoch mit Vornamen Eberhard, begann er zu grübeln. *Andererseits behauptete sie, Ferdi sei nicht sein richtiger Name. Und sie hat sich nach meinen Berliner Reisen immer wieder nach von Sterenberg erkundigt. Ich dachte bislang, Neugier über den Adel stecke dahinter. Obwohl so etwas eigentlich gar nicht zu Maman passt. Das wäre typisch für Mathilde, aber nicht für Maman.*

Bis zum Morgengrauen wälzte Franz sich schlaflos in seinem

Bett. *Ich werde ihr erst einmal die Grüße von Sterenbergs ausrichten und sie dabei scharf beobachten,* fasste er endlich einen Entschluss. *Dann sehen wir weiter.*

Mit diesen Gedanken sank er in einen unruhigen Schlaf.

Frankenthal
Ende Februar 1879

»Ich bin außerordentlich erfreut, Ihre Bekanntschaft zu machen.« Irene hätte aus alter Gewohnheit beinahe ehrerbietig vor August Bebel geknickst.

Der ergriff ihre beiden Hände. »Die Freude ist ganz meinerseits, Irene. Ich darf Sie doch so nennen? Oder Ihnen gleich das ›Du‹ anbieten?«

»Sehr gerne, Herr Bebel. Oder besser gesagt, August«, flüsterte Irene.

»Leider bin ich allein gekommen. Meine werten Kollegen Liebknecht und Hasenclever waren nicht abkömmlich.«

»Umso besser, dass wenigstens du es hierhergeschafft hast, August«, mischte sich Josef Hartmann ein. »Ich glaube, Irene wäre vor allem enttäuscht gewesen, wenn du ausgeblieben wärst.«

»Das stimmt doch?«, fragte er sie. Irene bestätigte es errötend.

Sie hatte sich den bekannten Arbeiterführer und Sozialisten weit größer und gewichtiger vorgestellt, als er nun vor ihr stand. Bebel war ein eher schmächtig wirkender Mann mit dichtem, dunklem, aus der Stirn gekämmtem Haar und einem gepflegten Vollbart samt Koteletten, die beide Wangen bedeckten. Sie wusste außerdem, dass er anders als Karl Marx oder Friedrich Engels, die nie mit eigenen Händen gearbeitet hatten, von Beruf Drechsler war und aus kleinen Verhältnissen stammte.

Wie Josef Hartmann hatte er sogar einige Zeit im Gefängnis

gesessen. Schon im Jahr 1872, also weit vor Inkrafttreten des Sozialistengesetzes, war er mit seinem Genossen Wilhelm Liebknecht in einem dubiosen Schauprozess wegen Hochverrats und Majestätsbeleidigung trotz fehlender Beweise zu einer mehrjährigen Haftstrafe verurteilt worden.

»Ich wünschte, es gäbe mehr Frauen mit deinem Schneid«, lobte Bebel Irene, als sie an Josefs Küchentisch Platz genommen hatten. »Berichte doch einmal, was du in deinen Gesprächszirkeln behandelst und bereits erreicht hast.«

»Wir stecken erst in den Anfängen«, wehrte Irene bescheiden ab. »In Lambrecht und in Landau konnte ich die Genossinnen davon überzeugen, eine Hilfskasse für Notfälle einzurichten, die es ja in Frankenthal bereits gibt.«

»Und wie hast du das bewerkstelligt?«

»In Lambrecht war es einfacher als in Landau«, gab Irene zu. »Dort erinnern sich die meisten noch an den großen Streik von 1872 und wie sehr die Streikkasse damals half, Hunger und Not zu lindern.«

»Und was machte es in Landau schwieriger?«

»Da musste ein solcher Notfall leider erst eintreten«, räumte Irene ein. »Einer der größten Verleger für Weißwaren ging bankrott. Die Heimarbeiterinnen, die er beschäftigte, erhielten nicht nur keine weiteren Aufträge mehr, sondern verloren auch ihren Lohn für die bereits genähten Stücke. Zwei von ihnen gerieten mit den Ratenzahlungen für ihre Nähmaschinen in Verzug. Sie wären konfisziert worden, wenn die Notfallkasse nicht geholfen hätte.«

»Aber ich dachte, es hätte gar keine Kasse gegeben?«

Irene errötete leicht. »Ich gab den Frauen ein zinsloses Darlehen von fünfzig Mark als Grundstock. Unter der Bedingung, dass sie selbst in Zukunft zwei Mark im Monat in die Kasse einzahlen und auch andere Frauen dafür gewinnen.«

Bebel bedachte Irene mit einem bewundernden Blick. »Du hast eigenes Geld, das du für diese Zwecke verwenden darfst? Also billigt dein Mann, was du tust?«

»Er hat mir hundert Mark pro Monat zur Verfügung gestellt. Zusätzlich zu den Reisekosten für meine Versammlungen, die ich alle vier Wochen abhalte.«

Es war nicht leicht gewesen, Franz dazu zu bewegen, ihre Vorhaben mitzutragen, da er sie angesichts der angespannten politischen Lage für zu gefährlich hielt. Irene musste alle Register ziehen bis hin zu der Drohung, ihre Versammlungen auch gegen Franz' Willen durchzuführen. Letztlich hatte er nachgegeben, als sie ihn an die Not der Weber in Herxheim und sein eigenes Eintreten für die Gerban'schen Landarbeiter in seiner Jugend erinnerte.

Allerdings musste sie ihm, wie bereits vorher Pauline, erwartungsgemäß im Gegenzug versprechen, alles zu unterlassen, was gegen das neue Gesetz verstieß, und Josef Hartmann nicht mehr zu treffen. Mit schlechtem Gewissen stimmte sie im Bewusstsein zu, dass sie gegen beide Auflagen verstoßen würde.

»Ist dein Gatte denn selbst Sozialist?«, fragte Bebel nun.

Irene verneinte.

»Er ist Reichstagsabgeordneter, August«, warf Josef ein. »Du kennst ihn vielleicht sogar. Er gehört zu den Autonomisten und heißt Franz Gerban.«

Bebel überlegte kurz und lächelte dann süffisant. »Persönlich bin ich ihm noch nicht begegnet. Aber es wäre bei dreihundertsiebenundneunzig Abgeordneten auch etwas zu viel verlangt, alle zu kennen. Zumal die Parlamentarier aus Elsass-Lothringen nicht oft im Reichstag anzutreffen sind. Sie fehlen insbesondere bei unangenehmen Abstimmungen.«

Irene errötete bis zu den Haarwurzeln. »Auch mein Mann war nicht da, als es um das Sozialistengesetz ging«, hauchte sie.

»Umso mehr nimmt es mich Wunder, dass er dich gewähren lässt.«

»Franz ist kein schlechter Kerl«, fühlte Irene sich nun berufen, ihn zu verteidigen. »Er steht den Ideen der Sozialdemokraten nicht ablehnend gegenüber. Er war auch nicht für dieses ungerechte Gesetz. Aber er musste sich der Parteiräson der Autonomisten beugen. Sie brauchen das Einverständnis Bismarcks und die Stimmen der Nationalliberalen und der konservativen Parteien, wenn sie ihren eigenen Gesetzentwurf für eine größere Autonomie Elsass-Lothringens erfolgreich durchbringen wollen.«

Sie verschwieg, dass Franz sein Abstimmungsverhalten zunächst vor ihr verheimlicht und sie heftig miteinander gestritten hatten, als dies herausgekommen war.

»Nun, solange dein Mann dir nicht im Wege steht und sogar damit einverstanden ist, dass wir uns hier treffen, soll es mir recht sein«, versuchte Bebel nun zu begütigen.

Irene wurde womöglich noch röter im Gesicht.

»Von diesem Treffen weiß er allerdings nichts«, gestand sie leise.

Diese Tatsache war ihr aus verschiedenen Gründen entsetzlich unangenehm. Wieder hatte sie in Schweighofen vorgeschützt, die kranke Minna besuchen zu wollen. Pauline hatte ihr Vorhaben zwar gedeckt. Aber unglücklicherweise fiel ihre Abwesenheit diesmal in eine Periode, die Franz zu Hause verbrachte. Das lag daran, dass sie keinen Einfluss auf den Termin des Treffens mit August Bebel gehabt hatte und dieses außerdem mehrere Male verschoben worden war.

»Doch dass Irene ohne Wissen ihrer besseren Hälfte hier ist, hat nichts mit dir zu tun, August«, kam Josef ihren weiteren Erklärungen zuvor. Er klang ironisch. »Dich zu treffen ist ja nicht illegal. Aber Irene und ich waren dereinst ein Paar, als sie noch eine einfache Arbeiterin war. Und ihr Eheherr ist einer von der besitzergreifenden Sorte, von der du immer wieder in deinen Büchern über die Rechte der Frauen schreibst.«

Das war sowohl taktlos als auch sachlich falsch. Selbst wenn Franz nicht seinen Willen bekam, war er kein Familientyrann. Irene warf Josef einen vorwurfsvollen Blick zu, den er stoisch erwiderte. Er verübelte es Franz, dass dieser Irene aus Eifersucht den Kontakt zu ihm verbot, obwohl es zu seinem Leidwesen nicht den geringsten Grund dafür gab.

»Wie dem auch immer sei«, lenkte August Bebel nun von der peinlichen Szene zwischen Josef und Irene ab. »Vielleicht können wir ja in anderer Hinsicht einmal eine Koalition mit den Autonomisten bilden. Trotz der neuen Reichsgesetze zur Begrenzung der Kinderarbeit und zum Mutterschutz hält sich kaum ein Fabrikherr daran. Im Elsass ist es besonders schlimm. Da gelten diese Gesetze nicht einmal.«

»Sie gelten nicht?«, fragte Irene entsetzt. »Wie kann das sein?«

Josef lächelte zynisch. Bebel stieß hörbar die Luft aus.

»Die Notabeln, also die Elsässer Bourgeoisie, verstehen es immer wieder, für sie besonders günstige Wirtschafts- und Produktionsbedingungen auszuhandeln. Dazu gehört an erster Stelle, dass in den Fabriken noch immer die archaischen französischen Gesetze gelten. Besonders schlimm trifft es dabei die Kinder. Man schätzt, dass über fünfzehntausend Kinder und Jugendliche unter sechzehn Jahren, davon über sechseinhalbtausend Mädchen, unter den ausbeuterischsten Bedingungen schuften müssen. Am schlimmsten ist es in der Textilbranche, wo selbst unter Zwölfjährige zuhauf beschäftigt werden.«

»Woher weißt du das?«

»Auch die Genossen im Elsass sind nicht untätig und haben diese Zahlen schon 1875 zusammengetragen. Den Autonomisten kann diese Klüngelei der reichen Fabrikherren mit der preußischen Verwaltung allerdings nicht recht sein. Eine Hand wäscht die andere, wie es so schön heißt. Solange die Fabrikanten ihre Profitmaximierung betreiben dürfen, scheren sie sich keinen Deut um die politischen Rechte des Reichslandes. Da sind sie schlimmer als der von Preußen eingesetzte Oberpräsident Eduard von Moeller.«

»Wie meinst du das?«

»Von Moeller wollte 1875 wenigstens ein Verbot der Kinderarbeit für unter Zwölfjährige durchsetzen, wie es im Reich schon lange gilt. Doch die Straßburger Handelskammer verhinderte dies aus ›Konkurrenzgründen‹. Man sei nicht mehr wettbewerbsfähig ohne Kinderarbeit.« Bebel klang jetzt ebenso zynisch wie Josef Hartmann, wenn er über die grenzenlose Gier der Unternehmer sprach.

Irene war schockiert. »Ich werde gleich nach meiner Rückkehr mit Franz darüber sprechen«, beschloss sie. »Für Kinderarbeit hat er nicht die geringsten Sympathien. Einst wollte er Teilhaber in einer französischen Eisenwarenfabrik werden und setzte als Erstes durch, dass für die dort tätigen Kinder bessere Arbeitsbedingungen geschaffen wurden. Obwohl die Verhältnisse in dieser Fabrik schon vorher besser waren als in den meisten anderen. Wahrscheinlich ist ihm nicht bewusst, wie man im Elsass noch immer mit Kinderarbeit umgeht.«

Bebel nickte. »Dann solltest du bald mit ihm darüber sprechen, Irene. Vielleicht kann er als elsässischer Abgeordneter ja etwas bei seinen Landsleuten bewirken. Sobald sich der Wirbel um das Sozialistengesetz etwas gelegt hat, werde auch ich einen weiteren Vorstoß im Reichstag machen und die Einhaltung der gesetzlichen Vorschriften für Kinderarbeit fordern. Es wäre schön, wenn mich dein Mann dabei unterstützt.«

»Insofern haben es die Bischwiller, die damals als Streikbrecher nach Lambrecht kamen, am Ende sogar dauerhaft besser getroffen als ihre dort verbliebenen Genossen«, räsonierte Hartmann spöttisch. »Sie arbeiten jetzt unter den fortschrittlicheren Ausbeutungsgesetzen.«

Irene machte große Augen. »In Bischwiller gibt es die meisten Textilfabriken«, kam Josef ihrer Frage zuvor.

»Ich dachte, die Menschen dort wären nach der Option vieler Fabrikherren zur französischen Staatsbürgerschaft kurz vor dem Verhungern gewesen, weil diese ihre Fabriken schlossen.«

»Nicht alle, Irene. Nicht alle. Und die verwaisten Produktionsanlagen wurden in der Zwischenzeit längst verkauft und sind heute wieder in Betrieb. Die Arbeitsschutzgesetze im Elsass sind aber viel weniger streng als im Deutschen Kaiserreich, wie du ja gerade gehört hast.«

»Warum gelten dort nicht alle Reichsgesetze?«, wunderte sich Irene.

August Bebel hob die Schultern. »Das habe ich eben zu erklären versucht. Letztlich legt die preußische Regierung nur Wert auf die Gesetze, von denen sie sich einen Vorteil erhofft. Bei den übrigen, zum Teil sehr veralteten französischen Bestimmungen drückt man beide Augen zu.«

»Den veralteten Bestimmungen? Aber es gab doch die Revolution!«

Josef mischte sich wieder ein. »Die ist lange her, Irene. Und dazwischen gab es einen Napoleon III., dem die Bourgeoisie besonders am Herzen lag. Das bekommen die Genossen in Bischwiller eben bis heute zu spüren.«

Bischwiller. In Irene klang eine Saite an, ohne dass sie dieses Gefühl einordnen konnte. Das Gespräch über Bischwiller rührte an irgendetwas in ihr.

Doch jetzt war keine Zeit, darüber nachzugrübeln. Bebel stellte ihr weitere Fragen. »Erzähl mir, woran du noch in den Zirkeln arbeitest.«

»In Frankenthal sind wir am weitesten, weil sich die Frauen hier schon seit Jahren organisieren. Immer mehr Frauen begreifen, dass sie für die Arbeiterbewegung genauso wichtig sind wie die Männer. Dass Männer und Frauen sich nur gemeinsam erfolgreich zur Wehr setzen können. Deine Schriften leisten dazu einen unschätzbaren Beitrag. Wir lesen jedes Mal daraus vor.«

Bebel lächelte geschmeichelt. »Dann habe ich gleich noch eine kleine Überraschung für dich. Doch jetzt erzähle mir erst noch mehr über Landau und Lambrecht!«

»In Lambrecht sprechen wir gerade über die Betreuung von Kleinkindern. Oft werden krähende Säuglinge mit in Branntwein getränkten Zuckerbeutelchen zum Schlafen gebracht. Das ist sehr gesundheitsschädlich für sie. Wir versuchen, andere Wege zu finden, wie die Frauen nachts zumindest ein wenig Ruhe finden können, auch wenn ihr Kleines schreit. Den Stein der Weisen haben wir noch nicht gefunden. Aber eine Genossin hat beim letzten Treffen berichtet, dass viele Frauen, denen sie diese Unsitte klargemacht hat, jetzt nachts lieber wach bleiben, als dass sie ihre Kinder vergiften.«

»Sehr interessant!«, lobte Bebel sie wieder. »Und sehr nützlich! Ich werde das an andere Arbeiterführerinnen weitergeben, mit denen ich demnächst zusammentreffe.«

»Erzähle auch noch von Landau!«, forderte Josef Irene auf.

»Da stecken wir noch ganz in den Anfängen. Es geht im Moment hauptsächlich um Hygiene. Wie man trotz der beengten Wohnverhältnisse das oft einzige Zimmer sauber hält. Wie man verhindert, dass die Produkte der Heimarbeit schmutzig werden. Wie man mit feuchten Wänden und Schimmel umgeht. Wie oft man sich und die Kinder baden soll, was man gegen Ungeziefer tun kann und so weiter. Wir besprechen jedes Mal neue Themen. Und sammeln dabei Ideen, die die Frauen dann zunächst in ihren eigenen Wohnungen ausprobieren. Bewährt sich eine Methode, versuchen sie, auch ihre Kolleginnen davon zu überzeugen.«

»In einer Familie sind die Kinder, die früher fast dauernd erkältet waren, nun schon seit Wochen gesund«, fügte sie voller Stolz hinzu.«

»Was wurde denn da getan?«, fragte Bebel neugierig.

»Die Mutter hält die Kleinen an, sich jedes Mal die Hände zu waschen, wenn sie von draußen kommen. Sie kocht die Leibwäsche jetzt jede Woche aus, anstatt nur einmal im Monat wie früher. Außerdem haben die Kinder warme Strümpfe erhalten, die meine Schwiegermutter gestrickt hat. Früher gingen sie auch im Winter mit bloßen Füßen in ihren Holzschuhen.«

»Deine Schwiegermutter hilft auch mit? Eine Dame aus dem Besitzbürgertum?«

Irene schmunzelte. »Pauline handarbeitet fast ununterbrochen. Ihre Stickereien reichen mittlerweile schon für die übernächste Generation. So viel Tischwäsche und so viele Taschentücher kann man in einem Leben gar nicht verschleißen. Da habe ich sie gefragt, ob sie nicht lieber etwas Nützliches stricken möchte. Und siehe da, sie tut es mit großer Begeisterung.«

»Eine letzte Frage habe ich noch: Warum tarnst du diese Gesprächszirkel denn als Nähkurse? Zumindest in Lambrecht und Landau kann ich nicht erkennen, dass du verbotene Themen behandelst.«

»Das wird ja nicht so bleiben«, mischte sich Josef ein. »Je mehr die Frauen erkennen, dass auch sie etwas bewirken können, desto politischer werden die Diskussionen. Das weiß ich von der Frankenthaler Gruppe. Deshalb hat Irene überall eine Nähmaschine zur Verfügung. Nur für den Fall, dass jemand sie denunziert.«

Er sah auf die Uhr. »Aber lasst uns nun aufbrechen, da wir noch ein paar Frankenthaler Familien besuchen wollen«, mahnte er. »Schließlich wird es in drei Stunden dunkel, und Irene muss vorher pünktlich in ihrem Gasthaus sein. Schließlich ist sie eine ehrbare Frau.«

Ob seiner erneuten ironischen Anspielung auf Irenes Tugendhaftigkeit blickte Bebel ihn strafend an. »Gemach, gemach, mein Lieber! Erst möchte ich Irene noch mein Geschenk übergeben.«

Er zog ein Buch, das noch ganz neu roch, aus seiner abgewetzten Ledertasche. Irene schnupperte unwillkürlich. »Frisch aus der Druckerpresse«, lächelte Bebel. »Die neueste, überarbeitete Ausgabe meines Werks ›Die Frau und der Sozialismus‹.«

Er reichte Irene das Buch. »Hier! Du bist eine der Ersten, die es bekommt. Hüte es gut! Und verbirg es vor allem vor den Spürhunden Bismarcks. Wie all meine Schriften ist es natürlich verboten.«

Weingut bei Schweighofen
Ende Februar 1879, am nächsten Tag

»Was heißt das, Mathilde ist gestern in Altenstadt eingetroffen? Um Ottilie zu besuchen, oder warum?« Franz schwante Übles. Er war gerade erst zum Frühstück heruntergekommen.

Die Antwort Paulines bestätigte seine schlimmsten Befürchtungen. »Nein. Sie möchte dort bleiben.«

»Was?« Fassungslos starrte Franz seine Mutter an. »Ohne mich vorher um Erlaubnis zu fragen? Was fällt ihr denn ein?«

Pauline hob die Schultern. »Sie hat dich ja schon mehrmals darum gebeten, nach Hause kommen zu dürfen. Du hast es ihr bislang verweigert. Und da ist sie wohl gestern einfach in den Zug gestiegen und hierhergefahren. Ganz allein, ohne jede Begleitung.«

»Und woher weißt du das alles?«

»Ottilie hat einen Boten geschickt und mir einen kurzen Brief überbringen lassen. Offensichtlich gab es gestern Morgen eine neue Eskalation im Dauerstreit zwischen Mathilde und Herberts Tante Ilse. Da hat Mathilde ein paar Sachen zusammengepackt und ist hierhergekommen.«

»Kennst du den Anlass für den Streit?«

Pauline nickte. »Ilse Stockhausen hat ihr verweigert, die Dienste des Hausmädchens auch am Sonntag in Anspruch zu nehmen. Sie meinte, einmal pro Woche könne Mathilde ihr Bett auch selbst machen.«

Franz lächelte höhnisch. »Aber dafür ist sich die Dame natürlich zu fein.«

Pauline blickte ihn strafend an. »Nun sei nicht gemein! Mathilde war es immer gewohnt, genügend Hauspersonal zur Verfügung zu haben. Das sind reine Schikanen von Ilse Stockhausen! Und ich gebe Mathilde recht, wenn sie befürchtet, dass es mit der Zeit immer schlimmer werden könnte.«

»Hast du denn schon mit ihr gesprochen?«

»Nein. Aber das hat sie mir geschrieben. Und auch erzählt, als sie Weihnachten zu Besuch war. Das weißt du doch! Ich habe dir alles berichtet. Aber du hast dich anscheinend taub gestellt.«

Franz schnaubte. Auch an Weihnachten hatte Mathilde in Altenstadt logiert. Hier im Haus gab es keine Gästezimmer mehr, seit der Kellermeister mit seiner Familie die Wohnung im Nebengebäude, in der vorher die wenigen Gäste von Gregor und Ottilie Gerban untergebracht wurden, bezogen hatte. An den steifen Nachmittag, den Pauline, Irene und er am ersten Weihnachtstag aus reiner Höflichkeit in Altenstadt verbracht hatten, erinnerte er sich nicht gern.

Mathilde hatte sich zwar höflich verhalten, nicht aber Ottilie, die keine Spitze gegen Irene ausließ. Auch aus diesem Grund hatte Franz erneut alle Andeutungen Mathildes ignoriert, dass sie aus Oggersheim wegwolle. Mathilde und Ottilie in einem Hause zu wissen war ihm nach wie vor ein Gräuel. Sicherlich würden die beiden bald etwas aushecken, was ihm oder Irene zum Schaden gereichen würde.

Da sie Fränzel und die Zwillinge in Schweighofen gelassen hatten, weil Ottilie kleine Kinder nicht mochte, waren Irene und er, sobald es die Höflichkeit zuließ, zurückgefahren. Nur Pauline war in Altenstadt geblieben und hatte dort übernachtet. Obwohl ihr Verhältnis zu Mathilde zu Lebzeiten ihres Mannes Wilhelm nicht sehr herzlich gewesen war, tat ihre Tochter ihr nun leid.

»Also, was schlägst du jetzt vor?«, fragte Franz seine Mutter barsch.

Pauline seufzte. »Nun, du kannst Mathilde schlecht an den Haaren wieder aus Altenstadt herauszerren. Sie hat dort ihr altes Zimmer wieder bezogen. Ich schlage daher vor, wir beide fahren dorthin, sobald du dein Frühstück beendet hast, und besprechen, wie es jetzt weitergehen soll.«

Franz schob seinen unangerührten Teller zurück. »Das können wir auch sofort tun. Mir ist jeglicher Appetit vergangen.«

Herrenhaus der Gerbans bei Altenstadt

Ende Februar 1879, eine Stunde später

Franz wartete, bis der Hausdiener Niemann den Tee serviert und den Raum wieder verlassen hatte. Pauline und er saßen mit Ottilie und Mathilde im kleinen Salon. Gregor Gerban, Ottilies Mann, hatte dringende Geschäfte vorgeschützt, um nicht teilnehmen zu müssen. Alle wussten, dass er als Pensionär kaum etwas zu tun hatte. Aber er erwartete offensichtlich, dass das Gespräch unangenehm werden könnte.

Franz versuchte, sich zu entspannen. Auf der Herfahrt hatte ihn seine Mutter eindringlich gebeten, Ruhe zu bewahren und Mathilde erst einmal anzuhören. Daran wollte er sich nun halten.

Er nahm einen Schluck Tee, den er zu bitter fand, und stellte die Tasse dann ab. »So, ich höre. Wie habt ihr beiden euch nun vorgestellt, wie es weitergehen soll?«

Ottilie ergriff zuerst das Wort. »Ich möchte, dass Mathilde hier in Altenstadt bleibt. Das ist ihr Zuhause, in dem sie aufgewachsen ist. In Oggersheim hat sie sich immer schon fremd gefühlt und wird nach dem tragischen Tod ihres Gatten wie eine Aussätzige behandelt.«

Mathilde schluchzte auf, was Franz erst einmal ignorierte.

»Das Haus ist nun wahrlich groß genug.« Ottilie machte eine weit ausholende Geste. »Selbst, wenn deine Familie doppelt so groß wäre, könntest du hier bequem leben, Franz. Doch da du es vorziehst, in Schweighofen zu bleiben, sind die meisten Räume im Herrenhaus ungenutzt. Mathilde kann in ihrem ehemaligen Zimmer wohnen. Es gibt außerdem genug Personal, sodass es ihr an keiner Bequemlichkeit fehlen wird.«

Franz lächelte schmallippig. »Bislang dachte ich, es wäre dir recht, Tante Ottilie, dass du nicht mit uns unter einem Dach leben musst. Wäre es dir wirklich lieber, ich würde hier mit Irene und den Kindern wohnen? Oder was soll diese Anspielung?«

»Welche Anspielung?« Ottilie stellte sich ahnungslos. »Ich habe keine Anspielung gemacht. Ich habe dir nur gesagt, dass Mathilde Gregor und mir in Altenstadt herzlich willkommen ist und es sowohl genug Platz als auch genug Personal gibt, um sie mit zu versorgen.«

Personal, das ich bezahle. Und ein Haus, das mir gehört und wofür ihr keinen Pfennig Miete entrichtet, wollte Franz schon erwidern, als er den bittenden Blick seiner Mutter auffing.

Stattdessen überraschte ihn Mathilde. »Wenn ich bleiben darf, kann ich dir einen monatlichen Abstand für meinen Unterhalt zahlen, Franz«, schlug sie vor. »Die Hälfte meiner Leibrente oder, wenn dir das nicht reicht ...«, sie deutete Franz' erstauntes Schweigen als Ablehnung, »auch drei Viertel meiner zweihundert Mark.«

»Dann bleiben dir doch nur noch fünfzig Mark pro Monat übrig«, warf Ottilie empört ein. »Davon kannst du ja nicht einmal deine Garderobe bezahlen. Franz hat wahrlich genug Geld, um ...«

»Ich glaube nicht, dass Franz Geld von dir verlangen will, Mathilde«, verhinderte Pauline eine durch Ottilies Provokation ausgelöste Zustimmung von Franz zu Mathildes Angebot.

Wie gut Maman mich kennt. Franz musste sich ein Schmunzeln verkneifen. Tatsächlich war er drauf und dran gewesen, auf Mathildes Vorschlag einzugehen.

»Nicht wahr, so ist es doch, Franz?«, insistierte Pauline.

»Das Geld ist mein geringstes Problem«, gab er zu. »Wenn du mit deiner Leibrente deine persönlichen Ausgaben bestreiten kannst und ich dabei nichts aufstocken muss, Mathilde, ist es gut. Für Kost und Logis würde ich dir keinen Pfennig abnehmen. Eher fürchte ich um unseren Familienfrieden, wenn du hier wohnst.«

Mit einer Mischung aus Genugtuung und Erstaunen registrierte er, dass Ottilies Gesichtszüge entgleisten. Mathilde blickte dagegen demütig zu Boden und legte ihre Hände ineinander.

»Wie kommst du zu so einer unverschämten Unterstellung?«, begann Ottilie nun zu keifen, bevor Mathilde sie mit einer Geste zum Schweigen brachte.

»Ich verstehe, Franz, dass du in Sorge bist, dass ich Irene weiterhin nicht als deine rechtmäßige Gattin akzeptiere, wie ich es auch bislang nicht getan habe«, begann sie mit ungewohnt sanfter Stimme. »Aber seit Herberts Tod bin ich eines Besseren belehrt worden und schäme mich für mein früheres Verhalten. Ich weiß jetzt nur zu gut, wie es ist, verachtet und ausgestoßen zu werden, weil man angeblich nicht zur Familie passt.«

Ottilie blieb vor Staunen der Mund offen stehen. Auch Franz war verblüfft. Nur Pauline lächelte still in sich hinein.

»Also könnte ich mich darauf verlassen, dass du nichts gegen meine Frau unternimmst? Keine böswilligen Gerüchte verbreitest, keine spitzen Bemerkungen machst, wenn ihr zusammentrefft, sie nicht wegen ihrer einfachen Herkunft beleidigst?« Er fixierte Mathilde scharf.

Die senkte den Blick. »Ich weiß, dass ich mich früher sehr schlecht benommen habe, Franz«, antwortete sie leise. »Dafür bitte ich dich und Irene um Entschuldigung. Es wird nicht wieder vorkommen.«

Franz war nicht überzeugt. Aber eine Entgegnung erschien ihm unangemessen.

»Gib Mathilde eine Chance, Franz!« Wieder erriet Pauline seine Gedanken.

»Und wenn es fehlschlägt? Ich möchte Frieden in meinem Haus.«

»Das möchte ich auch, Franz.«

»Verstoße mich ruhig, wenn ich mir etwas zuschulden kommen lasse«, schlug Mathilde zu seinem nicht enden wollenden Erstaunen vor.

»Und wohin wolltest du dann gehen? Nach Oggersheim zurück könntest du nicht!«

»Das kann ich schon jetzt nicht mehr«, gestand Mathilde

ein. »Ilse Stockhausen wollte mich gestern zurückhalten, als sie die Mietsdroschke sah, die ich bestellt hatte. Es ging ihr wahrscheinlich mehr um den Familienschmuck, den mir Herbert geschenkt hat, als um mich«, fügte sie bitter hinzu. »Sie drohte, mir das Haus in Zukunft zu verschließen, wenn ich jetzt abreisen würde.«

Franz seufzte. Also hatte er von vorneherein gar keine Wahl gehabt. Zwar hatte Mathilde in Oggersheim das Wohnrecht auf Lebenszeit, aber die Rückkehr dorthin müsste sie sich gerichtlich erkämpfen, sofern es Ilse Stockhausen mit ihrer Drohung ernst war. Woran Franz nicht den geringsten Zweifel hegte.

»Nun gut! Dann lass uns besprechen, wie wir jetzt vorgehen wollen.«

Mathildes Gesichtszüge entspannten sich zu einem erleichterten Lächeln. »Ich danke dir sehr, Franz! Und werde dir keinen Anlass geben, es zu bereuen.« Kurz machte sie sogar Anstalten aufzustehen, um ihn zu umarmen, überlegte es sich zu Franz' Erleichterung dann aber offenbar anders und blieb sitzen.

Ottilie dachte praktischer. »Gregor und ich werden Mathilde nach Oggersheim begleiten, um ihre persönlichen Sachen abzuholen. Das kann uns dieser Besen von Herberts Tante ja wohl kaum verwehren. Was gibt es denn da zu grinsen?«

In der Tat konnte Franz seine Miene kaum beherrschen, wenn er daran dachte, dass Ottilie und Ilse Stockhausen aufeinandertreffen würden. *Die zwei sind aus dem gleichen Holz geschnitzt! Zwei Feuer speiende Drachen! Wie schade, dass ich bei dieser Szene nicht Mäuschen spielen kann.*

»Ich grinse nicht«, stritt er das Offensichtliche ab. »Ich bin nur erleichtert, dass ihr Mathilde zur Seite stehen werdet. Ich selbst bin hier unabkömmlich, zumal ich in der nächsten Woche wieder nach Berlin aufbrechen muss.«

»Möbel darf ich aber kaum welche mitnehmen, Franz. Ich habe ja nur ganz wenige Stücke nach Oggersheim mitgebracht. Nur meine Frisierkommode und einen kleinen Schreibsekretär.

Und wenn ich Glück habe, kann ich eure Hochzeitsgeschenke haben, vor allem das schöne Tafelservice. Noch hat es Ilse in ihrem Besitz. Sie argumentiert, dass alle Geschenke nach der Hochzeit zum Eigentum des Ehemanns werden.«

»Wir fordern Ilse energisch auf, das Porzellan herauszugeben!«, kündigte Ottilie an. »Was ist dein Wohnrecht auf Lebenszeit eigentlich wert? Auch diese Summe sollten wir einfordern.«

Das wusste Franz leider besser. »Da gibt es nichts einzufordern, Tante Ottilie. Mathilde darf zwar bis zu ihrem Ableben in der kleinen Wohnung in der Villa Stockhausen bleiben, aber eine Auszahlung kann laut Testament nur in gegenseitigem Einvernehmen erfolgen. Ilse darf Mathilde nicht zwangsauszahlen, um sie loszuwerden. Und Mathilde hat keinerlei Anrecht auf eine Entschädigung, wenn sie freiwillig geht.«

»Das wollen wir doch einmal sehen!« Ottilie stemmte die Fäuste kämpferisch in die Seiten. »Dann gehen wir eben vor Gericht!«

»Schlag dir das lieber gleich aus dem Kopf, Tante! Ich müsste Mathilde als ihr nächster männlicher Angehöriger vor Gericht zur Seite stehen, wenn sie auch nur den Hauch einer Chance haben wollte, etwas zu bekommen. Als Frau allein wird kein Richter Mathilde ernst nehmen. Aber zu einem jahrelangen Rechtsstreit mit ungewissem Ausgang habe ich keine Zeit!«

»Eher keine Lust!«, stichelte Ottilie.

»Beides ist richtig. Weder Zeit noch Lust! Also fahrt meinethalben zu dritt nach Oggersheim und schafft hierher, was dieser Drache Stockhausen freiwillig herausrückt. Das ist mein letztes Wort! Die Kosten für den Transport übernehme ich.«

Er warf einen Blick auf seine Taschenuhr und hievte sich aus dem Sessel. »Wir müssen jetzt fahren, Maman! Ich habe noch eine wichtige Besprechung mit Nikolaus Kerner in Weißenburg und möchte dich vorher nach Schweighofen zurückbringen!«

»Hast du das wirklich ernst gemeint, Mathilde?«

Die beiden Frauen standen hinter der Spitzengardine am Fenster des kleinen Salons und blickten dem davonrollenden Landauer nach.

»Was meinst du, Tante Ottilie?«

»Na, dass du Irene als Mitglied unserer Familie akzeptieren und sogar respektieren willst! Ein ehemaliges Dienstmädchen! Eine Fabrikarbeiterin! Eine Anarchistin!«

Mathilde lächelte spöttisch. »Meine Mutter hat mir zur Diplomatie geraten, damit Franz mich hier in Altenstadt wohnen lässt. Schon an Weihnachten gab sie mir diese Empfehlung. Ich habe lange darüber nachgedacht. Und war anscheinend ganz überzeugend!« Ihre blassblauen Augen blitzten hämisch.

Ottilie atmete erleichtert auf. »Das warst du in der Tat, Mathilde«, lobte sie ihre Nichte. »An dir ist eine Schauspielerin verloren gegangen.«

»Eher eine perfekte Ehefrau, Tante. Ich musste Herbert eine ganze Menge vorspielen, als er noch lebte.« Trotz ihrer rüden Worte zitterte ihre Stimme leicht.

Ottilie griff nach ihrer Hand. »Also hast du das mit Irene nur vorgetäuscht!«

»Was denn? Keine spitzen Bemerkungen oder gar Beleidigungen gegen Irene auszusprechen, wenn unliebsame Zeugen anwesend sind? So dumm, Franz damit gegen mich aufzubringen, werde ich nicht sein. Trotz seiner unsäglichen Mesalliance.« Sie machte eine bedeutungsvolle Pause.

»Aber …?«

»Was er nicht weiß, macht ihn nicht heiß. Wir dürfen uns nur nicht erwischen lassen!«

»Ich bin wirklich gespannt, wie Irene reagiert, wenn sie morgen zurückkommt. Leicht wird es nicht werden, ihr beizubringen, dass Mathilde jetzt wieder in Altenstadt wohnt.«

»Sie muss Mathilde ja nicht öfter treffen als bisher«, beruhigte Pauline ihren Sohn. »Nur an hohen Feiertagen oder zu großen Familienfesten! Öfter habt ihr auch Ottilie und Gregor nicht besucht oder eingeladen, obwohl sie quasi um die Ecke wohnen. Und ich bin davon überzeugt, dass sich Mathilde gegenüber Irene zusammennehmen wird.«

»Hast du ihr dazu geraten?«

Pauline zögerte kurz, dann nickte sie. »Auch ich will Frieden in der Familie, Franz.«

»Nun, dann warten wir einmal ab, ob es gut geht.«

Der Landauer hielt an der Auffahrt des Herrenhauses zur Landstraße nach Weißenburg an, um einen mit Kaltblütern bespannten Karren vorbeizulassen, der auf dem Weg in die kleine elsässische Stadt war. Franz spähte ungeduldig aus dem Seitenfenster. »Ich werde noch zu spät kom …«

Das Wort blieb ihm im Munde stecken. »Da fährt Otto Leiser! Und neben ihm sitzt seine Frau! Das ist Minna!«

Fassungslos drehte er den Kopf zu Pauline. »Ich dachte, Minna wird frühestens um die Osterzeit entlassen. Und Irene sei gerade bei ihr in Falkenstein!« Auch Pauline war erschüttert.

Im ersten Moment raubte Franz die Gewissheit, getäuscht worden zu sein, die Luft zum Atmen. Dann aber schoss heiße Wut in ihm hoch wie kochendes Wasser in einem Geysir. »Wenn Irene nicht bei Minna in der Klinik ist, wo ist sie dann? Weißt du das?«

Pauline bemühte sich, ihre Mitwisserschaft zu verbergen. »Nein, Franz, das weiß ich nicht«, log sie. »Aber ich bin sicher, es wird eine harmlose Erklärung dafür geben.«

Franz klopfte bereits an die Vorderwand des Landauers. »Peter soll ihnen sofort nachfahren! Ich will wissen, was das zu bedeuten hat.«

Pauline griff nach seinem Arm und zog ihn zurück. »Mach bitte keine Szene auf offener Landstraße! Zumal du nicht mehr erfahren wirst, als du ohnehin schon weißt. Nämlich dass Irene nicht im Taunus ist, weil Minna bereits entlassen wurde. Mehr wird sie dir auch nicht sagen können!«

»Aber …«, protestierte Franz.

Pauline legte ihm ihre behandschuhte Hand begütigend auf den Arm. »Bewahre die Ruhe und fahr mit dem Einspänner nach Weißenburg, nachdem du mich in Schweighofen abgesetzt hast. Damit du deinen Termin mit Nikolaus Kerner nicht verpasst! Ich lasse mich heute Nachmittag mit dem Landauer nach Schweigen fahren und spreche mit Minna. Wenn sie wirklich etwas weiß, wird sie es eher mir sagen als dir. Und wir erregen kein öffentliches Aufsehen!«

Kapitel 14

Bahnhof in Weißenburg

Ende Februar 1879, am nächsten Tag

»Minna! Was für eine Überraschung! Wie kommst du denn hierher?«

Erst als die Freundin warnend einen Finger auf ihren Mund legte, ahnte Irene, dass die Lüge über ihre Reise womöglich aufgedeckt worden war.

Vorsichtig schaute sie sich um, entdeckte aber niemanden, den sie kannte. »Hat dich jemand gesehen?«, flüsterte sie dennoch ängstlich.

Minna nickte. »Ja, leider. Schon gestern! Ausgerechnet dein Mann.«

Irene spürte, wie ihre Knie weich wurden. Sie fühlte sich, als hätte ihr jemand in den Magen geschlagen.

Minna trat auf sie zu und schloss sie fest in die Arme. »Endlich darf ich das wieder gefahrlos für andere tun«, raunte sie Irene, die inzwischen wie Espenlaub zitterte, ins Ohr. »Und noch ist nicht alles verloren. Deine Schwiegermutter schickt mich hierher.«

»Was soll ich denn jetzt nur machen?« Irene hatte Minnas Bemerkung kaum wahrgenommen. Nach einem letzten festen Druck ließ die Freundin Irene los und schob sie mit beiden Armen ein Stück von sich weg.

»Lass uns im Restaurant gegenüber etwas zu Mittag essen gehen. Franz empfängt mit Kerner mehrere wichtige Kunden in seinem Kontor und wird vor dem Abendessen nicht zu Hause sein.«

»Was ist mit Gitta? Und dem Kutscher?« Erst jetzt registrierte Irene, dass Peter in diskreter Entfernung hinter Minna stand.

»Die beiden nehmen wir mit, setzen sie aber an einen anderen Tisch. Sie werden Verständnis dafür haben, dass wir uns als Freundinnen, die sich so lange nicht sehen konnten, viel zu erzählen haben.«

»Aber wird Peter uns nicht verraten? Und sei es ohne Absicht? Er holt Franz doch sicherlich heute Abend ab.«

Minna schüttelte lächelnd den Kopf. »Pauline ist schlau und hat an alles gedacht. Sie hat vorgeschützt, den Landauer heute zu brauchen, und Franz gebeten, selbst mit dem Einspänner ins Kontor zu kutschieren. Aber nun lass uns ins Gasthaus gehen. Peter kann derweil dein Gepäck einladen und nachkommen.«

Wenig später saß Minna vor einem deftigen Gericht aus Leberknödeln und Sauerkraut, während Irene nur appetitlos in einem Teller mit Rinderbrühe rührte.

»Du musst etwas essen«, drängte Minna Irene.

»Ich bringe keinen Bissen herunter, ehe du mir sagst, was du mit Pauline besprochen hast.«

Auf dem Weg ins Gasthaus hatte Minna Irene schon kurz berichtet, dass sie seit zwei Tagen wieder daheim war und Franz sie gestern auf einer Fahrt mit ihrem Mann nach Weißenburg gesehen hatte. Flüchtig registrierte Irene dabei, dass Mathilde in Altenstadt eingezogen war, verdrängte es aber sofort. Jetzt gab es Wichtigeres zu bedenken.

»Also, dann höre!« Minna schob sich noch eine Gabel mit Sauerkraut in den Mund, kaute und schluckte, bevor sie fortfuhr. »Wenn ich Pauline richtig verstanden habe, wusste sie, dass du in Frankenthal bist und dort auch auf Josef Hartmann triffst.«

Irene bejahte. »Es war wegen August Bebel. Ich wollte ihn unbedingt kennenlernen!« Plötzlich wallte Trotz in ihr auf. »Ich habe mich lange genug für etwas versteckt, worauf ich ein Recht habe. Und das werde ich Franz auch genauso sagen!«

Zu ihrem Erstaunen pflichtete Minna ihr bei. »Das sollst du auch tun, Irene. Pauline und ich haben besprochen, dass du alles eingestehen sollst. Mit einer Ausnahme!«

»Und die wäre?«

»Du behauptest, das Treffen hätte in Oggersheim stattgefunden, wo du anlässlich des Termins mit deiner Frauengruppe hingefahren wärst. Josef wäre mit Bebel zweimal zu Besuch gekommen, einmal während des Treffens, um mit den Frauen zu diskutieren, einmal danach. Du wärst mit Gitta im selben Gasthaus, in dem du auch sonst übernachtest, abgestiegen. Dort hättet ihr euch beim zweiten Besuch von Bebel und Hartmann in der öffentlichen Gaststube getroffen. Die beiden wären nach den Begegnungen jeden Abend nach Frankenthal zurückgefahren. Nach der Modernisierung der Strecke liegen die beiden Städte nicht einmal eine Zugstunde auseinander. So kommt Franz gar nicht erst auf den Gedanken, dass ihr euch in Josefs Wohnung getroffen habt. Und dass den beiden eine Übernachtung in deinem vornehmen Gasthaus viel zu teuer gewesen wäre, kannst du ebenfalls überzeugend behaupten. Zumal diese, wie gesagt, auch nicht nötig gewesen wäre.«

Sie bemerkte Irenes Gesichtsausdruck und fragte argwöhnisch: »Du wohnst doch in Oggersheim in einem kostspieligen Quartier?«

Irene kämpfte einen Augenblick lang mit sich, ob sie Minna die ganze Wahrheit sagen sollte. Dass sie nämlich überhaupt nichts in Oggersheim zu tun hatte, sondern ihre dritte Frauengruppe in Frankenthal war, wo sie sich regelmäßig in Josefs Wohnung trafen. Dann entschied sie sich dagegen. Es war schon riskant genug, dass Gitta in alles eingeweiht war und möglicherweise schon wieder für sie lügen müsste, wenn Franz auch das Dienstmädchen befragte. Ihre Freundin Minna wollte sie nicht auch noch weiter in die Sache hineinziehen, als sie es ohnehin schon war. Obwohl sie dringend eine ihr ebenbürtige Vertraute gebraucht hätte.

Denn Irene konnte nicht ermessen, wie Franz sich den Leisers gegenüber verhalten würde, wenn die ganze Wahrheit doch einmal ans Licht käme. Nicht auszudenken, wenn er Otto Leiser infolgedessen die Aufträge als Küfer entziehen würde. Das Weingut Gerban war seit vielen Jahren dessen größter Kunde.

Sie ballte die Hände zu Fäusten und bemühte sich, die heiße Wut zu bezwingen, die in ihr aufstieg. Dieses ganze Possenspiel war nur wegen Franz' völlig unbegründeter Eifersucht nötig! Weil er ihr nicht vertraute und gedroht hatte, den autoritären Ehemann zu spielen, wenn sie sich ihm nicht fügte. Genau aus diesem Grund vertraute sie Franz jetzt auch nicht mehr!

Denn sie hatte ja gar nichts vor ihm zu verbergen. Zwischen Josef und ihr geschah nichts Unrechtes. Im Gegenteil, Franz' Eifersucht, die sie vor Josef natürlich nicht verheimlichen konnte, bewirkte bei ihrem ehemaligen Liebhaber sogar nach und nach genau das, was Franz befürchtete! Sie ermutigte ihn eher, Irene aufs Neue Avancen zu machen, anstatt ihn abzuschrecken. Denn nicht ganz zu Unrecht zweifelte er die Stabilität ihrer Ehe mittlerweile an. Plötzlich spürte sie, dass sie das kindische Getue beider Männer gründlich satthatte.

Doch darüber würde sie später nachdenken. Jetzt galt es, dafür zu sorgen, dass Franz' Zorn ihn nicht zu unbedachten Handlungen verleitete. Als ihr Ehemann konnte er ihr tatsächlich alle aushäusigen Aktivitäten verbieten. Dazu gab ihm das Gesetz jedes Recht.

Daher antwortete sie erst einmal Minna. »Ja, solche Quartiere leiste ich mir seit einer entsetzlichen Nacht in Herxheim.« Sie skizzierte kurz ihren dortigen Aufenthalt im vergangenen September.

Minna schauderte zusammen. »Küchenschaben kann ich auch auf den Tod nicht ausstehen. Doch du hättest mir schreiben sollen, dass du die Besuche bei mir als Tarnung für deine politischen Vorhaben vortäuschen willst«, tadelte sie Irene, wobei ihr mildes Lächeln ihre Worte Lügen strafte. »Dann hätte ich dir sagen können, dass ich keine Besuche empfangen durfte. Oder warum sonst, glaubst du, habe ich dich nie gebeten, einmal nach Falkenstein zu kommen?«

Irene errötete. »Ich dachte, es wäre dir peinlich, wenn ich dich so krank sähe. Zumal du die Schwindsucht ja lange Zeit abgestritten hast. Und aufdrängen wollte ich mich nicht.«

Minna schnaubte. »Ja, mit dem Verleugnen der Schwindsucht war ich mindestens ebenso dumm wie du jetzt.« Sie lächelte spitzbübisch. »Damit sind wir quitt.«

»Also bist du wieder völlig gesund? Trotz deines Rückfalls im Herbst? Wir haben dich alle frühestens um Ostern herum zurückerwartet.«

»Ja, so war es ursprünglich auch geplant. Doch ich erholte mich genauso schnell, wie mich der Rückfall im Herbst ereilte. Dr. Dettweiler, der Klinikleiter, hätte mich dennoch nicht entlassen, wenn er meinen Platz nicht dringend für ein junges Mädchen von kaum achtzehn Jahren gebraucht hätte, das fast gestorben wäre. Also fragte er mich, ob ich das Wagnis eingehen wolle heimzugehen, auch wenn die Symptome noch keine zwei Monate, sondern erst vier Wochen lang verschwunden seien. Und selbstverständlich habe ich sofort zugestimmt. Ich habe meinen Mann und vor allem die Jungen erbärmlich vermisst.«

»Und sie dich!« Irene lächelte Minna herzlich zu. »Wir alle sind froh, dass du wieder gesund bist!« Minna erwiderte das Lächeln verlegen.

»Nun iss endlich die Suppe!«, mahnte sie Irene noch einmal. »Sie wird doch ganz kalt.«

Irene würgte einen Löffel hinunter und legte das Besteck dann ab. Die Kehle war ihr wieder wie zugeschnürt. Es gab noch so viel zu klären.

»Und Pauline hat dich aufgesucht, um diese Intrige mit dir zu spinnen? Das hätte ich nicht von ihr gedacht.«

»Ich ebenfalls nicht, auf den ersten Blick gesehen. Andererseits war es Pauline Gerban jahrzehntelang gewohnt, ihrem Gatten etwas vorzumachen. Auf diese Talente hat sie jetzt offenbar wieder zurückgegriffen.«

»Und warum ist sie nicht selbst zum Bahnhof gekommen?«

»Das hatte sie vor, als sie mich gestern besuchte. Doch ich habe es ihr ausgeredet. Ich wollte dich unbedingt wiedersehen.«

»Was habt ihr denn gestern noch besprochen?«

»Pauline hat mich gebeten, nicht zu verraten, dass es auch deinen ersten Besuch bei mir nie gegeben hat. Der war im Oktober, wenn ich recht unterrichtet bin? Das hat sie offenbar selbst herausgefunden.«

»Ja. Danach habe ich auf ihren Rat hin gegenüber Franz behauptet, ich hätte alle Pläne, die ich in Wahrheit mit Josef ersonnen habe, mit dir entwickelt. Aber von Natur aus sind weder Pauline noch ich so verlogen. Das musst du mir glauben!«

Minna tätschelte Irenes Hand. »Das weiß ich doch. Aber was blieb euch anderes übrig? Für uns Frauen ist es oft schwer, unsere Bedürfnisse mit den Ansichten unserer Ehemänner in Einklang zu bringen, da sie ja im Zweifelsfall das alleinige Sagen haben. Warum soll es dir mit deinem Gatten besser ergehen als uns anderen Frauen?«

»Hast du denn auch Geheimnisse vor Otto?«, fragte Irene verblüfft.

»Nicht die gleichen wie du«, lächelte Minna. »Aber natürlich muss er nicht alles wissen, was ich tue. Zum Beispiel wähnt er mich gerade bei der Schneiderin im Nachbardorf, um meine Kleider ändern zu lassen. Schließlich habe ich zuletzt durch die ganze Esserei in der Klinik wieder an Gewicht zugelegt – und ihn davon überzeugt, dass meine Nähkünste diesmal nicht dazu ausreichen, in meiner alten Garderobe wieder ansehnlich auszusehen.«

»Ich kann dir beim Umändern helfen.«

Minna strahlte. »Das ist eine wunderbare Idee. Denn es bietet dir den Anlass, mich öfters zu besuchen. Und darauf freue ich mich schon jetzt!« Sie überlegte kurz. »Otto werde ich sagen, dass ich die alte Kuni nicht angetroffen habe. Er ist ohnehin heute den ganzen Tag unterwegs, um Fässer auszuliefern, und wird vor dem Abend nicht zurück sein.«

»Doch nun löffle deine Suppe, und lass uns derweil auch Gitta in unsere Absprachen einweihen! Peter kann inzwischen vor der Tür eine Pfeife schmauchen. Dann sollten wir schleunigst nach Hause fahren.«

Anwesen der Gerbans bei Altenstadt
Ende Februar 1879, am selben Tag

Mit brennenden Augen starrte Mathilde an die Decke ihres Zimmers in Altenstadt. Jetzt, da Franz ihr endlich erlaubt hatte hierzubleiben, hatte sie zwar ihr Ziel erreicht. Doch anstatt erleichtert oder sogar dankbar zu sein, überfiel sie ihr ganzes Elend mit voller Macht.

Einst hatte sie in diesem Raum ihre Jungmädchenträume gehegt. Sie war der Liebling ihres Vaters gewesen und die uneingeschränkte Herrscherin über die meisten Dienstboten.

Einen feschen Offizier hatte sie heiraten wollen, nach Möglichkeit einen Adligen, der ihr zu einem Titel verhalf. Doch den einzigen Kandidaten, der dafür je infrage gekommen war, hatte Franz damals vergrault.

Freiherr von Wernitz hat sich von mir abgewandt und mich später sogar tödlich beleidigt und bloßgestellt. Weil er Franz für einen Vaterlandsverräter hielt.

Eine Träne rann ihr über die Wange.

Doch im Gegensatz zu mir hat mein Bruder alles durchgesetzt und bekommen, was er wollte. Er war sich nicht einmal zu schade dafür, dieses Dienstmädchen zu heiraten. Wer weiß schon, ob deren

Sohn überhaupt von ihm ist. Schließlich hat dieses gemeine Volk eine niedere Moral.

Sie selbst musste mit Herbert Stockhausen einen großen Kompromiss eingehen. Er war doppelt so alt wie sie und bevormundete sie von Anfang an. *Schlimmer, als Vater es jemals getan hat.*

Doch sie hatte alles in Kauf genommen, um unter die Haube zu kommen und eine eigene Familie zu haben. Und nach ihrer Heirat so sehr gehofft, es würde sich jetzt alles zum Besten wenden.

Heute Morgen hatten Gregor, Ottilie und sie mit demselben Spediteur verhandelt, der ihre Sachen im Mai 1874 vor ihrer Hochzeit mit Herbert nach Oggersheim gebracht hatte. Nun würde er ein Fuhrwerk auf den Weg schicken, das die Sachen, die Ilse Stockhausen überhaupt herauszugeben bereit war, wieder hierher nach Altenstadt bringen sollte.

Alles war letztlich vergebens. Alles, was sie in Kauf genommen hatte, um Herbert als Ehemann zufriedenzustellen: Sie hatte die sparsame Hausfrau gemimt, sich selbst kaum etwas gegönnt, seine Lieblingsgerichte mit ihm gegessen, auch wenn sie diese verabscheute. Und sich vor allem in dem eintönigen Leben mit ihm unendlich gelangweilt, ohne sich je zu beklagen.

Doch letztlich hatte es nicht das Geringste geholfen. Obwohl sie sich ihm sogar wie eine Dirne angedient hatte – ihr Gesicht wurde immer noch heiß, wenn sie an diese Szenen dachte –, hatte er ihr in den mehr als vier Jahren ihrer Ehe kaum zehnmal »beigewohnt«, wie es ein Pfarrer salbungsvoll ausdrücken würde. Lust hatte sie dabei nicht empfunden, eher sorgsam verhohlenen Ekel.

Doch es hätte der Schlüssel zu meinem dauerhaften Glück werden können. Hätte ich Herbert ein oder zwei Söhne geboren, wäre ich heute nicht nahezu mittellos auf die Gnade meines Bruders und seiner unpassenden Ehefrau angewiesen. Das bewies nicht zuletzt Herberts Testament.

Ein Schluchzen entrang sich ihrer Kehle. Das Leben meinte es einfach nicht gut mit ihr. Und war für sie quasi schon zu Ende. Sie würde zwar keine vertrocknete alte Jungfer werden. Aber war das Schicksal einer noch nicht einmal dreißigjährigen Witwe nicht viel schlimmer?

Da sie völlig mittellos war, würde sie nie wieder einen Bewerber finden. Zumindest keinen, der zu ihr passte. Der jung, lebenslustig und spendabel war.

Wenn überhaupt, wird ein Greis um mich freien, der eher eine Pflegerin sucht als ein Weib. Und mir über alles Vorschriften machen wird. Doch davon habe ich ein für alle Mal genug.

Die Bitterkeit stieg ihr wie Galle in die Kehle. Sie drehte sich auf die andere Seite. Doch genau wie sie es befürchtet hatte, als sie sich zur Mittagsruhe zurückzog, konnte sie kein Auge zumachen. Nun begann auch ihr Kopf, wieder zu schmerzen.

Übermorgen würde sie mit Ottilie und Gregor ein letztes Mal nach Oggersheim aufbrechen, um ihre Sachen abzuholen. Hierher war sie vorgestern mutterseelenallein gekommen, ohne Zofe, geschweige denn mit männlichem Schutz. Aber das hatte niemanden gestört. Auf ihren Ruf musste sie nun beileibe nicht mehr achten! Und ihr gleichgültiger Bruder Franz hatte dementsprechend auch kein Wort darüber verloren, obwohl dies allen Konventionen für eine Dame von Stand widersprach.

»Übermorgen wird mein altes Leben endgültig zu Ende sein«, flüsterte sie mit rissigen Lippen. Ihr Mund war wie ausgedörrt. Doch sie fühlte sich zu elend, um nach dem Mädchen zu klingeln oder selbst nach der Wasserkaraffe auf ihrem Nachttisch zu greifen. »Und mein neues Leben liegt vor mir wie eine unendliche Wüste.«

Sie ballte die Hände zu Fäusten. »Doch sie werden es mir büßen! Alle werden sie es mir büßen, so wahr mir Gott helfe. Meine Mutter, die sich nie etwas aus mir gemacht hat, mein Bruder, der mich zeit seines Lebens verachtet hat, und vor allem dieses Dienstmädchen, das nun alles sein Eigen nennt, was eigentlich mir zugestanden hätte!«

Plötzlich stahl sich ein tückisches Lächeln auf ihr Gesicht. »Ich muss es nur schlau genug anstellen. Dann werden wir weitersehen!«

Weingut bei Schweighofen
Ende Februar 1879, am selben Abend

»Gute Nacht, ihr beiden! Schlaft gut und träumt süß!« Irene küsste ihre Zwillingstöchter auf die Wangen und verließ leise das Zimmer.

Im Flur streckte sie den Rücken durch und wappnete sich für die Auseinandersetzung, die ihr nun bevorstand. Franz war vor knapp einer Stunde nach Hause gekommen und hatte allein mit Pauline zu Abend gegessen. Irene, die immer noch keinen Appetit verspürte, hatte derweil ihre Kinder bettfertig gemacht, allen dreien noch das Märchen vom Aschenputtel vorgelesen und den Mädchen Schlaflieder vorgesungen. Fränzel, dem das zu kindisch war, spielte derweil in seinem Zimmer mit der Eisenbahn, die er vom Christkind bekommen hatte. Sie schaute kurz in sein Zimmer und nahm ihm das Versprechen ab, spätestens um acht Uhr ebenfalls zu Bett zu gehen.

Nun führte kein Weg mehr an der Aussprache mit Franz vorbei. Irene betrat den Salon, wo Pauline neben Franz saß und sich scheinbar bemühte, begütigend auf ihn einzuwirken. Sie hatte Irene in einem unbeobachteten Moment das Versprechen abgenommen, ihre Mitwisserschaft an der verheimlichten Reise zu verschweigen. Außerdem hatte sie angekündigt, im März mit Franz nach Berlin fahren zu wollen.

»Du tust ohnehin gut daran, deine Aktivitäten einmal ein paar Wochen zu unterbrechen«, verband ihre Schwiegermutter das Angenehme mit dem Nützlichen. »Damit etwas Gras über die Sache wächst. Und die Saison in Berlin ist Ende März vorbei. Wenn ich also noch ein paar glamouröse Veranstaltungen miterleben möchte, bei denen ich einige hochgestellte Persönlichkeiten kennenlernen kann, muss ich Franz im März begleiten.«

»Du meinst diesen seltsamen Grafen, der so einen Narren an Franz gefressen hat?«

Pauline errötete leicht. »Unter anderem. Er hat Franz und unbekannterweise auch mich in seine Loge in der Oper eingeladen. Das möchte ich mir nicht entgehen lassen.«

Trotz ihrer Anspannung schüttelte Irene den Kopf. Was diesen österreichischen Adligen, den Franz in diesem Jahr bislang bei jedem seiner Berlinaufenthalte getroffen hatte, dazu bewog, sich derart um ihren Mann zu bemühen, blieb ihr ein Rätsel. Sie hatte daher oftmals auch nur mit halbem Ohr hingehört, wenn sich Franz mit seiner Mutter über die Begegnungen mit von Sterenberg unterhielt und ihre zahlreichen Fragen beantwortete.

»Nun gut«, seufzte sie. »Ich bin einverstanden, zumal ich es dir auch versprochen hatte.«

Pauline sah auf, als Irene jetzt in den Raum trat. »Ich lasse euch beide dann allein, damit ihr euch aussprechen könnt. Und eine gute Lösung für alles findet.« Mit dieser Mahnung ging sie hinaus.

Irene musterte Franz' Gesicht. Sie erkannte eine Mischung aus Traurigkeit, Zorn und Entschlossenheit darin. Franz hätte ihr sagen können, dass sie ganz ähnlich auf ihn wirkte.

Irene setzte sich auf den Sessel, der Franz' Platz auf dem Sofa gegenüberstand. Es war der weit möglichste Abstand zu ihm, den sie einnehmen konnte.

»Nun, was möchtest du mir sagen?«, unterbrach Franz als Erster das Schweigen.

Irene holte tief Luft. »Ich beginne zuerst damit, was mir *nicht* leidtut. Mir tut es nicht leid, dass ich August Bebel persönlich getroffen habe. Er ist ein ganz außergewöhnlicher Mann mit einem Respekt für uns Frauen, wie man ihn seinesgleichen sucht. Und er hat mich gelobt für das, was ich schon erreicht habe, und ermutigt, an meinen Zielen weiterzuarbeiten.«

Sie unterbrach sich, um ihre nächsten Worte zu wählen. Franz kam ihr zuvor.

»Und tut dir überhaupt etwas leid?«

»Es tut mir sehr leid, dass ich dich belügen musste, um mir diese Begegnung zu ermöglichen. Dass es mit unserer Ehe so weit gekommen ist, dass wir uns gegenseitig nicht mehr vertrauen.«

»Also tut dir nicht die Lüge an sich leid, sondern dass sie erforderlich war?« Franz' Stimme klang scharf.

»Da ich auch dann nichts vor dir zu verbergen hätte, wenn du tolerieren würdest, dass ich Josef Hartmann ab und zu treffe, tut es mir leid, dass die Lüge nötig war.«

»Also streitest du ab, dass Josef dich weiterhin zu umgarnen versucht?«

Irene hob trotzig den Kopf. »Keineswegs. Doch das liegt vor allem an dir.«

»An mir?« Franz war fassungslos.

»Ja, an dir! Hättest du mir erlaubt, Josef zu treffen, um ihn als Stütze für meine Arbeit an meiner Seite zu haben, hätte er gar nicht bemerken können, dass es Spannungen zwischen uns gibt. Und würde sich jetzt auch keine Hoffnungen machen, dass wir uns auseinanderleben und ich doch noch eines Tages zu ihm zurückkehre.«

Franz fühlte heiße Wut in sich aufsteigen.

»Also gibst du zu, dass du mit ihm tändelst?«

»Er versucht, mit mir zu tändeln, nicht ich mit ihm. Ich weise ihn regelmäßig ab!«

»Regelmäßig? Also habt ihr euch schon öfter heimlich getroffen?«

Irene registrierte erschrocken, dass sie sich unwillkürlich verraten hatte. In einer spontanen Anwandlung von Panik schüttelte sie heftig den Kopf. »Nein! Das Treffen in Oggersheim war das erste, seit du mich vor mehr als fünf Jahren aus Frankenthal abgeholt hast.«

Kaum war die Lüge ihren Lippen entschlüpft, bereute sie sie schon. Wäre es nicht besser gewesen, hier und jetzt reinen Tisch zu machen?

Aber an Franz' wütender Miene erkannte sie, dass es jetzt erst einmal kein Zurück mehr gab.

»Das glaube ich dir nicht!«, schleuderte er ihr entgegen.

Auch Irene wurde nun wütend. »Dann lass es bleiben! Doch erkläre mir bitte, warum ich dir Josef vorziehen sollte! Warum du mir nicht glaubst, dass ich *dich* liebe und keinen anderen! Nicht einmal, als ich mit Josef zusammen war, habe ich ihn geliebt. Respektiert und geschätzt habe ich ihn, mich bei ihm geborgen gefühlt, ja. Aber nie habe ich ihn geliebt!«

»So schwörst du mir, dass du Josef nur dieses eine Mal in Oggersheim getroffen hast?«, insistierte Franz.

»Nein, es waren zwei Treffen an zwei Tagen«, erwiderte Irene trotzig. »Wir hatten viel mit August Bebel zu diskutieren.«

Franz machte eine abwehrende Handbewegung. »Lass diese Haarspalterei!« Er ballte die Hände zu Fäusten. »Was hast du mir sonst noch zu beichten?«

»Bist du nun unter die Pfaffen gegangen?«

Franz griff hinter sich und zog etwas hervor, das er wortlos vor Irene auf den Tisch warf. Entsetzt erkannte sie ihre ältere Ausgabe von Bebels Buch »Die Frau und der Sozialismus« und einige sozialdemokratische Flugblätter und Zeitungen.

»Was ist das?« Franz wies anklagend auf die Dokumente.

»Du hast meine Sachen durchwühlt!« Jetzt war Irene den Tränen nahe. »Was fällt dir ein?«

»Das sind verbotene Dokumente. Auf ihren Besitz stehen Strafen. Willst du dich am Ende noch ins Gefängnis bringen? Das würde sowohl den Ruf unserer Weinhandlung als auch den meinen als Reichstagsabgeordneter ruinieren!«

Die Enttäuschung machte Irene ungerecht. »Aha, darum geht

es dir! Nicht um mich, nicht um unsere Ehe, nicht um das, was ich brauche, um glücklich mit dir zu sein! Du willst in Berlin mit reiner Weste deinen seltsamen Grafen treffen! In adligen Kreisen empfangen werden! Da wäre dir ein ehemaliges Dienstmädchen natürlich im Wege, erst recht, wenn es sich auch noch für die Rechte unterdrückter Frauen einsetzt!« Gegen ihren Willen brach sie in Tränen aus.

Zu ihrem Erstaunen reagierte Franz anders, als sie es erwartet hatte. Er stand mühsam auf, wobei seine Prothese offensichtlich verrutschte, denn sein linkes Bein knickte um. Vor Schmerz zog er scharf die Luft ein. Trotzdem hinkte er auf Irene zu. Er ließ sich vor ihrem Sessel auf die Knie nieder und griff nach ihren Händen.

»Was tun wir denn beide gerade! Wir lieben uns doch«, sagte er hilflos. »Wir haben so hart füreinander gekämpft! So viel durchlitten, bis wir uns endlich gefunden haben.« Nun liefen auch ihm die Tränen die Wangen hinab. »Das kann doch nicht um schnöder Politik willen jetzt vor die Hunde gehen!«

»Es ist nicht die schnöde Politik«, schniefte Irene, ohne Franz ihre Hände zu entziehen. »Es ist deine dumme, unnütze Eifersucht!«

»Josef ist ein stattlicher Mann. Und körperlich unversehrt!«

»Oh, komm mir nicht mit diesen uralten Sprüchen! Josef war schon stattlich und körperlich unversehrt, als ich ihn, ohne zu zögern, um deinetwillen verließ!«

»Aber vielleicht seid ihr euch mittlerweile geistig näher als wir!«

»Ja«, bestätigte Irene. »Das sind wir. Josef und Männer wie August Bebel kämpfen um gerechten Lohn für die Arbeiter, um Arbeitsschutz, eine vertretbare Arbeitszeit, gegen Kinderarbeit und du …« Sie stockte.

»Ich kämpfe nur für die Rechte meiner Heimat«, ergänzte Franz bitter. »Dafür, dass Menschen nicht willkürlich des Landes verwiesen werden, dass ihre Zeitungen wieder gedruckt werden dürfen, dass man uns Elsässer nicht als ›Wackes‹ beschimpft, dass …«

Sein offensichtlicher Schmerz rührte Irene. Sie legte ihm eine Hand auf den Mund.

»Lass uns damit aufhören, Franz!«, bat sie. »Um unser selbst und unserer Kinder willen! Wir kämpfen beide für eine Sache, die wir für gerecht halten. Gegen Unterdrückung und Intoleranz! Wenn gerade auch nicht für die gleiche!«

»Aber es könnte wieder die gleiche werden!«, fiel ihr plötzlich ein. »Kennst du die Zustände in Bischwiller?«

»Was meinst du damit?«

Irene skizzierte kurz, was ihr August Bebel über die Verhältnisse in den dortigen Tuchfabriken erzählt hatte. Wieder klang sacht eine Saite in ihr an, die sie nicht zuordnen konnte. Irgendetwas Wichtiges, dass ihr partout nicht einfallen wollte, hatte mit Bischwiller zu tun.

Franz' betroffene Miene lenkte sie von ihrem Gefühl ab. »August Bebel will sich mit uns Autonomisten verbünden, um zu fordern, dass die Reichsgesetze gegen Kinderarbeit auch im Elsass gelten?«

Irene nickte heftig. »So ist es. Und sag jetzt nicht, dass du das nicht gutheißt!«

»Doch Irene, ich heiße es gut. Gleich nach der Verabschiedung eines Gesetzes, das Elsass-Lothringen mehr Autonomie zugesteht, werde ich mich dafür einsetzen.«

Irenes Hoffnungsfunke, dass sie Franz zumindest rasch für ihre Sache in Bischwiller gewinnen könnte, erlosch. »Und wann wird es so weit sein?«

Franz hob die Schultern. »Wir tun, was wir können, Irene. Doch wie lange es mit dem Gesetz noch dauern wird, weiß ich nicht. Vorher kann sich niemand von uns mit den Sozialisten für dieselbe Angelegenheit engagieren, sonst verlieren wir den Rückhalt für unsere Pläne im Parlament!«

»Dann lass zumindest mich weiterhin meine eigene Arbeit

tun!«, verlangte Irene heftig. »Du kämpfst für deine Sache und ich für die meine!«

In Franz' Brust tobten widerstreitende Gefühle. Einerseits bewunderte er Irene für ihre Standhaftigkeit, andererseits fürchtete er um sie. Und um sie beide als Paar.

»Ich stelle dir zwei Bedingungen, Irene!«, sagte er schließlich. Er wies auf die verbotenen Dokumente.

»Du behältst nichts in deinem Besitz, was illegal ist. Oder verwendest es sogar bei deinen Frauentreffen!«

Irene dachte an die neue Ausgabe von Bebels Buch. Franz hatte es nicht in ihrem Koffer gefunden, weil sie es in ihrer Handtasche verwahrte. Im Zug hatte sie auf der Rückfahrt darin gelesen.

Die Tasche trug sie bei sich, weil sie kleine Überraschungen für die Kinder enthielt, die sie ihnen vor dem Zubettgehen geschenkt hatte. Danach hatte sie die Tasche mit in den Salon genommen.

Wieder überlegte sie einen Moment lang, ob sie Franz das Buch aushändigen sollte. Der missverstand ihr Zögern als Widerstand. Er ließ sie los, stand auf, zerrte seine Prothese zurecht und griff nach den verbotenen Dokumenten.

»Schau her, Irene, was ich mit diesen Papieren machen muss. Als Familienvater und als dein Ehemann, der letztlich auch für dich und dein Tun verantwortlich ist.« Er hinkte zum offenen Kamin und warf die Dokumente hinein. Funken sprühten auf und versengten den davorliegenden Teppich. Irene war sprachlos. Das zarte Pflänzchen der Harmonie, das gerade wieder zu sprießen begann, hatte Franz durch diese Handlung zertreten.

Er wandte sich zu ihr um. »Und du triffst Josef Hartmann nicht mehr! Selbst wenn du nicht das Gleiche für ihn fühlst wie für mich, kann ich das nicht ertragen! Das musst du verstehen. Dafür liebe ich dich zu sehr!«

Du Dummkopf, wollte Irene ihm entgegenschleudern. *Dann zerstöre meine Gefühle für dich nicht durch sinnlose Eifersucht!*

Stattdessen biss sie sich auf die Lippen. August Bebels neues Buch sollte nicht auch noch ein Opfer der Flammen werden, und ihre Arbeit in der Frankenthaler Gruppe war ihr noch immer besonders wichtig. Dort wurden erste Pläne geschmiedet, wie die Frauen sich aktiver in die Politik einbringen konnten. Die Treffen fanden in Josefs Wohnung statt, dafür gab es keine Alternative. Also waren Begegnungen mit ihm unvermeidlich. Also würde sie Franz weiter etwas vormachen müssen.

Vor Enttäuschung und Schmerz darüber schossen ihr erneut die Tränen in die Augen. Auch dies missverstand er, diesmal zu ihren Gunsten.

»Also bist du mit meinen Auflagen einverstanden?«

Da sie keinen Ausweg aus ihrem Dilemma wusste, nickte sie stumm. Und fühlte sich in diesem Augenblick traurig, hilflos und zutiefst von dem Mann enttäuscht, den sie doch über alles zu lieben geglaubt hatte.

Königliche Oper in Berlin
März 1879

Pauline versuchte, sich ihre Aufregung nicht anmerken zu lassen, als sie ihr mit schwarzen Spitzen besetztes violettes Abendkleid raffte und aus der Kutsche stieg, die Franz und sie zur Aufführung von Mozarts »Zauberflöte« zur Königlichen Oper Unter den Linden gebracht hatte. Die zum Kleid passende Straußenfeder, mit der Rosa ihr hoch aufgestecktes Haar geschmückt hatte, wippte. Franz folgte seiner Mutter auf dem Fuße und wies die helfende Hand des Droschkenkutschers wie üblich zurück.

Sie zeigten ihre Theaterbilletts vor, die ihnen Graf von Sterenberg am Vorabend in ihr Hotel gesandt hatte. Als der Kartenkontrolleur las, dass sie in der Loge des Grafen Platz nehmen sollten, winkte er einem der zahlreichen livrierten Lakaien, der sie über die marmorne Treppe zwei Stockwerke hinauf zur Eingangstür der Loge begleitete und diskret an die mit Schnitzereien geschmückte Tür klopfte. Als niemand hereinbat, öffnete er sie vorsichtig und lugte hinein.

»Offensichtlich ist Seine Erlaucht noch nicht eingetroffen. Doch der Tisch ist bereits mit Getränken und Gläsern gedeckt. Darf ich noch einmal Ihre Karten sehen?«

Als sich der Mann ein weiteres Mal davon überzeugt hatte, dass sie Gäste des Grafen von Sterenberg waren, ließ er Pauline und Franz mit einer Verbeugung eintreten.

Obwohl Pauline noch nie in der Königlichen Oper gewesen war, hatte sie kaum einen Blick für die Pracht des Saals mit seinen mit rotem Samt bezogenen Sitzen, dem beeindruckenden Deckenfresko, den zahlreichen vergoldeten Stuckornamenten und den Statuen, die die Logen zu beiden Seiten säumten. Ihr Herz begann, immer heftiger zu pochen.

Sie waren vor zwei Tagen in Berlin angekommen. Gestern hatte Franz den ganzen Tag im Reichstag zugebracht und ihr zu ihrer nicht geringen Enttäuschung mitgeteilt, dass er die Einladung des Grafen zu einem gemeinsamen Abendessen, die er in seinem Reichstagskontor vorfand, abgelehnt hatte, da er zu müde war.

»Ich dachte, du würdest ein intimes Nachtmahl mit mir vorziehen, Maman«, äußerte er sich erstaunt angesichts ihres unverhohlenen Unmuts. »Wir waren beide den ganzen Tag auf den Beinen, und ich ging davon aus, dass du nach deiner Besichtigungsrundfahrt durch Berlin ebenfalls müde bist. Uns da eigens noch aufwendig in die angemessene Abendgarderobe zu werfen erschien mir zu mühsam. Zumal wir den Grafen doch ohnehin morgen Abend treffen.«

»Ein Abendkleid muss ich auch anziehen, wenn ich nur mit dir ins Hotelrestaurant hinuntergehe«, entgegnete Pauline missmutig. »Und du kannst dort auch nicht im verstaubten Straßenanzug erscheinen.«

Sie zügelte ihren Ärger erst, als sie bemerkte, dass Franz sie scharf musterte. »Wann möchtest du denn essen?«, lenkte sie ab. »Ich möchte Rosa bitten, mich zuvor noch zu frisieren.« Ihre Kammerzofe hatte Pauline selbstverständlich mit nach Berlin genommen, damit sie die Zeit, in der Franz mit seinen Geschäften befasst war, in deren Begleitung nutzen konnte, um sich die wichtigsten Sehenswürdigkeiten und die bekanntesten Museen anzusehen. Eine Dame von Stand war nie allein unterwegs.

»Wäre dir acht Uhr recht, Maman? Ich würde vorher gerne noch ein heißes Bad nehmen.«

»Selbstverständlich, mein Lieber«, stimmte Pauline mit einem Anflug von Schuldgefühlen zu. Sie wusste, wie sehr Franz' Knochen nach einem anstrengenden Tag schmerzten und wie lindernd sich warmes Wasser darauf auswirkte. Der gestrige Abend mit Franz war danach auch nett und unbeschwert verlaufen. Dennoch hatte sie in der Nacht kaum ein Auge zugetan.

Jetzt klopfte es erneut an die Tür der Loge. Wieder öffnete sie der livrierte Lakai und machte Platz für den Grafen von Sterenberg. Obwohl sie nicht unvorbereitet war, durchfuhr es Pauline wie ein Blitz.

»Darf ich Ihnen meine geliebte Maman Pauline Gerban vorstellen, Herr von Sterenberg?«

Franz beobachtete die beiden scharf, als sich der Graf über Paulines behandschuhte Rechte beugte und einen nicht nur angedeuteten Kuss darauf drückte. »Was für ein Vergnügen, Sie endlich kennenzulernen.« Die Stimme von Sterenbergs klang belegt, während Paulines Augenlider nervös zuckten.

Es wirkt geradezu, als ob die beiden sich kennen würden und es zu verbergen versuchen, schoss es Franz durch den Kopf. *Sollte ich am Ende doch mit meinem Verdacht richtigliegen? Aber der Graf heißt doch Eberhard! Oder nicht?*

Eine auffällige Aneinanderreihung weiterer Merkwürdigkeiten verstärkte seinen Argwohn. Nachdem er es abgelehnt hatte, nach dem Lakaien zu klingeln, verschüttete der Graf etwas von dem Gerban'schen Riesling, den er eigens für die Loge geordert hatte, als er die Weingläser füllte. Auch die Hand seiner Mutter zitterte so stark, als sie das Glas entgegennahm, dass etwas Wein überschwappte und den Saum ihres Abendkleids befleckte. Franz konnte sich nicht daran erinnern, dass Pauline jemals zuvor ein solches Missgeschick passiert war. Nicht einmal in den Zeiten ihrer Laudanum-Sucht.

Weder der Graf noch Pauline nahmen auch nur einen Bissen von den köstlichen Happen zu sich, die von Sterenberg als Imbiss für die Pause bestellt hatte. Während Franz nachdenklich in ein mit geräucherter Forelle belegtes Kanapee biss, bemerkte er außerdem, dass sowohl seine Mutter als auch der Graf sich immer wieder verstohlene Blicke zuwarfen, wenn sie glaubten, der jeweils andere würde es nicht bemerken. Sie wandten den Kopf sofort ab, wenn sie sich dabei ertappt fühlten.

Die Konversation in der Pause nach dem ersten Aufzug der »Zauberflöte« drehte sich um sehr oberflächliche Themen. Pauline erkundigte sich nach den Hofbällen, den Empfängen und den Konzerten, die gerade in der Berliner Saison stattgefunden hatten oder noch bevorstanden.

»Und dann gibt es da noch den Ball, den der Herzog Victor von Ratibor in jeder Saison in seinem Berliner Palais ausrichtet. Der Kaiser höchstpersönlich besucht ihn zusammen mit seiner kaiserlichen Gemahlin Augusta. Er gilt neben den Hofbällen als der gesellschaftliche Höhepunkt der Saison«, erläuterte der Graf Pauline.

»Und hat doch bereits stattgefunden, wenn ich Sie vorher richtig verstanden habe.« Pauline war irritiert. Tatsächlich hatte der Graf von diesem Empfang, der erst wenige Tage zurücklag, bereits vor Beginn der Aufführung gesprochen.

»Oh ja! Das war mir gerade entfallen!« Der Graf schlug sich verlegen an die Stirn. »Das kommt davon, dass mich Mozarts Musik so unglaublich fasziniert. Die Arie der ›Königin der Nacht‹ war doch ganz fantastisch gesungen, finden Sie nicht?«

»Ja natürlich, ganz wunderbar«, bestätigte Pauline. »Aber welche Rolle hat denn die Frau, die so hoch gesungen hat?«

»Liebe Maman, das *war* die ›Königin der Nacht‹.«

»Ach ja, natürlich. Wie dumm von mir!«

Franz war zunehmend verblüfft. Zwar hatte seine Mutter ihm erzählt, dass sie die »Zauberflöte« noch nie gesehen hatte. Aber sie hatte vor dem Eintreffen des Grafen sogar im Programmheft geblättert, das Franz im Foyer der Oper erstanden hatte. Dass sie die ›Königin der Nacht‹ jetzt nicht einmal an ihrem aufwendigen, mit Sternen besetzten Kopfputz und ihrem nachtblauen Gewand erkannt hatte, konnte nur eines bedeuten: *Sie verfolgt das Geschehen auf der Bühne nur beiläufig und ist mit ihren Gedanken ganz woanders.*

Der Graf zückte seine goldene Taschenuhr mit den Initialen E. F. und dem Wappen derer von Sterenberg. Franz hatte die Uhr zum ersten Mal in Blaubergs Geschäftsräumen gesehen, als er den Grafen kennengelernt hatte.

Nun reagierte er instinktiv. »Stimmt es, dass Sie mit Ihrem zweiten Vornamen Ferdinand heißen, Herr Graf?«, wagte er den Schuss ins Blaue.

»Das stimmt, lieber Freund. Als junger Mann konnte ich meinen ersten Namen Eberhard nicht leiden. Jedermann nannte mich damals ›Ferdi‹!«

Das Licht im Saal verdunkelte sich. Der zweite Akt begann. Diesmal war es Franz, der vom Rest der Aufführung nicht mehr das Geringste mitbekam. Und heftige Schmerzen vorschützte, als ihn der Graf mit seiner Mutter danach zu einem späten Souper einladen wollte.

»Doch wenn Sie meine Gesellschaft entbehren können, will ich meine Mutter nicht daran hindern, noch mit Ihnen zu speisen.«

»Nein, nein«, wehrte Pauline hastig ab. »Ich habe gar keinen Hunger und möchte dich nicht allein ins Hotel fahren lassen, wenn es dir nicht gut geht. Das verstehen Sie doch sicher, Herr Graf?«

Von Sterenberg musterte sie mit dem gleichen Gesichtsausdruck, den Franz bereits aus früheren Begegnungen kannte. Jetzt glaubte er, ihn als eine Mischung aus Zweifel, Anspannung und Neugierde einordnen zu können.

»Natürlich verstehe ich es, liebe Frau Gerban. Doch Sie werden es mir nachsehen, dass ich es außerordentlich bedauere.« Er beugte sich zum Abschied erneut über Paulines Hand und hielt sie diesmal sogar eine Spur zu lange fest. Dabei sah er ihr tief in die Augen.

Im Dunkel der Kutsche, die sie zurück zu ihrer Unterkunft brachte, hielt Franz es nicht mehr aus.

»Ich habe den Eindruck, Maman, dass du und der Graf euch kennt«, platzte er heraus. »Und ich glaube, ich weiß auch, woher. Der Graf ist mein Vater.«

Ihr beredtes Schweigen war ihm Antwort genug.

Teil 4

Schicksalsschläge

Kapitel 15

Anwesen der Gerbans bei Altenstadt
April 1879

»Gnädige Frau, da ist eine Dame, die nach Pauline Gerban gefragt hat. Sie wartet unten in der Halle. Hier ist ihre Karte.«

Stirnrunzelnd betrachtete Ottilie die Visitenkarte aus teurem Papier mit Golddruck, die ihr der Diener Niemann auf einem silbernen Tablett reichte. »Frau Geheimrätin Kunigunde Merseburg aus Potsdam«, las sie Mathilde, die neugierig den Hals reckte, vor. »Wer mag das sein, und was kann sie von mir wollen?«

Mathilde schüttelte ratlos den Kopf. »Ich habe diesen Namen noch nie gehört. In welcher Beziehung behauptet die Dame denn, zu meiner Mutter zu stehen?«

Niemann verbeugte sich leicht. »Sie hat erwähnt, dass sie eine Jugendfreundin Ihrer werten Frau Mutter aus Straßburger Zeiten sei und sich zum ersten Mal seit Jahrzehnten wieder hier im Elsass aufhalte, gnädiges Fräu … gnädige Frau.«

Niemann, der Mathilde seit ihrer Geburt kannte, hatte manchmal noch immer Mühe, sie entsprechend ihres neuen Status als Ehefrau und Witwe anzusprechen.

»Wir sollten die Dame empfangen«, schlug Mathilde ihrer Tante vor. *Wir langweilen uns doch ohnehin Tag für Tag hier zu Tode,* hätte sie fast schon hinzugefügt, verkniff sich die Bemerkung aber und sagte stattdessen: »Frau Merseburg scheint nicht zu wissen, dass Mutter schon seit Jahren in Schweighofen wohnt. Und wer weiß, vielleicht wird es ja erneut ein ganz interessanter Besuch.«

Sie zwinkerte Ottilie verschwörerisch zu. Erst als Niemann den kleinen Salon verlassen hatte, um die Unbekannte in der Halle abzuholen, antwortete Ottilie darauf.

»Nun, von diesem Herrn Kegelbaum, oder wie der Mann hieß, haben wir ja leider nichts mehr gehört.«

»Kegelmann«, korrigierte Mathilde sie. »Aber er hat uns doch erklärt, dass er die Informationen, die wir ihm über Franz' ehemalige französische Staatsbürgerschaft und vor allem seine Beteiligung am Krieg als Freischärler auf der feindlichen Seite gegeben haben, erst ›durch Fakten belegen muss‹, wie er es ausgedrückt hat.«

Einen Moment lang wurde Mathilde etwas bange zumute. »Und das ist auch gut so«, fügte sie hinzu. »Denn wir haben ihm ja das heilige Versprechen abgenommen, uns mit keinem Sterbenswörtchen zu verraten. Schließlich ging es dem Herrn nicht um das Weingut, sondern um Franz' politische Laufbahn. Dennoch würde Franz uns jegliche Zuwendung streichen, wenn er von diesem Gespräch wüsste.«

Ottilies spitzes Gesicht verzog sich vor Missgunst. »Ja, das wäre ihm zuzutrauen«, stimmte sie ihrer Nichte zu. »Obwohl es unerhört ist, dass ein ehemaliger Vaterlandsverräter jetzt unser deutsches Volk im Reichstag vertritt.«

In diesem Moment klopfte es. Niemann öffnete einer eleganten Dame die Tür. Sie trug ein altrosafarbenes Samtkleid nach der neuesten Pariser Mode und einen dazu passenden, mit einer Seidenschleife garnierten Hut.

»Guten Tag, meine Damen«, begrüßte sie Ottilie und Mathilde mit einem freundlichen Lächeln. »Ich bin untröstlich, dass ich hier so unangemeldet hereinplatze und Ihren Nachmittagsfrieden störe. Herzlichen Dank, dass Sie mich überhaupt empfangen!«

»Aber das ist doch selbstverständlich, werte Frau …« Ottilie warf einen raschen Blick auf die Visitenkarte, »Geheimrätin Merseburg.« Sie ergriff die Hand der Dame, die ihr diese als der

Älteren von ihnen beiden zuerst reichte, während Mathilde mit einem Anflug von Neid ihr dunkelgraues Trauerkleid aus der Vorsaison mit dem modischen Schick des Gastes verglich.

Die Damen nahmen rund um den Salontisch Platz. Ottilie bestellte bei Niemann Tee und Gebäck. »Was können wir denn für Sie tun?«, konnte Mathilde ihre Neugier nicht länger bezähmen, obwohl ihrer Tante Ottilie das erste Wort zugestanden hätte.

»Ja, bedauerlicherweise wohl leider gar nichts.« Die unbekannte Dame warf einen Blick auf die Standuhr. »Ich habe nur sehr wenig Zeit mitgebracht, da mein Zug Weißenburg bereits in zwei Stunden verlässt. Da reicht es nicht für einen zweiten Besuch im neuen Domizil meiner lieben alten Freundin Pauline.«

»Das Weingut liegt nur zwanzig Minuten von hier entfernt.« Mathilde bedauerte ihren Hinweis bereits unmittelbar, nachdem sie ihn gegeben hatte. »Doch ich weiß natürlich nicht, ob Sie meine liebe Mutter dort antreffen würden oder ob sie gerade unterwegs ist.«

»Daher macht es unglücklicherweise auch keinen Sinn, dort hinzufahren und vorzusprechen«, antwortete Frau Merseburg zu Mathildes Erleichterung, die es sehr bedauert hätte, wenn die Dame sich sofort wieder verabschiedet hätte, ohne zuvor ihre Neugierde zu befriedigen.

»Sie kennen meine liebe Schwägerin also noch aus den Zeiten, als sie in Straßburg lebte?«, erkundigte sich jetzt auch Ottilie. »Das muss ja fast vierzig Jahre her sein.«

Die Dame nickte. »Neununddreißig Jahre, um es genau zu sagen. Nach unserer Zeit im Pensionat heirateten wir beide mit ungefähr zwanzig Jahren. Pauline blieb hier in der Region, während ich meinem Mann nach Berlin und später nach Potsdam folgte. Wir schrieben uns danach noch ein paar Jahre lang, sind uns aber nie mehr begegnet und verloren uns dann aus den Augen.«

»Und was führt Sie nach so langer Zeit heute wieder hierher?«

»Der Tod eines entfernten Straßburger Verwandten, der mir ein kleines Legat vermacht hat. Wir haben uns ebenfalls seit Jahrzehnten nicht mehr gesehen. Deshalb trage ich auch keine Trauer.« Sie musterte Mathildes dunkles Kleid. »Aber Sie hatten kürzlich einen Verlust zu beklagen?«, fragte sie mitfühlend.

Mathilde nickte und berichtete kurz über ihre Witwenschaft.

»Ja, die Trauerzeit ist wahrlich eine schwere Bürde für uns Frauen«, seufzte Frau Merseburg. »Mein Gatte verstarb bereits vor fünfzehn Jahren.« Sie nestelte an einem goldenen Medaillon, das sie um den Hals trug. »Er war mein Ein und Alles. Eine Haarlocke von ihm trage ich immer noch bei mir.« Ihre Stimme zitterte leicht.

»Wie geht es denn Ihrer Frau Mutter?«, fragte sie dann, nachdem sie sich sichtlich zusammengerissen hatte.

»Auch Pauline ist seit einigen Jahren verwitwet«, antwortete Ottilie an Mathildes statt. »Sie lebt jetzt bei ihrem Sohn auf unserem Weingut in Schweighofen.«

Das Gespräch erfuhr eine kleine Pause, als Niemann den Tee servierte. Ein Stück Kuchen lehnte die Dame ab und nippte nur leicht an ihrer Tasse.

»Ja, ich erinnere mich. Paulines verstorbener Mann übernahm das Weingeschäft ihres Vaters«, setzte Frau Merseburg die Konversation fort. »Sicherlich ist ihr Sohn gut verheiratet und hat bereits eine große Familie?«

Ottilie verzog ihre dünnen Lippen. »Franz hat drei Kinder«, erläuterte sie. »Doch, um aufrichtig zu sein, eine gute Partie hat er nicht gemacht.«

Die Dame schwieg vornehm und wartete ab, ob Ottilie sich näher dazu äußern wollte.

»Er ist mit einem ehemaligen Dienstmädchen verheiratet«, platzte Mathilde heraus. »Einem Waisenkind, das mein Vater in seiner Großherzigkeit hier in sein Haus aufnahm.«

Die Dame wirkte schockiert. »Oh! Und das ließ Ihr verstorbener Vater zu?«

»Er konnte nichts dagegen tun«, mischte sich nun Ottilie wieder ins Gespräch. »Franz ging diese Mesalliance erst nach seinem Tod ein.«

»Und Ihre Frau Mutter war einverstanden?«

Sowohl Mathilde als auch Ottilie blieben diesmal die Antwort schuldig.

»Nun, Pauline würde nicht in Schweighofen leben, wenn sie es nicht tolerieren würde«, murmelte Frau Merseburg, als dächte sie laut nach. Dann stellte sie weitere Fragen über Irene, die bereitwillig beantwortet wurden.

Schließlich stieß sie einen tiefen Seufzer aus. »Dann ist es vielleicht gar nicht so schlecht, dass ich meine liebe Freundin nicht angetroffen habe. Wissen Sie, ich bin eine absolute Gegnerin der Vermischung unterschiedlicher Klassen. Zum Glück sind meine beiden Kinder standesgemäß verheiratet.«

Die Konversation wandte sich nach einer kleinen Verlegenheitspause unverfänglicheren Themen zu, bevor sich Frau Merseburg nach exakt einer Stunde erhob.

»Ich danke Ihnen sehr für Ihre Gastfreundschaft, werte Damen. Bitte grüßen Sie meine liebe Freundin von mir.« Sie stockte. »Oder würde es Ihnen etwas ausmachen, meinen Besuch hier ganz zu verschweigen?«, fragte sie zögerlich. »Sie verstehen, mit einer solchen Schwiegertochter, ich wüsste nicht, wie ein unbefangener Kontakt mit Pauline und sei es nur brieflich …« Ihre Stimme erstarb.

Ottilie lächelte hämisch. »Natürlich erfüllen wir Ihre Bitte, Frau Geheimrätin. Auch wir haben kein Interesse daran, dass dieser Schandfleck auf der bislang weißen Weste unserer Familie allzu offenkundig wird. Daher bitten auch wir Sie im Gegenzug um Vertraulichkeit bezüglich dieser peinlichen Umstände.«

Mit ein paar weiteren unverbindlichen Höflichkeitsfloskeln verabschiedeten sich die Damen voneinander.

Reichskanzleramt in Berlin
Ende April 1879

Nervös strich sich Franz immer wieder übers Haar, während er im Vorzimmer des Kontors von Werner Kegelmann im Reichskanzleramt wartete. Es war allerdings keineswegs die überraschende Einladung zu dieser Unterredung, die ihm zu schaffen machte, sondern das in der nächsten Woche bevorstehende Treffen mit Graf von Sterenberg, seinem Vater, wie er nun mittlerweile wusste.

Nach einem langen Gespräch mit seiner Mutter noch in der Nacht des Opernbesuchs war Franz sich zunächst unschlüssig darüber gewesen, wie er mit dieser prekären Situation umgehen sollte. Zwar war ihm einerseits bewusst, dass der Graf den Kontakt zu ihm und später sogar zu Pauline sicher nicht gesucht hätte, wenn er sich nicht für Franz' wahre Herkunft interessiert hätte. Andererseits aber hatte ihm seine Mutter überaus deutlich gemacht, dass sie befürchtete, der Graf würde ihn zumindest offiziell nie als seinen Sohn anerkennen. Dafür wären die Konventionen des österreichischen Hochadels viel zu starr. Sie erwähnte unter anderem, dass niemand bei Hofe empfangen wurde, der nicht mindestens sechzehn hochadlige Vorfahren in ununterbrochener Generationenfolge vorweisen konnte. Auch Blauberg hatte seinerzeit bei Franz' erster Begegnung mit dem Grafen etwas Ähnliches gesagt.

Franz war daher zunächst Paulines Rat gefolgt abzuwarten, ob sich der Graf von sich aus wieder melden würde. Zu Franz' Enttäuschung tat er dies jedoch nicht, obwohl er sie am Abend nach dem Besuch der »Zauberflöte« sogar noch zu einem anschließenden Souper eingeladen hatte.

Als Franz sich nach mehreren unruhigen Nächten schließlich entschloss, selbst den Kontakt zu von Sterenberg zu suchen und sei es, um reinen Tisch zu machen, traf er ihn in der österreichischen Botschaft gar nicht mehr an. Er sei geschäftlich nach

Wien abberufen worden, war die dürre Auskunft, die man ihm erteilte. So war er zunächst ergebnislos nach Schweighofen zurückgekehrt.

Das Angebot seiner Mutter, dem Grafen zu schreiben, lehnte Franz ab. »Wir haben es beide nicht nötig, um seine Anerkennung zu buhlen, Maman«, argumentierte er. »Er hat wie du seine Neugier befriedigt und ist jetzt am Zug, wenn er den weiteren Kontakt zu uns wünscht.«

Bei diesen Worten spürte er eine unerwartete Bitterkeit. Mit seinem Ziehvater Wilhelm, den er lange für seinen leiblichen Vater gehalten hatte, war das Verhältnis zeit seines Lebens gespannt gewesen. Franz vermisste im Rückblick vor allem schmerzlich, dass ihm Wilhelm nicht nur die väterliche Anerkennung, sondern vor allem seine Zuneigung versagt hatte. Zudem hatte er ihm durch seine Intrige beinahe sein Lebensglück mit Irene zerstört und war sogar bereit gewesen, seine geistig gesunde Gattin Pauline für immer in einer Irrenanstalt einzusperren, um seine egoistischen Interessen durchzusetzen. Das konnte Franz ihm auch mehr als fünf Jahre nach seinem Tod nicht verzeihen.

»Ich verkrafte es nur sehr schwer, dass mich mein vermeintlicher Vater Wilhelm nie wirklich geliebt hat, obwohl er die meiste Zeit meines Lebens gar nicht wusste, dass er nicht mein Erzeuger ist«, erklärte er Pauline. »Eine zweite Zurückweisung, diesmal durch einen Mann, dessen Sohn ich wirklich bin, ertrage ich nicht«, lautete schließlich seine Begründung dafür, sich selbst nicht mehr bei dem Grafen zu melden.

Dazu trug auch Irenes entgeisterte Reaktion bei. Franz hatte sie nach einigem Nachdenken eingeweiht. Ihre Beziehung war trotz der Versöhnung nach ihrem letzten Streit im Februar noch fragil. Beide gingen im Alltag sehr behutsam miteinander um, da sie keine neuen Probleme heraufbeschwören wollten.

»Da ich selbst nie einen liebevollen Vater hatte, würde ich dir das zwar von Herzen gönnen«, gestand Irene mit brüchiger Stimme ein. »Aber denke doch nur an den Skandal, den die

Aufdeckung deiner unehelichen Herkunft allein innerhalb der Familie verursachen würde. Bislang wissen nur Pauline und in Ansätzen die loyale Frau Burger, dass es bezüglich unserer beider Abstammung dunkle Geheimnisse gibt.«

»Und sollte der Graf dich wirklich als Sohn offiziell anerkennen oder sogar adoptieren wollen, was ist dann mit mir? Ich kann mich als ehemaliges, uneheliches Dienstmädchen doch jetzt schon nicht ohne Spott und Häme in deinen gutbürgerlichen Kreisen bewegen. Kannst du dir mich am Wiener Adelshof der von Sterenbergs vorstellen?«

Franz gab ihr recht und verstand plötzlich, warum sich Irene in ihren Arbeiterkreisen so wohlfühlte. Da scherte sich niemand um ihre Herkunft. Sie war dort im Gegenteil eine respektierte und anerkannte Frau. *Sicherlich ist das auch einer ihrer Beweggründe, sich so für die Sache der Sozialisten einzusetzen,* wurde ihm klar. *Wenn vielleicht auch kein bewusster.*

Trotzdem war Franz enttäuscht, als er auch bei seinem nächsten Aufenthalt in Berlin kein Lebenszeichen seines Vaters vorfand. Um ihm nicht ungewollt zu begegnen, mied er alle gesellschaftlichen Veranstaltungen und verbrachte zwei öde Wochen fast ausschließlich in seinem Hotel, wenn er gerade nichts im Reichstag zu tun hatte.

Nun hatte er bei seiner Rückkehr gleich zwei Überraschungen in seinem Reichstagskontor vorgefunden: ein Billett seines Vaters, der ihn nach seiner Rückkehr aus Österreich in der nächsten Woche zu einer Unterredung in seine private Wohnung einlud. Der Graf erklärte seine Abwesenheit mit der Krankheit seines Bruders, die sich nach einem weiteren Schlaganfall nochmals verschlimmert hätte.

Und die Einladung Kegelmanns zu diesem Gespräch im Reichskanzleramt, die sich eher wie eine Vorladung las, wie Franz jetzt klarwurde, während er seine Taschenuhr zückte. Er wartete bereits fast eine halbe Stunde. Schon überlegte er, wieder zu gehen, da er sich dies nicht bieten lassen wollte, als sich die Tür endlich öffnete und Kegelmann heraustrat, um ihn zu begrüßen.

»Was verschafft mir nun die Ehre Ihrer Bitte um eine Unterredung?« Franz bemühte sich gar nicht erst um einen konzilianten Tonfall. Er sah demonstrativ auf die kleine Standuhr auf Kegelmanns mächtigem Schreibtisch, hinter dem der Beamte thronte. *Wie seinerzeit, als ich diesen arroganten Klinikleiter Dietrich zum ersten Mal in der Irrenanstalt in Klingenmünster aufsuchte,* fiel ihm plötzlich die Ähnlichkeit mit der damaligen Situation auf. »Meine Zeit ist begrenzt und wurde durch die Warterei schon über Gebühr in Anspruch genommen.«

Kegelmann, der sich bereits bei der Begrüßung nicht für die Verspätung entschuldigt hatte, ignorierte diese Bemerkung. Er musterte Franz mit zusammengezogenen Augenbrauen.

»Ich habe Erkundigungen über Sie eingezogen«, fiel er mit der Tür ins Haus. »Über die ich Sie nicht in Unkenntnis lassen wollte.«

Franz bemühte sich um Gelassenheit, obwohl Kegelmanns Stimme bedrohlich klang. »Und die wären?«, fragte er kurz angebunden.

»Erstens.« Kegelmann hob seinen tintenbefleckten rechten Zeigefinger. »Sie sind kein Deutscher von Geburt an, sondern Franzose.«

Franz lächelte spöttisch. »Wie es zu dieser erstaunlichen Veränderung kam, dürfte wohl niemand besser wissen als Sie. Schließlich hat Ihnen mein Vater viel Geld für Ihre Mithilfe beim Austausch meiner Staatsbürgerschaft bezahlt.«

Innerlich verfluchte er erneut die Machenschaften seines Ziehvaters, der die gefälschten Papiere, die ihn als bayerischen Staatsangehörigen auswiesen, ohne Franz' Wissen vor dessen Volljährigkeit in Auftrag gegeben hatte. Ursprünglich, damit der Weinhandel unter den neuen Besatzern, die bei einem französischen Juniorchef nichts mehr bestellt hätten, keinen Schaden nähme.

Kegelmann presste einen Moment lang die Lippen zusammen. »Ich verfüge über Ihre französische Geburtsurkunde«, fuhr er fort, ohne auf Franz' Bemerkung einzugehen.

Das Schwein! Also hat er weiland gar nicht alle Papiere vernichtet, wie er Wilhelm gegenüber beteuert hat.

Nach außen hin bemühte sich Franz weiter um eine ungerührte Miene. »Das kann auch ein von Ihnen gefälschtes Dokument sein«, hielt er dagegen. »Schließlich saßen Sie ja seinerzeit in Weißenburg in der dafür zuständigen Abteilung der Präfektur an der Quelle. Damit können Sie mich nicht einschüchtern. Und schon gar nicht erpressen«, wurde ihm plötzlich Kegelmanns Ziel, das hinter dieser Einladung steckte, klar.

»Zweitens!« Jetzt streckte Kegelmann den rechten Mittelfinger aus. »Sie haben als Freischärler illegal auf französischer Seite gekämpft und dabei Ihr Bein verloren.«

»Selbst wenn es so gewesen wäre, haben Sie dafür keine Beweise!« Franz versuchte krampfhaft, die Ruhe zu bewahren.

Der schob ihm ein Papier über den Schreibtisch zu. »Und was sagen Sie dazu?«

Mit zunehmendem Entsetzen überflog Franz das Dokument. *Diese falsche Schlange,* knirschte er mit den Zähnen. Es war Ottilies Strafanzeige, die sie noch zu Lebzeiten Wilhelms gegen Franz erstattet und von der er bis heute nichts gewusst hatte. Darin bezichtigte seine Tante ihn der illegalen Zugehörigkeit zur französischen Armee und behauptete sogar, er persönlich habe in der Schlacht bei Weißenburg vor dem Schloss Geisberg ihren Sohn Fritz erschossen.

»Woher haben Sie das?«

Kegelmann grinste spöttisch. »Wie Sie selbst bereits feststellten, habe ich noch immer sehr gute Beziehungen zur Weißenburger Präfektur.«

»Allerdings wurde die Sache seinerzeit nicht weiterverfolgt«, gab er zu. »Doch sowohl der Kriminalbeamte, der auf Drängen Ihres seligen Herrn Vaters die Sache unter den Tisch fallen ließ, als auch die Dame, die die Anzeige erstattet hat, weilen noch unter den Lebenden, wovon ich mich selbst überzeugt habe«, er lächelte süffisant, »und können jederzeit als Zeugen befragt werden.«

»Als Zeugen wofür?«

»Dafür, dass Sie, ein Abgeordneter des Reichslandes Elsass-Lothringen, als Zivilist auf französischer Seite gegen die Deutschen gekämpft haben, ein Vergehen, auf das während der Kampfhandlungen sogar die Todesstrafe stand und das bis heute von der Justiz verfolgt und mit hohen Strafen geahndet wird. Und dafür, dass Sie nicht bei einem Unfall, sondern in offener Schlacht Ihr Bein verloren. Demnach also ein schamloser Betrüger sind, nach unseren preußischen Gesetzen sogar ein Verbrecher.«

Kegelmann machte eine Kunstpause und fixierte Franz. Als der immer noch keine Regung zeigte, fuhr er fort. »Außerdem haben Sie nur aufgrund Ihres scheinbaren Patriotismus, manifestiert durch Ihre Kriegsverstümmelung, die Ausnahmegenehmigung erwirkt, mit unter dreißig Jahren dem Reichstag angehören zu dürfen. Es wird jedem Ankläger ein Leichtes sein, glaubhaft zu machen, dass Sie sich die bayerische Staatsangehörigkeit erschlichen haben, um Ihre dubiose Vergangenheit zu vertuschen.«

»Also wollen Sie diesmal Geld für Ihre Verschwiegenheit erpressen?«, sagte Franz Kegelmann auf den Kopf zu.

Der schüttelte zu seinem Erstaunen den Kopf. »Keineswegs, mein Freund.« Er schwieg.

»Was wollen Sie dann?«, hielt Franz die Spannung nicht länger aus.

Ein leises Lächeln spielte um Kegelmanns Lippen unter dem struppigen Vollbart.

»Sie wissen, dass der Ruf der Abgeordneten aus dem Reichsland bislang weder beim Kaiser noch beim Kanzler allzu gut ist«, begann er ausschweifend. »Eine Ausnahme bilden nur die

Autonomisten, denen Sie angehören. Doch wenn herauskommt, dass diese einen Verbrecher und Vaterlandsverräter in ihren Reihen haben, wird auch die Reputation dieser Partei in den Augen Bismarcks und der Mehrheit des Reichstags schweren Schaden nehmen.«

Franz ging ein Licht auf. »Und alle Bestrebungen zunichtemachen, ein Gesetz für mehr Autonomie des Elsass durchzubringen. Das zur Folge hätte, dass Ihre perfide Behörde hier in Berlin überflüssig werden würde.« Er machte eine verächtliche Handbewegung.

Kegelmann schnaubte, verkniff sich aber eine scharfe Erwiderung.

»Nun gibt es die inoffizielle und die offizielle Lösung«, fuhr er ungerührt fort. »Die inoffizielle sähe folgendermaßen aus: Sie unterrichten Ihren Parteiführer Schneegans vertraulich über Ihre schmutzige Weste und ziehen die Gesetzesvorlage zurück, an der Sie gerade arbeiten. Damit würde der offene Skandal vermieden.«

»Oder?«

»Ich lasse Sie auffliegen, und es gibt einen reichsweiten Aufschrei der Empörung. Das dürfte zu zahlreichen Kollateralschäden führen und den Ruf der Abgeordneten aus dem Reichsland auf Jahre hinaus irreparabel beschädigen. Auch Ihr Weingeschäft würde dadurch in Mitleidenschaft gezogen.«

Franz' Gedanken rasten. »Sie haben außer der Anzeige dieser schwachsinnigen alten Frau, die den Tod ihres vergötterten Sohnes nie verkraftet hat, keine Beweise. Jedermann wird Ottilie für hysterisch halten. Es gibt nirgendwo ein schriftliches Zeugnis, dass ich für Frankreich gekämpft habe.«

Kegelmann bleckte gelblich verfärbte Zähne. »Aber auch keines, das beweist, dass Sie auf deutscher Seite Ihr Bein verloren. Keinen Eintrag in den Rekrutierungslisten der in der Pfalz ausgehobenen Truppen. Keinen Bericht eines deutschen Lazaretts über Ihre Pflege.«

»Viele deutsche Verwundete wurden von Franzosen gesund gepflegt«, versuchte Franz einen letzten Einwand.

Wieder ging Kegelmann mit keinem Wort darauf ein. »Wir könnten zahlreiche Zeugen vorladen, die dann unter Eid stünden und schwere Strafen bei einer Falschaussage über Ihre ursprüngliche Staatsbürgerschaft und Ihre Teilnahme am Krieg befürchten müssten: Ihre Dienstboten, Ihre Verwandten, allen voran Ihre werte Frau Mutter, die selbst ebenfalls Französin ist, wenn ich recht unterrichtet bin.«

Franz durchfuhr es siedend heiß. Natürlich besaß Pauline nur einen elsässisch-lothringischen Pass, der sie zweifelsfrei als ehemalige Französin auswies. Das würde dem Verdacht, mit dem Kegelmann ihn und die Autonomisten diskreditieren wollte, zusätzliche Nahrung geben.

Aber ich habe doch auch etwas gegen Kegelmann in der Hand, das seinen Ruf gänzlich ruinieren, ja sogar seine unehrenhafte Entlassung ohne Pension zur Folge haben könnte, schoss es ihm durch den Kopf. *Ist er so dreist, das zu ignorieren? Oder weiß er, dass ich das Dokument bislang nicht gefunden habe?*

Als er Kegelmann im vergangenen Jahr zum ersten Mal in Berlin begegnet war, hatte er danach den Nachlass seines Vaters flüchtig nach der Quittung durchsucht, auf der Kegelmann den Empfang von fünftausend Gulden gegen die Aushändigung bayerischer Papiere für Franz bestätigt hatte. Nachdem er das Dokument auf die Schnelle nicht fand, hatte er erst einmal aufgegeben und der Sache danach keine große Bedeutung mehr beigemessen.

Aber woher soll der Mistkerl wissen, dass ich im Moment nicht über die Quittung verfüge?, überlegte er im zweiten Atemzug. *Niemand außer Wilhelm und mir weiß etwas davon. Vielleicht hofft Kegelmann aber auch, dass Wilhelm das Dokument vernichtet hat. Schließlich ist er seinerzeit spurlos aus Weißenburg verschwunden, als Wilhelm die Sache mit der Fälschung meiner Staatsbürgerschaft rückgängig machen wollte. Dadurch wurde die Quittung erst einmal wertlos.*

Und dieses Gespräch ist ein Test, um herauszufinden, ob die Quittung noch existiert und ich mich damit zur Wehr setzen kann, kam Franz plötzlich die Erleuchtung. *Deshalb sollte ich besser kein Sterbenswörtchen darüber verlauten lassen.* Er setzte die undurchdringliche Miene eines professionellen Spielers auf und verließ sich darauf, dass ihm dies gelang. Demonstrativ sah er von Neuem auf die Uhr.

»Ich werde mir Ihre Wünsche durch den Kopf gehen lassen«, beschied er Kegelmann von oben herab. »Und Sie beizeiten über meine Entscheidung in Kenntnis setzen.«

Einen Augenblick lang sah es so aus, als ob Kegelmann die Contenance verlieren würde. Sein Gesicht rötete sich vor Zorn. Doch er fing sich.

»Tun Sie das, Herr Gerban.« Er warf einen Blick auf den Kalender an der Wand. »Sie haben Zeit bis zum 15. Mai. Bringen Sie mir bis dahin keinen positiven Bescheid über eine informelle Lösung, werde ich die am Folgetag bei unserem Reichskanzler stattfindende Audienz über das Autonomiegesetz mit meinen Neuigkeiten über Sie bereichern.«

Franz erhob sich. Sein Beinstumpf brannte wie Feuer. Wie immer, wenn er aufgeregt war, hatten sich seine Muskeln verkrampft, weil er die Prothese dann selbst im Sitzen zu sehr belastete.

»Sie hören von mir, Kegelmann«, wandte er sich mit dieser absichtlichen Unhöflichkeit ohne weitere Verabschiedung zur Tür und hinkte hinaus.

Trude Ludwigs Haus in Lambrecht
Ende April 1879

»Also ist unser Plan tatsächlich aufgegangen?« Irene klatschte vor Freude in die Hände.

Beim letzten Treffen der Frauen hatte Berta Steiner, eine resolute Frau Mitte vierzig, die jetzt in Trudes Haus wohnte und ihr im Gegenzug den Haushalt besorgte, berichtet, eine ihrer Kolleginnen in der Tuchfabrik Reuter hätte ihr verschämt erzählt, ihre fünfzehnjährige Tochter würde vom stellvertretenden Verwalter bereits seit Wochen belästigt. Dieser würde das außergewöhnlich hübsche Mädchen immer wieder unter einem Vorwand an einen Ort in der Fabrik bestellen, wo kaum jemals ein Mensch hinkäme.

»Dort hat er sie anfangs nur betatscht und mit seinem stinkenden Maul zu küssen versucht. Aber der Kerl wird immer zudringlicher. Gestern hat er dem Julchen unter den Rock zu fassen versucht. Nachdem er ihr schon vorher die Brüste aus dem Mieder geschält hatte.«

»Das ist Sieber, wie er leibt und lebt. Dieses Schwein!«, nahm Trude Ludwig, die regelmäßig an den Treffen teilnahm, Irene das Wort aus dem Mund. Auch Trude war der Name dieses Grobians bekannt, der bei Reuter vom Färber zum stellvertretenden Verwalter aufgestiegen war, da er im Jahr 1872 zu den wenigen Arbeitern gehörte, die nicht gestreikt hatten.

»Ja! Du hast recht«, bestätigte Berta heftig. »Der Unmensch hat schon mindestens zwei Ehefrauen auf dem Gewissen!«

»Und dazu zahlreiche Säuglinge«, erinnerte sich Irene an das furchtbare Los der kleinen Liesel, die sie einst vergeblich mit ihrer eigenen Milch zu füttern versucht hatte. »Er hat seinen Frauen verboten, die Kleinen in der Stillstube zu nähren, da sie dafür eine unbezahlte Pause hätten nehmen müssen. So sind die Kinder elendiglich zugrunde gegangen.«

»Also wird es Zeit, dass jemand diesem Kerl das Handwerk legt.« Erika gehörte zu den Frauen von Irenes Gesprächskreis, die sich heute in Trude Ludwigs Küche versammelt hatten. Sie arbeitete zwar bei Marx, einem weiteren Tuchfabrikanten in Lambrecht, war aber genauso empört wie die übrigen Frauen des Zirkels. »Habt ihr denn schon was dagegen unternommen?«

Berta breitete die Hände in einer Geste der Hilflosigkeit aus. »Alles, was wir konnten. Doch das war nicht viel. Bärbel, Julchens Mutter, arbeitet bei Reuter im dritten Stock in der Nopperei. Das Mädchen dagegen zwei Stockwerke tiefer bei den Selfaktoren. Es kann sich also nicht an seine Mutter um Hilfe wenden, wenn Sieber es wieder einmal unter einem Vorwand zu sich befiehlt.«

»Habt ihr versucht, schon mal mit dem Mistkerl zu sprechen?«, fragte eine Frau namens Hilde.

Berta nickte. »Ich habe es gemeinsam mit der Mutter versucht. Aber der Bastard hat alles abgestritten. Und als wir danach beim Plotzer waren, hat der uns sogar mit Entlassung gedroht, wenn wir weiterhin üble Gerüchte ›über einen seiner bewährtesten Mitarbeiter‹, wie er sich ausdrückte, verbreiten würden.«

»Das sieht Plotzer ähnlich«, äußerte sich Trude Ludwig abfällig. »Mein Mann hätte so etwas nie geduldet!« Der verstorbene Gatte der Alten war als Verwalter Plotzers Vorgänger in der Tuchfabrik Reuter gewesen.

»Doch nun hat die Lage sich zugespitzt«, erklärte Berta. »Seit dem gestrigen Angriff ist Julchen so verstört, dass sie nicht mehr zur Arbeit gehen will. Aber die Bärbel braucht ihren Lohn, sonst kann sie mit ihren vier Kindern nicht überleben. Ihr Mann ist ja schon seit Jahren tot.«

Bedrücktes Schweigen hatte sich in Trudes gemütlicher Wohnküche ausgebreitet, in der die acht Frauen rund um den blank gescheuerten Küchentisch saßen.

»Und nächste Woche, wenn dieser Inspektor wieder in der Fabrik aufkreuzt, wird der, wie üblich, gar nichts merken.« Berta ballte in ihrer Hilflosigkeit die Hände zu Fäusten.

Doch Irene brachte dies auf eine Idee. »Ist das immer noch derselbe wie zu meiner Zeit?«, erkundigte sie sich.

»Weiß ich nicht. Der Herr heißt Meise oder so ähnlich.«

»Meisner? So ein betulicher älterer Mann, den Reuter regelmäßig um den Finger wickelt?«

Berta nickte. »Ja, das ist er.«

Die Grundzüge eines Plans begannen sich darauf in Irenes Kopf zu entwickeln.

»Hört einmal zu, was ich euch vorschlage.« Zwei Stunden später war das Komplott geschmiedet.

Seitdem waren ungefähr vier Wochen vergangen, und Irene fragte Trudes Mitbewohnerin nun frohlockend:

»Also, sag uns, wie es gelaufen ist. Ich kann kaum erwarten, es von dir selbst zu hören.«

Berta ließ sich das nicht zweimal sagen. Sie erzählte so plastisch, dass Irene und die anderen Zuhörerinnen beinahe glaubten, selbst dabei gewesen zu sein.

Tuchfabrik Reuter in Lambrecht
Anfang April 1879, drei Wochen vorher

»Nun sei nicht bange, Julchen. Es wird schon alles gut gehen.«

Berta strich dem zitternden Mädchen über die Wange.

»Aber ich bin dann ganz allein mit dem Sieber in seinem Kontor!«, wimmerte es. »Bestimmt wird er mich wieder anfassen oder sogar noch Schlimmeres tun.«

»Wenn wir ihn ein für alle Male loswerden wollen, wird dir nichts anderes übrig bleiben, als ihn noch einmal zu ertragen, Kleines. Im Gegenteil, je zudringlicher er wird, desto besser für uns. Schließlich wollen wir ihn ja auf frischer Tat ertappen!«

Julchen zuckte zusammen und verschränkte angstvoll die Arme vor ihren zarten Brüsten.

»Es wird schon nicht zum Äußersten kommen«, versuchte Berta, sie zu beruhigen. »Und sonst musst du eben vor der Zeit laut schreien. Hedwig bleibt in der Nähe, während ich Reuter und den Inspektor holen gehe. Sie wollen ihren Rundgang in der Weberei beginnen. Hedwig wird dir im Notfall zu Hilfe kommen!«

»Also!« Sie puffte Julchen sanft in die Seite. »Jetzt geh hinein und bitte Sieber darum, heute früher heimgehen zu dürfen, weil du schlimme Kopfschmerzen hast. Er wird diese Situation sicherlich ausnutzen, wo er doch weiß, dass Plotzer mit Reuter und Meisner in der Fabrik unterwegs ist. Und lass dir zur Not sogar das Mieder ausziehen. Davon ist noch keine gestorben.«

Julchen schossen die Tränen in die Augen. Sie sah elend aus. Als sie immer noch keine Anstalten machte zu klopfen, tat Berta das für sie und trat rasch zu Hedwig in den düsteren Flur zurück, bevor die Tür von innen geöffnet wurde.

»Ah, was für eine nette Überraschung«, hörte sie Sieber noch mit schmieriger Stimme sagen. »Was willst du denn hier? Hattest du Sehnsucht nach mir?«

»Ich, ich wollte zu Herrn Plotzer«, stammelte Julchen.

»Der ist unterwegs und wird so bald nicht zurückkommen. Derweil kann ich dir sicherlich weiterhelfen.« Damit zog Sieber das Mädchen am Arm in sein Kontor und schloss die Tür.

»Warte hier genau zehn Minuten!«, raunte Berta Hedwig zu. »Wenn ich bis dahin nicht zurück bin, musst du selbst hineingehen und Julchen beistehen.«

Hedwig nickte tapfer. Den beiden Frauen war klar, dass Hedwig und vielleicht sogar Julchen in diesem Fall ihre Arbeit verlieren würden, wenn es nicht gelang, Reuter und Meisner rechtzeitig als Zeugen für Siebers Untaten herbeizuholen.

Aus dem Inneren des Kontors erklang jetzt ein gedämpfter Schrei, gefolgt von einem klatschenden Geräusch.

»Ich laufe sofort los«, entschied Berta. »Sonst kommen wir am Ende noch zu spät.«

Sie hastete die Treppen zur Weberei hinauf. Dort herrschte wie immer ein ohrenbetäubender Lärm.

»Hilfe!«, schrie Berta, so laut sie konnte. »Herr Plotzer, Sie müssen uns zu Hilfe kommen. Im unteren Stockwerk schreit jemand wie am Spieß. Womöglich ist ein Unglück geschehen!«

»Was für ein Unglück?« Reuter, der Fabrikherr, war sofort alarmiert.

»Die Schreie kommen aus dem Verwalterbüro«, setzte Berta jetzt alles auf eine Karte. »Wir haben geklopft, doch es macht niemand auf. Und einfach so hineinzugehen trauen wir uns nicht.«

»Lärm aus Ihrem Kontor?« Reuter schoss zu Plotzer herum. »Was hat das zu bedeuten?«

Der Verwalter wurde weiß wie eine gekalkte Wand. »Ich gehe sofort und sehe nach, worum es sich handelt«, schrie er beinahe, um den Lärm der Webstühle zu übertönen.

»Ja, tun Sie das! Und erstatten Sie mir umgehend Bericht!«

Berta sah schon all ihre Felle davonschwimmen, als der ältliche Fabrikinspektor genauso reagierte, wie es Irene vorausgesagt hatte.

Er zog Reuter bereits am Arm in Richtung des Ausgangs zum Stiegenhaus. Erst als der Lärm etwas verebbte, verstand Berta seinen letzten Satz. »Als verantwortungsbewusster Arbeitgeber wollen Sie sich sicherlich selbst davon überzeugen, was da gerade geschieht.«

Reuter sah aus, als müsste er gerade eine Kröte schlucken, erhob aber keinen Einspruch. Mit Plotzer im Schlepptau rannten die Männer hinter Berta her, die sich an die Spitze der kleinen Gruppe gesetzt hatte.

Vor der Tür des Kontors machte sie keinen Halt, sondern stürmte, ohne anzuklopfen, hinein. Das Kontor selbst war leer. Doch aus der halb geöffneten Tür des Nebenraums drang ein ersticktes Wimmern. Resolut ging Berta auf die Tür zu und riss sie auf.

»Oh!« In nicht einmal gespieltem Entsetzen schlug sie beide Hände vor den Mund. Sieber stand mit nacktem Hinterteil und erigiertem Glied hinter Julchen, die er über seinen Schreibtisch gebeugt hatte. Mit einer seiner schwarz behaarten Hände hielt er das Mädchen nieder, mit der anderen versuchte er, sein Glied zwischen ihre Schenkel zu pressen.

Reuter erfasste die Situation mit einem Blick. »Sieber!«, brüllte er. »Lassen Sie das Mädchen los! Auf der Stelle!«

Der erstarrte mitten in der Bewegung. Auf sein eben noch vor Gier verzerrtes Gesicht trat zuerst ein verblüffter, dann ein schuldbewusster Ausdruck.

Hastig stopfte er seinen Penis in die Hose zurück und zog Julchens zerrissenen Rock über ihre Blöße.

Meisner, der Fabrikinspektor, betrachtete voller Abscheu die Szenerie. Als Julchen ihr von den Schlägen geschwollenes Gesicht hob, trat er auf sie zu.

»Meine Kleine!« Sein Ton klang väterlich. »Hat dieser Mensch dir Gewalt angetan?«

»Sie wird lügen«, fiel ihm Sieber ins Wort. »Sie hat sich mir selbst angedient! Zwei Groschen hat sie dafür verlangt!«

Nun wuchs der sonst so steife Inspektor über sich hinaus. »Und hat sie auch darum gebeten, zuvor geschlagen zu werden?«

»Herr Reuter«, wandte sich Meisner nun an den Fabrikherrn, der fassungslos vor Wut seine zu Fäusten geballten Hände öffnete und wieder schloss. »Sie wissen, ich habe Sie immer für einen Ehrenmann gehalten und nichts über Ihre Fabrik kommen lassen. Doch diesen Vorfall muss ich melden und in meinen Bericht aufnehmen. Ich hoffe, Sie ergreifen auf der Stelle die nötigen Konsequenzen.«

Meisners Worte blieben nicht ohne Wirkung. »Raus!«, stieß Reuter zwischen den Zähnen hervor. »Raus, Sie verkommenes Subjekt! Sie sind fristlos entlassen, Sieber! Und ich werde dafür sorgen, dass Sie im Umkreis von zweihundert Kilometern keine Stelle mehr finden!«

»Plotzer!«, herrschte er nun seinen Verwalter an, der womöglich noch bleicher geworden war. »Sie sorgen dafür, dass der Kerl auf der Stelle verschwindet. Und lassen Sie einen Arzt kommen, der die Verletzungen des Mädchens behandelt. Den noch ausstehenden Lohn dieses Schweinehundes erhält sie als Entschädigung! Ach was!«, fügte er unter Meisners tadelndem Blick hinzu. »Ich verdoppele, nein, ich verdreifache diese Summe!«

»Und Sie kümmern sich jetzt um die Kleine!«, herrschte er Berta an. »Sie sind eine erwachsene Frau! Von Ihnen könnte man doch erwarten, dass Sie ein Auge auf unsere minderjährigen Arbeiterinnen haben!«

Unter anderen Umständen hätte Berta vor Empörung der Atem gestockt. Doch angesichts des um einen hohen Preis erzielten Triumphs deutete sie nur einen Knicks an. »Jawohl, Herr Reuter! Und ich danke Ihnen auch schön, dass Sie Julchen so rasch zu Hilfe geeilt sind.«

Während Meisner zufrieden nickte, konnte Berta nicht ermessen, ob Reuter und Plotzer die Doppelbödigkeit ihres Dankes erkannt hatten.

Aber das spielte nun auch keine Rolle mehr. Es war ein Sieg auf der ganzen Linie.

Trude Ludwigs Haus in Lambrecht
Ende April 1879

»Und Reuter hat tatsächlich zwei Tage später sogar eine Versammlung für alle Arbeiter und Arbeiterinnen anberaumt und jedem Mann, der sich auch nur einen leichten Übergriff gegenüber den Frauen zuschulden kommen ließe, mit der fristlosen Kündigung gedroht?«

Berta nickte. »So ist es.«

»Und wie hat das Julchen das alles verkraftet?«

»Ein paar Tage war sie noch sehr verstört. Doch von dem vielen Geld, das ihr Reuter tatsächlich gegeben hat, konnte sich Bärbel sogar einen neuen Herd anschaffen. Heute ist Julchen wieder ganz fidel.«

Irene war überwältigt. *Für diese Ziele lohnt es sich wahrlich zu kämpfen.*

Laut sagte sie: »Da habt ihr das beste Beispiel dafür, dass auch wir Frauen etwas bewirken können, wenn wir uns zusammenschließen und zur Wehr setzen. Selbst bei solch einem Bastard wie Reuter.«

Kapitel 16

Berlin

Anfang Mai 1879, eine Woche später

Franz ärgerte sich über sein heftig pochendes Herz, als er aus der Mietsdroschke stieg, die vor dem Palais Blücher angehalten hatte. Das Gebäude am Pariser Platz beherbergte nicht nur die österreichische Botschaft, sondern auch einige Wohnungen für dort tätige Diplomaten.

Eigentlich hätte er längst in Weißenburg sein und nach der Quittung suchen sollen, um Kegelmann auszuschalten. Doch die Aussicht, sich endlich mit seinem leiblichen Vater auszusprechen, hatte ihn in Berlin gehalten.

Wie der Graf Franz geschrieben hatte, war er erst heute im Laufe des Tages aus Wien eingetroffen. Tatsächlich standen noch einige klobige Koffer im Gang hinter der Tür, die ihm ein Lakai in einer etwas altmodisch wirkenden Livree öffnete.

Franz hatte dem Diener kaum seinen leichten Mantel gereicht, als ihm der Graf auch schon mit ausgestreckten Armen entgegenkam. Er ergriff Franz' Hände und sah ihm tief in die Augen.

»Sie wissen es ebenso wie ich, Franz«, sagte er nach einer kurzen Begrüßung noch im Flur. In letzter Sekunde fiel ihm der Diener ein. Rasch zog er Franz in eine Art Rauchsalon. Zumindest roch es dort durchdringend nach Tabaksqualm. Auch die ehemals cremefarbenen gemusterten Seidentapeten wiesen einen Gelbstich auf.

Anstatt Franz einen Platz in einem der mächtigen, aber bequem aussehenden Lederfauteuils anzubieten, blieb von Sterenberg vor ihm stehen und griff erneut nach seinen Händen. »So ist es doch!«, wiederholte er. »Sie wissen es!«

Noch zögerte Franz. »Was soll ich wissen, Herr von Sterenberg?«

»Lassen Sie die Förmlichkeiten, Franz! Wenn Sie nicht schon von selbst darauf gekommen sind, wird Ihre Mutter Pauline es Ihnen inzwischen gesagt haben. Sie sind mein Sohn.«

Hundertmal hatte sich Franz diesen Moment in den vergangenen Tagen und Nächten ausgemalt. Doch nun, wo es so weit war, fühlte er erst einmal – nichts.

Etwas irritiert ließ der Graf seine Hände los. »Aber es scheint Sie nicht besonders zu freuen«, stellte er mit deutlicher Enttäuschung fest. Als Franz immer noch nichts erwiderte, wies er auf einen der Sessel und trat zu einem Wagen mit Getränken. »Darf ich Ihnen einen Cognac anbieten oder einen echten englischen Sherry?«

»Nein danke«, fand Franz seine Sprache wieder. *Ich muss unbedingt einen klaren Kopf behalten.* »Lieber ein Glas leichten Weißwein!«

Der Graf lächelte und zog an einer Klingelschnur. Dem hereinkommenden Diener beschied er: »Bringen Sie uns eine Karaffe von diesem wunderbaren Südpfälzer Riesling. Wie heißt er doch gleich?«

»Sonnenberg«, erinnerte Franz ihn an den Namen einer der Gerban'schen Spitzenlagen.

Der Graf griff zu einem geschnitzten Kästchen aus dunkel gebeiztem Holz. »Eine Zigarre? Es ist eine echte Havanna.«

Franz schüttelte den Kopf. »Ich rauche nicht.«

»Oh, Sie Glücklicher«, seufzte von Sterenberg. Er verwies mit einer weit ausholenden Handbewegung auf den Raum mit seinen vergilbten Wänden. »Mein größtes Laster, wie man unschwer erkennen kann.«

Franz wartete wortlos, bis sich sein Vater die Zigarre paffend angezündet hatte. Er musste einen Hustenreiz unterdrücken.

Der Diener kehrte zurück und schenkte den duftenden Wein in zwei Pokale aus schwerem Kristall. Sie waren mit dem Wappen der von Sterenbergs geschmückt.

»Ja, ich weiß es«, kam er jetzt der nächsten Frage seines Vaters zuvor. »Ich stamme aus einer anderen Beziehung meiner Mutter.« Er wunderte sich selbst über den bitteren Beigeschmack dieser Worte. »Vermutet habe ich es schon länger«, verhinderte er eine peinliche Schweigepause. »Doch seit unserem Opernbesuch habe ich Gewissheit.«

Der Graf musterte ihn mit seinen eisblauen Augen, deren Blick Franz jetzt entfernt an den stahlgrauen seines verstorbenen Ziehvaters Wilhelm erinnerte.

»Ich wusste es lange Zeit nicht«, kam er einem vermuteten Vorwurf von Franz zuvor. »Pauline und ich hatten vereinbart, dass wir uns nach unserer Begegnung in Bad Ischl nicht wiedersehen würden. Sie war verheiratet, und ich stand kurz vor meiner Verlobung. Und es war nur eine einzige Liebesnacht, die wir miteinander verbrachten. Woher hätte ich es wissen …«

»Hätte es einen Unterschied gemacht, wenn Sie es gewusst hätten?«, fiel ihm Franz ins Wort.

»Nein«, gab der Graf zu. »Ich hätte Pauline aufgrund ihrer bürgerlichen Herkunft nicht einmal heiraten können, wenn sie ledig gewesen wäre. Geschweige denn als geschiedene Frau. Damals lebte mein Vater noch. Er hatte sogar noch strengere Ansichten über die Etikette, und was sich dementsprechend für unseren Stand geziemt und was nicht, als unser ehrwürdiger Kaiser Franz Joseph. Er hätte mich kurzerhand verstoßen und dafür gesorgt, dass ich auch nach seinem Tod keinen einzigen Gulden Apanage bekomme.«

»Und wie denkt Ihr älterer Bruder darüber? Falls er überhaupt von mir weiß.«

Der Graf stieß hörbar den Atem aus. »Ich habe es Maximilian erzählt. Aber erst, als feststand, dass er auch den erneuten Schlaganfall überstehen würde. Der Kerl hat neun Leben wie eine Katze.« Lag da ein Unterton des Bedauerns in seiner Stimme?

Auch Franz holte nun tief Luft. Er fürchtete sich vor der Antwort auf seine Frage, stellte sie aber trotzdem. »Und was sagt er dazu?«

Der Graf hob die Schultern. »Zu der Zeit, als sowohl seine wie meine Söhne noch lebten, hätten ihn die Folgen einer Jugendsünde seines jüngeren Bruders kaum interessiert. Doch heute ist es anders. Weder er noch ich haben männliche Nachkommen. Oder genauer gesagt, überhaupt einen Nachkommen. Wir beide sind kinderlos.«

»Und das heißt?« Wieder beschleunigte sich Franz' Herzschlag.

Die Antwort seines Vaters brachte ihn dennoch erst einmal aus der Fassung.

»Er ist unter gewissen Voraussetzungen damit einverstanden, dass ich Sie adoptiere.«

»Was sagen Sie da?« Mit allem hatte Franz gerechnet, nur nicht mit dieser raschen Offerte. Sie machte ihn misstrauisch.

»Sie wollen mich adoptieren? Damit Sie Ihren Namen in die nächste Generation retten können? Sie kennen mich doch kaum. Ihr Bruder kennt mich gar nicht.«

»Aus diesem Grunde würde er Sie auch noch gerne vor seinem Tod kennenlernen«, sagte der Graf leise. »Ich darf Ihnen hiermit seine Einladung nach Wien überbringen.«

Franz blieb stumm. Das Herz schlug ihm bis zum Hals.

Der Graf missverstand sein Schweigen. »Oder ist Ihnen das Andenken an Ihren Ziehvater so teuer, dass ihn niemand je wird ersetzen können?«

Franz schnaubte. »Wenn Sie meiner Mutter damals in Bad Ischl auch nur ein wenig nahegekommen sind, wissen Sie, dass sie todunglücklich in ihrer Ehe war. Auch ich habe mich zeit meines Lebens nicht mit dem Mann verstanden, den ich bis über seinen Tod hinaus für meinen Erzeuger hielt.«

Von Sterenberg nickte. »Dann ist dieser Platz in Ihrem Leben also noch frei?« Etwas Zaghaftes schwang in seiner Stimme mit.

»Welcher Platz?«

»Der eines liebenden Vaters.«

Einen Moment war Franz erneut sprachlos. Dann polterte er umso heftiger. »Woher wollen Sie wissen, dass Sie mich lieben werden?«

Die Augen des Grafen schimmerten plötzlich feucht. »Weil Sie genauso sind, wie ich mir meine Söhne einst als erwachsene Männer vorgestellt habe. Gerechtigkeitsliebend, tapfer, manchmal etwas ungestüm, zielstrebig, wenn Sie eine Sache verfolgen, die Ihnen am Herzen liegt.«

»Woher wissen Sie das?«

»Ich habe mir natürlich mein eigenes Bild gemacht. Aber da ich mir so sehr einen Sohn wünsche, habe ich auch Erkundigungen über Sie eingezogen, um zu verhindern, dass mein Sehnen mich mit Blindheit schlägt.« Nun hatte die Stimme des Grafen etwas Flehendes.

Wider Willen war Franz gerührt. Sehnte er sich denn nicht auch nach einem liebevollen Vater, seit er denken konnte?

»Ich habe eine Familie«, betonte er.

Ein Schatten legte sich auf die Züge seines Vaters, bis er sich wieder um einen gleichmütigen Ausdruck bemühte. »Ihre Frau Mutter ist eine ganz wunderbare Frau. Wissen Sie, obwohl ich auch meine Gattin Amalie sehr geschätzt habe, war Pauline die große Liebe meines Lebens. Obwohl sie nur drei Wochen lang währte.« Sein Blick schweifte zu einem Ort in der Ferne, an den Franz ihm nicht folgen konnte.

»Auch Ihr Söhnchen ist mir und meinem Bruder mehr als willkommen«, fing er sich schließlich wieder. »Es sichert die männliche Nachfolge bereits in der nächsten Generation.« Er stockte.

Franz wusste plötzlich, was der Graf sagen würde, bevor er die Worte aussprach. »Ein Hindernis ist leider Ihre nicht standesgemäße Ehe. Ihre Frau war Dienstmädchen in Ihrem Hause, wenn ich recht unterrichtet bin.«

»Und was soll das heißen? Befürchten Sie dadurch Nachteile?«

»Nun, bei Hofe würden wir ohnehin nicht mehr empfangen werden«, wich Franz' Vater aus. »Selbst dann nicht, wenn Kaiser Franz Joseph Ihrer Adoption zustimmen würde. Das spielt also keine Rolle. Aber ein ehemaliges Dienstmädchen ... Sie verstehen ...«

»Nein, ich verstehe gar nichts. Irene ist meine Frau. Ich habe Jahre gebraucht, um sie wiederzufinden. Aber das können Sie ja gar nicht wissen.«

Zu seinem Erstaunen nickte der Graf. »Doch, ich weiß darüber recht gut Bescheid.«

»Wer hat es Ihnen erzählt? Meine Mutter?«

»Pauline hat nichts mit den Auskünften zu tun, die ich eingeholt habe. Lassen Sie sie bitte aus dem Spiel!«

»Wer hat es Ihnen dann gesagt?«, fragte Franz wütend.

»Das tut doch hier nichts zur Sache, Franz. Ihre Frau ist von zweifelhafter Herkunft, wuchs in einem Waisenhaus auf, hat zuerst als Dienstmädchen und später in einer Fabrik gearbeitet. Und sich vor der Verabschiedung des Sozialistengesetzes sogar ganz unweiblich politisch betätigt. Sie würde in der Wiener Gesellschaft niemals anerkannt werden, selbst wenn sie niemandem je ein Sterbenswörtchen über sich verriete. Dort hat man einen siebten Sinn für Personen, die nicht zu unserem Stand passen.«

»Nicht zu unserem Stand passen«, echote Franz. Ihm fiel keine Antwort darauf ein.

»Um die Zukunft Ihres Sohnes zu sichern, müssten Sie sich noch zu meinen Lebzeiten gut verheiraten«, fuhr der Graf fort. »Ich werde meinen Bruder als Majoratsherr beerben, unsere Familie ist ausgesprochen wohlhabend. Da Sie mir als Majoratsherr folgen würden, wäre es zwar keine Komtess Kinsky oder Schwarzenberg, die Sie ehelichen könnten. Aber eine jüngere Tochter aus gutem Hause würde sich sicherlich finden lassen.«

»Und was soll aus meinen Zwillingsmädchen werden?« Franz versuchte noch immer, die Tragweite des Ansinnens seines Vaters zu erfassen.

»Töchter gehören zur Mutter«, antwortete von Sterenberg kurz.

Allmählich fühlte Franz eine ungeheure Wut in sich aufsteigen. Was bildete sich dieser unverschämte Mensch, der ihm gegenübersaß und dicke Wolken Tabaksqualm ausstieß, eigentlich ein?

»Ich soll Ihnen zuliebe meine Familie zerstören?«

»Sie würden dafür ja eine neue Familie gewinnen, Franz.« Jetzt wirkte der Graf verstört. Erst allmählich begriff er Franz' Gemütszustand.

Der hievte sich aus dem Sessel und stieß dabei sein Weinglas um, dessen Stiel abbrach. Keiner der beiden Männer achtete darauf.

»Dann darf ich mich empfehlen, Herr von Sterenberg.« Franz wählte mit Absicht einen förmlichen Ton. »Ihre Offerte ist unannehmbar für mich.«

Auch der Graf stand nun auf. »Ich wollte dich nicht kränken, Franz«, sagte er flehend. »Bitte! Das musst du mir glauben!« Er wählte jetzt die vertrauliche Anrede.

»Dann nehmen Sie Abstand von Ihrer Bedingung.«

Der Graf senkte den Kopf. »Das kann ich nicht, Franz. Das sind die Bedingungen meines Bruders, denen ich mich nicht widersetzen darf.«

»Hätten Sie selbst nicht darauf bestanden, wenn Sie die freie Entscheidung gehabt hätten?« Franz wusste, wie starr die Regeln des Patriarchats in adligen Familien waren.

Sein Hoffnungsfunke erlosch angesichts des beredten Schweigens des Grafen.

»Dann gehaben Sie sich wohl, Vater. Und danke für Ihren Versuch!« Franz wandte sich zur Tür. Er hatte den Knauf bereits in der Hand, als ihn sein Vater noch einmal anrief.

»Franz!« Seine Stimme klang so verzweifelt, dass sich Franz wieder umdrehte. »Wirst du mich wenigstens ab und zu einmal besuchen?«

»Ich dachte, Sie verlassen Berlin in nächster Zeit, um nach Wien zu gehen.«

»Auch nach Wien fahren Züge.«

Die Männer sahen sich in die Augen. Der kurze Moment kam Franz wie eine Ewigkeit vor. Dann gab er sich einen Ruck.

»Ich kann Ihnen nichts versprechen, was ich nicht halten kann, Vater. Vielleicht komme ich einmal nach Wien, vielleicht auch nicht.«

Wieder wollte er sich zum Gehen wenden.

»Bestell deiner Mutter Grüße von mir.«

»Dessen können Sie versichert sein, Vater. Maman wird genauso traurig sein wie ich. Aber sie wird meine Entscheidung gutheißen. Leben Sie wohl!«

»Lass dich zumindest ein einziges Mal umarmen!«

Der Graf trat auf Franz zu und schloss ihn fest in die Arme. Anfangs versteifte sich Franz, bis er sich dem Augenblick überließ und die Umarmung erwiderte. *Es hätte so schön sein können.* Eine tiefe Traurigkeit trat nun an die Stelle seiner bisherigen Wut. *Aber es soll wohl nicht sein. Ein liebevoller Vater ist mir in meinem Leben leider nicht vergönnt.*

Erst als Franz bereits in der Droschke saß, die ihn zu einer weiteren schlaflosen Nacht in sein Hotel bringen sollte, fiel ihm auf, dass er den Grafen dreimal »Vater« genannt hatte.

Josefs Wohnung in Frankenthal
28. Juni 1879

»Oh, du bist ja schon da!«

Irene saß in Josefs Wohnung im Arbeitszimmer, das ehemals ihr Nähzimmer gewesen war und in dem tatsächlich ihre ehemalige Nähmaschine wieder in einer Ecke stand. Josef hatte sie aus den Räumen des Arbeiterbüros hierhergeschafft. Für den Fall einer Kontrolle durch die örtlichen Behörden sollte sie als Tarnung für Irenes Gesprächskreis dienen, der dann flugs zu einem Nähkurs werden würde. Leider war nach der Verhaftung und Verurteilung Irmgard Fischers wegen Majestätsbeleidigung eher in Frankenthal mit einer Überwachung der Aktivitäten der Arbeiterschaft durch die Behörden zu rechnen als in Lambrecht oder Landau.

Trotzdem war Irene am gestrigen Abend erneut mit August Bebel, diesmal sogar in Begleitung seines Genossen Wilhelm Liebknecht, in Josefs Wohnung zusammengetroffen. Beide befanden sich auf einer Reise durch das Reich und suchten vor allem die Städte auf, in denen die Arbeiter im Verborgenen noch aktiv waren.

Bei einem guten Rotwein hatte man die aktuelle Situation ausgiebig diskutiert. In den acht Monaten, seitdem das Sozialistengesetz mittlerweile in Kraft war, waren etliche Protagonisten der Arbeiterbewegung ins Ausland emigriert, die meisten nach London, wo sie sich rund um den Arbeiterführer Karl Marx scharten. In die Hauptstadt des Britischen Weltreichs unterhielten die im Deutschen Reich verbliebenen Sozialisten geheime Verbindungen.

»Wir planen außerdem, eine illegale Arbeiterzeitung in der Schweiz drucken zu lassen, die wir nach Deutschland schmuggeln möchten. Sie soll ›Der Sozialdemokrat‹ heißen«, erfuhr Irene. Das nahm sie allerdings nur mit einem freundlichen Nicken zur Kenntnis. Ihre Verbitterung und Enttäuschung über

Franz hatte sich nach ihrer Aussprache Ende Februar nämlich durch zwei unvorhergesehene Ereignisse inzwischen wieder ins Gegenteil verkehrt.

Umso schwerer fiel es ihr nun, ihn immer noch über einen Teil ihrer Aktivitäten zu belügen. Den Entschluss, außer dem ihr lieb und teuer gewordenen Buch »Die Frau und der Sozialismus« mit August Bebels persönlicher Widmung keine weiteren verbotenen Papiere mehr in ihren Frauengruppen zu verwenden, hatte sie daher schon vor einiger Zeit getroffen. Er war ihr leichtgefallen, auch wenn sie nun auf die Frage Liebknechts, ob sie sich ebenfalls an der Verteilung der zu erwartenden illegalen Zeitung beteiligen wolle, im Unverbindlichen blieb.

Sie wollte die Arbeiterführer einerseits nicht vor den Kopf stoßen, war aber andererseits nicht gewillt, ihre neu gewonnene Harmonie in der Beziehung zu Franz durch solche Aktivitäten zu gefährden.

Dennoch hatte sie das gestrige Treffen in vollen Zügen genossen und war entgegen ihrer Grundsätze erst weit nach Mitternacht mit der übermüdeten Gitta in ihren Gasthof zurückgekehrt. Auch weil sie bereits bei der Herfahrt schweren Herzens beschlossen hatte, dass dies ihr letzter Besuch in Frankenthal sein würde. Weitere Begegnungen mit Josef Hartmann oder reichsweit bekannten Arbeiterführern würde es also, solange das Sozialistengesetz in Kraft war, nicht mehr geben. Der Preis dafür, nämlich Franz und Pauline weiterhin nicht die volle Wahrheit darüber sagen zu können, wurde ihr zu hoch.

Nun sah sie überrascht von der Lektüre auf, die sie aus Josefs Schrank genommen hatte, um sich die Zeit bis zur Ankunft der Frauen zu vertreiben, die in etwa einer Stunde eintreffen sollten. Sie hatte einen Schlüssel zu seiner Wohnung und war heute früher als üblich aus dem Gasthof hierhergekommen, weil dort eine Großfamilie ein sehr geräuschvolles Fest feierte. Allerdings pflegte Irene immer etwas früher in Josefs Wohnung einzutreffen, um die Treffen mit der Gruppe vorzubereiten. Offensichtlich hatte er darauf gehofft.

»Ja, es ist gut, dass ich dich schon antreffe. Ich wollte unbedingt mit dir reden, bevor dein Gesprächskreis beginnt.« Josefs Stimme klang rau, wie immer, wenn es um ihre Beziehung ging.

Irenes Magen zog sich zusammen. »Worüber möchtest du mit mir reden?« Sie bemühte sich um Gelassenheit.

Josef sah ihr gerade in die Augen. »Das weißt du genau, Irene. Ich möchte wissen, wie es um Franz und dich steht. Immerhin warst du jetzt einige Zeit nicht mehr hier.«

Tatsächlich war Irene seit Ende Februar nur ein einziges Mal in Frankenthal gewesen. Und zwar Mitte April, noch bevor sie wusste, welch großes Opfer Franz für ihre Ehe zu bringen bereit war, und bevor ihre Arbeit in Lambrecht mit der Entlassung von Robert Sieber ihren ersten grandiosen Erfolg verzeichnet hatte.

Beides hatte ihr die Entscheidung erleichtert, heute in Frankenthal eine Nachfolgerin für die Leitung der Frauengruppe zu suchen. Franz hatte es wirklich nicht verdient, noch länger hintergangen zu werden. Und sollten ihre heimlichen Reisen nach Frankenthal erneut durch einen unglücklichen Zufall ans Licht kommen, gefährdete sie auch ihre Tätigkeit für die Frauengruppen in Lambrecht und Landau, die noch auf ihre Unterstützung angewiesen waren. Ihre noch im Februar deutliche Bevorzugung der Frankenthaler Gruppe hatte sich dadurch verändert.

Jetzt entzog Irene Josef ihre Hand, die er bei seinen letzten Worten ergriffen hatte. Sie bemühte sich, seinen Blick zu erwidern, ohne den Kopf zu senken.

»Du weißt doch, wie es um meine Ehe steht, Josef«, entgegnete sie leise. »Daran hat sich seit meinem letzten Besuch im April nichts geändert.« Schon damals hatte sich Franz im Vorfeld ihrer Reise so viel Mühe mit ihrer Beziehung gegeben, dass sie ihm nicht mehr gram gewesen war. »Eher im Gegenteil«, fügte sie hinzu.

»Also hält eure Versöhnung nach wie vor an?«

Irene holte tief Luft. »Es tut mir in der Seele weh, wenn ich dich verletzen muss, Josef«, begann sie. »Du bist mir ein über alles geschätzter Genosse und ein sehr lieber Freund. Aber du kennst die Wahrheit doch. Mein Herz gehört Franz, sogar mehr denn je.«

Der Ausdruck, der jetzt über Josefs Gesicht huschte, schmerzte Irene tatsächlich. Er sah aus wie ein waidwunder Hirsch. »Mehr denn je«, wiederholte er. »Was ist geschehen?«

»Zum einen konnte ich Franz bei einer für ihn sehr wichtigen Sache helfen, wofür er mir geradezu überschwänglich dankbar ist. Auch dadurch hat seine Partei erst vor wenigen Tagen eine Mehrheit im Reichstag gefunden, die das Gesetz für eine größere Autonomie von Elsass-Lothringen verabschiedet hat. Er beabsichtigt, jetzt wieder öfter zu Hause zu sein, um sich um die Familie und das Weingut zu kümmern.«

»Also weiß er auch, dass du heute hier bist?«, fragte Josef zynisch. Er traf dabei mit voller Absicht ihren wunden Punkt.

Demgemäß begann Irene, sich über ihn zu ärgern. »Natürlich nicht«, antwortete sie kurz angebunden. »Und das tut mir ebenfalls in der Seele weh.«

Diesmal war ihr innerer Kampf tatsächlich besonders hart gewesen. Doch dann hatten zwei Faktoren für ihre Entscheidung, eine letzte heimliche Reise nach Frankenthal zu unternehmen, den Ausschlag gegeben. Es war zum einen die Aussicht, August Bebel noch einmal treffen zu können. Zum anderen wollte sie ihre Tätigkeit für die Frauengruppe nicht abrupt ohne ordnungsgemäße Übergabe an eine Nachfolgerin beenden. Allerdings wusste Josef von dem letzten Punkt noch nichts.

»Warum hast du es Franz nicht gesagt?«, provozierte er sie weiter. »Eheleute sollten keine Geheimnisse voreinander haben. Das habe ich dir schon oft gesagt.«

Irene holte tief Luft und erwiderte trotzig Josefs Blick. »Das sehe ich inzwischen genauso wie du. Zumal Franz gerade ein großes Opfer für mich und unsere Familie gebracht hat. Deshalb …«

»Ach, du meinst diese Sache mit dem dubiosen Grafen?«, fiel ihr Josef ins Wort. Irene hatte ihm in einem Brief davon berichtet.

»Der dubiose Graf, wie du den Mann nennst, ist sein leiblicher Vater«, fauchte sie nun gereizt. »Das habe ich dir nicht anvertraut, damit du darüber spottest. Wahrscheinlich hätte ich besser darüber geschwiegen.« Wider Willen stiegen ihr vor Enttäuschung über Josefs rüdes Verhalten Tränen in die Augen.

Josef entging das nicht. »Verzeih mir, Irene!« Wieder ergriff er ihre Hand, die sie ihm aufgrund des Elends, das sie in seinen Augen las, nicht entzog. »Ich ertrage es nur nicht, dich immer wiederzusehen, ohne die geringste Hoffnung, dich doch noch zurückgewinnen zu können.«

»Deshalb ziehe ich daraus nun auch die Konsequenzen.«

Josef wurde blass. »Was meinst du damit?«

»Mein lieber Freund«, sagte Irene sanft und streichelte ihm mit ihrer freien Hand über die jetzt am Abend stoppelige Wange. »Ich bin heute zum letzten Mal in Frankenthal. Franz ist die Liebe meines Lebens. Und ich bin die seine. Sein Vater hat ihm angeboten, ihn als legitimen Sohn und Nachfolger anzuerkennen und zu adoptieren. Er würde ihm nach seinem Tod ein riesiges Vermögen hinterlassen. Zu seinen Lebzeiten würde er akzeptieren, dass er aufgrund Franz' illegitimer Herkunft am habsburgischen Kaiserhof und auch in vielen Adelshäusern nicht mehr empfangen würde.«

Sie holte wieder tief Luft und versuchte, das Zittern in ihrer Stimme zu bezwingen. »Er hat Franz, der nie einen liebevollen Vater gekannt hat, seine ganze Existenz zu Füßen gelegt. Die einzige Bedingung war …« Sie stockte.

»… die Scheidung von dir«, beendete Josef ihren Satz. »Das hast du mir ja geschrieben. Aber ich hoffte …«

»Du hofftest, Franz hätte es sich doch noch anders überlegt«, setzte Irene Josefs Satz fort. »Es ist tatsächlich so, dass der Graf noch zweimal versucht hat, ihn umzustimmen. Er hat sogar seiner Mutter Pauline geschrieben und sie um Unterstützung gebeten. Die sie dem Grafen in dieser Sache ebenso versagt hat wie Franz ihm die Scheidung.« Nun lief ihr eine Träne über die Wange.

Sie wischte sie ungeduldig ab. »Daher werde ich nicht mehr nach Frankenthal kommen. Ich war schon vor deiner heutigen Reaktion dazu entschlossen. Doch dein Verhalten zeigt mir überdeutlich, wie recht ich damit habe. Du scheinst nicht akzeptieren zu können, dass ich dir nicht mehr als Freundschaft zu bieten habe. Auch deshalb ist es besser, wenn ich nicht mehr hierherkomme.«

»Irene!«, fiel Josef ihr ins Wort. »Verzeih einem alten Esel wie mir! Du hast recht, ich hatte dir versprochen, mich damit abzufinden, dass ich dich nicht mehr zurückgewinnen kann. Stattdessen«, fuhr er bitter fort, »stattdessen habe ich mich weiteren eitlen Hoffnungen hingegeben.«

»Dass Franz sich doch noch von mir abwendet?«

Josef nickte stumm.

»Dann lass dir ein letztes Mal sagen, dass sogar das Gegenteil der Fall ist. Wir leben endlich wieder in Harmonie miteinander. Und ich freue mich sehr, dass Franz wieder öfters zu Hause sein wird, zumal er *mir* trotzdem erlaubt, weiterhin meine Gesprächszirkel abzuhalten. Auch jetzt ist er nicht in Berlin, sondern in Schweighofen, und hat mich dennoch hierherfahren lassen.«

Sie hob die Hand, da sie Josefs Miene richtig deutete. »Nach Oggersheim fahren lassen, wie er glaubt. Aber du hast, wie schon gesagt, recht. Eheleute sollten keine Geheimnisse voreinander haben. Deshalb werde ich Gertrud heute Abend die Leitung des Frauenzirkels in Frankenthal antragen. Ich hoffe, sie ist dazu bereit, zumindest so lange, bis Irmgard Fischer aus der Haft entlassen wird.«

Noch ehe Josef etwas erwidern konnte, klopfte es heftig an die Wohnungstür.

»Wer kann denn das jetzt schon sein?« Irene sah irritiert auf ihre kleine Uhr. »Das Treffen beginnt doch erst in einer halben Stunde.«

Sie hörten Gitta zur Tür gehen. Gleich danach ertönte ihr erstickter Schrei.

Schwere Stiefel polterten in die Küche und weiter ins Arbeitszimmer, wo Irene und Josef saßen. Das »Kommunistische Manifest« von Karl Marx, in dem Irene vor Josefs Ankunft gelesen hatte, lag noch auf dem kleinen Beistelltisch, an dem sie und Josef saßen.

Drei Polizeibeamte in Uniform und Pickelhaube betraten den Raum. »Gestatten, mein Name ist Hentges«, grüßte ihr Anführer im Rang eines Polizei-Wachtmeisters zackig. »Uns ist zu Ohren gekommen, dass diese Wohnung für konspirative Treffen von Sozialisten genutzt wird.« Er zog ein zerknittertes Papier aus seiner Jacke. »Dies ist ein Durchsuchungsbefehl. Bitte weisen Sie sich aus!«

Weingut bei Schweighofen

28. Juni 1879, am selben Abend

»Nun schlaf gut, mein Junge, und träum etwas Schönes!« Liebevoll beugte sich Franz noch einmal zu Fränzel herunter und gab ihm einen Kuss auf die Wange. »Morgen kommt auch die Mama wieder nach Hause!«

»Da freue ich mich drauf«, murmelte Fränzel, schon halb im Schlaf. »Ich finde es schön, wenn ihr beide daheim seid!«

Franz verspürte einen leichten Stich. Auch er genoss es, seit langer Zeit endlich wieder einmal genug Zeit für seine Kinder zu haben. Mit den Zwillingsmädchen hatte er am späten Nachmittag an einem Puppenhaus gebastelt, immer darauf bedacht, die in diesen Dingen ungeschicktere Sophia gegenüber Klara nicht zu benachteiligen. Mit Fränzel hatte er eine Stunde lang mit der Eisenbahn gespielt, nachdem die Mädchen schon im Bett waren.

Er selbst hatte in den vergangenen Monaten in Berlin immer wieder gespürt, dass er seine Familie vermisste. Nun realisierte er, dass es seinen Kindern genauso ging, was sowohl Freude als auch Schuldgefühle in ihm auslöste.

Im Salon goss er sich einen Cognac ein und genoss den Sonnenuntergang auf dem Balkon. Pauline sprach mit Frau Burger über Haushaltsangelegenheiten und würde sich erst später zu ihm gesellen. So hatte er ausreichend Zeit, um über die vergangenen Wochen nachzudenken.

Am 23. Juni war die Autonomisten-Partei endlich am Ziel ihrer Wünsche gewesen. Mit einer deutlichen Mehrheit stimmte das Parlament dem Gesetz zu, das dem Elsass mehr Rechte und Freiheiten einräumte, auch wenn das Reichsland von einer Gleichstellung mit den übrigen deutschen Bundesstaaten noch weit entfernt war.

»Aber es ist ein guter Anfang«, kommentierte Carl August Schneegans die gewonnene Abstimmung. Jetzt stand allerdings im Raum, ob er und andere Autonomisten in dem zukünftigen »Ministerium für Elsass-Lothringen« in Straßburg höhere Beamtenposten, die man ihnen bereits in Aussicht gestellt hatte, annehmen wollten.

Franz war sich sofort im Klaren darüber gewesen, dass ihn eine solche Stellung nicht im Geringsten interessierte. So weit ging die Liebe zu seinem Heimatland denn doch nicht, dass er für einen solchen Posten seine Tätigkeit in der Weinfirma und vor allem seine Familie auf Dauer zurückstellen wollte. Um die Interessen des Reichslandes sollten sich jetzt andere kümmern. Er hatte das Seinige getan. Sogar weit mehr, als seine Abgeordnetenkollegen ermessen konnten.

Wie ein Damoklesschwert hatte Kegelmanns Drohung über seinem Haupt und den politischen Zielen der Autonomisten gehangen, als er kurz nach dem ereignisreichen Aufenthalt in Berlin im Mai nach Schweighofen zurückgekehrt war. Und als ob der Teufel seine Hand mit im Spiel gehabt hätte, konnte er die Quittung, mit der Kegelmann seinem verstorbenen Ziehvater Wilhelm den Erhalt von fünftausend Gulden als Gegenleistung für die Vernichtung sämtlicher französischer Ausweispapiere von Franz und die Ausstellung bayerischer Ersatzpapiere bescheinigt hatte, anfangs nicht finden.

Zunächst durchsuchte er alle Geschäftsunterlagen, die er im Weißenburger Kontor aufbewahrte. Nachdem er die Quittung in den Unterlagen aus dem Jahr 1871 nicht gefunden hatte, durchforstete er systematisch alle Akten der vorangegangenen und nachfolgenden Jahre. Vergebens.

Auch in den Kisten, die Wilhelms persönliche Besitztümer enthielten und in Altenstadt aufbewahrt wurden, fand er nichts. Schließlich hatte er sogar Ottilie im Verdacht, diese Kisten durchsucht und die Quittung an sich genommen zu haben.

Aber dann hätte sie das Papier sicher schon längst dazu benutzt, mich zu erpressen, verwarf er den Gedanken schließlich wieder. *Oder mir damit offen zu schaden.*

Schweißgebadet erwachte er eines Nachts aus dem Albtraum, Ottilie hätte Kegelmann die Quittung überantwortet, nachdem sie sie gefunden hatte. *Ist der Hund sich deshalb seiner Sache so sicher?,* zermarterte er sich den Kopf und kam zunächst zu keinem Ergebnis. Außerdem überlegte er hin und her, ob Kegelmann lediglich die Anzeige seiner Tante aus dem Jahr 1872 gefunden oder persönlich bei ihr in Altenstadt vorgesprochen hatte. Offensichtlich musste er zumindest in der Präfektur in Weißenburg gewesen sein. Woher hätte er sonst von der Anzeige wissen sollen? Aber hatte er nicht auch gesagt, dass er sich selbst davon überzeugt habe, dass die Dame, die die Anzeige einst aufgab, noch immer unter den Lebenden weilen würde?

Tatsächlich hatte ihm Niemann, den er in einem unbeobachteten Moment darauf ansprach, berichtet, ein unbekannter Herr hätte »irgendwann im Frühjahr« im Herrenhaus vorgesprochen und sei empfangen worden. Kegelmanns Beschreibung passte auf diesen Unbekannten.

»Auch eine Dame aus Potsdam war da«, ergänzte der Diener bei dieser Gelegenheit zu seiner Überraschung. »Eine Pensionat-Freundin Ihrer verehrten Frau Mutter.«

Allerdings konnte sich Pauline an keine Freundin erinnern, auf die Niemanns und später auch Mathildes und Ottilies Beschreibung gepasst hätte, als seine Mutter bei einem ihrer Besuche in Altenstadt natürlich danach fragte. Zunächst dachte sich Franz nichts dabei und vergaß die Angelegenheit anlässlich seiner Suche nach der Quittung gleich wieder.

Es war schließlich Irene, die ihn auf die Spur des verschollenen Dokuments brachte. »Wo bewahrst du eigentlich deine persönlichen Erinnerungen an deinen … beziehungsweise meinen Vater auf?«, fragte sie eines Abends, als sie noch bei einem Glas Wein auf dem Balkon saßen.

»Du meinst, die Geschenke, die er mir gemacht hat? Zum Beispiel die Manschettenknöpfe, die ich zu meinem einundzwanzigsten Geburtstag erhalten habe?« Franz runzelte die Stirn.

Die meisten Präsente Wilhelms hatte er nach der Enthüllung von dessen Intrigen, denen sowohl Irene als auch Pauline zum Opfer gefallen waren, verschenkt. Doch die Manschettenknöpfe waren mit Diamantsplittern besetzt, die seine Initialen bildeten, sodass jemand anderes sie kaum hätte tragen können. Auch waren sie von beträchtlichem Wert, und obwohl es der Firma seit Jahren wieder gut ging, stellten sie mit einigen anderen Wertsachen seines Vaters einen Notgroschen dar.

Nun schlug Franz sich an die Stirn. »Irene, du bist ein Schatz! Die Quittung könnte bei Wilhelms Briefen an mich sein, die ich zusammen mit dem Schmuck hier in Schweighofen verwahre. In dem Ebenholzkästchen, in der hintersten Ecke meines Kleiderschranks im Ankleidezimmer.«

Wenig später sah sich Franz bei der Suche nach der Quittung

mit der erstaunlich schmerzhaften Erinnerung an den Mann konfrontiert, den er seine ganze Kindheit und Jugend über für seinen Vater gehalten hatte. Wilhelm hatte ihm nicht oft geschrieben und die Briefe enthielten weit mehr Ermahnungen als Beweise seiner Zuneigung. Dennoch hätte Franz es als pietätlos empfunden, sie nach Wilhelms Tod zu vernichten.

»Er war nun einmal der einzige Vater, den ich hatte«, erklärte er Irene, nachdem er Kegelmanns Quittung zu seiner unendlichen Erleichterung in dem Kästchen gefunden hatte. »Und wie es aussieht, wird es keinen Ersatz für ihn geben.« Er schluckte.

Irene schmiegte sich an ihn. »Ich wünschte, dein wirklicher Vater würde dieses Opfer nicht von dir verlangen!« In ihren dunkelblauen Augen spiegelte sich ihre Liebe zu ihm mit einer Intensität, wie Franz sie in den letzten, eher von Spannungen geprägten Monaten ihrer Ehe nicht mehr wahrgenommen hatte. Die Liebesnacht, die sie im Anschluss miteinander verbrachten, war die leidenschaftlichste seit Langem.

Irene! Nicht nur die Kinder, auch ich sehne mich nach dir. Franz ließ seinen Blick über die liebliche Landschaft rund um das Weingut schweifen. *Ich wünschte, du wärst jetzt in dieser lauen Sommernacht hier bei mir.*

Doch obwohl Franz sich mit dem Gedanken trug, seine Aufenthalte in Berlin in Zukunft auf das Notwendigste zu beschränken oder sein Reichstagsmandat sogar vorzeitig niederzulegen, hatte Irene ihm sanft, aber unmissverständlich klargemacht, dass sie an ihrem Einsatz für die Frauenrechte festhalten wollte.

Um sich von dem unangenehmen Gefühl abzulenken, das Franz bei diesem Gedanken beschlich, rief er sich wieder die Szene vor Augen, die sich im Mai in Berlin abgespielt hatte, als er Kegelmann erneut im Reichskanzleramt aufsuchte. Natürlich hatte Franz am Tag nach dem Fund der Quittung schnurstracks bei Monsieur Payet, seinem Rechtsbeistand, vorgesprochen, der eine beglaubigte Abschrift des Dokuments anfertigte und das Original seitdem in seiner Kanzlei verwahrte.

»Ich komme, um Ihnen über meine Fortschritte zu berichten, Herr Kegelmann«, begann Franz die Unterredung bei seiner Visite, die im Gegensatz zur ersten sogar überpünktlich begann.

Der triumphierende Ausdruck in Kegelmanns hellblauen Augen wich zuerst Verblüffung, dann tiefer Bestürzung, als Franz ihm die Quittung über den Schreibtisch hinweg zuschob.

»Wie vereinbaren Sie es mit Ihrer Beamtenehre, die Papiere über meine Staatsbürgerschaft für die recht stattliche Summe von fünftausend Gulden während Ihrer Weißenburger Amtszeit gefälscht zu haben?«

»Also geben Sie all Ihre Verfehlungen zu?«, versuchte Kegelmann, zunächst zu kontern.

»Hier in diesen vier Wänden gestehe ich ein, dass mein Vater damals ohne mein Wissen mit Ihnen darüber verhandelt hat, meine französische in die bayerische Staatsbürgerschaft umzuwandeln. So wollte er unter anderem vermeiden, dass ich nach meiner Volljährigkeit französisch bleibe, was ich ja tatsächlich in Betracht gezogen habe, wie Sie wissen.«

»Es gibt zahlreiche Zeugen für Ihre unpatriotische Vergangenheit. Einige von ihnen sind mehr als bereit, gegen Sie auszusagen.« Kegelmann versuchte weiterhin, ihm etwas vorzumachen.

»Wenn Sie damit meine Tante Ottilie aus Altenstadt meinen«, wagte Franz den Schuss ins Blaue, »so habe ich sie bereits zur Rede gestellt«, zahlte er Kegelmanns Strategie mit gleicher Münze heim. Zu seiner Genugtuung bemerkte er das nervöse Augenzucken des Beamten. »Was sie Ihnen bei Ihrer Unterredung jedoch vorenthalten zu haben scheint, ist, dass sie finanziell vollkommen abhängig von mir ist. Sagt sie gegen mich aus, steht sie am nächsten Tag mittellos auf der Straße.« Franz' letzter Satz war nicht einmal gelogen.

Während Kegelmann noch nach Worten suchte, fuhr Franz fort. »Also lasse ich Ihnen die Wahl. Ihren vorzeitigen Ruhestand als zwar unbeliebter, aber honoriger Beamter des Reichskanzleramts mit einer zweifellos ansehnlichen Pension. Oder

Ihre Entlarvung als Betrüger, der sein Amt dazu benutzt hat, sich unrechtmäßig zu bereichern.«

»Mein Rechtsbeistand, der das Original dieser Quittung verwahrt«, kam er Kegelmanns Einwand zuvor, »hat mir versichert, dass Ihnen mit einiger Wahrscheinlichkeit sogar ein Strafverfahren droht, wenn diese Sache ruchbar wird. Zumal es wohl nicht die einzige Verfehlung während Ihrer Amtszeit zu sein scheint.« Wieder traf Franz ins Schwarze, wie er am Gesichtsausdruck des Beamten erkannte. »Doch auch wenn die Sache vertuscht wird, wird Sie das in jedem Fall Ihren Pensionsanspruch kosten.«

So hatte Kegelmann schließlich klein beigegeben, und die Autonomisten hatten weit vor dem Ende der aktuellen Legislaturperiode im Januar 1881 ihre Ziele erreicht.

Und Franz hätte jetzt glücklich und zufrieden sein können, wäre da nicht die Sache mit seinem gräflichen Vater gewesen. Erst vor wenigen Tagen hatte es ein weiteres Treffen in Berlin gegeben, zu dem der Graf ihn eingeladen hatte.

»Ich werde die Hauptstadt zum Ende des Monats verlassen«, teilte sein Vater ihm mit. »Und bitte dich noch einmal, deine ablehnende Haltung zu überdenken.« Wie selbstverständlich behielt er das vertrauliche ›Du‹ gegenüber Franz bei, das er schon gegen Ende ihrer letzten Aussprache verwendet hatte.

»Ich werde mich nicht von Irene scheiden lassen. Daran hat sich nichts geändert«, beschied ihm Franz. »Auch meine Mutter hat Ihnen das bereits mitgeteilt.« Franz wusste, dass der Graf an Pauline geschrieben hatte.

Dessen Augen verdunkelten sich vor Schmerz. »Dann kann ich vorerst überhaupt nichts tun«, erwiderte er. »Ich habe noch einmal vergeblich versucht, meinen Bruder Maximilian umzustimmen. Aber er besteht auf der Option deiner standesgemäßen Verheiratung, wenn er dich in unsere Familie aufnimmt.«

»Zwei Fragen habe ich in diesem Zusammenhang noch an Sie.« Der Graf zuckte bei dieser förmlichen Anrede zusammen. »Woher wissen Sie eigentlich etwas über die Herkunft meiner

Frau? Und weshalb sollte ich als geschiedener Mann ein willkommener Bewerber für eine Komtess aus dem Hochadel Ihres Landes sein?«

»Viele Adlige sind in ihrer Jugend Mesalliancen eingegangen und haben sie später rückgängig gemacht«, ging der Graf nur auf die zweite Frage ein. »Ein paar haben Schauspielerinnen geehelicht, einer sogar seine Köchin. Ich habe dir ja schon gesagt, dass nicht die besten Partien auf dich warten. Aber die Attraktivität eines geschiedenen Majoratsherrn ist bei unserem Vermögen und der Vielzahl an vor allem jüngeren Töchtern, die man unter die Haube bringen will, dennoch nicht zu unterschätzen.«

»Obwohl ich verkrüppelt bin?«

Der Graf seufzte. »Österreich hat in den letzten Jahrzehnten womöglich noch mehr Kriege geführt als Preußen. Gegen äußere und gegen innere Feinde. Da hat so mancher Offizier Blessuren davongetragen.« Wie in Preußen stammten viele Offiziere der habsburgischen Armee aus dem Adel. Bürgerlichen war diese Position oft verwehrt.

»Kommen wir zurück auf die Frage, woher Sie von der Herkunft meiner Frau wissen.«

»Ich habe einige Erkundigungen eingezogen«, blieb sein Vater vage.

»Wie und bei wem genau?« Franz fiel sofort die dubiose Dame ein, die in Altenstadt vorgesprochen hatte.

»Das tut hier nichts zur Sache. Oder bestreitest du, dass die Auskünfte korrekt sind?«

Einen Augenblick lang war Franz versucht, Irenes wahre Abstammung offenzulegen. *Aber was würde es nützen? Damit würden wir alle nicht an Ansehen gewinnen. Was sollte der Graf seinem Bruder dann sagen? Dass Irene die illegitime Tochter meines Ziehvaters und der Schwester seiner eigenen Schwägerin ist? Die Frucht einer Vergewaltigung?*

Der Graf deutete Franz' kurzen Seelenkampf anders. »Denkst du gerade noch einmal über deine Entscheidung nach?«

Franz schüttelte heftig den Kopf. »Nein, Vater!« Er biss sich auf die Lippen. »Nein, Herr von Sterenberg«, korrigierte er sich. »Mein Entschluss ist unabänderlich.«

Nun stand nur noch die Konfrontation mit Ottilie und möglicherweise Mathilde wegen ihres verräterischen Verhaltens aus. Franz war sich sicher, dass sowohl Kegelmann als auch die Kontaktperson seines Vaters mit den beiden in Altenstadt gesprochen hatten.

Aber damit warte ich ab, bis Irene wieder zu Hause ist. Dieses Gespräch läuft mir ja nicht weg.

Josefs Wohnung in Frankenthal
28. Juni 1879, wenig später am selben Abend

»Und nun komme ich zu Ihnen, meine Dame.« Der Polizei-Wachtmeister mit dem langen, bis übers Kinn hinabhängenden Schnurrbart betonte das letzte Wort verächtlich. Er prüfte noch einmal Irenes Papiere.

Sie saß in Josefs Küche am Tisch, die zitternde Gitta in einer Nische. »Sie heißen also Irene Gerban und sind angeblich die Ehefrau eines Reichstagsabgeordneten?«, wiederholte er Irenes Worte, mit denen sie sich vor einer halben Stunde vorgestellt hatte. Offensichtlich glaubte er ihr kein Wort.

Irene schlug das Herz bis zum Hals. Sie versuchte, Ruhe zu bewahren. »Genauso ist es«, bestätigte sie.

»Und was behaupten Sie, hier zu tun? Noch dazu in der Wohnung einer bekannten subversiven Person, die bereits einschlägig vorbestraft ist und jetzt erneut illegaler Handlungen überführt wurde?«

Die Beamten hatten vor Irenes Verhör Josefs Wohnung durchsucht und alle mittlerweile verbotenen Bücher und Zeitschriften, die er aus dem Büro des Arbeitervereins hierhergebracht hatte, gefunden und im Nebenraum aufgestapelt.

»Ich bringe Arbeiterfrauen das Maschinennähen bei.«

Der Polizist verzog spöttisch die Mundwinkel. »Sie geben als Ehefrau eines Abgeordneten Nähkurse? Noch dazu so weit entfernt von Ihrem Zuhause? Das dünkt mich denn doch, sehr seltsam zu sein. Können Sie eine Erlaubnis Ihres Ehemanns für diese Tätigkeit vorweisen?«

»Eine Erlaubnis?« Noch nie hatte Irene daran gedacht, sich ein solches Dokument von Franz ausstellen zu lassen. Dass verheiratete Frauen für alle aushäusigen Aktivitäten die Zustimmung ihres Gatten brauchten, wusste sie zwar, hatte aber ein diesbezügliches Dokument nach Franz' Erlaubnis, ihre Frauengruppen weiterhin führen zu dürfen, für überflüssig erachtet. Jetzt wurde ihr entsetzt klar, wie unglaubwürdig alles, was sie bislang gesagt hatte, auf den Wachtmeister wirken musste und wie durchsichtig ihre Tarnung der Frauentreffen als Nähkurse vor dem Hintergrund ihres großbürgerlichen Status war.

Der Polizist, ein älterer Mann, der sicherlich über einige Jahrzehnte Berufserfahrung verfügte, bemerkte ihre Verunsicherung natürlich. »Ich glaube Ihnen nicht, Frau Gerban«, sagte er ihr auf den Kopf zu. »Entweder führt Sie ein unzüchtiges Verhältnis in diese Behausung eines alleinstehenden Mannes oder eine ebenfalls unziemliche subversive Tätigkeit. Oder sogar beides!«

»Ich bin in Begleitung meiner Zofe!«, versuchte Irene, zumindest seine erste Verdächtigung mit schwacher Stimme zu entkräften.

Der Polizist schnaubte nur. Er streckte die Hand aus. »Geben Sie mir Ihre Handtasche!« In einem Reflex umklammerte Irene die Tasche krampfhaft.

»Ich kann sie Ihnen auch gewaltsam wegnehmen«, drohte der Beamte. Resigniert ließ Irene die Tasche los.

Natürlich fand der Polizist Bebels Buch sofort. »Aha! ›Die Frau und der Sozialismus‹! Eine weitere verbotene Schrift!«, konstatierte er triumphierend. »Gehört sie ebenfalls Ihrem Lieb … diesem Herrn Hartmann?«

»Ich habe ihr das Buch ausgeliehen!«, rief Josef aus dem benachbarten Arbeitszimmer. Er hatte von Anfang an zugegeben, dass alle verbotenen Bücher, Zeitschriften und Flugblätter, die man in seinen Schränken gefunden hatte, sein Eigentum waren. Im Augenblick saß er dort, bereits verhaftet und mit gebundenen Händen, während die zwei Untergebenen des Polizei-Wachtmeisters die verdächtigen Materialien zu Bündeln zusammenschnürten.

Wenigstens war keine der Arbeiterfrauen zum vereinbarten Termin erschienen. Vor Josefs Haus stand, deutlich sichtbar für jeden Passanten, ein Gefängniswagen mit vergitterten Fenstern. Offensichtlich waren sich die Polizeibeamten ihrer Sache schon vor der Durchsuchung sehr sicher gewesen.

»So ist es«, griff Irene mit schwacher Stimme nach dem Strohhalm, den Josef ihr selbstlos anbot.

Sie wusste, dass er nicht mehr zu retten war und auch ihr eigenes Los jetzt am seidenen Faden hing. *Wenn ich verhaftet werde, wird alles herauskommen. Franz wird alles erfahren. Was wird er dann tun?* Nicht zum ersten Mal in der letzten Stunde drohte sie die Panik zu überwältigen.

»Aha! So ist es!« Der Wachtmeister schlug Irenes Buch auf. »Für meine liebe Genossin Irene«, las er Bebels Widmung, die der Arbeiterführer ihr im Februar ins Buch geschrieben hatte, laut vor. »In Anerkennung ihres unermüdlichen Einsatzes für die sozialistischen Ziele und die Frauenrechte.«

Er hob seinen Kopf und fixierte Irene mit seinen stechenden grauen Augen.

»Gehören Nähkurse für Arbeiterfrauen auch zu den ›sozialistischen Zielen‹ der verbotenen Bewegung?« Seine Stimme triefte vor Hohn. »Ich wusste noch gar nicht, dass sich die Herren Sozialdemokraten mit so einem Weiberkram befassen.«

Irene konnte nicht antworten. Sie fühlte sich wie gelähmt. So hörte sie die gefürchteten nächsten Worte des Beamten nur gedämpft, als hätte sie sich Watte in die Ohren gestopft.

»Ich muss auch Sie verhaften und mit auf die Wache nehmen, Frau Gerban. Und natürlich umgehend Ihren Ehemann benachrichtigen. Selbst wenn er wider jedes Erwarten bestätigen sollte, dass er mit Ihrem Aufenthalt hier in Frankenthal einverstanden war, hat er seine Aufsichtspflicht auf das Sträflichste vernachlässigt. Das beweist mir das subversive Büchlein, das Sie mit sich führen. Auch wenn er weiß, dass Sie hier sind, wird er zumindest im Unklaren darüber sein, was Sie hinter seinem Rücken so alles treiben.«

Er strich über seinen herabhängenden Schnauzer. »Darauf verwette ich meinen Bart. Und der, meine Gnädigste, ist mir lieb und teuer!«

Kapitel 17

Polizeihauptwache in Frankenthal

30. Juni 1879, zwei Tage später

Franz ballte die Hände zu Fäusten, als er aus der Mietsdroschke gestiegen war, die ihn vom Frankenthaler Bahnhof zur Städtischen Polizeihauptwache gebracht hatte. Seit dem Tag, an dem ihm bewusst geworden war, dass er in der Schlacht von Bazeilles bei Sedan sein linkes Bein verloren hatte, hatte er sich nicht mehr so miserabel gefühlt.

Heute stand seine Ehe auf dem Spiel, seine große Liebe zu Irene, die ihn offenbar schamlos betrogen hatte. In der vergangenen schlaflosen Nacht hatte sich Franz mehr als einmal gewünscht, er könnte auch sein rechtes Bein gegen die ungetrübte Liebe zu Irene eintauschen.

Bin im Frankenthaler Polizeigefängnis – Stopp – am Samstagabend verhaftet worden – Stopp – könnte vielleicht gegen Kaution freikommen – Stopp – bitte Dich dringend um Hilfe – Stopp – Irene.

Immer wieder schwirrten die Worte des Telegramms, das per Eilboten am Sonntagabend in Schweighofen eingetroffen war, wie ein Schwarm aufgeschreckter Vögel in seinem Kopf herum. Davor hatten bange Stunden des Wartens und der Ungewissheit gelegen.

Voller Vorfreude auf ihr Wiedersehen hatte sich Franz am Sonntag mit allen drei Kindern im Landauer nach Weißenburg kutschieren lassen, um Irene und ihre Zofe Gitta am Bahnhof abzuholen. Doch im Mittagszug, der gegen ein Uhr eintraf, hatte sie nicht gesessen.

»Die Mama wird den Zug verpasst haben und mit dem nächsten kommen«, beruhigte Franz seine enttäuschten Sprösslinge. Bei Zuckerwatte und Karussellfahrten fanden die Kinder schnell zu ihrer Unbekümmertheit zurück und jauchzten vor Freude über die Späße eines Narren mit großer roter Pappnase und grellbunter Kleidung. Obwohl sie den kleinen Jahrmarkt eigentlich mit beiden Elternteilen hatten besuchen wollen, vermissten sie ihre Mutter nur ab und zu.

Franz' ungutes Gefühl während der dreistündigen Wartezeit bis zur Ankunft des nächsten Zuges verwandelte sich in große Sorge, als Irene und Gitta auch diesmal nicht ankamen. *Ihr muss etwas Schlimmes zugestoßen sein,* war er sich sicher, während er versuchte, vor den quengelnden Kindern die Fassung zu bewahren, um sie nicht noch mehr zu beunruhigen. Da die letzte Bahn, die Irene nehmen konnte, erst am späten Abend eintreffen würde, fuhr er mit den Kindern zurück nach Schweighofen, wo seine ebenfalls nun sehr besorgte Mutter sie vorzeitig ins Bett brachte.

»Hast du irgendeine Erklärung für Irenes Ausbleiben?«, fragte Franz Pauline und umklammerte dabei sein Weinglas, das er sich bereits mehrmals nachgefüllt hatte, so fest, dass der zarte Stiel abzubrechen drohte. Ein undefinierbarer Ausdruck huschte über Paulines Gesicht. Doch sie schüttelte den Kopf.

Dadurch aufmerksam geworden, insistierte Franz. »Maman, du ahnst doch etwas! Das sehe ich dir an.«

Pauline wehrte ab. »Ich weiß nicht mehr als du, Franz. Irene wollte diesmal ihre Gesprächskreise in Lambrecht und Oggersheim, wo sie ja schon längere Zeit nicht mehr gewesen ist, zusammenfassen. Landau ließ sie ausfallen, um nicht noch länger fern von zu Hause zu sein, während du in Schweighofen bist. Am Freitagabend sollte das Treffen in Lambrecht stattfinden. Dann wollte sie am Samstagmorgen weiter nach Oggersheim fahren, dort das Treffen am frühen Abend abhalten und am Sonntagmorgen zurückkommen. So hat sie es dir und mir gesagt.«

Beide saßen schon beim Abendessen, in dem sie mehr herumstocherten, als etwas zu sich zu nehmen, da trat plötzlich Frau Burger ein. »Ein Bote hat gerade dieses Telegramm gebracht, Herr Gerban. Es scheint von Ihrer Frau zu sein.«

Franz zerriss das Papier beinahe mitten entzwei, als er es hastig öffnete. Dann las er wie versteinert Irenes Botschaft. Alle Kraft wich aus seinem Körper, seine Hand mit dem Telegramm fiel auf den Tisch und stieß dabei das Weinglas um.

Während sich Frau Burger bemühte, den Schaden zu begrenzen, und den Rotwein, der über den Tisch floss und über dessen Rand hinab auf den Teppich tropfte, mit einer Serviette aufzufangen, nahm Pauline Franz das Telegramm aus der Hand. Auch ihre Miene verzerrte sich vor Entsetzen.

»Also hat sie es wieder getan.« Trotz seiner Betäubung drangen Paulines Worte an Franz' Ohr.

»Was hat sie wieder getan, Maman?«

Pauline zog hörbar die Luft ein. »Ich kann es nur vermuten, Franz. Aber wenn Irene in Frankenthal verhaftet worden ist, muss sie sich dort wieder mit August Bebel oder anderen Sozialisten getroffen haben. Offenbar konspirativ, also illegal, oder man hat verbotene Schriften bei ihr gefunden.«

»Sie ist in Frankenthal?« Franz fühlte sich, als ob ihm der Boden unter den Füßen weggezogen würde. »Bei Josef Hartmann? Und das nicht zum ersten Mal?«

»Sie hatte mir versprochen, dass es nie wieder vorkommt, Franz«, erklärte Pauline schwach. »Und das habe ich ihr geglaubt.«

Angesichts des zornigen Blicks ihres Sohnes füllten sich ihre Augen mit Tränen. Ohne eine weitere Aufforderung abzuwarten, erzählte sie Franz von Irenes Betrug im Oktober des vergangenen Jahres, als sie das erste Mal vorgegeben hatte, die kranke Minna im Taunus zu besuchen, während sie stattdessen in Frankenthal war.

»Also ist dies mindestens das dritte Mal, dass Irene unser Vertrauen missbraucht und dich und mich über ihren wahren Aufenthaltsort belügt und betrügt«, krächzte Franz. Seine Kehle fühlte sich so rau wie Sandpapier an. Er griff zur Rotweinkaraffe und nahm direkt daraus einen Schluck Wein. Frau Burger hatte das Esszimmer mit seinem zerbrochenen Weinglas längst wieder in aller Diskretion verlassen.

»War sie auch im Februar in Frankenthal anstatt in Oggersheim, wie sie behauptet hat?«

Pauline nickte stumm.

»Und vielleicht auch die vielen anderen Male, die sie uns vorgespielt hat, woanders zu sein!« Franz' Kehle wurde eng. »Wie konnte ich mich nur so in ihr täuschen?«

Pauline griff nach seiner Hand. »Sie hat mir geschworen, dass nichts Unrechtes zwischen ihr und diesem Hartmann vorgefallen ist.«

Franz lachte höhnisch auf. »Und das soll ich ihr glauben? Glaubst du es ihr?«

Pauline zuckte hilflos mit den Achseln. »Ich weiß auch nicht mehr, was ich glauben soll. Ihr müsst euch aussprechen, Franz. Vielleicht gibt es für alles doch noch eine harmlose Erklärung.«

»Eine harmlose Erklärung!«, wiederholte Franz. »Dann wüsste ich gern, wie die aussehen soll.«

Das letzte Gespräch mit dem Grafen fiel ihm ein.

»Wenn Irene mich mit Josef Hartmann betrogen hat, werde ich mich von ihr scheiden lassen. Und das Angebot meines Vaters, mich als seinen Sohn anzuerkennen, annehmen.«

Nun stieg Franz die Treppe zu dem tristen grauen Gebäude hinauf, in dem sich die Polizeihauptwache befand. Trotz des unsäglichen Schmerzes, den er in der Nacht durchlitten hatte, stand dieser Entschluss für ihn fest.

Irene schreckte auf, als sich der Schlüssel zu ihrer Zellentür im Schloss drehte. Vor ihr stand ihr unberührtes Mittagsmahl. Sie hoffte und bangte zugleich, dass Franz angekommen war und die Wärterin, die man eigens zu ihrer Bedienung aus dem Frauengefängnis in Ludwigshafen geholt hatte, nicht nur das Geschirr abräumen wollte.

Tatsächlich war sie am Morgen einem Haftrichter vorgeführt worden, der eine Kaution von eintausend Mark für ihre Freilassung festgesetzt hatte. Josef sollte dagegen am nächsten Tag nach Ludwigshafen überstellt werden, um dort auf seinen Prozess zu warten.

»Ihr Gatte ist eingetroffen«, brachte die Wärterin mit dem streng zu einem Knoten zusammengebundenen grauen Haar Irene die zugleich ersehnte wie gefürchtete Botschaft. Ihr Herz begann, wie rasend zu klopfen.

Die Wärterin ging Irene voran in ein kleines Sprechzimmer, das ebenso wie ihre winzige Zelle nur das notwendigste Mobiliar enthielt und von einem einzigen kleinen vergitterten Fenster erhellt wurde. Franz hatte bereits an dem verschrammten Tisch auf einem der beiden Stühle Platz genommen, deren Lehnen schmerzhaft ins Kreuz schnitten, wie Irene sofort bemerkte, nachdem sie sich Franz gegenübergesetzt hatte.

»Sie haben eine Viertelstunde Zeit«, verkündete die Wärterin, bevor sie den Raum verließ und die Tür hinter sich abschloss.

Irene, die in den vergangenen Nächten ebenfalls kaum ein Auge zugetan hatte, rührte Franz' elendes Aussehen. Tiefe Schatten lagen unter seinen Augen, die trockenen Lippen waren rissig und blutverkrustet, als hätte er sich immer wieder darauf gebissen.

Schon öffnete sie den Mund, um ihn demütig um Verzeihung zu bitten, als seine groben Worte dieses Vorhaben erst einmal zunichtemachten.

»Nun sitzt du also in einer Gefängniszelle wie eine Dirne oder eine Taschendiebin«, eröffnete Franz die Unterhaltung, ohne sie zu begrüßen. »Oder im besten Fall wie die Hochstaplerin, für die man dich hielt.«

»Niemand in dieser Polizeiwache hat dir geglaubt, dass du die

Gattin des wohlhabenden Weinhändlers Gerban bist, der zudem ein Reichstagsmandat innehat«, fügte Franz angesichts Irenes verständnislosem Blick grimmig hinzu. »Das hat mir der Polizeibeamte, mit dem ich gerade gesprochen habe, bestätigt.«

Nun verhärtete auch Irene ihr Herz. »Dann ist es ja gut, dass du hergekommen bist, um dies aufzuklären«, erwiderte sie schnippisch.

Franz lächelte zynisch. »Was bleibt mir denn anderes übrig? Obwohl du meinen Ruf ja bereits ruiniert hast!«

Er warf eine Gazette auf den Tisch. »Die habe ich am Bahnhof in Frankenthal erstanden. Noch ist es nur eine regionale Meldung. Aber wie die Wölfe werden sich die Zeitungen auf die Nachricht stürzen, dass du meine Ehre und die unserer ganzen Familie in den Staub getreten hast, wenn sich erst einmal verbreitet, dass du wirklich die Weinhändlergattin bist, als die du dich der Polizei vorgestellt hast. Oder sogar dafür vor Gericht stehst.«

Irene griff nach der Zeitung. In großen Lettern stand da: *Frankenthaler Arbeiterführer wegen subversiver Umtriebe festgenommen.*

Darunter las sie zwei Zeilen in kleinerer Schrift: *Unbekannte Frau, deren Identität noch geklärt werden muss, ebenfalls verhaftet.*

Sie biss sich auf die Lippen. »Ich habe nichts Unrechtes getan.«

»Nach deinem Weltbild wahrscheinlich nicht. Doch in Deutschland gibt es Gesetze, die Recht und Unrecht regeln.«

»Und was wirfst du mir vor? Oder das Gesetz, auf das du dich berufst?«

»Wozu du tatsächlich deine als Nähkurse getarnten Frauentreffen benutzt hast, wird dir zu deinem und meinem Glück nicht zu beweisen sein. Von Lambrecht und Landau weiß man hier nichts, und wer in Frankenthal an diesen angeblichen Kursen teilnahm, wird nicht zu ermitteln sein, wenn weder du noch Hartmann es preisgebt. Doch dass man Bebels verbotenes Buch in deiner Handtasche gefunden hat, ist nicht mehr rückgängig zu machen. Es beweist ebenso wie dein Kontakt zu als verdächtig geltenden Personen wie Josef Hartmann, August Bebel oder Wilhelm Liebknecht, dass du mit den sozialistischen Ideen sympathisierst. Euer Treffen am Freitagabend in Hartmanns Wohnung wurde ausgespäht, nachdem sich die Geheimpolizei an die Fersen von Bebel und Liebknecht geheftet hatte.«

Irene fühlte sich immer mehr in die Ecke gedrängt. »Das sind legal gewählte Parlamentarier, genauso wie du!«, protestierte sie.

»Deshalb wird vor allem Hartmann euer subversives Treffen zu büßen haben. Auf ihn wartet wahrscheinlich eine mehrjährige Gefängnisstrafe wegen all der verbotenen Schriften, die er in seiner Wohnung gehortet hat.«

Irene verzog schmerzlich das Gesicht. In seiner Wut deutete Franz dies falsch.

»Ja, das tut dir natürlich leid, dass dein Liebhaber weggesperrt werden wird!«, unterstellte er ihr.

Erbitterung über Franz' grundlose Eifersucht, die mit an dieser fatalen Situation schuld war, erfasste sie und verdrängte jeden Wunsch, sich mit ihm zu versöhnen oder ihn gar um Vergebung zu bitten. »Josef ist nicht mein Liebhaber. Aber er hat mehr Ehrgefühl im Leibe als du!«

Wieder lächelte Franz zynisch. »Da hast du in der Tat recht, meine Liebe. Ich habe zu deinen Gunsten ausgesagt, dass ich von den Nähkursen wusste und sie dir erlaubt habe. Damit gelte ich vor den örtlichen Behörden jetzt zwar als Narr. Doch das wäre noch zu ertragen, weil dies schlichtweg zutrifft«, hob er die Hand, um Irene an einer Entgegnung zu hindern.

»Schlimmer trifft mich jedoch das Ungesagte, das in dem süffisanten Lächeln dieses Wachtmeisters mitschwang, der dich verhaftet hat. *Der verkrüppelte Hahnrei,* wird er sich gedacht haben, als er vorhin mit mir sprach, *kann natürlich nicht mit dem stattlichen Sozialisten mithalten!* Und ich hörte ihn geradezu denken: *Was ist das nur für ein Reichstag, der aus solchen Abgeordne-*

ten besteht? Anarchisten, die sich Sozialdemokraten schimpfen und Attentate auf unseren Kaiser begehen, und dumme Schwächlinge, die nicht einmal ihre eigenen Ehefrauen im Griff haben.

Irene spürte, dass etwas in ihr erlosch. »Du sprichst genauso wie dein Vater. Der gar nicht dein richtiger Vater war, sondern der Vergewaltiger meiner Mutter.« Ihr Ton klang selbst in ihren eigenen Ohren abgrundtief verächtlich.

Franz sah rot. »Weißt du eigentlich, was geschehen wäre, wenn deine Eskapaden vor zwei Wochen an die Öffentlichkeit gedrungen wären?«, brüllte er. »Ich wäre nicht nur bodenlos blamiert gewesen, so wie ich es jetzt bin, sondern womöglich wäre unser Elsass-Gesetz daran gescheitert!«

»Und wie dein Ziehvater hast du nur deine eigenen Interessen im Auge. Wie ähnlich du ihm bist, obwohl ihr doch gar nicht miteinander verwandt seid! Auch Wilhelm kümmerte sich nie um Pauline, sondern nur um sich!« *Bin das wirklich ich, die diese furchtbaren Worte sagt?* Irene fühlte sich, als ob sie neben sich stünde.

»Und was ist mit meinen Interessen, die auch einmal die deinen waren? Zählen die in unserer Ehe nichts mehr?«, hörte sie sich dennoch fortfahren.

»Was für Interessen meinst du denn? Deine Liebschaft mit Josef? Nun, ich fürchte, auf die wirst du erst einmal einige Zeit verzichten müssen!«

Franz' Anschuldigungen trieben Irene Tränen der Wut und Enttäuschung in die Augen. »Ich habe keine Liebschaft mit Josef gehabt«, beteuerte sie zum wiederholten Male. »Zu keiner Zeit, seit du mich vor fast sechs Jahren hier in dieser Stadt gefunden hast. Frage Gitta danach! Sie war immer mit mir in Frankenthal.«

»Ich werde Gitta entlassen, sobald wir wieder in Schweighofen sind. Eine untreue Dienstmagd, die die Schandtaten ihrer Herrin deckt, dulde ich nicht mehr in meinem Haus!«

Irene durchfuhr es siedend heiß. »Das kannst du nicht tun! *Ich* habe zu verantworten, was geschehen ist, nicht meine Zofe!«

»Dieser Entschluss steht fest! Für dich werde ich die Kaution von eintausend Mark entrichten, damit ich dich morgen mit nach Hause nehmen kann. Eine Nacht wirst du noch hierbleiben müssen. Morgen muss ich erst eine Bank in Frankenthal finden, die mir einen Wechsel ausstellt. Wären die Kinder nicht, ließe ich dich womöglich gleich hier!«

Ein Stich fuhr durch Irenes Brust. *Die Kinder!* In der ganzen Zeit in der Zelle hatte sie immer wieder an sie gedacht. Was war nur in sie gefahren, dass sie ihr in diesem Disput mit Franz völlig aus dem Sinn geraten waren?

»Um der Kinder willen, bitte ich dich, sprich auch noch mit Josef, Franz!«, flehte sie. Dieser Gedanke war ihr in der vergangenen Nacht gekommen. »Josef wird dir bestätigen, dass nichts zwischen uns vorgefallen ist, was dir Grund zur Eifersucht geben könnte.« Sie hoffte verzweifelt, dass Josef diesbezüglich auch bei der Wahrheit bleiben würde.

Doch Franz machte ihr Vorhaben sogleich zunichte und verletzte sie noch einmal zutiefst. »Das könnte dir so passen, Irene. Wahrscheinlich habt ihr euch dahingehend abgesprochen. Für den Fall, dass ich euch einmal auf die Schliche komme.«

Er machte eine verächtliche Handbewegung. »Doch mich mit der Erlaubnis des Wachtmeisters auch noch von dem Mann belügen zu lassen, der mir Hörner aufgesetzt hat, will ich mir ersparen. Sonst kann ich mich nicht einmal mehr im Spiegel betrachten, ohne selbst vor mir auszuspucken.«

Weingut bei Schweighofen
Anfang Juli 1879, zwei Tage später

»Warum hast du die Gelegenheit nicht genutzt, um mit Josef Hartmann zu sprechen? Haltlose Verdächtigungen bringen dich und Irene doch wirklich nicht weiter«, mahnte Pauline. »Und denk auch an eure Kinder! Zumindest die Mädchen sind schon völlig verstört, weil ihr so grob miteinander umgeht!«

»Irene hat dich und mich fast ein ganzes Jahr lang belogen!«, wandte Franz ein. »Sie war nie in Oggersheim, sondern immer in Frankenthal. Was hätte sie sonst dazu bewegen sollen, uns so zu täuschen, wenn nicht ihr Verhältnis mit Josef Hartmann?«

Pauline schüttelte traurig den Kopf. »Ich habe lange und ausführlich mit Irene gesprochen und glaube ihr, dass zwischen den beiden nichts vorgefallen ist, worüber du dir Sorgen machen müsstest. Im Gegenteil, Irene hat sogar offen zugegeben, dass sich Hartmann Hoffnungen gemacht, sie ihn jedoch nie ermutigt hat. Noch kurz vor ihrer Verhaftung hat sie sich ihm gegenüber sehr deutlich zu eurer Ehe bekannt. Und hatte vor, nicht mehr nach Frankenthal zu fahren.«

»Ja, ja. Wer's glaubt …«, erwiderte Franz zynisch.

Pauline seufzte. »Auch mit Gitta habe ich gesprochen, die als Sündenbock für eure Probleme herhalten muss. Sie hat mir ebenfalls bestätigt, dass sie nie etwas Verdächtiges bemerkt hat.«

»War das Mädchen denn immer dabei?«, schnitt Franz ihr das Wort ab.

»Nein. Aber Gitta ist mehrere Male früher gekommen, als Irene sie erwartete, weil sie sich in der Zeit vertan hat. Und es gab nie ein Schäferstündchen, aus dem sie die beiden aufgeschreckt hätte. Meistens bestanden die Frankenthaler Treffen wirklich vor allem aus den Gesprächskreisen mit den Frauengruppen. Gitta hat die Teilnehmerinnen regelmäßig gesehen, wenn sie Irene abholte.«

»Das kann sie leicht behaupten. Zu beweisen ist es nicht.«

»Franz, nun reiß dich endlich zusammen!« Pauline wurde zornig. »Auch du hast keine Beweise für deine Anschuldigungen. Gitta ist völlig niedergeschlagen. Ich bin überzeugt, auch sie sagt die Wahrheit. Und ist froh, dass sie erst einmal bei Minna Leiser in Schweigen untergekommen ist, anstatt jetzt auf der Straße zu liegen, nachdem du sie aus dem Haus gewiesen hast.«

Ein winziger Hoffnungsfunke kam in Franz auf. Dennoch

fragte er: »Was macht dich denn so sicher, Maman, dass hinter Irenes Verhalten kein anderer Mann steckt?«

»Der gleiche Grund, aus dem ich glaube, dass du nicht in Berlin gewesen bist, um die Freudenhäuser unsicher zu machen oder eine Mätresse zu besuchen.«

»Waas?« Franz fehlten zunächst die Worte.

»Männer sind in ihrer Ehe viel häufiger untreu als Frauen. Davon kann ich dir ein Lied singen. Also, was führte *dich* denn nach Berlin?«

»Mein Reichstagsmandat natürlich! Die Interessen von Elsass-Lothringen! Was sonst?«

»Also rein politische Motive, für die du dich engagiert hast?«

»Natürlich. Etwas anderes anzunehmen wäre doch völlig absurd!«

»Und warum soll das bei Irene anders sein?«, konterte Pauline. »Warum soll sie ihre Frauentreffen in Lambrecht, Landau sowie Frankenthal denn nicht aus rein politischen Motiven heraus abgehalten haben? Dieses vermaledeite Sozialistengesetz hat sie doch nur noch darin bestärkt, wie wichtig es ist, sich für die Sache der Arbeiter zu engagieren. Das weißt du nur zu gut!«

Franz spürte, wie sein Widerstand erlahmte. »Aber sie war nie in Oggersheim«, argumentierte er schwach.

»Ja, weil ihre Arbeit in Frankenthal, die sie schon lange begonnen hatte, bevor ihr euch wiedersaht, bei Weitem die saftigsten Früchte trug. Und gefährdet war, weil die dortige Arbeiterführerin eine einzige unbedachte Bemerkung mit achtzehn Monaten Kerker büßen muss.«

Sie holte tief Luft. »Und weil du von Anbeginn an misstrauisch wegen Hartmann warst. Obwohl Irene den Mann noch am selben Tag verlassen hat, an dem du sie vor fast sechs Jahren in seiner eigenen Wohnung aufgesucht hast. Ist es nicht auch ein Vertrauensbruch, dass du Irene ohne den geringsten Anlass unlautere Gründe für ihr Engagement unterstellt hast?«

Pauline redete sich so in Rage, wie Franz seine Mutter vorher nur selten erlebt hatte.

»Weißt du, was ich glaube? Wenn Irene dich verlassen wollte, würde sie es offen tun und dich nicht heimlich hinter deinem Rücken betrügen.«

»Sie würde in diesem Fall die Kinder verlieren!«

»Die du ihr dann entziehen würdest?« Pauline fixierte Franz scharf.

Ihr Sohn blieb ihr die Antwort erst einmal schuldig.

»Wenn ihr beide eure Kinder so liebt, wie ihr vorgebt, dann schließt wieder Frieden miteinander! Sophia und Klara haben mich mindestens schon dreimal gefragt, warum Irene ins Schreibzimmer gezogen ist und dort schläft. Und wenn du letzte Gewissheit haben willst, ob Josef Hartmann sich vergebliche Hoffnungen gemacht hat, dann sprich mit ihm! Fahre nach Ludwigshafen und besuche ihn dort im Gefängnis!«

»Das könnte ich erst tun, wenn der Prozess über die Bühne gegangen ist. Vorher würde es viel zu viel Aufsehen erregen!«

Pauline verlor die Geduld. »Weißt du, was Irene und du gemeinsam habt? Ihr seid stur wie die Maulesel!«

Damit erhob sie sich und ließ Franz mit seinen zwiespältigen Gefühlen allein im Salon zurück.

Weingut bei Schweighofen
Juli 1879

»Ich möchte aufrichtig bekennen, wie sehr ich alles, was geschehen ist, bedauere.« Irene fiel dieses Eingeständnis nicht schwer, da es der Wahrheit entsprach. Sie saßen am Abend nach dem Prozess im Schweighofener Salon.

»Ich gestehe ein, dass es falsch von mir war, dich und Pauline zu belügen. Es tut mir sehr leid, denn ich wollte eigentlich Schaden von dir und mir abwenden, Franz. Ich habe nur um des lieben Friedens in unserer Ehe willen gelogen. Doch Lügen haben kurze Beine, wie das Sprichwort so schön sagt. Das habe ich jetzt zu büßen und bitte dich um Verzeihung.«

Irenes heutiger Prozess in Ludwigshafen war dank einer Glanzleistung von Monsieur Payet, dem Weißenburger Rechtsbeistand der Gerbans, äußerst glimpflich für sie ausgegangen. Schon im Vorfeld war das Verfahren auf Payets Antrag hin rasch von dem gegen Josef Hartmann abgetrennt und heute wegen Geringfügigkeit gegen die Zahlung einer Geldstrafe von fünfhundert Mark eingestellt worden.

Das lag vor allem an Josef Hartmanns entlastender Aussage, der in seinem nächste Woche stattfindenden Prozess mit einer weit strengeren Strafe rechnen musste. Er hatte sogar ohne Skrupel einen Meineid geschworen, indem er eine von Payet aufgesetzte eidesstattliche Erklärung unterzeichnete, die der Anwalt bei einem Besuch im Ludwigshafener Gefängnis mit ihm abgesprochen hatte.

Darin gab Josef an, Irene hätte tatsächlich nur Nähkurse in seiner Wohnung abgehalten. Dabei habe sie keinerlei politische Agitation betrieben, sondern sei nur beseelt von ihrem Vorhaben gewesen, das schwere Leben von Arbeiterfrauen durch die Vermittlung dieser Fertigkeiten zu erleichtern.

Er selbst habe ihr August Bebel und Wilhelm Liebknecht vorgestellt, die ihn zufällig an einem der Wochenenden besucht hätten, an dem die Nähkurse stattfanden. Irene habe die beiden Sozialisten vorher nur dem Namen nach gekannt. Dies war eine der wenigen Aussagen, die der Wahrheit recht nahekamen, zumindest, was Wilhelm Liebknecht betraf.

Dann widerrief er seine Aussage vom Tag ihrer Verhaftung, er habe Irene Bebels Buch geliehen. Stattdessen behauptete er nun, dass Bebel Irene auf seine, Josefs, Veranlassung hin bei ihrem Treffen im Juni eins seiner Bücher geschenkt hätte. Er selbst habe Bebel auch um die irreführende Widmung gebeten, in der Hoffnung, Irene auf Dauer für seine politischen Tätigkeiten zu gewinnen. Bei dieser letzten Lüge kam Irene zupass, dass Bebel seine Widmung vom Februar mit keinem Datum versehen hatte.

Josef Hartmann nannte Payet auch bereitwillig zwei Arbeiterfrauen, die bei den Behörden ein noch völlig unbeschriebenes Blatt waren, aber an Irenes Zirkel teilgenommen hatten. Auch diese Frauen leisteten ohne Zögern einen Meineid über das wahre Geschehen in Josefs Wohnung.

Ihre Aussagen wurden durch die des Dienstmädchens Gitta ergänzt, das zwar auf Wunsch Irenes bei der Wahrheit blieb, da sie Gitta nicht noch tiefer in ihre eigene Misere hineinziehen wollte. Allerdings blieb Gittas Aussage sehr vage und lautete dahingehend, dass sie von irgendwelchen politischen Aktivitäten Irenes nie etwas mitbekommen hätte und auch kein Wort aus der Schrift von Bebel kennen würde. Da Gitta nie bei den Treffen dabei gewesen war, sondern Josefs Wohnung stets vor deren Beginn verlassen hatte, entsprach dies tatsächlich den Fakten. Dass sie es trotzdem aus Gesprächen mit Irene besser wusste, fiel natürlich unter den Tisch.

Am schwersten war es Franz gefallen, auf Payets Linie einzuschwenken. »Ich soll nicht nur aussagen, dass ich die Nähkurse erlaubt habe, sondern auch, dass es mir nicht bekannt war, dass Irene und Josef Hartmann ab und zu allein in der Wohnung waren?«, schnaubte er empört.

Monsieur Payet blieb wie immer gelassen. »Wenn Sie Ihrer Frau eine Gefängnisstrafe ersparen und vor allen Dingen verhindern wollen, dass reichsweit über ihren Prozess berichtet wird, müssen Sie dem Richter ein anderes Motiv Ihrer Gattin für ihre regelmäßigen Besuche in Frankenthal suggerieren, als ihren Wunsch nach politischer Agitation im Sinne der verbotenen sozialdemokratischen Bewegung. Dass die Nähkurse nur ein Vorwand für etwas anderes gewesen sein könnten, wird man sowieso trotz der gegenteiligen Aussagen vermuten. Außerdem macht das auch Josef Hartmanns Angaben zugunsten Ihrer Frau noch einmal plausibler. Der Richter wird zu Recht annehmen, dass er Ihre Frau beschützen will, ohne seine wahren Beweggründe dafür zu nennen.«

»Von welchen wahren Beweggründen gehen Sie denn aus?«

Das war die einzige Stelle, an der Monsieur Payet ein wenig aus der Fassung geriet. »Nun ja …«

Irene, die beim Gespräch dabei war, hielt es nicht länger aus. »Der Richter wird genau das glauben, was auch du geglaubt hast, Franz. Dass Josef und ich ein heimliches Verhältnis miteinander hatten. Doch das ist nicht wahr. Josef opfert sich ganz selbstlos für mich, da er seiner Strafe ohnehin nicht entkommen kann. Aber mich will er vor den Konsequenzen meiner politischen Tätigkeit schützen.«

»Auch wenn du die reine Wahrheit sprichst, was Hartmann angeht, stehe ich in jedem Fall vor aller Welt als betrogener Ehemann da!«, schäumte Franz vor Wut, als sie nach der Besprechung in Monsieur Payets Anwaltspraxis wieder im Landauer gen Schweighofen saßen.

Irene hob hilflos die Schultern. »Das weiß ich, und das bedauere ich unendlich, Franz.« Sie versuchte, nach seiner Hand zu greifen, die er ihr aber sofort entzog. Noch war er unversöhnlich.

Doch Monsieur Payets Strategie ging auf. Niemand außer ihm selbst und seinen Mandanten Franz und Irene musste heute vor dem Ludwigshafener Richter, einem streng dreinblickenden alten Herrn mit verstaubter Perücke und schäbigem Talar, erscheinen. Waren Payets Informationen richtig, vertraute man diesem kauzigen Alten nach einigen krassen Fehlurteilen in der Vergangenheit heute nur noch Bagatellfälle an.

So bestand die Verhandlung denn auch nach einer kurzen Befragung Irenes fast ausschließlich aus einer Belehrung Franz' durch den Richter: »Ihr Fall, Herr Gerban, beweist einmal mehr, dass ein kluger Ehemann seine Gattin stets im Auge behalten sollte. Frauen sind nur mit geringen Geistesgaben ausgestattet und können die Folgen ihres Tuns ohne männlichen Beistand nicht überblicken.«

Irene biss sich vor Zorn auf die Lippen, schwieg aber still.

»Auch die Tugend insbesondere noch junger Frauen bedarf einer strengen Überwachung«, wurde der Richter nun deutlicher. »Sie verfallen nur allzu leicht dem Charme eines Windbeutels, wie dieser Josef Hartmann zweifellos einer ist.« Er fixierte Franz über den Rand seiner fleckigen Brillengläser hinweg. »Also nehmen Sie sich dies zu Herzen!«

»Das wird mein Mandant sicherlich tun, Ehrwürden. Ich danke Ihnen für Ihre deutlichen Worte. Sie werden ihre Wirkung nicht verfehlen.« Monsieur Payet deutete Franz' rot angelaufenes Gesicht richtig und beugte damit einer möglichen patzigen Erwiderung desselben vor.

»So will ich Gnade vor Recht ergehen und es bei einer Geldstrafe von fünfhundert Mark für den Besitz der verbotenen Schrift bewenden lassen«, schloss der Richter seine Rede.

Nach der formalen Urteilsverkündung konnte Franz sich sogar noch die Hälfte der für Irene gezahlten Kaution von der Gerichtskasse auszahlen lassen. Allerdings reichte die Summe gerade einmal für Payets Honorar.

Ihrer aller Hoffnung, dass die Presse von dem Verfahren keine Notiz nehmen würde, ging allerdings nicht auf. Ein junger pickliger Mann saß in dem bis auf zwei alte Frauen leeren Gerichtssaal und machte sich eifrig Notizen. »Hoffentlich nur ein Volontär«, raunte Payet Franz und Irene zu. »Deren Artikel werden in der Regel gar nicht oder nur in aller Kürze gedruckt.«

Die Zugfahrt zurück nach Weißenburg verlief schweigsam. Nach einigen vergeblichen Versuchen Payets, unverfängliche Konversation zu machen, vergrub er sich hinter einem juristischen Journal und atmete sichtlich auf, als er sich am Bahnhof von den Eheleuten verabschieden konnte.

Und nun, da die Last einer drohenden Haftstrafe von Irenes Schultern abgefallen war, überfiel sie heftige Reue für das Leid, das sie Franz angetan hatte. Deshalb suchte sie noch am gleichen Abend die Aussprache.

»Ich möchte mit dir wieder einen gemeinsamen Weg für unsere Ehe finden«, betonte Irene.

Doch Franz reagierte anders, als sie es sich erhofft hatte. »Was also möchtest du in Zukunft unterlassen?«, fragte er streng.

»Ich verspreche dir bei dem Leben unserer Kinder, dass ich keine verbotenen Schriften mehr lesen, geschweige denn in meinen Frauentreffen verwenden werde. Und dass ich dir immer die Wahrheit sagen will, wohin ich fahre, was ich dort tue und wie lange ich bleibe.«

»Ich erwarte unmissverständlich von dir, dass du alle politischen Aktivitäten in Zukunft unterlässt.«

Irene hob entschlossen den Kopf. »Dem stimme ich zu. Ich werde nicht wieder nach Frankenthal fahren. Ich werde jedes Treffen mit bekannten und weniger bekannten Sozialisten unterlassen. Ich werde keine politischen Inhalte mehr in meine Frauenkreise einbringen. Ich werde keine neuen Frauenkreise an anderen Orten ins Leben rufen. Doch nach Landau und Lambrecht möchte ich weiterhin so lange fahren, bis dort eine andere Frau in der Lage ist, meine Rolle zu übernehmen. Dort leiste ich Hilfe zur Selbsthilfe, und meine Arbeit trägt die ersten Früchte.«

Franz schüttelte den Kopf. »Ich verbiete es dir!«

Irene atmete tief durch. »Ich biete dir an, eine Pause von drei Monaten oder auch vier einzulegen, bis Gras über den Prozess gewachsen ist. Und setze meine Arbeit nur so lange fort, bis ich sicher bin, dass die Frauen sich selbst helfen können, wenn sie Hilfe benötigen, und eine Anlaufstelle für andere Frauen geschaffen haben.«

»Ich habe gesagt, dass das nicht infrage kommt. Du hast mein Vertrauen zu sehr enttäuscht, als dass ich dir dies noch einmal erlauben könnte.«

Irene biss sich auf die Lippen. Dennoch versuchte sie es ein weiteres Mal gütlich. »Lieber Franz! Bitte denk daran, dass wir Robert Siebers Entlassung bei Reuter bewirkt haben, weil er ein Mädchen belästigt hat. Denk daran, dass die Notfallkasse schon mehr als einer Heimarbeiterin in Landau geholfen hat, ihre Nähmaschine und damit ihre Verdienstmöglichkeit zu behalten, wenn sie mit den Ratenzahlungen in Rückstand geriet. Was ist daran verwerflich? Die Frauen in Landau und Lambrecht stehen kurz davor, die von mir begonnenen Initiativen eigenständig fortzuführen. Es bedarf sicher nur noch weniger weiterer Treffen!«

»Ich habe Nein gesagt, und dabei bleibt es, Irene! Auch wenn ich mittlerweile geneigt bin, dir zu glauben, dass es dein Eifer war, der dich nach Frankenthal geführt hat, und kein unzüchtiges Verlangen«, Franz merkte gar nicht, wie gönnerhaft er klang, »möchte ich nach diese,m beschämenden Prozess nicht das geringste weitere Risiko eingehen. Wenn die Presse dir doch noch auf die Spur kommt und vermutet, dass du deine Agitationen fortsetzt, sind die Folgen nicht auszudenken!«

Jetzt wurde Irene trotzig. »Welche Folgen befürchtest du denn, wenn ich Arbeiterfrauen berate, wie sie sich gegen übergriffige Vorarbeiter und Schlafburschen oder ausbeuterische Nähmaschinenhändler zur Wehr setzen können?«

»Allein, dass du dieses Wort in den Mund nimmst! ›Ausbeuterisch‹! Das ist ein sozialistischer Begriff!«

»Den du einst selbst verwendet hast, als du dich für die Schweighofener Landarbeiter eingesetzt hast! Damals warst du sechzehn! Was ist seitdem nur aus dir geworden?«

»Mein Ansehen ist beschädigt«, wich Franz einer Antwort aus. »Ich musste mir von diesem Tattergreis vor Gericht sagen lassen, dass ich dich nicht genügend im Auge behalten habe, weil ich durch mein Mandat und das Weingeschäft zu sehr in Anspruch genommen war. Und mein Anwalt Payet hat dem Richter versichert, dass sich das in Zukunft ändern wird. Und bei Gott, genau das wird geschehen!«

»Franz!«, verlegte Irene sich ein letztes Mal aufs Bitten. »Dann schlage ich dir einen Kompromiss vor. Lass mich nur noch einmal nach Landau und Lambrecht fahren, um dort meine Arbeit an die Frauen meines Gesprächskreises zu übergeben. Nur dieses einzige Mal! Niemand wird das bemerken. In Lambrecht treffen wir uns bei Trude Ludwig, in Landau bei Luise Kessler. Ich bleibe auch nicht über Nacht aus und nehme die gestrenge Rosa mit, die bei den Treffen dabei sein und dir später berichten kann. Oder du kommst einfach selbst mit!«

Fast hätte sich Franz von dem flehendem Ausdruck in Irenes blauen Augen zum Einlenken bewegen lassen. Aber wie ein böser Geist flüsterte eine innere Stimme ihm zu: *Sie hat dich so viele Male belogen. Dafür hat sie Strafe verdient!*

Anstatt ihr entgegenzukommen, stand er auf und ging zum Klingelzug. Als Rosa, die nun wieder Gittas Aufgaben mit übernommen hatte, eintrat, sagte er zu Irenes Beschämung: »Ich möchte Ihnen mitteilen, dass meine Frau ohne meine Erlaubnis das Anwesen in Schweighofen nicht mehr verlassen darf. Richten Sie sich danach, falls sie nach Ihrer Begleitung verlangen sollte!«

Er bereute seine harten Worte sofort, als er Irenes Miene ansah, wie sehr sie sich gedemütigt fühlte. »Es ist doch nur zu deinem eigenen Besten, mein Schatz«, versuchte er, sie zu besänftigen. »Weil ich dich liebe und weiteren Schaden von dir und uns allen abwenden möchte.«

Irene stand wortlos auf und ging hinaus. Dass sie die Türe nicht zuschlug, sondern leise hinter sich schloss, traf Franz weitaus härter, als es jeder Wutanfall getan hätte.

Weingut bei Schweighofen
Anfang August 1879

»Bitte spanne den Landauer an, Peter. Ich möchte nach Weißenburg fahren.«

Der junge Kutscher trat verlegen von einem Fuß auf den anderen.

»Darf ich Sie fragen, gnädige Frau, was Sie in Weißenburg zu tun haben?«

Irene war verblüfft. Zwar legte sie bei ihren Bediensteten keinen Wert auf hündische Unterwerfung. Doch dass der Kutscher sie nach ihren Plänen befragte, anstatt ihre Anweisung zu befolgen, befremdete sie.

»Warum möchtest du das denn wissen?«

Irenes Anliegen war an und für sich harmlos. Sie wollte einige Nähutensilien besorgen und einen neuen Hut in Auftrag geben. Am Morgen hatte sie dies Franz kurz beim Frühstück mitgeteilt und Rosa um ihre Begleitung gebeten. Die Kammerfrau war noch im Haus, um ihre Dienstbotenuniform gegen ein Ausgehkleid zu tauschen. Es war gegen halb drei Uhr nachmittags.

Irenes Verhältnis zu Franz war noch immer angespannt. Doch seitdem Klara schon vor geraumer Zeit während eines gereizten Wortwechsels ihrer Eltern in Tränen ausgebrochen war, nahmen sich beide zusammen. Dennoch schlief Irene nach wie vor, getrennt von Franz, im Schreibzimmer.

Jetzt schaute der Kutscher verlegen zu Boden. Der stämmige junge Mann erinnerte Irene an Fränzel, wenn er etwas ausgefressen hatte. »Es ist wegen des gnädigen Herrn«, druckste er herum. »Sie brauchen seine Erlaubnis, um nach Weißenburg zu fahren, hat er mich angewiesen.«

Irene war fassungslos.

»Wann hat mein Mann dir das befohlen?«, fragte sie scharf.

Der Kutscher mied ihren Blick. »Schon vor einigen Wochen, gnädige Frau!«

»Wann genau?«

»Als ich die Pferde ausspannte, nachdem Sie aus Ludwigshafen zurück waren.«

Irene ballte vor Empörung die Hände zu Fäusten. *Also hat Franz das schon getan, bevor wir den Versuch unternommen haben, uns auszusprechen.*

Tatsächlich hatte sie den Kutscher in den vergangenen Wochen nicht in Anspruch genommen, sondern war im Gutshaus geblieben oder höchstens einmal auf dem Gelände des Weinguts spazieren gegangen, wenn ihr dort die Decke auf den Kopf fiel. Einmal hatte Minna sie besucht, sich kummervoll angehört, wie es um Irenes Ehe stand, aber auch keinen Rat gewusst.

Jetzt kam Rosa in den Hof. »Die gnädige Frau fährt mit der Erlaubnis ihres Gatten«, beschied sie dem Kutscher. »Du kannst also anspannen.«

Doch Irene hatte genug. »Nein, lass die Pferde im Stall. Mir ist die Lust auf die Ausfahrt vergangen.«

Damit drehte sie sich auf dem Absatz um und stürmte zurück ins Haus.

»Was fällt diesem Menschen eigentlich ein? Das lasse ich mir nicht länger gefallen«, schimpfte sie laut, bevor sie Pauline mit den Zwillingsmädchen bemerkte, die sich in der Halle gerade derbe Schuhe anzogen.

Pauline erfasste die Situation intuitiv richtig.

»Rosa!«, winkte sie der Kammerfrau, die Irene gefolgt war. »Gehen Sie doch bitte mit den Mädchen ins Freie! Sie sollen ein wenig frische Luft schöpfen. Beide wirken heute so matt auf mich!«

Sie werden doch hoffentlich nicht krank werden, schoss es Irene durch den Kopf. Dann vergaß sie den Gedanken über ihrem Zorn wieder. Ein Entschluss reifte in ihr.

»Irene, was ist denn geschehen?«, fragte Pauline. »Willst du es mir sagen?«

Die schüttelte nur den Kopf und rannte die Treppe hinauf.

Eine halbe Stunde später stahl sich Irene mit einer kleinen Tasche, die sie gepackt hatte, die Treppe zum Dienstbotenausgang hinunter. Sie trug ein einfaches Waschkleid und die soliden Halbstiefel, in denen sie sonst auf dem Weingutsgelände spazieren ging.

Sie hatte schon die Hand ausgestreckt, um die Hintertür zu öffnen, da hörte sie Paulines Stimme in ihrem Rücken.

»Wo willst du denn hin, Irene? Bitte, tu jetzt nichts Unüberlegtes!« Auch ihren zweiten Versuch, mit Irene zu sprechen, hatte diese abgewehrt und sich stattdessen in ihr Ankleidezimmer zurückgezogen. Jetzt schienen sich Paulines düstere Vorahnungen, dass sie etwas im Schilde führte, zu bestätigen.

Irene fühlte sich zuerst ertappt, dann gewann ihr Zorn wieder die Oberhand. »Ich gehe zu Fuß zum Bahnhof und fahre nach Lambrecht zu Trude Ludwig«, erklärte sie mit trotzig erhobenem Kopf.

Paulines Puls beschleunigte sich. »Ohne Begleitung? Du willst ohne Begleitung wegfahren?«

Irene schürzte verächtlich die Lippen. »Nun tu doch nicht so, Pauline, als ob dies das erste Mal wäre. Als ich noch nicht mit deinem Sohn verheiratet war, fuhr ich überall alleine hin. In der dritten Klasse auf einer harten Holzbank, wie ich es auch jetzt vorhabe, um kein Aufsehen zu erregen. Dort wird mich hoffentlich niemand erkennen.«

»Franz wird außer sich sein«, warnte Pauline.

Irene zuckte mit den Schultern. »Soll er doch toben! Das ficht mich nicht mehr an. Wenn er unsere Ehe zu einem Gefängnis für mich machen will und sich nun aufzuführen beginnt wie dein verstorbener Gatte Wilhelm, spielt das auch keine Rolle mehr. Ob er mich verlässt oder ich ihn, ist nur eine Frage des Blickwinkels.«

»Irene!«, flehte Pauline. »Denk an die Kinder!«

»Denkt Franz denn an die Kinder?« Dass Paulines Appell sie nichtsdestotrotz traf, versuchte sie zu verbergen. Doch es gelang ihr nicht.

»Ich fahre zu meiner alten Freundin Trude. Bei ihr wohnt Berta, die zu meiner Frauengruppe gehört. Sie wird die Mitglieder ein letztes Mal zusammenrufen, damit ich mich von allen verabschieden und mit ihnen gemeinsam die Weichen für eine

Fortsetzung meiner Arbeit stellen kann. Morgen Abend, spätestens übermorgen, bin ich wieder zurück.«

»Und falls Franz wütet, erinnere ihn bitte daran, dass Josef im Ludwigshafener Gefängnis sitzt«, fügte sie sarkastisch hinzu.

Angesichts Paulines verzweifelter Miene wurden ihre Züge weicher. »Franz verbietet mir selbst dieses letzte Treffen. Doch wenn unsere Ehe weiterhin Bestand haben soll, muss er mir meine Freiheit lassen. Je schneller er das begreift, umso besser. Kümmere du dich derweil um die Kinder, vor allem um die Mädchen. Es tut mir in der Seele weh, dass sie wegen unseres Zerwürfnisses so leiden müssen.« Ihre Stimme zitterte. Sie unterdrückte ein Schluchzen.

Dann wandte sie sich zum Gehen. Sie nahm den Weg durch den Garten, damit keiner der Hofleute sie sah. Voller Furcht vor dem Kommenden blickte Pauline ihr nach.

Weingut in Schweighofen
Anfang August 1879, am selben Abend

Lieber Vater,

nun sind schon einige Monate vergangen, seit ich Ihr großzügiges Angebot, mich als Ihren legitimen Sohn anzuerkennen, abgelehnt habe. Damals schien mir Ihre Bedingung, mich von meiner Gattin Irene zu trennen, unannehmbar zu sein.

Leider hat sich dies mittlerweile geändert. Irene hat mich schändlich hintergangen und fast ein Jahr lang belogen. Worüber tut hier nichts zur Sache, nur dass sie felsenfest behauptet, dass kein anderer Mann ihr Motiv für dieses Verhalten war.

Dennoch ist der Vertrauensbruch so tief, dass er unsere ehemals so innige Verbindung unrettbar gespalten hat.

Erst heute Abend habe ich bei meiner Heimkehr aus dem Weißenburger Kontor erfahren, dass Irene jetzt die letzte Chance vertan hat, die ich ihr und unserer Ehe eingeräumt hatte. Sie hat ohne mein Wissen und vor allen Dingen ohne meine Erlaubnis unser Haus verlassen, ist zu Fuß zum Bahnhof gegangen, da unser Kutscher sie nicht fahren wollte, und besucht angeblich eine Freundin in einer anderen Stadt. Selbst wenn dies der Wahrheit entsprechen sollte, hat sie sich mit diesem eigenmächtigen Verhalten über meine Wünsche und sogar meine Anordnungen als ihr Ehemann hinweggesetzt.

Nicht einmal meine Mutter Pauline konnte sie davon abhalten. Sie hat sich ohne Begleitung mutterseelenallein aus dem Staub gemacht, als wäre sie noch immer das einfache Dienstmädchen von früher und nicht die Gattin eines Großbürgers.

Nun ist das Maß voll, und das Opfer erscheint mir zu groß, um dieser Frau willen, die ich einst von ganzem Herzen geliebt habe, die Familie, die Sie mir anbieten, gegen die unsichere Zukunft einzutauschen, die meine eigene jetzige Familie hat. Zumal Maman andeutete, dass Irene ebenfalls mit dem Gedanken spielt, mich zu verlassen.

Daher werde ich die Initiative ergreifen und schon morgen früh meinen Rechtsbeistand aufsuchen, um die Scheidung in die Wege zu leiten.

Wenn Ihr Angebot also noch besteht, käme ich danach gerne nach Wien, um Ihren Bruder Maximilian und, falls es Ihnen genehm ist, auch weitere Familienmitglieder kennenzulernen. Wenn wir uns einig werden, was ich hoffe, würde ich natürlich nach Wien übersiedeln. Maman wäre bereit, mich zu begleiten, wenn dies Ihr Einverständnis fände.

Eine einzige Einschränkung gibt es noch. Ich möchte Irene auch nach der Scheidung nicht ihr Heim nehmen. Sie soll mit den Kindern in Schweighofen bleiben dürfen. Mein Sohn Fränzel wird zudem im Herbst in ein Internat nach Straßburg gehen, dasselbe, in dem auch ich mein Abitur erworben habe. In der Stadt habe ich Verwandte, die er an den Wochenenden besuchen kann. Und auch Mutter und Sohn hätten es nicht weit, wenn sie sich einmal treffen möchten.

Meine Zwillingstöchter sind dagegen noch viel zu klein, um ihre Mutter zu entbehren. Wie Sie selbst vorgeschlagen haben, sollen sie bei Irene bleiben, bis sie erwachsen genug sind, um zu entscheiden, ob sie hier in der Pfalz leben oder nach Wien kommen möchten. Die Mädchen sind sehr unterschiedlich im Charakter, Sophia eher wild und ungebärdig, Klara schüchtern und zurückhaltend. Doch ich bin jetzt schon sicher, dass beide einmal richtige Schönheiten werden.

Natürlich möchte ich meine Kinder ab und an besuchen. Für die Leitung des Weinguts und des Weinhandels habe ich glücklicherweise tüchtige Kräfte, denen ich vollkommen vertraue.

Nun warte ich ergeben auf Ihre Antwort und hoffe, es ist nicht schon zu spät für meine Offerte.

Mit liebevollen Grüßen

Ihr Sohn Franz

Er streute gerade Sand über die Tinte, als die Salontür ohne vorheriges Anklopfen aufgerissen wurde. Pauline kam herein. Ihr Gesicht war kreidebleich.

»Den Mädchen geht es sehr schlecht, Franz. Sie klagen über schlimme Halsschmerzen und glühen vor Fieber. Rosa hat mir erzählt, dass sie schon kurz, nachdem Irene das Weingut verlassen hat, wieder mit ihnen ins Haus kam und sie gleich ins Bett gesteckt hat. Doch die Ölwickel, die sie ihnen gemacht hat, helfen nicht, und das Fieber steigt immer höher. Sie hat es mir erst eben gesagt, weil ich so betroffen über eure neue Ehekrise war.«

»So ein Mist«, fluchte Franz. »Ausgerechnet jetzt, wo Irene nicht da ist.«

»Das ist vielleicht das geringste Problem, Franz.« Paulines Stimme war belegt. »Rosa meint, es könnte die Halsbräune sein.«

»Was sagst du da?« Franz erstarrte vor Schreck. »Wir müssen sofort nach Dr. Frey schicken«, brachte er mühsam heraus.

»Natürlich. Peter ist bereits auf dem Weg nach Weißenburg.«

Kapitel 18

Trude Ludwigs Haus in Lambrecht

Anfang August 1879, am Abend desselben Tages

»Ich denke, heute Abend ist es bereits zu spät, um die Frauen zusammenzurufen, Irene«, sagte Berta, Trudes Untermieterin, die ihr mittlerweile den gesamten Haushalt besorgte und alle Erledigungen übernahm, da die alte Frau immer schlimmer an Gliederreißen und Gicht litt und sich kaum noch bewegen konnte. Ihre Arbeit in der Fabrik hatte Berta inzwischen aufgegeben, nahm aber immer noch an den Frauentreffen teil.

»Ja, da hast du wohl recht!«, stimmte Irene resigniert zu. Es war schon nach sieben Uhr, und sie war mitten ins Nachtmahl der beiden Frauen geplatzt. Schon im Zug hatte sie eine unerklärliche Unruhe befallen. »Ich wäre nur gerne morgen früh wieder zurückgefahren.«

Berta hob die Schultern. »Selbst wenn ich sofort losziehen würde, bräuchte ich eine Stunde, um allen Frauen Bescheid zu sagen. Bis sie sich dann von daheim loseisen können, würde es leicht neun Uhr werden. Zu spät für ein Treffen. Schließlich müssen alle außer mir morgen schon wieder um sechs Uhr früh in der Fabrik sein.«

»Wenn überhaupt alle so kurzfristig kommen könnten«, fügte Trude hinzu. »Aber nun lass deine Gemüsesuppe nicht kalt werden, Irene. Danach würde ich gerne noch unter vier Augen mit dir sprechen.«

Berta verstand den Wink und blieb daher nach dem Essen ohne weitere Aufforderung in der Küche, während sich die beiden Frauen in Trudes kleines Wohnzimmer zurückzogen. Darin stand, hinter einem Vorhang verborgen, in einem Alkoven auch ihr Bett.

»Also, nun erzähl mir, was in Schweighofen geschehen ist!«

Irene beschrieb die vertrackte Situation in wenigen Worten. Die alte Frau nickte bedächtig. Bevor sie Stellung zu Irenes Bericht nahm, zog sie ein Zeitungsblatt aus der Lade des Tischs, an dem die Frauen mit ihrem Kräutertee saßen.

»So ganz unverständlich ist mir Franz' Reaktion ja nun nicht.« Trude schob Irene das Blatt über den Tisch hinweg zu. »Lies das!«

Irene durchfuhr es heiß und kalt, als sie erkannte, dass es sich um einen Artikel über ihren Prozess in Ludwigshafen handelte. Er war zwar nur zweispaltig, nicht bebildert und stand unter der Rubrik *Interessante Nachrichten aus der Gesellschaft*. Doch der Titel *Frau eines Reichstagsabgeordneten wegen Besitzes einer illegalen Schrift verurteilt* erregte natürlich Interesse, wenn nicht sogar Aufsehen. Im Text wurde zwar ihr voller Name nicht genannt. Doch wer sich in der Südpfalz auskannte, wusste natürlich sofort, wer sich hinter dem Namen *Irene G., Gattin eines wohlhabenden Weinhändlers aus Weißenburg*, verbarg.

Sie biss sich auf die Lippen. »Wir hatten gehofft, die Presse nähme gar keine Notiz von uns.« Der picklige junge Mann aus dem Gerichtssaal fiel ihr wieder ein. »Oder dass es zumindest nur einen kleinen, unscheinbaren Bericht geben würde.«

»Das war ursprünglich vielleicht auch so.« Trude wies auf die kleingedruckte Zeile unter dem Artikel. *Übernommen aus dem Pfälzischen Kurier vom 22. Juli* hieß es da. Dieses Blatt erschien in Ludwigshafen. Die Lambrechter Zeitung war erst eine Woche später gedruckt worden.

Trude legte ihre faltige Greisinnen-Hand auf die Irenes. »Ich freue mich, dich wiederzusehen, meine Liebe«, begann sie. »Und ich bewundere dein Engagement für die Sache der entrechteten Frauen.«

Irene ahnte, was nun kommen würde, und behielt recht.

»Aber dass du dich darüber so mit deinem Mann entzweist und dich nun sogar über seine ausdrücklichen Wünsche hinweggesetzt hast, kann ich nicht gutheißen. Franz ist ein anständiger Ehemann und hat dich immer mit Respekt und Achtung behandelt. Was man von den meisten Männern wahrlich nicht sagen kann. Denk doch nur an Emma Schober! Gar nicht zu reden von den traurigen Schicksalen all der Frauen, über die ihr in diesem Gesprächskreis schon debattiert habt.«

Irene spürte ihre Kehle eng werden. Doch noch war sie nicht bereit einzulenken. »Franz will mich in Schweighofen einsperren!«

»Papperlapapp«, widersprach Trude ungewohnt brüsk. »Kein Mann ließe sich das gefallen, was du dir geleistet hast, und sei es aus noch so hehren Motiven heraus geschehen. Auch mein Gatte selig, mit dem ich unsere gesamte Ehe lang in Eintracht lebte, hätte sich das niemals von mir bieten lassen.«

Irene fühlte sich völlig verzagt. Rührte daher ihre große Unruhe? Hatte sie Franz nun endgültig durch diese letzte Eskapade verloren?

»Was rätst du mir denn, jetzt zu tun?« Ihre Stimme brach. Tränen liefen ihr die Wangen hinunter.

»Halte in Gottes Namen morgen deinen Frauenzirkel ab. Und dann fährst du möglichst noch am Abend zurück nach Hause. Ich werde Berta bitten, die Frauen sofort nach der Arbeit hierherzubringen. Wenn ihr es kurz macht und nicht länger als eine gute Stunde tagt, kannst du noch den Abendzug nach Weißenburg erreichen.«

»Aber dann bin ich als Frau mutterseelenallein gegen Mitternacht am Bahnhof. Es ist fraglich, ob ich dann noch eine Mietsdroschke finde. Meistens stieg bei meinen bisherigen Fahrten außer mir und meiner Begleitung kein Mensch mehr um diese späte Stunde in Weißenburg aus. Die Passagiere des Nachtzugs wollen so gut wie immer nach Paris oder zumindest nach Straßburg. Am Tag die eineinhalb Stunden von Schweighofen zum

Bahnhof zu laufen hat mir nichts ausgemacht. Zudem geht es auf dem Hinweg bergab. Aber nachts?«

Mit Schaudern dachte Irene an ihre Flucht aus Weißenburg vor Fränzels Geburt. Damals war sie die halbe Nacht unterwegs gewesen, bis sie Minnas Haus in Schweigen erreicht hatte.

Trude seufzte. »Nun gut. Aber dann nimmst du übermorgen den Frühzug. Er fährt schon um sechs.«

Weingut bei Schweighofen
Anfang August 1879, am späten Abend

»Es ist zweifelsohne die Halsbräune, meine Herrschaften. Medizinisch nennt man die Krankheit auch Diphterie. Es tut mir leid, dass ich Ihnen keine bessere Nachricht übermitteln kann. Doch die Mandeln beider Mädchen zeigen den charakteristischen weißlich gelben Belag.«

Es war schon beinahe Mitternacht. Dr. Frey wirkte erschöpft. Franz goss ihm auf sein Nicken hin noch einmal Cognac nach.

»Und was bedeutet das jetzt?«, fragte Pauline ängstlich. »Man nennt die Krankheit ja nicht umsonst den ›Würgeengel‹. Die meisten Kinder sterben daran.«

Dr. Frey bestätigte das bedrückt. »Es ist gut, dass Sie Schwester Rosa im Haus haben. Ein Heilmittel gegen die tückische Infektion gibt es leider nicht. Aber je früher man mit der Behandlung beginnt, desto größer sind die Überlebenschancen. Rosa soll die Pflege der Mädchen übernehmen. Sie muss ihnen regelmäßig den Hals mit dem Kräutersud spülen, den ich Ihnen dalasse. Gegen das Fieber empfehle ich Wadenwickel.«

Der Arzt wandte sich an Rosa, die im Hintergrund auf einem Schemel hockte, neben Frau Burger, die ebenfalls noch aufgeblieben war. »Sobald dieser bellende Husten einsetzt, müssen Sie besonders wachsam sein. Dann dürfen Sie die Mädchen buchstäblich keine Minute lang aus den Augen lassen. Der Husten ist oft der Vorbote der Krisis, bei der der Hals völlig zuschwillt und die Kranken schließlich keine Luft mehr bekommen. In diesem Fall müssen Sie mich umgehend benachrichtigen. Zu jeder Stunde, gleichgültig, ob bei Tag oder bei Nacht. Trauen Sie sich das zu, Rosa?«

Die ehemalige Krankenschwester und jetzige Kammerzofe verzog ihre pockennarbigen Lippen zu einem Lächeln. »Natürlich, Herr Doktor«, versicherte sie.

»Und was tun *Sie*, wenn sich die Krankheit derart verschlimmert?« Franz versuchte, die Panik zu bezwingen, die in ihm aufstieg.

Dr. Frey spitzte die Lippen. »Im schlimmsten Fall muss ich einen Luftröhrenschnitt machen, um die Kinder vor dem Ersticken zu retten.«

»Sie wollen ihnen in den Hals schneiden?« Franz und Pauline sprachen wie aus einem Munde. Beide klangen entsetzt.

Der Arzt hob die Schultern. »Wenn mir nichts anderes übrig bleibt, muss ich das tun. Zum Glück könnte mir hier eine erfahrene Schwester dabei assistieren.« Rosa lächelte wieder geschmeichelt, wodurch sich ihre vernarbten Gesichtszüge zu einer grotesken Grimasse verzogen.

Offensichtlich genießt sie das alles auch noch, dachte Franz ingrimmig, war aber so klug, den Mund zu halten. Als Pflegerin war Rosa ein Geschenk des Himmels.

»Was ist mit Fränzel?«, fiel ihm siedend heiß ein. »Haben Sie wirklich noch keine Spuren einer Ansteckung an ihm entdeckt?«

»Zum Glück nicht, Herr Gerban. Aber sicher sind wir erst in etwa einer Woche. Manchmal bricht die Krankheit schneller, manchmal langsamer aus. Aber Sie sollten ihn dringend aus Schweighofen wegschaffen!«

»Wohin denn?«, protestierte Franz.

Pauline legte ihm die Hand auf den Arm. »Ich bringe Fränzel morgen nach Altenstadt. Dort gibt es keine Kinder, die sich ebenfalls angesteckt haben könnten oder die er anstecken könnte, wenn es ihn auch erwischt hat.« Sie hob die Hand, als Franz den Mund öffnete. »Und ich bleibe natürlich Tag und Nacht bei ihm.«

Franz nickte resigniert. »Wir wollen das Beste hoffen!« Noch etwas fiel ihm ein. »Wo können sich die Zwillinge denn infiziert haben? Grassiert die Seuche in Weißenburg?«

»Bisher ist mir dort noch kein Fall untergekommen, Herr Gerban«, verneinte der Arzt.

»Ich habe eine Idee. Darf ich Sie Ihnen vortragen?« Auch in dieser Krisensituation wahrte die Hausdame Frau Burger die Form.

Franz schoss zu ihr herum. »So sprechen Sie doch, wenn Sie etwas wissen! Was und wo könnte es passiert sein?«

»Frau Hager, die Gattin des Kellermeisters, hat mir heute Morgen erzählt, dass ihre Tochter Amanda krank ist. Sie sprach zwar nicht von der Halsbräune, doch sie wirkte sehr besorgt. Die Nachricht traf von der Höheren-Töchter-Schule in Landau ein.« Das war dasselbe Pensionat, das auch Mathilde vor ihrer Hochzeit besucht hatte.

Pauline nickte. »Amanda hat am letzten Wochenende mit den Mädchen gespielt. Sie haben zu dritt das Hündchen ausgeführt, das die Hagers Amanda zum Geburtstag geschenkt haben. Und danach noch zusammen das Puppenhaus neu eingerichtet.«

»Unsinn, Maman«, wehrte Franz ab. »Die Tochter der Hagers ist doch mindestens fünfzehn Jahre alt.«

»Sechzehn, um genau zu sein, Franz. Seit drei Wochen ist sie sechzehn.«

»Aber die Halsbräune ist eine Kinderkrankheit!«

Dr. Frey räusperte sich. »Da befinden Sie sich im Irrtum, Herr Gerban. Diphterie kann sogar Erwachsene befallen. Doch die sind in der Regel robuster als kleine Kinder und haben der Krankheit mehr entgegenzusetzen.«

»Frau Hager erwähnte, dass mehrere Mädchen in Landau

krank seien«, ließ sich Frau Burger wieder aus dem Hintergrund vernehmen.

»Dann werde ich die Möglichkeit, dass sich auch Erwachsene mit der Krankheit anstecken können, in Altenstadt tunlichst verschweigen«, sagte Pauline. »Ottilie wird sich sowieso zieren, uns ein paar Tage zu beherbergen.«

»Dazu hat sie kein Recht! Es ist mein Haus!« *Und ich habe ohnehin noch ein Hühnchen mit ihr zu rupfen,* schoss es Franz durch den Kopf. Er holte tief Luft und schob den Gedanken beiseite.

»Da ich heute Nacht nichts weiter tun kann, würde ich mich jetzt gerne verabschieden.« Dr. Frey stand auf.

Rosa erhob sich mit ihm. »Ich gehe und löse Frau Grete bei der Nachtwache ab. Sie ist seit fünf Uhr früh auf den Beinen.«

»Vielleicht sollten wir Gitta ins Haus zurückholen«, schlug Pauline vor, als Franz zurückkam, nachdem er Dr. Frey verabschiedet hatte. »Sie wohnt noch bei Minna in Schweigen und wäre uns nun eine große Hilfe.«

»Tu, was du für richtig hältst, Maman! Ich jedenfalls fahre morgen nach Lambrecht und hole Irene. Sie würde es mir nie verzeihen, wenn ich sie nicht benachrichtige.«

Also steckt sogar in dieser Katastrophe noch etwas Gutes, sinnierte Pauline, als sie sich ohne Rosas Hilfe für die Nacht zurechtmachte. *Wenigstens bringt sie die beiden Streithähne wieder zueinander.*

Trude Ludwigs Haus in Lambrecht
Anfang August 1879, in derselben Nacht

Sie schnappte verzweifelt nach Luft. Eine eiserne Zwinge umschloss ihren Hals. Rote Kreise tanzten vor ihren Augen.

»Mama!«, ertönte es plötzlich. »Mama! Komm nach Hause! Wir sterben!«

Schweißgebadet schoss Irene in ihrem Bett hoch. Tatsächlich

fiel ihr das Schlucken schwer. Ihr Hals fühlte sich geschwollen an.

Langsam kam sie wieder zu Atem. Das beklemmende Gefühl in der Kehle verschwand allmählich. Stattdessen stieg eine furchtbare Angst in ihr auf.

Klara! Sophia! Das waren die Mädchen! Sie rufen nach mir! Sie sind krank.

Irene schwang die Beine über den Bettrand und entzündete mit zitternden Händen die Öllampe neben ihrem Bett. Es war halb fünf Uhr früh!

Wann fährt der erste Zug? Trude hat gestern gesagt, um sechs Uhr. Ich schreibe ihr eine Nachricht und mache mich sofort auf den Weg. Damit ich die Bahn nur ja nicht verpasse.

Ihrer Kehle entrang sich ein Schluchzen. *Irgendetwas Furchtbares ist zu Hause passiert!*

Weingut bei Schweighofen
Anfang August 1879, am nächsten Abend

»Ich bin so froh, dass du schon wieder zurück bist, Irene.« Franz' Stimme klang rau. »Wärst du nicht gekommen, hätte ich dich in Lambrecht abgeholt.«

»Und ich schäme mich so, wegen all dem, was ich dir und den Kindern angetan habe. Ich weiß, dass ich deine Vergebung nicht verdient habe. Dennoch bitte ich um unserer Kinder willen darum.« Schon wieder begann Irene zu weinen.

Am Morgen war sie gerade noch rechtzeitig auf dem Weingut eingetroffen, um den verstörten Fränzel zu verabschieden, der sich danach mit Pauline auf den Weg nach Altenstadt machte. Dann hatte sie den ganzen Tag neben den Bettchen der Zwillinge gesessen, ihnen löffelweise Hühnerbrühe eingeflößt, halbstündig das Fieber gemessen, die Wadenwickel erneuert, den Mädchen vorgelesen und vorgesungen und sich vor allen Dingen bemüht, ihnen ihre furchtbare Angst nicht zu zeigen. Nun hatte Rosa, die tagsüber geschlafen hatte, sie zur Nachtwache abgelöst.

Immer wieder hatte auch Franz hereingeschaut. Bis am frühen Nachmittag eine weitere Depesche aus Landau eintraf. »Amanda ist heute früh gestorben.« Franz war weiß wie die Wand, als er Irene die Botschaft überbrachte. »Ich muss sofort nach Weißenburg fahren, um Nikolaus Kerner abzuholen. Er muss Hager hier auf dem Weingut ersetzen. Sie sind mitten in der Abfüllung des wenigen Spätburgunders, den es im letzten Jahr gab. Frau Burger soll Frau Hager derweil Beistand leisten, nachdem du hier unabkömmlich bist.«

Irene hatte nur stumm vor Entsetzen genickt. Zum ersten Mal seit vielen Jahren begann sie zu beten. Obwohl sie jeden Sonntag die Messe in Schweighofen besuchte, war sie nach allem, was ihr und ihren Lieben in den letzten Jahren widerfahren war, nicht mehr wirklich gläubig. Doch nun flehte sie innerlich zum Himmel. *Lieber Gott, wenn es dich gibt, lass die Mädchen am Leben. Im Gegenzug schwöre ich dir, eine gute Ehefrau zu sein, wie es deine Priester erwarten, meinem Mann zu gehorchen und die Kleinen keinen Tag mehr allein zu lassen, um unweiblichen Tätigkeiten nachzugehen.*

Nun saß Irene trotz ihrer Erschöpfung nach der langen Tageswache noch mit Franz im Salon. »Und Fränzel geht es noch immer gut?«

»Zum Glück.« Franz war am frühen Abend nach Altenstadt gefahren, um sich selbst davon zu überzeugen. »Er ist sehr traurig und besorgt um seine Schwestern. Aber selbst noch immer gesund.«

Er zog ein Papier aus der Tasche. »Diesen Brief habe ich vorgestern Abend an meinen österreichischen Vater geschrieben. Ich versprach ihm darin, mich von dir scheiden zu lassen. Schau, was ich nun damit tue.«

Da aufgrund der Jahreszeit kein Feuer im Kamin brannte, entzündete Franz eine Kerze und hielt das Papier daran, bis es in

Flammen aufging. Die verkohlten Reste ließ er in einen Aschenbecher aus Kristall fallen.

»Ich danke dir«, flüsterte Irene tonlos. Ihre Stimme gehorchte ihr nicht mehr.

»Warum ich ein solcher Narr war und erst durch die Krankheit der Mädchen erkannte, dass du und die Kinder mir das Wichtigste auf der Welt seid, kann ich heute Abend nicht mehr verstehen.«

»Mir geht es ebenso«, gestand Irene. »Zumal ich mich dauernd mit dem Unglück anderer Frauen beschäftige. Ohne dabei erkannt zu haben, wie gut es mir geht.«

»Und ich hätte dich niemals so einschränken dürfen. Vor allem meine sinnlose Eifersucht bereue ich mittlerweile zutiefst. Selbst wenn du eine Affäre mit Josef Hartmann gehabt hättest, war mein Verhalten durch nichts zu rechtfertigen.«

»Ich hatte keine Liebschaft mit Josef, das schwöre ich dir noch einmal.« Obwohl Franz abwehrend die Hand hob, fuhr Irene fort. »Sobald dies alles hier vorbei ist, möchte ich, dass du mit Josef sprichst. Kein Schatten soll mehr auf unsere Ehe fallen. Und ich danke dir, dass Gitta wieder im Haus ist. Sie soll nicht für meine Lügen büßen müssen.«

»Du wirst die Lügen in Zukunft nicht mehr nötig haben, Irene«, versprach Franz. »Wo immer du für die Rechte der Frauen tätig sein willst, darfst du es sein, sobald Sophia und Klara wieder gesund sind.«

Irene lächelte unter Tränen. »Ich danke dir von Herzen für deine Großzügigkeit, Franz. Doch sie ist gar nicht vonnöten. Ich werde höchstens noch einmal nach Landau und Lambrecht fahren, um meine Arbeit dort zu übergeben. Dann lasse ich die Zwillinge nie wieder allein. Zumindest nicht, solange sie noch so klein sind.«

»Und ich beschränke meine Tätigkeit in Berlin auf das absolut Notwendige. Vielleicht trete ich sogar von meinem Mandat zurück. Nichts ist mir wichtiger als ihr vier und Maman.«

»Du solltest den Kontakt zu deinem Vater dennoch halten, Franz. Auch seine Söhne hat die Halsbräune hinweggerafft. Vielleicht lässt er sich ja erweichen, uns alle als seine Familie anzunehmen, wenn sein Bruder verstorben und er der Majoratsherr ist.«

»Ja, vielleicht. Das wird die Zeit zeigen. Aber ich möchte in keinem Fall mehr nach Wien übersiedeln. Ich möchte hier in der Pfalz mit euch leben.«

Es pochte heftig an der Tür. Das Dienstmädchen Gitta riss sie auf, ohne auf ein Zeichen zu warten. »Rosa bittet Sie, sofort ans Bett von Klara zu kommen. Es geht ihr sehr schlecht. Ihr Hals schwillt immer mehr zu. Wir müssen wieder nach Dr. Frey schicken.«

Auf dem Weg nach Altenstadt

Anfang September 1879, vier Wochen später

Franz ließ dem alten Kutschpferd die Zügel locker, als er mit dem Einspänner den Weg nach Altenstadt einschlug, um dort Fränzel und seine Mutter abzuholen.

Die Zwillinge hätten das Schlimmste überstanden, war Irene und Franz von Dr. Frey versichert worden, und wären in diesem Stadium der Krankheit nicht mehr ansteckend. Zudem sehnten sich die Mädchen genauso nach ihrem großen Bruder wie Irene sich nach ihrem Ältesten. Der zudem bald, da die Ferien in Kürze zu Ende gingen, ins Internat nach Straßburg gehen und daher nur noch kurze Zeit auf dem Weingut sein würde.

Auch Fränzel seinerseits freute sich, wieder nach Hause zu kommen. Denn in den ersten Wochen der Krankheit seiner Schwestern hatte ihn niemand in Altenstadt zu besuchen gewagt. Zu kritisch war insbesondere Klaras Zustand gewesen. Zweimal hatte Dr. Frey einen Luftröhrenschnitt bei ihr machen müssen. Und jedes Mal hatte sich die Wunde danach entzündet.

Die robustere Sophia war dagegen trotz des bellenden Hustens, der auch sie ergriff, glimpflicher davongekommen. Während Klara noch immer erbarmungswürdig schwach war, hatten Irene und Rosa alle Mühe, Sophia im Krankenzimmer zu halten. Dr. Frey hatte angeordnet, dass die Mädchen noch sechs Wochen lang das Bett hüten müssten.

»Um sicherzugehen, dass keine Komplikationen auftreten«, erklärte der Arzt. »Die Krankheit kann sich manchmal auf die Haut oder sogar die inneren Organe ausbreiten. Sie muss vollkommen ausheilen, bevor die Kleinen wieder aufstehen dürfen.« Trotz Sophias ständigem Quengeln ließ Dr. Frey in dieser Hinsicht nicht mit sich reden.

Selbstverständlich befolgten Franz und Irene sowie der gesamte Haushalt Freys Anordnungen bis ins kleinste Detail. Franz' und Irenes Reue am Tag, an dem sie von der lebensbedrohlichen Krankheit ihrer Töchter erfuhren, war keine Eintagsfliege. Aus der ersten, noch von Angst um die Mädchen geprägten Harmonie zwischen den beiden war mittlerweile eine echte Versöhnung geworden. Längst war Irene ins gemeinsame Schlafzimmer zurückgezogen. Und obwohl sie noch keine Liebesnacht miteinander verbracht hatten, da Irene jederzeit bereit sein wollte, ans Krankenbett der Zwillinge eilen zu können, genoss Franz ihre Nähe in vollen Zügen. Sie schliefen eng aneinandergeschmiegt. Die unfreiwillige Abstinenz steigerte sein Begehren von Tag zu Tag mehr.

Aber als er sich vor einigen Tagen endlich dazu entschlossen hatte, Irene leidenschaftlich zu umarmen, wehrte sie ihn ab, als er ihr das Nachthemd abstreifen wollte.

»Was ist denn? Die Mädchen sind fieberfrei und schlafen fest. Zudem ist Rosa bei ihnen.« Franz bemühte sich gar nicht, seine Enttäuschung zu verbergen. »Ich liebe dich, Irene, und möchte dich endlich wieder ganz spüren.«

Sie streichelte seine Wange. »Es ist nicht wegen der Kinder, Franz. Um sie mache ich mir heute Nacht keine Sorgen. Aber ich hatte dich gebeten, mit Josef zu sprechen. Du weißt, dass man ihn zu einem Jahr Gefängnis verurteilt hat. Nun sitzt er wie damals nach dem Streik mutterseelenallein in Ludwigshafen hinter Gittern.«

»Möchtest du ihn besuchen?« Franz' Kehle wurde eng. Trotzdem rang er sich zu diesem Angebot durch, auch um Irene zu beweisen, dass er ihr wieder völlig vertraute.

Zu seiner Verwunderung lehnte sie ab. »*Du* solltest Josef besuchen. Und von Mann zu Mann mit ihm sprechen, damit wirklich nichts mehr zwischen uns steht.«

Diesen Besuch hatte Franz nun vorgestern tatsächlich absolviert. Da es ihn trotz der Vorfreude auf das Wiedersehen mit Fränzel und seiner Mutter nicht nach Altenstadt zog, weil er sich dazu entschlossen hatte, heute auch gleich noch die längst überfällige Konfrontation mit Ottilie zu suchen, ließ er die alte Stute Elsa jetzt im Schritt gehen. Lange würde sie nicht mehr im Einsatz sein. Sobald ihre Nachfolgerin ihr Fohlen geboren hätte, womit man jeden Tag rechnete, würde sie bis zu ihrem Ableben ihr wohlverdientes Gnadenbrot für zwanzig arbeitsame Jahre genießen dürfen.

Um sich von den Gedanken an die bevorstehende Auseinandersetzung mit Ottilie abzulenken, ließ sich Franz die Szene im Ludwigshafener Gefängnis noch einmal durch den Kopf gehen.

»Das ist ja wirklich eine unerwartete Überraschung! Was führt Sie denn hierher?« Franz konnte nicht wissen, dass Hartmann ihn mit ähnlichen Worten begrüßte wie seinerzeit Irene, als sie zum ersten Mal wieder nach Frankenthal gekommen war. Nur war Josefs Blick heute im Gegensatz zu damals nicht freudig überrascht, sondern misstrauisch.

»Meine eigene Ehre sowie die meiner Frau Irene und die Ihrige«, antwortete Franz. Josef starrte ihn verständnislos an.

»Es sieht so aus, als hätte ich Ihnen und meiner Frau Unrecht getan, indem ich Sie beide des Ehebruchs verdächtigte.« Die Worte fielen Franz schwer. Doch sie mussten gesagt werden.

Josef lächelte zynisch. »Ihrer Frau ja, mir sicher nicht.«

Franz stutzte. »Was soll das heißen?«

»Nun, ich hätte Irene nur zu gerne zurückgewonnen, das können Sie mir glauben, Herr Gerban. Doch sie weigerte sich standhaft, Ihnen die Treue zu brechen oder Sie gar zu verlassen. Ich hatte nie auch nur die allergeringste Chance. Selbst dann nicht, als Sie sich wie ein tobsüchtiger Gimpel aufgeführt haben.«

Franz war betroffen. Josefs Ehrlichkeit überzeugte ihn mehr, als es jede noch so leidenschaftlich vorgetragene Beteuerung seiner Unschuld vermocht hätte.

»Dann sieht es wohl so aus, als müsste ich mich bei Ihnen entschuldigen.«

Josef winkte ab. »Nicht bei mir. Ich sagte Ihnen doch schon, dass ich Ihnen Irene ohne die geringsten Skrupel weggenommen hätte. Bei Ihrer Frau, die Sie völlig zu Unrecht bezichtigt haben, müssen Sie sich entschuldigen.«

Da es nichts weiter zu sagen gab, war Franz schon nach einer Viertelstunde wieder aufgebrochen. Reue über sein rüdes Verhalten zwickte ihn auf der ganzen Rückfahrt nach Weißenburg.

Halb verborgen hinter einem riesigen Strauß aus rosa Rosen, blauen Iris und weißen Lilien, den Blumen ihrer Hochzeitsfeier, hatte sich Franz dann nach seiner Rückkehr in Schweighofen auf sein gesundes Knie niedergelassen und Irene um Verzeihung gebeten. Er versprach ihr darüber hinaus noch einmal, sie ihre Tätigkeit als Frauenrechtlerin jederzeit wieder ausüben zu lassen, sofern sie es wollte und sich im Rahmen der Gesetze bewegen würde. Als sie daraufhin in Tränen ausbrach, nahm er sie in die Arme und verbrachte danach eine der schönsten Liebesnächte mit ihr, an die er sich erinnern konnte.

Nun näherte sich der Einspänner der Auffahrt zum Altenstädter Herrenhaus. *Jetzt muss ich nur noch Ottilie und möglicherweise auch Mathilde in ihre Schranken weisen. Dann habe ich hoffentlich endlich wieder Frieden in meinem Haus.*

Weingut bei Schweighofen
Anfang September 1879, am selben Tag

»Schau doch einmal, Sophia! Da führt der Stallknecht die trächtige Stute über den Hof. Jetzt kann ihr Kleines jeden Tag kommen.«

»Oh!« Sophia presste die Nase ans Fenster, als sie in den Hof hinabsah. »Wie heißt die Stute?«

Irene überlegte. »Ich glaube, ihr Name ist Gerda.«

Sophia reckte sich, um einen letzten Blick auf das Pferd zu erhaschen. »Machst du das Fenster auf, Mama?«

Irene schüttelte den Kopf. »Nein, Sophia. Der Doktor hat Zugluft verboten. Wir lüften nur zweimal am Tag, morgens und abends. Wenn du und Klara, in dicke Decken gehüllt, im Bett liegt. Das weißt du doch!«

»Der Doktor ist doof!«, maulte Sophia.

Halb entrüstet, halb amüsiert drohte Irene ihrer Tochter mit dem Finger. »So etwas Garstiges sagt man nicht! Ihr beide wart sehr, sehr krank. Der doofe Doktor, wie du ihn nennst, hat euch wieder gesundgemacht. Du solltest dich schämen!«

»Aber wenn ich wieder gesund bin, warum darf ich dann nicht aufstehen?« Sophia war nicht auf den Kopf gefallen. »Ich möchte das Fohlen sehen, wenn es zur Welt gekommen ist.«

»Das darfst du ja auch, mein Liebes. Nur noch zwei Wochen musst du im Haus bleiben! Dann bist du wieder völlig gesund, und das Fohlen ist immer noch klein und süß.«

Sophia zog einen Schmollmund. »Bald ist der Sommer vorbei. Der Mann von Tante Minna hat schon ganz viele Fässer gebracht.« Auf dem Gutshof aufgewachsen erkannte Sophia trotz ihrer noch nicht einmal fünf Jahre die Anzeichen der in wenigen Wochen beginnenden Weinlese.

Irene seufzte. *Ich hätte strenger mit ihr sein und sie auch tagsüber konsequent im Bett behalten müssen,* bereute sie nun, Sophias unaufhörlichem Gejammer nachgegeben und ihr erlaubt zu haben, jeden Tag eine Weile im Morgenrock aufzustehen. *Wie verschieden die beiden doch sind. Sie werden sich im Charakter immer unähnlicher.*

Ihr Blick schweifte zu Klara, die nach der fast überstandenen Diphterie viel ausgezehrter als ihre Schwester war. Sie schlief friedlich, was sie fast den ganzen Tag über tat.

Plötzlich entstand Unruhe im Hof. »Holt den Stallmeister!«, hörte Irene Johann Hager, den Kellermeister, rufen. »Gerda beginnt zu fohlen!«

Herrenhaus der Gerbans bei Altenstadt
Anfang September 1879, zur gleichen Zeit

»Du möchtest dich sicher für die Fürsorge bedanken, die wir deinem Sohn Fränzel angedeihen ließen«, trat Ottilie mit dreister Miene die Flucht nach vorn an, nachdem Franz sie und Mathilde um eine Unterredung in der Bibliothek gebeten hatte. An ihrem unsteten Blick erkannte er jedoch, dass sie in höchstem Maße beunruhigt war.

Mathilde wiederum zupfte nervös an ihrem Rock. Seit sie wieder in Altenstadt wohnte, ließ sie sich gehen und aß so unbeherrscht wie in ihren Jugendjahren. *Es fehlt nicht mehr viel, und sie ist wieder genauso fett wie zu Zeiten dieses Oberleutnants von Wernitz,* dachte Franz respektlos. Der Preuße hätte einst beinahe um Mathildes Hand angehalten, hatte seine Bewerbung aber nach einem Streit mit Franz zurückgezogen. Als Mathilde ihm trotzdem weiterhin nachstellte, verspottete von Wernitz sie in aller Öffentlichkeit wegen ihrer unförmigen Figur.

Durch diese Blamage darauf aufmerksam geworden, dass ihr der »Höhere-Töchter-Status« allein keinen Ehemann einbringen würde, hatte Mathilde mit eiserner Disziplin so viel abgenommen, dass sie zur Zeit ihrer Hochzeit mit Herbert Stockhausen nahezu attraktiv gewesen war. Doch seitdem auch ihre kurze Ehe in einem Fiasko geendet hatte, achtete sie als Witwe ohne jede Aussicht auf eine Wiederverheiratung offenbar nicht mehr auf sich.

»Dass ihr beide Fränzel und Maman hier beherbergt habt, dürfte eigentlich nicht der Rede wert sein«, entgegnete Franz Ottilie kühl. »Schließlich komme ich für den Unterhalt von Altenstadt auf. Und soviel ich weiß, hat sich hauptsächlich Maman um Fränzel gekümmert.«

Auf Ottilies bleichen Wangen bildeten sich die charakteristischen roten Flecke wie immer, wenn sie etwas erregte.

»Wenn du das so siehst ...«, ließ sie den Satz unvollendet. Dann fuhr sie mit gespielter Gelassenheit fort. »Was gibt es denn sonst so Dringliches? Ich muss mit der Köchin noch den Speiseplan für die nächste Woche besprechen.«

»Kennt ihr beide einen Mann namens Werner Kegelmann?«, fiel Franz mit der Tür ins Haus.

Mathilde zuckte zusammen, Ottilie verkrampfte ihre Hände im Schoß.

»Kegelmann? Werner Kegelmann?« Sie wandte sich an Mathilde. »Kannst du dich an einen Mann mit diesem Namen erinnern?«

Mathilde antwortete vorsichtshalber nicht. So traf Franz' Zorn zunächst ihre Tante.

»Tu nicht so scheinheilig, Ottilie! Dass Kegelmann hier zu Besuch war, weiß ich bereits seit Monaten von ihm selbst.« Er verschwieg, dass ihm eigentlich Niemann, der Hausdiener, diese Auskunft gegeben hatte.

»Aber er hat uns doch versprochen ...« Erschrocken hielt sich Mathilde die Hand vor den Mund.

»Dass seine Visite unbemerkt bleiben würde«, beendete Franz ihren Satz sarkastisch. »Tja, der Kerl hat sich in seiner eigenen Falle gefangen«, deutete er an, ohne weitere Einzelheiten preiszugeben. »Und dabei ganz nebenbei enthüllt, dass du, Ottilie, mich noch zu Lebzeiten meines Vaters Wilhelm in Weißenburg angezeigt hast. Als französischen Freischärler, was der Wahrheit zwar in etwa entspricht, mir heute aber noch immens schaden könnte, und als Mörder deines Sohnes Fritz, was erstunken und erlogen ist.«

»Das behauptest du!« Ottilies Stimme klang schrill. »Woher wusstest du denn sonst, wo Fritz' Leichnam zu finden war?«

»Ich war Zeuge, wie Fritz erschossen wurde, als er tollkühn versuchte, seine lächerliche Regimentsfahne zu retten. Aber ich habe den Franzosen, der dies getan hat, sogar niedergeschlagen und wurde dafür eingesperrt. Das hätte auch *mich* das Leben kosten können, wäre die Schlacht um den Geisberg bei Weißenburg nicht für die Franzosen verloren gegangen.«

Bevor Ottilie und Franz ihren Disput fortsetzen konnten, mischte Mathilde sich ein. »Hast du Franz wirklich angezeigt, Tante? Also wusste Kegelmann eigentlich schon alles, was er uns gefragt hat? Ich dachte, es ginge um Franz' politisches Engagement, nicht darum, dass du ihn als Mörder beschuldigt hast.« Sie klang empört.

Franz konnte nicht ermessen, ob Mathilde die Wahrheit sagte oder ob ihr Vorwurf ein taktisches Manöver war, um sich selbst aus der Schusslinie zu bringen.

»Was für Beweise hast du für deine Anklage gegen mich?«, keifte Ottilie.

»Die Anzeige hat mir Kegelmann in Berlin gezeigt. Er hatte sie aus dem Polizeiarchiv der Weißenburger Präfektur.«

»Das ist sieben Jahre her, Franz«, verteidigte Ottilie sich nun. »Damals war ich noch blind vor Trauer.«

Blind bist du zweifellos immer noch, konstatierte Franz bei sich. *Blind und gehässig, oder besser gesagt, rachsüchtig.*

»Ich sollte euch zwei jetzt auf die Straße setzen«, sagte er laut. »Wie ich es euch für den Fall, dass ihr weitere Intrigen spinnt, angedroht habe.«

Mathilde begann zu weinen. »Aber ich wusste doch gar nichts von der Anzeige!«, rechtfertigte sie sich erneut.

Franz ging nicht darauf ein. »Dann prüfe ich jetzt, ob du mir in einem anderen Punkt die Wahrheit sagst, Mathilde. Und wehe, ich ertappe dich bei einer weiteren Lüge!«

Er fixierte sie scharf. »War außerdem eine Dame aus Potsdam hier im Herrenhaus und hat dich und Ottilie über Irene ausgefragt?«

Mathilde erbleichte. »Du meinst, Mamas alte Schulfreundin?«

Franz nickte.

»Ja, im April war eine Dame da. Aber sie fragte nur nach Mama.« Trotz seiner Drohung war Franz sicher, dass seine Schwester log. *So sah sie schon als Kind immer aus, wenn sie etwas auf dem Kerbholz hatte.*

»Also habt ihr gar nicht über Irene gesprochen?«, hakte er nach.

»Nur, dass ihr verheiratet seid und drei Kinder habt.«

»Sonst nichts?«

Ottilie sprang aus ihrem Sessel auf und ging zu einem Zeitungsständer. Sie suchte darin herum und kam schließlich mit einem Blatt zurück, das sie vor Franz auf den Tisch warf.

»Glaubst du, eine von uns hätte irgendein Interesse daran, gegenüber Außenstehenden eine solche Schande einzugestehen?«

Bestürzt überflog Franz den mit roter Tinte umrahmten Artikel, der über Irenes Prozess in Ludwigshafen berichtete. Es war genau der Gleiche, den Trude Irene in Lambrecht gezeigt hatte. Offensichtlich hatte er seine Runde durch alle Gazetten der Pfalz gemacht. Irene hatte ihm wegen der Krankheit der Mädchen nur beiläufig davon erzählt, und er hatte die Sache sofort wieder vergessen.

»Als die Dame aus Potsdam hier war, gab es diesen Artikel noch gar nicht!«, wandte er ein.

»Natürlich nicht«, fauchte Ottilie. »Die sozialistischen Aktivitäten deiner *Gattin*«, sie betonte das Wort verächtlich, »häufen noch mehr Schande auf unsere Familie als ihre fragwürdige Herkunft und ihre Vergangenheit als Dienstmädchen hier in diesem Haus. Glaubst du, Mathilde oder ich hätten Lust, uns mit diesen zweifelhaften Federn zu schmücken? Es ist schlimm genug, dass jeder in Weißenburg und der Südpfalz darüber Bescheid weiß, wen du geheiratet hast.«

Franz wusste später selbst nicht mehr, warum er mit absoluter Sicherheit spürte, dass nun der Augenblick der Wahrheit gekommen war.

»So, so, Ottilie«, begann er spöttisch. »Du zweifelst also an Irenes Herkunft. Woher stammt sie denn deiner Ansicht nach?«

»Aus der Gosse natürlich«, schnappte Ottilie. »Wahrscheinlich war ihre Mutter eine Straßendirne und hat sie auf der Schwelle des Waisenhauses abgelegt.«

Franz lehnte sich zurück. Plötzlich genoss er dieses Gespräch sogar. »Oh, nein, liebe Tante. Du irrst dich. Irene hat eine Mutter aus gutem Hause und einen reichen Großbürger zum Vater.«

»Dann war ihre Mutter eben eins dieser losen Dienstmädchen, die sich zu ihrem Herrn ins Bett legen.«

»Ich sagte doch, ihre Mutter stammt aus einem ehrbaren Haus. Du kanntest sie sogar sehr gut!«

»Ich kannte Irenes Mutter? Wie kommst du auf so einen Uns ...« Ottilie stockte mitten im Wort und schlug beide Hände vor den Mund. Mathilde blickte verständnislos von einem zum anderen.

»Dämmert es dir jetzt, Ottilie? Irene ist die Tochter deiner Schwester Sophia, also deine leibliche Nichte!«

Ottilie fasste sich an die Brust. »Aber, aber ...«, stammelte sie. »Dann wärt ihr ja Halbgeschwister! Dann hättest du deine eigene Schwester geehelicht!«

»Was redet ihr da?« Jetzt war auch Mathilde in höchstem Maß alarmiert. »Papa soll Irenes Vater sein? Das ist doch vollkommen lächerlich!«

»Hast du dir nie darüber Gedanken gemacht, warum Wilhelm Irene in unser Haus geholt hat? Hatte er es nötig, ins Speyerer Waisenhaus zu fahren, um ein Küchenmädchen zu finden?«

Mathilde starrte ihn entsetzt an. »Du hast in vollem Wissen um diesen Sachverhalt deine eigene Schwester geheiratet? Und drei Kinder mit ihr gezeugt? Das ist Inzest!«

»Und in höchstem Maße strafbar!«, kreischte Ottilie.

»Selbst wenn es so wäre, liebste Tante, hättest du keinen Vorteil davon, wenn man Irene und mich deswegen vor Gericht zerren würde. In der Öffentlichkeit könntest du dich dann sicherlich nicht mehr blicken lassen. Und würdest von all deinen sogenannten Freundinnen gemieden, als wärst du aussätzig.«

»Trotzdem, trotzdem …« Ottilie schnappte nach Luft. »Das ist unerhört!«

»Dann kläre ich dich auf, liebe Tante. Selbstverständlich ist Irene nicht leiblich mit *mir* verwandt. Mit dir schon, Ottilie, und auch mit dir, Mathilde. Aber nicht mit mir.«

Die Frauen glotzten Franz wortlos an. Mathilde fand zuerst ihre Sprache wieder. »Also ist Papa … Papa war gar nicht … dein Vater?«

»So ist es, Mathilde.«

»Aber … wer ist es dann?«

»Das braucht euch beide nicht zu kümmern«, beschied ihnen Franz. *Möglicherweise ein Bekannter jener Dame aus Potsdam,* lag es ihm schon auf der Zunge zu sagen. Doch er hielt sich in letzter Sekunde zurück. *Den Triumph, mir derart geschadet zu haben, will ich ihnen nicht gönnen.*

Er stand auf. »Nun überlasse ich euch euren Grübeleien, wie eure Zukunft aussehen könnte«, sagte er nicht ohne Häme. »Wären die Zwillinge bereits gesund, würde ich euch noch in dieser Woche die Tür weisen. So aber habe ich Wichtigeres zu tun, als mich gedanklich auch noch mit eurem zukünftigen Verbleib zu befassen. Sobald ich einen Entschluss gefasst habe, wie es mit euch weitergehen soll, lasse ich es euch wissen.«

Damit drehte er sich auf dem Absatz um und ging hinaus. Ottilie und Mathilde blieben wie gelähmt vor Schock zurück.

Weingut bei Schweighofen
Anfang September 1879, in der folgenden Nacht

Auf Zehenspitzen schlich sich Sophia an der leise in ihrem Feldbett schnarchenden Rosa vorbei. Seit es den Mädchen wieder besserging, wachte sie nicht mehr die ganze Nacht hindurch neben ihren Betten.

Als sie gerade nach ihren Hausschuhen und dem Morgenmantel greifen wollte, öffnete die ehemalige Krankenschwester einen Moment lang die Augen. Sophia verharrte regungslos auf ihrem Platz. Zum Glück wachte Rosa nicht auf. Doch die Hausschuhe und den Morgenmantel zu holen, die sich in der kleinen Kindergarderobe in ihrer unmittelbaren Nähe befanden, wagte Sophia nun nicht mehr. Nicht auszudenken, wenn Rosa sie barfuß im Nachthemd erwischen würde. Sie hatte den Mädchen vor dem Einschlafen wie immer mit strenger Miene befohlen, das Bett auf keinen Fall zu verlassen.

»Hier habt ihr das Glöckchen, das ich euch jede Nacht auf den Nachttisch stelle. Läutet damit, wenn ihr Pippi machen müsst. Dann wache ich sofort auf und setze euch aufs Töpfchen.« Jeden Abend wiederholte Rosa diese Ermahnung.

Dabei bin ich längst gesund, dachte Sophia trotzig. *Fränzel hat das Fohlen schon sehen dürfen, als er heute nach Hause kam.* Ihr großer Bruder hatte den Mädchen begeistert davon erzählt.

»Es ist ein kleiner Hengst, ganz rabenschwarz, wie sein Vater. Er hat nur eine kleine weiße Blesse auf der Stirn. Und steht schon auf seinen wackligen Beinchen, um zu trinken.«

»Ich will morgen auch in den Stall, Mama, bitte, bitte, nur eine Minute!«, flehte Sophia Irene an, als diese nach dem Abendessen kam, um den Mädchen ihre Gute-Nacht-Geschichte vorzulesen. Doch anders als in sonstigen vergleichbaren Situationen, in denen Irene nachgab, war sie diesmal standhaft geblieben.

»Das kommt nicht infrage, Sophia. Und nun hör auf zu

quengeln, sonst kommt noch eine Woche Stubenarrest zu den vierzehn Tagen hinzu, die du noch im Zimmer bleiben musst.«

Derart aller Hoffnungen beraubt, das Fohlen mit Erlaubnis ihrer Mutter und Rosas besuchen zu können, war schließlich ein Gedanke in Sophia herangereift. *Ich schleiche mich ganz heimlich hinaus, wenn alle schlafen. Ich will ja nur einen einzigen Blick auf das Fohlen werfen. Im Nu bin ich wieder zurück. Und niemand wird irgendwas merken.*

Die Steinfliesen auf der Treppe hinab in die Halle fühlten sich eiskalt unter ihren nackten Füßen an, als Sophia den Flur vor dem Kinderzimmer, der mit einem Teppich ausgelegt war, verließ. Auch in der kalten, zugigen Halle fror sie in ihrem Nachthemd. Einen winzigen Augenblick lang verharrte Sophia unschlüssig vor der schweren Eingangstür, plötzlich vor ihrer eigenen Tollkühnheit erschrocken. Dann drehte sie energisch den Knauf. *Ich bin ja schon bald wieder da. Dann wärme ich mich unter meiner Decke.*

Mit der ganzen Kraft, die ihr kleiner Körper aufbringen konnte, stemmte sie sich gegen das schwere Eichenholz und drückte die Tür einen winzigen Spalt auf. Gerade breit genug, um sich durch ihn hindurchzwängen zu können.

Draußen empfing sie ein kühler Wind. Der Tag war warm gewesen, doch jetzt in der Nacht war es weit kälter, als sie vermutet hatte. Der Kies des Hofs schnitt ihr schmerzhaft in die nackten Sohlen. Plötzlich kam Sophia ihre Idee gar nicht mehr so schlau und abenteuerlich vor.

Auf halbem Wege kehrte sie um. *Mama hat recht, das Fohlen kann ich auch noch in ein paar Tagen besuchen.* Sie schlüpfte die Stufen zur Eingangstür hinauf und drückte dagegen. Doch die Tür bewegte sich nicht. Sie war wieder fest ins Schloss gefallen.

Um den Messingklopfer zu betätigen, war sie noch zu klein. Sie reichte gerade einmal mit den Fingerspitzen an ihn heran. Ihr Pochen und leises Rufen hörte niemand. Aus Angst vor einer harten Strafe, wenn sie das ganze Haus aufwecken würde, wagte Sophia nicht zu schreien.

Und so nahm das Unglück seinen Lauf.

Es dämmerte schon, als ein Stallknecht Sophia gegen fünf Uhr früh völlig durchgefroren in einer Nische neben der Eingangstür entdeckte und Sturm klopfte. Schon als Dr. Frey aus Weißenburg eintraf, glühte das Mädchen vor Fieber und wurde kurze Zeit später ohnmächtig.

»Die Lage ist sehr ernst«, erklärte der Hausarzt den entsetzten Eltern. »Sophias Körper ist noch zu geschwächt, um einem ernsthaften Rückschlag etwas entgegensetzen zu können.«

»Aber sie hustet doch nicht, und auch ihr Hals ist nicht geschwollen!«, bekämpfte Irene ihre Panik.

Der Arzt wiegte skeptisch den Kopf. »Manchmal entzünden sich die inneren Organe infolge einer Diphterie. Das war ja der Grund, warum ich strengste Bettruhe über volle sechs Wochen verordnet habe. Am schlimmsten ist es, wenn das Herz davon betroffen ist.«

»Und könnte das sein?«, fragte Franz angstvoll.

»Der Puls ist unregelmäßig und viel zu schnell. Ich kann es leider nicht ausschließen.«

»Gebe Gott, dass dieser Kelch an uns vorübergehen möge«, flehte Pauline.

Doch ihre Bitte fand keine Gnade vor Gottes Ohren. Sophia starb zwei Tage später, ohne das Bewusstsein noch einmal wiedererlangt zu haben.

Teil 5

Schwere Entscheidungen

Kapitel 19

Bad Schwalbach
April 1884

»Klara, möchtest du denn nicht wenigstens dein Marmeladenbrötchen aufessen?«

Irene saß mit ihrer mittlerweile neuneinhalbjährigen Tochter im Speisesaal des Grand Hotels von Bad Schwalbach, einem hessischen Kurort. Es war das beste Haus am Platz. Im Speisesaal hingen gläserne Kronleuchter von der mit Stuckornamenten verzierten Decke. Die Wände waren mit dezent gemusterten zartrosafarbenen Seidentapeten beklebt und mit Landschaftsmalereien in aufwendigen Rahmen geschmückt. Feine Tücher aus Damast bedeckten die Tische mit ihren geschwungenen Beinen.

Das reichhaltige Frühstück, das der weiß befrackte Kellner ihnen serviert hatte, umfasste neben weich gekochten Eiern, einem Brotkörbchen mit Weißbrot, Rosinenbrötchen und französischen Hörnchen verschiedene Sorten Marmelade und Honig und einen appetitlich angerichteten Obstsalat.

»Lassen Sie es mich umgehend wissen, wenn Sie noch etwas wünschen, gnädige Frau!« Der Ober verbeugte sich. »Schinken, Wurst, Käse, gebratene Eier, es bedarf nur eines kleinen Winks, und ich serviere alles umgehend.«

Nun sah es wieder einmal so aus, als würden weder Mutter noch Tochter auch nur dem Frühstück herzhaft zusprechen, das schon auf dem Tisch stand. Auch Irene knabberte lustlos an ihrem mit Butter und Honig bestrichenen Hörnchen und trank stattdessen schon ihre dritte Tasse Kaffee.

Jedes Mal verging ihr der Appetit, wenn Klara, die für ihr Alter noch immer viel zu schmächtig und klein war, eine halbe Stunde lang an einer einzigen Brötchenhälfte nagte. Auch ihre heiße Schokolade war inzwischen sicher wieder kalt geworden.

Jetzt schüttelte Klara störrisch den Kopf. »Ich habe keinen Hunger mehr, Mama. Darf ich aufstehen? Ich würde so gerne die Goldfische im Teich betrachten.« Das Hotel verfügte natürlich über einen üppigen Park, in dem es jetzt mitten im Frühling bereits überall grünte und blühte.

Resigniert stimmte Irene zu. Immerhin war Klara dort an der frischen Luft. »Aber zieh deine Wolljacke an, Schatz! Und geh nicht zu dicht ans Wasser, damit du am Ende nicht noch hineinfällst!«

Klaras saphirblaue Augen, das Erbe Irenes, strahlten vor Freude. Ihr spitzes Gesichtchen wirkte in solchen Momenten nicht mehr unscheinbar, sondern hübsch. »Danke, liebe Mama.« Sie griff nach dem Brotkörbchen und schüttelte einige Krumen in ihre hohle Hand. »Ich bringe den Fischen auch etwas zu fressen mit.«

Mit einem Würgen im Hals blickte Irene ihr nach. *Wie Sophia heute wohl aussähe?*, ging es ihr wieder einmal durch den Kopf. Die Trauer um ihre zweite Zwillingstochter war auch fast fünf Jahre nach deren Tod noch ungebrochen. Nach dem ersten, kaum zu ertragenden Schmerz war ihr das Gefühl im Laufe der Zeit zur ständigen Begleiterin geworden, zwar dumpf und nicht mehr so quälend wie in den ersten Monaten, doch immer, zumindest unterschwellig, präsent. Morgens galt Irenes erster Gedanke dem toten Kind, abends ihr letzter.

In den Tagen nach Sophias Tod machte sie sich darüber hinaus heftige Selbstvorwürfe. »Warum bin ich nicht mit ihr zu dem Fohlen gegangen?«, weinte sie immer wieder in Franz' oder Paulines Armen. »Wenn ich nicht so starrsinnig gewesen wäre und sie einen warmen Mantel und dicke Strümpfe getragen hätte, wäre sie heute noch am Leben.«

»Du konntest doch nicht ahnen, dass sie einen solchen Streich plante«, versuchte Pauline, sie zu trösten. »Und hast dich nur deshalb so genau an Dr. Freys Anordnungen gehalten, weil du Sophia so liebhattest und nicht wolltest, dass sie einen Rückfall erleidet.«

»Aber sie war doch ein solcher Trotzkopf! Ich hätte wissen müssen, dass sie etwas Unbedachtes tun wird.«

»Woher solltest du das bei einer noch nicht Fünfjährigen wissen? Zumal einem Mädchen?«, erwiderte Pauline im Sinne der zeitgemäßen Vorstellungen von gut erzogenen Kindern.

Weil ich als kleines Mädchen im Waisenhaus genauso war, lag es Irene schon auf der Zunge zu sagen. *Ich habe auch immer wieder Verbote übertreten. Bin nachts aufgestanden, um den Vollmond zu betrachten. Habe eine heimlich beim Abendessen aufgesparte Brotrinde im Bett gegessen. Einmal sogar eine Rose aus dem Garten gepflückt und mir ins Haar gesteckt.*

Hatte die milde Schwester Agnes im Heidelberger Waisenhaus, in dem Irene geboren worden war und ihre Kinderjahre verbrachte, es noch bei sanften Ermahnungen bewenden lassen, wenn Irene erwischt wurde, so hatte im Waisenhaus in Speyer, in das Irene mit zwölf Jahren übergewechselt war, ein anderer Ton geherrscht. Noch heute erinnerte sie sich an ihren schmerzenden Rücken, nachdem der »Diebstahl der Rose«, wie es die gestrenge Oberin Schwester Ignatia genannt hatte, mit zehn Rutenschlägen geahndet worden war.

Zudem hatte Irene in Speyer schon in frühester Jugend auf sehr drastische Weise gelernt, wie ungerecht es auf der Welt zuging und dass »recht haben« nicht zwangsläufig »recht bekommen« bedeutete. Anstatt sich wie Franz in seinen jungen Jahren rebellisch zu gebärden und sich damit immer wieder den Kopf an der Wand blutig zu schlagen, hatte sich Irene im Laufe der Zeit angewöhnt, sich anzupassen und nie in den offenen Widerstand zu treten, wenn das Scheitern vorhersehbar war. Es sei denn, sie wurde zu Unrecht beschuldigt, was leider oft genug vorkam.

Dennoch verfolgte sie ihre Ziele zäh und geduldig. Diese Fähigkeit hatte ihr auch geholfen, Mathildes Schikanen in ihrer Zeit als Dienstmädchen im Haus der Gerbans genauso erfolgreich zu überstehen wie später ihre harten Jahre in der Fabrik.

Aber ich hätte wissen müssen, dass Sophia die Eigenschaft, etwas heimlich zu tun, wenn es offen unmöglich ist, von mir hat. Und auch mein Beharrungsvermögen bei der Ausführung solcher Pläne, machte sie sich einmal mehr Selbstvorwürfe.

Dabei war sie nach dem Tod des Mädchens anderen Menschen gegenüber, die sich Vorwürfe machten, stets voller Nachsicht gewesen. Als sie Fränzel schluchzend auf dem Speicher des Gutshauses entdeckte, in den er sich zurückgezogen hatte, war sie entsetzt, dass auch ihr damals achtjähriger Sohn sich eine Mitschuld an Sophias Tod gab. »Ich hätte ihr nie von dem neugeborenen Fohlen erzählen dürfen«, bezichtigte er sich aufs Heftigste. »Hätte sie nichts davon gewusst, wäre sie jetzt nicht tot.«

Nur mühsam und mit vereinten Kräften war es Irene, Franz und Pauline schließlich gelungen, Fränzel diesbezüglich wieder zu beruhigen. Aber noch Monate nach Sophias Tod schreckte er nachts aus Albträumen hoch. Auch das Lyzeum in Straßburg konnte er erst ein Jahr später besuchen als vorgesehen.

Erschüttert hatte Irene auch die Reaktion der Kammerzofe und ehemaligen Krankenschwester Rosa. Am Tag nach Sophias Beerdigung, die nun in einem Grab an der Friedhofsmauer in Altenstadt neben ihrer gleichnamigen Großmutter ruhte, stand diese mit ihren wenigen Habseligkeiten in einem kleinen Koffer vor Pauline. »Ich möchte Sie um meinen Abschied bitten, gnädige Frau«, sagte sie. »Ich gehe davon aus, dass Sie mich nach meinem Versagen in der Nacht, als Sophia entwich, nicht mehr in Ihrem Hause behalten möchten. Daher gehe ich lieber gleich und erspare Ihnen, mir die Kündigung auszusprechen.«

»Aber wo wollen Sie denn hingehen?«, fragte Pauline in ihrer ersten Verblüffung.

Rosa senkte den Kopf und zuckte mit den Schultern. »Ich weiß es nicht, gnädige Frau. Für die Fabrik bin ich zu alt und als Dienstmädchen oder Krankenschwester durch meine Pockennarben zu entstellt. Wenn Sie also so großzügig wären, mir meinen restlichen Lohn auszuzahlen, habe ich zumindest ein paar Tage Zeit zu überlegen, was jetzt aus mir werden soll.«

Anstatt einer Antwort war Pauline auf Rosa zugetreten und hatte sie fest in die Arme geschlossen. Irene war dazugekommen, als Pauline die haltlos Schluchzende hielt und trotz ihrer eigenen Trauer zu trösten versuchte.

»Wer hätte gedacht, dass in Rosa so starke Gefühle stecken?«, wunderte sich Pauline beim Abendessen, nachdem auch Franz und Irene der Kammerzofe versichert hatten, dass sie ihr Sophias Tod nicht zum Vorwurf machten und daher nicht an eine Entlassung dächten. »Als ich sie seinerzeit als Wärterin in Klingenmünster kennenlernte, schien sie mir abgebrüht und nur auf die einhundertprozentige Erfüllung ihrer Pflichten bedacht zu sein.«

»Letzteres gilt auch noch heute«, warf Franz ein. »Sonst hätte sie ja wegen Sophias Tod nicht solche enormen Schuldgefühle. Nur dass sie abgebrüht ist, wie ich ebenfalls einmal dachte, war offensichtlich ein Irrtum.«

Durch das große Fenster zum Park hin beobachtete Irene, wie Klara ihre Brotbröckchen in den Teich warf und vor Freude in die Hände klatschte, wenn die Fische offenbar danach schnappten. Sie winkte dem Kellner, damit er abräumte, und bestellte sich noch eine kleine Kanne Kaffee.

Wegen der Trauer um Sophia war Franz und ihr anfangs beinahe entgangen, wie sehr auch Klara unter dem Tod ihrer Schwester litt. Zum Glück hatte Pauline dies rechtzeitig bemerkt. Eines Tages trat sie mit ernster Miene in den Salon, in dem das Ehepaar, sich an den Händen haltend, in stummem Schmerz vereint auf dem Sofa saß.

»Klara hat mich gerade gefragt, ob es euch lieber wäre, wenn sie an Sophias Stelle gestorben wäre. Sie hat wahrscheinlich den Eindruck, ihr hättet ihre Schwester mehr geliebt als sie.«

Irene schlug vor Entsetzen die Hände vor den Mund. »Um Himmels willen, wie kommt sie denn darauf?«

»Nun horcht einmal ganz ehrlich in euch hinein!«, forderte Pauline Franz und Irene auf. »Hat Klara recht?«

Franz nickte als Erster mit betroffener Miene. »Ich hatte diesen Gedanken zwar nie bewusst, Maman.« Seine Augen wurden feucht. »Aber hätte mir der Herrgott die Wahl gelassen, hätte ich mich für Sophia entschieden. Vielleicht spürt Klara das.«

Irene war an diesem Tag noch nicht so weit gewesen, sich dies ebenfalls einzugestehen, und stritt entsetzt ab, eine Vorliebe für eines der Zwillingsmädchen gehabt zu haben. Doch heute, fast fünf beschwerliche Jahre nach Sophias Tod, musste sie sich in ihrem tiefsten Inneren eingestehen, dass ihr Klara mit ihrer Kränklichkeit und ihrem zaghaften Wesen immer wieder auch eine Last war und sie sich oft nach der Unbekümmertheit und dem Draufgängertum von Sophia sehnte.

Sie sah die Szene, die sich innerhalb der nächsten Stunde abspielen würde, schon im Geiste vor sich. »Mama, ich mag dieses grässliche Wasser nicht trinken«, würde sich Klara beschweren, wenn sie wie jeden Vormittag den Heilbrunnen aufsuchten, der Bad Schwalbach zu einem besonders beliebten Kurort machte.

»Aber dafür sind wir doch hier«, würde Irene sie zu überreden versuchen. »Schau her, ich trinke doch auch davon.«

Widerwillig würde Klara das Wasser schlucken, nur um Irene gleich danach vor die nächste Herausforderung zu stellen.

»Und jetzt machen wir einen Spaziergang in diesem wunderbaren Kurpark.«

»Spazierengehen ist langweilig«, würde Klara murren.

»Dort gibt es sogar einen Eismann.«

»Ich mag kein Eis essen.«

So oder so ähnlich würde es weitergehen, Tag um Tag, Woche um Woche, bis beide schließlich wieder nach Schweighofen zurückkehrten.

Um ein paar Wochen oder Monate später wieder den gleichen Kreislauf zu beginnen. *Klara ist noch sehr zart und viel zu dünn.* Irene hörte die Stimme des gealterten Hausarztes Dr. Frey vor ihrem inneren Ohr. *Sie muss endlich zu Kräften kommen. Wenn die Heilwässer von Bad Schwalbach nicht geholfen haben, schlage ich eine Kur in …*

Wo auch immer vor, ergänzte Irene im Stillen respektlos ihre Fantasien, während sie sich die fünfte Tasse Kaffee eingoss, ohne den eigens dafür herbeieilenden Kellner zu beachten. Klara und sie waren schon in vielen Kurorten gewesen: *Bad Bertrich, Wiesbaden, Bad Dürkheim, Bad Kreuznach,* zählte Irene nur einige der Heilbäder in Gedanken auf. Sie hatten literweise Heilwässer getrunken, die salzige Luft der Salinen eingeatmet, Badekuren gemacht, Spaziergänge unternommen, Kurärzte konsultiert und, und, und. Nichts hatte wirklich geholfen. Klara blieb schwächlich, kränklich und mürrisch.

Zu jeder Jahreszeit musste sie mehrere Wochen lang das Bett hüten. Erkältungen und Durchfallerkrankungen waren an der Tagesordnung. Einen furchtbaren Tag lang glaubten Franz und Irene sogar, Klara hätte sich nach der oft tödlich verlaufenden Diphterie mit den nicht minder gefährlichen Masern angesteckt, als sie einen rötlichen Hautausschlag bekam.

Da die Eltern aus Angst, sie könnte sich bei ihren Schulkameraden eine weitere Krankheit holen, nicht wagten, Klara in die öffentliche Volksschule zu schicken, hatte man eine Privatlehrerin engagiert. Zum Glück machte Klara der Unterricht Spaß. Sie lernte begeistert Französisch und parlierte zu Irenes Stolz, manchmal aber auch zu ihrem nicht geringen Verdruss, bereits fließend in dieser Sprache, die Irene kaum verstand, mit Franz und Pauline.

Liebe ich Klara etwa nicht genug, weil mir die ewige Sorge um ihre Gesundheit so lästig wird?, ertappte sie sich jetzt plötzlich bei einem schockierenden Gedanken.

Sie dachte darüber nach und schüttelte zum Befremden eines beleibten Kurgastes am Nachbartisch, der schon einige Zeit lang auf den richtigen Moment zu warten schien, um sie anzusprechen, heftig den Kopf.

Nein, mangelnde Liebe war es nicht. Klara lag ihr genauso am Herzen wie Fränzel. Es war eher das eintönige Leben, zu dem sie Klaras Krankheit und Sophias Tod verurteilt hatten. *Oder zu dem ich mich selbst verurteilt habe,* korrigierte sie sich nun in Gedanken.

Franz hatte ihr immer wieder, auch noch nach Sophias Tod, angeboten, ihre Tätigkeit in den Frauengruppen fortzusetzen. Sie selbst hatte dies weit von sich gewiesen, zum einen aus Reue wegen all der Zeit, die sie damit bereits vergeudet hatte, anstatt sie mit Sophia in deren kurzer Lebensspanne zu verbringen, zum anderen wegen ihrer Schuldgefühle nach dem Tod des Kindes.

Doch damals hatten weder Franz noch sie ahnen können, wie lange sich Klaras Genesung hinziehen würde. Und dass diese mit so vielen der Irene mittlerweile verhassten Aufenthalte in den Kurbädern einhergehen würde. Dort musste sie sich nicht nur beständiger Annäherungsversuche alleinstehender Herren erwehren, die offensichtlich auf ein Abenteuer aus waren. Gerade belästigte sie so ein Mensch am Nebentisch schon wieder mit anzüglichen Blicken. Nein, auch das affektierte Getue der sogenannten feinen Gesellschaft ging Irene gehörig auf die Nerven.

Schon längst blieb sie den abendlichen Geselligkeiten fern, auch wenn sie Klara bei Rosa oder Gitta, die sie abwechselnd in die Kurorte begleiteten, in guter Obhut wusste. Sie hatte weder Lust dazu, das Gerban'sche Vermögen an den Spieltischen der Kasinos zu vergeuden, noch daran, sich mit den Damen ihrer jetzigen Gesellschaftsschicht über die Probleme mit Dienstboten oder über die neueste Mode zu unterhalten. Minnas Berichte aus der Lungenheilstätte fielen ihr wieder ein. Auch ihrer Freundin war das Getue ihrer damaligen Mitpatientinnen zuwider gewesen.

Franz ging dagegen nach dem Auslaufen seines Reichstagsmandats vor nunmehr über drei Jahren wieder ganz in den Geschäften des Weinhandels und den Angelegenheiten des Weinguts auf. Kurz vor ihrer Abreise hatte Irene mitbekommen, dass er einige Weinberge mit neuen Reben aus Frankreich bepflanzen lassen wollte, um noch bessere Qualitäten zu erzielen als bisher.

Er hat wieder seine Beschäftigung, und ich fühle mich wieder nutzlos, wie schon vor Jahren, dachte sie nun nicht ohne Erbitterung.

Wenigstens kann ich nächste Woche wieder am Dienstmädchentreffen in Minnas Haus teilnehmen, versuchte sie, sich zu trösten. Das war die einzige Aktivität im Kampf für die Frauenrechte, die sie sich nach Sophias Tod noch erlaubt hatte.

»Mama, es beginnt gleich zu regnen!« Irene war so in ihre Gedanken versunken, dass sie Klaras Rückkehr aus dem Garten gar nicht bemerkt hatte. »Müssen wir trotzdem spazieren gehen?«

Irene unterdrückte ein Seufzen. »Zumindest bis zum Heilbrunnen, mein Liebes.« Sie ignorierte den Schmollmund, den ihre Tochter zog. »Ob wir danach noch in den Kurpark gehen, entscheiden wir dann.«

Weingut bei Schweighofen
April 1884

»Also Sie meinen, wir sollten es einmal mit den französischen Spätburgunderreben versuchen?«

Nikolaus Kerner, der erneut hauptamtlich Verwalter des Weinguts war, seit Franz die Leitung des Weinhandels nach dem Ende seiner politischen Aktivitäten vor drei Jahren wieder selbst übernommen hatte, nickte.

»Die im Jahr 1878 vom Mehltau befallenen Weinberge haben sich leider nie wieder richtig erholt, Herr Gerban. Und sind nach wie vor anfällig für die Pilzkrankheit. Wir sollten natürlich nicht alle Lagen gleichzeitig neu bepflanzen. Aber mit fünf der acht Lagen würde ich gerne beginnen, wenn Sie einverstanden sind. Mit etwas Glück tragen die neuen Reben schon in drei Jahren erstmals Frucht. Dann könnten wir auch die anderen Lagen erneuern.«

Franz wandte sich an Hansi Krüger, den Stellvertreter Kerners. Er war nun Ende zwanzig, mittlerweile verheiratet und Vater von zwei kleinen Kindern. Von seinem großzügigen Gehalt hatte er sich mit Erlaubnis von Franz ein schmuckes Häuschen am Rande des Landarbeiterdörfchens gebaut. Auch seine seit der Schlacht von Sedan verwitwete Mutter Lene und sein jüngster, noch unverheirateter Bruder Berti lebten in seinem Haushalt. Hansi ging Franz inzwischen auch im Weingeschäft zur Hand und teilte seine Arbeitskraft zwischen den beiden Aufgaben auf.

»Was meinst du denn dazu, Hansi?« Franz hatte Hansi an dessen fünfundzwanzigstem Geburtstag das »Sie« angeboten, was der junge Mann aber ablehnte. »Nun kennen Sie mich schon so lange, Herr Franz. Da sollten wir die Anrede nicht mehr ändern.«

Zu Franz' Erstaunen wirkte Hansis Miene jetzt jedoch skeptisch. In den meisten Entscheidungssituationen waren Kerner und er sich bislang einig gewesen. »Ich sehe dir an, dass du Bedenken hegst. Also frei heraus damit!«, ermutigte ihn Franz.

»Nun, es ist sicher richtig, dass die französischen Reben widerstandsfähiger gegen den Mehltau sind. Sie wurden in Frankreich als Ersatz für die europäischen Spätburgunderreben aus Nordamerika bezogen, wo sich der Spätburgunder nach seiner Einführung aus Europa anscheinend anders entwickelte als die europäischen Sorten, von denen er abstammt. Diese reimportierten nordamerikanischen Sorten sind jetzt schon wieder etliche Jahrzehnte in Europa heimisch und sollen resistent gegen den Pilz sein. Die Fachjournale haben ausführlich darüber berichtet. Aber es soll eine neue Rebenkrankheit in Frankreich geben, diesmal verursacht durch einen Schädling, der die Weinstöcke unrettbar zerstört.«

»Sie meinen die Reblaus?«, fragte Kerner. Anders als von Franz ließ sich Hansi von dem Verwalter siezen.

Der nickte auf die Frage hin.

Kerner verzog etwas säuerlich den Mund. »Der Rebenzüchter, von dem ich die Pflanzen beziehen möchte, arbeitet in einer Region, in der dieser Schädling bislang nicht aufgetreten ist. Die Reblaus hat sich vor allem im Süden Frankreichs verbreitet. Ich denke aber an Reben aus der Nähe der Stadt Dijon in Burgund. Von daher stammt der Burgunder ursprünglich auch, wie schon sein Name verrät.«

»Dann lassen Sie uns doch erst einmal einen etwas abseits gelegenen Weinberg neu bepflanzen und sehen, wie sich die Lage entwickelt.«

Franz wollte Hansis Idee schon zustimmen, als Kerner die Hand hob. »Um sicherzugehen, würden wir dazu drei volle Jahre brauchen. Und damit fast ein Jahrzehnt, bis wir alle Spätburgunderlagen neu bepflanzt hätten. So hoch schätze ich das Risiko keinesfalls ein. Ich sagte ja schon, dass der französische Züchter einen ausgezeichneten Ruf genießt. Hinzu kommt, dass ein einziger Weinberg von der Erntemenge her kaum die Mühe lohnt, daraus einen Spitzenwein zu keltern. Der Ertrag wäre viel zu gering. Durchmischen sollten wir die Sorten aber nicht, solange wir nicht wissen, wie der Wein aus den Trauben der neuen Reben schmeckt.«

Das leuchtete Franz ein. »Ich bin mit Ihrem Plan einverstanden, Herr Kerner. Kümmern Sie sich um den Ankauf der Reben, du, Hansi, sorgst inzwischen dafür, dass die Böden vorbereitet werden. Wir sollten die Neubepflanzung bis Ende Mai abgeschlossen haben.«

Bad Schwalbach

April 1884, ein paar Tage später

Mit der mürrischen Klara im Schlepptau ging Irene an den mit blühenden Narzissen und Tulpen in allen Farben bepflanzten Rabatten des Kurparks entlang. Nachdem es in den letzten Tagen windig und ungemütlich kühl gewesen war, strahlte jetzt eine milde Frühlingssonne vom Himmel. Daher hatte sie heute auch im Gegensatz zu den vorigen Tagen auf einem Spaziergang im Kurpark bestanden.

»Schau, Klara!«, versuchte sie ihre schlecht gelaunte Tochter aufzumuntern. »Schau, wie geschickt die Gärtner hier die Blumen angeordnet haben. Die roten Tulpen kontrastieren wunderschön mit den gelben Narzissen. Und in diesem Beet hat man rosa Tulpen und weiße Narzissen nebeneinandergesetzt. Ich werde Großmama davon berichten, wenn wir wieder zu Hause sind. Vielleicht möchte sie ein paar dieser Arrangements ja auch in unserem Garten in Schweighofen umsetzen.«

Wie schon in ihren letzten Jahren in Klingenmünster, in denen die bis dahin nur wenig an Pflanzen interessierte Pauline mit dem Gärtnern begonnen hatte, kümmerte sich ihre Schwiegermutter nun eigenhändig um den kleinen Ziergarten des Weinguts.

Während Irene sicher war, dass Pauline den Spaziergang entlang der blühenden Pracht genossen hätte, verfehlten ihre guten Absichten bei Klara ihr Ziel. »Wann fahren wir denn endlich wieder heim?«, maulte sie nach einem flüchtigen Blick auf die Rabatten.

Irene versuchte, ihren Unmut zu zügeln. »Übermorgen, mein Schatz«, erklärte sie geduldig.

»Ist Großmama dann auch wieder zu Hause?«

Irene überlegte kurz. »Nein, sie wird frühestens in zwei Wochen aus Wien zurückkehren.«

»Was macht sie dort eigentlich?«

»Sie besucht einen alten Freund aus ihren Jugendtagen.« Weiter wollte Irene an dieser Stelle nicht auf Klaras Frage eingehen. Dazu war ihr das Thema zu unangenehm.

Zum Glück wurde Klaras Aufmerksamkeit jetzt durch einen kleinen Tumult abgelenkt, der einige Meter vor ihnen auf dem gepflegten, mit weißem Kies bestreuten Weg entstanden war. Ein Schutzmann und jener beleibte Herr, der Irene schon einige Male mit bewundernden Blicken Avancen gemacht hatte, gestikulierten heftig und sprachen auf eine von ihren breiten Rücken noch verdeckte Person ein. Als Irene das Weinen eines Kleinkindes vernahm, ahnte sie, was dort gerade geschah.

Mit raschen Schritten näherte sie sich der Szenerie. Tatsächlich hatte der Schutzmann eine ärmlich gekleidete, verhärmte junge Frau, die Irene bereits kannte, am Arm gefasst. Die Frau verbarg sich in der Regel zunächst hinter den blühenden Büschen, um dann plötzlich hervorzutreten und Spaziergänger um ein Almosen zu bitten. Offensichtlich wagte sie dies nur bei Frauen mit Kindern, die ohne männliche Begleitung unterwegs waren. Irene hatte ihr schon einige Male eine Münze in die abgemagerte Hand gedrückt.

Nun drehte sich Irene zu Gitta um, die, ebenfalls in den Anblick der blühenden Frühlingsblumen versunken, einen Schritt hinter ihnen ging. »Achte bitte einen Moment auf Klara!«

Die zog eine enttäuschte Schnute. Doch diesmal blieb Irene unerbittlich. »Das kleine Kind der Frau hat eine schlimme Hautkrankheit«, beschied sie ihr. Sie vermutete, dass es sich dabei um die Krätze handelte. »Ich möchte auf keinen Fall, dass du dich ansteckst.«

Dann trat sie selbst auf die Gruppe zu und sah, dass die Frau bitterlich weinte. »Guten Morgen. Was geht hier vor sich, meine Herren?«, fragte sie brüsk.

Der Schutzmann drehte sich erstaunt zu ihr um, während der beleibte Herr seinen Zylinder abnahm und eine Verbeugung machte. »Gestatten Sie, dass ich mich endlich vorstelle, gnädige

Frau. Mein Name ist Seger, Hartmut Seger, Tuchfabrikant aus Barmen an der Wupper.«

Der Ärmste konnte natürlich nicht ahnen, dass es keine Profession gab, die Irene mehr abstieß als die gerade genannte.

Zunächst beachtete sie ihn daher gar nicht. »Was hat diese Frau sich zuschulden kommen lassen?«, wandte sie sich erneut an den Schutzmann.

Auch der Beamte fasste sich grüßend an seine Mütze, bevor er so zackig antwortete, als spräche er zu einem Vorgesetzten. »Gestatten Sie, Allergnädigste, das Betteln ist hier im Kurpark auf das Strengste verboten. Diese Frau hier«, er machte eine verächtliche Handbewegung, »wurde schon mehrmals verwarnt. Vergeblich! Nachdem dieser Herr«, jetzt verbeugte er sich devot in Richtung des Tuchfabrikanten, »sie erneut angezeigt hat, muss ich sie heute in Haft nehmen.«

Die arme Frau schluchzte auf.

Irene sah rot. Sie handelte spontan, ohne nachzudenken. »Das kommt überhaupt nicht infrage«, fauchte sie. »Diese Frau ist am Verhungern und hat ein kleines Kind. Wenn niemand ihr Arbeit gibt, was soll sie dann anderes tun als zu betteln?« Sie kramte bereits in ihrer Handtasche nach ihrer Börse.

Die Männer musterten Irene verdutzt. »Aber gnädige Frau«, versuchte es der Tuchfabrikant als Erster. »Es gibt doch die Wohlfahrt und die Armenfürsorge. Warum muss diese Frau anständige Leute belästigen? Ich habe beobachtet, dass Sie sich schon einige Male genötigt sahen, ihr etwas zuzustecken.«

Wie eine Furie schoss Irene zu ihm herum. »Wenn mich hier jemand in den letzten Tagen belästigt hat, dann sind Sie es, mein Herr. Und ob Sie Ihr Geld auf anständige Weise verdienen oder durch die brutale Ausbeutung Ihrer Arbeiter, bleibt vorerst dahingestellt.« Die ganze Erbitterung ihrer ärmlichen Jahre in den Tuchfabriken von Lambrecht und Oggersheim entlud sich nun über dem entgeisterten Fabrikanten. Hartmut Seger blieb vor Verblüffung der Mund offen stehen.

»Aber meine Dame! Was ficht Sie ...«

Irene würdigte ihn keines Blickes mehr. Stattdessen sprach sie wieder den Schutzmann an, jetzt um einen freundlicheren Tonfall bemüht. »Mein Name ist Irene Gerban«, stellte sie sich vor. »Ich bin die Gattin des Inhabers der bekannten Weinhandlung Gerban aus Weißenburg und kure hier gemeinsam mit meiner Tochter. Was muss ich tun, um diese Frau auszulösen?«

Der Schutzmann wirkte verwirrt. »Wenn Sie diesen Herrn dazu bewegen könnten, seine Anzeige zurückzuziehen, kann ich die Frau noch einmal laufen lassen. Zumal Sie sich selbst ja offensichtlich nicht belästigt fühlten, meine Dame.«

»Das ist in der Tat richtig, Herr Wachtmeister.« Obwohl Irene an den Abzeichen der Uniform erkennen konnte, dass es sich um einen einfachen Schutzmann ohne Rang handelte, wählte sie mit Absicht diese Anrede. »Ich bitte Sie daher, diese Frau gehen zu lassen. Ich werde ihr gut zureden, den Kurpark in Zukunft zu meiden.«

Der Beamte blickte den Fabrikanten an. »Sind Sie einverstanden, mein Herr?« Seger nickte schweigend. Offensichtlich fehlten ihm noch immer die Worte.

»Nun gut, gnädige Frau«, stimmte der Schutzmann zu. »Aber dies ist das allerletzte Mal, dass die Frau straflos davonkommt.«

»Ich danke Ihnen sehr, Herr Wachtmeister.«

»Kommen Sie, meine Liebe«, wandte sich Irene dann an die Frau, die ihr, noch immer schluchzend, folgte. »Ich begleite Sie hinaus. Gitta, du wartest derweil hier mit Klara auf mich, bis ich zurückkomme.«

Erst als sie neben der Frau zum Ausgang des Parks ging, fiel Irene der penetrante Schweißgeruch auf, der von ihr ausging. Der Gestank ungewaschener Kleider aufgrund fehlender Seife und Brennholz, um Waschwasser zu erwärmen. Eben der Gestank unbeschreiblichen Elends. Auch die Weber in Herxheim hatten so gerochen.

Da Irene wusste, dass sie nichts weiter für die Arme tun konnte, als ihr etwas Geld zu geben, verzichtete sie darauf, sie über ihre Lebensumstände auszufragen. Ihr verwahrlostes Aussehen, ihre Magerkeit, die Krätze des kleinen Jungen, den sie nun auf dem Arm trug, sprachen für sich. Auch die Frau machte, wahrscheinlich viel zu verschüchtert, keine Anstalten, Irene anzusprechen.

Vor dem Kurpark zog sie ihre Börse und schüttete alle Münzen in ihre Handfläche, die sie mit sich führte. Außer ein paar Pfennigen und Groschen war es zu ihrem Ärger nur ein Fünfmarkstück. Lange würde das nicht reichen, um die Not der Frau zu lindern.

Als sie der Frau die Münzen reichte, ergriff diese ihre behandschuhte Hand und küsste sie. »Gott segne Sie für Ihre Güte, gnädige Frau.« Irenes Kehle wurde eng.

Noch ehe sie der Frau ein paar Abschiedsworte mit auf den Weg geben konnte, huschte diese davon.

Auf dem kurzen Rückweg spürte Irene stärker denn je seit Sophias Tod, wie nutzlos sie sich in ihrer augenblicklichen Lebenslage fühlte. *Den Menschen, vor allem den Frauen, geht es immer noch so schlecht wie zu meinen Zeiten in der Fabrik. Sie leiden unbeschreibliche Not und haben keine Fürsprecher, die für bessere Lebensumstände eintreten.*

Da fiel ihr Blick auf eine Dame, die ihren Sohn begleitete, der von einer Pflegerin in einem Rollstuhl geschoben wurde. Im Kurhotel war Irene schon einmal mit ihr ins Gespräch gekommen. Der Junge hatte infolge der Diphterie eine Gehirnentzündung davongetragen und war nun bis an sein Lebensende geistig und körperlich ein Krüppel. Sie grüßte die Dame mit einem Lächeln, eilte dann aber rasch an ihr vorbei.

Doch ihr innerer Konflikt war aufs Neue entfacht. *Sollte ich nicht dankbar dafür sein, dass es Klara bei all ihrer Schwäche noch vergleichsweise gut geht? Dass sie eine begabte Schülerin ist und ein-*

mal zu einer hübschen jungen Frau heranreifen wird? Will ich sie schon wieder im Stich lassen, um mich um anderer Leute Wohl zu kümmern? Um selbstsüchtig meinen eigenen Interessen zu frönen?

Ihr innerer Kampf verstärkte sich noch, als sie Klara beim Näherkommen zum ersten Mal am heutigen Tag lächeln sah. Das Mädchen beugte sich zu einer kleinen grauen Katze hinunter, die ihr um die Beine strich, und streichelte sie.

Zum Glück trägt sie Handschuhe. Gitta muss sie sofort auswaschen, wenn wir wieder im Hotel sind, ergriff Irene jetzt einmal mehr die beständige Sorge um Klaras Gesundheit.

Den Rest des Spaziergangs blieb sie einsilbig, innerlich zerrissen und ratlos, was aus ihrem weiteren Leben werden sollte.

Weingut bei Schweighofen
April 1884

Mein lieber Franz,

ich grüße Dich, Irene und die Kinder sowie unseren ganzen Haushalt herzlich.

Wieder einmal verbringe ich einen herrlichen Aufenthalt hier in Wien. Graf Ferdinand hat mich heute auf einer Kutschfahrt durch den Prater begleitet, wo alles frühlingshaft grünt und blüht. Besonders die herrlichen rosa Blüten der Japanischen Kirsche haben mich verzaubert. Ich spiele mit dem Gedanken, ein solches Bäumchen auch in Schweighofen zu pflanzen, denn unser Klima dürfte ebenfalls mild genug dafür sein.

Heute Abend werden wir eine Komödie im Burgtheater besuchen. Man gibt »Den zerbrochenen Krug« von Heinrich von Kleist. Ich freue mich sehr darauf. Vielleicht wohnt sogar Kaiser Franz Joseph der Aufführung bei, wenn es ihm seine vielen Amtsgeschäfte erlauben. Seine Gattin Elisabeth ist leider auf einer ihrer zahlreichen Reisen. Sie werde ich also wieder nicht zu Gesicht bekommen. Aber vielleicht die Kronprinzessin Stephanie.

Franz legte den Brief einen Moment lang schmunzelnd zur Seite. »Maman scheint weiterhin dem Charme des Hochadels zu erliegen«, murmelte er. Tatsächlich blühte seine Mutter geradezu auf, seit sie ihre große Jugendliebe regelmäßig besuchte. Sie wirkte viel jünger und vitaler, als es ihre fast dreiundsechzig Jahre vermuten ließen.

Auch Dein Vater lässt Dir seine allerherzlichsten Grüße ausrichten, ging Pauline nun zu dem Teil des Briefes über, der sich auf sein nun schon etliche Jahre währendes Dilemma beziehen würde. *Er sehnt sich nach einem weiteren Besuch von Dir und wünscht sich mehr direkten Kontakt als einen gelegentlichen Brief. Auch seine Enkel würde er sehr gerne einmal kennenlernen. Und natürlich auch deren Mutter.*

Wohlweislich drückte Pauline sich sehr diskret aus, was diesen heiklen Punkt anging. Zwar hatte sein Vater nach dem Tod seines älteren Bruders Maximilian vor drei Jahren mehrmals angedeutet, dass er nicht mehr auf einer Scheidung von Irene bestünde, um Franz zu adoptieren.

Doch Irene hatte sich bislang rundweg geweigert, den Grafen zu treffen. »Es ist schon schlimm genug, dass du Ottilie und Mathilde in meine Herkunft eingeweiht hast und sie seitdem süßlich so tun, als ob sie mich nun als Verwandte akzeptieren würden. Diese Verlogenheit hat mich noch mehr abgestoßen als ihre vorher offen zur Schau getragene Verachtung. Da brauche ich nicht auch noch einen Schwiegervater, der mich nur um deinetwillen in Kauf nimmt.«

In solchen Dingen war sie seit ihrer vor allem durch die Krankheit der Zwillinge und Sophias Tod überstandenen Ehekrise kompromisslos. »Ich will mich nie mehr verbiegen oder sogar lügen müssen«, hatte sie eines Tages erklärt.

Auch in anderen Situationen vertrat sie im Gegensatz zu früher nun offen ihre Meinung, selbst dann, wenn sie andere damit vor den Kopf stieß. Ottilie und Mathilde hatte sie eines Tages kurzerhand erklärt, dass sie keinen Wert mehr auf einen Kontakt zu ihnen legen würde und war seither nicht mehr in Altenstadt gewesen.

Immerhin hatte dies Franz die äußerst unangenehme Entscheidung, was denn nun aus den beiden Frauen werden sollte, abgenommen. Nach Sophias Tod hatte er ohnehin erst einmal eine Zeit lang keinen Gedanken mehr an die beiden verschwendet.

Als er sich dann wieder mit der Frage zu befassen begann, ob er die beiden wegen ihrer Illoyalität aus Altenstadt hinauswerfen sollte, hatte man seinen Onkel Gregor eines Morgens tot in seinem Bett gefunden. Laut Dr. Frey war er im Schlaf einem Herzschlag erlegen.

Ausschlaggebend für Franz' Entscheidung, die Frauen in Altenstadt wohnen zu lassen, war jedoch Irenes Weigerung gewesen, sie zu besuchen oder in Schweighofen zu empfangen und sich damit weiterhin den üblichen familiären Zwängen zu beugen, um nach außen hin die Form zu wahren. Nicht einmal nach Gregors Beerdigung war sie mit nach Altenstadt gekommen, um am Leichenschmaus teilzunehmen. Da Irene sie einfach ignorierte, konnten Ottilie und Mathilde ihr auch nichts mehr anhaben und damit den Familienfrieden stören.

Obwohl ihre Neugierde unverhüllt war, wussten die beiden Frauen bis heute nichts von Franz' adligem Vater. Ihre beständigen Versuche, Pauline oder ihn nach seinem Erzeuger auszufragen, waren bislang samt und sonders erfolglos verlaufen.

Das sollte auch so bleiben und war ein weiterer Grund für Franz, den Kontakt zu seinem österreichischen Vater einzuschränken und Irenes Weigerung, ihn nach Wien zu begleiten, zu akzeptieren. Es wäre in Altenstadt womöglich nicht verborgen geblieben, wenn er häufiger dorthin gefahren wäre, schon gar nicht, wenn er die ganze Familie mit dabeigehabt hätte. Zumal ja keineswegs sicher war, dass sich Irene und sein Vater verstehen und es wirklich zu einer Adoption kommen würde.

Er hoffte daher inständig, dass die klatschsüchtigen Frauen

nicht bereits Paulines Reisen mit seiner Abstammung in Verbindung brachten. Er war mit seiner Mutter daher übereingekommen, ihre Reisen als Kuraufenthalte zu tarnen und deren wahres Ziel zu verschweigen.

Seufzend ob all dieser Heimlichkeiten und Dilemmata wandte sich Franz nun den restlichen Zeilen Paulines zu. Sie blieben nichtssagend und bestanden im Wesentlichen aus der Ankündigung, wann genau sie in Weißenburg eintreffen würde, und weiteren Grüßen.

Doch der Wunsch seiner Mutter, ihre wahre Familie endlich vereint zu sehen, schwang auch unausgesprochen in jedem Wort ihres Briefes mit.

Eine Rebenzuchtanlage in der Nähe von Dijon
Ende April 1884

»Vater, ich habe dir eine erschreckende Mitteilung zu machen.« Nervös zerknautschte der Sohn des Rebenzüchters seine Mütze, die er abgenommen hatte, während er sprach. »An einigen der Spätburgundersetzlinge, die wir ausliefern wollen, habe ich Blätter mit den merkwürdigen schwarzen Flecken entdeckt, wie sie später von Rebläusen befallene Pflanzen manchmal aufweisen.«

Sein Vater wurde blass. »Bist du dir sicher?«

Der Sohn nickte. »Was sollen wir denn jetzt tun? Schon übermorgen kommt dieser Monsieur Kerner aus dem pfälzischen Weingut, um die Pflanzen abzuholen. Es ist bislang unser größter Auftrag in diesem Jahr.«

»Den wir natürlich ordnungsgemäß abwickeln werden«, entschied sein Vater spontan. »Zumal wir ja gar nicht wissen, woher die Flecken stammen.«

»Aber was ist, wenn die Pflanzen tatsächlich von der Reblaus befallen sind? Unser ganzer Betrieb wäre ruiniert, wenn man in der Branche erfahren würde, dass wir verseuchte Reben verkauft haben.«

»Ruiniert wäre unser Ruf auch, wenn wir die Setzlinge jetzt nicht liefern, mein Junge. Womit sollten wir das denn begründen? Meines Wissens hat man die alten Weinstöcke auf dem Pfälzer Weingut bereits gerodet. Die Weinberge lägen brach, und ihre Besitzer würden deswegen unweigerlich einen Skandal machen. Wir haben also keine andere Wahl, als zu liefern und das Beste zu hoffen.«

»Das Beste?«

»Ja, dass es eben eine Pilzkrankheit oder ein anderer harmloser Befall ist.« Der Vater wurde jetzt unwirsch. »Stell dir doch nur einmal vor, dein geäußerter Verdacht erwiese sich im Nachhinein als grundlos! Dann stünden wir dennoch im Ruf, schadhafte Reben zu züchten. Niemand würde noch einen einzigen Setzling bei uns bestellen. Sorg also dafür, dass alle auffälligen Pflanzen aussortiert werden. Auch in den übrigen Zuchtanlagen, wenn du dort welche findest. Und mach es selbst! Hast du den Arbeitern schon etwas gesagt?«

Der Sohn schüttelte den Kopf.

»Gut so, Etienne. Du weißt außerdem, dass wir das Geld dringend brauchen. Der Wechsel wird in vierzehn Tagen fällig. Wie sollen wir ihn begleichen, wenn wir diesen Auftrag verlieren? Die Bank wird nicht zögern, uns das Dach über dem Kopf zu pfänden.«

Der Sohn zerrte weiter an seiner Mütze.

»Es wird schon nicht so schlimm werden, Etienne«, beruhigte ihn sein Vater und beschwichtigte damit gleichzeitig seine eigene Furcht. »Bislang ist die Reblaus in unserer Gegend nicht aufgetreten.«

»Doch wenn uns dieses Mistviech tatsächlich erwischt hat, sind wir nächstes Jahr ohnehin ruiniert«, fügte er lakonisch hinzu. »Gerade dann brauchen wir jeden Centime, den wir jetzt noch einnehmen können.«

Kapitel 20

Minnas Haus in Schweigen
ein Sonntagnachmittag im März 1885

»Wie schön, dass du doch noch kommen konntest, Irene!« Minna schloss ihre Freundin herzlich in die Arme. Dann trat sie einen Schritt zurück und musterte sie mit besorgter Miene. »Geht es dir denn wirklich wieder besser?«

»Zum Glück ja«, lächelte Irene. »Dieser heftige Brustkatarrh machte mir schon zu schaffen. Ich habe jetzt fast drei Wochen lang das Bett gehütet. Und dabei zum ersten Mal am eigenen Leibe erfahren, wie wohltuend und zugleich lästig es ist, eine ausgebildete Krankenschwester im Haus zu haben.« Sie meinte damit natürlich Rosa, die sie gleichermaßen hingebungsvoll wie streng gepflegt hatte.

»Und wie geht es Klara?«

Irenes Lächeln vertiefte sich. »Die ist zu unser aller Erstaunen gar nicht ernsthaft erkrankt. Zuerst lag Franz zu Bett und fluchte wie ein Fuhrmann, weil er die im letzten Jahr neu bepflanzten Spätburgunderweinberge erst einmal nicht in Augenschein nehmen konnte. Als ob Nikolaus Kerner und Hansi Krüger nicht erfahren genug wären, um festzustellen, dass sich die Jungreben ganz prächtig entwickelt haben. Alle tragen reichlich Knospen, hat Franz schließlich stolz berichtet, als er sie endlich selbst besichtigen konnte. Aber da lag ich schon fiebrig zu Bett. Meine Nase war so zugeschwollen, dass ich zeitweise trotz Rosas Mittelchen nur durch den Mund atmen konnte.«

Sie zwinkerte Minna zu. »Erstmals seit dem großen Krach vor ein paar Jahren haben wir wieder getrennt geschlafen.«

»Und natürlich habe ich mir die allergrößten Sorgen um Klara gemacht«, fuhr sie mit ernsterer Miene fort. »Sie durfte unser Krankenzimmer nicht betreten und nicht einmal dasselbe Bad benutzen wie wir, sondern musste einen der Dienstbotenabtritte aufsuchen.«

Sie lächelte wieder. »Darüber beklagte sie sich mächtig, denn dazu musste sie jedes Mal die Hintertreppe bis unters Dach hinauf- oder bis ins Untergeschoss hinablaufen. Aber es hat ihr nicht geschadet.« Jetzt grinste Irene sogar. »Das hat sie gelehrt, wie privilegiert sie als Tochter des Hauses ist. Und, wie gesagt, krank wurde sie nicht, abgesehen von einem leichten Schnupfen. Dr. Frey meint, die vielen Kuren hätten endlich angeschlagen.«

»Aber du glaubst das nicht?« Die feinfühlige Minna hörte Irenes skeptischen Unterton heraus.

»Genau weiß ich es natürlich nicht«, räumte die ein. »Aber ich glaube eher, dass Klara gesünder geworden ist, weil ihr der Unterricht so viel Freude macht. Und dazu gehört auch die ›Leibesertüchtigung‹, wie ihre Lehrerin Fräulein Adelhardt das nennt. Sie geht jeden Tag und bei jedem Wetter mit Klara vor die Tür, sogar wenn es in Strömen regnet. Anfangs war ich sehr ängstlich, aber Fräulein Adelhardt hat sich schließlich durchgesetzt. Und da sie ihre Spaziergänge zum Naturkundeunterricht nutzt, machen diese Klara, anders als in den Kurbädern, sogar richtig Spaß. Jetzt möchte sie sogar Reiten lernen.«

»Das ist wirklich wunderbar, Irene«, antwortete Minna herzlich. »Dann kommst du endlich wieder dazu, auch dein eigenes Leben zu leben.«

»Wir werden sehen«, wehrte Irene ab. Tatsächlich trug sie sich schon seit der Begegnung mit der Bettlerin im Kurpark von Bad Schwalbach immer wieder mit dem Gedanken, Franz um die Einlösung seines Versprechens zu bitten, wieder für die Rechte arbeitender Frauen tätig werden zu dürfen.

Im letzten Jahr wäre dies allerdings trotz Klaras besserer Gesundheit gar nicht möglich gewesen. Denn um ihre Kontakte zu den einschlägigen Arbeiterinnenkreisen wieder aufnehmen zu können, brauchte sie die Vermittlung von Josef Hartmann. Und der würde erst im nächsten Monat aus seiner diesmal fast dreijährigen Haft entlassen werden, zu der er als Wiederholungstäter erneut verurteilt worden war.

Der Anlass dazu war freilich spektakulär gewesen und brachte Hartmann die Bewunderung der Sozialdemokraten im ganzen Reich ein: Da die Behörden eine Feier zum fünfzigjährigen Jubiläum des Hambacher Festes Ende Mai 1882 verboten hatten, versuchten er und einige weitere Genossen in der Nacht zum 29. Mai, die rote Fahne der Sozialistischen Arbeiterpartei auf der streng bewachten Burgruine zu hissen. Josef wurde als Einziger festgenommen. Er weigerte sich, seine entflohenen Mittäter zu verraten. Auch deshalb statuierten die Behörden an ihm ein rigoroses Exempel.

Dennoch hatte sich die Situation für die Sozialdemokraten im ganzen Reich seit ihrem grandiosen Wahlerfolg im Januar 1884 verbessert, mit dem sie die Zahl ihrer Abgeordneten im Parlament verdoppeln konnten. Zu Beginn dieses Jahres war sogar das Versammlungsverbot aufgehoben worden, und nicht nur Irene witterte nun Morgenluft bezüglich ihrer politischen Ambitionen. Während ihrer Krankheit hatte sie zudem genügend Zeit gehabt, darüber nachzudenken, wie es damit weitergehen sollte. Jedoch ohne bislang zu einer Entscheidung gekommen zu sein.

»Worum wird es denn heute gehen?«, lenkte sie das Gespräch jetzt auf die Themen des aktuellen Treffens.

Minnas Miene verdüsterte sich. »Ich habe vor ein paar Tagen gleich zwei fristlos entlassene Dienstmädchen aus Weißenburg bei mir aufgenommen. Sie werden heute über die Verhältnisse bei ihrer Herrschaft berichten. Danach müssen wir sehen, was wir für sie tun können.«

Schon seit Minna vor etlichen Jahren mit den sonntäglichen Dienstmädchentreffen in ihrem Haus in Schweigen begonnen hatte, stellte sie eine Dachkammer für entlassene Frauen zur Verfügung. Irene übernahm die Unkosten, solange die Dienstmädchen noch keine neue Anstellung gefunden hatten.

»Diesmal ist sogar eine Köchin dabei. Man hat ihr vorgeworfen, Nahrungsmittel aus der Speisekammer veruntreut zu haben. Du kennst ihre Dienstherrin womöglich sogar. Ottilie Gerban war öfters bei ihr zu Gast.«

»Wer ist es denn?«

»Die Frau ist mit einem Kommerzienrat verheiratet.«

»Etwa diese Krämer, die auch noch so heißt wie das Gewerbe, das ihr Mann betreibt?« Irene erinnerte sich an den unerfreulichen Wortwechsel auf Ottilies sechzigstem Geburtstag vor einigen Jahren, den sie mit dieser dünkelhaften Person gehabt hatte.

Minna grinste. »Ja, genau die. Doch nun komm in die gute Stube! Die anderen sind alle schon da. Franziska wird selbst berichten, was ihr widerfahren ist.«

Wenig später saß Irene vor einer dampfenden Tasse Kaffee an Minnas wie immer auf Hochglanz poliertem Tisch in der Wohnstube und ließ sich ein Stück ihres köstlichen Butterkuchens schmecken. Ihr Blick schweifte über die Anwesenden, die sich zu acht um den Tisch drängten.

Darunter war Gitta, die sie hierher begleitet hatte, aber auch das Hausmädchen Heidi aus Altenstadt, mit dem Gitta befreundet war. Heidi hatte vor einiger Zeit ebenfalls damit begonnen, ihren vierzehntäglichen freien Sonntagnachmittag auf diesen Treffen zu verbringen. Als Ottilie dies erfuhr, hatte sie es zuerst empört verboten, dann aber auf Irenes Bitte hin, die Franz an ihrer statt mit Nachdruck vorbrachte, widerwillig nachgegeben.

Auch die Köchin Franziska hatte schon einige Male an den Zusammenkünften teilgenommen, aber vor ein paar Monaten wieder Abstand davon genommen, weil diese ihrer Herrschaft ein Dorn im Auge waren.

»Nun erzähle, wie es dir erging, Franziska«, forderte Minna

die ungefähr fünfzigjährige Frau auf. Für eine Köchin war sie schon immer recht mager gewesen, erinnerte sich Irene. Jetzt aber war sie regelrecht dürr.

Die Frau wischte sich über die Augen, unter denen dunkle Schatten lagen. »In den letzten Monaten wurde die Herrin immer geiziger«, berichtete sie. »Sie trug den Schlüssel zur Speisekammer stets bei sich und teilte mir die Zutaten für die Mahlzeiten, bis aufs Gramm abgewogen, zu. Für sie und den Herrn wurde dennoch immer recht üppig gekocht. Doch unser Essen wurde immer dürftiger und bestand schließlich überwiegend aus trockenem Brot, dünnen Suppen und den wenigen Resten vom Tisch der Herrschaft.«

Sie wischte sich wieder über die Augen. »Dabei führt der Kolonialwarenladen ihres Ehegatten die üppigsten Luxusartikel. Von unserem bisschen Lohn können wir uns jedoch kaum etwas davon leisten.«

»Also habt ihr Hunger gelitten?«, führte Irene die Frau wieder sanft aufs Thema zurück. Die mangelhafte Verpflegung der Dienstboten war die häufigste Klage, die bei diesen Treffen vorgetragen wurde.

Franziska nickte und schluchzte auf. »Zum Schluss gaben der Hausknecht – den Diener hatte man schon lange entlassen –, das Dienstmädchen Ännchen und ich nahezu unseren ganzen Lohn dafür aus, uns Essen zu kaufen. Dabei war unsere Arbeit von Jahr zu Jahr umfangreicher und beschwerlicher geworden. Der Hausknecht musste den Garten besorgen, kutschieren, die Pferde betreuen und den Stall instand halten sowie regelmäßig beim Ausladen der Waren im Kolonialwarenladen helfen. Oft musste er die Einkäufe sogar austragen. Dem Mädchen und mir oblag der ganze Haushalt einschließlich der Wasch- und Flickarbeiten sowie die Aufwartung der Herrschaften. Tagsüber hatten wir kaum eine Viertelstunde Pause zum Mittagessen und arbeiteten oft von fünf Uhr früh bis zehn Uhr abends.«

»Und das bei so wenig Nahrung?« Obwohl Irene bei diesen

Treffen so einiges zu hören bekam, war sie entsetzt. Der Kolonialwarenhändler zählte zu den wohlhabendsten Bürgern von Weißenburg.

»Es kommt sogar noch schlimmer«, warf Minna ein. »Berichte weiter, Franziska!«

»In den letzten Monaten musste ich zusätzlich zu der schweren Arbeit am Tage fast jede Nacht aufstehen und zu Diensten sein. Der Herr verspürte mitten in der Nacht Hunger oder wollte eine Tasse Tee oder Kaffee. Wir gewöhnten uns an, schon abends alles bereitzustellen, was er eventuell benötigen könnte. Natürlich unter der scharfen Beobachtung der Herrin.«

»Aber warum musstest immer nur du aufstehen?«, wunderte sich Klärchen, die als Mädchen für alles in einem Kleinbürgerhaushalt arbeitete.

»Das Ännchen schläft ja im Hängeboden über dem Herd. Die Klingel führt aber zu mir in meine winzige Kammer neben der Küche. Also weckt sie nur mich. Mit jeder halb schlaflosen Nacht fühlte ich mich erschöpfter. Zumal ich ja auch nicht mehr die Jüngste bin. Und dann …« Sie stockte und begann zu weinen.

»Dann vergaß die Herrin eines Abends, die Speisekammer abzuschließen«, fuhr Minna anstatt der Köchin fort. »Franziska sollte in der Nacht wieder einmal Kaffee für den Herrn kochen. Dabei bemerkte sie, dass die Speisekammertür einen Spalt weit offen stand. Heißhungrig bediente sie sich an einem Krug Milch und aß auch ein altbackenes Weißbrötchen in der Annahme, dass die Herrin dessen Verlust nicht bemerken würde.«

»Doch weit gefehlt«, fuhr sie grimmig fort. »Erzähl du jetzt den Rest, Franziska!«

»Sie merkte es schon am nächsten Morgen, da sie sich das Brötchen zum Frühstück in die heiße Milch brocken wollte«, weinte die Köchin. »Also sah sie auch, dass ich davon getrunken hatte. Sie entließ mich noch in derselben Stunde fristlos. Sogar ohne mir den Lohn für die restlichen vierzehn Tage auszuzahlen.

Und mit diesem Gesindebuch hier wird mich niemand mehr einstellen. Da steht jetzt schwarz auf weiß drin, dass ich eine Diebin bin. Dabei war ich volle vierzehn Jahre lang in diesem Haus, ohne mir etwas zuschulden kommen zu lassen.«

Gitta, die neben der schluchzenden Köchin saß, strich ihr tröstend über den Rücken. Irenes Puls hatte sich dagegen bei den letzten Worten der Köchin beschleunigt.

»Das ist diesmal ein klarer Fall für Monsieur Payet«, konstatierte sie. Der Anwalt hatte Irene und ihre Schützlinge bereits in ähnlichen Fällen beraten. »Franziskas Herrschaft hat ihre Pflichten auf das Schärfste verletzt. Weder ist die fristlose Entlassung rechtens noch der Einbehalt des Lohns. Vielleicht sollten wir diesmal Klage erheben.«

»Natürlich solltest du Payet zurate ziehen, Irene«, warf Minna ein. »Doch um Franziskas Zukunft willen ist es besser, wir gehen den üblichen Weg.«

»Wie schon damals bei mir«, lächelte Gitta. »Du wirst sehen, Franziska, er funktioniert.«

»Was ist das für ein Weg?«

»Erst einmal passiert dir ein bedauerliches Missgeschick: Du verlierst dein Gesindebuch«, erklärte Gitta. »Das meldest du bei der Präfektur in Weißenburg. Derweil wird Frau Gerban mit der Frau Kommerzienrat sprechen, damit sie dir im neuen Buch einen einwandfreien Leumund bescheinigt. Und falls sie sich weigert, wird Frau Gerban ihr damit drohen, mit Monsieur Payet wiederzukehren. Das hat bislang noch immer ausgereicht, um die Herrschaften umzustimmen. Ist es nicht so, Frau Gerban?«

Irene nickte. Dieses Verfahren hatte sie in der Tat in den letzten Jahren bereits einige Male erfolgreich angewendet.

»Und was geschieht mit dem Ännchen?«, fragte in diesem Moment eine Frau namens Ilse, die ebenfalls als Köchin arbeitete. »Die ist doch jetzt ganz allein mit dem alten Lüstling.« Offensichtlich wusste sie mehr über die Zustände im Haushalt des Kommerzienrates, als Franziska bislang in der Runde preisgegeben hatte.

Irene horchte auf. »Gab es noch einen anderen Grund, dass du das Dienstmädchen nachts nicht ins Schlafzimmer des Herrn geschickt hast?«

Franziska errötete und antwortete zögernd. »Ursprünglich wollten wir uns bei den Einsätzen in der Nacht abwechseln«, gab sie mit gesenktem Blick zu. »Damit wenigstens eine von uns mal eine Nacht durchschlafen kann. Ich hätte dafür sogar mit dem Hängeboden als Schlafplatz vorliebgenommen. Doch dann versuchte der Alte, das Ännchen zu befingern. Und als es sich wehrte, schlug er ihm ins Gesicht und meinte, es solle sich nicht so anstellen. Es entkam ihm mit Müh und Not. Danach habe ich alle Arbeiten in der Nacht übernommen.«

Irene seufzte tief auf. »Also müssen wir das Ännchen gleichfalls aus diesem Haushalt befreien. Was meinst du, Minna?«, wandte sie sich an die Freundin.

»Unbedingt!«, bestätigte die grimmig. »Doch wie sollen wir das bewerkstelligen?«

»Ich habe eine Idee«, meldete sich Heidi zu Wort. »Du könntest doch einmal an der Haustür klingeln, Minna. Auf jeden Fall wird das Mädchen dir öffnen. Dann sagst du, du hättest gehört, wie schlecht es ihm geht, und bietest ihm an, hier ebenfalls einzuziehen.«

Minna nickte langsam. »Das kann ich in Bälde versuchen, Heidi. Aber zwingen kann ich das Ännchen nicht, den Dienst zu quittieren. Das muss sie schon ganz allein entscheiden.«

Alle Dienstboten rund um den Tisch wussten, dass ihre Leidensgenossinnen oft aus Angst, brotlos zu werden, jede Schikane ihrer Herrschaft in Kauf nahmen.

»Oh, Ännchen wird schon das Richtige tun«, bekräftigte Franziska Heidis Plan.

»Das wird aber eng in der kleinen Kammer mit euch dreien!«, warf Minna augenzwinkernd ein.

»Oh, das macht mir nichts aus. Und dem Ännchen auch nicht«, erklärte die Köchin, die den scherzhaften Tonfall gar nicht bemerkt hatte. »Schlimmer, als es war, kann es doch gar nicht werden.«

Auch die junge, ebenfalls entlassene Frau, die bislang noch kein Wort gesagt hatte, nickte dazu.

»Also kommen wir nun zu dir«, wandte sich Irene dieser zu. »Wie ist es dir denn ergangen?«

In der nächsten halben Stunde lauschten die Frauen betroffen einer weiteren traurigen Geschichte. Sie glich den bereits in dieser Runde gehörten wie ein Ei dem anderen.

Weingut bei Schweighofen
Ende Mai 1885

»Herr Dick! Kommen Sie doch bitte einmal hierher! Ich wollte Ihnen etwas zeigen.«

Stirnrunzelnd folgte der langjährige erste Vorarbeiter des Gerban'schen Weinguts dem jungen Arbeiter ungefähr bis in die Mitte einer Rebenreihe der vor einem Jahr neu gepflanzten Spätburgunderlagen. Herrmann, der erst in diesem Jahr nach dem Ende der Volksschule seine Tätigkeit als Landarbeiter auf dem Weingut aufgenommen hatte, pflegte sich gerne wichtigzumachen.

»Diese Rebe scheint krank zu sein!« Herrmann zeigte auf eine Jungpflanze, deren Blätter schlaff herunterhingen. »Es ist, als ob sie zu wenig Wasser bekommen würde.«

Clemens Dick runzelte die Stirn. Da es im Frühjahr reichlich geregnet hatte, waren die Böden eigentlich feucht genug. »Hast du noch mehr solcher Pflanzen gefunden?«

Herrmann nickte. »Ja, diese drei Reihen scheinen immer mal wieder betroffen zu sein.« Er wies mit dem Finger bis zum Ende des Weinbergs.

Clemens Dick seufzte. Es kam öfter vor, dass Züchter auch schwächliche Pflanzen auslieferten. Sie stammten in der Regel aus demselben Zuchtfeld und wurden in einer Partie geliefert, sodass sie dann auch meistens in denselben Reihen gepflanzt wurden. Obwohl ihm da im letzten Jahr eigentlich nichts Besonderes aufgefallen war.

Einen Augenblick lang überlegte er, ob er den Verwalter Kerner oder Hansi Krüger unterrichten sollte. Dann verwarf er den Gedanken wieder. Kerner wollte er mit solchen Nichtigkeiten nicht behelligen, und Hansi Krüger neidete er dessen Aufstieg zum stellvertretenden Verwalter. Einst hatte Dick selbst auf diesen Posten gehofft. Daher mied er Krüger heute, soweit er es konnte. Denn auch der neigte seiner Ansicht nach dazu, sich zu wichtig zu nehmen, und scheute zudem nicht davor zurück, ihm, dem fast zwanzig Jahre Älteren, Anweisungen und Befehle zu erteilen.

Trotzdem fragte Dick noch einmal nach. »Wie viele Stöcke sind insgesamt betroffen?«

»Ungefähr zehn, Herr Dick.«

»Nur zehn? Und deshalb machst du ein solches Theater, Herrmann, und unterbrichst mich auf meinem Rundgang? Gieße die Reben meinethalben, falls die Erde genau an dieser Stelle wirklich zu trocken ist, und beobachte ein paar Tage lang, ob sich die Pflanzen erholen. Erholen sie sich nicht, reißt du sie aus. Etwas Schwund ist immer, wenn man gleich fünf Lagen neu angelegt hat.«

Herrmann, der sich eigentlich ein Lob für seine Aufmerksamkeit erhofft hatte, nickte angesichts des schroffen Tons seines Vorgesetzten frustriert. Einen Augenblick lang überlegte er noch, ob er Dick von den schwarzen Hubbeln berichten sollte, die er an den Blattunterseiten einiger anderer Weinstöcke dieser Lagen entdeckt hatte. Dann entschloss er sich, es zu unterlassen, um sich nicht noch einen weiteren Rüffel einzufangen.

Dick konnte ihn offensichtlich nicht leiden. Sonst hätte er

ihm nicht die überaus langweilige Betreuung von zweien dieser Neupflanzungen übertragen, anstatt ihn wie die anderen Arbeiter in den Weinbergen einzusetzen, von denen man sich im Herbst eine reiche Lese erwartete.

Tag für Tag zwischen den Jungreben Unkraut zu jäten, die Erde zu lockern, die zarten Triebe aufzubinden und überflüssige Triebe zu kappen, und das noch den ganzen Sommer lang, ödete Herrmann schon jetzt an. Obwohl die ab Juli zu erwartende sengende Hitze, die er ohne den segenreichen Schatten voll entwickelter Weinstöcke würde ertragen müssen, noch gar nicht eingesetzt hatte.

Wenigstens hatte man ihm die beiden Spätburgunderweinberge anvertraut, die in der Nähe des Gutshauses lagen. Sonst hätte er jeden Tag auch noch den weiten Fußmarsch hin und zurück nach Schweigen machen müssen.

Mehltau kann es nicht sein, der ist weiß und eher pulvrig, dachte er jetzt, als er seine tägliche Begutachtung der Jungpflanzen wieder aufnahm. Diese Pilzkrankheit sofort zu melden hatte ihm Kerner sogar persönlich aufgetragen. Schließlich sollten die neuen burgundischen Weinstöcke dagegen resistent sein, sonst hätte man die alten, vom Mehltau immer wieder befallenen Spätburgunderlagen ja nicht gerodet.

Von schwarzen Hubbeln war allerdings keine Rede gewesen. *Ich schneide die Blätter einfach heraus,* beschloss Herrmann nun. *Falls es wirklich eine Krankheit ist, infizieren die befallenen Blätter nicht die ganze Pflanze. Es sind ja ohnehin nur ein paar.*

Auf der Fahrt von Weißenburg nach Schweighofen
Juni 1885

»Nun bleibt nur noch zu hoffen, dass sich Franziska und Ännchen in Falkenstein wohl fühlen werden. Aber da bin ich sehr zuversichtlich.« Zufrieden lehnte sich Minna in die Polster des

Gerban'schen Landauers zurück und faltete die Hände über ihrem, mit den Jahren recht rundlich gewordenen Bauch.

»Dass Fortuna die beiden so rasch wieder im Stich lässt, nachdem sie ihnen doch gerade erst ihre ganze Gunst geschenkt hat, halte ich für recht unwahrscheinlich«, ging Irene auf Minnas leichten Ton ein.

Beide hatten gerade die Köchin und das Dienstmädchen aus dem Haushalt der Frau Kommerzienrat Krämer zum Zug nach Weißenburg gebracht. In der Lungenheilstätte würden sie auf die Vermittlung Minnas hin ihre neuen Stellen antreten. Minna hatte sich während ihres dortigen Aufenthaltes ein wenig mit der Hausdame angefreundet, der die Aufsicht über das nicht medizinische weibliche Hauspersonal oblag. Dank dieser Verbindung hatten sie schon einige Dienstboten dort unterbringen können.

Und siehe da! Auch diesmal war ihnen das Glück hold gewesen: In der Küche des Sanatoriums wurde dringend eine tüchtige Kraft gebraucht, und einer der Oberärzte suchte gerade ein neues Hausmädchen.

»Du siehst wieder einmal, Irene, dass sich ein wenig Freundlichkeit immer auszahlt«, konstatierte Minna nicht ohne Stolz. Sie war während ihres Aufenthaltes in Falkenstein eine der wenigen Kranken gewesen, die die Hausdame mit Respekt behandelt hatten, während die reichen, verwöhnten Patientinnen diese ihre untergeordnete Stellung häufig spüren ließen. Zumal, wenn ihnen wieder einmal etwas nicht passte.

»Und die Gesindebücher der beiden sind einwandfrei«, freute sich Irene. Diesmal war es nicht einmal nötig gewesen, ihren Verlust bei der Weißenburger Präfektur vorzutäuschen. Im Gegenteil: In Franziskas Zeugnis stand jetzt unter der Beschuldigung des Diebstahls die förmliche Entschuldigung der Frau Kommerzienrat, die eingestand, sich geirrt und der Köchin die Tat fälschlicherweise zugeschrieben zu haben. Da man die durchnummerierten Seiten des Gesindebuchs bei Strafe nicht herausreißen durfte, war dies die einzige Möglichkeit gewesen, Franziska zu rehabilitieren.

Ännchens Gesindebuch wies dagegen nicht einmal einen tadelnden Vermerk, den es rückgängig zu machen galt, auf.

Tatsächlich hatte Minna bereits wenige Tage nach dem Treffen im März an der Vordertür der Krämer'schen Villa vorgesprochen. Als Gattin eines angesehenen Handwerkermeisters stand ihr dies zu.

Und tatsächlich hatte ihr Ännchen geöffnet und war bereits bei der Andeutung Minnas, es könne ihr womöglich im Haushalt der Krämers schlecht ergehen, in Tränen ausgebrochen. Den glücklichen Umstand, dass beide Herrschaften gerade außer Haus waren, nutzte die junge Frau sofort, um ihre wenigen Habseligkeiten samt ihrem Gesindebuch zu packen und Minna nach Schweigen zu folgen.

Bereits am nächsten Tag stattete Irene der Frau Kommerzienrat einen Besuch ab. »Ich komme, um mich für die Sache der Köchin Franziska und des Dienstmädchens Ännchen einzusetzen«, kam sie sogleich zur Sache, nachdem sie im Salon vor einer Tasse Tee saß, die die Hausherrin mangels weiblicher Dienstboten mit eigener Hand aufgebrüht hatte.

»Ich habe bereits Monsieur Payet zurate gezogen«, täuschte sie vor, obwohl sie zu dieser Maßnahme nur im äußersten Notfall greifen wollte. »Das Dienstmädchen Ännchen Wellner wird Ihren Gatten der versuchten Notzucht bezichtigen und auf Schadensersatz verklagen, es sei denn, es kommt heute und hier zu einer diskreten Einigung.«

Noch immer musste Irene bei der Erinnerung an Frau Krämers fassungslose Miene schadenfroh grinsen. »Sie wissen doch, wovon ich spreche?«, fuhr sie ungerührt fort. »Denn da das Mädchen aus Leibeskräften schrie, kamen sowohl Sie selbst als auch der davon aufgeschreckte Hausknecht hinzu und ertappten ihren *ehrenwerten Herrn Gemahl«,* sie betonte die letzten Worte spöttisch, »quasi in flagranti, wenn ich recht unterrichtet bin.« Irene wiederholte damit, was Ännchen ihr und Minna noch am Abend ihres Einzugs in Schweigen erzählt hatte.

»Das Mädchen lügt«, machte Frau Krämer den durchsichtigen Versuch, ihren Mann zu verteidigen.

»Nun, Monsieur Payet wird die Klägerin vertreten. Sollten Ihr Gemahl oder auch Sie eine plausible Erklärung dafür haben, warum das achtzehnjährige, noch unberührte Mädchen mit entblößter Brust nach Mitternacht auf dem Bett Ihres Gatten lag, während er gerade sein Gemächt … sich seines Nachthemds entledigte, dann lassen Sie das den ehrenwerten Herrn Richter wissen.«

Das Gesicht der Frau Kommerzienrat wurde tiefrot. Sie schnappte nach Luft und suchte nach Worten.

»Selbst wenn Sie und Ihr Gatte einen Meineid leisten, wird der Hausknecht dies sicher nicht tun. Zumal ich ihm im Falle eines bevorstehenden Prozesses sofort eine Stellung auf unserem Weingut anbieten werde.«

Noch immer brachte Frau Krämer keinen Ton heraus.

»Doch selbst dann, wenn man den Dienstboten trotz des ausgezeichneten Rufs von Payet vor Gericht keinen Glauben schenken sollte, denken Sie doch nur, was für ein Skandal …« Irene ließ den letzten Satz unvollendet und blickte ihr Gegenüber vielsagend an.

»Also, was wollen Sie?«, krächzte die völlig erschütterte Frau Krämer schließlich.

Auf diese Weise waren ihre ehemaligen Dienstboten zu einwandfreien Leumundszeugnissen gekommen. Obwohl Irene der Kolonialwarenhändlerfrau in dieser Sache Stillschweigen zugesichert hatte, musste irgendwer zumindest der örtlichen Stellenvermittlerin einen Wink gegeben haben. Denn soweit Irene und Minna unterrichtet waren, verfügte der Haushalt Krämer bis heute über keinen einzigen neuen, fest angestellten Dienstboten mehr, sondern musste auf die Dienste einer Zugehfrau und der lokalen Wäscherei zurückgreifen. Selbst der Hausknecht hatte mittlerweile das Weite gesucht und sich bei einem örtlichen Fuhrunternehmer verdingt.

Trotz dieses Erfolgs fühlte Irene sich innerlich merkwürdig aufgewühlt. Von Tag zu Tag erfasste sie eine immer stärker werdende Unrast.

»Aber Minna und du, ihr leistet doch Großartiges!«, wunderte sich Pauline, der sich Irene eines Tages auf einem Spaziergang anvertraute.

»Für einzelne Frauen vielleicht. Aber letztendlich bleibt es Flickschusterei. Die Gesindebücher gehören zum Beispiel abgeschafft, damit sie nicht mehr ständig als Instrument der Erpressung missbraucht werden können«, antwortete Irene. »Doch dazu bedürfte es größerer Anstrengungen, die letztendlich auch in die Politik und die Gesetzgebung einfließen. Wie auch in allen anderen Bereichen, in denen besonders wir Frauen rechtlos sind.«

Pauline hatte geseufzt. »Dann sprich doch endlich mit Franz darüber und komm zu einem Entschluss!«, forderte sie Irene auf.

Doch obwohl Josef Hartmann schon seit einigen Wochen wieder auf freiem Fuß war, hatte Irene sich bis dato zu keiner Entscheidung durchringen können. Denn sie spürte deutlich, dass ihr auch die kleinräumige Arbeit in ihren ehemaligen Frauengruppen mittlerweile nicht mehr ausreichen würde. Erst neulich hatte sie gelesen, dass eine Frau namens Gertrud Guillaume-Schack überall im Land Arbeiterinnenvereine gegründet hatte. Sie trat auch für die Rechte von Heimarbeiterinnen und Dienstmädchen und sogar für die von Prostituierten ein.

Der Landauer verlangsamte seine Fahrt. Geistesabwesend sah Irene aus dem Fenster. Am Rand der Landstraße humpelte ein verwahrlost aussehendes Mädchen entlang. Die Sohlen seiner schlechten Schuhe hatten sich abgelöst, das Haar, dessen Farbe aufgrund des Staubs, der sich darin festgesetzt hatte, kaum auszumachen war, hing ihm in zottigen, verfilzten Strähnen über den Rücken. Die Kleidung war zerlumpt und verdreckt.

Jetzt hörte das Mädchen die Kutsche herankommen. Zu Irenes Erstaunen hob es einen Arm, als ob es das Gefährt aufhalten wollte. Das Gesicht des Mädchens, das Irene erst jetzt sehen konnte, war ausgezehrt und schmutzverkrustet. Trotzdem kam es Irene vage bekannt vor.

Peter, der Kutscher, hielt natürlich nicht an und ließ die Pferde wieder in einen leichten Trab fallen, nachdem sie das Mädchen passiert hatten. Plötzlich durchfuhr es Irene wie ein Blitz. Sie hämmerte mit beiden Fäusten an die Rückwand der Kutsche, um Peter ein Zeichen zu geben, sofort anzuhalten. Unter den verdutzten Augen Minnas riss sie den Schlag bereits auf, bevor die Kutsche stand, und rannte die Straße zurück.

»Das ist Marie!«, war sie sich plötzlich ganz sicher. »Marie Schober! Emmas älteste Tochter!«

Weingut bei Schweighofen
Juni 1885, am selben Abend

»Also Marie, möchtest du uns jetzt allen noch einmal erzählen, was du in Bischwiller erlebt hast und warum du von dort geflohen bist?«

Das junge Mädchen nickte. Bislang wusste Irene nur aus einigen unzusammenhängenden Äußerungen, wie es der nun sechzehnjährigen Marie in den letzten sieben Jahren ergangen war, seit Georg Schober mit seinen Töchtern Lambrecht über Nacht verlassen hatte.

Schon als Irene Marie auf der Landstraße in die Arme hatte schließen wollen, war das junge Mädchen ängstlich mit erhobenen Händen zurückgewichen. »Halten Sie Abstand von mir, Frau Gerban! Ich bin voller Ungeziefer.«

Tatsächlich wimmelte Maries zerlumpte Kleidung geradezu von Läusen, als Irene sie nach einer Fahrt auf dem Kutschbock erst einmal Rosa zum Baden anvertraute. Ein Floh sprang sie an, als sie die Sachen mit spitzen Fingern aufnahm, um sie ins Feuer zu werfen. Da der Küchenherd angesichts des widerlichen Gewimmels ausschied, musste ein Stallknecht dazu eigens ein Feuer im Hof entzünden.

Rosa war dagegen ganz in ihrem Element. Mit grimmiger Miene schrubbte sie Marie im Badezuber von Kopf bis Fuß und wusch ihr die Haare mit einer übel riechenden Substanz, um die Läuse abzutöten. Das Hausmädchen Gitta schnitt Marie danach die verfilzten Strähnen ab, die sich beim besten Willen nicht mehr auskämmen ließen.

Als Marie diese Prozedur überstanden hatte und mit sauberer Kleidung versehen worden war, verschlang sie heißhungrig alles, was ihr die Köchin Frau Grete in der Gesindestube vorsetzte und schlief danach mit dem Kopf auf dem Tisch vor Erschöpfung ein. Peter, der Kutscher, musste sie in eine der leer stehenden Dienstbotenkammern unter dem Dach tragen, wo sich Marie bis zu Franz' Heimkehr aus dem Kontor ausschlief.

Nachdem Irene ihn beim Abendessen von Maries Ankunft unterrichtet und sie das tief schlafende Mädchen danach geweckt hatte, saßen nun alle gemeinsam im Salon. Um keine weitere Zeit zu verlieren, hatte Frau Grete auf Irenes Anweisung hin Marie zum Abendbrot einen Teller mit belegten Schnitten gemacht, von denen sie zwischen ihrem Bericht immer wieder kräftig abbiss.

»Also hat euch euer Vater nach Bischwiller verschleppt … ich meine natürlich gebracht«, korrigierte sich die über den elenden Zustand Maries aufgebrachte Irene. Schon während das Mädchen schlief, hatte sie sich dafür verflucht, nicht eher darauf gekommen zu sein, dass Georg Schober sich nach seinem Verschwinden aus Lambrecht dorthin gewandt haben könnte.

In Bischwiller gab es nicht nur einige Tuchfabriken, wie Irene ja bereits seit geraumer Zeit wusste. Auch Georg Schober war dies natürlich seit dem Streik von 1872 bekannt, da die Lambrechter Fabrikanten damals arbeitslose Bischwiller Textilarbeiter als Streikbrecher angeworben hatten.

Dass es außerdem im Elsass noch legale Kinderarbeit gab, auch für unter Zwölfjährige, wusste Irene von August Bebel und Josef Hartmann. Im Gespräch mit den beiden Arbeiterführern und auch danach war immer wieder eine Saite in ihr erklungen, wenn von Bischwiller die Rede gewesen war, jedoch ohne dass sie einen unmittelbaren Zusammenhang zum Verschwinden der Schobers hatte herstellen können.

»Du musst auf den Schuft, der mein Vater war, keine Rücksicht mehr nehmen, Irene«, antwortete Marie ihr in bitterem Ton. Sie waren schon seit der Ankunft in Schweighofen wieder zum »Du« übergegangen. »Er hat meine Mutter auf dem Gewissen und ist selbst schon ein paar Jahre tot.«

»Dein Vater ist tot?«, mischte Franz sich ein. »Wie kam es dazu?«

Marie zuckte mit den Schultern. Ihre Miene blieb verächtlich. »Er hat sich im Suff in einer Kneipe geprügelt und ist dabei zu Tode gekommen.«

»Uns hat die Armenfürsorge dann ins örtliche Waisenhaus eingewiesen«, fuhr sie ohne weitere Aufforderung fort. »Es wird von einem geizigen Ehepaar geführt.«

»Aber liebes Kind, warum hast du dich dann nicht schon nach dem Tod deines Vaters an uns gewandt?«, fragte Pauline erschüttert.

Maries Augen wurden feucht. Erst seitdem sie gewaschen war, fiel Irene die inzwischen starke Ähnlichkeit mit ihrer Mutter Emma auf. Marie hatte deren graue Augen genauso geerbt wie deren aschblonde Haare, die jetzt nach dem Schnitt nur noch kinnlang waren. Trotzdem stand die Frisur ihr gut.

»Ich habe es mehrmals versucht«, erklärte sie. »Doch niemand wollte auf mich hören. Dass sich ein wohlhabender Weinhändler mit zwei Waisen belasten möchte, haben die Beamten der dortigen Armenbehörde wohl nicht geglaubt. Und als ich berichtet habe, dass Emma und Irene sogar befreundet waren, hat mich die Herbergsmutter mit der Rute geschlagen, weil sie es für eine Lüge hielt.«

Eine Träne rann über ihr ausgezehrtes Gesicht. Auch ihre Zuhörer rund um den Tisch waren zutiefst erschüttert.

»Und euch einen Brief schreiben konnte ich auch nicht, weil ich nie auch nur einen Pfennig in der Hand hatte, obwohl ich seit unserer Ankunft in der Fabrik arbeiten musste. Mein Lohn ging zuerst an meinen Vater und später gleich ans Waisenhaus. Ich habe einmal gehört, dass er mit dem Geld für den Unterhalt verrechnet wurde, den das Amt den Herbergseltern zahlte. Ich hätte also nicht einmal das Porto bezahlen können. Selbst wenn ich Papier und Feder zum Schreiben gehabt hätte.«

»Also habt ihr, Thea und du, auch nach dem Tod eures Vaters weiterhin in der Tuchfabrik geschuftet?«

»Thea nur noch kurze Zeit danach. Sie war schon immer viel schwächer als ich und hat die harte Arbeit dort nicht verkraftet. Da wir im selben Spinnsaal eingeteilt waren, habe ich ihr geholfen, soweit ich konnte. Doch dann hat die Vorarbeiterin gewechselt und Thea erbarmungslos angetrieben, bis sie eines Tages einfach zusammengebrochen ist. Das war kurz, nachdem wir ins Waisenhaus gekommen waren.«

»Dort musste sie dann bis zu sechzehn Stunden am Tag Spitze klöppeln«, setzte Marie ihren Bericht fort. »Bis sie vor ein paar Tagen auch dabei zusammenbrach. Zumal sie oft nicht genug zu essen bekam. Die Rationen im Waisenhaus waren ohnehin sehr karg. Doch wenn man sein Pensum nicht schaffte, fiel das Abendessen eben aus.«

»Und wegen Theas Wohlergehen hast du dich zur Flucht entschlossen?«

Marie nickte. »Ich bin vor ein paar Tagen abends einfach nicht mehr ins Waisenhaus zurückgegangen. Die erste Nacht habe ich in einem Schuppen am Rande von Bischwiller verbracht. Dann bin ich so rasch gelaufen, wie ich nur konnte. Eine freundliche

Bauersfrau wies mir den Weg und gab mir sogar etwas zu essen. Und einmal hat mich ein Fuhrmann ein Stück mitgenommen. Den Rest ging ich zu Fuß.«

»Wie lange warst du schon unterwegs, als ich dich fand?«

Marie überlegte kurz. »Zwei ganze Tage und einen halben.«

»Und du sagst, Thea ist im Waisenhaus einfach zusammengebrochen?«, hakte Pauline nach.

»Ja!« Wieder rannen Marie Tränen aus den Augen. »Ich habe Angst, dass sie stirbt.«

»Um Himmels willen, woran könnte sie denn sterben?«

»Ich weiß es nicht so genau, Herr Gerban. Doch am Tag, bevor Thea zusammenbrach, hörte ich die Küchenhilfe dort sagen, im Waisenhaus seien die Masern ausgebrochen.«

Städtisches Waisenhaus in Bischwiller
Juni 1885, zwei Tage später

»Nun sprechen Sie doch, Herr Dr. Wagner. Ist Thea schwer erkrankt? Hat sie die Masern?«

Der distinguiert wirkende Herr im steifen, für die Jahreszeit viel zu warmen Gehrock strich sich bedächtig über seinen grauen Spitzbart. Sie standen zu dritt um Theas Strohsack im Waisenhaus. Seit gestern Abend hatte sich ihr Zustand noch einmal verschlimmert.

Der Mediziner war den Gerbans von ihrem Hausarzt Dr. Frey empfohlen worden, der sich selbst trotz Irenes Drängen außerstande sah, seine Praxis in Weißenburg für einige Tage zu schließen, um die Gerbans nach Bischwiller zu begleiten.

Franz und Irene hatten nämlich keine weitere Zeit verloren und waren sofort am frühen Morgen nach Maries Ankunft mit dem Landauer aufgebrochen, um Thea nach Schweighofen zu holen. Doch so einfach, wie sich die beiden das vorgestellt hatten, war es beileibe nicht.

Der Herbergsvater des örtlichen Waisenhauses, ein beleibter, unsympathischer Mann mit einer fettigen Halbglatze, hatte sie ursprünglich aufgrund der fortgeschrittenen Tageszeit nicht einmal zu Thea hineinlassen wollen.

»Es ist schon nach acht Uhr abends«, beschied er den Gerbans in seinem kahlen Kontor, das nur einige wenige zerschrammte Möbel enthielt. »Kommen Sie morgen früh wieder, am besten mit einem Permis der örtlichen Armenbehörde. Schließlich ist mir das Mädchen zur Fürsorge anvertraut, und ich bin für sein Wohlergehen verantwortlich.« Er warf sich selbstgefällig in die feiste Brust. »Ohne Erlaubnis der Armenwohlfahrt könnte ja ein jeder kommen und Ansprüche stellen.«

Irene hätte dem Widerling am liebsten mit allen zehn Fingern das speckige Gesicht zerkratzt und ballte ihre Hände so fest zu Fäusten, dass ihr die Fingernägel ins Fleisch schnitten. Franz dagegen, inzwischen gestählt durch zahlreiche schwierige Weingeschäfte, behielt die Ruhe und zückte ohne weitere Worte seine Börse.

»Wie viel?«, fragte er kühl.

Obwohl sofort ein gieriger Ausdruck in die wässrig blauen Augen des Herbergsvaters trat, stellte er sich anfangs dumm.

»Was meinen der Herr?«

»Wie viel Geld wollen Sie haben, damit wir Thea jetzt sehen dürfen?«

Für die unverschämte Summe von zehn Mark, die dem Monatsverpflegungssatz eines Waisenkindes entsprach, wie Franz und Irene am nächsten Tag auf der städtischen Behörde erfahren sollten, ließ sie der schmierige Herbergsvater von seiner nicht minder schmierigen Gattin schließlich in ein fensterloses, stickiges Gemach führen, in dem insgesamt vier kranke Mädchen untergebracht waren.

Irene stockte vor Entsetzen der Atem, als sie im trüben Licht der Petroleumfunzel an Theas Lager trat. Sie hatte schon Marie kaum wiedererkannt. Aber dass dieses bis auf die Knochen abgemagerte Wesen, das keuchend nach Luft rang und vor Fieber glühte, Maries jüngere Schwester war, hätte sie in ihren schlimmsten Albträumen nicht vermutet.

Das Mädchen lag ohne jede Decke auf einem fleckigen Strohsack, der durchdringend nach Urin stank. Offensichtlich hatte sie in ihrem Fieberdelirium unter sich gemacht. Auch über ihren ausgemergelten Leib kroch Ungeziefer, wie Irene selbst im schwachen Schein der Lampe ausmachen konnte. Thea war nicht ansprechbar und reagierte weder auf Worte noch auf Berührungen, zu denen sich Irene trotz ihres Ekels vor dem Schmutz durchrang.

Für weitere fünf Mark erwirkte Franz von der Herbergsmutter einen frischen Strohsack und ein reines Laken. Mehr konnten sie an diesem Abend für die Kranke nicht tun.

Am nächsten Morgen saßen sie übernächtigt, da sie kaum ein Auge in ihrem teuren Gasthauszimmer geschlossen hatten, einem gleichgültigen Beamten der Armenbehörde gegenüber. Ungerührt hörte er sich die Beschwerden über die Zustände im städtischen Waisenhaus an, erhob allerdings keinerlei Einwände gegen Franz' Forderung, Thea noch am selben Tag dort abzuholen und nach ihrer Genesung nach Schweighofen mitzunehmen.

»Sie müssen mir dieses Formular ausfüllen und unterschreiben«, schob der Beamte Franz ein Papier über seinen schäbigen Schreibtisch hinweg zu, »in dem Sie mir versichern, gut und angemessen für Thea Schober zu sorgen und keine weiteren finanziellen Ansprüche an die Gemeinde von Bischwiller zu stellen. Dann können Sie sie mitnehmen, sofern Sie dem Herbergsvater noch einen Abstand von einer Monatsverpflegung entrichten.«

Zum Glück fragte der Beamte mit keinem Wort nach Theas Schwester Marie. Dennoch war Irene empört, als sie das Amt verließen. »Da könnte ja wirklich ein jeder des Weges daherkommen und sich ein Mädchen mitnehmen. Zu welch unsäglichen Zwecken auch immer!«, schimpfte sie.

Erst geraume Zeit später würde sie von Gertrud Guillaume-Schack erfahren, wie recht sie mit ihrer letzten Bemerkung gehabt hatte, da sich auf diese Weise auch Bordellwirtinnen in Waisenhäusern zu bedienen pflegten.

Jetzt beobachtete Irene, wie der graubärtige Mediziner an Theas Strohsack den Kopf schüttelte.

»Ich kann Ihnen nicht versprechen, dass das Mädchen wieder auf die Beine kommt.«

»Aber sie leidet doch gar nicht an den Masern!«, versuchte Irene, ihre Verzweiflung zu bekämpfen. »Ich habe keinen Ausschlag bei ihr gesehen, als ich sie heute Morgen vor Ihrer Ankunft gewaschen habe.« Immer wieder hatte es sie dabei vor Ekel über den verwahrlosten Zustand Theas geschüttelt, aber sie biss tapfer die Zähne zusammen. Nicht zum ersten Mal auf dieser Reise bereute sie heftig, Rosa zu Hause bei Marie gelassen zu haben. Die erfahrene Krankenschwester wäre hier in Bischwiller weit mehr gebraucht worden als auf dem Weingut.

Der Arzt lächelte schmallippig. »Der Ausschlag tritt erst in einem späteren Stadium der Krankheit auf«, belehrte er Irene. »Doch ich fürchte, hier ist die Krankheit bereits auf die Lunge übergesprungen. Der Atem geht rasselnd und schwer.«

»Und was bedeutet das für den weiteren Verlauf?«, fragte Franz, während Irene noch nach Worten rang.

»Vor allem geschwächte Patienten überleben diese Komplikation in der Regel nicht«, antwortete er nüchtern. »Doch ich muss die Kranke zuerst gründlich untersuchen, bevor ich mich festlege. Hier an diesem schrecklichen Ort kann ich das nicht.«

Kapitel 21

Auf dem Rückweg von Bischwiller nach Schweighofen
Juni 1885, vier Tage später

»Ich hätte mich in meinen Zeiten als Reichstagsabgeordneter um die Zustände in Bischwiller kümmern müssen! Hätte ich doch nur auf dich gehört und August Bebel einmal darauf angesprochen!«

Franz unterbrach mit seinen Selbstvorwürfen das drückende Schweigen, das seit ihrem Aufbruch im Landauer zwischen Irene und ihm herrschte.

Gestern hatten sie Thea auf einem kleinen Friedhof, der sich in den Schatten einer alten Kirche schmiegte, zu Grabe getragen. Wenigstens war es kein Armenfriedhof wie der, auf dem Georg Schober in einem Massengrab lag. Der alte freundliche Pfarrer, der die Totenmesse las und die Beerdigung durchführte, hatte schon versprochen, sich um das Grab zu kümmern, bevor Franz ihm eine jährliche Zuwendung zu diesem Zweck in Aussicht stellte. Außer ihnen war niemand zum Begräbnis gekommen, weder die Waisenhausbetreiber noch jemand von der städtischen Armenfürsorge.

Obwohl sie Thea sofort nach der Visite von Dr. Wagner ins Gasthaus geholt hatten und ihr alle Pflege zuteilwerden ließen, zu der der Arzt riet, war sie gestorben, ohne das Bewusstsein wiedererlangt zu haben.

»Sobald sich Marie ein wenig erholt hat, werde ich mit ihr hierherfahren, damit sie Abschied von ihrer Schwester nehmen kann.« Irenes Augen füllten sich wieder mit Tränen. »Thea war ihre einzige, noch lebende Verwandte.«

Franz tätschelte ihr die Hand. Auch ihm war zum Weinen zumute. »*Wir* werden in Zukunft Maries Familie sein. Sie soll zusammen mit Klara an Fräulein Adelhardts Unterricht teilnehmen, und wenn sie einmal heiraten möchte, gebe ich ihr eine gute Mitgift.«

»Ja. Das ist das Mindeste, was wir tun können«, stimmte Irene ihm zu. Beide versanken wieder in Schweigen und blickten aus den Kutschenfenstern auf die vorbeiziehende liebliche Landschaft des Elsass, die jetzt im Juni in sattem Grün erstrahlte.

Vor Irenes innerem Auge spielte sich die erschütternde Szene wieder ab, die sie erlebt hatten, als sie Thea aus dem Waisenhaus mitnahmen. Franz hatte zwei halbwüchsige Burschen, die sich im Hof herumtrieben, herbeigewinkt und sie gebeten, Thea auf einer Bahre zum Landauer zu tragen. Als er ihnen zum Lohn je fünfzig Pfennige in die Hand drücken wollte, zog einer der Jungen, dessen Alter Irene auf etwa vierzehn Jahre schätzte, seine fleckige Mütze. »Haben Sie nicht eine Arbeit für mich, gnädiger Herr?«, fragte er demütig. »Ich tue alles und brauche nicht viel zum Essen. Ein Nachtlager im Stall wäre ausreichend.«

Während Franz noch betroffen nach einer Antwort suchte, hob der Junge flehend die Hände. »Hier ist es sehr schlecht, müssen Sie wissen!«

Obwohl Franz daraufhin statt den beiden Fünfzigpfennigstücken jeweils zwei Mark aus seiner Börse fischte, stand dem Jungen die Enttäuschung ins Gesicht geschrieben, als er dessen Bitte mit behutsamen Worten ablehnte. Auch Irene verfolgte die Szene bis in ihren unruhigen Schlummer zwischen den Perioden der Nachtwache hinein, die sie sich mit Franz teilte. *Was für ein unbeschreibliches Elend,* dachte sie immer wieder.

Bis sie genau jetzt, in diesem Moment, auf der Straße von Bischwiller nach Schweighofen, den Entschluss fasste, den sie schon so lange vor sich hergeschoben hatte. Sie hob den Kopf und wischte sich energisch über die Augen. »Ich möchte dich etwas fragen, Franz. Gesetzt den Fall, du hättest dich damals anlässlich der Zustände in Bischwiller mit den Sozialdemokraten zusammengetan. Was hättest du unternommen?«

Franz überlegte kurz. »Nun, ich hätte zumindest mit Nachdruck gefordert, dass die gleichen Gesetze zur Kinder- und Frauenarbeit gelten wie im übrigen Deutschen Kaiserreich. Und dass Waisen besser untergebracht werden, hätte ich von diesen bedrückenden Verhältnissen schon damals gewusst.«

»Also hättest du auf eine grundlegende Veränderung gedrängt, nicht auf Unterstützung im Einzelfall?«

Obwohl Franz ahnte, worauf Irene hinauswollte, nickte er.

»Dann möchte ich dich bitten, dein Versprechen einzulösen und mir meine politische Agitation wieder zu ermöglichen. Allerdings will ich diesmal mehr tun, als nur einige Frauengruppen zu leiten.«

»Und was stellst du dir vor?«

»Das Versammlungsverbot wurde aufgehoben. Überall im Land bilden sich Arbeiterinnenvereine. Da möchte ich mitwirken.«

»Und wie genau willst du das anstellen?«

Irene holte tief Luft. »Ich müsste jemanden fragen, der über einschlägige Kontakte verfügt.« Sie stockte.

»Josef Hartmann zum Beispiel«, ergänzte Franz ihren Satz.

Irene nickte und sah ihn forschend an. Doch diesmal erkannte sie weder Unmut noch Eifersucht in seinem Blick. Er strich sich nachdenklich über seine dunklen Haare, die er kurz und wie üblich mit Pomade geglättet trug. Manchmal sehnte sich Irene nach der wilden Lockenpracht seiner jungen Jahre zurück, die sie ihm so oft zerwühlt hatte.

»Ich möchte diesmal genau wissen, was du tust«, begann er und fügte noch, bevor Irene ihm dies zusichern konnte, hinzu: »Was hältst du davon, Josef Hartmann nach Schweighofen einzuladen? Dann kann er mir und dir erläutern, was er für das richtige Vorgehen hält, und wir können gemeinsam beschließen, was sich am besten eignet.«

Irene war so erleichtert, dass sie sogar ihre Trauer um Thea für einen Moment vergaß. Sie beugte sich in ihrem Sitz nach vorn und drückte Franz einen herzhaften Kuss auf den Mund.

»Das ist eine wunderbare Idee, Franz. Ich werde Josef gleich nach meiner Rückkehr schreiben.«

»Allzu oft will ich allerdings nicht fort sein«, versprach sie unaufgefordert. »Auch wenn es Klara mittlerweile besser geht, möchte ich sie und Marie nicht dauernd allein lassen.«

Mainz
Ende September 1885

Das Herz schlug Irene bis zum Hals, als sie hinter dem kleinen Vorhang, der die Rückwand der Bühne des Vereinssaals bildete, auf ihren Auftritt wartete. Heute würde sie ihre erste Rede halten.

Der Mainzer »Verein der Arbeiterinnen« war wie etliche andere im ganzen Deutschen Reich vor ungefähr zwei Jahren als ein Ableger des Berliner »Vereins der Arbeiterinnen« entstanden. Zur heutigen Jahresversammlung hatte man Gertrud Guillaume-Schack als Rednerin eingeladen. Die brachte wiederum Irene mit.

Nun lächelte ihr die zierliche, dunkelhaarige Frau zu, bevor sie das Podium betrat, wo sie ohrenbetäubender Beifall empfing. Irene öffnete und schloss ihre schweißfeuchten Hände und versuchte, sich von ihrem Lampenfieber abzulenken, indem sie die letzten ereignisreichen Wochen Revue passieren ließ.

Schon zwei Wochen, nachdem Franz und sie aus Bischwiller zurückgekehrt waren, konnte sie Josef Hartmann am Bahnhof von Weißenburg begrüßen. Er war in der Zeit seiner Festungshaft schmal geworden. Sein Kampfgeist war jedoch ungebrochen.

»Du hast dir eine gute Zeit für eine Wiederaufnahme deines Engagements ausgesucht, Irene«, bestätigte Josef ihr schon auf der Fahrt nach Schweighofen. »Seit ihrem Wahlerfolg im vergangenen Jahr gesteht man den Sozialisten wieder mehr Freiheiten zu. Und das nutzen sie intensiv. Insbesondere die Frauenbewegung hat an Zulauf gewonnen.«

Dieser war zu einem großen Teil der Frau zu verdanken, die jetzt vor dem Vorhang zu sprechen begann. Gertrud Guillaume-Schack war eine sehr ungewöhnliche Frau mit einem für ihre Zeit noch viel ungewöhnlicheren Lebenslauf. Von adliger Abstammung als Gertrud Gräfin Schack von Wittenau geboren, heiratete sie mit Anfang zwanzig, gegen den Rat ihrer Familie, den Bruder eines bekannten Schweizer Anarchisten und folgte ihm nach Paris.

Bereits nach wenigen Monaten ließ sie sich scheiden, ohne sich von dem exorbitanten Makel dieses Familienstandes im Geringsten beeindrucken zu lassen. Stattdessen engagierte sie sich wie ihr großes britisches Vorbild Josephine Butler für die am meisten geächtete soziale Randgruppe von Frauen: die Prostituierten.

Sie gründete bereits 1880 in diesem Zusammenhang ihren ersten Verein, den »Deutschen Kulturbund zur Abschaffung der behördlich konzessionierten Prostitution«, einen Ableger der von Butler gegründeten »Internationalen abolitionistischen Föderation«. Wie Butler in Großbritannien prangerte Guillaume-Schack in Deutschland die bigotte sexuelle Doppelmoral der höheren Klassen an, der auch Irenes Mutter Sophia einst zum Opfer gefallen war. Wenn auch nicht als bezahlte Dirne, sondern als sexuell unaufgeklärte Jugendliche.

Obwohl sie Franz, der um den Ruf der Weinhandlung fürchtete, bei ihrem Treffen mit Josef Hartmann versprochen hatte, sich nicht persönlich für die Gruppe der Prostituierten einzusetzen, berührte dieses Engagement Guillaume-Schacks Irene tief. Schon vor ihrer ersten Begegnung bewunderte sie Gertrud aufrichtig für ihre Unerschrockenheit.

Und noch sympathischer wurde ihr Gertrud durch Josefs Bericht über ihren Einsatz für die von der Frauenrechtsbewegung bislang ebenfalls vernachlässigte Gruppe der Dienstboten. Am

Hackeschen Markt in Berlin gründete Gertrud mit einer Genossin bereits 1882 eine Bahnhofsherberge für die Schar der täglich vom Land in die Hauptstadt strebenden jungen Frauen, die sich in Berlin als Dienstmädchen verdingen wollten. Hier fanden sie nicht nur eine erste sichere Bleibe, sondern auch wertvollen Rat und Beistand.

Überall im Land hatte Guillaume-Schack, die sich mittlerweile den Ideen der Sozialisten angenähert hatte, darüber hinaus die Bildung von Arbeiterinnenvereinen angeregt, von denen bislang sechzehn mit vollem Erfolg gegründet worden waren. Nun plante sie sogar die Herausgabe der ersten Zeitung für Arbeiterinnen, die sie »Die Staatsbürgerin« nennen wollte.

Mit Franz' Zustimmung konnte Josef schon unmittelbar nach seinem Besuch in Schweighofen einen Kontakt zwischen Gertrud und Irene herstellen. Die Frauen hatten sich vor zwei Wochen in Offenbach am Main zum ersten Mal persönlich getroffen.

Auf der Straße hätte wohl kaum jemand in der Frau mit der konservativen Kleidung in dunklen, gedeckten Farben und dem streng zurückgekämmten, in der Mitte gescheitelten Haar, eine Rebellin gegen alle großbürgerlichen Konventionen vermutet. Gertrud war sechs Jahre älter als Irene und näherte sich ihrem vierzigsten Geburtstag.

»Und was bewegt dich, für die Interessen entrechteter Frauen einzutreten?«, fragte sie Irene gleich in den ersten Minuten ihrer Begegnung skeptisch. Franz hatte Irene nach Offenbach begleitet, war dem Treffen selbst aber ferngeblieben und nutzte die Zeit für den Besuch eines örtlichen Weingroßhändlers.

Auf Josefs Rat hin hatte sich Irene sorgfältig auf dieses Gespräch vorbereitet. »Gertrud wird anfangs misstrauisch sein, warum sich eine Frau deiner Gesellschaftsklasse für sozialistische Ideen einsetzen will. Sie wird dich womöglich für eine dieser Schwärmerinnen halten, die nicht wissen, worauf sie sich überhaupt einlassen, da sie als höhere Töchter noch nie mit dem wirklichen Leben der Arbeiter in Berührung gekommen sind.«

Daher war Irene nun nicht überrumpelt, sondern hatte ihre Antwort parat und reagierte schlagfertig. »Mich bewegen das traurige Schicksal meiner Mutter und meine persönlichen Erfahrungen als Dienstmädchen und Fabrikarbeiterin.« Wie sie gehofft hatte, war Gertruds Interesse damit geweckt.

Vor allem über Bebels Buch »Die Frau und der Sozialismus«, das Gertrud in großen Passagen nahezu auswendig kannte, kamen die Frauen danach schnell miteinander ins Gespräch.

Doch Gertrud hielt noch einen letzten Test für Irene bereit. »Kannst du denn auch mit öffentlichem Spott und Hohn umgehen?« Sie warf eine Zeitung auf den Tisch in der Halle des Hotels, in die sich die Frauen nach der Schließung des Restaurants zurückgezogen hatten. Es war schon weit nach Mitternacht. Franz, der mittlerweile von seinem Geschäftsbesuch zurückgekehrt war, döste abseits in einem Lehnsessel.

Über ihren kalt gewordenen Tee hinweg las Irene den Spottvers, mit dem ein Bericht über einen Auftritt Gertruds bei einer Frauenversammlung eingeleitet wurde. Er trug die Überschrift »Modernes Wiegenlied« und lautete:

Eiapopeia, nun schlaft ihr Rangen,
die Mutter ist wieder versammeln gegangen.
Eiapopeia, o bleibt mir gesund,
die Mutter hält Reden, der Vater den Mund.

Einen Moment lang durchfuhr es Irene heiß und kalt, als sie sich Franz' Reaktion vorstellte, würde er jemals einen Artikel mit einem solchen Spottvers über einen ihrer Auftritte lesen. Dann siegte ihr Widerstandsgeist.

»Ich habe schon Härteres in meinem Leben durchgestanden, als die Häme einiger widerlicher Schreiberlinge«, antwortete sie.

»Das ist gut«, pflichtete Gertrud ihr bei. »Allerdings sind Berichte über unsere Frauenversammlungen ohnehin eher die Ausnahme als die Regel. Viele große Zeitungen nehmen uns nicht ernst, genauso wenig wie es die Politiker und sogar viele unserer eigenen Arbeiterkollegen tun. Da haben wir Frauen noch einen weiten Weg vor uns.«

Seither waren Gertrud und sie zu Freundinnen geworden.

Schon in Offenbach hatte Gertrud vorgeschlagen, Irene als Rednerin für das Jahrestreffen des Mainzer »Vereins der Arbeiterinnen« vorzuschlagen. »Das ist zwar kein Verein, der durch meine Initiative entstanden ist«, erklärte sie. »Doch sie werden meinem Vorschlag trotzdem folgen.«

Tagelang hatte Irene seither an ihrer Rede gefeilt. Die Generalprobe vor dem gesamten weiblichen Schweighofener Haushalt machte sie gleich mit der ganzen Bandbreite möglicher Reaktionen vertraut. Eine wohlwollende Pauline, eine begeisterte Minna, eine wie immer zurückhaltende Frau Burger und eine missbilligend die pockennarbige Stirn runzelnde Rosa bildeten die verschiedenen Reaktionen ab, mit denen sie womöglich zu rechnen hatte. Wobei der Beifall bei Weitem überwog. »Das machen Sie ganz wunderbar, Frau Gerban«, bescheinigte ihr Gitta, die sie wieder auf ihren Reisen begleiten würde.

Auch Marie und Klara hatten mit ihrer Lehrerin Fräulein Adelhardt an der Generalprobe teilgenommen. Marie verfolgte Irenes Rede mit glänzenden, Klara mit weit aufgerissenen Augen. Die Reaktionen der Mädchen fielen gemäß ihrer bisher gemachten Erfahrungen unterschiedlich aus.

»Ich wusste gar nicht, dass es so vielen Frauen so schlecht geht«, kommentierte Klara.

Marie dagegen fiel Irene um den Hals. »Ich weiß, dass du auch meine Mutter mit deiner Rede meinst«, raunte sie ihr mit erstickter Stimme ins Ohr. »Ich bin sicher, dass sie gutheißt, was du vorhast, dort, wo sie jetzt ist.« Es war das erste Mal nach Theas Tod, dass Marie wieder lächelte, wenn auch unter Tränen. »Bitte lass mich mithelfen, sobald es etwas für mich zu tun gibt!«

Auch ihre Lehrerin Fräulein Adelhardt bot Irene zu ihrem Erstaunen Unterstützung an.

Franz, der einzige männliche Zuhörer, war ebenfalls stolz auf sie. »Nicht einmal im Parlament habe ich viele Männer so überzeugend sprechen hören wie dich. Es ist schade, dass Frauen dort weder Sitz noch Stimme haben.«

Noch so eine ungerechte Benachteiligung, schoss es Irene in diesem Moment durch den Kopf. Doch sie konnte nicht an allen Ecken und Enden gleichzeitig zündeln. Um das von Bebel schon seit Langem geforderte Wahlrecht für Frauen würde sie sich kümmern, sobald die schlimmsten anderen Missstände eingedämmt wären.

Jetzt brandete erneut Applaus vor dem Vorhang auf. Wie in Trance hörte Irene Gertruds Ankündigung. »Nun möchte ich euch eine faszinierende Frau vorstellen, die zu euch sprechen wird. Ihr Name ist Irene Gerban. Lasst euch von ihrer eleganten Aufmachung nicht täuschen. Trotz der Straußenfedern auf ihrem Hut ist sie eine von uns.«

Weingut bei Schweighofen
Ende September 1885, zur selben Zeit

»Bitte lassen Sie mich bei der Lese als Träger helfen, Herr Dick«, bat der junge Herrmann seinen Vorarbeiter inständig. »Die neuen Spätburgunderlagen gedeihen ganz prächtig. Aber die jungen Reben tragen natürlich noch keine Frucht. Daher gibt es dort im Augenblick nichts wirklich Sinnvolles für mich zu tun.« Herrmann hoffte natürlich vor allem auf den besseren Lohn, den er während der Lese verdienen würde.

Clemens Dick strich sich über den struppigen Bart. Tatsächlich konnte er jede Hand bei der in wenigen Tagen beginnenden Weinernte gut gebrauchen. Ein altgedienter Logelträger hatte sich ausgerechnet jetzt ein Bein gebrochen und würde bis zum nächsten Jahr nicht mehr einsatzfähig sein. Ein zweiter klagte über heftige Rückenschmerzen. Dr. Frey hatte empfohlen, auch ihn einige Wochen lang keine schweren Lasten tragen zu lassen. Und da es wieder ein gutes Weinjahr war, würde Ersatz für die Lesezeit nicht so schnell zu finden sein.

Außerdem gediehen die Spätburgunderweinstöcke sowohl in den Schweigener als auch in den von Herrmann betreuten Lagen tatsächlich prächtig. Davon hatte sich Dick erst gestern selbst überzeugt. Natürlich konnte der Vorarbeiter nicht wissen, dass der junge Arbeiter schon vor Monaten begonnen hatte, die Blätter mit den Hubbeln an der Unterseite nur noch von den jeweils ersten fünfzehn Stöcken einer Reihe zu entfernen, damit die davon befallenen Reben nicht gleich ins Auge fielen. Zumal Dick nie weiter in die Lagen hineinzugehen pflegte.

Doch selbst wenn Dick es gewusst hätte, wäre er womöglich mit Herrmanns Vorgehen einverstanden gewesen. Denn offensichtlich schadete das, was sich da auch immer auf den Blättern bildete, den Reben ja nicht. Die Weinstöcke waren kräftig und für ihr Alter sehr gut belaubt. Schon im nächsten Jahr würden sie die ersten Früchte hervorbringen.

Genauso wenig wusste Dick, dass Herrmann das gesamte Jahr über immer wieder einmal den ein oder anderen vertrockneten Stock ausgerissen hatte. Damit auch das nicht gleich ins Auge stach, hatte er sogar ein paar Reben aus den obersten Reihen der Weinberge ins untere Drittel verpflanzt, wenn er dort für jedermann sichtbar, ein paar Pflanzen entfernen musste. Warum es überhaupt nichts nutzte, die verdorrt wirkenden Stöcke zu gießen, blieb dem jungen Arbeiter zwar ein Rätsel. Aber da nur einige wenige Weinstöcke betroffen waren, verschwendete er bald keine weiteren Gedanken mehr daran.

Was Herrmann wiederum nicht ahnte, war, dass Dick eigentlich von Hansi Krüger die strikte Anweisung erhalten hatte, sich mindestens alle zwei Wochen von der Güte der gesamten Reben in jedem neu bepflanzten Spätburgunderweinberg ein Bild zu machen. Da Dick diese Anweisung für überflüssig hielt, befolgte er sie nicht, erstattete Krüger aber alle vierzehn Tage Bericht über den einwandfreien Zustand der Lagen.

Und so nahm das schleichende Unheil Tag für Tag seinen Lauf.

»Nun gut, ich plane dich dann als Träger ein«, stimmte Dick jetzt auch Herrmanns Begehren zu. »Aber nur, weil du deine Weinberge bislang so tadellos in Ordnung gehalten hast.«

Mainz
Ende September 1885

Sobald Irene hinter dem Vorhang hervortrat, war ihr Lampenfieber wie weggeblasen. Stattdessen erfüllte sie eine ungeheure Freude, fast schon ein Triumphgefühl. Endlich war sie am Ziel ihrer Wünsche!

Im Saal waren sicherlich an die dreihundert Frauen versammelt. Und sie waren nicht wie weiland die Arbeiterinnen in Landau gekommen, um eine kostenlose Mahlzeit zu ergattern, sondern aus purem politischem Interesse. Selbst einige Männer hatten sich unter sie gemischt und blickten nun erwartungsvoll zu Irene empor.

»Meine lieben Schwestern und Brüder«, begann Irene ihre Rede. »Ich freue mich über alle Maßen, dass ich heute hier vor euch sprechen darf. Wie Gertrud euch schon mitgeteilt hat, gehöre ich jetzt zwar dem wohlhabenden Bürgertum an, der Bourgeoisie, wie man in Frankreich sagt, doch dies habe ich ausschließlich meinem geliebten Ehemann zu verdanken. Er schenkte mir sein Herz, als ich noch ein einfaches Dienstmädchen im Haus seiner Eltern war.«

Kurz skizzierte Irene ihren weiteren Werdegang bis zum heutigen Tage.

»Doch gerade, weil ich einige Jahre, wie so viele von euch, in der Nopperei einer Tuchfabrik und an den Nähmaschinen einer Weißnäherei und schließlich in Heimarbeit geschuftet habe, weiß ich nur zu gut, wie ungerecht man uns Frauen behandelt.«

Sie holte tief Luft. Jetzt folgte ein provokativer Satz. »Doch sind wir Frauen nicht selbst mitschuldig an unserem Elend?«

Ein halb erstauntes, halb empörtes Raunen ging durch die Menge. Irene wartete, bis sich der Lärm wieder etwas gelegt hatte.

»Lasst mich euch diese These erklären! Als die Selfaktoren und mechanischen Webstühle die Spinnräder und Handwebstühle verdrängten, pries man dies als einen großen technischen Fortschritt an. Doch wer profitiert bis heute davon? Nur die Fabrikherren!

Durch die Maschinen wurden viele Tätigkeiten, die früher einzig und allein erfahrene Männer und Frauen beherrschten, überflüssig. Auf den ersten Blick sind diese Verrichtungen heute sehr viel einfacher auszuführen. Doch ist unsere Arbeit wirklich einfacher oder sogar leichter geworden? Mitnichten!

Nun bestimmen die Maschinen unseren Arbeitstag in der Fabrik. Pausen sind nicht mehr dann möglich, wenn wir sie brauchen, sondern nur, wenn sie nach der Fabrikordnung erlaubt sind. Auch beenden können wir unseren Arbeitstag nicht, wenn wir erschöpft sind, sondern erst, wenn unsere vorgeschriebene Schicht vorüber ist. Und diese dauert oft dreizehn Stunden oder noch länger!

Nun will ich nicht behaupten, dass das Schicksal der Heimarbeiterinnen einfacher ist als das der Fabrikarbeiterinnen. Aber auch das ist eine Folge der Mechanisierung. Wer heute in Heimarbeit sein Brot verdienen muss wie die Leineweber in Herxheim, hat auch keine andere Wahl mehr, als vom frühen Morgen bis zum späten Abend zu schuften. Handarbeit wird nämlich noch viel schlechter entlohnt als Fabrikarbeit! Weil sie jederzeit durch die Maschinen ersetzbar ist!«

Plötzlich merkte Irene, dass sie sich bereits jetzt vom Skript ihrer Rede entfernt hatte. Doch das spielte keine Rolle. Die Worte sprudelten nur so aus ihr heraus.

»Ich komme zurück auf meine provozierende These: Wir Frauen tragen eine Mitschuld an unserem Ungemach! Wir wehren uns nicht dagegen, wenn unsere besser bezahlten Männer entlassen und arbeitslos werden, weil die Fabrikherren dann uns Frauen deren ehemalige Arbeit tun lassen und das natürlich nur für die Hälfte oder noch weniger des Lohns, den unsere Männer verdient haben. Und wo den Ausbeutern selbst wir Frauen noch zu teuer sind, da beschäftigen sie unsere Kinder. Auch das lassen wir nicht nur zu, manche von uns befürworten das sogar, aus der nackten Not heraus!

Ich habe selbst einmal in Lambrecht erlebt, wie eine halb verhungerte Frau ihre noch nicht achtjährige Tochter einem Fabrikherrn andiente, damit die Kleine die lebensgefährliche Arbeit, bei laufendem Betrieb unter den Selfaktoren zu kehren, übernehmen durfte. Eine Arbeiterin kam schließlich bei einem furchtbaren Unfall zu Schaden, als sie das Kind aus einer Notlage zu befreien versuchte.«

Irenes Stimme schwankte. Noch immer bewegte sie das schreckliche Schicksal der gerade einmal sechzehnjährigen Gerti, die beim Versuch, die kleine Anna zu retten, mit ihren Haaren in die Spinnmaschine geraten und skalpiert worden war. Da sie sich nie wieder von diesem Unfall erholte, hatten sich ihre Mutter und sie schließlich sogar das Leben genommen.

»Und was tun wir Frauen, wenn die Fabrikherren ohne Rücksicht auf unsere zahlreichen Verpflichtungen als Hausfrauen und Mütter auch noch Überstunden anordnen? Wir gehorchen, obwohl wir auch so schon nicht mehr ein noch aus wissen, weil wir neben unserer Arbeit auch noch die Familie versorgen müssen. Viele Frauen kehren schon kurz nach der Geburt an ihren Arbeitsplatz zurück, obwohl das Gesetz ihnen drei Wochen Schonzeit zusichert, wenn auch unbezahlte.

Und warum tun wir Frauen das? Warum habe auch ich mich dereinst in diese unmenschlichen Arbeitsbedingungen gefügt? Allein aus der Furcht heraus, uns in das Heer der arbeitslosen Männer und Frauen einreihen zu müssen, die täglich vor den Fabriktoren herumlungern, in der Hoffnung, die Hölle des Verhungerns gegen die Hölle der Fabrikarbeit eintauschen zu dürfen.«

Sie machte eine kurze Pause, um Atem zu schöpfen. Im Saal war es jetzt mucksmäuschenstill. Die Augen der Zuhörer hingen gebannt an Irenes Lippen.

»Denn tauschen wir nicht tatsächlich eine Hölle gegen die andere ein? Werden unsere Kinder satt von dem kargen Lohn, den uns die Fabrikherren zugestehen und den sie uns nach Belieben kürzen können? Um ihren eigenen Profit zu maximieren, ihre fetten Leiber weiter zu mästen, ihren Wohlstand auf unsere Kosten täglich zu mehren! Ohne Rücksicht auf die ständig steigenden Lebensmittelpreise, ohne Rücksicht darauf, dass viele von uns in schimmligen, ungeheizten Quartieren hausen, geschüttelt vom Husten der Schwindsucht, und hilflos mit ansehen müssen, wie unsere Kleinkinder sterben wie die Fliegen? Weil sich die Mütter die eine einzige Mark nicht leisten können, um selbst den billigsten Arzt an ihr Krankenbettchen zu rufen!«

Irene ließ ihren Blick durch den Saal schweifen. Es ertönte bereits vereinzelter Beifall, doch sie hob die Hand. »Noch bin ich nicht am Ende meiner Rede, Schwestern und Genossinnen.« Die Männer im Saal hatte sie zwischenzeitlich völlig vergessen. Sie sprach nur noch zu ihren Leidensgefährtinnen aus früheren Zeiten.

»Doch wir sind viele, meine geliebten Schwestern! Sehr viele sogar! Und wir sind stärker, als die meisten von uns glauben. Könnten wir sonst dieses schwere Schicksal überhaupt meistern? Ohne den Trost des Alkohols, in den sich viele unserer Männer flüchten. Also müssen wir uns auf diese Stärke besinnen!«

Wieder machte sie eine kleine Pause. Wieder hob sie die Hand, um die ersten Bravo-Ruferinnen zum Schweigen zu bringen. »Also, was können wir tun? Ihr, die ihr für unsere Sache schon gewonnen seid, geht unermüdlich hinaus und werbt eure unglücklichen und noch unwissenden Mitschwestern an, sich ebenfalls für gerechtere Arbeits- und Lebensbedingungen einzusetzen! Lehrt sie Lesen und Schreiben, oder lernt es erst einmal selbst, wenn ihr es noch nicht beherrscht. Denn nur Bildung ist der Schlüssel zu größerer Freiheit! Haltet kleine Versammlungen mit euren Mitschwestern ab, wie wir es hier heute im Großen tun! Tretet in die Zentral-Kranken- und Sterbekasse für Frauen und Mädchen ein, damit ihr im Notfall Hilfe findet, und werbt auch eure noch unwissenden Gefährtinnen an! Helft euch gegenseitig gegen korrupte Vorarbeiter und Verwalter. So wie wir es einst in Lambrecht erfolgreich getan haben!«

Kurz erwähnte sie die Episode mit Robert Sieber, den man in flagranti bei der sexuellen Belästigung einer jungen Arbeiterin ertappt und umgehend gefeuert hatte.

»Betäubt eure Kleinkinder nicht länger mit branntweingetränktem Zucker! Gründet stattdessen eigene Stillstuben und wechselt euch in der Betreuung eurer Säuglinge ab! Und macht euch klar, dass unsere Männer ihren Kampf gegen die Ausbeutung niemals ohne uns gewinnen können. Auch wenn viele Männer das noch nicht wissen. Nur die Solidarität zwischen Arbeitern *und Arbeiterinnen* macht uns stark. Kluge Männer wie August Bebel haben das schon lange erkannt!«

Irene hob instinktiv ihren rechten Arm und ballte die Hand zur Faust. »Lasst uns auf diese Weise mitwirken an einer besseren Zukunft für unsere Kinder! Dazu rufe ich euch hier und heute auf, Genossinnen! Besinnt euch auf eure Stärke, und ihr werdet erkennen, wie stark ihr seid!«

Erschöpft hielt sie inne. Ihre Rede war zu Ende. Noch bevor sie sich fürs aufmerksame Zuhören bedanken konnte, brandete auch schon rasender Beifall auf. Die Menge klatschte, johlte und trampelte vor Begeisterung mit den Füßen auf den hölzernen Boden. Trotz des Lärms war es Irene, als hörte sie plötzlich eine leise Stimme in ihr Ohr sagen:

»Gut gemacht, meine Tochter! Ich bin überaus stolz auf dich!«

Ein Café in Weißenburg
Anfang März 1886

Missmutig betrat Mathilde in Weißenburg das Café am zentralen Marktplatz, der ehemaligen Place de la République. Es befand sich ganz in der Nähe ihrer Schneiderin Madame Marat, bei der Mathilde gerade einen unerfreulichen Termin hinter sich hatte.

»Es tut mir sehr leid, Frau Stockhausen, aber diese Sommergarderobe ist beim besten Willen nicht mehr weiter zu machen. Dafür sind die Stoffe zu zart. Sie könnten leicht ausreißen. Da lässt sich leider gar nichts mehr tun.«

Da die Schneiderin bereits in den vergangenen Jahren gemerkt hatte, dass ihre einst wohlhabende Kundin nur noch über ein kleines Budget verfügte, machte sie diesmal gar nicht erst den Vorschlag, Mathilde neue Kleider anzufertigen. Unverrichteter Dinge musste diese das Modeatelier daher wieder verlassen.

Besonders ärgerlich für Mathilde war, dass sie ihre Zofe Heidi samt dem greisen Kutscher Riemer, der sie mit dem Einspänner nach Weißenburg gefahren hatte, noch für über eine Stunde weggeschickt hatte, da sie glaubte, diese Zeit für die Anproben zu benötigen. Doch angesichts ihrer im Vergleich zur letzten Sommersaison nochmals erheblich umfangreicheren Leibesfülle war Madame Marat bereits nach kaum einer Viertelstunde zu ihrem vernichtenden Urteil gekommen. Um zu verhindern, dass ihr irgendwann wieder ein Kleid aufplatzte wie bei dem unseligen Treffen mit dem preußischen Leutnant vor vielen Jahren würde ihr also kaum etwas anderes übrig bleiben, als sich beim Essen einzuschränken, um wieder etwas schlanker zu werden.

Selbstverständlich hätte Mathilde im Atelier auf ihre Dienstboten warten können und wäre dort sogar mit heißen Getränken und Törtchen versorgt worden. Aber dazu war sie zu stolz. Da sie zum Glück etwas Geld eingesteckt hatte, beschloss sie, die Stunde in ihrem Lieblingscafé totzuschlagen, bis man sie samt ihren Sommerroben wieder bei Madame Marat abholen würde.

Rasch überflog ihr Blick die anwesende Kundschaft, die sich an den kleinen Marmortischen ihren Kuchen schmecken ließ. Aufgrund ihrer bescheidenen Einkommensverhältnisse pflegte sie kaum mehr den Kontakt zu ihren alten Weißenburger Bekanntschaften, die schon vor ihrer Ehe mit Stockhausen nicht allzu innig gewesen waren.

Aber zum Glück war niemand da, den sie kannte. Daher huschte sie mit gesenktem Kopf in die unauffällige Ecke hinter einer Gitterwand, an der sich einige Efeupflanzen so üppig emporrankten, dass man sie dahinter kaum noch ausmachen konnte.

Die Kellnerin hatte ihr gerade das Kännchen Tee und eine Sahneschnitte gebracht, die sie sich trotz ihrer guten Vorsätze zum Trost noch einmal gönnen wollte, da nahm sie durch die Pflanzenwand hindurch wahr, dass jetzt auch der davorstehende Tisch besetzt wurde. Stühle wurden gerückt, ein Stock oder Schirm klapperte laut auf dem fliesenbelegten Boden.

Dann vernahm Mathilde plötzlich zwei ihr wohl bekannte Stimmen.

»Es ist schön, lieber Franz, dass du mich am Bahnhof begrüßt und abgeholt hast, um deine Mittagspause mit mir zu verbringen«, sagte Pauline.

»Aber darum hattest du mich doch eigens in deinem letzten Brief aus Wien gebeten«, antwortete Franz verblüfft.

Pauline nickte. »Gewiss, aber ich wusste ja bis zuletzt nicht, ob du es ermöglichen könntest. Oder ob der Zug pünktlich sein würde.«

»Hat sich der Wein der letzten Ernte denn nach deinen Wünschen entwickelt?«, lenkte sie dann erst einmal von diesem Thema ab. »Ihr wolltet doch damit beginnen, ihn abzufüllen, während ich in Wien war. Mit der Lese im Herbst warst du ja sehr zufrieden.«

»So ist es«, bestätigte Franz. »Wie du weißt, mussten wir zwar wieder eine Menge Spätburgundertrauben hinzukaufen, um zumindest unsere Spitzenkundschaft beliefern zu können. Doch der Cuvée scheint zu gelingen. Die Weißweine sind ebenfalls gut geworden. Ab diesem Jahr wird die Situation auch beim Rotwein wieder besser werden. Die Neupflanzungen der Spätburgunderreben haben sich im vergangenen Sommer ganz prächtig entwickelt.«

Er sah seiner Mutter prüfend ins Gesicht. »Aber das ist doch nicht der Grund, warum du mich unbedingt vor deiner Rückkehr nach Schweighofen sprechen wolltest.«

Pauline zupfte nervös an ihrer Frisur. Die Kellnerin trat an den Tisch und nahm die Bestellungen auf. Auch danach rang Pauline noch sichtlich nach Worten.

»Also heraus damit«, forderte Franz sie schließlich auf. »Schlechte Nachrichten höre ich lieber sofort. Das weißt du ja.«

»Eigentlich sind es gar keine schlechten Nachrichten, Franz. Sie könnten nur Komplikationen nach sich ziehen.«

Franz verzog das Gesicht vor Ungeduld. »Stellt Graf von Sterenberg wieder Ansprüche, die ich nicht erfüllen kann?«, fragte er unwirsch.

Pauline straffte sich. »Sprich nicht so distanziert von deinem Vater, Franz. Darum bitte ich dich. Ferdi würde dich nur zu gerne mit offenen Armen in seine Familie aufnehmen.«

»Du weißt, dass Irene befürchtet, dass er sie nie als Schwiegertochter wertschätzen, sondern sich aufgrund ihrer zweifelhaften Herkunft lediglich mit ihr abfinden würde. Und ich teile diese Befürchtung. Also lassen wir alles am besten so, wie es ist.«

»Das kann ich dir nun leider nicht mehr zusagen, Franz.«

Der war verblüfft. »Warum kannst du das nicht mehr zusagen?«

»Weil mir dein Vater einen Heiratsantrag gemacht hat.«

»Waaas sagst du da?« Franz glaubte, seinen Ohren nicht zu trauen. »Graf von Sterenberg will dich heiraten?«

Nun blitzte Aufbegehren in Paulines dunklen Augen auf. »Sprich leiser, mein Sohn. Es muss ja nicht gleich das ganze Café mithören!« Sie holte tief Luft. »Warum erstaunt dich das so sehr, mein Sohn? Du weißt doch, wie unglücklich ich in meiner Ehe mit Wilhelm war. Ferdinand von Sterenberg war und ist meine große Liebe. Soll mir nicht einmal in meinen letzten Lebensjahren ein wenig Glück vergönnt sein?« Jetzt wurden ihre Augen feucht.

»Aber … ich glaube … Wie soll das …?«, stammelte Franz.

»Hast du den Antrag des Grafen schon angenommen?«, fasste er sich erst nach einer ganzen Weile wieder.

Pauline schüttelte traurig den Kopf. »Ich habe mir Bedenkzeit bis zu meinem nächsten Besuch ausgebeten. Wann das sein wird, kann ich nicht sagen, denn es hängt von dir ab.«

»Wieso von mir?«

»Dein Vater möchte auch mit dir über unsere Heirat sprechen und natürlich über die Adoption. Ich fürchte, seine Geduld ist langsam zu Ende.«

»Wie kommst du darauf?«, fragte Franz, obwohl ihn dies eigentlich nicht überraschte. Seit dem Tod von dessen älterem Bruder Maximilian besuchte Pauline seinen Vater mehrere Male pro Jahr. Zweimal war Franz mitgekommen, hatte aber immer wieder ausweichend auf das Adoptionsangebot von Sterenbergs reagiert. Durch seinen Heiratsantrag hoffte der Graf zweifellos, zwei Fliegen mit einer Klappe zu schlagen: die Frau seines Lebens zu ehelichen und dadurch auch die Adoption seines Sohnes forcieren zu können.

Paulines Antwort bestätigte seine Vermutungen. »Ferdi hat nicht sehr freudig darauf reagiert, als ich seinen Antrag nicht sofort annahm. Er meinte, er habe die andauernden Bedenkzeiten langsam satt, und betonte, dass er sich immer mehr wie ein lästiger Bittsteller um meine und deine Gunst vorkommen würde. Nicht wie einer der reichsten Majoratsherren in Österreich-Ungarn, der sich nach seiner Familie sehnt.«

Franz ließ dies eine Weile auf sich wirken. »Und was genau stellt er sich vor?«, fragte er schließlich.

»Er ist jetzt nicht nur bereit, Irene in Kauf zu nehmen, sondern sie ausdrücklich in der Familie willkommen zu heißen.«

»Trotz ihrer unbekannten Herkunft?«

Wieder hob Pauline trotzig den Kopf. »Ich habe Ferdinand über Irenes Abstammung aufgeklärt. Warum hätte ich das auch nicht tun sollen?«, kam sie Franz' Einwand zuvor. »Du hast es doch selbst schon vor Jahren Ottilie und Mathilde erzählt. Warum soll dein eigener Vater es nicht wissen? Er ist näher mit dir verwandt als eine der beiden.«

»Nun gut!« Franz holte tief Luft. »Dann wäre das ja geklärt, obwohl ich dir dankbar gewesen wäre, wenn du das mir überlassen hättest. Aber einen Haken scheint es bei der Sache ja dennoch zu geben. Und der wäre welcher?«

Wieder zupfte Pauline nervös an ihrem Haar. »Die Wiener Gesellschaft ist sehr konservativ«, begann sie zögernd. »Und sie ist natürlich sehr gegen die als aufsässig empfundenen Arbeiter eingestellt. Diesbezüglich denkt dein Vater nicht anders als alle Adligen und Großbürger.«

»Aha!« Franz ahnte, worauf Pauline hinauswollte, gab es aber nicht zu erkennen. »Dass es den Fabrikarbeitern im Habsburger Reich noch viel schlechter geht als im Deutschen Reich, spielt dabei anscheinend keine Rolle.«

»Wahrscheinlich weiß man dies in Adelskreisen gar nicht. Zumindest dein Vater wird so gut wie nichts davon ahnen.«

»Das ist bedauerlich«, entgegnete Franz. »Denn das Großbürgertum, das nach nichts mehr giert als nach einem Adelstitel, und die hohe Politik nehmen das Arbeiterelend auf jeden Fall billigend in Kauf. Das wird in Österreich nicht anders sein als hierzulande. Und es geht das Gerücht, dass auch Kaiser Franz Joseph und die konservativen politischen Kräfte im Habsburgerland auf eine Art Sozialistengesetz drängen und Bismarcks Vorgehen gegen die Arbeiter kopieren wollen.«

Pauline nickte bestätigend.

»Also erwartet mein Vater, dass Irene ihre gerade erst begonnene Agitation für die Rechte der Arbeiterinnen wieder aufgibt«, schloss Franz. Er fixierte seine Mutter scharf.

Ihre bedrückte Miene war ihm Bestätigung genug. Dennoch überraschte ihn ihre Antwort. »Davon weiß er noch gar nichts, Franz. Aber genau das vermute ich. Dass er das fordern wird, wenn er davon erfährt.«

»Maman, dazu wird Irene auf keinen Fall bereit sein«, sagte Franz entschieden. »Wir haben gemeinsam beschlossen, dass sie wieder politisch tätig sein darf. Und so lange das, was sie tut, legal ist, werde ich ihr keine Steine in den Weg legen. Ich bin nicht bereit, meine Ehe noch einmal aufs Spiel zu setzen.«

Auch jetzt reagierte seine Mutter anders als erwartet. »Und ich bin meinerseits nicht dazu bereit, für den Rest meines Lebens mit meinen Wünschen und Bedürfnissen zurückzustehen«, erklärte sie mit fester Stimme.

Eine Weile starrten beide schweigend auf das Tischtuch und rührten in ihren Getränken, die die Kellnerin zwischenzeitlich gebracht hatte. Dann lächelte Pauline Franz begütigend an.

»Wir müssen eben irgendeinen Kompromiss finden. Was hältst du denn davon, wenn Irene in Zukunft in der Öffentlichkeit nicht mehr unter ihrem Ehenamen auftritt, sondern unter ihrem Mädchennamen Irene Weber? Und den Weinhandel Gerban am besten gar nicht mehr erwähnt? Denn sollte irgendein Kunde von dir einmal auf Irenes Agitation aufmerksam werden, dürfte das deinen Geschäften nicht gerade förderlich sein.«

Damit traf Pauline ins Schwarze. Denn nachdem in einigen regionalen Zeitungen kleine Berichte über Irenes Auftritte auf Versammlungen erschienen waren und sie sogar an der Gründung eines Arbeiterinnenvereins in Worms beteiligt gewesen war, hatte sich Franz auch schon ab und an über diese Frage Sorgen gemacht, sie aber rasch wieder verdrängt.

»Es wäre einfach gut, dein Vater erführe erst einmal nichts von Irenes Betätigung. Zumindest nicht, solange wir nicht verheiratet sind. Danach sehen wir weiter.«

Franz, der merkte, dass hier womöglich ein größeres Problem auf alle Beteiligten zukam, fühlte sich im Augenblick davon überfordert. Er zückte seine Taschenuhr, nahm einen Schluck seines kalt gewordenen Kaffees und verzog das Gesicht.

»Ich muss jetzt zurück ins Kontor, Maman. Peter wird dich um zwei Uhr dort abholen. Ich hoffe, der Mietskutscher hat dein Gepäck ordnungsgemäß dorthin gebracht.« Er winkte der Kellnerin.

»Wirst du denn über mein Anliegen nachdenken und mit Irene darüber sprechen?« Franz rührte der flehende Ausdruck in den Augen seiner Mutter. »Es ist mein Herzenswunsch, Ferdi zu heiraten.«

»Das werde ich sicherlich tun, Maman«, versprach er. »Ich weiß allerdings noch nicht, wann und wo. Ich muss sorgfältig überlegen, wie ich es anfange, und den richtigen Zeitpunkt dafür finden.«

Mathilde saß noch immer wie erstarrt vor ihrer unberührten Sahneschnitte und dem abgekühlten Tee, als sich ihre Mutter und Franz schon längst aus dem Café entfernt hatten. Endlich wusste sie, wohin ihre Mutter Pauline ihre dauernden Reisen machte. Dass sie in Kurbäder fuhr oder alte Schulfreundinnen besuchte, hatte Mathilde ihr schon lange nicht mehr geglaubt.

Die Gedanken rasten durch ihren Kopf. *Also ist Franz der Sohn eines Grafen. Eines Ferdinand von Sterenberg. Den meine Mutter heiraten will. Um ebenfalls Gräfin zu werden. Sie werden nach Wien ziehen und dort in noch größerem Wohlstand leben als bisher. Wahrscheinlich sogar in einem Schloss. Und Irene, das uneheliche Dienstmädchen, wird eine Adlige werden.*

Wut, Schmerz, Erbitterung und Enttäuschung über ihr verpfuschtes Leben tobten gleichermaßen in Mathildes Brust. Ein Gedanke brach sich schließlich Bahn und beherrschte sie.

Und niemand, aber gar niemand denkt an mich. Sie haben mich nicht einmal mit einem einzigen Wort erwähnt.

Anwesen der Gerbans bei Altenstadt
Anfang März 1886, zwei Stunden später

»Nun, das wollen wir doch erst einmal sehen!« Ottilie, die Mathildes Bericht anfangs fassungslos, dann zunehmend erbittert gelauscht hatte, sprang vom Sessel auf und durchquerte mit großen Schritten den kleinen Salon. Schließlich trat sie an den Schreibsekretär und nahm eine Mappe heraus.

Mathilde wusste, was diese enthielt. Es waren Ottilies gesammelte Zeitungsberichte über Irenes politische Aktivitäten. Der Artikel über ihren Prozess in Ludwigshafen war ebenso dabei wie zwei überaus hämische Berichte über ihre öffentlichen Auftritte und Aktivitäten. Es waren kleine Artikel. Noch nahm die Presse von der Frauenbewegung kaum Notiz.

Sehr geschickt hatte es vor allem Mathilde verstanden, Pauline bei ihren gegenseitigen Besuchen in Altenstadt oder Schweighofen über Irene auszufragen. Sie täuschte Kummer darüber vor, dass ihre Halbschwester jeden Kontakt zu ihr mied. Da Pauline Mathilde nur nach Schweighofen kommen ließ, wenn Irene nicht da war, erfuhr sie auf diese Weise schließlich von deren Reisen im Rahmen ihrer wieder aufgenommenen politischen Tätigkeit. Pauline hielt es nicht für nötig, dies zu verschweigen, da Irene selbst ja keinerlei Geheimnis daraus machte. Natürlich hatte Mathilde Ottilie brühwarm davon berichtet.

Die hatte keine Mühe gescheut, sich an Irenes Fersen zu heften. Ottilie schrieb regelmäßig die Redaktionen der örtlichen Gazetten an, in deren Erscheinungsgebiet Irene auftrat, und bat sie jeweils um die Zeitungsexemplare, die in der Woche nach ihren Veranstaltungen erschienen. Die Adressen dieser Gazetten besorgte sie sich eigens in der Weißenburger Lokalredaktion ihrer eigenen Zeitung.

Und ihre Mühe hatte sich letztendlich gelohnt. Nicht immer, aber bislang immerhin zweimal war Ottilie fündig geworden. Es gab einen Artikel aus der Wormser Zeitung über die Gründung eines Arbeiterinnenvereins, an der Irene mitgewirkt hatte, und einen anderen Bericht aus Koblenz über ihre Rede auf einer Versammlung.

Beide Artikel strotzten nur so vor Spott über die »widernatürlichen Weiber«, die sich anmaßten, es den Männern gleichtun zu wollen. Ottilie hatte beabsichtigt, sie Franz bei passender Gelegenheit unter die Nase zu reiben. Nun kam ihr eine Idee, wie sie diese noch besser verwenden konnte.

Sie trat noch einmal an den Sekretär heran und wühlte eine Weile darin herum. In einer kleinen Schublade fand sie schließlich, was sie suchte. Triumphierend hielt sie es in die Höhe.

»Ob es funktioniert, weiß ich natürlich nicht, Mathilde. Es ist ein Schuss ins Blaue. Aber wer nicht wagt, der nicht gewinnt. Und wenn wir ein wenig Glück haben, können wir ihnen auf diese Weise die Suppe kräftig versalzen.«

Kapitel 22

Stadtpalais Sterenberg in Wien
Mai 1886

Franz übergab dem livrierten Diener, der ihm das Eingangsportal des prächtigen Stadtpalais' seines Vaters öffnete, seine Visitenkarte, aus der ihre enge Verwandtschaft natürlich nicht hervorging. Da er dem Grafen seinen Besuch telegrafisch angekündigt hatte, schien man ihn dort schon erwartet zu haben. Ein zweiter Diener führte Franz sofort in ein kleines Audienzzimmer, das mit kostbaren Barockmöbeln eingerichtet war.

Er nahm in einem mit golddurchwirktem Brokat überzogenen Lehnsessel Platz, dessen mit dem gleichen Stoff gepolsterte Armlehnen und geschwungene Beine ebenfalls vergoldet waren. Trotz dieses Prunks war das Sitzmöbel unbequem.

Franz' Beinstumpf pochte seit längerer Zeit zum ersten Mal wieder und zeigte ihm das Maß seiner inneren Aufregung an. Er lehnte das Angebot des Dieners ab, ihm einen Kaffee nach Wiener Art zu servieren, zumal er mit den Begriffen »Kapuziner«, »Großer Brauner« und »Melange« nichts anfangen konnte, und bat stattdessen nur um ein Glas Wasser.

Da der Mietskutscher den Weg zu Franz' Hotel, in dem er am Vorabend abgestiegen war, und dem Palais in weit kürzerer Zeit zurücklegte, als Franz erwartet hatte, wunderte er sich nicht über die Auskunft des Dieners, der Graf habe gerade erst sein Frühstück beendet und befände sich noch bei der Morgentoilette. Sein Vater schien kein Frühaufsteher zu sein. Eine kleine, für Franz' Geschmack überreichlich verzierte, leise tickende Tischstanduhr zeigte bereits ein Viertel nach zehn Uhr an.

Auf seinen Wunsch hin war Pauline in Schweighofen geblieben. Zum einen pflegte sie seit Langem im Stadtpalais des Grafen zu nächtigen, was Franz als Wohnort für die erste Begegnung mit seinem Vater seit vielen Monaten zu intim war. Zum anderen hätte er es als unpassend empfunden, selbst im Hotel zu übernachten, während Pauline im Stadtpalais wohnte.

Der eigentliche Grund war jedoch, dass er den Kopf frei haben wollte, um unabhängig von den Wünschen seiner Mutter nach dem Gespräch mit dem Grafen eine Entscheidung treffen zu können, wie es weitergehen sollte. Schon jetzt hatte es sich als überaus schwierig erwiesen, Irenes und Paulines Wünsche unter einen Hut zu bringen.

Sein erster Versuch, Irene dazu zu bewegen, unauffälliger in der Öffentlichkeit aufzutreten, war eher entmutigend ausgegangen. »Man kennt mich in einschlägigen Kreisen als Irene Gerban«, hielt sie ihm entgegen, als er sie um die Verwendung ihres Mädchennamens »Weber« bat. »Wie soll ich den Genossinnen denn erklären, dass ich mich jetzt nur noch inkognito zeigen möchte?«

Zumindest hatte sie sein Argument, es könne dem Weinhandel schaden, wenn sie den Namen »Gerban« für ihre politischen Agitationen verwenden würde, zum Zugeständnis veranlasst, den Beruf ihres Mannes nicht mehr bei ihrer Vorstellung zu erwähnen. »Ich werde eben nur noch davon sprechen, dass ich die Gattin eines reichen Kaufmanns bin. Ob das reicht, um dein Geschäft nicht mit mir in Verbindung zu bringen, kann ich allerdings nicht garantieren. Denn dein Beruf ist ja schon vielen Arbeiterinnen bekannt.«

Am leichtesten fiel ihr zu Franz' Erstaunen die Lösung des Problems, dass sie ab und zu auch Artikel für die seit Januar 1886 erscheinende Zeitung »Die Staatsbürgerin« schreiben wollte. Hier trat nämlich nicht einmal Gertrud Guillaume-Schack als Herausgeberin aktiv in Erscheinung. Denn das wöchentlich erscheinende Magazin war nicht nur »Das Organ für die Interessen der Arbeiterinnen«, sondern auch gleichzeitig das Informationsblatt der reichsweit verbreiteten »Zentral-Kranken- und Sterbekasse für Frauen und Mädchen«. Sämtliche Artikel darin wurden anonym verfasst.

»Und wenn ich wirklich einmal meine Initialen nenne, werde ich dafür meinen Oggersheimer Tarnnamen ›Anna Klein‹ verwenden, unter dem ich damals in der Weißnäherei Stockhausens gearbeitet habe«, erläuterte sie ihm. »Von den Buchstaben A. K. wird niemand auf Irene Gerban schließen.«

Zudem war ohnehin nicht damit zu rechnen, dass Irene ein allzu großes Engagement für die Zeitung entfalten würde. Denn obwohl die Schweighofener Hauslehrerin Fräulein Adelhardt ihre Artikel redigierte, erwies sich Irene beim Verfassen derselben als erstaunlich unsicher.

So leicht es ihr auch fiel, in der Öffentlichkeit zu reden, so schwer tat sie sich mit dem Schreiben. »Ich habe seit meiner Schulzeit im Waisenhaus keinen Aufsatz mehr zu Papier gebracht. Auch wenn ich damals in Rechtschreibung und Ausdruck die Klassenbeste war, ist dies jetzt schon zwanzig Jahre her«, erklärte sie nervös, bevor sie Gertrud ihren ersten Leitartikel zukommen ließ.

Der handelte zudem von einem brisanten Thema: Irene befasste sich darin anhand des tragischen Beispiels ihrer Freundin Emma Schober mit der Trunksucht vieler Arbeiter und den schrecklichen Folgen für deren Familien. Natürlich ohne Emmas Namen zu nennen und mit voller Billigung ihrer Tochter Marie, die zwar in Tränen ausbrach, als sie Irenes Text las, diese aber nachhaltig dazu ermutigte, ihn zu veröffentlichen.

Auch in einigen weiteren Gesprächen, an denen Pauline manchmal teilnahm, hatten Irene und er zunächst keinen wirklichen Durchbruch erzielt, wenn es um die Vereinbarkeit von Paulines Wunsch, den Grafen zu heiraten, den Wunsch seines Vaters, Franz zu adoptieren, und Irenes Wunsch nach der Verfolgung ihrer politischen Aktivitäten ging.

Bis die Parzen, die das Schicksal weben, oder die Glücksgöttin

Fortuna, das hing vom jeweiligen Blickwinkel der Betroffenen ab, schließlich eingriffen, und dem Ganzen eine völlig überraschende Wendung gaben.

Eines Tages im April fand Franz Irene tränenüberströmt im Schreibzimmer vor, nachdem Marie Schober ihn darauf aufmerksam gemacht hatte, dass es ihr nicht gut ging. Da sie vor Schluchzen kein Wort herausbrachte, nahm er ihr den Brief, dessen Zeilen vom Weinen schon halb verwischt waren, behutsam aus der verkrampften Faust und las ihn.

Das Schreiben kam von Gertrud Guillaume-Schack. Mit dürren Worten teilte sie Irene mit, dass zwei der auf ihre Anregung hin erst im vergangenen Jahr gegründeten Arbeiterinnenvereine mittlerweile von Staats wegen verboten worden wären und sich aufgelöst hätten.

Es sind zwei der drei Berliner Vereine, in deren Versammlungen ich kurz davor gesprochen habe, führte Gertrud weiter aus. *Ich vermute daher einen Zusammenhang mit meinen zugegebenermaßen recht kämpferischen Reden und den schnell darauffolgenden Verboten.*

Deshalb habe ich beschlossen, alle geplanten öffentlichen Auftritte vorläufig zu unterlassen. Ich muss Dir daher heute mitteilen, dass ich unser Treffen und Deine damit verbundene Rede in Frankfurt am 16. April leider absagen muss.

Über die weitere Entwicklung halte ich Dich auf dem Laufenden.

Herzlichst
Deine Gertrud

Franz plagte das schlechte Gewissen wegen seiner Erleichterung, während er Irene tröstend in den Armen hielt. Immerhin hatte sich dadurch ein Hauptanliegen seiner Mutter von selbst erfüllt: Irene würde erst einmal keine öffentlichen Reden mehr halten.

Natürlich blieb auch Pauline diese für sie glückliche Wendung nicht verborgen. Sie hatte sofort die Gelegenheit beim Schopf gepackt, um Franz zu seinem jetzigen Besuch in Wien zu drängen, wo er noch einmal über die Bedingungen einer Adoption mit seinem Vater sprechen sollte.

Fast hätte Franz diesen allerdings in letzter Minute abgesagt. Dafür war eine beunruhigende Beobachtung in den Neupflanzungen des Spätburgunders verantwortlich, auf die Hansi Krüger ihn nur zwei Tage vor seiner Abreise nach Wien aufmerksam gemacht hatte.

»Leider entwickeln sich die Jungreben in diesem Jahr völlig entgegengesetzt zu unseren bisherigen Erwartungen, Herr Franz. Anstatt kräftig auszutreiben, sind viele Blätter schon jetzt unterentwickelt und kümmerlich. Die Pflanzen wirken verdorrt, als ob sie zu wenig Wasser bekommen hätten. Aber das kann ja nicht sein. Im April hat es beinahe jeden Tag ausgiebig geregnet.«

Alarmiert hatte sich Franz selbst vor Ort ein Bild von der Lage gemacht. Betroffen waren die beiden Weinberge, deren Pflege der erste Vorarbeiter Clemens Dick einem jungen, neu eingestellten Landarbeiter namens Herrmann übertragen hatte. Obwohl beide heftig bestritten, dass ihnen im vergangenen Jahr etwas Ungewöhnliches aufgefallen war, wirkten sie sowohl auf Franz als auch auf Hansi Krüger merkwürdig schuldbewusst.

»Geh dem auf den Grund, während ich in Wien bin, Hansi«, wies Franz seinen jungen Verwalter schließlich an. »Da stimmt irgendetwas nicht. Und gib mir sofort Bescheid, wenn du etwas Entsprechendes in Erfahrung gebracht hast.«

Auf dem Gang vor dem Audienzzimmer ertönten jetzt Schritte. Franz verdrängte seine beunruhigenden Gedanken und konzentrierte sich auf das bevorstehende Gespräch mit seinem Vater.

Weingut bei Schweighofen
Mai 1886, zur selben Zeit

»Was ist das, Herrmann?«

Anklagend hielt Hansi Krüger dem jungen Arbeiter einige abgerissene Blätter entgegen, auf deren Unterseite sich die merkwürdigen schwarzen Hubbel befanden, die Herrmann bereits im vergangenen Jahr aufgefallen waren. Sie stammten aus der Rieslinglage neben einem der Spätburgunderweinberge.

Herrmanns betroffene Miene war Hansi Antwort genug. »Also kennst du dieses Schadbild schon«, schloss er messerscharf. »Wann und wo hast du es zum ersten Mal gesehen?«

»Im letzten Jahr um diese Zeit in den beiden Spätburgunderlagen«, gestand Herrmann kleinlaut. »Aber es waren nur wenige Stöcke befallen. Und die entwickelten sich trotzdem ganz prächtig. Sie haben doch selbst gesehen, dass die Lagen in Saft und Kraft standen, Herr Krüger«, ging er in seiner Verzweiflung jetzt in die Offensive.

»Und was haben Sie dazu gesagt, Dick?«, wandte sich Hansi nun an den Vorarbeiter, der sichtlich erblasst war.

»Davon wusste ich gar nichts, Herr Krüger.« Clemens Dick drehte seine Mütze verlegen in seinen großen Händen. Selbst wenn ihm Krügers unhöfliche Anrede aufgefallen war, spielte das im Moment keine Rolle.

»Sie haben die schwarzen Erhöhungen noch nie gesehen?« Hansis Stimme wurde um eine halbe Oktave höher. »Ich hatte Ihnen doch die sorgfältigste Beobachtung aller Neuanpflanzungen befohlen!«

»Aber der junge Kerl da hat mir nichts davon gesagt! Ich prügele dich windelweich, Herrmann«, verwandelte sich Dicks Schock nun in Wut.

Hansi ignorierte die letzte Bemerkung. »Ihnen ist also gar nichts aufgefallen, Dick?«

Als der Vorarbeiter stumm blieb, drehte sich Hansi wieder zu

Herrmann um. »Warum hast du deinen Vorgesetzten nicht von deinen Beobachtungen unterrichtet?«

»Er wollte doch nie etwas von mir wissen!«, verteidigte sich Herrmann nun mit heftiger Stimme, wohl auch ausgelöst durch die ihm angedrohten Prügel. »Er hat mir ja nicht mal zugehört, als ich ihm von den verdorrten Reben berichtet habe!«

»Von den verdorrten Reben?« Das wurde ja immer schlimmer. Hansi war zunehmend fassungslos.

»Ja, da gab es schon im letzten Jahr ein paar Stöcke, die aussahen wie jetzt die meisten in diesem Spätburgunderweinberg. Der Vorarbeiter befahl mir, sie auszureißen, wenn sie durch Gießen nicht zu retten wären. Das habe ich dann getan.«

Hansi begann die Katastrophe zu ahnen, die auf das Weingut zukommen würde. Er atmete einige Male tief ein und aus, um die Ruhe zu bewahren. Dann öffnete er die mittlerweile zu Fäusten geballten Hände.

»Ich gehe davon aus, dass Sie sich die ausgerissenen Stöcke einmal angesehen haben, Dick.« Er fixierte den Vorarbeiter scharf.

Dessen blasses Gesicht begann sich nun zu röten. Er antwortete nicht.

»Also haben Sie auch das unterlassen«, konstatierte Hansi. »Wie viele Stöcke hast du im Laufe des Weinjahres ausgerissen, Herrmann?«

Der hob die Schultern. »Sicher nicht mehr als dreißig oder vierzig!«

»Dreißig oder vierzig?« Nun verlor Hansi Krüger doch seine Contenance. »Du hast dreißig oder vierzig verdorrte Reben ausgerissen, ohne jemandem Bescheid zu geben? Etwa aus beiden dir anvertrauten Lagen?«, brüllte er Herrmann an.

»Nein, eingegangene Reben gab es nur in dieser Lage hier neben dem Riesling. Und es waren immer dieselben fünf Reihen betroffen. Herr Dick«, Herrmann wies mit seinem schmutzigen Zeigefinger auf den Vorarbeiter, »hat mir gesagt, das sei ganz normal. Jeder Züchter würde auch kränkliche Pflanzen liefern. Da sie aus demselben Zuchtfeld stammten, stünden sie oft auch in denselben Reihen.«

»Was ist mit dem anderen Weinberg?«

Herrmann trat vor Verlegenheit von einem Fuß auf den anderen. »Da gab es keine verdorrten Pflanzen. Nur solche mit diesen schwarzen Hubbeln unter den Blättern.«

Hansi atmete noch einmal tief durch. »Das wird auf jeden Fall ein Nachspiel für euch beide haben«, kündigte er mit mühsam erzwungener, ruhigerer Stimme an. Er dachte an die monatlich erscheinende Fachzeitschrift für Weinwirtschaft, die gerade heute Morgen eingetroffen war. Das Titelblatt des Journals war diesmal spektakulär aufgemacht. Ein Wissenschaftler der Friedrich-Wilhelm-Universität zu Berlin würde seine neuesten Forschungsergebnisse im Inneren der Zeitschrift präsentieren.

Reich bebildert. Mit echten Fotografien, erinnerte sich Hansi an eine der Schlagzeilen. Er umklammerte die abgerissenen Weinblätter, die mittlerweile ganz zerdrückt waren.

»Ich kehre jetzt sofort ins Gutshaus zurück und mache mich sachkundig«, kündigte er an. »Ihr haltet euch im Hof oder der Gesindestube zur Verfügung. Und Gnade euch Gott, wenn ich recht behalte.«

Stadtpalais Sterenberg in Wien
Mai 1886, zur selben Zeit

»Wie schön, dich endlich wiederzusehen, Franz!« Mit ausgebreiteten Armen ging Graf von Sterenberg auf seinen Sohn zu. Der erwiderte die feste Umarmung nur halbherzig. Der Graf spürte seine Zurückhaltung und ließ ihn sofort los.

»Komme ich dir mit diesen Gesten zu nahe?«, fragte er unverblümt. »Du bist mein einziger, noch lebender Nachkomme. Und noch dazu das Kind der Frau, die ich von ganzem Herzen liebe. Ich habe dich eine halbe Ewigkeit lang nicht mehr gesehen!«

Franz biss sich auf die Lippen und ließ sich wieder in seinem Lehnsessel nieder.

»Soll ich dir noch etwas bringen lassen?« Sein Vater streckte schon den Arm nach dem Klingelzug aus.

Franz lehnte ab. »Danke, Vater. Ich habe alles, was ich brauche.«

»Dann kannst du dich glücklich schätzen, mein Sohn«, antwortete der Graf kryptisch, nachdem er sich in dem Lehnsessel, der Franz gegenüberstand, niedergelassen hatte. »Mir fehlt vor allem meine Familie. Ich habe einen Sohn zusammen mit der Frau meines Lebens, die mich genauso liebt wie ich sie und dazu noch zwei Enkelkinder. Und doch bin ich einsam.«

Seine Stimme klang traurig. Dennoch verhärtete Franz sein Herz.

»Auch ich habe zwei Kinder mit der Frau, die ich liebe, Vater. Und kann Ihren Wunsch daher nicht erfüllen, wenn Ihnen Irene nicht willkommen ist.«

»Deine Frau *ist* mir willkommen, Franz. Auch wenn ich sie noch nicht kenne. Sie muss ein wunderbarer Mensch sein. Deine Mutter hat mir ununterbrochen von ihr vorgeschwärmt. Nun muss ich außerdem nicht mehr länger befürchten, dass sie das Kind einer Dirne oder eines Säufers ist. Also könnten wir alle Schwierigkeiten, die noch vor uns liegen, gemeinsam überwinden. Wenn sie es wollte.«

»Und was müsste Irene Ihrer Ansicht nach dafür tun? Oder besser gesagt, nicht tun?«

Der Graf seufzte. »Lass mich ein wenig ausholen, Franz. Ich bin gut bekannt mit dem Obersthofmeister. Das ist der einflussreichste Mann am Kaiserhof, der auch die mächtigste Hofbehörde leitet. Der Kaiser pflegt seinem Rat in der Regel zu folgen. Da der Obersthofmeister mir noch einen Gefallen schuldete, habe ich ihn ins Vertrauen gezogen und ihm mein

Anliegen deiner Adoption geschildert. Ohne dabei deinen Namen zu nennen, natürlich.«

Er machte eine kleine Pause und strich sich über seinen Schnurrbart.

»Mein Freund glaubt, dass es nicht einfach sein wird, die Erlaubnis zu deiner Adoption von Kaiser Franz Joseph zu erwirken. Dass ich deine Mutter heiraten möchte, macht die Sache ein wenig leichter. Aber nicht viel. Der Kaiser ist den alten Traditionen sehr verhaftet und die sehen nicht einmal vor, dass Bürger, die er höchstselbst in den Adelsstand erhoben hat, bei Hofe empfangen werden. Das betrifft auch Personen, die sich weit verdienter um Österreich-Ungarn gemacht haben als ich.«

»Also müsstest du in Zukunft darauf verzichten, bei Hofe empfangen zu werden«, schlussfolgerte Franz. »Das weiß ich bereits. Mir persönlich und erst recht meiner Frau Irene wäre das allerdings nur recht.«

Die eisblauen Augen des Grafen verdunkelten sich. »Ja, ich würde in der Hierarchie unserer Gesellschaft, in der ich aufgrund meiner Geburt als Graf nach dem Kaiser, den Erzherzögen und den Fürsten bislang auf der vierthöchsten Rangstufe stehe, gleich um mehrere Stufen, und zwar auf die der neu geadelten Geldbarone, hinabsteigen, wenn nicht sogar noch tiefer. Denn auch diese sehen mittlerweile auf Bürgerliche, die mit keinem goldenen Löffel im Mund geboren wurden, von oben herab. Und obwohl die Eltern deiner Frau ehrbare Menschen waren, liegt der Makel der Unehelichkeit über ihrer Herkunft. Vor der Wiener Gesellschaft muss Irene deshalb die Waise bleiben, die sie einmal war. Über die wahren Umstände ihrer Geburt würde man sonst die Nase rümpfen.«

»Und genau das befürchtet meine Frau, Vater!«, warf Franz ein. »Dass man die Nase über sie rümpft.«

Der Graf hob die Hand. »Nicht, wenn es Irene versteht, die Herzen der Menschen zu gewinnen, wozu das Vermögen, das du einst erben würdest, das Seinige beitragen könnte. Hast du schon einmal von dem Freiherrn Nathaniel von Rothschild gehört?«

Franz schüttelte den Kopf. »Nein, dieser Name sagt mir nichts.«

»Rothschild ist von bürgerlicher Herkunft und noch dazu Jude. Hier in Wien schätzt man die Juden nicht. Trotzdem wurde Nathaniel zum Freiherrn geadelt und wird nun überall empfangen. Dies liegt daran, dass er sich nirgendwo dünkelhaft gibt, einen unauffälligen, bescheidenen Lebensstil pflegt und sein riesiges Vermögen immer wieder einsetzt, um Gutes zu tun. Auf diese Weise hat er sich auch die Freundschaft einer der einflussreichsten Frauen bei Hofe erworben, der Fürstin Pauline von Metternich. Er tritt als Mäzen bei jeder ihrer Wohltätigkeitsveranstaltungen auf.«

»Und was hat das mit Irene zu tun?«, fragte Franz verständnislos.

»Nun, deine Mutter schilderte mir Irene als bescheiden und frei von jedem Hochmut. Geld käme durch deine Adoption mehr als reichlich dazu. Das sind genau wie bei Rothschild gute Voraussetzungen. Nur ihre Art der Wohltätigkeit müsste sie ändern.«

Franz verstand seinen Vater immer weniger. »Was meinen Sie denn damit?«

Der Graf fasste in die Innentasche seines Jacketts und zog einen Umschlag heraus. Franz erhaschte mit einem flüchtigen Blick den Poststempel. Der Brief war in Potsdam aufgegeben worden.

»Schau selbst!« Graf Ferdinand streckte Franz den Umschlag entgegen. Drei bereits zerknitterte Zeitungsartikel fielen heraus. Als Franz erkannte, welche Themen diese behandelten, errötete er bis zu den Haarwurzeln.

»Wo haben Sie das her, Vater?«

»Das tut hier gar nichts zur Sache, Franz. Sag mir einfach nur, ob es stimmt, dass deine Frau sogar schon einmal wegen verbotener sozialistischer Umtriebe vor Gericht stand?«

Franz' Puls begann sich zu beschleunigen. »Sie geriet ohne ihr Zutun in eine Versammlung deutscher Sozialdemokraten. Man fand ein verbotenes Buch in ihrer Handtasche. Das Ganze war harmlos. Irene kam mit einer geringen Geldstrafe davon.«

Ferdinand musterte seinen Sohn mit unergründlicher Miene. »So stimmt es also, was dieser Schreiberling über die Verhandlung berichtet? Dass ein törichtes Weib in diese Misere geraten ist, weil es die Aufsicht ihres Ehemanns entbehrte?« Sein Tonfall verriet seine Skepsis.

Franz senkte den Blick und antwortete nichts.

»Wenn deine Frau also so dumm und leicht zu lenken wäre, wie es hier steht, was sollte dich dann daran hindern, sie bezüglich unserer Adoptionspläne einfach vor vollendete Tatsachen zu stellen?«, schlussfolgerte der Graf.

Franz erwiderte immer noch nichts. Die Gedanken rasten durch seinen Kopf. *Ottilie und Mathilde. Diese missgünstigen Weiber müssen den Kontakt zu jener angeblichen Freundin Mamans aus Potsdam gehalten und uns jetzt erneut geschadet haben.*

»Lass uns nicht um den heißen Brei herumreden, mein Sohn«, unterbrach Ferdinand das Schweigen und hielt ihm einen anderen Zeitungsausschnitt entgegen. »Lies einmal dies! Hier steht nicht nur der volle Name deiner Gattin, sondern wahrscheinlich auch eine Beschreibung ihrer wahren Persönlichkeit. Ich bezweifele ja gar nicht, dass sie Gutes mit ihrer Agitation bewirken möchte. Aber mich dünkt, sie wählt dazu die falschen Mittel.«

Der Graf zeigte auf den Artikel aus der Wormser Zeitung, der über eine Rede Irenes vor dem dortigen, von ihr mitbegründeten Arbeiterinnenverein berichtete. Franz kannte diesen Artikel noch nicht. Er wurde mit einem Spottvers eingeleitet, der ihm die Röte noch mehr in die Wangen trieb.

»Nun überlege einmal, mein Sohn, wie ein solcher Bericht

auf Unbeteiligte wirken und wie sehr er dir und uns allen schaden könnte, wenn er in die falschen Hände gerät. Du als Ehemann wirst gleich in den ersten Zeilen als Pantoffelheld verspottet. Und denk auch einmal an Blauberg, den Weingroßhändler, bei dem wir uns weiland in Berlin zum ersten Mal trafen. Er beliefert den deutschen Kaiserhof. Schon um seiner eigenen Reputation willen müsste Blauberg jede Geschäftsbeziehung zu dir sofort abbrechen. Man stelle sich das einmal vor: Der Gatte einer Sozialistin ist einer seiner Hauptlieferanten.«

»Irene hat mir versprochen, nicht mehr unter dem Namen ›Gerban‹ aufzutreten«, wandte Franz mit schwacher Stimme ein.

Sein Vater wischte den Einwand mit einer Geste vom Tisch. »Wenn selbst ich hier in Wien von den Umtrieben deiner Gattin im fernen Rheinland erfahre, wie lange würde eine solche Tarnung im Deutschen Kaiserreich funktionieren? Adoptiere ich dich, stehst du zudem hier in Wien wochen-, wenn nicht gar monatelang im Mittelpunkt der Aufmerksamkeit der aristokratischen Gesellschaft. Und die ist bei all ihrem Dünkel die tratschsüchtigste, die du dir vorstellen kannst. Irene als Sozialistin wäre ein gefundenes Fressen für unzählige Kaffeekränzchen. Zumal wir auf eine Art Sozialistengesetz zusteuern, ähnlich dem euren in Deutschland. Es ist nur noch eine Frage von wenigen Wochen, bis das Parlament den Entwurf dafür verabschieden wird.«

Franz erinnerte sich, in der Zeitung davon gelesen zu haben. Er griff nach einem Strohhalm. »Auch bei uns wird die Einhaltung des Sozialistengesetzes nach dem Streikerlass des preußischen Innenministers Robert von Puttkamer seit einigen Wochen wieder strenger verfolgt. Die ersten, gerade erst gegründeten Arbeiterinnenvereine sind bereits wieder aufgelöst worden. Deshalb wird Irene vorerst nicht mehr in der Öffentlichkeit sprechen. Nicht zuletzt deshalb, weil vor allem Vereine verboten wurden, bei denen zuletzt den Sozialdemokraten nahestehende Rednerinnen auftraten.«

Der Graf nickte wohlwollend. »Das ist doch ein guter Anfang, Franz. Also bring deine Frau gänzlich zur Vernunft. Wenn ich dich adoptiert habe, kann sie Wohltätigkeitsveranstaltungen für die Armen geben, so viele sie mag. Das ist sogar gerade ganz groß in Mode unter den adligen Damen. Während der Saison können wir uns vor solchen Veranstaltungen kaum retten. Jede Baronin, jede Gräfin, jede Fürstin, die etwas auf sich hält, lädt dazu ein. Auf diese Weise werden Tausende von Gulden für Armenhospitäler, Waisenhäuser, öffentliche Armenspeisungen und vieles mehr gesammelt. Da kann sich deine Gattin mit meinem Geld austoben, so oft und so üppig sie mag. Das verspreche ich dir.«

»Und was genau verlangen Sie dafür?«, wollte es Franz nun ganz genau wissen.

»Deine Gattin stellt jeden Kontakt mit und jede Aktivität für die Sache der Sozialisten ein – zumindest jede, die öffentliches Aufsehen erregen könnte. Sonst werde ich vom Kaiser nicht einmal die Erlaubnis zur Heirat mit deiner Mutter erwirken können, geschweige denn die Erlaubnis für deine Adoption.«

In Franz' Brust rangen zwei Gefühle miteinander. Einerseits wollte er weder dem späten Glück seiner Eltern im Wege stehen noch seine eigene wirtschaftliche Existenz durch Irenes Agitationen gefährden. Andererseits fürchtete er eine neue Ehekrise, die möglicherweise sogar in einer Scheidung enden könnte.

Denn Irene wird niemals dazu bereit sein, sich derart anzupassen. Dass sie außerdem jemals ein vollwertiges Mitglied der Wiener Aristokratie werden könnte, kann ich mir beim besten Willen nicht vorstellen.

In einem Wiener Hotel

Mai 1886, am selben Tag, einige Stunden später

Es klopfte diskret an Franz' Zimmertür. Unwirsch fuhr er aus seinen Gedanken auf. Er lag halb angezogen und mit abgeschnallter Beinprothese auf seinem Bett und grübelte nach wie vor über das Gespräch mit seinem Vater nach. Bis zum Abendessen, zu dem Franz wieder im Palais Sterenberg erwartet wurde, waren noch mehrere Stunden Zeit.

Das Gespräch am Vormittag war, wie schon die Male davor, ohne konkretes Ergebnis geendet. Franz hatte versprochen, über die Vorschläge seines Vaters mit Irene zu sprechen. Dieser kündigte seinerseits an, Pauline bei ihrem nächsten Besuch in Wien, der schon für Juni geplant war, zu bitten, seinen Antrag anzunehmen und sie danach so rasch wie möglich zu ehelichen.

»Wir haben beide die sechzig schon um einige Jahre überschritten, mein Sohn«, erklärte Ferdinand. »Da ist es weder mir noch deiner Mutter zuzumuten, noch unendlich lange darauf zu warten, dass wir endlich vor Gott und den Menschen ein Paar werden dürfen.«

Franz ließ dies auf sich wirken, fand jedoch nichts dagegen einzuwenden, obwohl er sich mit diesem Gedanken immer noch nicht anfreunden konnte.

»Allerdings würde, unter der Voraussetzung, dass deine Frau sich meinen Wünschen fügt, eine Heirat mit deiner Mutter auch den Dispens für deine Adoption erleichtern«, erklärte der Graf noch einmal. »Doch die Wege am Kaiserhof sind verschlungen, langwierig und kompliziert. Wenn wir keine weitere Zeit verlieren wollen, sollte ich schon in den nächsten Wochen zumindest mit den Verhandlungen über die Erlaubnis zur Hochzeit beginnen.«

Es klopfte noch einmal. Franz stemmte sich mit beiden Händen aus seinem Bett und hüpfte auf seinem gesunden Bein mühsam bis zur Tür. Da er keinen Morgenmantel trug, öffnete er sie nur einen Spalt. Draußen stand ein Page in der Uniform des Hotels. Er trug ein Telegramm auf einem Silbertablett.

Als Franz durch den Spalt lugte, verbeugte er sich. »Diese Depesche ist gerade für den gnädigen Herrn eingetroffen.«

Franz fuhr der Schreck in alle Glieder. Fast wäre er gestürzt und hielt sich in letzter Sekunde mit der freien Hand am Türrahmen fest. Der Page wirkte erschrocken.

»Komme ich dem gnädigen Herrn ungelegen?« Er machte schon Anstalten, sich zurückzuziehen.

»Nein, gib mir das Telegramm.« Franz ließ den Türrahmen los und streckte die Hand aus. Der Page reichte ihm mit seiner weiß behandschuhten Hand das Schreiben. Bevor er die Tür wieder zuschlug, registrierte Franz flüchtig dessen enttäuschten Gesichtsausdruck. Wahrscheinlich hatte sich der junge Mann ein Trinkgeld erwartet.

Franz hüpfte zurück zum Bett. Dann riss er die Depesche auf. Der Inhalt übertraf seine schlimmsten Erwartungen.

Mindestens zwei Spätburgunder- und eine Rieslinglage von der Reblaus verseucht – Stopp – erwarte Ihre baldigen Instruktionen – Stopp – viele Grüße – Stopp – Hansi Krüger.

Weingut bei Schweighofen
Mitte Juni 1886

»Ich fürchte, ein Großteil Ihrer Lagen ist nicht mehr zu retten, Herr Gerban.« Der gelehrte Doktor der Friedrich-Wilhelm-Universität zu Berlin kratzte sich seinen nahezu kahlen Schädel.

Obwohl Franz mit schlechten Nachrichten gerechnet hatte, zog ihm die Aussage des Experten fast den Boden unter den Füßen weg. Er fühlte sein verbliebenes Knie weich werden und tastete instinktiv nach einem Halt. Hansi Krüger war sofort an seiner Seite.

»Stützen Sie sich auf meine Schulter, Herr Franz!«, bot er an.

Franz atmete ein paarmal tief ein und aus. Der Schwindel, der ihn gepackt hatte, ließ nach. »Danke, es geht schon wieder, Hansi.«

»Wieso sprechen Sie von einem Großteil der Lagen?«, krächzte Nikolaus Kerner mit rauer Stimme. Der Verwalter sah nach einigen, wohl nahezu schlaflos verbrachten Nächten zehn Jahre älter aus. Franz wusste, dass er stundenlang alle verfügbaren Bücher und Magazine gelesen hatte, in denen über die Reblaus berichtet wurde.

Franz wusste auch, dass sich Kerner die Schuld an dieser für das Weingut katastrophalen Situation gab. Auf seine Empfehlung hin und gegen Hansi Krügers Rat hatten die Gerbans vor zwei Jahren die Jungreben aus Burgund bezogen. Jetzt hatte die Reblaus auch dieses in der ganzen Welt bekannte Weingebiet nahezu vollständig zerstört. Wie Kerner auf seiner Reise zu dem Zuchtbetrieb, von dem sie die Pflanzen bezogen hatten, erfahren hatte, war der Züchter im Frühjahr Bankrott gegangen. Zuvor war ihm von einer empörten Meute aus benachbarten Weingutsbesitzern aber fast das Haus über dem Kopf angezündet worden, da man ihm die Schuld für den Reblaus-Befall in der Region gab, der offensichtlich von seinem Zuchtbetrieb ausgegangen war.

Dr. Melchior, der Verfasser des Artikels, den Hansi vor einer weiteren Inspektion der Weinberge und seinem direkt danach aufgegebenen Telegramm nach Wien gelesen hatte, wandte sich dem Verwalter zu. In seinen hellbraunen Augen glaubte Franz, einen Anflug von Mitleid wahrzunehmen.

»Wie ich in meiner letzten Veröffentlichung, der ich die Einladung in die schöne Südpfalz verdanke«, er deutete eine Verbeugung in Franz' Richtung an, »bereits ausführte, sind zumindest die beiden Spätburgunderlagen, aus denen wir diese Weinstöcke herausgezogen haben, völlig verseucht. Sehen Sie her!« Er zeigte auf die Wurzeln, die aussahen, als wären sie mit einer gelblichen Lackschicht überzogen. »Die Reblaus sitzt hier so dicht an dicht, dass die einzelnen Tierchen kaum noch auszumachen sind. Ich muss davon ausgehen, dass sie den Winter nicht nur im Inneren der Erde, also tief unterhalb der Wurzeln, überlebt, sondern sich auch bereits gewaltig vermehrt haben.«

»Aber warum sind dann auch die benachbarten Lagen betroffen?« Kerner blieb hartnäckig. In seiner Stimme schwang Verzweiflung mit.

»Alles wissen wir noch nicht über die Vermehrung von Daktulosphaira vitifoliae«, dozierte Melchior unter Verwendung des wissenschaftlichen Namens der Reblaus. »Doch es scheint gesichert, dass sich der Schädling auf mehrere Arten vermehrt. Es gibt die geflügelte Variante, die ihre Eier auf den Weinblättern ablegt und die Blattgallen verursacht, wie der Fachbegriff für die ›Hubbel‹ lautet, wie Sie dieses Schadbild zu nennen belieben. Da ich auf den rundum gelegenen Lagen Rebstöcke mit solchen Eiablagerungen entdeckt habe, sollten Sie diese Lagen ebenfalls vollständig roden. Denn ein Teil der Rebläuse legt seine Eier auch ins Holz der Stöcke. Wenn diese flügellosen Schädlinge schlüpfen, wandern sie sofort unter die Erde und greifen die Wurzeln im nächsten Jahr an.«

»Neben dem rechten Spätburgunderweinberg liegt unser bester Rieslingweinberg.« Franz war fassungslos. Obwohl er die Antwort schon ahnte, klammerte er sich an einen Strohhalm. »Vielleicht ist Riesling als Weißweintraube ja nicht so anfällig für die Reblaus wie die Rotweinsorten.«

Melchior blickte nun auch ihn mitleidig an. »Das mag für andere Rebenkrankheiten wie zum Beispiel den Mehltau gelten. Er befällt eher Rotwein- als Weißweinsorten. Riesling ist gegen diesen Befall im Vergleich zum Spätburgunder weitaus resistenter. Die Reblaus macht jedoch keinen Unterschied zwischen den in Europa gezüchteten Sorten. Sie befällt alle Weinstöcke gleichermaßen.«

»Also müssen wir nicht nur den Rieslingweinberg, sondern

auch den Grauburgunder auf der linken Seite roden«, konstatierte Hansi Krüger deprimiert.

»Wenn Sie gar kein Risiko eingehen wollen, sogar noch die beiden Weinlagen daneben sowie unter und über den Spätburgunderlagen. Dort habe ich zwar keinen Befall gesichtet, aber das muss nichts heißen. Die Reblaus erzeugt bis zu zwölf Generationen pro Jahr. Und diese Blattgallen hier sind schon mindestens vier bis sechs Wochen alt.« Melchior wies auf den Rieslingweinstock, an dem er die befallenen Blätter gesehen hatte. »Die geflügelte Variante der Reblaus könnte also schon längst derzeit noch nicht sichtbare Schäden verursacht haben. Die Tierchen selbst sind ja mit bloßem Auge kaum zu erkennen. Geschweige denn ihre Eier gleich nach der Ablage.«

»Herrgott, nun hören Sie doch auf, diese widerliche Plage als ›Tierchen‹ zu bezeichnen.« Franz platzte der Kragen. »Die Lagen, die wir nun vernichten sollen, gehören zu den ältesten dieses Weinguts. Ich habe darin schon als junger Bursche bei der Lese geholfen.« Seine Stimme schwankte.

Der anfangs gekränkte Gesichtsausdruck des Wissenschaftlers wurde milder, als er hinter Franz' Wutausbruch die schiere Verzweiflung erkannte.

»Ob Sie meinen Ratschlag befolgen, Herr Gerban, liegt ganz bei Ihnen. Ich fühle mich jedoch verpflichtet, Ihnen meine ganze Expertise aus nunmehr zehn Jahren Forschung über diesen Schädling zur Verfügung zu stellen. Schließlich haben Sie mich dafür eigens aus Berlin herkommen lassen und zahlen mir ein gutes Honorar. Daher haben Sie das Anrecht auf die seriöseste Beratung, die ich leisten kann.«

Ihre fünfhundert Mark Honorar sind mein geringstes Problem, schoss es Franz durch den Kopf. *Die Sanierung dieser Lagen wird Hunderttausende kosten. Gar nicht zu reden von den Umsatzausfällen und den unweigerlich folgenden Verlusten unserer Großkunden aufgrund der fehlenden Erntemenge.*

Laut fragte er stattdessen: »Was ist mit den restlichen drei neu gepflanzten Spätburgunderweinbergen? Sie liegen ja nicht in dieser Region des Guts, sondern in der Nähe von Schweigen. Raten Sie mir auch zur Rodung dieser Flächen?«

Wieder kratzte sich Melchior den kahlen, von der Junisonne schon leicht geröteten Schädel. Aus für Franz unerfindlichen Gründen trug er keinen Hut.

»Wenn ich ehrlich bin, ja, Herr Gerban«, lautete die niederschmetternde Antwort. »Ich habe zwar keine Spur des Schädlings in diesen Lagen entdeckt, sodass zumindest die benachbarten Weinberge nicht betroffen sind. Doch die Jungreben stammen aus der gleichen verseuchten Zuchtanstalt. Wir wissen bei all unseren Forschungsbemühungen noch zu wenig über die Reblaus, als dass ich Ihnen garantieren könnte, dass diese Pflanzen den Keim des Unheils nicht ebenfalls in sich tragen.«

Er räusperte sich. »Manche dieser Tier … dieser Schädlinge sind sogar noch in kilometerweiter Entfernung von dem Ort, an dem man sie zuerst identifizierte, aufgetreten. Obwohl Lagen zwischen dem Erst- und dem Neubefall keine Spur von Blattgallen oder Wurzelschäden aufwiesen. Ich hoffe aus ganzem Herzen für Sie, dass dies auf Ihrem Weingut nicht auch noch geschehen wird.«

Wieder kam es Franz so vor, als ob ihm der Boden unter den Füßen weggezogen würde.

»Auch jetzt ist bereits über die Hälfte unserer Anbauflächen betroffen. Das Weingut wird in der Bedeutungslosigkeit versinken«, sagte er kraftlos. »Zumindest im Rotweinsektor kommen wir nie wieder auf die Füße, wenn wir jetzt mit dem Spätburgunder noch einmal ganz von vorn anfangen müssen.«

Jetzt sah Melchior so aus, als wolle er Franz gleich tröstend in die Arme schließen. Kerner war ob dieser Schreckensnachricht sogar grün im Gesicht.

Nur Hansi Krüger behielt einen kühlen Kopf. »Wie können wir denn sicherstellen, dass die Böden nicht durch die Reblaus verseucht bleiben, auch wenn wir alle Weinstöcke ausreißen und samt der Pflöcke, an die sie gebunden waren, verbrennen? Sie sagten doch eben, die Reblaus gräbt sich metertief in die Erde ein. Könnte sie dort überleben und auch noch einmal Jungpflanzungen verderben?«

Melchior nickte anerkennend. »Sie haben meine Schriften wirklich sehr gut studiert, Herr Krüger. Es gibt zwei Methoden sicherzustellen, dass der Schädlingsbefall sich nicht wiederholt.«

»Für unser Weingut kommt nur die Behandlung mit Schwefelkohlenstoff infrage«, mischte sich Kerner jetzt ein, wohl im Bestreben zu zeigen, dass er sich ebenfalls in den vergangenen Nächten sachkundig gemacht hatte. »Alles andere wäre zu teuer.«

Der Wissenschaftler wiegte sein Haupt und kratzte sich erneut den Schädel. »Ich kann verstehen, dass Sie noch einmal größere Unkosten zu vermeiden versuchen als die, die ohnehin auf Sie zukommen werden. Doch die Methode, die Läuse mit Schwefelkohlenstoff abzutöten, hat einen großen Nachteil. Die Chemikalie vernichtet auch alle anderen Lebewesen in und oberhalb des Erdreichs, die für einen gesunden Boden vonnöten sind. Regenwürmer, Ameisenvölker, Mistkäfer ...«

»Was ist die teurere Alternative?«, fiel Franz ihm ins Wort. Eine Weile bemühte er sich, den komplizierten Ausführungen des Wissenschaftlers zu folgen. Dann schüttelte er entmutigt den Kopf.

»Mein Verwalter hat recht. Dieses Verfahren können wir uns beim besten Willen nicht leisten. Ich werde ohnehin Mühe genug haben, die Gelder aufzubringen, um die Weinberge mit der billigeren Methode zu sanieren und neu zu bepflanzen. Selbst wenn ich all meine Rücklagen einsetze und mein ganzes Hab und Gut bis zum Äußersten mit Hypotheken belaste.«

Melchior hob die Hand. »Lassen Sie mich noch ein Argument vorbringen, Herr Gerban. Mir ist kein Weingut bekannt, dessen Boden nach der Behandlung mit Schwefelkohlenstoff noch Spitzenweine erzeugen konnte. Schwefelkohlenstoff ist ein starkes Gift. Es stinkt nicht nur wie die Pest, es beeinträchtigt auch den Geschmack und die Reife der Trauben und damit zweifelsohne auch den späteren Wein.«

Franz starrte ihn wortlos an. Sein Kopf war wie leergefegt. Er konnte keinen klaren Gedanken mehr fassen.

Melchior breitete in einer Geste der Hilflosigkeit seine Hände aus. »Aber Sie sind der Experte für Wein. Ich bin nur der Experte für Rebenschädlinge. Entscheiden müssen letztendlich Sie.«

Dann erhellte plötzlich ein breites Lächeln sein Gesicht.

»Aber lassen Sie uns einen Test machen, Herr Gerban. Ich habe da eine Idee.«

Weingut bei Schweighofen

Mitte Juni 1886, am selben Abend

»Nun beruhige dich endlich, mein lieber Sohn. Lass uns beraten, welche Auswege uns zur Verfügung stehen.«

Franz hob sein tränenüberströmtes Gesicht aus dem Schoß seiner Mutter. Beide saßen im Salon auf dem Sofa. Pauline konnte sich nicht erinnern, wann Franz zuletzt in ihren Armen geweint hatte. Er musste damals noch ein sehr kleiner Junge gewesen sein.

»Wir müssen deinen Vater um Hilfe bitten, Franz«, sagte Pauline energisch. »Er wird sie uns nicht verweigern. Sein Vermögen, über das er jetzt frei verfügen kann, geht weit in die Millionen Gulden. Er wird selbst dann nichts entbehren müssen, wenn er dir die fünf- oder sechshunderttausend Mark gibt, die du jetzt brauchst.«

»Und was ist mit Irene?«, entgegnete Franz zaghaft.

»Auch Irene wird dich in dieser unverschuldeten Notlage nicht im Stich lassen. Natürlich wird sie übermorgen voller Pläne und Ideen von ihrem Treffen mit Gertrud Guillaume-Schack zurückkommen. Womöglich möchte sie jetzt sogar wieder im Untergrund arbeiten, nachdem immer mehr Arbeiterinnenvereine und sogar Gertruds Zeitung verboten wurden. Aber sie wird schon zur Vernunft kommen, wenn sie sieht, wie du leidest.«

»Wieso bist du dir da so sicher?«

»Schon allein deshalb, weil sie gar nicht mehr zu diesem Treffen mit Gertrud und den anderen Arbeiterführerinnen fahren wollte, als sie erfuhr, dass Dr. Melchior genau um diese Zeit eintreffen würde, um sein Gutachten abzugeben. Ich musste sie regelrecht dazu drängen.«

Franz nickte. »Ja, ich habe mich schon gewundert, dass du so vehement auf ihrer Abreise bestanden hast. Aber ich verstehe nun, dass du dir etwas dabei gedacht hast.«

»So ist es, Franz. Ich wollte erst einmal mit dir in Ruhe beraten, wie wir die Krise meistern können, die uns jetzt droht. Dass Melchior ein so vernichtendes Urteil fällen würde, habe ich zwar nicht geahnt. Aber immerhin, dass es schlimm werden könnte. Und dass wir zu einer Lösung deinen Vater in Wien brauchen.«

»Und was rätst du mir an?«

»Wenn Melchiors Test so ausgeht, wie er es vorhergesagt hat, solltest du Folgendes tun.«

Franz lauschte seiner Mutter mit zunehmender Faszination.

»Du bist eine sehr kluge Frau, Maman.« Er küsste Pauline zärtlich auf die Wange. »Und du glaubst, dass das wirklich funktioniert?«

Pauline nickte nachdrücklich. »Ich bin felsenfest davon überzeugt. Irene liebt die Rosen in den Weinbergen über alles.«

In den Weinbergen von Schweighofen
Juni 1886, zwei Tage später

»Es tut mir unendlich leid, Franz, dass dir dieses Ungemach widerfahren ist.« Irene legte den Kopf leicht an seine Schulter, um ihn nicht ins Wanken zu bringen. Beide nutzten den schönen Abend für einen kleinen Spaziergang am Fuß der in unmittelbarer Nähe liegenden Weinberge des Guts. Franz hatte Irene zuvor über das Ausmaß der Schäden unterrichtet und auch wahrheitsgemäß eingestanden, dass man bislang keine Lösung gefunden hätte. Allerdings, ohne sie auf den noch möglichen Ausweg hinzuweisen.

»Aber wir werden das schon zusammen meistern, wie alles, was uns im Leben bisher widerfahren ist. Und wenn das Geld jetzt knapp wird, weißt du, dass ich mich einschränken kann.«

Während Franz noch überlegte, was er antworten sollte, fuhr sie bereits fort zu sprechen.

»Es sieht so aus, als hätten wir beide im Augenblick eine furchtbare Pechsträhne. Wahrscheinlich werden alle neu gegründeten Arbeiterinnenvereine wieder verboten. Gertrud rechnet jedenfalls fest damit.« Sie seufzte schwer im Bemühen, Franz nicht ihren ganzen Kummer zu zeigen. *Ich will ihn nicht auch noch mit meinen Sorgen belasten.*

»Und was bedeutet das für deine politische Arbeit?«

Irenes Antwort ließ Franz' Herz schneller schlagen. Sollte es denn so einfach sein?

»Wir werden uns vorläufig nur noch für die ›Zentral-Kranken- und Sterbekasse für Frauen und Mädchen‹ engagieren. Die wird dieser Bismarck kaum verbieten können, ohne seine eigenen Bemühungen zu konterkarieren. Womit soll er auch begründen, dass er eine staatlich verordnete Kranken-und Unfallversicherung für die Arbeiter eingeführt hat, wenn er gleichzeitig die nämliche Kasse für die Frauen mit ihren über einhundert Filialen verböte?«

Sie kickte einen kleinen Stein mit ihrer Schuhspitze weg. »Also werde ich mich vorläufig der *Wohltätigkeit* widmen«, sagte sie nicht ohne Sarkasmus. »Mich bemühen, neue Filialen zu gründen, damit es diese Notfallkasse an weiteren Orten gibt. Kranke Arbeiterinnen beraten, wie sie das Geld aus der Kasse am besten für ihre Gesundheit verwenden können oder wie sie überhaupt verhindern können, dass sie und ihre Kinder trotz schlechtester Wohnverhältnisse dauernd krank werden. Eben all das tun, was ich damals in Landau und Lambrecht in meinen Frauengruppen getan habe. Und Minnas Dienstmädchenzirkel wieder mehr unterstützen. Auch hier helfen wir Frauen in Not.«

Franz spürte einen Funken Hoffnung in sich aufkommen, wollte dem Ganzen aber noch nicht so recht trauen. »Doch ich höre dir an, dass dich diese Arbeit nicht zufriedenstellen wird?«

»Sie ist natürlich nicht so erfüllend, wie es meine Reden vor Scharen von Arbeiterfrauen waren. Aber Gertrud sagt auch, dass wir geduldig sein müssen. Otto von Bismarck ist nicht mehr so wohlgelitten, wie er es früher war. Nicht jeder ist mit seiner Politik einverstanden. Und Kaiser Wilhelm ist alt. Wenn er stirbt, wird man sehen, wie es weitergeht. Zumindest sein Enkel Wilhelm hat nichts für Bismarck übrig.«

»Und worauf hoffst du genau?«

»Die Verlängerung der Gültigkeit des Sozialistengesetzes muss jährlich vom Parlament beschlossen werden. Und die Sozialisten werden von Reichstagswahl zu Reichstagswahl zahlreicher. Gertrud und auch wir anderen Frauen glauben ja sowieso, dass Bismarck seine *Sozialgesetze*«, sie betonte das Wort spöttisch, »nur deshalb vorangetrieben hat, um den Bestrebungen der Sozialdemokraten etwas entgegenzusetzen. Nicht weil ihm wirklich etwas am Wohl der Arbeiter liegt. Sondern weil er die SAP sozusagen mit ihren eigenen Waffen schlagen will. Doch das wird ihm auf Dauer nicht gelingen.«

Sie seufzte wieder. »Also müssen wir geduldig sein.«

Sie näherten sich der entscheidenden Stelle neben dem Weg unterhalb der Weinberge. Franz merkte das an dem zunehmend penetranten Schwefelgeruch. Auch Irene schnupperte irritiert. »Was stinkt denn hier so fürchterlich?«

Plötzlich sah sie den verwelkten Busch und blieb wie angewurzelt vor ihm stehen. »Oh nein! Was ist denn mit diesen Rosen passiert?«

Entsetzt starrte sie auf einen der Büsche mit den rosafarbenen Blüten, die die Ränder der Weinberge säumten.

»Das sind meine Lieblingsblumen!« Jetzt wurden ihre Augen sogar feucht. »Ich habe mich so über den Strauß gefreut, den du mir heute zur Begrüßung überreicht hast.«

»Der stammte von einer anderen Stelle des Weinguts«, erklärte Franz kryptisch. Er wies auf den Rosenbusch, dessen Blätter und Blüten schlaff und verwelkt herunterhingen.

Doch bevor er weitersprechen konnte, fiel ihm Irene ins Wort und lieferte ihm unbewusst sein Stichwort.

»Hat dieses grässliche Mistviech etwa auch die Rosen befallen?«

»Du meinst die Reblaus? Nein, dieser Strauch wurde mit dem Mittel behandelt, dass Dr. Melchior empfohlen und hier gleich angewendet hat. Es ist sehr giftig und heißt Schwefelkohlenstoff.«

Irene war empört. »Aber dieses Gift zerstört die Pflanzen doch, anstatt sie gesund zu erhalten. Da muss es doch noch eine andere Möglichkeit geben!«

Franz drehte sich zu Irene um, lehnte seinen Gehstock an den verdorrten Rosenbusch, ergriff ihre Arme mit beiden Händen und sah ihr gerade in die Augen.

»Es gibt in der Tat eine andere Methode. Sie ist sicher und würde auf Dauer unseren Wohlstand wiederherstellen. Aber sie ist noch verhältnismäßig neu und daher sehr teuer, wenn auch ausreichend erprobt.«

Er holte tief Luft. Irene erwiderte seinen Blick. Er las Furcht vor dem, was jetzt kommen würde, aus ihm. Aber es musste gesagt werden.

»Allein kann ich diese Methode nicht finanzieren, Irene. Selbst wenn wir uns alle bis aufs Äußerste einschränken würden. Selbst wenn ich unseren ganzen Besitz mit Schulden belaste. Selbst wenn ich unsere Arbeiter bis auf einige wenige entlasse.« Wie erhofft zuckte Irene bei diesem letzten Satz zusammen.

»Das kannst du auf keinen Fall tun, Franz«, beschwor sie ihn. »Die Landarbeiter arbeiten oft schon in der dritten oder sogar vierten Generation auf dem Gut. Hier ist ihr Zuhause!«

Er nickte ernst. »So ist es, Irene. Das kann und will ich auf keinen Fall tun. Also muss ich den einzigen Menschen um Hilfe bitten, der sie mir gewähren kann und wird, wenn wir beide uns seinen Wünschen fügen.«

Irene wurde weiß wie eine gekalkte Wand. »Du meinst deinen Vater in Wien«, flüsterte sie.

Teil 6

Familienbande

Kapitel 23

Palais Sterenberg in Wien
November 1886

Der Kammerdiener, den der Graf unaufgefordert geschickt hatte, damit er Franz dabei half, sich für den heutigen Galaabend anzukleiden, hatte den Raum gerade verlassen, da klopfte es schon wieder.

»Herein!«, rief Franz ungeduldig. Bis zur Abfahrt zum Palais Hirschstein, in das die vor Kurzem geadelte Baronin am heutigen Abend zu einer Wohltätigkeitsveranstaltung geladen hatte, war es noch über eine Stunde, die er damit verbringen wollte, die jüngsten Geschehnisse noch einmal Revue passieren zu lassen. So viel hatte sich ereignet, und so viel hing vom heutigen Abend ab.

Auf seine Aufforderung hin trat nun zu seinem Erstaunen seine Mutter ein. Auch sie war bereits festlich gekleidet. Wieder einmal bemerkte Franz, dass die mittlerweile fünfundsechzigjährige Pauline täglich jünger anstatt älter zu werden schien. Diesem Eindruck tat auch ihr mittlerweile silbergraues Haar, zu dem sich die ehemals dunkelbraune, fast schwarze Lockenpracht im Laufe der Zeit gewandelt hatte, kaum einen Abbruch.

Nach wie vor hatte sich Pauline ihre schlanke Gestalt bewahrt und wirkte nicht zuletzt auch dadurch weit weniger matronenhaft als selbst um zwanzig Jahre jüngere Frauen. Und nach wie vor bewies sie einen erlesenen Geschmack in der Auswahl ihrer Garderobe.

Heute trug sie ein burgunderrotes Gewand aus Atlasseide, das an den Ärmeln, dem Dekolleté und dem Rocksaum mit schwarzen Spitzen besetzt war. Ihre kunstvoll aufgesteckte Frisur war mit je einer roten und schwarzen Straußenfeder geschmückt.

Auch Pauline hatte der Graf in seinem Palais eine eigens dazu eingestellte Kammerzofe zur Verfügung gestellt, da Rosa, die die Gerbans diesmal nach Wien begleitet hatte, als Anstandsdame und Bedienstete mit Irene zusammen im Hotel wohnte. Die ehemalige Krankenschwester wäre mit dem Stecken von Paulines kunstvoller Abendfrisur auch überfordert gewesen. Dazu bedurfte es der Fertigkeit einer im jahrelangen Dienst in Adelskreisen geübten Zofe, wie sie Albertine im Gegensatz zu Rosa mitbrachte.

Besonders ins Auge fiel Franz an Pauline jedoch ein mit prachtvollen Rubinen besetztes Collier mit dazu passenden Ohrringen, das er noch nicht kannte. Der Schmuck war so perfekt auf das Abendkleid abgestimmt, dass dies kein Zufall sein konnte.

Paulines strahlende dunkle Augen ließen Franz ahnen, was sie so glücklich machte, noch bevor sie es aussprach. »Während du unterwegs warst, habe ich erfahren, dass der Dispens des Kaisers für unsere Vermählung erteilt worden ist, Franz«, platzte sie auch schon heraus, kaum, dass er ihr den üblichen Wangenkuss zur Begrüßung gegeben hatte. »Dieser Schmuck hier ist das Verlobungsgeschenk deines Vaters! Ich durfte es mir soeben aus dem Familienschmuck derer von Sterenberg aussuchen. Wenn nun nichts mehr dazwischenkommt, können wir unsere Verlobung noch in dieser Woche bekanntgeben und vor dem Ende der Wintersaison heiraten!«

»Und auch deiner Adoption wird zum Zeitpunkt unserer Hochzeit dann sicher nichts mehr im Wege stehen!«, fügte Pauline hinzu.

Franz holte tief Luft. *Genau wie du es gerade gesagt hast, Maman, wenn nichts mehr dazwischenkommt, wird es so sein,* schoss ihm durch den Kopf. Aber er brachte es nicht übers Herz, das offensichtliche Glück seiner Mutter zu trüben.

Stattdessen sagte er verbindlich: »Ich beglückwünsche dich ganz herzlich, Maman! Aber glaubst du, ihr könnt ein so aufwendiges Fest wie eure Hochzeit denn noch vor Ende der Wintersaison ausrichten?«

Pauline nickte entschlossen. »Das können wir, Franz.« In ihren Augen zeigte sich erneut der kämpferische Ausdruck, den Franz schon kannte, wenn es um ihre Hochzeit mit dem Grafen ging. »Dabei kommt uns zugute, dass die Saison im nächsten Jahr bis Ende Februar geht. Wir möchten in der Woche vor Fastnacht heiraten, am liebsten am 14. Februar, dem Tag des heiligen Valentins, des Schutzpatrons der Liebenden. Auch wenn wir keine hochadligen Gäste erwarten dürfen, sofern sie nicht der Familie des Grafen angehören, befindet sich alles, was Rang und Namen hat, zu dieser Zeit in Wien. Allein schon um der Hofopern-Soirée willen, die drei Tage später am Fetten Donnerstag im Kaiserlich-Königlichen Hofopern-Theater stattfinden wird. Das ist der Höhepunkt der Saison!«

»Ich freue mich sehr für dich, Maman«, erwiderte Franz herzlich. »Und bei Licht besehen passt dieser Zeitpunkt eurer Hochzeit auch für mich sehr gut. Denn die Neubepflanzung der Weinberge wird ja erst im späten Frühjahr vonstattengehen, wenn wir keine Frostschäden mehr befürchten müssen.«

»Nun müssen nur noch Ferdinand und Irene zueinanderfinden!« Ein Schatten huschte über Paulines Züge. Die erste Begegnung der beiden am gestrigen Abend war nicht allzu vielversprechend verlaufen. »Konntest du Irene denn am Nachmittag noch einmal sprechen?«

Franz schüttelte den Kopf. »Leider nicht, Maman. Sie war noch nicht von ihrem Besuch in den Arbeitervierteln zurück. Und, wie du ja weißt, heute Morgen schon weg, als ich das erste Mal versuchte, sie in ihrem Hotel anzutreffen. Ich habe dort aber ein Billett für sie hinterlassen mit der dringenden Bitte, sich heute Abend zusammenzunehmen.«

Pauline seufzte. »Ich hoffe, es nützt etwas.« Dann trat wieder ein Lächeln auf ihr Gesicht. »Immerhin wird dein Vater jetzt nicht mehr von dem Darlehen zurücktreten, das er dir für das Weingut gegeben hat. Das hätte er vielleicht ohnehin nicht getan, nicht einmal wenn Irene sich weiterhin schlecht benimmt, weil er dich zu sehr liebt. Aber angesichts unserer bevorstehenden Hochzeit wird er nichts tun, was mich unglücklich macht.«

Zumal es ihm nicht gerade zur Ehre gereichen würde, wenn die Wiener Gesellschaft vom Bankrott des Sohns seiner Angetrauten wüsste, dachte Franz in einem Anflug von Respektlosigkeit. *Auch wenn noch niemand weiß, dass er mein Vater ist.*

»Möchtest du bei einem Glas Wein mit uns im Salon auf die Abfahrt der Kutsche warten, Franz?«

»Lieber nicht, Maman. Ich wäre gern noch etwas allein.«

Mit einem letzten besorgten Blick verließ seine Mutter das Zimmer. Franz' Beinstumpf pochte. Er lehnte sich vorsichtig in seinen Lehnsessel zurück, um seinen Abendanzug nicht zu zerknittern. Dann legte er nach kurzer Überlegung beide Beine auf den zweiten Sessel, mit denen eine Sitzecke seines großzügigen Schlafgemachs, das sogar über ein eigenes Bad verfügte, ausgestattet war. Zum Glück waren diese Sitzmöbel bequemer als die Sessel im Audienzzimmer.

Er rief sich die vergangenen Monate ins Gedächtnis. Und fühlte seine Kehle erneut eng werden, wenn er an Irene dachte. Heute Abend würde sie zum ersten Mal in der Wiener Gesellschaft erscheinen. Und das nach einem Tag, an dem sie die örtliche Arbeiterführerin in die Armenviertel der Stadt begleitet hatte. Ob das gut gehen würde?

Dabei war die Entwicklung nach dem schrecklichen Unheil, das die Reblaus in den Gerban'schen Weinbergen angerichtet hatte, anfangs durchaus vielversprechend verlaufen. Sein Vater hatte ihm seine Hilfe nicht versagt, und auch Irene war kompromissbereit gewesen, wenn auch nur in bescheidenem Rahmen.

Palais Sterenberg in Wien

Juli 1886, einige Monate vorher

»Selbstverständlich greife ich dir unter die Arme, mein Sohn«, hatte ihm Graf Ferdinand schon versichert, bevor Franz seinem Vater das ganze Ausmaß der Reblaus-Katastrophe geschildert hatte. »Aber erkläre mir doch erst einmal, was es mit dieser neuen Methode der Rebenzucht auf sich hat!«

»Dazu muss ich ein wenig ausholen, Vater. Ich hoffe, Sie verlieren nicht die Geduld ob meiner Fachsimpelei!«

Der Graf schüttelte freundlich den Kopf. »Im Gegenteil! Als Genießer vorzüglicher Weine, allen voran der Gerban'schen, interessiert mich ehrlichen Herzens, wie man diesem Schädling begegnen kann, ohne die Anbauflächen mit giftigen Chemikalien zu verseuchen.«

Also begann Franz zu erklären. »Als die erste, aus Nordamerika eingeschleppte Krankheit, der Mehltau, um die Jahrhundertmitte einen großen Teil der Weinberge in Europa befiel, entschlossen sich viele Winzer, Reben aus diesem Kontinent zu bestellen, weil diese mittlerweile immun gegen den Pilz sind. Der Mehltau tötet Pflanzen zwar nicht ab wie die Reblaus, fügt ihnen aber dennoch – insbesondere der Frucht – schweren Schaden zu.

Diese amerikanischen Reben wurden schnell in den europäischen Weingebieten heimisch, insbesondere in Frankreich. Daher konnten sich die Winzer zunächst auch gar nicht erklären, warum ihre Reben plötzlich eingingen. Wahrscheinlich erst viele Jahre, nachdem der Schädling wiederum aus Nordamerika eingeschleppt worden war, erkannte man diesmal die Reblaus als Verursacherin der immensen Schäden. Doch schien zunächst kein Mittel dagegen zu helfen. Man versuchte es anfangs sogar mit Urin«, erläuterte Franz seinem verblüfften Vater. »Insbesondere Zigeunerurin hielt man für ein wirksames Gegenmittel.«

»Wie bitte? Das ist ja geradezu absurd!« Franz' Vater konnte sich ein Grinsen nicht verkneifen.

»Der Schwefelkohlenstoff, den man schließlich als Gegenmittel fand und mit dem sich die meisten Winzer bei Reblaus-Befall heute in ihren Weinbergen zu behelfen versuchen, schädigt die Flächen, zumindest auf Dauer, unwiderruflich«, fuhr Franz fort. »Ein Rosenbusch, den ich mit einer hohen Dosis des Gifts behandeln ließ, ging bereits nach wenigen Tagen ein.«

»Und was hat es nun mit diesem ›Aufpfropfen des Edelreises‹ auf sich, das du bereits mehrere Male erwähnt hast? Ich kenne diese Methode aus dem Obstanbau auf meinen Landgütern. Man spaltet den Stamm eines Apfelbaums, setzt den Trieb einer anderen, edleren Sorte hinein und verklebt die Stelle mit Harz. Gelingt das Pfropfen, wachsen die Teile zusammen, und der Baum trägt schon bald die Früchte der edleren Sorte, wird aber aus dem Wurzelwerk des Stamms mit Nährstoffen versorgt.«

»Das Prinzip ist auch im Weinbau das Gleiche«, bestätigte Franz. »Interessanterweise fügen die Schädlinge und Krankheiten, die unsere europäischen Reben verderben, den Pflanzen in ihrer Heimat keine gravierenden Schäden zu. Die Wurzeln amerikanischer Reben scheinen der widerwärtigen Laus nicht zu munden. Wohl aber die Wurzeln der mittlerweile bei uns heimischen Reben, obwohl deren Herkunft ehedem ebenfalls Nordamerika war. Daher werden die Edelreiser auf amerikanische Reben gepfropft.«

»Aber warum nimmt man denn nicht gleich diese Reben und ersetzt die befallenen Pflanzen mit ihnen?«

»Das hat man versucht«, antwortete Franz. »Doch zum einen kann der Wein nordamerikanischer Reben von der Qualität her nicht mit der unserer europäischen Sorten mithalten. Zum anderen tritt die Reblaus in zwei Erscheinungsformen auf. Wie ein Ungeheuer aus der Mythologie.«

»In zwei Erscheinungsformen?« Ferdinand runzelte die Stirn. »So etwas habe ich ja noch nie gehört!«

Franz lächelte. »Auch ich habe den Berliner Wissenschaftler, der uns den Reblaus-Befall bestätigt hat, mehrere Male danach fragen müssen, bis ich den Zusammenhang einigermaßen verstanden habe. Also, es verhält sich so: Die nicht geflügelte Variante der Reblaus befällt die Wurzeln des Weinstocks und vernichtet auf diese Weise die Pflanzen. Die geflügelte Variante befällt die Blätter und legt dort ihre Eier ab, aus denen geflügelte und nicht geflügelte Läuse schlüpfen. Doch sie schädigt die europäischen Reben dadurch nicht. Deshalb haben wir zunächst ja auch gar keinen Verdacht geschöpft. Unsere Spätburgunderweinberge standen im zweiten Jahr in Saft und Kraft trotz der Eier, die die Reblaus auf den Blattunterseiten ablegte.«

Franz erläuterte weiterhin, dass die Reblaus allerdings den Blättern nordamerikanischer Reben und damit der gesamten Pflanze schweren Schaden zufügen würde. »Deshalb kam man auf die Idee, die beiden Sorten zu pfropfen. Das Wurzelwerk der amerikanischen Reben ist weitgehend immun gegen die unterirdisch tätige Reblaus, das Blattwerk der aufgepfropften europäischen Reben gegen die geflügelte Variante.«

»Also trotzen die derart kombinierten Reben dem Schädling«, schlussfolgerte der Graf.

Franz nickte. »Und tragen zudem aufgrund der Edelreiser die Trauben, aus denen die gewohnten europäischen Weine gekeltert werden.«

»Insofern kannst du mit den gepfropften Reben also eine ähnliche Weinqualität produzieren wie mit den durch die Reblaus vernichteten?«

»So ist es, Vater. Nur diese Methode sichert mir die Chance, dass mein Gut auch in Zukunft die Spitzenweine herstellen kann, für die es bekannt ist.«

»Dann gebe dir das Geld noch einmal so gerne, lieber Franz. Aber nur unter einer Bedingung!«

Franz verstand seinen Vater zuerst miss. Das Herz sank ihm in die Hose. »Ich habe bereits mit meiner Frau Irene gesprochen, Vater. Sie wird auf öffentliche Auftritte verzichten und nicht mehr für sozialistische Zeitungen schreiben. Allerdings nur, solange die Sozialistengesetze in Deutschland gültig sind. Zu mehr Zugeständnissen ist sie nicht bereit.«

Der Graf runzelte die Stirn. »Was ist mit meinem Angebot, meine Geldmittel wohltätig für die von ihr bemitleideten Klassen einzusetzen?«

»Diesen Punkt ließ Irene vorläufig offen und sagte weder Ja noch Nein dazu. Sie will auf jeden Fall weiterhin Kontakt zu örtlichen Arbeiterführerinnen halten, für die deutsche ›Zentral-Kranken- und Sterbekasse für Frauen und Mädchen‹ arbeiten und, wie schon früher, einige Frauengruppen leiten und zur Selbsthilfe anregen.«

Der Graf seufzte. »Mich dünkt, deine Frau hat einen wahren Dickschädel«, konstatierte er. »Wir werden wohl nicht umhinkommen, uns erst einmal gegenseitig ein Bild voneinander zu machen.«

»Irene ist bereit, mich im Spätherbst zum Auftakt der Saison nach Wien zu begleiten. Früher könnte ich ohnehin nicht kommen. Denn während der Lese der verbliebenen Weinberge darf ich auf dem Gut nicht fehlen. Darum bitte ich dich um Verständnis, Vater. Doch …« Er stockte und fühlte, wie ihm der Schweiß ausbrach.

»Doch was?«, echote der Graf.

»Doch so lange kann ich mit dem Ankauf der gepfropften Reben nicht warten. Dr. Melchior, der Wissenschaftler der Berliner Friedrich-Wilhelm-Universität, hat mir zugesagt, mir einen Kontakt zu dem führenden Züchter solcher Reben zu vermitteln und sich persönlich für eine bevorzugte Belieferung meines Weinguts einzusetzen. Doch wenn die große Anzahl Reben der verschiedenen Sorten, die wir benötigen, schon nächstes Frühjahr zur Verfügung stehen soll, muss bereits jetzt mit deren Aufzucht begonnen werden. Und einen Teil der Kaufsumme erwartet der

Mann in Vorkasse. Zudem müssen die Flächen vorbereitet und die Ernteausfälle im Herbst kompensiert werden. Meine Geldmittel reichen dazu nicht aus.«

Der Graf musterte Franz mit einem unergründlichen Gesichtsausdruck. »Dann ist es ja nur gut, dass ich an die Gewährung eines Darlehens nicht die Voraussetzung knüpfen wollte, dass sich deine Frau standesgemäß unserer gesellschaftlichen Regeln in Wien verhält.«

Franz hob überrascht den Kopf. »Was für eine Bedingung hängt denn ansonsten daran, Vater?«

»Nun!« Der Graf strich sich über seinen Schnurrbart. »Genauer gesagt sind es sogar zwei Bedingungen.« Er machte eine Kunstpause.

Wenn es seine Absicht war, Franz damit auf die Folter zu spannen, hatte er sein Ziel erreicht. Dessen Herz begann, schneller zu schlagen.

»Dann sagen Sie mir bitte, was Sie von mir erwarten, Vater«, bat er. »Wenn ich es erfüllen kann, will ich es gerne tun.«

»Die erste Bedingung ist, dass ich nach dem bereits in die Wege geleiteten Ersuchen, mich mit deiner Mutter verheiraten zu dürfen, jetzt auch noch – mit deinem Einverständnis – einen Dispens für deine Adoption zu erlangen versuche. Noch kann dabei geheim bleiben, dass du mein leiblicher Sohn bist. Angesichts meiner Kinderlosigkeit und unseres fortgeschrittenen Alters, das uns als Ehepaar die Zeugung von Nachkommen nicht mehr ermöglicht, wird man sich im Obersthofmeisteramt darüber nicht wundern.«

»Unter dieser Voraussetzung stimme ich Ihrer Bitte gerne zu.« Franz war erleichtert. *Denn sollte das Ganze am Ende doch noch daran scheitern, dass Irene und mein Vater sich nicht verstehen, bleibt ihm zumindest die öffentliche Schande erspart, von seinem eigenen Sohn abgewiesen worden zu sein, wenn er unsere Blutsverwandtschaft geheim hält.*

Der Anflug von Traurigkeit, der nun über die markanten Gesichtszüge des Grafen huschte, deutete darauf hin, dass er Franz' Gedanken erriet.

Verlegen fragte der: »Und Ihre zweite Bedingung, Vater?«

»Ist die, dass du endlich beginnst, mich zu duzen, mein Sohn. Wie es sich für enge Verwandte, die nicht den steifen Gewohnheiten am Kaiserhof nacheifern möchten, gehört.«

Palais Sterenberg in Wien
November 1886

Die Glocke einer nahen Kirchturmuhr weckte Franz aus dem kurzen Schlummer, in den er während der Wartezeit bis zur Abfahrt zum Wohltätigkeitsfest auf seinem Lehnsessel gefallen war. Die vorige unruhige Nacht machte sich bemerkbar.

Da er bis kurz vor ihrer Ankunft am Wiener Hauptbahnhof gehofft hatte, Irene doch noch zu einem gemeinsamen Aufenthalt mit ihm und Pauline im Palais Sterenberg überreden zu können, hatte er seinen Vater nicht von ihrem Wunsch unterrichtet, mit Rosa in einem Hotel zu wohnen. Vorsorglich hatte Franz zwar telegrafisch eine Suite in demselben Haus reserviert, in dem er ehemals selbst zu wohnen pflegte, ärgerte sich aber trotzdem über Irenes Starrköpfigkeit.

»Ich übernachte nicht an einem Ort, an dem ich womöglich nur geduldet, aber nicht willkommen bin«, wiederholte sie störrisch immer wieder. Franz ahnte allerdings, dass es auch noch einen zweiten Grund dafür gab, dass Irene im Hotel wohnen wollte.

Schon einige Wochen vor ihrer Reise war sie brieflich mit einer Frau namens Lea Walberger in Kontakt getreten, deren Name und Anschrift ihr Gertrud Guillaume-Schack genannt hatte. Lea war eine Art informelle Wiener Arbeiterführerin. Denn seit auch in Österreich am 3. Juni Verordnungen und Ausnahmeverfügungen in Kraft getreten waren, die inhaltlich, wenn auch neutral formuliert, dem deutschem Sozialistengesetz gleichkamen, und man Sozialdemokraten sogar übelster Verbrechen wie Raubüberfälle verdächtigte, konnten die Anhänger dieser Bewegung nur noch im Verborgenen wirken.

Irene wollte Lea gleich am ersten Tag ihres Aufenthalts im Damensaal eines kleinen Kaffeehauses treffen, um sie kennenzulernen und sich über die Lebensverhältnisse der Wiener Arbeiterschaft zu informieren. Da sie im Palais Sterenberg zwangsläufig unter Beobachtung gestanden, sich also nicht unbemerkt und ohne diesbezügliche Fragen hätte entfernen können, wollte sie mit ihrem Hotelaufenthalt wohl auch ihre uneingeschränkte Bewegungsfreiheit sicherstellen.

Trotzdem war der Graf natürlich sichtlich enttäuscht gewesen, hatte sich aber jede kritische Bemerkung verkniffen. Umso wichtiger war der gestrige Abend gewesen, an dem sich Irene und sein Vater im Rahmen eines intimen Familiendiners zum ersten Mal persönlich begegnen sollten. Franz war Menschenkenner genug, um zu wissen, wie wichtig dieser gegenseitige erste Eindruck war.

Doch der Ärger hatte bereits begonnen, bevor Irene eintraf. Denn sie kam über eine halbe Stunde zu spät. Nicht nur Franz empfand dies als außerordentlich unhöflich gegenüber dem Grafen. Selbst die sonst eher sanftmütige Pauline zeigte sich indigniert.

Dennoch wahrte der Graf zunächst die Form. »Enchanté, meine liebe Tochter«, begrüßte er Irene mit einem angedeuteten Handkuss. »Ich freue mich außerordentlich, Sie endlich kennenzulernen. Man hat mir schon so viel über Sie berichtet.«

Tatsächlich sah Irene entzückend aus. Ihr dunkelblaues Abendkleid betonte ihre saphirfarbenen Augen. Auch mit ihrer Frisur hatte sich Rosa als Kammerzofe selbst übertroffen. Irenes dichtes braunes Haar war mit der Brennschere zu Korkenzieherlocken geformt, um die blaue Samtbänder gewunden waren. Alles hätte also noch seinen friedlichen Gang gehen können, hätte Irenes Entschuldigung für ihre Verspätung nicht sofort weitere Unstimmigkeiten erzeugt.

»Ich bitte ausdrücklich um Verzeihung, verehrter Herr von Sterenberg«, erklärte sie und wies durch diese demonstrativ steife Anrede ihres Schwiegervaters, der sie soeben noch als ›Tochter‹ willkommen geheißen hatte, sein Angebot familiärer Vertraulichkeit gleich wieder zurück. Doch noch brüskierender für den Grafen war der Grund ihrer Verspätung.

»Wie Sie ja wissen, Erlaucht, engagiere ich mich für die Rechte der Arbeiterinnen«, erklärte sie gleichzeitig weiterhin förmlich und unverblümt, ungeachtet der aktuellen politischen Lage in Österreich, geschweige denn der Ansichten ihres Gastgebers. »In diesem Zusammenhang habe ich heute einen sehr interessanten Herrn kennengelernt. Sein Name ist Dr. Viktor Adler. Er ist Arzt und will eine Zeitung namens ›Gleichheit‹ herausgeben, in der er sozialkritische Reportagen veröffentlicht. Die erste soll von den elenden Lebensverhältnissen der Wiener Ziegelarbeiter handeln.«

Franz klopfte das Herz vor Ärger und Sorge wegen des schlechten Eindrucks, den Irene bei seinem Vater machte, bis zum Hals. Während der Graf offensichtlich noch nach einer höflichen Antwort rang, entgegnete Franz mit mühsam beherrschter Stimme an dessen Stelle. »Dennoch wären wir dir alle sehr dankbar gewesen, meine Liebe, wenn du dieses zweifellos hochinteressante Thema zu einem anderen Zeitpunkt mit Herrn Dr. Adler erörtert hättest. Wir warten hier bereits seit geraumer Zeit auf dich.«

»Das bedauere ich wirklich außerordentlich«, wiederholte Irene mit jener störrischen Miene, die Franz seit ihrer widerwilligen Zusage, ihn nach Wien zu begleiten, fürchten gelernt hatte. »Doch im Gespräch stellte sich heraus, dass Herr Adler auch August Bebel und Wilhelm Liebknecht persönlich kennt. Die beiden dürften doch auch dir seit deiner Reichstagstätigkeit bekannt sein.«

»Und über diesem interessanten Gesprächsstoff habe ich einfach die Zeit vergessen«, fügte sie zu Franz' und Paulines Entsetzen hinzu.

Vor der Tür des mit kostbaren Barockmöbeln ausgestatteten Salons schlug ein Gong. »Wir sollten uns jetzt zu Tisch begeben«, versuchte der Graf, die peinliche Situation zu überbrücken. »Darf ich dich bitten, meine Liebe?« Er reichte Pauline den Arm.

Erst später sollte Irene erfahren, dass Franz' Vater ursprünglich beabsichtigt hatte, sie selbst zu Tisch zu führen.

Doch der so unglücklich begonnene Abend war noch nicht zu Ende. Bereits bei der Suppe, einer kräftigen Wildbrühe, ließ sich Irene über die traurigen Lebensbedingungen der Ziegelarbeiter aus. »Dr. Adler hat erzählt, dass die meistens aus Tschechien stammenden Menschen bis zu fünfzehn Stunden an sieben Tagen pro Woche arbeiten müssen. Das erinnert mich an das Elend der Herxheimer Leineweber. Und sie werden nach einer Methode bezahlt, die man das ›Trucksystem‹ nennt.« Herausfordernd sah sie in die Runde. »Wissen Sie vielleicht, was das bedeutet, verehrter Herr Graf? Leider blieb mir heute Abend keine Zeit mehr, dem Sinn dieses Begriffs selbst auf die Spur zu kommen.«

Ferdinand von Sterenberg musterte Irene mit einem kühlen Blick, der seine hellblauen Augen tatsächlich eisig wirken ließ. »Das Trucksystem ist bereits seit dem letzten Jahr in Österreich gesetzlich verboten. Ich kann mir also nicht vorstellen, dass es in der Ziegelfabrik noch gültig ist. Denn im Habsburgerreich werden Gesetzesbrecher zur Rechenschaft gezogen.«

Nachdem der nächste Gang, wunderbar zarte Forellenfilets, serviert worden war, fragte Irene trotz Paulines beschwörendem Blick nach. »Aber worum handelt es sich denn nun bei diesem Trucksystem, Herr von Sterenberg?«

Der Graf zog seine Augenbrauen zusammen. »Das waren Blechmarken, die den Arbeitern anstelle von Lohn ausgehändigt wurden und die sie nur in den ihrer Arbeitsstätte angeschlossenen Läden gegen Waren eintauschen konnten.«

»Aha!« Irene lächelte sarkastisch. »Ich kannte zwar den Begriff nicht, aber was er bedeutet, weiß ich nach Ihrer Erklärung sehr wohl. Eine weitere Methode der Profitmaximierung der Fabrikherren zum Nachteil ihrer ausgebeuteten Arbeiter. Was macht Sie denn so sicher, dass sich die österreichischen Fabrikanten an die Gesetze halten? Im deutschen Kaiserreich habe ich hundertfach erlebt, dass dies nicht der Fall war und immer noch nicht ist.«

Angesichts dieses erneuten Affronts starrten Franz und Pauline in tödlichem Schweigen auf ihre nahezu unberührten Teller. Erstaunlicherweise rettete der Graf selbst die Situation. »Ich sehe, dass Sie das Schicksal der armen Bevölkerung sehr bewegt, Irene. Und Wohltätigkeit aller Art ist auch Menschen meiner Gesellschaftsschicht nicht ganz fern, wie Sie hoffentlich bereits morgen Abend bei der Spendengala der Baronin von Hirschstein erkennen werden. Doch nun lassen Sie uns für heute Abend leichtere Themen wählen. Ich würde Sie alle sehr gerne ins Operntheater ausführen. Dort gibt man eine Operette unseres beliebten Wiener Komponisten Johann Strauss. Sie heißt ›Die Fledermaus‹. Sicherlich haben Sie schon einmal davon gehört, liebe Irene?«

Die errötete sichtlich, als sie die Frage des Grafen verneinen musste. Sowohl Franz als auch Pauline wussten nur zu gut, dass Irene weder Interesse noch viele Gelegenheiten gehabt hatte, sich in ihrem Leben mit den Künsten zu beschäftigen. Was zunächst wie ein Zufall aussah, wirkte auf Mutter und Sohn jedoch rasch wie eine geschickte Retourkutsche des Grafen gegen seine unbotmäßige Schwiegertochter. Immer wieder fragte er Irene nach ihrer Meinung zu Opern, Gemälden oder klassischer Literatur. Und immer wieder musste Irene eingestehen, davon noch nichts gehört oder sich zumindest noch nicht damit befasst zu haben.

Vergeblich versuchte Pauline, Irene Brücken zu bauen, und warf nunmehr ihrem zukünftigen Ehemann warnende Blicke zu. So kam es schließlich, wie es kommen musste. Die Situation drohte, beim Dessert zu eskalieren.

»Nein, ich habe den ›Doktor Faustus‹ von Goethe noch nicht gelesen, Erlaucht«, trat Irene bei einer wunderbar cremigen Biskuit-Charlotte schließlich die Flucht nach vorn an. »Dazu fehlte mir leider bislang die Muße. Zwar hätte ich als Dienstmädchen in Altenstadt sogar eure Erlaubnis dazu gehabt«, sagte sie mit einem Blick zu Pauline und Franz. »Doch mehr als ein paar Minuten pro Tag blieben mir damals nicht übrig, um zu lesen. Deshalb wählte ich lieber die leichtere Muse, zum Beispiel die Märchen von Wilhelm Hauff, die du, mein lieber Gatte, mir empfohlen hattest. Und seit meinen Zeiten als Fabrikarbeiterin habe ich mich vor allen Dingen mit den Schriften von Karl Marx, Friedrich Engels und August Bebel beschäftigt. Kennen Sie das Buch des Letztgenannten ›Die Frau und der Sozialismus‹, Erlaucht?«

In diesem Augenblick griff sich Pauline demonstrativ an den Kopf. »Ich fürchte, bei mir ist eine Migräne im Anzug«, erklärte sie. Franz und Irene wussten, dass sie seit ihrer Laudanum-Abstinenz nie wieder an Kopfschmerzen gelitten hatte.

Der Graf sprang jedoch sofort auf, wie es Pauline zweifellos beabsichtigt hatte. »Dann sollten wir die Tafel jetzt aufheben. Ich begleite dich gerne zu deinem Zimmer, meine Liebe. Albertine soll dich noch ein wenig massieren. Das wirkt wahre Wunder bei diesen Beschwerden.«

Weder Franz noch Irene konnten einschätzen, ob der Graf Paulines Manöver, der unerträglichen Atmosphäre zu entfliehen, durchschaut hatte, oder ob er in ehrlicher Sorge um sie war.

»Was ist nur in dich gefahren!«, zischte Franz Irene an, kaum dass die beiden den Raum verlassen hatten. Da jedoch sofort ein livrierter Diener erschien, um abzuräumen, blieb Irene Franz die Antwort schuldig.

»Auch ich bin sehr müde und möchte nun ins Hotel zurückkehren, Franz«, ignorierte sie seinen Ärger sogar. »Würdest du bitte die Equipage rufen lassen?«

Da sie dauernd von Bediensteten umgeben waren, blieb an diesem Abend keine Zeit mehr für eine Aussprache. Ohne ein Wort der Entschuldigung gegenüber Franz oder dem Grafen verabschiedete sich Irene nur wenige Minuten später erneut kühl und förmlich.

Auch Franz zog sich mit einem Kloß im Magen auf sein Zimmer zurück und verbrachte eine sorgenvolle Nacht.

Zwar erwähnte sein Vater beim Frühstück Irenes gestriges Verhalten mit keinem Wort und äußerte lediglich die Hoffnung, das Wohltätigkeitsfest möge ihr gefallen. Dennoch hatte Franz zwei vergebliche Versuche unternommen, sie heute persönlich zu sprechen und ihr schließlich eine briefliche Nachricht hinterlassen.

Bitte düpiere meine Eltern heute Abend nicht vor aller Augen und Ohren, bat er sie eindringlich. *Das haben weder mein Vater noch meine Mutter verdient.*

Nun hoffte er innig, dass sein Appell Wirkung zeigen würde.

Es klopfte wieder. Franz nahm die Beine vom zweiten Lehnsessel, bevor er antwortete. Der Kammerdiener trat ein.

»Die Equipage steht bereit«, meldete er mit einer Verbeugung. »Wenn es dem gnädigen Herrn beliebt, mir nun folgen zu wollen.«

Mit einem Ziehen in der Magengrube verließ Franz nach einem letzten prüfenden Blick in den Spiegel den Raum.

Was er nicht wissen konnte, war, dass auch Irene die halbe Nacht lang heftig in ihrem Hotelbett geweint hatte.

Wien, auf der Fahrt zum Palais Hirschstein
November 1886, zur selben Zeit

Unruhig rutschte Irene auf ihrem gepolsterten Sitz in der Equipage hin und her. Obwohl es sich um ein luxuriös ausgestattetes Modell handelte, mit dem Franz' Vater Ferdinand sie aus ihrem Hotel hatte abholen lassen, befürchtete sie, ihr neues Abendkleid aus dunkelgrünem Moiré zu zerknittern. Außerdem hatte Rosa sie so eng geschnürt, dass sie kaum noch Luft bekam. Aber der eigentliche Grund ihrer Unruhe war die bevorstehende Veranstaltung im Palais Hirschstein.

Während das gestrige spannungsgeladene Souper nur im engsten Familienkreis stattgefunden hatte, würden Irene und Franz heute in einen Teil der Wiener Gesellschaft eingeführt werden. Noch wussten nicht einmal Ferdinands Verwandte, in welchem Verhältnis Franz und Irene zu ihm standen.

Es wird eine sehr illustre Gesellschaft bei diesem Wohltätigkeitsfest anwesend sein, hatte Franz, der sie wohl vergeblich in ihrem Hotel aufgesucht hatte, sie brieflich beschworen. Sie war den ganzen Tag mit Lea Walberger in den Arbeiterwohnvierteln der Wiener Vorstädte unterwegs gewesen. *Die Veranstaltung wird von der Gattin eines erst kürzlich geadelten Industriellen ausgerichtet. Es werden sogar Mitglieder des Hochadels vertreten sein. Wir beide müssen unbedingt einen günstigen Eindruck hinterlassen, schon meinen Eltern zuliebe.* Das Billett endete mit der Mahnung, die beiden nicht bloßzustellen.

Dabei fühlte Irene sich selbst bloßgestellt, wenn sie an den vergangenen Abend dachte. Zwar musste sie sich eingestehen, dass sie in ihrer Furcht davor, der Graf werde sie vielleicht ablehnen, anfangs weit über das Ziel hinausgeschossen war. Selbstverständlich hatte sie das Treffen mit Dr. Adler pünktlich verlassen. Der Grund für ihr Zuspätkommen lag ausschließlich in ihrer Säumigkeit im Hotel. Dort angekommen hatte ihr Rosa anfangs nichts recht machen können. Zweimal wechselte sie das Kleid, bis sie sich endlich für das dunkelblaue Gewand entschied. Danach dauerte es noch über eine Stunde, bis Irene mit ihrer Frisur zufrieden war.

Und das alles nur, um einen guten Eindruck zu machen, den ich bereits mit meinen ersten Sätzen zunichtegemacht habe, war ihr in der schlaflosen Nacht klargeworden.

Andererseits war ihr der Graf nichts schuldig geblieben. Hatte sie ihn mit ihren Fragen und Aussagen über die Arbeiterschaft brüskiert, so hatte er sie mit seinen beständigen Fragen zu den Künsten und zur Historie auf subtile Art bloßgestellt: Als das Dienstmädchen mit immer noch eingeschränkter Bildung, das sie nun einmal gewesen war. Als die einfache Fabrikarbeiterin, die mit ihren Händen geschuftet hatte wie ein Pferd. Ohne je einen Gedanken an luxuriöse Vergnügungen wie Operetten oder Gemäldeausstellungen zu verschwenden.

Du weißt, dass mein Vater gewillt ist, auch Dir jede Möglichkeit einzuräumen, ähnliche Wohltätigkeitsveranstaltungen zugunsten der Armen auszurichten, wie Du sie heute Abend erleben wirst. Also schlage seine ausgestreckte Hand nicht ein weiteres Mal aus, lautete Franz' Postskriptum.

So der Graf sie tatsächlich ausstreckt, dachte Irene nun, als ihr Blick durch das Kutschenfenster auf ein auffälliges, hell beleuchtetes Gebäude fiel, an dem sie gerade vorbeifuhren. »Das sieht ja aus wie ein griechischer Tempel«, entfuhr es ihr spontan.

Rosa, die ihr gegenübersaß, lächelte. »Das ist das neue Wiener Parlament«, erklärte sie Irene. »Schließlich fahren wir hier auf der Ringstraße, der prächtigsten Straße von Wien.«

»Ich bin heute die ganze Promenade entlangspaziert, während Sie unterwegs waren«, plapperte die Zofe weiter. »Ein Bauwerk ist prachtvoller als das andere.«

Eher protziger. Irene verkniff sich die sarkastische Bemerkung. Unwillkürlich tauchten die Bilder der schmutzig grauen fünfstöckigen Mietskasernen vor ihr auf, in denen sie einen großen Teil des Tages verbracht hatte.

Die Equipage kam zum Stillstand, da sich ein kleiner Stau vor einem groben Fuhrwerk gebildet hatte, das die Straße versperrte. Irene hörte den Kutscher auf Wienerisch fluchen, was sie eher seinem Tonfall als seinen Worten entnahm, die sie kaum verstand. Mit dem ihr vertrauten Pfälzer Dialekt hatte die Umgangssprache der einfachen Leute in Wien nichts gemein.

Durch den unfreiwilligen Halt hatte Irene Zeit, das Parlamentsgebäude genauer zu betrachten. *Affig*, schoss es ihr durch den Kopf. Sosehr sie an einer Reise mit Franz zu den historischen Stätten Griechenlands und Italiens Gefallen gefunden hätte, so deplatziert erschien ihr ein im antiken Baustil neu erbautes Gebäude auf österreichischem Boden.

Acht Säulen, die in mit floralen Mustern verzierten Kapitellen ausliefen, trugen das Dach der Eingangshalle. Franz hätte Irene sagen können, dass man diese Art von Säulen »korinthisch« nannte. Das Dach wurde von einem dreieckigen Giebel mit gemeißelten Statuen bekrönt. Auch rund um das Gebäude und an der seitlich hinaufführenden Rampe standen überall Statuen auf Sockeln. Irene kannte ihre Bedeutung nicht, nahm sich aber vor, Franz danach zu fragen.

Endlich fuhr die Kutsche weiter. Ein weiteres, aufwendig gestaltetes und beleuchtetes Bauwerk kam in Sicht, dessen Stil so gar nicht zu dem des Parlaments passte. Mit seinen Bogenfenstern und den spitzen Türmen erinnerte es Irene entfernt an eine Kirche.

»Das ist das neue Rathaus«, erklärte Rosa unaufgefordert mit einem stolzen Unterton. Ihr gefiel es sichtlich, mehr zu wissen als ihre Herrschaft.

»Aha.« Irene antwortete kurz angebunden. Die stinkenden, düsteren Hinterhöfe und engen, schlecht beleuchteten Stiegenhäuser, in die sie Lea Walberger heute gefolgt war, erschienen wieder vor ihrem inneren Auge.

Wie viele gute und gesunde Wohnungen für arme Leute hätte man von all dem Geld bauen können, das dieser Prunk und Protz gekostet haben mag.

Plötzlich wurde ihr wieder so übel, wie es ihr beim Eintritt in diese Höhlen menschlichen Elends heute schon einmal gewesen war. Sie schob das Fenster der Kutsche einen Spalt weit auf und atmete die frische Abendluft, die von draußen hereindrang, so tief wie möglich ein.

»Ist Ihnen nicht gut, gnädige Frau?« Rosa musterte Irene mit dem besorgten Blick der ehemaligen Krankenschwester.

»Doch, doch!«, wehrte Irene ab. »Sie haben mich nur zu eng geschnürt, Rosa. Und außerdem sollen Sie mich Frau Gerban nennen anstatt ›gnädige Frau‹. Das habe ich Ihnen bestimmt schon einhundertmal gesagt.«

Rosa schürzte beleidigt die Lippen. »Die feinen Damen der Wiener Gesellschaft sind stolz auf ihre schmalen Taillen. Da sollten Sie nicht zurückstehen, gnä … Frau Gerban.«

Irene seufzte, ohne etwas zu erwidern. Das Korsett, das sie seit ihrer Hochzeit mit Franz täglich tragen musste, war und blieb ihr eine unangenehme Last. Schon mehr als einmal hatte sie sich nach den schäbigen, aber bequemen Kleidern, die sie als Fabrikarbeiterin getragen hatte, zurückgesehnt. Deshalb nähte sie auch all ihre einfachen Alltagskleider immer noch selbst und ließ sie dabei um die Körpermitte so weit, dass das Gerüst aus Fischbein und steifem Leinen ihr noch genügend Luft zum Atmen ließ. Zumal sie dann ein Korsett trug, das sie selbst vorne mit Haken und Ösen schließen konnte.

Aber für gesellschaftliche Anlässe blieb ihr nichts anderes übrig, als sich so eng schnüren zu lassen, dass sie in die der neuesten Mode entsprechenden Modelle passte. Von diesen Kleidern hatte ihr Madame Marat, die Weißenburger Schneiderin, mehrere eigens für ihre Reise nach Wien angefertigt.

Nicht zufällig trug sie heute das Kleid, das ihr laut Franz am besten zu Gesicht stand. Der fein gemusterte dunkelgrüne Seidenstoff passte hervorragend zu ihrem Teint und betonte das dunkle Blau ihrer Augen. Das tiefe Dekolleté, das bis zum Ansatz ihrer durch das Korsett hochgedrückten Brüste reichte, war ebenso wie der in eine kurze Schleppe mündende Saum von einer schwarzen Spitzenbordüre eingefasst. Unterhalb der kleinen, ebenfalls mit Bordüren eingefassten Puffärmel trug sie cremefarbene Handschuhe, die ihr bis über den Ellenbogen reichten.

Grüne und schwarze Straußenfedern in ihrer elegant aufgesteckten Frisur und das Smaragdhalsband, das ihr Pauline zur Hochzeit geschenkt hatte, vervollständigten das Ensemble.

»Man wird Sie zweifelsohne für eine echte Gräfin halten«, hatte Rosa neidlos geschwärmt, als Albertine, die österreichische Kammerzofe Paulines, mit ihrem Werk fertig gewesen war. Obwohl auch sie Irene am Vorabend hübsch frisiert hatte, konnte Rosa mit der Kunstfertigkeit Albertines nicht mithalten.

Irene hatte das Kompliment mit gemischten Gefühlen entgegengenommen. Zu sehr unterschieden sich die beiden Welten voneinander, in denen sie sich heute aufhielt.

Die Equipage hielt wieder an. Erst als der livrierte Kutscher vom Bock sprang und Irene die Tür aufhielt, bemerkte sie, dass sie am Ziel angekommen waren. Staunend hob sie den Blick zu einem mit weißem Stein verkleideten und mit Statuen auf dem Dach geschmückten, stucküberladenen, hell erleuchteten Gebäude mit einem von Säulen umrahmten Eingang. Schon im Vergleich zum Palais Sterenberg von Franz' Vater wirkte das Gutshaus in Schweighofen wie eine armselige Hütte, das Herrenhaus in Altenstadt einfach und schlicht. Doch dieser Palast, neu erbaut von einem schwerreichen, kürzlich zum Baron erhobenen Fabrikanten, übertraf das Palais Sterenberg noch bei Weitem.

Wahrscheinlich auf dem Rücken seiner Arbeiter errichtet, denen dieser Fabrikherr solch einen Hungerlohn zahlt, dass sie sich keine anständige Wohnung und kaum eine warme Mahlzeit am Tag leisten können. Irene spürte, dass sich ihre Kehle verengte und erneut Übelkeit in ihr aufstieg. Ihr Versuch, tief Luft zu holen, scheiterte wieder an der engen Schnürung ihres Korsetts.

Rosa zog den schwarzen Spitzenschleier, unter dem sie ihre Blatternarben in der Öffentlichkeit verbarg, vor das Gesicht und stieg hinter Irene aus der Kutsche.

»Bitte melden Sie dem gnädigen Herrn Franz Gerban, Gutsbesitzer und Weinhändler aus Rheinbayern, dass seine Gattin Irene eingetroffen ist«, beschied sie einem der livrierten Türsteher gestelzt, der sich mit einer kleinen Verbeugung sogleich ins Innere des Hauses begab. Der zweite verneigte sich ebenfalls vor Irene und wies den Damen den Weg in die Vorhalle, wo ein Dienstmädchen Irene den Umhang abnahm und ihr bedeutete, auf einem brokatbezogenen Sessel mit geschwungenen vergoldeten Beinen Platz zu nehmen.

Während Irene auf Franz' Ankunft wartete, überfielen sie angesichts der überwältigend kostbar ausgestatteten Halle diesmal die Bilder der heutigen, in den Wohnungen der Armen verbrachten Stunden mit Macht.

Kapitel 24

Wien, 10. Bezirk

November 1886, am Morgen desselben Tages

»Ich nehm dich heute mit in den 10. Bezirk«, hatte ihr Lea Walberger, eine resolut wirkende Frau in den Vierzigern in einem einfachen dunkelgrauen Wollkleid mit dazu passendem Mantel, in ihrem breiten Wienerisch erklärt, als Irene pünktlich um neun Uhr morgens mit einer Mietsdroschke an der angegebenen Adresse ankam. Da das offizielle Büro des Arbeitervereins mittlerweile geschlossen worden war, traf man sich an wechselnden Orten in Wien. Diesmal war es das Hinterzimmer einer Schusterwerkstatt.

Lea wies auf eine Reihe gefüllter Körbe. »Ich hab was zum Essen und Kohlen eingepackt, alles Spenden. Wir besuchen Familien, die arbeitslos oder krank sind und dadurch in Not.«

Irene nickte beklommen. Sie glaubte, nur allzu gut zu wissen, was für Schicksale und Eindrücke sie erwarten würden. Doch das vorgefundene Elend übertraf ihre schlimmsten Befürchtungen. Nicht einmal ihre Eindrücke aus Herxheim konnten mit dem, was sie hier sah, mithalten.

Anfangs war sie verblüfft gewesen, als die Mietsdroschke vor einem Haus mit gutbürgerlich wirkender Fassade anhielt. »Im Vorderhaus wohnen die Reichen«, erklärte ihr Lea Walberger jedoch rasch, als sie einen schmalen, muffig riechenden Durchgang betrat. »Wir gehen durch die Hinterhöfe. Zuerst zu den Bruckners. Sie hausen im vierten Hof im obersten Stock des Zinshauses.« »Zinshaus« war die österreichische Bezeichnung für ein Mietshaus, wie Irene inzwischen wusste.

Schaudernd folgte sie Lea Walberger durch die Höfe. Im ersten Hof betrieb ein Hufschmied seine kleine Werkstatt. Es roch nach Pferdemist und Ruß. Der Amboss, auf dem das rot glühende Eisen bearbeitet wurde, stand unter einem baufällig wirkenden schiefen Bretterdach. Funken sprühten nach allen Seiten aus dem offenen Verschlag.

»Geh dicht an der Mauer entlang, damit du keine Löcher ins Kleid gebrannt kriegst«, wies Lea Irene an, die sich mit ihrem schweren Henkelkorb ängstlich an der Werkstatt vorbeidrückte. Zu ihrem Entsetzen erblickte sie im hinteren Ende des Hofes spielende, trotz der herbstlichen Kälte nur in Lumpen gekleidete barfüßige Kinder. Die jüngsten mochten kaum drei Jahre alt sein.

Irene hätte gerne gefragt, ob sich die Leute wegen der Werkstatt denn keine Sorgen um ihre Kleinen oder die allgegenwärtige Brandgefahr machten, bekam aber keine Gelegenheit dazu, da Lea ihr schnellen Schrittes voraneilte. Sie hielt auch nicht an, als einige Kinder mit bettelnd ausgestreckten Händen auf sie zu rannten. »Andere brauchen 's nötiger!«, rief sie Irene über die Schulter hinweg zu.

Je weiter sie ins Gewirr der Hinterhöfe eindrangen, desto düsterer wurde es. Auch der Gestank nahm beständig zu. Im letzten Hinterhof roch es durchdringend nach Verfaultem und Exkrementen. Überall lag Müll herum.

Im engen Stiegenhaus bemühte Irene sich, möglichst flach zu atmen, da jetzt noch Gerüche nach ranzigem Fett, saurer Milch und schlecht abziehenden Öfen dazukamen. Mehrmals stolperte sie im schwachen Licht einiger blakender Petroleumlampen und rutschte einmal fast auf ein paar faulen Kartoffelschalen aus, die jemand auf der Stiege verloren und einfach liegen gelassen hatte.

Im obersten Stockwerk klopfte Lea an eine Tür, deren Farbe wohl ehemals grau gewesen, jetzt aber fast vollständig abgeblättert war. Auf einen schwachen Ruf hin öffnete sie den Eingang. Die Frauen standen sofort in der Wohnküche. Einen Hausflur gab es nicht.

Zwar war Irene diese Bauweise sehr wohl von ihren eigenen Quartieren, die sie als Arbeiterin bewohnt hatte, bekannt. Dennoch erschrak sie, als sie den eiskalten Raum betrat. Da die vorderen Zinshäuser höher waren als dieses letzte im vierten Hinterhof, drang trotz der bleichen Morgensonne kaum Licht durch das zerbrochene, notdürftig mit Papier verklebte, einzige Fenster. Um einen nur von einem Öllämpchen erleuchteten Tisch aus groben Brettern saßen vier Mädchen und Jungen. Das jüngste Kind schien Irene kaum sechs Jahre alt zu sein, das älteste, ein Mädchen, höchstens zwölf Jahre alt. Auf dem Tisch stand eine große Kiste mit Knöpfen, die die Kinder auf Pappstreifen nähten, eine typische Heimarbeit, die Irene auch aus Deutschland kannte.

»Tante Lea!« Die Kinder sprangen auf und strahlten über das ganze Gesicht. »Bringst uns etwas zu essen mit? Heuer haben wir alleweil nur sauren Topfen und Schwarzbrot im Haus.« Erschüttert bemerkte Irene, wie hohlwangig und dünn die Kinder aussahen.

Lea streichelte ihnen über die Köpfe. »Gleich, gleich gibt's was Warmes. Ich muss erst den Ofen anfeuern.«

Die Kinder jubelten, bis eine röchelnde Stimme aus dem Hintergrund sie unterbrach. »Pscht, so seid's doch still! Der Schlafbursch wird sonst wach.«

Erst jetzt sah Irene, dass ein schmales Bett an der Wand hinter der Tür stand. In ihm richtete sich nun mühsam eine bis auf die Knochen abgemagerte Frau, die unter einem löchrigen Tuch einen Säugling an ihrer Brust hielt, auf einen Ellenbogen auf. Neben ihr unter der dünnen Filzdecke sah Irene ein weiteres kleines Köpfchen. Die Augen des Kindes, Irene konnte nicht feststellen, ob es ein Junge oder ein Mädchen war, blickten übergroß aus dem kleinen Gesicht. Es lutschte an seinem Daumen.

Lea trat auf das Bett der Frau zu. »Servus, Elisa! Wie geht's dir denn heute?«

Die ausgezehrte Frau setzte zu einer Anwort an, wurde dann

aber von einem Hustenkrampf erfasst, der ihren ganzen Körper schüttelte. Der offensichtlich zuvor schlafende Säugling wachte auf und fing an zu krähen.

»Pscht! Pscht!«, versuchte die Frau, das Kind zu beruhigen. Ein dünner Blutfaden rann ihr aus dem Mund über das Kinn.

Wie damals bei Minna. Sie leidet an der Schwindsucht, wurde Irene sofort klar. *Aber diese geschwächte Mutter wird zweifellos bald daran sterben.*

»Pscht!«, zischte Elisa noch einmal und wiegte den Säugling, der jedoch nicht zu schreien aufhörte.

Tatsächlich pochte es jetzt von nebenan an die Wand hinter dem Bett. »Gebt's endlich Ruah!«, brüllte eine männliche Stimme.

In ihrer Verzweiflung hielt Elisa dem Säugling die Hand vor den Mund und erstickte so seine zarten Schreie.

»Wenn der Wastl uns kündigt, verhungern wir alle noch vor dem Christfest«, hörte Irene sie flüstern. Auch die Kinder rund um den Tisch waren jetzt mucksmäuschenstill und nahmen ihre Arbeit mit gesenkten Köpfen wieder auf.

»Nun zünden wir erst mal den Herd an und kochen euch eine schöne Frittatensuppe!« Energisch bedeutete Lea der vor Entsetzen über das Elend noch immer erstarrten Irene, mit den von ihr mitgebrachten Kohlen, Feuer zu machen. »Oder kannst du das nicht?«, fiel der Arbeiterführerin plötzlich ein.

»Doch, doch«, murmelte Irene. »Ich weiß, wie es geht.«

Während sie die Glut langsam anfachte, hörte sie Lea leise zu Elisa sprechen.

»Wo ist denn der Toni?«

Ein neuer Hustenkrampf schüttelte Elisa, bevor sie röchelnd antwortete: »Er hat behauptet, er ginge nach Arbeit suchen. Aber wahrscheinlich sitzt er stattdessen in der Wirtschaft und vertrinkt den wenigen Lohn unserer Kinder.« Nun begann die Frau zu weinen.

»Erst gestern hat der Verleger uns ein paar Münzen ausbezahlt. Die hat er alle mitgenommen, angeblich, um Lebensmittel einzukaufen. Aber er wird wohl wieder mit leeren Händen heimkommen.«

Sie kramte ein kleines Beutelchen unter der Matratze hervor. »Hier, das ist alles, was ich noch habe. Das, was mir der Wastl gibt. Für die Mizzi, wenn sie ihm gefällig ist.«

Irene hielt schockiert mitten in der Bewegung inne. Mit geweiteten Augen starrte sie die kranke Frau auf dem Bett an. Lea bemerkte es und sah auf.

»Gib den Kindern schon mal einen Apfel gegen den gröbsten Hunger«, forderte sie Irene auf. »Und dann setz Wasser auf! Ist welches da?«

Elisa schüttelte den Kopf.

»Funktioniert der Hahn im zweiten Stock noch?«

Elisa nickte.

»Dann hol dort Wasser, Irene. Mizzi, gehst du mit, und zeigst Irene den Weg? Dann könnt ihr gleich noch die Waschschüssel füllen.« Sie drückte Irene ein Gefäß in die Hand, von dem das Emaille an vielen Stellen abgeplatzt war.

Tatsächlich stand nun das älteste Mädchen vom Tisch auf. *Habe ich das richtig verstanden? Dieses halbwüchsige Kind muss dem Schlafburschen gefällig sein?*

Während des weiten Weges, den sie hin- und zurückgehen mussten, überlegte Irene, ob sie Mizzi darauf ansprechen sollte. Schließlich entschloss sie sich, später Lea danach zu fragen, und wählte ein anderes Thema.

»Müsstest du denn nicht in der Schule sein?«, fragte sie das Mädchen. Irene wusste, dass es seit mehr als zehn Jahren eine achtjährige Schulpflicht in Österreich gab.

Mizzi blickte Irene ängstlich an. »Doch, das müsst ich«, sagte sie leise. »Und meine andern Geschwister bis auf die ganz kleinen auch. Doch wir müssen ja Geld verdienen, seit unsre Mama so krank ist und dauernd hustet und Blut speit. Aber wenn der Schulinspektor es erfährt, bekommen die Eltern eine Strafe.«

Palais Hirschstein in Wien
November 1886, am selben Abend

»Da bist du ja, meine Liebe«, unterbrach plötzlich eine vertraute Stimme Irenes Grübeleien. Sie blickte auf. Korrekt gekleidet in einen tadellos sitzenden Frack mit blütenweißer gefältelter Hemdbrust und weißem Binder lächelte Franz sie ungewohnt scheu an. »Und ich möchte freimütig gestehen, dass du noch bezaubernder aussiehst als gestern Abend.«

Er reichte ihr den Arm. »Hast du mein Billett bekommen?«, fragte er, den Blick auf die Stufen gerichtet, als sie die breite, geschwungene Marmortreppe zur Beletage hinaufschritten.

»Das habe ich, Franz. Und es ging mir zu Herzen. Dennoch …«

»Es gibt noch einen dringlicheren Grund, warum ich dich heute Abend um die größte Zurückhaltung bitte«, fiel Franz ihr ins Wort. »Der Dispens für die Hochzeit meiner Eltern ist erteilt worden. Maman ist überglücklich. Sie wollen schon im Februar heiraten.«

»Oh!« Mehr brachte Irene zunächst nicht heraus. Zwar hätte sie damit rechnen müssen, dass Pauline und Graf Ferdinand irgendwann Fakten schaffen würden. Doch so bald hatte sie dies noch nicht erwartet.

»Wie war denn dein Tag?«, unterbrach Franz das lastende Schweigen.

»Ganz furchtbar!«, antwortete Irene ehrlich. »So viel Not wie heute habe ich noch nie an einem Tag gesehen.«

Franz drückte ihren Arm. »Erzähle mir später davon, Irene. Tu mir den Gefallen und erwähne heute Abend davon kein einziges Wort.«

Irene schwieg wieder.

»Bitte, ich beschwöre dich«, insistierte Franz. »Verdirb meinen Eltern diese freudige Stunde nicht! Und bedenke, dass dies hier eine Wohltätigkeitsveranstaltung ist. Es geht um ein neues

Armenspital, das mit dem eingenommenen Geld gegründet werden soll.«

Bevor Irene etwas erwidern konnte, betraten sie den luxuriös ausgestatteten und festlich geschmückten Empfangssaal. Von seinem Kontrast zu den Elendsbehausungen, die sie heute besucht hatte, geradezu geblendet, blieb Irene stehen. Mechanisch beantwortete sie die Begrüßung der Dame des Hauses, der korpulenten, in ein nachtblaues Seidengewand gehüllten, frischgebackenen Baronin von Hirschstein, die an der Seite ihres nicht weniger feisten Mannes die Gäste willkommen hieß.

Dann sah sich Irene genauer um. Der Saal war sicherlich mehr als fünfzehn Meter lang und zehn Meter breit. Die weiß gestrichenen Wände waren über und über mit vergoldeten Stuckornamenten verziert, ebenso die prachtvolle Decke, in deren Mitte ein großes farbenfrohes Fresko prangte. Aufgrund der Ähnlichkeit mit den Statuen am neuen Wiener Parlament vermutete Irene, dass es sich um eine Götterszene aus der griechischen Mythologie handelte. Diese war ihr allerdings genauso wenig vertraut, wie die Werke von Goethe und Schiller, nach denen sie Graf Ferdinand am Vorabend gefragt hatte.

Sie hatte gerade Franz' Eltern in einer Ecke des Saales entdeckt, in der sie in ein lebhaftes Gespräch mit einer elegant gekleideten Dame vertieft waren, als der Gong bereits zu Tisch rief. Livrierte Lakaien, die tatsächlich noch altmodische weiß gepuderte Perücken trugen, öffneten die mit vergoldeten Schnitzereien verzierten Flügelportale zum nebenan gelegenen Speisesaal.

Er stand dem Empfangssaal in Prunk und Pracht in nichts nach.

Die mit kostbaren Aufsätzen überladene Tafel mit dem Tischtuch aus weißem Damast war mit edlem Geschirr und Kristall sowie silbern glänzendem Besteck gedeckt. Flüchtig registrierte Irene, dass kein Teller wie der andere war. Die aufgemalten Blüten und Schmetterlinge wiesen zwar die gleichen Grundfarben auf, jedes Teil war jedoch ein Einzelstück.

Während des siebengängigen Menus, bei dem Franz ihr Tischherr war, registrierte Irene kaum, was sie aß, und ließ ihren gefüllten Teller in der Regel abräumen, kaum dass sie etwas von den Speisen gekostet hatte. Auf Franz' Versuche, leichte Konversation zu machen, reagierte sie einsilbig, und bemerkte dabei gar nicht, dass niemand sonst in ihrer Umgebung sie ins Gespräch zu ziehen versuchte.

Schließlich hob die Baronin von Hirschstein die Tafel auf. Die Gäste begaben sich in einen dritten großen Saal am Ende der Beletage, in dem eine Bühne aufgebaut war. Die Baronin ließ ihren ersten Diener ein Glöckchen läuten, womit sie um die allgemeine Aufmerksamkeit des Publikums bat.

»Meine sehr verehrten, allergnädigsten Damen und Herren«, begann sie. »Ich freue mich, dass Sie heute in so großer Zahl in unserem neuen Heim erschienen sind, um Ihre huldvolle Aufmerksamkeit und Ihre großzügigen Spenden einem wohltätigen Zweck zu widmen. Besonders herzlich begrüße ich Ihre Gnaden, Fürstin Pauline von Metternich, die sich bereit erklärt hat, die Schirmherrschaft für diese Veranstaltung zu übernehmen.«

Eine ältere Dame in einem aufwendigen violetten Samtkleid, in der Irene die Frau erkannte, mit der Franz' Eltern bei ihrem Eintreffen gesprochen hatten, erhob sich und winkte angesichts des aufbrandenden Applauses huldvoll nach allen Seiten.

»Das ist die größte Mäzenin von Wien«, flüsterte Irene plötzlich jemand von hinten ins Ohr. Es war Pauline, ihre Schwiegermutter. Irene wandte den Kopf. Pauline sah tatsächlich überglücklich aus und lächelte sie herzlich an. Bislang hatte sich noch keine Gelegenheit ergeben, sich zu begrüßen, denn auch beim Souper hatte Pauline, mit Graf Ferdinand als Tischherrn, viele Plätze von Franz und Irene entfernt gesessen. Schließlich kannte jedermann in Wien den Grafen, während Franz und Irene zwei völlig Unbekannte waren, die die Baronin von Hirschstein sicherlich für entfernte Verwandte Ferdinands hielt, die gerade in Wien zu Besuch waren.

Trotz ihrer Beklommenheit rang sich Irene ein Lächeln ab. »Ich beglückwünsche dich von ganzem Herzen«, raunte sie Pauline ins Ohr.

»Also hat Franz dich schon in Kenntnis gesetzt?«, schlussfolgerte Pauline, ebenfalls mit gesenkter Stimme.

Irene nickte.

»Wo ist denn mein Va … der Graf?«, verbesserte sich Franz.

»Er nimmt an einem der Tableaux vivants teil«, antwortete Pauline.

Auf Irenes verständnislosen Blick hin erklärte sie: »Das sind ›Lebende Bilder‹. Heute werden Szenen aus den griechischen Heldensagen gezeigt. Ferdinand wird in einer Szene den Gottvater Zeus darstellen.«

Es scheint, dass mich die alten Griechen heute den ganzen Abend über verfolgen, dachte Irene sarkastisch.

»Und was macht den Wohltätigkeitscharakter der Veranstaltung aus?«, fragte sie halblaut.

Pauline lächelte wieder. »Von jedem männlichen Gast wird ein fester Betrag von dreißig Gulden als Eintritt erhoben, den man freiwillig aufstocken kann. Franz hat einhundert, Ferdinand sogar dreihundert Gulden gespendet«, erklärte sie nicht ohne Stolz.

Sie wies mit dem Kinn auf einen älteren Herrn mit Koteletten und Vollbart. »Das ist Freiherr Nathaniel von Rothschild, Wiens größter Gönner. Er begleitet Pauline von Metternich auf alle Wohltätigkeitsveranstaltungen. Man munkelt, er wird heute Abend mindestens fünfhundert Gulden spenden, vielleicht sogar einen noch größeren Betrag.«

»Und das eingenommene Geld wird für ein Armenspital verwendet?«, fragte Irene nach.

»So ist es«, strahlte Pauline. »Das neue Spital wird dreißig Betten zur Verfügung haben. Um den Ärmsten der Armen, die sich eine medizinische Behandlung nicht leisten können, zu helfen.«

»Nimmt man dort auch an der Schwindsucht Erkrankte auf?«

Pauline stutzte. »Davon gehe ich aus, meine Liebe. Warum fragst du?«

»Nun, ich habe heute einige Zinshäuser im 10. Bezirk besucht«, erläuterte Irene mit gesenkter Stimme, damit niemand der Umstehenden sie hörte. »Dort traf ich auf nicht weniger als fünf Menschen beiderlei Geschlechts und aller Altersstufen, die an dieser Krankheit zu leiden scheinen. Lea Walberger, die Wiener Arbeiterführerin, die ich begleitet habe, erzählte, dass es Tausende und Abertausende von Erkrankten unter den Arbeiterinnen und Arbeitern gibt. Da scheinen mir dreißig Betten nur ein Tropfen auf den heißen Stein zu sein.«

»Doch es ist besser als nichts«, unterbrach Franz Irene abrupt. »Ich beschwöre dich noch einmal, Irene, behalte heute Abend diese Gedanken für dich.«

Wieder ertönte die Glocke. »Außerdem scheint es nun loszugehen. Lasst uns unsere Plätze einnehmen.«

Er steuerte mit Irene und Pauline im Schlepptau auf die mit rotem Samt bezogenen Stuhlreihen zu, die vor der Bühne aufgebaut waren. Irene kam, mit Franz an ihrer linken Seite, neben zwei ältlichen Damen in schwarzen hochgeschlossenen Seidenkleidern zu sitzen, ihrer Kleidung nach zu schließen, wahrscheinlich Witwen, die sie nach einer knappen Begrüßung keines weiteren Blickes mehr würdigten.

»Möglicherweise werdet ihr als Bürgerliche erst einmal keine große Beachtung finden«, erinnerte sich Irene an einige diesbezügliche Worte ihres Schwiegervaters Ferdinand vom Vorabend. »Die Wiener Gesellschaft ist gegenüber Fremden verschlossen wie eine Auster. Erst recht, wenn man es nicht einmal zu einem niedrigen Adelstitel gebracht hat.«

Irene war es nach den schrecklichen Zuständen in den Zinshäusern allerdings herzlich gleichgültig, ob sie von dieser arroganten Adelsgesellschaft beachtet werden würde oder nicht.

Der Vorhang aus blauem Samt öffnete sich. Zur leisen Musik einer kleinen Kapelle erschien das erste »Lebende Bild«. Es wurde von sechs Personen, zwei Männern und vier Frauen, dargestellt. In einem der Männer erkannte Irene Graf Ferdinand. »Offensichtlich eine Szene aus dem Olymp«, hörte Irene Franz neben sich murmeln. »Zeus mit dem Blitz in der Hand und der Meeresgott Neptun mit dem Dreizack.«

Gegen ihren Willen interessiert betrachtete Irene die kostbaren Gewänder der Frauen. »Und welche Göttinnen werden dargestellt?«, flüsterte sie und ignorierte die missbilligenden Blicke der Witwen.

»Die Komtess Auersperg stellt zweifelsohne Pallas Athene, die Göttin der Weisheit und des Krieges, dar. Das kann man am Helm und ihrem silberbestickten Kleid erkennen, das entfernt einer Rüstung gleicht.«

»Die Frau mit dem Bogen in der Hand wird die Jagdgöttin Artemis sein«, fuhr Franz fort. »Ich glaube, das ist eine Komtess Kinsky. Die Frau daneben sehe ich heute zum ersten Mal. Sie stellt Hera, die Herrin des Olymps und Zeus' Ehefrau, dar.«

Auch diese, offensichtlich schon etwas ältere Frau trug ein prächtiges Gewand aus heller Seide mit Goldstickereien.

»Die letzte Göttin ist natürlich Aphrodite, die Schutzherrin der Liebe.« Franz zwinkerte Pauline verstohlen zu. »Ihr Kleid ist zweifelsohne das prächtigste von allen. Dargestellt wird die Göttin von einer Komtess Liechtenstein.«

Wie mag wohl der Alltag dieser Komtessen aussehen?, fragte sich Irene. *Sind sie aufgrund ihres Reichtums wirklich um so viel glücklicher als einfache Menschen? Und wie hätte ich mich entwickelt, wenn ich nicht die geheime uneheliche, sondern die eheliche Tochter einer reichen Frau aus gutem Hause wäre? Hätte ich dann auch so viel Mitgefühl mit den Armen, oder stünde ich ihnen gleichgültig gegenüber? Meinen es diese jungen Frauen ernst mit ihrem Engagement für die Wohltätigkeit?*

Mit einer Mischung aus Faszination und Skepsis betrachtete

Irene das »Lebende Bild«, in der Erwartung, die Figuren würden sich alsbald bewegen und eine Szene aus dem Olymp darbieten. Es geschah jedoch nichts dergleichen. Die Protagonisten verharrten nahezu unbeweglich in ihrer anfänglichen Position, bis der Vorhang nach wenigen Minuten wieder fiel. Während Irene noch überlegte, was die jungen Frauen wohl nach dieser Vorführung mit ihren exzentrischen Gewändern anfangen würden, entnahm sie die Antwort bereits zufällig dem Getuschel der beiden Witwen.

»Ich frage mich, was die Liechtensteiner Komtess mit all diesen wertvollen Brüsseler Spitzen macht«, flüsterte ihre Sitznachbarin der anderen zu. »Dieses Kleid hat sicherlich mehr als zweihundert Gulden gekostet. Und sie kann es nur heute Abend für dieses einzige ›Lebende Bild‹ tragen.«

Gespannt lauschte Irene der weiteren Konversation. »Man munkelt ja, dass die Komtess am Ende der Saison heiraten wird. Vielleicht kann sie zumindest ein paar der Spitzen für ihr Brautkleid verwenden«, raunte die zweite Witwe.

»Das glaube ich nicht«, gab die erste zurück. »Eine Liechtensteinerin wird am Tag ihrer Eheschließung wohl kaum etwas Gebrauchtes tragen. Aber was sind den Liechtensteinern schon zweihundert Gulden? Darauf kommt es denen wahrlich nicht an. Zumal die Komtess heute Abend auch noch bei einem weiteren Bild auftreten wird. Sicherlich hat sie dafür ein ebenso kostbares Kleid.«

Irenes Faszination wurde von großem Zorn verdrängt. Automatisch begann sie zu rechnen. *Wenn ich nur davon ausgehe, dass die anderen Damenkleider je einhundert Gulden gekostet haben, hätte die Maskerade der Frauen allein bei diesem Bild schon fünfhundert Gulden verschlungen.*

Insgesamt kam Irene mit dieser Schätzung nach den zehn lebenden Bildern, die insgesamt aufgeführt wurden und bei denen sich zwar einige Darstellerinnen, aber keines ihrer Kostüme wiederholte, auf eine Summe von fast dreitausend Gulden.

Wie bittere Ironie kam es ihr dagegen vor, als die Gastgeberin, Baronin von Hirschstein, am Ende des Abends mit stolzgeschwellter Brust die Spendensumme verkündete.

»Ich bin überaus glücklich, Ihnen allen mitteilen zu dürfen, dass wir insgesamt tausendsiebenhundert Gulden für unsere gute Sache einnehmen konnten. Ich danke Ihnen von ganzem Herzen für Ihre Großzügigkeit und hoffe, Sie haben den Aufenthalt in unserem bescheidenen Heim genossen.«

Unser bescheidenes Heim. Auf der Rückfahrt ins Hotel, während der Irene Kopfweh als Grund für ihre Schweigsamkeit gegenüber Franz, der sie begleitete, vorschützte, verfolgten Irene die kontrastreichen Bilder des Tages einmal mehr.

Auf der einen Seite das mit Schmuck überladene Palais, die verschwenderische Möblierung, die kostbaren Kleider der Damen, die üppigen Speisen, jedes noch so kleine Teil des handgemalten Tafelgeschirrs, das mehr wert war als der Wochenlohn eines Arbeiters.

Auf der anderen Seite dagegen die schimmligen Kellerlöcher, in denen es nach Fäulnis und Moder roch, die Einzimmerwohnungen, in denen Familien mit bis zu zehn Mitgliedern hausten, die zugige, eiskalte Wohnküche der schwindsüchtigen, wahrscheinlich dem baldigen Tod geweihten Elisa. Lea hatte Irene bestätigt, dass Mizzis Mutter wirklich keine andere Wahl blieb, als ihre zwölfjährige Tochter ins Bett des Schlafburschen zu schicken, wollte sie ein paar Kreuzer dazuverdienen, damit sie nicht alle verhungerten.

Immerhin hatte Lea versichert, dass der Schlafbursche Elisa zugesagt hatte, die Jungfräulichkeit ihrer Tochter zu respektieren. Mizzi wiederum hatte Elisa versprochen, laut zu schreien, wenn der Mann versuchen sollte, diese Abmachung zu brechen. Dennoch war Irene nach wie vor schockiert und angeekelt angesichts dieser Zustände.

Der üble Geruch der dunklen Hinterhöfe, die sie durchquert,

die engen Stiegenhäuser, die sie mit Lea hinaufgegangen war, und der Anblick der armseligen Einrichtungen, bestehend aus ein paar wurmstichigen Möbeln und meist nur einem einzigen Bett, das sich bis zu vier Personen teilen mussten und das tagsüber noch untervermietet wurde, verfolgten sie bis auf ihr Nachtlager, auf dem sie sich auch diese Nacht schlaflos wälzte.

Am schlimmsten waren jedoch die hungrigen Kinder mit den eingefallenen Wangen gewesen, den von der Englischen Krankheit verkrümmten Gliedmaßen und den aufgeblähten Bäuchen, denen sie heute tagsüber begegnet war. Im scharfen Kontrast dazu stand das Strahlen in ihren riesigen Augen, wenn sie ihnen einen Apfel oder eine Semmel aus ihrem Henkelkorb gereicht hatte.

Dreitausend Gulden, mindestens dreitausend Gulden, für eitlen Tand, um dem zukünftigen Verlobten zu imponieren oder den Reichtum der Familie zur Schau zu stellen, grübelte sie. *Wie vielen Kindern könnte man davon an wie vielen Tagen des Jahres eine warme Mahlzeit bereiten, an der sie sich satt essen könnten.*

Und das dazu noch unter dem Deckmäntelchen der Wohltätigkeit. Plötzlich fühlte sich Irene völlig verzweifelt.

Wie kann ich jemals ein Mitglied dieser bigotten Gesellschaft werden? Werde ich Franz, der das möchte, ein zweites Mal verlieren? Diesmal unwiderruflich verlieren?

Erst gegen Morgen fiel sie in einen unruhigen Schlummer.

Weingut in Schweighofen

Februar 1887, drei Tage vor der Abreise nach Wien

»Also wirst du eines Tages ein richtiger Graf sein, Fränzel.« Marie Schober formulierte dies nicht als Frage, sondern bereits als Tatsache. Die beiden saßen nebeneinander auf einer Kiste im Dachboden des Weinguts, über die Fränzel zuvor eine alte Decke gebreitet hatte.

Nun stocherte er mit seinen Füßen etwas unbehaglich im Staub auf dem Boden des Speichers herum, den er seit Sophias Tod als verschwiegenes Rückzugsplätzchen für sich entdeckt hatte. Wie schon ein paarmal während seiner letzten Ferienaufenthalte in Schweighofen war auch heute Marie Schober mit ihm dort hinaufgekommen.

Staub wirbelte auf. Marie musste mehrmals niesen.

Fränzel hielt ihr darauf sein Taschentuch hin, welches sie dankbar annahm. Einen Augenblick lang war er versucht, den Arm um sie zu legen, hielt sich dann aber zurück. Noch traute der fast Sechzehnjährige den Gefühlen nicht, die sich im Laufe der letzten Zeit zwischen ihm und der zwei Jahre älteren Marie entwickelt hatten. Stattdessen zog er die grobe Pferdedecke, auf der sie saßen und deren Enden sie im eiskalten Speicher um ihre Beine gewickelt hatten, noch enger um sie beide.

»Ich friere nicht«, wehrte Marie ab. Wie Fränzel trug sie ihre dicke Winterjoppe, Mütze, Schal und Handschuhe. »Also wirst du einmal ein Graf«, wiederholte sie ihre Feststellung. »Noch dazu in Österreich.«

Fränzel hörte ihre unausgesprochene Sorge. »Das steht doch alles noch gar nicht fest, Marie. Jetzt fahren wir erst einmal zu dieser Hochzeit, und dann sehen wir weiter.«

»Aber ich dachte, die Adoption sei schon beschlossene Sache«, erwiderte Marie. »Deine Eltern haben doch heute beim Frühstück darüber gesprochen.«

»Wenn ich es richtig verstanden habe, ist die Erlaubnis des Kaisers dazu eingetroffen. Unter der Bedingung, dass mein neuer Großvater in Zukunft jeden Kontakt zum Hof meidet und mein Vater den Titel ›Graf von Sterenberg‹ erst nach dessen Tod annehmen darf.«

»Also hast du dann auch erst einmal keinen Titel?«

Fränzel zuckte mit den Achseln. »Das weiß ich nicht, und das interessiert mich auch nicht! Ich werde jedenfalls nicht in Wien wohnen, sondern hier in der Pfalz bleiben.«

»Aha!« Marie klang erleichtert. »Und wie wollen es deine Eltern halten?«

»Meine Mutter will höchstens ein paar Wochen im Jahr in Wien verbringen. Mein Vater vielleicht ein paar Monate. Aber erst, wenn er sicher ist, dass alles auf dem Weingut wieder seinen geregelten Gang geht und die Neupflanzungen gedeihen. Meine Großmutter wird selbstverständlich ganz nach Wien übersiedeln und nur noch ab und zu nach Schweighofen kommen.«

Marie schwieg und dachte über die soeben erfahrenen Neuigkeiten nach.

»Ich glaube nicht, dass ich jemals ein guter Adliger sein werde«, fuhr Fränzel unaufgefordert fort. »Ich möchte nach meinem Abitur Naturwissenschaften studieren und vielleicht eines Tages das Weingut übernehmen. Außerdem ärgert es mich über alle Maßen, dass du nicht mit nach Wien kommen darfst. Schließlich gehörst du jetzt auch zur Familie!«

»Aber ich bin nicht nur eine Bürgerliche, sondern zudem noch das Waisenkind armer Arbeiter. Mit einer zu Tode geprügelten Mutter und einem Vater, der sich ins Grab gesoffen hat. Also in den Augen hochgestellter Persönlichkeiten eher ein Schandfleck als eine Komtess, oder wie man diese jungen adligen Mädchen nennt.«

Fränzel hörte die Bitterkeit in Maries Stimme. Sie bewirkte, dass er nun doch seinen Arm um sie legte und sie sanft an sich zog. »Wahrscheinlich hast du damit recht, Marie, und man würde dich auf dieser Feier tatsächlich verachten. Auch meine Mutter fürchtet sich davor. Mit einer solch dünkelhaften Gesellschaft will ich nichts zu tun haben!«

Marie drückte Fränzel spontan einen Kuss auf die Wange. »Du bist lieb!« Sie strahlte ihn an, als er den Kopf wandte und sie ansah. Wie immer, wenn sie sich freute, schimmerten ihre grauen Augen silbern. Irene hätte ihrem Sohn sagen können, dass dies einst bei Maries Mutter Emma genauso gewesen war.

»Aber du berichtest mir bitte nach deiner Rückkehr trotzdem haarklein, was du in Wien alles erlebt hast. Versprochen?«

»Versprochen!«, bekräftigte er. Ihr roter Mund zog ihn magisch an. Er näherte sein Gesicht noch mehr dem ihren. Sie duftete nach dem Veilchenparfum, das seine Mutter ihr zu Weihnachten geschenkt hatte.

»Versprochen, mein Schatz!«, murmelte er. Dann fanden sich ihre Lippen zu ihrem ersten, noch keuschen Kuss.

Minnas Haus in Schweigen
Februar 1887, zur selben Zeit

»Ich merke, dass du der ganzen Situation noch immer nichts abgewinnen kannst.« Minna musterte Irene mit einer Mischung aus leichter Belustigung und Besorgnis. »Dabei würden sich viele Frauen die rechte Hand abhacken, könnten sie im Gegenzug dafür eine Gräfin werden.«

Irene hob ihre Schultern. »Tja, dann bin ich wohl nicht wie andere Frauen. Doch das ändert ohnehin nichts. Denn wie es aussieht, bleibt mir gar nichts anderes übrig. Gegen Franz, Pauline und den Grafen komme ich nicht an.«

»Aber du musst nicht einmal nach Wien ziehen. Was ist also so schlimm an der ganzen Sache? Zumal der Graf dir doch jeden Monat die riesige Summe von tausend Gulden für die Unterstützung der Armen zur Verfügung stellt.«

»Nun ja. Damit hat er mich wohl regelrecht gekauft!«

Minna puffte Irene in die Seite. »Dir kann man es wirklich nicht recht machen, Irene!«, tadelte sie die Freundin mit einem nachsichtigen Lächeln. »Denk doch einmal zurück an die Zeit, als wir in Altenstadt die Böden schrubbten und den Staubwedel schwangen. Hättest du dir damals so etwas auch nur träumen lassen? Mich dünkt, dein heutiges Los ist doch wesentlich angenehmer.«

Wider Willen musste nun auch Irene lächeln. »Du redest wie Lea Walberger in Wien.«

»Und was hat diese zweifellos kluge Frau zu dir gesagt?«

»Als ich ihr das Angebot meines zukünftigen Schwiegervaters überbrachte, ihr jeden Monat fünfhundert Gulden für die Wiener Armen und Kranken zu überbringen, freute sie sich über alle Maßen. ›Wie herrlich, Irene‹, sagte sie. ›Davon kann ich einen Arzt für Elisa bezahlen und dafür sorgen, dass sie den Schlafburschen hinauswirft, der ihre Tochter Mizzi missbraucht. Und unzählige weitere Unterstützungsmaßnahmen finanzieren.‹«

»Und? Hat sie ihr Vorhaben wahrgemacht?«

Irene nickte widerstrebend. »Elisa ist in ein gutes Hospital gekommen, nicht so luxuriös wie damals deine Lungenheilstätte in Falkenstein, aber sie erholt sich dort langsam wieder. Und der Schlafbursche ist wirklich weg. Lea bringt dem Vermieter des Zinshauses jeden Monat das Geld für die Wohnung im Voraus. Mittlerweile hat sie sogar die wurmstichigen Möbel ersetzt. Und Elisas Kinder gehen regelmäßig zur Schule!«

Minna breitete die Hände in einer Geste der Ratlosigkeit aus. »Aber was willst du denn noch mehr, Irene? Auch ich habe mit den hundert Gulden, die du mir im Monat gibst, schon so viel Gutes für die Dienstmädchen getan. Schließlich sind das fast zweihundert Mark. Ich denke sogar daran, die Teilnehmerinnen, die regelmäßig zu den Gruppentreffen kommen, in der ›Zentral-Kranken- und Sterbekasse für Frauen und Mädchen‹ anzumelden und von der Spende deines Schwiegervaters ihre Beiträge zu begleichen. Die Kasse steht ja Frauen jeden Gewerbes zwischen vierzehn und fünfundvierzig Jahren offen. Genau die Altersspanne der meisten Dienstboten!«

»Ja, ja! Es ist ja schon gut! Ich füge mich in mein Schicksal! Nun rede nicht weiter auf mich ein! Das tun schon mehr als genug Leute seit diesem Tag in Wien!«

Die Szene, die sich am Tag nach dem Wohltätigkeitsfest im

Salon des Palais Sterenberg abgespielt hatte, kam ihr wieder in den Sinn.

»Nun, wie hat Ihnen das gestrige Fest gefallen, meine Tochter?«, begrüßte sie Graf Ferdinand gleich am folgenden Abend zum Souper.

Irene überlegte dank Franz' flehentlicher Bitten, sich mit seinem Vater auszusöhnen, sehr sorgfältig, wie sie antworten wollte. Er hatte sie im Hotel abgeholt und ihr während der ganzen Fahrt zum Palais damit in den Ohren gelegen.

»Ich finde es einerseits gut, dass eine so hohe Summe für die Gründung des Armenhospitals zusammengekommen ist, Graf Ferdinand«, antwortete sie schließlich. Auch über die Anrede ihres Schwiegervaters hatte sie sorgfältig nachgedacht. »Vater« war ihr zum jetzigen Zeitpunkt noch zu intim. Aber sie wollte den Grafen auch kein weiteres Mal brüskieren. Also schien ihr diese Anrede ein guter Kompromiss zu sein.

Sie suchte noch nach ihren nächsten Worten, als Ferdinand fragte. »Und andererseits?«

Irene hob trotzig den Kopf. »Andererseits wäre noch viel mehr Geld zusammengekommen, wenn die Komtessen nicht Hunderte von Gulden für ihre Kleider ausgegeben hätten, die sie während der ›Lebenden Bilder‹ trugen.«

»Und was ficht dich das an, Irene? Solange deren Väter trotzdem für die gute Sache spenden?« Der Graf nickte beifällig zu Paulines Entgegnung.

»Es ist das Elend, das ich gestern in den Vorstädten gesehen habe«, brach es jetzt aus Irene heraus. »Was nützt ein einziges Hospital, wenn man nur dreißig von Tausenden todkranker Menschen dort behandeln kann.«

»Wäre es denn besser, wenn es auch diese dreißig Betten nicht gäbe?«, insistierte Pauline. Währenddessen beobachtete Franz' Vater Irene scharf. Er bemerkte den feuchten Schimmer in ihren Augen.

»Wenn Sie das Elend der Armen so mitnimmt, Irene, möchte ich Ihnen einen Vorschlag machen. Ich stelle Ihnen für Ihre Wohltätigkeitsarbeit im Reich und ebenso der Frau, die Sie gestern zu den Wiener Armen geführt hat, jeweils fünfhundert Gulden pro Monat für gemeinnützige Zwecke zur Verfügung. Ohne nachzuprüfen, wozu das Geld letztlich Verwendung findet. Einzig als Zeichen meines Vertrauens und meines Mitgefühls.«

Irene blickte überrascht auf.

»Allein verbunden mit der Auflage, dass Sie sich angepasst verhalten. Zumindest bis unsere Hochzeit und Franz' Adoption über die Bühne gegangen sind«, fügte der Graf hinzu. »Und auch danach erwarte ich, dass Sie sich an die jeweils geltenden Gesetze im Deutschen und im Habsburger Reich halten. Können Sie sich darauf einlassen?«

Irene war zu überrumpelt, um sofort zu antworten. »Ich würde nicht nur mit meiner zukünftigen Gattin und meinem eigenen Sohn, sondern auch mit Ihnen als Schwiegertochter sehr gerne Ehre einlegen, Irene«, fuhr Ferdinand fort. »Sie sahen gestern Abend entzückend aus und erregten großes Aufsehen. Selbst die Fürstin von Metternich erkundigte sich nach Ihnen.«

»Was verstehen Sie unter einem ›angepassten Verhalten‹?« Irene wollte dies lieber genau wissen, bevor sie zustimmte.

»Keine öffentlichen Auftritte für die Sache der Arbeiter, solange die Gesetze gegen die Sozialisten hüben wie drüben in Kraft sind. Keine Artikel in sozialistischen Zeitungen, mit oder ohne Pseudonym.«

Irene neigte den Kopf. »Dazu habe ich mich ja bereits verpflichtet. Was erwarten Sie denn darüber hinaus von mir?«

»Nette Konversation auf den gesellschaftlichen Anlässen hier in Wien, vor allem auf unserer Hochzeitsfeier. Keine Erwähnung Ihrer politischen Ansichten gegenüber nicht eingeweihten Dritten.«

Ich soll mich also anbiedern, um dieser bigotten Gesellschaft schönzutun, interpretierte Irene den Wunsch des Grafen. Laut sagte sie:

»Möglicherweise fehlen mir die Themen für eine ›nette Konversation‹, wie Sie es zu nennen belieben.«

Der Graf lächelte wissend. »Wenn Sie mir die Ehre erweisen möchten, lade ich Sie zukünftig gerne verstärkt in die Oper, die Operette oder die Ausstellungen bekannter Maler und Bildhauer ein, damit Sie sich sicherer auf diesem schlüpfrigen Parkett bewegen können. Auch steht Ihnen meine Bibliothek jederzeit zur freien Verfügung.«

»Ob dies ausreicht, um Ihnen keine Schande zu machen, weiß ich nicht.« Irene blieb skeptisch, auch angesichts der unverhohlenen Distanz vieler Gäste ihr gegenüber, die ihr bei der gestrigen Wohltätigkeitsgala nicht entgangen war. »Zumal ich nicht einschätzen kann, ob überhaupt jemand aus Ihren Kreisen zu einer Konversation mit mir bereit ist«, fügte sie demgemäß hinzu.

»Daher möchte ich erst einmal eine Nacht darüber schlafen, bevor ich mich festlege, Graf Ferdinand«, wich sie aus. »Und mit Lea Walberger über Ihr Angebot einer monatlichen finanziellen Unterstützung sprechen.« Sie war sich nicht sicher, ob die Arbeiterführerin das Geld eines Adligen überhaupt annehmen würde. Insgeheim hoffte sie, Lea würde die Spende empört ablehnen und ihr damit ersparen, sich verbiegen zu müssen, um die Bedingungen Ferdinands zu erfüllen.

Doch deren Meinung war so eindeutig gewesen wie die von Minna heute. »Ach wo! Einem geschenkten Gaul schaut man nicht ins Maul«, antwortete sie in ihrem breiten Wienerisch auf Irenes Frage, ob sie sich denn nicht daran störe, woher das Geld stamme. »Und wenn wieder andere Zeiten kommen, sehen wir weiter. Derweil müssen die Leut' trotzdem was zu beißen haben.«

»Nun mach doch kein Gesicht wie zehn Tage Regenwetter«, riss Minna Irene aus ihren Gedanken. »Und sag mir endlich, was dir so zu schaffen macht!«

»Es sind diese elenden Sozialistengesetze«, brach es aus Irene heraus. »Von den Herrschenden gemacht aufgrund dreister Lügen über die Sozialdemokraten und nur dazu da, um die Arbeiter kleinzuhalten und zu unterdrücken. Niemand weiß, wie lange sie noch in Kraft sein werden. Und wir müssen uns ihnen fügen. Nicht einmal eine so stolze Frau wie Gertrud Guillaume-Schack konnte ihnen etwas entgegensetzen. Ihre Arbeiterinnenzeitung wurde verboten, sie selbst des Landes verwiesen. Sie lebt jetzt in London. Niemand weiß, ob sie je wieder nach Deutschland kommen wird.«

Minna atmete hörbar aus. »Ich verstehe ja, dass dich gerade das Schicksal von Gertrud, die du so sehr verehrst, stark mitnimmt. Aber sieh es doch einmal von dieser Seite: Dich kann schon jetzt niemand mehr ausweisen oder auch nur drangsalieren, solange du nicht offen gegen diese Gesetze verstößt. Geschweige denn, dass dir jemand etwas anhaben können wird, wenn du erst einmal eine Gräfin bist.«

»Auch Gertrud war eine Gräfin!«

Minna schüttelte ungeduldig den Kopf. »Sie hat sich sowohl durch ihre Heirat mit dem Bruder eines Anarchisten als auch durch ihre Scheidung und ihre politische Agitation ins Abseits gestellt. Und dadurch nicht nur ihren Titel eingebüßt, sondern auch gegen die Staatsmacht verloren! Ein Grund mehr zu schätzen, was du hast, und klug und besonnen zu bleiben.«

»Um den Preis, dass ich meinen Mund halten und mich anpassen muss!«, begehrte Irene ein letztes Mal auf.

»Nein! Für den Gewinn, dass viele Menschen vom Geld deines Schwiegervaters satt oder gesund werden«, antwortete Minna unnachgiebig.

Irene gab auf. Niemand schien ihre Einwände zu verstehen. Selbst ihre liebste und älteste Freundin nicht.

»Viel eher könnte ich es begreifen, wenn du dich über Mathilde aufregst«, lenkte Minna geschickt auf ein anderes Thema ab.

Was ihr auch gelang. »Das ist noch so ein Zugeständnis, das man mir nun abverlangt«, knurrte Irene. »Mich wieder mit dieser unmöglichen Person zu arrangieren!«

»Aber sie ist Paulines Tochter«, gab Minna zu bedenken. »Womit sollte sie es denn begründen, dass sie Mathilde nicht zu ihrer eigenen Hochzeit einlädt? Und offiziell ist sie außerdem immer noch Franz' Schwester. Und wenn ich dich neulich richtig verstanden habe, soll das auch so bleiben.«

Irene nickte. »So ist es. Weder Franz noch Pauline noch der Graf wollen in Wien meine außereheliche Geburt offenlegen und auch nicht, wer Franz' leiblicher Vater ist.«

»Gut so«, stimmte Minna zu. »Denn es brächte allen nur Nachteile. Aber wird auch Mathilde ihren Mund halten?«

»Da sie sich viel von der Verwandtschaft mit dem Grafen verspricht, sicherlich. Zumal es auch ihr nur zum Schaden gereichen würde, wenn sie die Wahrheit öffentlich macht. Sie würde in diesem Fall ihre Wohnung in Altenstadt verlieren, und weder Pauline noch der Graf noch Franz würden sie dann noch mit einem Pfennig mehr, als ihre Leibrente beträgt, unterstützen.«

»Was ist mit Ottilie?«

»Selbst Ottilie wird den Mund halten, obwohl sie nicht einmal zur Hochzeit eingeladen wurde, worin Franz, Pauline und ich uns zum Glück einig waren. Eine Frau, die uns allen zeit ihres Lebens nur Ungemach bereitet hat, wollte Pauline nicht an ihrem Ehrentag dabeihaben. Anlässlich dieser Entscheidung haben Franz und Pauline ein sehr ernstes Wort mit Ottilie gesprochen. Sozusagen als letzte Warnung. Zumal Franz Ottilie im Verdacht hat, seinem Vater anonyme Informationen über mich und meine politischen Aktivitäten zugespielt zu haben. Sie streitet es allerdings ab, und der Graf hüllt sich darüber in

Schweigen. Franz kann es daher nicht beweisen. Aber seine Geduld mit Ottilie ist am Ende.«

»Natürlich ärgert sie sich schwarz darüber, dass sie nicht mit nach Wien kommen darf«, fügte Irene hinzu.

»Das gönne ich ihr von Herzen«, schmunzelte Minna. »Und nun mach auch du endlich wieder ein fröhliches Gesicht.« Sie schnupperte. »Hmmm! Merkst du, wie es riecht? Das ist der Apfelkuchen. Er scheint fertig zu sein! Noch warm aus dem Ofen schmeckt er am besten!«

Weingut bei Schweighofen
Februar 1887, zur selben Zeit

»Nun mach dir nicht so viele Gedanken wegen Irene, Maman!« Franz tätschelte die Hand seiner Mutter. »Sie wird euch eure Feier schon nicht verderben!«

»Das hoffe ich sehr! Vor allem für sie selbst und für dich, Franz! Ein weiteres Mal werde ich Ferdinand nicht besänftigen können, wenn sie sich noch einmal danebenbenimmt.«

»Aber warum sollte sie das tun? Dein Glück liegt auch ihr am Herzen! Und sie weiß, was wir alle meinem Vater zu verdanken haben. Ohne sein Geld wäre das Weingut bankrott! Trotzdem gibt er ihr umgerechnet fast zweitausend Mark im Monat für bedürftige Arbeiter.«

»Sie nennt es ›Bestechungsgeld‹«, antwortete Pauline bedrückt. »Seit sie weiß, dass ihr großes Vorbild, diese Madame Guillaume-Schack, nicht mehr nach Deutschland zurückkehren wird, ist sie regelrecht verbittert.«

Franz unterdrückte ein Seufzen. »Sie hat mir noch gestern Nacht versprochen, sich zusammenzunehmen«, beruhigte er nicht nur seine Mutter, sondern auch sich selbst. »Gerade ist sie bei Minna, die ihr hoffentlich ebenfalls den Kopf waschen wird.«

Er stieß hörbar die Luft aus. »Trotzdem wüsste ich nur zu gern, was sie umtreibt, Maman! Verstehst du es? Sie hat doch alles, was man sich nur wünschen kann.«

Pauline schüttelte den Kopf. »Außer ihrer Aufgabe, Franz! Ich weiß noch, wie sie nach ihrer ersten Rede vor den Mainzer Arbeiterinnen nach Hause kam. Strahlend und so quicklebendig, wie ich sie noch nie zuvor erlebt habe. ›Endlich kann ich etwas bewegen‹, hat sie damals gesagt. ›Endlich nimmt man mich ernst!‹«

»Aber ich habe Irene doch immer ernst genommen«, antwortete Franz verständnislos.

»Ich glaube, das kann ein Mann nicht verstehen«, überlegte Pauline. »Du stehst schon immer im Leben, Franz. Du konntest schon seit deiner Jugend etwas bewegen! Denk nur an den Streik unserer Landarbeiter, mit dem du Wilhelm und Gregor damals gedroht hast, damit sie endlich die armseligen Hütten der Leute sanieren. Du bist ein erfolgreicher Geschäftsmann und hattest sogar ein Reichstagsmandat inne. Derweil hat Irene lange Zeit nur um ihr nacktes Überleben gekämpft und später überwiegend im Verborgenen gewirkt. Jetzt stand sie zum ersten Mal im Licht der Öffentlichkeit und hat das in vollen Zügen genossen.«

Franz schüttelte ratlos den Kopf. »Ich verstehe es immer noch nicht, Maman. Als Gräfin steht Irene doch auch im Licht der Öffentlichkeit. Und kann so viel Gutes mit dem Geld meines Vaters bewirken.«

»Eben!« Pauline lächelte schmerzlich. »Mit dem Geld deines Vaters! Nicht aus eigener Kraft! Auch wenn sie nun reich ist und nie mehr befürchten muss zu verhungern, ist sie auf die traditionelle Rolle der Frau zurückgeworfen. Unauffällig hinter dem Mann zurückzustehen, höchstens eine Zierde an seiner Seite zu sein. Ich glaube, das ist das Schicksal, das sie nun für sich befürchtet! Dass sie nie wieder etwas aus eigener Kraft bewegen kann!«

»Aber du warst doch auch mit solch einem Schicksal zufrieden«, warf Franz ein.

»Oh nein, mein Sohn. Da irrst du dich gewaltig!« Franz wunderte sich über den energischen Ton seiner Mutter. »Ich habe die Unzufriedenheit mit meinem Leben in Laudanum ertränkt. Hast du das schon vergessen?«

Bevor Franz in seiner Betroffenheit etwas erwidern konnte, wurde die Tür zum Salon aufgerissen. Klara stürmte herein und strahlte über das ganze Gesicht. Sie trug ein hellblaues Seidenkleid mit schmaler Taille und einem mit elfenbeinfarbenen Spitzen besetzten Rock, welches ihr wunderbar stand.

»Schaut her, ist das nicht schön?« Die Dreizehnjährige drehte sich mit ausgebreiteten Armen im Kreis. »Mein erstes richtiges Erwachsenenkleid! Es hat sogar eine Turnüre und eine kleine Schleppe!« Sie drehte Franz und Pauline den Rücken zu, damit beide die Schleife auf der Turnüre und die spitzenverbrämte Schleppe bewundern konnten. »Ich werde es zu eurer Hochzeitsfeier tragen. Der Bote von Madame Marat hat es vorhin gebracht. Gitta hat mir beim Anziehen geholfen!«

Sie stürzte auf Franz und Pauline zu und gab beiden einen dicken Kuss auf die Wange. »Damit gefalle ich bestimmt auch meinem neuen Großvater! Oder was meint ihr?« Die Erwachsenen hatten Klara und Fränzel über die wahren Verwandtschaftsverhältnisse bislang im Unklaren gelassen.

»Der Graf wird ganz entzückt sein, eine solch wunderhübsche Enkeltochter zu bekommen«, antwortete Franz und meinte, was er sagte, ganz ehrlich.

Kapitel 25

Wien, Kapelle im Palais Sterenberg
14. Februar 1887

Die kleine Orgel spielte Felix Mendelssohn Bartholdys Hochzeitsmarsch aus dem von ihm vertonten »Sommernachtstraum« von William Shakespeare, als Graf Ferdinand mit der vor Glück strahlenden Pauline nach der Trauung den Mittelgang der kleinen Schlosskapelle entlangschritt.

Irene kannte mittlerweile sowohl den Komponisten als auch den englischen Dichter, von dem sie allerdings bereits in ihrer Zeit als Dienstmädchen in Altenstadt einige Stücke gelesen hatte. Nicht nur die kulturellen Veranstaltungen, zu der der Graf sie tatsächlich während ihres November-Aufenthalts in Wien nach ihrer Aussprache eingeladen hatte, sondern auch ihr eigener Eifer, bedingt durch ihre Furcht, in der illustren Hochzeitsgesellschaft als »ungebildet« zu gelten, hatte dazu geführt, dass sie sich in den letzten Wochen umfassend belesen hatte. Immer wieder brachten Franz und Pauline ihr Werke aus der Altenstädter und Wiener Bibliothek nach Schweighofen mit.

Jetzt warf Pauline ihr und Klara, die beide in der zweiten Reihe auf der Frauenseite der Kapelle saßen, eine Kusshand zu. Mit der Auswahl ihres Hochzeitskleides, das Madame Marat in Weißenburg nach ihren minutiösen Instruktionen angefertigt hatte, hatten sowohl Pauline als auch die Schneiderin sich selbst übertroffen.

Der elfenbeinfarbene Seidenstoff schimmerte im Glanz der vielen Wachskerzen, die Vorderseite der Ärmel und des Bustiers waren mittig mit aufwendigen Goldstickereien versehen, ebenso der Saum des Bustiers und des Rockes. Das Kleid hatte keinen Ausschnitt, sondern war, ebenfalls mit zarteren Stickereien versehen, bis zum Hals hinauf geschlossen und lief in einem bis zum Kinn reichenden sogenannten Mühlsteinkragen aus, wie er einst zu Lebzeiten Shakespeares in Mode gewesen war. Perfekter hätte Pauline die unvermeidlichen Spuren ihres Alters unter einem Festgewand nicht verbergen können.

Eine abknöpfbare Schleppe, die einen Meter lang hinter ihr her über den blank polierten Boden der Kapelle schleifte, und ein zartes Schleierhütchen vervollständigten ihre Erscheinung. Dazu trug sie eine fünfreihige Goldkette, das Hochzeitsgeschenk Ferdinands.

Der Graf wiederum strahlte Klara an. Anders als Fränzel, der sich gegenüber Paulines Gatten immer noch distanziert verhielt, zumal er nicht ahnte, dass dieser nicht nur sein angeheirateter Großvater, sondern der leibliche Vater seines Vaters war, hatten Klara und Ferdinand sich auf Anhieb wunderbar verstanden. »Meine entzückende kleine Komtess!«, pflegte Ferdinand Klara zu nennen. Franz und Irene gegenüber hatte er bereits zwei Tage vor der Hochzeit die Absicht geäußert, Klara dereinst eine so stattliche Mitgift auszusetzen, dass sie selbst in der gegenüber geadelten Bürgerlichen distanzierten Wiener Gesellschaft keine Schwierigkeiten haben würde, einen veritablen Gatten zu finden.

Selbst Mathilde gab sich die größte Mühe, einen guten Eindruck auf den Grafen und die restliche Familie zu machen. Gegenüber Irene hatte sie auf der langen Zugfahrt, zu der Franz ein ganzes Erste-Klasse-Abteil für sie alle gemietet hatte, keine einzige stichelnde Bemerkung gemacht. Selbst dann nicht, als Irene ihre Versuche, unverfängliche Konversation zu machen, samt und sonders einsilbig abblockte.

Hatte Mathilde schon zuvor ihre seit ihrem Einzug in Altenstadt zunächst wieder beachtlich angewachsene Leibesfülle reduziert, so schien sie sich seit ihrer Einladung zur Hochzeit geradezu schlank gehungert zu haben. Ihr zartgrünes Atlaskleid, zu dem ihr Franz einen beachtlichen Zuschuss gegeben hatte, stand auch ihr gut zu Gesicht.

So hätte für Irene diesmal alles einfacher sein können, als sie befürchtet hatte, wären da nicht die beiden gräflichen Schwestern gewesen, die auch Franz anlässlich der Hochzeit zum ersten Mal traf.

Adelaide von Windisch-Grätz hatte dereinst in eine Nebenlinie eines der bedeutendsten Adelsgeschlechter Österreichs eingeheiratet und war mittlerweile verwitwet. Sie war drei Jahre älter als ihr Bruder Ferdinand und trug, anders als Pauline, ihr altersfaltiges Dekolleté, nur unzureichend bedeckt von einer protzigen dreireihigen Perlenkette, offen zur Schau. Ihr silbergraues Kleid aus schwerer Seide hatte zwar sicher eine stattliche Summe gekostet, ließ ihre Haut aber nochmals bleicher wirken, zumal ihre ebenfalls perlengeschmückten Haare bereits schlohweiß waren.

Da sie Irene zwar etwas von oben herab, aber durchaus höflich behandelte, hätte diese dennoch keinerlei Verdacht geschöpft, wenn sie nicht zufällig im Erfrischungsraum für die Damen bereits vor Beginn der Hochzeitszeremonie eine unerfreuliche Konversation mitangehört hätte.

»Es ist gut, dass mein lieber Robert, Gott hab ihn selig, nicht weiß, dass sein Schwager heute eine Weinhändlerwitwe aus einem abgelegenen Winkel des Deutschen Kaiserreiches zur Frau nimmt. Wäre er nicht bereits verstorben, hätte ihn heuer ob dieser Schande für das ehrwürdige Haus der Windisch-Grätz womöglich der Schlag getroffen.«

»Da hast du wohl recht, liebe Adelaide«, seufzte ihre um vier Jahre jüngere Schwester Elisabeth, die *nur* mit einem Grafen von Trapp, und nicht, wie ihre Schwester, mit einem Fürsten verheiratet war. »Wenn sich der Ferdi wenigstens ein junges Ding ins Bett geholt hätte, um seine alten Knochen zu wärmen. Das wäre ja noch verständlich bei all den Flausen, die alte Männer nun einmal im Kopf haben. Aber so eine Alte? Ich verstehe es auch nicht.«

Das war der Moment, in dem Irene die bereits geöffnete Tür zum Erfrischungsraum leise wieder geschlossen und sich unauffällig zurückgezogen hatte. Das belauschte Gespräch wirkte trotzdem während der gesamten Hochzeitszeremonie nach und verursachte ihr ein unbehagliches Gefühl im Magen.

Zum Glück werden die meisten Gäste ja erst zum Empfang erwartet, tröstete sie sich. Die Schlosskapelle war zu klein, um mehr Gäste als die Verwandten und engsten Freunde des Grafen zu fassen. *Hoffentlich muss ich mit diesen Weibern nicht zusammensitzen. Aber wenn Graf Ferdinand seine Schwestern auch nur ein klein wenig kennt, wird er dafür Sorge tragen, dass wir nicht allzu oft an diesem Abend aufeinandertreffen.*

Doch während diese Überlegung Irenes für das Galadiner, zu dem der Graf seine zahlreichen Gäste geladen hatte, noch aufging, führte eine Kette von unglücklichen Umständen dazu, dass Irene mit den besagten Damen im Salon, in den sich die weiblichen Gäste nach dem Abendessen bei Kaffee und Konfekt zurückzogen, derweil die Herren im Rauchsalon dicke Zigarren schmauchten und alten Cognac tranken, zusammentraf. Und ausgerechnet Mathilde gab dazu den Anstoß!

Die Damen saßen allesamt um kleine Tische gruppiert; die Plätze waren jetzt, anders als beim Diner, frei wählbar. Kaum hatte Mathilde erspäht, dass am Tisch der Schwestern des Grafen noch zwei Stühle frei waren, trat sie darauf zu und fragte: »Darf ich mich zu Ihnen setzen, meine Damen?«

Immun gegen deren feindselige Blicke hörte sie nur das affektierte »Bitte schön, meine Liebe!« der älteren Schwester Adelaide. In diesem Augenblick kam Irene in den Salon. Sie hatte sich verspätet, weil sie Klara, der vor Müdigkeit beim Dessert fast schon die Augen zugefallen waren, auf ihr Zimmer in die Obhut Rosas gebracht hatte. »Irene!«, rief Mathilde unüberhörbar. »Liebe Schwester, geselle dich doch zu uns!«

Irene zögerte einen Moment lang und suchte die anderen Tische nach freien Plätzen ab. Doch überall wandten die Damen die Köpfe zur Seite, sobald sich ihre Blicke mit dem Irenes trafen. Die deutete dieses Zeichen dahingehend, dass sie nirgends willkommen war. Und ausgerechnet an Paulines Tisch war kein Platz mehr frei. Mit einem unguten Gefühl setzte sie sich neben Mathilde.

Der Diener starrte sie verständnislos an, als Irene einen Milchkaffee bestellte. »Bei uns heißt das ›Melange‹!«, belehrte sie Adelaide und wandte sich dann selbst an den Lakaien. »Melange mit viel Schlagobers für die Dame!«, wies sie ihn an. »Sie mögen doch Schlagobers?«, fragte sie Irene erst, nachdem sich der Diener mit einer Verbeugung zwei Schritte rückwärts entfernt hatte.

Irene mochte Sahne im Kaffee zwar keineswegs, durchschaute aber das Manöver der Fürstin von Windisch-Grätz. Es war ein Test, ob sie den österreichischen Begriff dafür kannte. Nur einen Moment lang überlegte sie, ob sie konziliant antworten sollte. Dann entschloss sie sich dazu, der Übergriffigkeit der Fürstin von vorneherein entgegenzutreten.

»Eigentlich hasse ich Sahne im Kaffee«, antwortete sie offen. »Doch da Sie so freundlich waren, mich vorher nicht nach meinen Wünschen zu fragen …« Sie ließ den Satz unvollendet.

Adelaide reagierte darauf allerdings anders, als sie es erwartet hatte. »Diener!«, schallte ihre tiefe Stimme durch den Salon. »Ein Diener hierher zu mir!«

Sofort eilten von drei Seiten Lakaien auf sie zu. »Die Dame hier wünscht eine Melange ohne Schlagobers«, sagte sie so laut, dass man sie zumindest an den umliegenden Tischen verstand. Ehe Irene etwas einwenden konnte, hatten sich die Diener bereits wieder entfernt.

Die nächsten fünfzehn Minuten vergingen für Mathilde und Irene in peinlichem Schweigen. Keine der übrigen vier Damen an ihrem Tisch bezog sie ins Gespräch mit ein. Und Mathilde und Irene selbst fanden keine gemeinsamen Themen. Schon überlegte Irene verzweifelt, wie sie sich unauffällig zurückziehen könnte, als sie einen Satz der beiden anderen Damen aufschnappte.

»Heuer mussten die Gendarmen schon wieder einen Aufmarsch dieses Pöbels zerstreuen! Haben Sie davon gehört?«

Adelaide beugte sich interessiert nach vorne. »Nein, liebe Linda. Was gab es denn diesmal?«

»Ach, was weiß ich«, erwiderte Linda abfällig. »Es ist doch immer etwas anderes bei diesem unzufriedenen Volk. Gestern war die Teuerung zu hoch, heute wollen sie einen kürzeren Arbeitstag, morgen fällt ihnen ein weiterer Kritikpunkt ein.«

»Einen kürzeren Arbeitstag?«, wunderte sich die vierte Dame am Tisch. Ihr Name war Adele. »Was hat es denn damit auf sich?«

»Ja, stellen Sie sich vor, dieses faule Gesindel möchte nur noch zehn Stunden am Tag arbeiten. Und droht mit Streik, wenn es seinen Willen nicht bekommt. Sie wollen faulenzen, um die Genehmigung zum Faulenzen zu erhalten!«

»Unerhört!«, stimmte Elisabeth, die jüngere Schwester des Grafen, zu und wandte sich ausgerechnet jetzt an Irene. »Wie stehen denn Sie dazu, meine Liebe? Sie beschäftigen doch auch Arbeiter auf Ihrem Weingut?«

Irene holte tief Luft. Erst später würde ihr klarwerden, dass eine unverbindliche Antwort ihre Chance gewesen wäre, sich einer drohenden Eskalation zu entziehen. Stattdessen ließ sie sich auf eine Auseinandersetzung ein.

»Nuuun«, sagte sie gedehnt. »Unsere Landarbeiter haben das Demonstrieren oder Streiken nicht nötig. Sie werden anständig bezahlt, haben warme Behausungen ohne Schimmel an den Wänden, jede mit einem eigenen Abort.« Sie ignorierte das entsetzte »Oh« anlässlich dieser unappetitlichen Einzelheit und fuhr fort. »Sie müssen weder hungern noch frieren und haben in der Regel nach zehn Arbeitsstunden Feierabend, wie es die Wiener Arbeiter fordern. Nur während der Lese kann es manchmal länger dauern, und dann werden ihnen diese Überstunden natürlich vergütet!«

Die schockierten Mienen der Damen amüsierten sie.

»Aber es geht unseren Arbeitern doch auch hier in Wien nicht wirklich schlecht«, warf Gräfin Linda ein.

»Woher wissen Sie das? Haben Sie die armseligen Behausungen in den Vorstädten schon einmal besucht?«, fragte Irene in provozierendem Tonfall.

»Natürlich nicht!«, empörte sich Linda. »Genauso wenig wie Sie!«

Irene richtete sich hoch auf. »Da irren Sie sich, meine Teuerste. Ich war bereits dort, um mir ein eigenes Bild zu machen!«

»Aber aus welchem Grund denn, meine Dame?«, wurde Irene entgeistert von allen Seiten gefragt.

»Um mich selbst davon zu überzeugen, wie bedürftig diese Menschen sind. Schließlich plant auch meine Schwiegermutter in Zukunft Wohltätigkeitsveranstaltungen!«, zog sich Irene an dieser Stelle noch diplomatisch aus der Affäre.

»Also davon halte ich gar nichts«, platzte Adelaide heraus. »Mit dieser Wohltätigkeitsmanie unterstützt man nur die Faulen und Verkommenen. Kein anständiger Arbeiter, der etwas auf sich hält, wird je auf Almosen angewiesen sein, um seine Familie zu ernähren oder ein schlichtes, aber sauberes Heim zu unterhalten.«

»Wenn er denn anständig ist«, fügte sie noch in verächtlichem Tonfall hinzu.

Irenes Herz begann, schneller zu schlagen. »Was verstehen Sie denn unter ›anständig‹, Fürstin von Windisch-Grätz?«

»Nun viele Mitglieder dieser unteren Klassen sind dem Alkohol verfallen. Auch ihre Moral lässt sehr zu wünschen übrig. Ich habe mir sagen lassen, die Liederlichkeit geht so weit, dass man fremde, unverheiratete Burschen im eigenen Bett schlafen lässt.

Überhaupt scheint man sich in diesen Kreisen zu paaren wie die Karnickel…«

»Adelaide«, unterbrach Elisabeth ihre Schwester schockiert.

Doch die ließ sich davon nicht aufhalten. »Woher kommt denn sonst die Kinderschar, die man dann angeblich nicht mehr satt bekommen kann? Wenn diese Menschen nicht so verlottert wären, hätten sie keine Probleme dieser Art.«

Irene ballte die Hände zu Fäusten. »Ich konstatiere, dass sich unsere Definition von *Anständigkeit*, oder besser gesagt, *Unanständigkeit* unterscheidet, Erlaucht«, entgegnete sie mit gepresster Stimme. »Unanständig ist für mich kein Mensch, der sich in den Alkohol flüchtet, weil er sein Elend nicht mehr ertragen kann«, verleugnete sie im Eifer des Gefechts sogar ihre eigene übliche Position. »Unanständig ist auch keine vor der Geburt ohne Trauschein verlassene oder aufgrund eines Fabrikunfalls ihres Gatten verwitwete Mutter, die sich ganz allein in sechzehn- bis achtzehnstündiger Arbeit an der häuslichen Nähmaschine abmüht, um ihre Kinder durchzubringen. Unanständig sind dagegen die Fabrikherren für mich, die Kinder um einiger Kreuzer willen unter die laufenden Maschinen jagen, damit sie dort saubermachen. Die ihre Arbeiter in giftigen Dämpfen schuften lassen, bis diese Blut husten. Die ihnen den Lohn nach Belieben kürzen oder ihre Belegschaften mit Blechstücken bezahlen, mit denen sie nur in den fabrikeigenen Läden schlechte Ware zu überteuerten Preisen kaufen können.«

Alle Damen einschließlich Mathilde starrten Irene mit großen Augen und vor Erstaunen offenen Mündern an.

»Unanständig nenne ich also die, die ihre feisten Leiber mit dem Schweiß der Mittellosen mästen. Sei es in den Fabriken der Städte oder auf großen Landgütern wie den Ihrigen.«

Adelaide fasste sich zuerst wieder. Sie fixierte Irene scharf. »Mich dünkt, meine Liebe, Sie sind der Lügenpropaganda dieses Arbeitergeschmeißes aufgesessen. Es ehrt Sie ja, dass Sie sich für die scheinbar Mittellosen und Entrechteten einsetzen. Allerdings zeugt Ihre Argumentation nicht von allzu großem Verstand.«

»Den glauben Sie also, für sich gepachtet zu haben?«, erwiderte Irene schnippisch. »Und das einzig und allein aufgrund Ihrer *hohen Geburt?*« Sie betonte die letzten Worte spöttisch.

Die Miene der Fürstin wurde eisig. »Oh ja. Davon bin ich überzeugt, meine Teuerste. Und dem Herrgott jeden Tag dankbar, dass das reine Blut meiner Ahnen jetzt nicht durch das von Niedriggeborenen verwässert wird. Zum Glück sind mein Bruder und seine neue Gattin dafür zu alt.«

Irene hörte, dass Mathilde neben ihr scharf die Luft einzog. Sie selbst wurde jetzt richtig wütend.

»Vielleicht sind Sie ja zu alt dafür, meine Gnädige, um noch klar bei Verstand zu sein. Sie glauben offensichtlich, lediglich die Tatsache, dass Sie aus einem lange bestehenden, aber oft durch Heirat zwischen nahen Verwandten, also Inzest, geschädigtem Geschlecht stammen, und in ein anderes, ebenso dünkelhaftes und womöglich nicht gesundes Geschlecht eingeheiratet haben, berechtigt Sie dazu, sich über andere Menschen zu erheben. Sie, die Sie noch nie mit Ihren feinen Händen gearbeitet haben, glauben, deshalb etwas Besseres zu sein als Menschen, die täglich um ihr Überleben kämpfen? Sie, die Sie nie ein Kind geboren haben«, Irene wusste, dass die Fürstin kinderlos war, »sehen auf Frauen herab, die jeden Tag Übermenschliches leisten, um ihren Sprösslingen eine bessere Zukunft zu ermöglichen! Sie, die Sie …«

»Genug!« Die Fürstin erhob ihre Stimme so laut, dass die Damen an den umstehenden Tischen erneut aufmerksam wurden. »Ich verbitte mir Ihre Unverschämtheiten! Sie klingen, als seien Sie eine dieser elenden Sozialistinnen, dieser unnatürlichen Mannweiber, die widerwärtigen Unruhestiftern wie diesem Viktor Adler oder, schlimmer noch, diesem verachtenswerten Subjekt namens August Beber oder so ähnlich anhängen. Niedriggeborene, die aus Neid über ihre subalterne Stellung

Gottes gewollte Ordnung infrage stellen. Sie sind eine Schande für meine Familie! Der Sie zum Glück aber nicht angehören! Heben Sie sich hinweg!«

Im ganzen Raum war es mittlerweile mucksmäuschenstill geworden. Aus dem Augenwinkel heraus sah Irene, wie Pauline sich aus ihrem Sessel erhob. Sie eilte auf den Tisch der Fürstin zu.

»Ich bitte Sie, teure Schwägerin! Beruhigen Sie sich!« Pauline hob begütigend beide Hände. »Was hat meine Schwiegertochter denn zu Ihnen gesagt? Sicherlich gibt es da ein Missverständnis, und sie hat es nicht böse gemeint!«

Die Fürstin funkelte Pauline wütend an. »Sie hätten sie besser erziehen müssen, meine Liebe!«, fauchte sie. »Und ihr beizeiten die Flausen austreiben! Sie benimmt sich schlechter als ein unehelich geborener Dienstbotentrampel aus dem Waisenhaus!«

Damit traf die Fürstin rein zufällig Irenes wundesten Punkt. Die sah buchstäblich rot und sprang auf. Ohne nachzudenken, griff sie impulsiv nach ihrer inzwischen kalt gewordenen Melange und schüttete der Fürstin die hellbraune Flüssigkeit mitten ins Gesicht. Danach blieb sie wie erstarrt über ihre eigene Handlung stehen.

Auf den Schrei der Fürstin, der die Kaffeebrühe über die ganze Vorderseite ihres kostspieligen Seidenkleids floss, und den Befehl ihrer Schwester Elisabeth hin eilten zwei Lakaien herbei.

»Schafft sie hinaus!«, kreischte Adelaide. Widerstandslos und wie betäubt ließ Irene sich aus dem Salon führen.

Palais Sterenberg in Wien

15. Februar 1887, am nächsten Morgen

»Ich hätte wissen müssen, dass deiner Frau nicht zu trauen ist, Franz«, schäumte der Graf. »Nun wird dieser Skandal für alle Zeiten einen Schatten auf unser Hochzeitsfest werfen.«

»Irene weint sich auf ihrem Zimmer die Augen aus, Vater«, versuchte Franz, ihn zu beruhigen. »Es tut ihr von Herzen leid, dass sie sich so gehen ließ.«

»Das darf ihr auch leidtun, Franz.« Der Graf blieb unnachgiebig. »Denn nun sind all unsere Pläne erst einmal hinfällig. Selbst unsere Hochzeit wäre jetzt in Gefahr, Pauline«, wandte sich Ferdinand seiner frisch Vermählten zu, »wenn sich dieser Vorfall an deren Vorabend abgespielt hätte.«

»Das ist aber doch nicht geschehen, Ferdinand«, erwiderte Pauline mit leiser Stimme. Wie alle Anwesenden, die in dieser Nacht kaum ein Auge geschlossen hatten, sah sie bleich und übernächtigt aus.

»Zum Glück nicht!«, schnaubte der Graf. »Es wäre nicht das erste Mal, dass der Kaiser eine bereits erteilte Erlaubnis zu einer Hochzeit wieder zurückzieht.«

»Also geht es dir um die Adoption«, schlussfolgerte Franz bedrückt.

»Natürlich geht es darum, mein Sohn. Ich hatte vor, sie morgen im Rahmen eines weiteren Familiensoupers anzukündigen. Schließlich liegt der Dispens des Kaisers vor. Doch nun würde meine Schwester Adelaide einen wahren Aufruhr anzetteln, um zu verhindern, dass ›diese Person‹, wie sie Irene nennt, auch noch ein echtes Mitglied der Familie würde. Schon jetzt machen meine Schwestern keinen Hehl daraus, dass sie meine Heirat missbilligen. Doch noch haben sie die Hoffnung, dass der Spuk vorbei sein wird, sobald deine Mutter und ich unter der Erde liegen. Auch wenn das Grafengeschlecht derer von Sterenberg damit aussterben würde.«

»Und du glaubst, wenn du mich jetzt adoptierst und Irene als meine Ehefrau damit ein Mitglied der Familie wird …«

»… würde Adelaide persönlich zum Kaiser laufen, um das rückgängig zu machen«, nahm Ferdinand Franz das Wort aus dem Mund.

»Könnte der Kaiser das denn?«

Ferdinand fixierte Franz streng durch sein Lorgnon. »In diesem Land kann der Kaiser alles!«

Pauline legte Ferdinand die Hand auf den Arm. »Was sollen wir denn jetzt tun?«

»Nur Franz kann etwas tun«, antwortete der Graf mit harter Stimme. »Sich scheiden lassen, wie ich es schon von Anfang an vorgeschlagen habe.«

Franz erhob sich so heftig aus seinem Sessel, dass ein glühender Schmerz durch seinen Beinstumpf schoss.

»Das kommt überhaupt nicht infrage, Vater«, erklärte er erregt. »Irene hat sich gestern Abend unmöglich benommen, das gestehe ich ein, und das gibt auch sie selbst zu. Aber deine Schwester hat sich ihr gegenüber ebenfalls höchst ehrenrührig verhalten.«

»Das mag sein, mein Sohn. Adelaide war schon immer dünkelhaft und unbeherrscht. Aber sie ist eine Windisch-Grätz. Ihr Wort zählt bei unserem Kaiser mehr als das meine.«

»Ich werde Irene auf keinen Fall verlassen«, wiederholte Franz mit fester Stimme.

»Dann kann ich dich auf keinen Fall adoptieren!«

Beide standen sich jetzt gegenüber und starrten einander unnachgiebig in die Augen.

Pauline erhob sich ebenfalls, ging auf die beiden zu und legte ihnen jeweils eine Hand auf den Arm.

»Lasst uns jetzt keine übereilten Entscheidungen treffen!«, mahnte sie. »Kommt Zeit, kommt Rat! Ich möchte euch einen Vorschlag machen.«

»Dann sprich«, antworteten ihr beide wie aus einem Mund.

»Franz und Irene kehren erst einmal nach Schweighofen zurück und kommen für eine unbestimmte Zeit nicht mehr nach Wien. Zumindest so lange nicht, bis Gras über die Sache gewachsen ist und sich deine Schwester beruhigt hat.«

»Das kann seine Zeit dauern!«, wandte der Graf ein.

»Nun gut, dann warten wir eben ab«, meinte Pauline. »Dass

du den Dispens hast, weiß ja nur dein Freund, der Obersthofmeister. Zum Glück war er gestern nicht bei der Feier. Anfangs hast du dich darüber gegrämt, Ferdinand, doch nun wissen wir, wozu es gut war. Er wird nur Gerüchte hören, noch dazu von einigen als tratschsüchtig bekannten Weibern, und hoffentlich nicht allzu viel darauf geben. Adelaide und auch sonst niemand außer ihm und uns weiß von den Adoptionsplänen.«

Der Graf überlegte eine Weile, dann nickte er. »Ja, du hast recht. So sollten wir es halten.«

»Was ist mit dem Darlehen für das Weingut?«, platzte Franz heraus, den die Sorge darüber ebenfalls seit gestern Abend nahezu niederdrückte. »Verlangst du es jetzt zurück?«

Der Graf sah ihn mit undefinierbarer Miene an. »Könntest du es denn zurückzahlen?«

Franz verneinte entmutigt.

»Dann soll dir das Geld weiterhin zur Verfügung stehen, Franz. Allerdings tatsächlich nur als Darlehen. Eigentlich wollte ich dir die Summe zu deiner Adoption schenken.«

»Du wolltest mir diese riesige Summe schenken?« Franz war völlig überwältigt von der Großzügigkeit seines Vaters.

»Natürlich! Du bist schließlich mein Sohn! Und hättest es ja ohnehin eines Tages geerbt. Doch ich gebe lieber mit warmen Händen!«

Trotz seiner Traurigkeit über den neuen Familienstreit fiel Franz ein riesiger Stein vom Herzen. Spontan ging er auf seinen Vater zu, ergriff dessen Hände und drückte auf beide einen Kuss. »Ich danke dir von ganzem Herzen!«

Der Graf entzog ihm seine Hände. »Dann erweise dich auch als dankbar und erwäge sorgfältig meine Wünsche, Franz. Darauf will ich hoffen!«

Weingut bei Schweighofen
Ende April 1887

Wehmütig warf Irene einen letzten Blick zurück auf das Schlafzimmer, das sie sich nun so viele, überwiegend glückliche Jahre mit Franz geteilt hatte. Ihr Entschluss, es zu verlassen und in Paulines ehemaliges Zimmer umzuziehen, war keine Entscheidung, die sie im Zorn getroffen hatte, wie damals, als Franz grundlos eifersüchtig auf Josef Hartmann gewesen war. Diesmal war er wohlüberlegt, in langen Tagen und Nächten immer wieder erwogen und schließlich zwar nicht für gut, aber als die einzige Möglichkeit befunden worden, einer für sie untragbaren Situation ein Ende zu machen.

In stundenlangen Gesprächen hatte sie Franz zu erklären versucht, wie sich die Eskalation auf Paulines Hochzeit entwickelt hatte. Wie die Schwester des Grafen sie mit ihrer Arroganz und Ignoranz zunächst düpiert, dann zur Weißglut getrieben und schließlich ihren wundesten Punkt getroffen hatte.

Dass Adelaides respektlose Bemerkung über »den Dienstbotentrampel aus dem Waisenhaus« ein reiner Zufallstreffer gewesen war, war ihr bereits unmittelbar nach der Melange-Attacke klargeworden. Dass sie die Beherrschung auch deshalb verloren hatte, weil ausgerechnet Mathilde, die sie in ihrer Dienstbotenzeit in Altenstadt so schlimm schikaniert hatte, Zeugin der Beleidigung gewesen war, wurde ihr erst im Nachhinein bewusst.

Und überhaupt keine Rolle bei ihrer Auseinandersetzung hatte gespielt, dass Adelaide die Macht gehabt hätte, Ferdinands Adoptionspläne zu durchkreuzen, wenn er sie nach dem Vorfall trotzdem noch in die Tat umzusetzen versucht hätte. Davon war im Vorhinein nie die Rede gewesen, und auch Franz hatte diesen Aspekt nie bedacht, wie er freimütig eingestand.

Dennoch schien das Tischtuch zwischen Irene und dem Grafen endgültig zerschnitten zu sein. Und nach langen Stunden des Grübelns musste sich Irene eingestehen, dass sie das sogar nachvollziehen konnte. Denn Graf Ferdinand hatte sich alle Mühe gegeben, seine ursprünglichen Ressentiments ihr gegenüber zu bezwingen.

Dabei wäre es ihm ein Leichtes gewesen, unverändert auf seiner ursprünglichen Bedingung einer Scheidung als Voraussetzung für eine Adoption zu bestehen. Schließlich hätte allein diese Franz die Wiederverheiratung mit einer Komtess aus zumindest niedrigem Adel in Wien ermöglicht. Und damit den ersten wirkungsvollen Schritt einer Integration des bürgerlichen Teils der neuen Familie Ferdinands in dessen eigene Gesellschaftsschicht.

Stattdessen hatte der Graf Irene schließlich als Franz' Frau akzeptiert, nicht zuletzt dank der Fürsprache Paulines. Und ohne auch nur den geringsten Versuch zu machen, die Gewährung des dringend benötigten Darlehens erneut an die Bedingung einer Scheidung zu knüpfen.

Selbst für ihre politischen Aktivitäten bemühte er sich um einen Kompromiss. Anstatt auf ihrer traditionellen Rolle als passiver Ehefrau zu bestehen, hatte er ihr große Summen zur Verfügung gestellt, mit denen sie sowohl in Wien als auch in ihren eigenen deutschen Kreisen viel Gutes für die Arbeiterschaft tun konnte, obwohl er diese aus eigener Anschauung nicht einmal kannte.

Irene war ehrlich genug gegenüber sich selbst, um sich einzugestehen, dass sie womöglich versucht hätte, den von ihr angerichteten Schaden doch noch irgendwie wiedergutzumachen, hätte der Graf unmittelbar nach der Hochzeit diese Zahlungen nicht eingestellt. Wie ein Stachel im Fleisch schmerzten Irene die Erinnerungen an Lea Walbergers und Minnas Enttäuschung, als sie ihnen mitteilen musste, dass der Geldsegen so rasch schon wieder zu Ende war.

»Hätt'st denn um uns'rer Sache willen nicht die Gosch'n halten können?«, war Leas emotionale Reaktion gewesen. »Was soll jetzt aus der Elisa und der Mizzi werden?« Unter Tränen hatte Irene Franz angefleht, zumindest diese Familie aus seinen eigenen Mitteln zu unterstützen, eine Bitte, der er schließlich widerstrebend zustimmte. »Da wir alle im Augenblick größtenteils vom Geld meines Vaters leben, habe ich dabei kein gutes Gefühl«, erklärte er ihr. »Ich tue es nur, um das junge Mädchen zu schützen, das in Klaras Alter ist. Aber lass es bitte niemanden wissen, nicht einmal meine Mutter.«

Minna dagegen hatte Irene keinen Vorwurf gemacht. »Nur gut, dass ich die Dienstmädchen noch nicht bei der Kranken- und Sterbekasse angemeldet habe«, seufzte sie lediglich und machte Irene damit indirekt trotzdem klar, wie viel Gutes sie mit Ferdinands Geld hätte bewirken können. »Aber wir sind auch schon vorher ohne den Zaster deines Schwiegervaters zurechtgekommen. Irgendwie wird es weitergehen!«

Ähnlich wie Minna äußerte sich auch Josef Hartmann, dem Irene ebenfalls monatlich einen größeren Teil der gräflichen Geldsumme zur Verfügung gestellt hatte.

Das restliche Guthaben, etwas über fünfhundert Mark, die von den insgesamt fünfzehnhundert Gulden, die der Graf ihr bis zum Eklat gespendet hatte, noch übrig waren, hatte Irene bislang nicht angetastet, um einen Notgroschen zur Verfügung zu haben, falls einer benötigt werden würde. Instinktiv hatte sie diese Summe auch nicht in Betracht gezogen, um sie Lea für Mizzis Familie zur Verfügung zu stellen, und war von Herzen froh gewesen, als sie mit Franz' Zugeständnis eine andere Lösung fand.

Und nun hatte sich dafür tatsächlich ein sinnvoller, wenn auch geheimer Verwendungszweck gefunden. Irene hatte einige Tage über Josefs Bitte nachgedacht. Sie hatte zwar nicht vor, Franz darüber zu unterrichten, um ihn nicht in die Sache mit hineinzuziehen. Aber die Bitte hatte den Ausschlag für ihre heutige Entscheidung gegeben, den größten Teil ihrer Garderobe und andere persönliche Dinge mit Gittas Hilfe in Paulines ehemaliges Zimmer zu transportieren.

Nun wartete sie im Salon auf Franz' Rückkehr aus dem Weißenburger Kontor. Als sie die Räder des Einspänners auf dem Kies der Einfahrt knirschen hörte, begann sich ihr Puls zu beschleunigen. Aber das, was sie ihm sagen wollte, musste gesagt werden.

»Guten Abend, Irene! Wie war dein Ta …?« Franz blieben die Worte im Munde stecken, als er Irenes Miene sah. »Was ist denn geschehen? Du bist ja ganz bleich!«

Als sie nicht sofort antwortete, geriet er in Panik. »Ist etwas mit Klara? Ist sie wieder krank?«

Irene schüttelte heftig den Kopf. »Klara ist gesund und munter. Sie hat heute sogar zwei Reitstunden genommen, eine am Vormittag, eine am Nachmittag. ›Großvater möchte mir eine echte Lipizzaner-Stute kaufen, wie sie in der Wiener Hofreitschule auftreten, wenn ich richtig gut reiten kann‹, hat sie mir vorgeschwärmt. Am Tag vor der Hochzeit deiner Eltern hat er sie ja dorthin mitgenommen. Aber es geht mir trotzdem um Klara, nicht nur, aber auch.«

Franz starrte sie verständnislos an.

»Setz dich doch!«, forderte Irene ihn auf und wartete so lange, bis Franz ihrer Bitte nachgekommen war.

Dann holte sie tief Luft. »Ich bin heute aus unserem gemeinsamen Schlafzimmer ausgezogen«, kam sie sofort auf den Punkt.

»Warum das denn? Bist du etwa krank?«

Sie schüttelte den Kopf. »Nein, lieber Franz. Ich möchte es dir lediglich erleichtern, eine Entscheidung zu treffen. Die meinige habe ich bereits getroffen.«

Franz verstand noch immer nichts. »Wovon redest du denn? Erkläre dich doch!«

Irene hob den Kopf und sah ihm gerade ins Gesicht. »Lieber Franz, du bist der einzige Mann, den ich je geliebt habe. Ich verdanke dir die glücklichsten Jahre meines Lebens. Das war so, und das wird immer so bleiben.« Ihre Stimme zitterte leicht.

»Dennoch kann und will ich dir auf deinem jetzigen Wege

nicht folgen. Obwohl ich nicht einmal von so schlichter Herkunft bin, wie ich immer dachte, bleibe ich dennoch eine einfache Frau. Eine Frau aus dem Volk, der das einfache Volk am Herzen liegt. Ich habe mich noch damit abgefunden, plötzlich eine wohlhabende Großgrundbesitzergattin zu sein, enge Korsetts tragen und fast alle Menschen, außer nahen Verwandten, siezen zu müssen. Doch eine Gräfin kann und will ich nicht werden. Zumal nicht um den Preis, den das zusätzlich von mir erfordern würde.«

»Was meinst du mit ›Preis‹?«

»Nicht mehr die sein zu dürfen, die ich bin. Meine wahren Ansichten zugunsten seichter Konversation verbergen zu müssen, wenn wir in Gesellschaft sind. Meine Sympathien für die Sache der Arbeiter und Dienstboten nicht mehr ausdrücken, geschweige denn ausleben zu dürfen. Deinem Namen und dem deines Vaters Schande zu machen, wenn ich den Kontakt zu den Sozialisten aufrechterhalte. Und dies mein ganzes Leben lang. Dieser Preis ist mir zu hoch.«

Franz spürte ein Würgen in der Kehle. »Und was willst du jetzt tun?«

»Ich möchte das tun, was ich auch schon vorher getan habe. Mich für die Sache der Arbeiter einsetzen, auch wenn das wegen dieser abscheulichen Sozialistengesetze im Augenblick nur in bescheidenem Rahmen möglich ist. Aber dir, Fränzel und Klara möchte ich nicht zumuten, dafür zu büßen.«

»Du meinst, falls mein Vater uns deshalb nicht adoptieren kann oder will.«

Irene bejahte. »So ist es. Ihr drei seid in direkter Blutlinie mit ihm verwandt. Ihr bildet eine echte Familie. Ich wäre nur die ›Angeheiratete‹, zudem mittlerweile der Schandfleck. Also bin ich aus unserem Schlafzimmer ausgezogen, um dir die Entscheidung für eine Scheidung von mir zu erleichtern. Denn da ich nie zustimmen werde, mich wie eine *Gräfin* zu verhalten, bleibt dir am Ende sowieso gar nichts anderes übrig, wenn du adoptiert werden willst.«

»Du stellst mich also vor die Wahl, mich entweder für meinem Vater oder für dich entscheiden zu müssen?«, fragte Franz voller Schmerz. »Oder besser gesagt, für meine Familie mit dir oder für meine Familie mit meinen Eltern?«

Irenes Augen wurden feucht. »Wenn du es so ausdrücken willst, Franz, ja. Das ist die Alternative. Wobei ich nicht erwarte, dass du dich für mich entscheidest. Und die Kinder bleiben dir ja in jedem Falle erhalten.«

»Aber sie würden furchtbar unter unserer Trennung leiden, Irene. Zumal ich nicht einmal weiß, wie Fränzel zu der Adoption steht. Auch er fühlte sich nicht wohl in Wien. Das konnte jedermann klar erkennen.«

»Aber Klara fühlte sich wohl. Sie ist die geborene Komtess. Auch wenn du es nicht wissen konntest, hat sie über dich sehr viel vom Wesen deines Vaters geerbt. Ihr wird es Freude machen, die Familie in der Gesellschaft zu repräsentieren. Sie kann es schon jetzt kaum noch erwarten, eine Wiener Debütantin zu sein und im weißen Kleid in die illustren Kreise eingeführt zu werden. Immer wieder spricht sie davon, seit Pauline ihr diese Sitte erklärt hat.«

»Und Fränzel ist genau in dem Alter, in dem auch du gegen jede Konvention rebelliert hast«, fügte Irene hinzu. »Seine Ablehnung des ›adligen Zirkus‹, wie er sich ausdrückt, wächst sich sicher noch aus.«

Franz hielt es nicht mehr auf seinem Sitz. Trotz der stechenden Schmerzen in seinem Beinstumpf stand er auf, ging zur breiten Flügeltür, die auf den Balkon führte, und starrte blicklos über die liebliche Frühlingslandschaft der Pfalz und des nördlichen Elsass. »Warum bist du ausgerechnet heute zu dieser Entscheidung gekommen?«, fragte er, Irene den Rücken zukehrend.

»Das war ein langer Prozess, Franz, der heute lediglich seinen Abschluss gefunden hat.« Irene verschwieg ihm den ausschlaggebenden Anlass, sagte aber ansonsten die Wahrheit. »Zumal sich ja auch die Forderung deines Vaters nach einer Scheidung von mir nicht geändert hat. Oder irre ich mich?«

Franz verneinte bedrückt. »Doch da er mich nicht wegen des Darlehens unter Druck setzt, wollte ich ihm Zeit geben, es sich noch einmal anders zu überlegen.«

»Wie viel Zeit denn, Franz?«, fragte Irene herausfordernd. »Ein Jahr? Fünf Jahre? Zehn Jahre? Und in dieser ganzen Zeit soll ich mich gesittet und unauffällig verhalten, um nicht neues Wasser auf seine Mühlen zu gießen?« Sie schüttelte heftig den Kopf. »Nein, lieber Franz. Ich sagte es schon. Dieser Preis ist mir zu hoch.«

In der Halle ertönte der Gong, der anzeigte, dass Frau Grete das Nachtmahl fertig hatte. »Doch nun lass uns ins Esszimmer gehen! Es wird gleich serviert.« Irene stand entschlossen auf. »Und kein Wort beim Abendessen über unser Gespräch. Ich möchte Klara, Marie oder Fräulein Adelhardt nicht damit belasten.«

Nach der gemeinsamen Abendmahlzeit, die größtenteils schweigend verlief, da sowohl Irene als auch Franz ihren Gedanken nachhingen, zog sich Irene ins Schreibzimmer zurück. Sie wollte endlich Josefs Brief beantworten, der vor zwei Tagen eingetroffen war.

Sie bedankte sich zunächst noch einmal für Josefs Solidarität mit ihr trotz der nun fehlenden regelmäßigen Zuwendung für die Sache der Arbeiter in Frankenthal und bot ihm an, ihm die fünfhundert Mark, die sie noch besaß, für einen eventuellen Notfall zur Verfügung zu stellen.

Dann kam sie zum Kern der Sache, zu Josefs Anliegen, das er ihr in seinem letzten Brief übermittelt hatte:

Ich habe nun zwei Nächte über Deinen Vorschlag geschlafen, mich aktiv an der Roten Feldpost zur Verteilung der verbotenen Zeitung »Der Sozialdemokrat« zu beteiligen. Sollte ich zu-

stimmen, würdest Du mir die Adressen der Zeitungsempfänger in Weißenburg und Umgebung nennen, die das Blatt bis zum vergangenen Jahr noch im Postabonnement beziehen konnten. Da die Übergabe der Zeitungen im Geheimen erfolgen muss und regelmäßige Begegnungen der Empfänger mit dem Überbringer aufgrund der allgegenwärtigen Spione von Bismarcks Geheimpolizei nicht ratsam erscheinen, hast Du mich darüber hinaus gebeten, die Kosten für die Zeitung zu übernehmen, wofür ich zunächst das restliche Geld des Grafen verwenden kann, wenn Du es nicht anderweitig benötigst. Und du hast mich nach einer vertrauenswürdigen Adresse gefragt, an die man die wöchentlich neu erscheinenden, ungefähr fünfundzwanzig Exemplare für unsere Region als Postpaket senden könnte, um sie von dort aus weiter zu verteilen.

Ich habe lange darüber nachgedacht und bin zu dem Schluss gekommen, dass Schweighofen nicht die richtige Anschrift dafür wäre. Da ich Franz nicht mit in die Sache hineinziehen möchte, kommt auch die Postadresse des Weinkontors in Weißenburg nicht infrage.

Es bleibt das Haus meiner Freundin Minna in Schweigen. Da es auch dort dem Postboten auffallen könnte, wenn Minna wöchentlich eine größere Sendung erhält, müsste ich ihren Mann Otto mit ins Vertrauen ziehen. Er ist Küfer und bezieht für sein Handwerk immer wieder einmal Materialien per Post.

Da Otto bereits erlaubt hat, dass seine Frau ihre sonntäglichen Dienstboten-Treffen in seinem Haus abhalten kann, erwarte ich keinen größeren Widerstand, sofern alles diskret vonstattengeht. Dazu gehört auch, dass die Zeitungen jeweils in einem stabilen Karton versandt werden müssten, gegebenenfalls zusätzlich mit Steinen beschwert, damit der Postbote tatsächlich glaubt, es handele sich um Waren für die Küferwerkstatt.

Auch den Rhythmus der Zusendung müssten wir anpassen. Wöchentliche Pakete wären zu auffällig. Was hältst Du davon, mehrere Ausgaben gemeinsam zu verpacken und diese dann je-

weils in unregelmäßigen Abständen von zwei bis drei Wochen sowie an verschiedenen Wochentagen zu versenden? Auch der Absender und der Absenderort müssten variieren. Aber Du hast mir ja bereits versichert, dass die Rote Feldpost über genügend solcher Tarnmechanismen verfügt.

Wenn Du mit alledem einverstanden bist oder sogar noch weitergehende Ideen hast, wie wir die Zeitungen unauffällig empfangen könnten, lass es mich bitte wissen. Für deren Verteilung muss ich mir dann noch Verbündete suchen. Ich selbst kann das nur ab und zu übernehmen, denn dazu bin ich in Weißenburg zu bekannt. Deshalb denke ich zum Beispiel an Minna oder mein vertrauenswürdiges Dienstmädchen Gitta, das mich seinerzeit auch schon nach Frankenthal begleitet hat. Vielleicht wäre sogar Klaras Lehrerin Fräulein Adelhardt bereit, sich an der Verteilung zu beteiligen. Aber wen ich letztendlich frage, muss ich mir noch durch den Kopf gehen lassen.

Da wir einige Zeitungen jedoch auch an denselben Empfänger liefern lassen könnten, der die Einzelexemplare seinerseits wiederum an verschiedene Personen weitergibt, dürfte mit einer guten Organisation und vertrauenswürdigen Komplizen alles ohne größere Schwierigkeiten möglich sein.

Als einzige Einschränkung müsstest Du in Kauf nehmen, dass die Empfänger die Exemplare nicht immer wöchentlich druckfrisch erhielten, sondern aufgrund des verzögerten Versands manchmal erst einige Zeit nach Erscheinen. Aber das dünkt mich, bei Licht besehen, nicht von allzu großer Bedeutung zu sein. Denn da wir ohnehin im Moment keinen offenen Einfluss auf die Politik nehmen können und wichtige tagesaktuelle Ereignisse auch in der bürgerlichen Presse veröffentlicht werden, geht es ja vor allem um die Zwecke an sich, die mit der Verteilung erreicht werden sollen:

Nämlich zum einen die politischen Ansichten der Sozialdemokratie möglichst weit zu verbreiten, um bereits gewonnene Anhänger auf dem Laufenden zu halten und noch weitere neue hinzuzugewinnen. Zum anderen, um den passiven Widerstand gegen die diktatorischen Bestrebungen Bismarcks und seiner Verbündeten, unsere gerechte Sache kleinzuhalten, zu stärken.

Wenn Du also mit meinen Vorschlägen einverstanden bist, bestätige sie mir in Deinem nächsten Brief. Erst danach will ich mit Minna und Otto Leiser darüber sprechen. Und richte Dich im Falle Deiner Zusage gleich darauf ein, dass es jeweils dreißig Exemplare pro Ausgabe sein sollten. Denn ich möchte selbst ein Exemplar von jeder Ausgabe haben und Minna die restlichen Blätter für ihren Dienstbotenzirkel zur Verfügung stellen. Auch ihr Mann Otto wird sicherlich jedes Exemplar lesen wollen.

Irene überflog noch einmal das bislang Geschriebene, streute Sand über die Tinte, um sie zu trocknen, und ergänzte das Schreiben mit den üblichen Abschiedsgrüßen. Dann faltete sie es sorgfältig zusammen, schrieb Josefs Namen darauf und beschriftete danach einen Umschlag mit der Deckadresse, an die sie ihre Briefe für Josef schickte, dessen Post mit großer Wahrscheinlichkeit von der Geheimpolizei überwacht wurde.

Schließlich griff sie zum Siegellack, um das Schreiben an Josef und den Umschlag mit der Deckadresse zu verschließen. Ärgerlich entdeckte sie, dass er aufgebraucht war.

Irene sah auf die Uhr. Es war schon nach zehn Uhr abends. Zu spät, um Frau Burger noch um eine neue Stange Lack aus dem Vorratslager des Hauses zu bitten. Also würde der Versand des Briefes bis übermorgen warten müssen. Dann würde Peter, der Kutscher, das Schreiben wie üblich in Altenstadt oder Weißenburg aufgeben, nachdem er Franz ins Kontor gebracht hatte.

Oder ich bitte Marie, mir den Brief zu besorgen. Sie ist gut zu Fuß und könnte den Gang nach dem Unterricht während Klaras Reitstunde erledigen.

Nachdenklich schob Irene den Brief in die Lade des kleinen Sekretärs und schloss die Klappe. Dann streckte sie den Rücken und stand auf. Franz hatte ihr bereits vor über einer Stunde einen flüchtigen Gute-Nacht-Kuss gegeben und sich dann in ihr ehemaliges gemeinsames Schlafzimmer zurückgezogen.

Plötzlich merkte Irene, wie müde sie war. Gähnend löschte sie die kleine Gaslampe und hoffte, diese Nacht endlich wieder einmal durchschlafen zu können.

Als sie nach draußen ging, bemerkte sie den Schatten nicht, der sich in eine Nische des Hausflurs drückte und rasch ins Schreibzimmer schlüpfte, sobald sie außer Sicht- und Hörweite war.

Um kein Aufsehen zu erregen, drehte Marie kein Gaslicht an, sondern begnügte sich mit einer Wachskerze, nachdem sie sich davon überzeugt hatte, dass die schweren Samtportieren vor den Fenstern keinen Lichtstrahl nach draußen dringen ließen. Da man in Schweighofen früh aufstand, schlief der gesamte Haushalt ohnehin in der Regel um diese Uhrzeit.

Vorsichtig öffnete Marie die Klappe des kleinen Sekretärs. Seit Fränzel im März sechzehn Jahre alt geworden war, sandte sie ihm regelmäßig kleine Briefe ins Straßburger Lyzeum. Die Post an ältere Schüler wurde vor der Aushändigung an die Empfänger nicht mehr kontrolliert.

Die zarten Bande, die zwischen ihr und Fränzel vor seiner Abreise nach Wien geknüpft worden waren, hatten sich in den darauffolgenden Wochen, vor allen Dingen während seiner Osterferien vertieft. Aber noch wollten sie ihre junge Liebe vor jedermann geheim halten.

Als Marie in die Lade griff, um einen Briefbogen herauszunehmen, zog sie im trüben Licht versehentlich ein Schreiben hervor, das zu Boden fiel und dabei zur Hälfte aus dem offenen Umschlag rutschte. Als Marie das Papier zurückschieben wollte, erkannte sie zu ihrer Überraschung auf dem gefalteten Schreiben, Josef Hartmanns Namen in Irenes Handschrift.

Mit schlechtem Gewissen, aber unwiderstehlich von ihrer

Neugier getrieben, griff Marie danach, faltete das Papier auseinander und überflog die Zeilen.

Dann hob sie mit einem triumphierenden Lächeln den Kopf. Dies war endlich die Chance für sie, sich aktiv für die Sozialdemokratie einzusetzen, wie sie es schon seit ihrer Ankunft in Schweighofen beabsichtigt hatte.

»Ich möchte bei der Verteilung der Zeitung ›Der Sozialdemokrat‹ mithelfen, wenn es hier in der Umgebung von Weißenburg dazu tatsächlich kommt, Irene.« Marie hob trotzig den Kopf.

Sie gleicht ihrer Mutter Emma immer mehr, bemerkte Irene. Auch deren graue Augen hatten sich ins Anthrazitfarbene verdunkelt, wenn sie etwas emotional aufwühlte. Silbern glänzten sie dagegen, wenn Emma sich über etwas freute.

»Ich weiß, dass es nicht recht von mir war, deinen Brief zu lesen«, kam Marie ihrem Tadel zuvor. »Aber irgendetwas ließ mich ahnen, dass es jetzt endlich auch für mich etwas Sinnvolles zu tun geben könnte, um das Andenken meiner Mutter zu ehren.«

Irene runzelte die Stirn. »Und was ist, wenn man dich bei der Verteilung der Zeitung erwischt? Die Spitzel der Polizei sind überall, um deren Verbreitung zu verhindern!«

»Dann wird *mir* weniger Unheil drohen als Gitta, Minna oder Fräulein Adelhardt«, entgegnete Marie selbstbewusst. Offensichtlich hatte sie bereits gründlich über die möglichen Konsequenzen für sich nachgedacht. »Denn ich bin noch minderjährig. Wahrscheinlich ginge es mit einer Geldstrafe aus, während die Frauen womöglich sogar ins Gefängnis müssten.«

Das leuchtete Irene ein. Sollte Marie erwischt werden, hätte sie im Vergleich zu den volljährigen Verteilerinnen, die Irene in Betracht gezogen hatte, die geringste Strafe zu erwarten. Otto Leiser würde wahrscheinlich sogar als Küfer Probleme bekommen, wenn man seine Frau bei sozialistischen Umtrieben erwischte. Und sowohl Gitta als auch Fräulein Adelhardt müssten gravierende berufliche Nachteile als Dienstmädchen oder Lehrerin befürchten. Außerhalb des Gerban'schen Haushalts würden sie keine Stelle mehr finden.

Zudem könnte sie, Irene, die ganze Schuld auf sich nehmen und behaupten, die naive Marie zu der illegalen Verbreitung des Blatts angestiftet zu haben, wenn die Polizei sie erwischen sollte. Was ihr bei den erwachsenen Frauen nicht ohne Weiteres möglich wäre.

»Also gut«, seufzte sie schließlich. »Ich bin mit deinem Vorschlag einverstanden, sofern die Sache, wie in meinem Brief beschrieben, tatsächlich auf diese Weise ins Rollen kommt. Aber nur, wenn du gegenüber jedermann darüber schweigst und dich ganz genau an meine Vorgaben hältst.«

Leichten Herzens stimmte Marie zu.

Kapitel 26

Herrenhaus der Gerbans bei Altenstadt
Juli 1887

»Was ist das?«

Mit finsterer Miene warf Ottilie eine Zeitung auf den Tisch, vor dem das Dienstmädchen Heidi mit schreckensbleichem Gesicht stand. Es war eine im Juni erschienene Ausgabe des »Sozialdemokraten«.

»Wirst du wohl auf der Stelle antworten?«, keifte Ottilie, während Heidi noch nach Worten rang.

»Woher … woher haben Sie das?«, wagte sie schließlich zu fragen.

Ottilie stand auf, ging auf Heidi zu und erhob drohend die Hand. »Wirst du jetzt auch noch frech, du Miststück? Das ist ein verbotenes Schundblatt, das du in unser Haus geschleppt hast! Dafür zeige ich dich an! Bevor du uns alle noch mit in den Abgrund ziehst!«

Heidis Augen füllten sich mit Tränen. »Das Blatt lag auf dem letzten Dienstmädchentreffen aus. Im Haus von Minna Leiser in Schweigen«, antwortete sie mit zitternder Stimme. »Ich habe es mir ausgeliehen, um es in Ruhe lesen zu können. Dass es verboten ist, wusste ich nicht!«

»Und warum hast du es dann unter deiner Matratze versteckt?«, kreischte Ottilie. »Mathilde«, sie wies auf ihre Nichte, die auf dem Sofa des kleinen Salons saß, »Mathilde hat es dort gefunden, als sie nach dem verschwundenen Ohrring suchte, den sie seit Tagen vermisst!«

Tatsächlich war einer der Granatohrringe verschwunden, der

zu der Familienschmuckgarnitur gehörte, die Herbert Stockhausen seiner jungen Frau einst zu Weihnachten geschenkt hatte. Während die Dienstboten davon überzeugt waren, dass Mathilde den Ohrring irgendwo verloren oder verlegt hatte, verdächtigte diese mittlerweile das Gesinde des Diebstahls. Nach fruchtlosen Verhören hatte sie offensichtlich nun damit begonnen, die Zimmer der Dienerschaft zu durchsuchen, und dabei die Zeitung gefunden.

Heidi verfluchte ihre Leichtsinnigkeit, zumal sie die Zeitung heimlich aus Minnas Haus entwendet hatte. Seit einigen Wochen gab es dort regelmäßig Ausgaben der illegalen Gazette zu lesen, über deren Artikel man immer wieder diskutierte. Heidi wusste natürlich, dass die Zeitung verboten war und dass Irene Gerban und das Mädchen Marie, das in Schweighofen lebte, irgendwie in die Sache verwickelt waren. Verzweifelt überlegte sie, was sie nun tun sollte. Die Gedanken rasten durch ihren Kopf, ließen sich aber nicht ordnen.

Eine schallende Ohrfeige riss Heidi aus ihrer Erstarrung. Ottilie hatte so heftig zugeschlagen, wie schon lange nicht mehr. Seitdem die regelmäßigen Misshandlungen ihrer Freundin Gitta vor etlichen Jahren aufgeflogen waren und diese nunmehr im Haushalt der Gerbans in Schweighofen diente, hatte sich Ottilie meistens zusammengenommen.

Nun ging sie mit schnellen Schritten auf den Klingelzug zu. »Ich rufe jetzt Niemann. Er soll nach Weißenburg auf die Präfektur gehen und dich anzeigen«, drohte sie Heidi.

Sie streckte schon die Hand nach dem bestickten Band aus, als Mathilde sie zurückhielt.

»Warte, liebe Tante! Ich habe eine viel bessere Idee!«

Nachdem sie das Dienstmädchen mit der strikten Anweisung, sich zur Verfügung zu halten, hinausgeschickt hatte, winkte Mathilde ihrer Tante, sich neben sie auf das Sofa zu setzen.

»Das ist die Gelegenheit, auf die ich so lange gewartet habe«, bedeutete sie ihr. »Wir müssen es jetzt nur klug und geschickt genug angehen. Hör meinen Plan!«

Mit gesenkter Stimme erläuterte sie Ottilie ihre Idee. Die hatte allerdings einen Einwand.

»Was habe ich denn davon, wenn ich für dich die Kastanien aus dem Feuer hole?«, fragte sie mit verkniffener Miene. »Du ziehst nach Wien und erhältst womöglich durch die Verbindung mit Franz' Familie und die Beziehungen seines Vaters sogar die Möglichkeit, dich wieder zu verheiraten. Zumindest mit einem reichen Witwer bürgerlicher Herkunft. Und was wird aus mir?«

»Du kommst einfach nach, Tante Ottilie«, schlug Mathilde vor. »Sobald ich dort Fuß gefasst habe und wieder über mehr eigenes Geld verfüge, lasse ich dich holen. Du könntest meine Gesellschafterin werden. In hohen Kreisen ist das dort so üblich.«

An Ottilies finsterem Blick erkannte Mathilde, dass ihre Tante nicht sonderlich begeistert über diese Aussichten war. *Einerlei,* dachte sie und bemühte sich, ihre wahren Gefühle nicht zu zeigen. *Ich bin deiner ohnehin schon längst mehr als überdrüssig. Wenn ich erst ein zweites Mal verheiratet bin, vielleicht sogar mit einem Mann von Adel, kannst du meinethalben hier in der Provinz verrotten.*

»Also, bist du mit meinen Vorschlägen einverstanden?«, fragte sie mit einem falschen Lächeln.

Nach einer kurzen Weile stimmte Ottilie zu.

»Dann lass uns Heidi wieder hereinrufen und ihr genaue Instruktionen erteilen! Und wehe ihr, sie hält sich nicht buchstabengetreu daran!«

Weingut bei Schweighofen
Ende August 1887

»Was hast du eigentlich in dieser Tasche?«, fragte Fränzel träge und mehr aus einer Laune heraus als aus echtem Interesse.

Marie und er lagen auf einer abseits der Landstraße gelegenen Wiese zwischen Schweighofen und Altenstadt. Das lauschige Plätzchen, durch das sich ein munteres Bächlein seinen Weg bahnte, war die unbenutzte Weide eines Schweighofener Bauern. Marie hatte sie schon im späten Frühjahr auf einem ihrer Streifzüge entdeckt. Seitdem die Sommerferien begonnen hatten und Fränzel für mehrere Wochen in Schweighofen war, gaben sie sich dort regelmäßig ein Stelldichein.

Nun lagen sie nebeneinander auf der Decke, die Marie mitgebracht und unter einem Streuobstbaum ausgebreitet hatte, und rekelten sich faul im warmen Halbschatten der Augustsonne. Es war wieder ein strahlender Tag, wie schon die ganze vergangene Woche lang.

Marie stützte sich auf einen Ellenbogen und streichelte Fränzel mit der Hand über die Wange. In den letzten Monaten war er hoch aufgeschossen und überragte seine Mutter Irene und Marie nun um Haupteslänge. Der erste zarte Flaum zeigte sich auf seinen Wangen und um seinen Mund. Mit seinen dunklen Augen und den Locken, die er noch kinnlang trug, glich er seinem Vater Franz in dessen Jugendjahren wie ein Ei dem anderen, hatte Irene Marie erzählt.

Die wusste nun aus eigener Anschauung nur zu gut, was Irene damals zu dem jugendlichen Franz hingezogen hatte. Auch wenn sie sich keinerlei Hoffnungen machte, dass Fränzel in ihr als mittelloser Waise aus dem Arbeitermilieu mehr als eine Jugendtändelei sah, war sie selbst bis über beide Ohren in ihn verliebt. Sie bemühte sich allerdings, dies nicht allzu stark zu zeigen, um sich ihm gegenüber nicht noch verletzlicher zu machen, als sie es eh schon war, wann immer sie an die Endlichkeit ihrer Beziehung dachte.

Marie gab Fränzel einen Kuss auf die Nasenspitze. »In der Tasche ist nichts, was dich kümmern müsste, mein Schatz. Ein Auftrag deiner Mutter, den ich noch in Weißenburg besorgen muss, wenn du dich schon auf den Heimweg machst.«

Fränzel reagierte vollkommen anders, als Marie erwartet hatte. »Warum darf ich dich denn nicht nach Weißenburg begleiten?«, fragte er mit leicht gekränkter Miene. »Das klingt ja so, als wolltest du mich nicht dabeihaben!«

Maries Puls beschleunigte sich. *So ein Mist,* dachte sie bei sich. Laut antwortete sie: »Du würdest dich nur zu Tode langweilen, Fränzel. Ich muss der Schneiderin etwas bringen, was sie für deine Mutter ändern soll.«

Dass dies keine gute Antwort war, erfuhr Marie gleich im nächsten Moment. Fränzel richtete sich jetzt seinerseits auf und blickte ihr forschend in die Augen. »Warum beschwindelst du mich, Marie? In dieser Leinentasche ist kein Kleidungsstück, das konnte ich vorhin fühlen, als ich dir die Tasche auf dem Weg hierher abgenommen habe. Und du weißt genauso gut wie ich, dass Mama alle Kleidungsstücke selbst ändert. Sie ist eine sehr geübte Näherin und bringt nicht einmal ihre Abendgarderobe zu Madame Marat, wenn etwas daran gerichtet werden muss.«

Marie spürte, dass ihr Gesicht zu glühen begann. Verlegen wich sie Fränzels Blick aus.

»Also, ich mache die Tasche jetzt auf«, kündigte der an und öffnete den Verschluss, bevor Marie ihn daran hindern konnte. Stirnrunzelnd zog er ein Exemplar des »Sozialdemokraten« hervor und überflog die Schlagzeilen.

»Du bringst eine zweifelsohne verbotene Zeitung in die Stadt?« Nun klang seine Stimme fassungslos. »Weiß meine Mutter davon? Oder«, er schlug sich an die Stirn, »tust du das etwa in ihrem Auftrag?«

Maries betretene Miene war ihm Antwort genug. Zu ihrer unendlichen Erleichterung lächelte Fränzel breit.

»Nun, dann hast du ja genau den richtigen Mann dabei, um dir zu helfen. Auch ich möchte schon lange meinen Beitrag für die Sache der Entrechteten und Unterdrückten in diesem Lande leisten.«

»Aber ich musste deiner Mutter schwören, niemandem von meinem Auftrag zu erzählen«, wandte Marie beklommen ein.

»Natürlich hat sie das von dir verlangt, Marie. Schon um andere Eingeweihte zu schützen. Aber ich stehe auf eurer Seite. Schließlich weiß ich, was meine Mutter erleiden musste, als ich noch ein kleiner Junge war, und was dir und deiner Schwester in Bischwiller widerfahren ist.«

»Aber dein Großvater will dich doch dereinst zu einem Grafen machen!«, kam Marie wieder einmal auf den heikelsten Punkt ihrer Beziehung zurück.

»Ob ich selbst das möchte, hat mich noch niemand gefragt«, entgegnete Fränzel störrisch. »Und auch mein Vater hat sich bislang noch nicht dazu entschlossen. Nur meine Schwester Klara kann es kaum erwarten, in Wien zu leben. Meine Mutter will diese Adoption auf keinen Fall, glaube ich. Und obwohl sie behauptet, sie habe das eheliche Schlafzimmer verlassen, weil mein Vater jede Nacht so arg schnarcht, denke ich, dass es dafür andere Gründe gibt. Meine Eltern sind sich nicht einig, wie es mit uns als Familie weitergehen soll.«

Marie nickte zustimmend. »Das habe ich mir auch schon gedacht«, räumte sie ein. »Dein Vater weiß allerdings nichts von dem, was ich hier im Auftrag deiner Mutter tue. Und er darf es auch nicht erfahren, hat sie mir eingeschärft.«

»Um seine Chance auf die Adoption nicht zu mindern, vermute ich«, konstatierte Fränzel grimmig. »Mein adliger Großvater, oder besser gesagt, der angeheiratete Gatte meiner Großmutter würde wohl kaum einen überzeugten Sozialisten adoptieren«, traf er mit seiner Schlussfolgerung ins Schwarze.

»Aber vielleicht ist das ja auch gar nicht mehr nötig«, fuhr Fränzel fort. »Schließlich entwickeln sich die neuen Reben prächtig. Und erstaunlicherweise hatte das Weingut im Frühjahr kaum einen Umsatzverlust trotz der viel geringeren Menge an Wein, den man im letzten Herbst gekeltert hat. Denn nun gelten die Gerban`schen Weine als ausgesuchte, seltene Delikatesse. Hansi Krüger hat mir erzählt, dass man für den jüngsten Jahrgang die doppelten, teilweise sogar dreifachen Preise erzielt wie in den vergangenen Jahren.«

»Also, lass mich dir helfen, mein Schatz!« Fränzel küsste Marie auf den Mund. »Und sollten wir wirklich erwischt werden, ist damit zumindest der ganze Wiener Adelsspuk vorbei!«

Polizeiwache in der Weißenburger Präfektur
Ende August 1887, drei Stunden später

»Es besteht kein Zweifel daran, dass dieses Mädchen aus Schweighofen die illegalen Zeitungen verteilt! Diesmal war sie allerdings in Begleitung eines jungen Mannes, den wir noch nicht identifiziert haben.«

Der Polizeispitzel in Zivil, den man auf der Straße aufgrund seines Kittels für einen Handwerker gehalten hätte, erstattete Konrad Ahrens, dem Leiter der Polizeibehörde, den geforderten Bericht.

Ahrens seufzte und strich sich über seinen mittlerweile ergrauten Schnurrbart. *Schon wieder die Gerbans,* konstatierte er bei sich. *Und wahrscheinlich wieder dieselbe Person! Was ficht diese Frau nur an?*

»Nun, dann danke ich Ihnen für Ihre Auskünfte«, beschied er dem Spitzel kurz. »Wir werden die Empfänger weiter unauffällig im Auge behalten. Bei einer der nächsten Lieferungen schlagen wir zu.«

Mit einer Handbewegung bedeutete er dem Mann, entlassen zu sein.

Kurz überlegte er, ob er sich, wie ehemals an Wilhelm Gerban, nun an dessen Sohn Franz im Weißenburger Kontor wenden sollte, um ihn von der Anzeige zu unterrichten.

Aber diesmal sieht die Sachlage anders aus, entschied er sich schließlich dagegen. *Die Anzeige ist anonym. Ich habe also keine Beweise, dass es sich dabei wieder um dieselbe Person handelt. Und diesmal geht es außerdem um eine bereits erwiesene Straftat. Zumal um eine, von der schon etliche Beamte wissen. Wenn ich die Sache erneut unter den Tisch fallen lasse, riskiere ich meine Stellung und meine Pension. Und das kann und will ich mir ein Jahr vor meinem Ruhestand wirklich nicht leisten.*

Zumal Ahrens nur zu gut wusste, dass es bei Verstößen gegen das Sozialistengesetz momentan nirgendwo im Land Pardon gab.

Zabern
Anfang Oktober 1887

Tief in Gedanken versunken schlenderte Franz durch die Straßen von Zabern. Bislang hatte ihn der Besuch bei Carl August Schneegans, zu dem dieser ihn vor ein paar Tagen eingeladen hatte, ein wenig von der immer bedrückender werdenden familiären Situation in Schweighofen und Wien abgelenkt.

Schneegans, der ehemalige Führer der elsässischen Autonomisten-Partei, für die auch Franz eine Wahlperiode lang im Reichstag gesessen hatte, hatte sein Mandat schon kurz nach der Verabschiedung der Gesetze, die Elsass-Lothringen größere Unabhängigkeit von Berlin ermöglichten, im Sommer 1879 niedergelegt. Stattdessen trat er einen Posten als Ministerialrat in der neuen Regierung des Reichslandes an.

Bereits kurze Zeit später wurde er zum Konsul in der sizilianischen Stadt Messina ernannt. Jetzt stand ihm eine weitere Beförderung als Generalkonsul in Genua bevor. Augenblicklich befand er sich auf Heimaturlaub in Zabern, wo er aus der Zeit, als er den dortigen Wahlkreis als Abgeordneter vertrat, noch ein Anwesen besaß.

Als seine Einladung in Schweighofen eingetroffen war, hatte Franz nicht lange gezögert und sie angenommen, obwohl die Traubenlese bereits begonnen hatte. Die zwei Tage, die er nun schon in Zabern weilte, waren rasch mit anregenden Gesprächen vergangen und hatten Franz tatsächlich von seiner familiären Misere abgelenkt. Heute musste Schneegans allerdings einen Termin in Straßburg im Rahmen seiner Tätigkeit als zukünftiger Generalkonsul wahrnehmen und war schon früh dorthin aufgebrochen.

Da es ein milder klarer Frühherbsttag war, nutzte Franz nach einem ausgiebigen Frühstück die Gelegenheit zu einem Spaziergang und war dabei wieder einmal ins Grübeln geraten.

Seine anfängliche Hoffnung, Irene würde ihren Entschluss, ihr eheliches Leben auszusetzen, schon bald bereuen, hatte sich bislang nicht erfüllt. Sie erhielt vor dem Haushalt zwar ihre Tarnbehauptung aufrecht, sie habe ihr eigenes Schlafzimmer zugunsten einer ungestörteren Nachtruhe bezogen. Mittlerweile nahm ihr das aber niemand mehr ab. Ihn selbst hatte sie einige Male sanft, aber bestimmt, abgewiesen, als er sie in ihrem Refugium aufsuchte, um mit ihr zu schlafen. Er war todunglücklich ob ihrer Entfremdung.

Nun war auch noch eine Einladung seines Vaters zur diesjährigen Wiener Saison eingetroffen. Ferdinand machte Franz darin unmissverständlich klar, dass er den Kontakt zu ihm und, da Fränzel noch das Lyzeum besuchte und nicht mitkommen konnte, auch zu Klara nicht abreißen lassen wollte. Zwischen den Zeilen schwang außerdem mit, dass seine Familie es nur ihm zu verdanken hatte, dass das Weingut, rascher als gedacht, wieder auf die Füße kam.

Seine Mutter Pauline war in einem eigenen Schreiben an Franz deutlicher geworden. *Du hast nicht nur gegenüber Irene, sondern auch gegenüber Deinem Vater Verpflichtungen,* schrieb sie. *Er hat insbesondere Klara ins Herz geschlossen und vermisst Euch alle sehr. Solange dieser Schwebezustand, unter dem Dein Vater leidet, noch anhält, solltest Du Ferdinand nicht unnötig kränken, indem Du Dich von ihm fernhältst. Also komm mit Klara nach dem Ende der Lese nach Wien!*

Irene hatte nur mit den Schultern gezuckt, als er ihr von der Einladung des Grafen berichtete. »Fahr nur!«, kommentierte sie die Bitte seiner Eltern lakonisch. »Vielleicht kannst du dann ja einen Brief für Lea Walberger mitnehmen und dafür sorgen, dass sie ihn unauffällig erhält. Ich wage nicht, ihr direkt zu schreiben, um dir nicht zu schaden und sie nicht zu gefährden.«

Offensichtlich gab es in Österreich keine Rote Feldpost. Deren Existenz im Deutschen Reich ermöglichte es Irene, weitestgehend gefahrlos mit Arbeiterführern in ganz Deutschland und sogar im Ausland zu korrespondieren, hatte sie ihm kürzlich erklärt. Briefe von ihr gingen sogar nach London und nicht nur an ihre Freundin Gertrud Guillaume-Schack, sondern auch an Friedrich Engels.

»Da ich keine öffentlichen Auftritte absolvieren kann, möchte ich mich zumindest auf dem Laufenden halten«, erklärte sie ihre momentanen Aktivitäten für die Sache der Sozialisten. Tatsächlich war sie seit der Ausweisung von Gertrud Guillaume-Schack im Sommer des vergangenen Jahres nicht mehr auf Reisen gewesen und nahm auch nur ab und zu an Minna Leisers Dienstmädchentreffen teil. Trotzdem spürte Franz instinktiv, dass sie sich abgesehen von ihren Korrespondenzen auch noch an irgendwelchen anderen subversiven Aktionen beteiligte. Allerdings hatte er nicht die geringste Ahnung, worum es sich dabei handelte.

Ohne bewusst auf seinen Weg zu achten, war Franz plötzlich auf dem Platz vor dem Schloss des ehemaligen französischen Landesherrn Kardinal Rohan angekommen. Das vormals prächtige Anwesen dieses geistlichen Fürsten aus den Zeiten vor der Französischen Revolution wurde mittlerweile als Kaserne benutzt. Davor schien sich gerade ein Tumult zu entwickeln.

Eine größere Menschenmenge, fast ausschließlich Männer, hatte sich zu einer jener Protestkundgebungen gegen die preußischen Besatzer versammelt, von denen ihm Carl August Schneegans schon gleich nach seiner Ankunft berichtet hatte. Der Anlass dafür war ein Vorfall, der sich vor einigen Wochen abgespielt hatte:

Ein junger preußischer Leutnant hatte elsässische Rekruten öffentlich als »Wackes«, also Taugenichtse, beschimpft und die jungen Männer sogar dazu gezwungen, sich mit den Worten »Ich bin ein Wackes« zu melden, wenn sie vor ihm salutierten. Seine übrigen Rekruten aus dem ganzen Deutschen Reich hatte dieser Leutnant darüber hinaus aufgefordert, sich mit dem Bajonett zur Wehr zu setzen, wenn Einwohner von Zabern ihnen respektlos begegnen würden. Für das »Abstechen eines Wackes« hatte er sogar eine Geldprämie ausgesetzt.

Diese internen Vorfälle hatte jemand der örtlichen Presse verraten, die sich in langen Schmähartikeln über diese barbarische Besatzermentalität ausließ. Zwar war der betreffende Leutnant mittlerweile versetzt worden. Dennoch demonstrierten empörte Bürger jeden Tag vor dem Schloss Rohan, der Unterkunft der preußischen Truppen.

Interessiert näherte sich Franz der Menge. Die Menschen skandierten ihren Protest in Sprechchören. Es waren sicherlich mehr als dreihundert auf dem Platz vor dem Schloss versammelt. »Schluss mit der Bevormundung!«

»Geht zurück nach Berlin!«, hörte Franz ebenso, wie die beleidigende Aufforderung: »Haut ab, ihr Saupreußen!«

Damit zahlte die aufgebrachte Menge es den Besatzern mit gleicher Münze heim. »Saupreußen« war für die Reichsdeutschen ein ebenso schlimmes Schimpfwort wie »Wackes« für die Elsässer.

Tatsächlich ließ die Reaktion des befehlshabenden Offiziers

nicht lange auf sich warten. Ein Mann mit den Abzeichen eines Majors bestieg ein Podest. »Dies ist eine unangemeldete und damit illegale Versammlung!«, hörte Franz den Offizier der Menge zurufen. Dessen Stimme kam ihm merkwürdig bekannt vor. Interessiert humpelte er näher, obwohl ihm das Gehen mit der Beinprothese auf dem unebenen Kopfsteinpflaster erhebliche Schmerzen verursachte. »Zerstreut euch auf der Stelle, sonst lasse ich den Platz mit Gewalt räumen!«, tönte der Major weiterhin.

Von Wernitz, schoss es Franz durch den Kopf. *Das ist Eduard von Wernitz. Dieser arrogante Schnösel!*

Schon zweimal war Franz mit dem preußischen Offizier aneinandergeraten. Einmal Anfang 1871 im Herrenhaus in Altenstadt, als von Wernitz in der Hoffnung auf Mathildes damals immense Mitgift um sie freite, um die hohen Schulden des väterlichen Guts in Brandenburg reduzieren zu können. Nach seinem Streit mit Franz hatte sich die Verlobung allerdings zerschlagen.

Das zweite Mal war Franz vor dem Straßburger Rathaus mit von Wernitz zusammengetroffen. Damals hatte dieser die Wache befehligt, die den gewählten elsässischen Gemeinderäten den Zugang zum Rathaus verwehrte. Zwar hatten sich die Gemeinderäte schließlich zurückgezogen. Aber dank Franz war dies nur mit Spott und Hohn für von Wernitz vonstattengegangen.

Das war nun fast fünfzehn Jahre her. Offensichtlich war der damalige Oberleutnant von Wernitz im Elsass geblieben und mittlerweile mehrmals bis zum heutigen Rang eines Majors befördert worden.

Franz grinste hämisch bei der Erinnerung an die Demütigung dieses preußischen Laffen vor dem Straßburger Rathaus. In der Hoffnung, ihn erneut scheitern zu sehen, humpelte er näher, bis er nur noch einige Meter weit entfernt von dem Podest stand, von dem aus von Wernitz seine Befehle in die Menge hinabrief.

Die rührte sich erwartungsgemäß nicht von der Stelle und

verstärkte ihre Sprechchöre. Doch von Wernitz ließ nicht mit sich spaßen und machte seine Drohung wahr. Wie seinerzeit in Straßburg wählte er die gewaltbetonte Strategie der Besatzer. Er wies die von ihm befehligten Truppen an, in geschlossener Formation mit aufgepflanztem Bajonett gegen die Menschenmenge vorzurücken.

Drohend kam die Phalanx der Soldaten näher. Auch Franz wich unwillkürlich einige Schritte zurück. Die Bajonette blitzten in der Herbstsonne auf. *Er wird doch kein Blutvergießen in Kauf nehmen?*, durchfuhr es Franz siedend heiß.

In diesem Augenblick sprang von Wernitz von seinem Podest. Sein Blick streifte Franz. Auch der Major schien ihn trotz der langen Zeit, die seit ihrer letzten Begegnung vergangen war, zu erkennen. Er zog seine Pistole, lud sie durch und trat zielstrebig auf Franz zu, der sich, teils vor Schreck, teils aus Trotz nicht von der Stelle rührte.

»Ja, wen haben wir denn da?«, schnarrte von Wernitz, als er sich näherte. »Den Vaterlandsverräter und Erz-Wackes. Was für ein Zufall! Doch man sieht sich anscheinend im Leben immer dreimal! Diesmal ist es das letzte Mal!«

Ohne weitere Vorwarnung hob er seinen rechten Fuß mit dem schweren Militärstiefel und trat Franz gezielt gegen die Prothese seines linken Beins. Die knickte sofort weg. Das Letzte, was Franz spürte, bevor er rücklings schwer auf das Kopfsteinpflaster aufschlug, war der stechende Schmerz in seinem verbliebenen Beinstumpf.

Franz' Schädel brummte wie ein ganzer Bienenstock, als er mühsam die Augen öffnete. Ein Mann mit einem ehemals vornehmen, nun aber zerrissenen und befleckten Gehrock beugte sich mit besorgter Miene über ihn.

»Wie geht es Ihnen? Können Sie mich hören?«

Franz nickte schwach. »Ich habe furchtbaren Durst!« Sein Mund fühlte sich wie ausgedörrt an.

Der Mann verschwand aus seinem Blickfeld und kehrte kurz danach mit einem Holzbecher zurück. »Können Sie sich denn aus eigener Kraft aufrichten?«

Franz versuchte es. Doch sofort wurde ihm schwarz vor Augen. »Warten Sie, ich helfe Ihnen!«

Der Mann kniete sich neben Franz und legte ihm eine Hand unter den Hinterkopf. Sofort durchzuckte ein rasender Schmerz seinen Schädel. »Oh weh! Da haben Sie ja eine ganz veritable Beule!« Der Mann schob die Hand nun in Franz' Nacken und hob seinen Kopf vorsichtig etwas an. Dann setzte er ihm den Becher an die Lippen. Obwohl das Wasser lauwarm und abgestanden war, schmeckte es Franz köstlicher als einer seiner Spitzenweine.

»Vielen Dank!« Er versuchte, sich trotz seiner rasenden Kopfschmerzen zu orientieren. »Wo bin ich hier?«

»Im sogenannten Pandurenkeller des Schlosses Rohan. Es ist eigentlich der Arrestraum für die Übeltäter der darin stationierten Garnison«, antwortete der Mann lakonisch. »Man hat Sie offensichtlich als Demonstrant verhaftet, obwohl Sie bewusstlos waren.«

Franz versuchte, das zu verarbeiten. »Ich bin verhaftet worden? Und wer sind Sie, wenn ich fragen darf?«

»Ich bin ganz ohne mein Zutun hier hineingeraten«, erklärte der Mann zu Franz' Erstaunen. »Mein Name ist Ronald Kretschmar. Ich bin Richter am Zaberner Landgericht.«

»Sie sind Richter?« Franz war fassungslos.

Der Mann nickte mit einem spöttischen Lächeln. »Man hat mich kurzerhand zusammen mit den Demonstranten verhaftet, die man zuvor in die Straße getrieben hatte, wo sich unser Gerichtsgebäude befindet. Ich war gerade auf dem Weg zu meinem Mittagsmahl, das ich immer zu Hause einnehme. Mein Pech war es wohl, dass ich mich durch die Menge hindurchzudrängen versuchte, da ich ja gänzlich unbeteiligt an dieser Demonstration war. So überhörte ich offensichtlich den Befehl eines Offiziers, stehen zu bleiben, wurde zu Boden geworfen und danach hierhergezerrt.«

»Und jetzt?« Franz fehlten noch immer die Worte.

»Ich habe zum Glück meine Ausweispapiere dabei. Sie werden gerade geprüft. Danach erwarte ich meine umgehende Entlassung.«

Franz' Blick streifte durch den restlichen Keller. Ungefähr zwanzig bis dreißig Männer waren darin versammelt. Einige schienen, so wie er selbst, verletzt zu sein, andere gingen rastlos in dem düsteren Raum hin und her, der nur von dem Licht, das durch ein paar vergitterte Luken drang, erleuchtet wurde.

»Was wird mit all diesen Gefangenen geschehen?«, fragte er.

Kretschmar hob die Schultern. »Wie ich hörte, sollen sie vor ein militärisches Schnellgericht gestellt werden. Wegen Widerstands gegen die Staatsgewalt oder womöglich auch wegen Majestätsbeleidigung.«

»Aber auch ich bin völlig unschuldig«, beteuerte Franz. »Ich bin wie Sie nur zufällig in diese Menschenmenge hineingeraten und wurde grundlos von einem Offizier attackiert. Obwohl ich kriegsversehrt bin.« Erst jetzt bemerkte Franz, dass seine Beinprothese zum Glück zwar noch da war, aber nur lose an seinem Stumpf hing.

»Soll ich jemanden benachrichtigen, sobald ich hier raus bin?«, bot ihm der Richter zu seiner großen Erleichterung an.

Franz nickte heftig, was ihm erneut stechende Kopfschmerzen bereitete. Dann nannte er ihm die Adresse von Carl August Schneegans.

Auf dem Weg von Altenstadt nach Weißenburg
Oktober 1887, einige Tage später

»Autsch!« Marie schrie leise auf, als sie in ein Schlagloch trat und ihr linker Knöchel umknickte. Sie versuchte aufzutreten, verzog aber sofort ihr hübsches Gesicht vor Schmerz.

»Hast du dir wehgetan?«, fragte Fränzel besorgt.

Marie nickte. »Ich habe mich vertreten. Aber komm weiter, es wird schon nicht so schlimm sein.«

Doch schon nach wenigen Schritten blieb sie entmutigt stehen. »Ich fürchte, ich kann nicht weitergehen«, jammerte sie. »Es tut immer heftiger weh!«

Fränzel fasste sie unter den Arm und führte sie zu einem Stein am Rand der Straße. »Setz dich hierher! Ich sehe mir das einmal an!«

Dann legte er die Ledertasche mit den Zeitungen ab, die sie beide heute in Weißenburg verteilen wollten, kniete sich vor Marie in den Straßenstaub und streifte ihr den wollenen Kniestrumpf, den sie unter ihrem Rock trug, über den Knöchel. Während er ihn vorsichtig betastete, stöhnte Marie leise auf.

Fränzel seufzte. »Ich fürchte, du hast dir den Fuß verstaucht. Er schwillt schon an. Was machen wir denn jetzt?«, überlegte er laut. »Peter, der Kutscher, wird noch nicht wieder in Schweighofen sein. Er wollte den Landauer heute Morgen zum Stellmacher nach Rechtenbach bringen. Und mein Vater ist auch nicht da, um dich mit dem Einspänner abzuholen. Mir bleibt wohl nichts anderes übrig, als in Weißenburg eine Mietsdroschke zu suchen. Warte hier auf mich! Ich komme dich, so schnell es geht, holen.«

»Und was machen wir mit den Zeitungen?«, fragte Marie kläglich. »Du weißt doch, dass die letzte Sendung abgefangen wurde und die Leute in Weißenburg jetzt schon wochenlang darauf warten.«

»Dann gib mir die Adressen, ich trage die Gazetten allein aus, bevor ich die Mietsdroschke suche. Ich habe sie mir leider nicht gemerkt, als ich dich im August begleitet habe.«

Marie nickte. »Siehst du! So lange ist die letzte Lieferung schon her! Da hattest du noch Sommerferien! Jetzt bist du wieder wegen der Lese da!«

Fränzel hatte mit seinem Lyzeum in Straßburg die Vereinbarung, dass er den ganzen Monat Oktober auf dem elterlichen Weingut bei der Traubenernte mithelfen durfte. Natürlich gaben die Lehrer ihm reichlich Lernstoff mit, damit er die in den Sonderferien versäumten Lektionen aufholen konnte.

Marie wühlte in ihrer Rocktasche, bis sie einen zerknitterten Zettel fand. »Eigentlich müsste ich die Adressen auswendig können. Ich habe sie mir aber trotzdem am Anfang aufgeschrieben, um nur ja keinen Empfänger zu vergessen. Pass aber gut auf den Zettel auf und verliere ihn nicht! Dahinter steht auch die Anzahl der Zeitungen, die jede Adresse erhält!«

Fränzel nickte etwas ungeduldig. »Dann mache ich mich jetzt besser auf den Weg, bevor es zu spät wird. In zwei Stunden wird es schon dunkel. Da solltest du nicht mehr allein hier am Straßenrand sitzen!«

»Ach, mir passiert schon nichts«, überspielte Marie ihre Nervosität.

Fränzel sah sich um, ob sie unbeobachtet waren. Dann gab er ihr einen Kuss. »Ich beeile mich trotzdem und erledige alles, so schnell ich kann!«

Mit einem unguten Gefühl, das sie sich selbst nicht erklären konnte, blickte Marie ihm nach.

Rohan'sches Schloss in Zabern
Oktober 1887, einen Tag später

»Vor dem hohen Militärgericht erschienen ist Franz Gerban, bayerischer Staatsbürger mit Wohnsitz in Schweighofen, seines Zeichens Weinhändler und Gutsbesitzer.«

Franz bemühte sich, das Gleichgewicht nicht zu verlieren, und stützte sich auf die Balustrade des kleinen Gevierts, in dem er als Angeklagter Platz nehmen musste. Neben der Beule und einer leichten Gehirnerschütterung hatte von Wernitz' Tritt nicht nur seine Beinprothese verbeult. Durch das abrupte Wegtreten der Gehhilfe von seinem Beinstumpf waren auch Schürfwunden entstanden, die bislang kaum verheilt waren. Sie waren zwar nicht tief. Trotzdem schmerzte der Stumpf höllisch, wenn er ihn belastete.

Zum Glück war Franz durch die Intervention des Richters Kretschmar, der eine Nachricht in Schneegans' Haus hinterlassen hatte, schon am Abend des Vorfalls aus dem Pandurenkeller befreit worden und hatte die vergangenen Tage als Gast von Schneegans unter Hausarrest verbracht. Seine Papiere hatte das Militär einbehalten und ihm verboten, Schneegans' Haus oder gar die Stadt vor der Verhandlung zu verlassen.

Es wäre zwar noch Zeit genug gewesen, um sich an Monsieur Payet in Weißenburg zu wenden, um wieder einmal dessen kompetenten Rechtsbeistand in Anspruch zu nehmen. Doch Schneegans riet Franz davon ab. »Das Militär lässt sich durch nichts einschüchtern. Schon gar nicht von einem auswärtigen Rechtsanwalt. Das würde die Militärrichter eher reizen, anstatt sie in ihre Schranken zu weisen. Greifen Sie daher am besten auf einen hiesigen Anwalt zurück! Und rechnen Sie erst gar nicht damit, mehr zu erreichen, als ohne Strafe wieder nach Hause entlassen zu werden.«

Franz war empört. »Aber dieser Mensch hat mich angegriffen und verletzt. Vollkommen grundlos! Ich habe mich an den Protesten gar nicht beteiligt!«

Schneegans hob die Schultern. »Sie hatten eben das Pech, zur falschen Zeit am falschen Ort zu sein. Und ausgerechnet diesem von Wernitz zu begegnen, der offensichtlich noch eine Rechnung mit Ihnen offen hatte. Deshalb machen Sie die Sache nicht schlimmer, als sie jetzt ist. Das Offizierskorps, zu dem auch Ihr Richter gehören wird, ist eine verschworene Kaste für sich. Kein Militärangehöriger wird einen Kameraden tadeln, selbst wenn der sich noch so sehr ins Unrecht gesetzt hat. Diese adlige Brut hält sich noch immer im Sinne von Gottes gewollter Ordnung für die Spitze unserer Gesellschaft.«

Franz wusste zwar, dass eine Offiziersposition in der preußischen Armee in der Regel Adligen vorbehalten war. Dennoch bäumte sich alles in ihm gegen die ihm von Schneegans prophezeite Ungerechtigkeit auf. Dass der Zaberner Anwalt, ein kleines Männlein in einem abgeschabten Rock, Franz zudem zu »Demut und Ehrfurcht« vor dem Militärgericht riet, machte die Sache nicht besser.

Der Ankläger, ebenfalls ein adliger Offizier, verlas die Anklage. Franz wurde »Widerstand gegen die Staatsgewalt« in Form der »Beteiligung an einer unrechtmäßigen Demonstration« vorgeworfen.

»Möchte der Angeklagte sich zu den Vorwürfen äußern?«, wandte sich der Richter, ein Mann in den Fünfzigern mit einem hageren Gesicht und eisgrauen buschigen Brauen über finster dreinblickenden Augen an Franz.

Der kleine Anwalt sprang auf. »Der Beklagte hat mir seine Verteidigung anver …«, hob er zu sprechen an, als Franz ihm ins Wort fiel.

»Ja, ich möchte zu der Anklage Stellung nehmen.«

Den vorwurfsvollen Blick seines Verteidigers ignorierend erläuterte Franz zunächst, dass er vollkommen zufällig in diese Protestversammlung hineingeraten war. Er wollte schon den heimtückischen Angriff Eduard von Wernitz' schildern, als der Richter ihn unterbrach.

»Sie konnten also nicht erkennen, dass es sich bei der Menschenmenge um rebellischen Pöbel handelte, der sich zusammengerottet hatte, um den Kaiser und seine von ihm befehligten Truppen zu schmähen?«

Franz war natürlich bekannt, dass Kaiser Wilhelm trotz seines hohen Alters nominell der Oberbefehlshaber des preußischen Heeres war. Deshalb antwortete er wahrheitsgemäß. »Ich habe sehr wohl gehört, dass die Menge gegen die örtlichen Truppen protestierte. Doch der Name des Kaisers wurde dabei nicht genannt.«

Der Richter schnaubte, der Ankläger hob die Augen zur Saaldecke, Franz' Verteidiger rang seine kleinen fetten Hände. Dann fixierte der Richter Franz streng. »Ich verstehe Sie also richtig, Angeklagter, dass Sie die Versammlung sehr wohl als illegale Demonstration erkannten, ohne sich unverzüglich vom Ort des Geschehens zu entfernen? Obwohl Major von Wernitz die Menge unmissverständlich dazu aufforderte, sich zu zerstreuen?«

Franz knirschte vor Wut mit den Zähnen. »Ich konnte mich gar nicht entfernen, Herr von Rathenow, da ich …«

Der Versuch, den Militärrichter im Rang eines Obersten auf seinen Namen und damit auf eine einfache Person zu reduzieren, misslang Franz gründlich. Während er seinen Anwalt vernehmlich aufstöhnen hörte, fuhr ihn der Militärrichter an.

»Für Sie bin ich entweder der ›Ehrwürdige Richter‹ oder ›Durchlaucht‹, Angeklagter! Lassen Sie noch einmal den nötigen Respekt vermissen, verurteile ich Sie zu einer Woche Arrest wegen Missachtung des Gerichts!«

Franz begriff, dass er so nicht weiterkommen würde, ohne sich erheblich zu schaden. »Dann bitte ich Durchlaucht um die Erlaubnis, begründen zu dürfen, warum ich mich nicht entfernen konnte.«

Eine abfällige Geste signalisierte Franz das Einverständnis des Richters. Er schilderte wahrheitsgemäß die Attacke des Majors von Wernitz und betonte dabei, dass dieser von seiner Kriegsverletzung wusste, da sie flüchtig miteinander bekannt seien, ahnte aber bereits bei seinen letzten Sätzen, dass man ihm keinen Glauben schenken würde.

Tatsächlich sprang der Ankläger auf. »Dieses dubiose Subjekt«, er deutete mit einem Zeigefinger auf Franz, »bezichtigt einen verdienten Offizier seiner Majestät, dessen Ruf untadelig ist, ihn grundlos angegriffen zu haben! Und ihn als Kriegsversehrten sogar absichtlich gegen die Prothese getreten zu haben, um ihn zu Fall zu bringen! Das halte ich für eine dreiste Lüge, Ehrwürdiger Richter!«

Der zog drohend seine buschigen Augenbrauen zusammen. »Ich bin geneigt, Ihnen zuzustimmen, Herr Ankläger. Wenn es tatsächlich zu einem Angriff auf den Angeklagten gekommen sein sollte, muss Major von Wernitz einen gewichtigen Grund dafür gehabt haben. Womöglich hat sich der Angeklagte, außer dass er Widerstand gegen die Staatsgewalt geleistet hat, zusätzlich sogar noch der Majestätsbeleidigung schuldig gemacht. Das könnten wir allerdings nur klären, indem wir Major von Wernitz in den Zeugenstand rufen lassen.«

Wieder fixierte er Franz scharf. »Möchten Sie das? Sollte sich Ihre Aussage nämlich als unwahr erweisen, käme zu den beiden bereits erwähnten Straftatbeständen auch noch Verleumdung hinzu.«

Franz' Anwalt sprang auf und hob die Hand. »Ehrwürdiger Richter, ich bitte um die Erlaubnis, mich mit meinem Mandanten beraten zu dürfen!« Er warf Franz einen beschwörenden Blick zu.

Der Richter nickte nach kurzer Überlegung. »Wir unterbrechen die Verhandlung für fünf Minuten!«

Der Anwalt drängte Franz in eine Nische des Saals. »Nun reden Sie sich doch nicht um Kopf und Kragen, Herr Gerban! Wollen Sie ein paar Jahre in Festungshaft verbringen? Sie haben nicht die geringsten Aussichten, mit Ihren Beschuldigungen erfolgreich zu sein!«

»Aber ich sage die reine Wahrheit!«, protestierte Franz.

Der Anwalt rang wieder die Hände. »Das bezweifle ich nicht und glaube sogar, dass sowohl der Richter als auch der Ankläger dies ebenfalls wissen. Aber glauben Sie allen Ernstes, die beiden würden eine solche, die ganze Truppe diffamierende Handlung eines Offiziers im Rang eines Majors öffentlich eingestehen? Jedermann weiß, dass sich die adligen Offiziere auch gegenüber ihren eigenen Mannschaften auf das Schäbigste verhalten. Und erst recht gegenüber einfachen Zivilisten! Sie glauben, dass ihre hohe Geburt sie zu einem solchen Verhalten berechtigt. Und dass sie jederzeit ungestraft davonkommen. Was übrigens auch der Fall ist!«

»Aber dem muss man doch einen Riegel vorschieben!«, wagte Franz einen letzten, bereits schwachen Protest.

»Solange sich der Adel für von Gott eingesetzt hält, um über uns alle zu herrschen, wird sich daran nicht das Geringste ändern. Aber die Beratungszeit, die uns der Richter eingeräumt hat, ist um. Ich flehe Sie an, überlassen Sie ab jetzt mir das Wort!«

Mit zu Fäusten geballten Händen fügte sich Franz in das Unvermeidliche und hörte wie gelähmt zu, wie sich der kleine, in diesen Dingen offenbar sehr erfahrene Anwalt aus der Affäre zog.

»Ehrwürdiges Gericht! Ich habe nochmals sehr eindringlich mit meinem Mandanten gesprochen. Und dabei eine eklatante Erinnerungslücke festgestellt. Mein Mandant weiß zwar noch, dass Herr Major von Wernitz das Podest verließ und auf ihn zukam. Doch was den Anlass und die genaueren Umstände betrifft, unter denen mein Klient zu Fall kam, lässt sein Gedächtnis ihn im Stich. Wahrscheinlich war es ein Demonstrant, der ihn versehentlich niederstieß. Herr Gerban verlor durch den Sturz auf das harte Kopfsteinpflaster vorübergehend das Bewusstsein. So konnte er seine Absicht, sich unverzüglich vom Ort des illegalen Geschehens zu entfernen, nicht mehr umsetzen und geriet ganz ohne sein Zutun durch einen Irrtum nachfolgend in Arrest.

Kurzum, die Erinnerung meines Mandanten mag durch seine Ohnmacht getrübt worden sein, sodass er fälschlicherweise für Tatsachen hielt, was er soeben geschildert hat. Einer näheren Befragung halten seine letzten Eindrücke vor der Ohnmacht jedoch nicht stand. Deshalb möchte sich mein Mandant nun ausdrücklich davon distanzieren!«

Um die Mundwinkel des Richters zuckte einen Lidschlag lang ein verächtliches Lächeln. Dann hatte er seine Mimik wieder im Griff und wandte sich an Franz. »Verhält es sich so, wie Ihr Rechtsbeistand es soeben geschildert hat?«

Franz erstickte fast an seiner gemurmelten Zustimmung. Doch der Richter erließ ihm keine Demütigung. »Lauter, Angeklagter. Ich habe Sie nicht verstanden!«

»Ja, Durchlaucht, es verhält sich so, wie mein Rechtsbeistand es geschildert hat.«

»So will ich Gnade vor Recht ergehen lassen und spreche Sie vom Vorwurf des absichtlichen Widerstands gegen die Staatsgewalt frei, Angeklagter. Doch bevor ich Sie entlasse, möchte ich Ihnen eine eindringliche Warnung mit auf den Weg geben. Kein Mann von Adel, erst recht kein Offizier Seiner Majestät, würde sich jemals so verhalten, wie Sie es behauptet haben. ›Adel verpflichtet‹, lautet unser Wahlspruch. Als Bürgerlicher können Sie natürlich nicht ermessen, welche Charakterstärke die Umsetzung dieses Leitspruchs erfordert. Daher nehmen Sie sich meine Worte zu Herzen. Das nächste Mal kommen Sie nicht mehr so glimpflich davon!«

Nachdem Franz noch dazu verurteilt worden war, die Gerichtskosten zu tragen, wurde er mit der Aufforderung, eine »freiwillige Spende« für die Truppenkasse zu entrichten, um seinen guten Willen zu zeigen, entlassen.

Wie bittere Galle wirkte die Niederlage in Franz' Gemüt nach, nachdem er sich von seinem Zaberner Anwalt verabschiedet hatte und in einer Mietsdroschke zu Schneegans' Haus fuhr. *In meinem ganzen bisherigen Leben bin ich noch nie so gedemütigt worden,* ging ihm immer wieder ein und derselbe Gedanke durch den Kopf.

Die Droschke bog bereits in die Straße ein, in der Schneegans' Haus lag, als ein neuer Gedanke dazukam. *Irene! Irene hat völlig recht, wenn sie kein Mitglied dieser hochmütigen Kaste werden will! Wie konnte ich die Situation bislang nur so sehr verkennen! Sogar meine Ehe und meine Familie aufs Spiel setzen, nur um mich in diese dünkelhafte Gesellschaft einzureihen.*

Er fasste einen Entschluss. *Sobald ich zu Hause bin, werde ich an meinen gräflichen Vater schreiben und sein Angebot der Adoption ein für alle Mal zurückweisen.*

Doch vorerst konnte er diese Eingebung nicht weiterverfolgen. Denn in der Halle von Schneegans' Haus überreichte ihm der Bedienstete eine Depesche, die während der Verhandlung in Zabern eingetroffen war.

Beunruhigt riss er das Telegramm auf. *Fränzel verhaftet – Stopp – seit gestern Nachmittag im Weißenburger Gefängnis – Stopp – kann als Mutter für ihn nichts ausrichten – Stopp – erbitte Deine umgehende Rückkehr – Stopp – Irene.*

Kapitel 27

Präfektur in Weißenburg

Oktober 1887, am nächsten Tag

»Also, Herr Ahrens, was genau legen Sie meinem Sohn zur Last?«

In Begleitung von Irene und Monsieur Payet befand sich Franz im Amtszimmer des örtlichen Leiters der Polizeibehörde.

Zu Franz' Erstaunen sah der Mann, dessen Name ihm bereits von der Anzeige Ottilies bekannt war, die ihm Kegelmann einst in Berlin gezeigt hatte, bekümmert aus.

»Ihr Sohn wurde vorgestern mit insgesamt fünf Exemplaren des verbotenen Blatts ›Der Sozialdemokrat‹ aufgegriffen. Offensichtlich wollte er die Zeitung an verschiedene Adressen in Weißenburg ausliefern.«

»An welche Adressen?«

»Das können wir leider nur vermuten. Ihr Sohn beliebte, einen Zettel, auf dem diese Adressen wahrscheinlich notiert waren, zu verschlucken, bevor man ihn ihm entreißen konnte. Was den Verdacht gegen ihn leider noch einmal erhärtet.«

»Wie kamen Sie Fränzel denn überhaupt auf die Spur?«

Ahrens räusperte sich verlegen. »Uns lag schon seit einiger Zeit eine anonyme Anzeige vor. Danach haben Polizeispitzel die in der Anzeige genannten Adressen eine Weile beobachtet. Tatsächlich wurde ein Mädchen namens Marie Schober, das meines Wissens bei Ihnen in Schweighofen lebt, mehrere Male an diesen Adressen gesehen. Es trug eine Tasche bei sich und lieferte dort etwas ab.«

»Und woher wissen Sie, dass es sich dabei um diese verbotene

Gazette handelte?«, mischte sich Monsieur Payet ein. »Haben Sie denn Hausdurchsuchungen bei den Empfängern gemacht und entsprechende Beweise dafür gefunden?«

Ahrens rückte unbehaglich auf seinem Stuhl hin und her. »Es wurden Durchsuchungen durchgeführt, doch ohne greifbares Ergebnis.«

Irene atmete innerlich auf. Der Bezug des »Sozialdemokraten« durch die Rote Feldpost war mit der strikten Anweisung an alle Empfänger verbunden, die Zeitung an einem Ort zu verstecken, der nicht leicht auffindbar war, oder sie im Falle einer drohenden Entdeckung sofort zu vernichten. Offensichtlich funktionierte dieses System.

»Was bedeutet ›ohne greifbares Ergebnis‹?«, hakte Payet nach.

Ahrens wand sich auf seinem Stuhl. »Meine Beamten vermuten, dass die Empfänger ihre Exemplare entweder im Ofen verbrannten oder in ihren Abort warfen. Verkohlte oder durchweichte Zeitungsreste wurden bei zwei der Adressen gefunden, die uns bekannt waren. Doch die Reste ließen sich nicht mehr eindeutig identifizieren.«

Franz musste sich bei der Vorstellung, wie eifrige Spitzel im Inhalt einer Senkgrube wühlten, um Beweise zu sichern, ein Grinsen verbeißen.

»Also haben Sie keine Beweise dafür, dass der junge Herr Gerban diese Empfänger mit besagter Gazette beliefert hat?«

»Das lässt sich nur vermuten«, wich Ahrens aus. »Schließlich wurden ja noch einige Exemplare in der Tasche gefunden, die er mit sich führte.«

Monsieur Payet legte die Fingerspitzen beider Hände zu einer Raute zusammen und tippte mit den Zeigefingern immer wieder auf den Mund. Aus vergangenen Situationen ähnlicher Art kannten Franz und Irene diese Geste. Sie bedeutete, dass Monsieur Payet nun zu einem seiner gefürchteten Gegenschläge ausholte.

»Lassen Sie mich also einmal wiederholen, was Sie gegen meinen jungen Mandanten in der Hand haben. Eine anonyme Anzeige, die Adressen benennt, die angeblich mit der illegalen Zeitung beliefert werden. Keine Beweise dafür, dass diese Belieferung überhaupt jemals stattgefunden hat und erst recht nicht, dass der junge Franz Gerban dies vorgestern erledigt hat.«

Zu Franz' erneutem Erstaunen bestätigte Ahrens dies widerspruchslos. »So ist es.«

»Also bleibt nur der Tatbestand übrig, dass Franz Gerban junior fünf verbotene Exemplare bei sich trug. Was sagt er dazu, woher er die Zeitungen hat?«

»Leider weigert er sich, darüber Auskunft zu geben.«

Monsieur Payet runzelte die Stirn. »Was vermuten Sie denn selbst, Herr Ahrens?«

Der Polizeibeamte zuckte mit den Achseln. »Das kann alles Mögliche bedeuten. Der junge Franz Gerban könnte Teil dieses illegalen Botensystems sein, das sich die Rote Feldpost nennt. Er könnte die Zeitungen genauso gut aus Straßburg mitgebracht haben, wo er das Gymnasium besucht. Sie wissen ja sicherlich aus Ihrer eigenen Jugendzeit, dass junge Leute oft zu unbedachten Handlungen neigen und die damit verbundenen Risiken unterschätzen. Es steht jedenfalls außer Frage, dass man Studenten der dortigen Universität schon mit solchen illegalen Zeitungen erwischt hat. Vielleicht sind auf diesem Weg ja auch Schüler des in der Nähe gelegenen Lyzeums an diese Blätter gelangt.«

Ahrens blickte Monsieur Payet eindringlich an.

Irene hielt die Spannung nicht mehr aus. »Welche Strafe droht meinem Sohn?«, fragte sie mit zitternder Stimme.

»Das hängt natürlich in letzter Instanz vom Richter und dem Prozess ab. Handelt es sich um eine Tat aus jugendlicher Unbesonnenheit, dürfte es glimpflich mit ein paar Wochen Jugendarrest in einer Staatlichen Besserungsanstalt und einer Geldstrafe abgehen. Ist der junge Franz Gerban jedoch Teil eines illegalen Botensystems, droht ihm eine härtere Strafe.«

Irene holte tief Luft. »Dann möchte ich eine Auss …«

»Liebe Frau Gerban«, unterbrach sie Monsieur Payet. »Ich würde mich gerne kurz mit Ihnen und Ihrem Gatten beraten, wenn es genehm ist. Darf ich Sie inzwischen bitten, die anonyme Anzeige herauszusuchen, Herr Ahrens? Ich würde sie gerne einmal in Augenschein nehmen.«

»Sie ist doch anonym?«, insistierte er, als er Ahrens' Zögern bemerkte. »Dann gehen Sie ja auch nicht das Risiko ein, vorzeitig den Namen eines Zeugen preiszugeben.«

»Das ist wahr«, murmelte Ahrens mehr an sich selbst, als an den Anwalt gewandt. Franz kam aus dem Staunen nicht mehr heraus. *Es wirkt fast so, als sei der Polizeibeamte auf unserer Seite.*

In einem abgelegenen Gang der Präfektur bestätigte ihm Monsieur Payet seinen Eindruck.

»Herrn Ahrens scheint dieser ganze Vorgang außerordentlich unangenehm zu sein«, konstatierte er. »Er bemüht sich, Ihrem Sohn eine Brücke zu bauen, um das Schlimmste abzuwenden. Wenn Fränzel zugibt, die Zeitungen aus Straßburg mitgebracht zu haben, wird die Sache glimpflich für ihn ausgehen. Als Jugendlicher wird er dann nicht einmal einen Eintrag als ›vorbestraft‹ in seine Akten erhalten, wenn es mit höchstens drei Monaten Arrest abgeht.«

»Aber …«, hob Irene erneut an.

Monsieur Payet fasste sie scharf ins Auge. »Sollte Fränzel allerdings der Komplize erwachsener Drahtzieher gewesen sein, sieht die Sache ganz anders aus. Vor allem, wenn er seine Mittäter benennt. Diese hätten mit hohen Haftstrafen zu rechnen. Auch das Mädchen Marie käme in diesem Fall nicht ungeschoren davon. Ich plädiere also nachhaltig dafür, dass ich Fränzel davon überzeuge zu gestehen, die Zeitungen aus Straßburg mitgebracht zu haben. Er kann dabei behaupten, den Studenten, der sie ihm übergeben hat, nur unter seinem Decknamen zu kennen.«

Wieder fixierte er Irene scharf. »Sind Sie mit diesem Vorgehen einverstanden, Frau Gerban?«, richtete er seine Frage direkt an sie.

Irene begann zu weinen. »Aber dann wird Fränzel ja eingesperrt«, schluchzte sie.

»Das können Sie ihm ohnehin nicht ersparen. Nur erleichtern. Ein Jugendarrest in einer preußischen Erziehungsanstalt ist nicht vergleichbar mit Festungshaft. Zumal die dort zu verbüßende Gefängnisstrafe mehrere Jahre betragen könnte, wenn Fränzel sich weigert, die übrigen Mitglieder des illegalen Botensystems zu benennen. Eine Strafmilderung gäbe es für ihn in diesem Fall nur, wenn er seine Mittäter preisgibt.«

»Falls ein solches Botensystem hier in dieser Region tatsächlich existiert, sollte es übrigens auf der Stelle aufgelöst werden«, fügte er bedeutungsvoll hinzu.

Zwar hatte Irene bislang nur Franz nach dessen Rückkehr aus Zabern in die verbotene Zeitungsverteilung eingeweiht. Aber Monsieur Payet schien sich seinen Teil zu denken. Schließlich hatte er Irene bei ihrem Prozess in Ludwigshafen bereits erfolgreich in einer ähnlichen Sache vertreten, nachdem die Polizei sie mit Bebels Schrift »Die Frau und der Sozialismus« gefasst hatte.

»Nun gut. Dann folgen wir Ihrem Rat und gehen so vor, wie Sie es uns anraten«, entschied Franz. »Sprechen Sie mit Fränzel und wohnen Sie seinem Geständnis bei. Aber zuvor möchte ich gemeinsam mit Ihnen erst noch einen Blick auf die anonyme Anzeige werfen.«

Als sie zu dritt in Ahrens' Amtszimmer zurückkehrten, lag ein verknittertes Dokument auf dessen Schreibtisch. Monsieur Payet las es schweigend und reichte es dann an Franz weiter. Der warf nur einen kurzen Blick darauf, da er die Handschrift auf Anhieb erkannte.

»Na warte, du widerwärtige Kröte!«, knirschte er. »Das war dein letzter Streich. Diesmal bezahlst du dafür!«

Anwesen der Gerbans bei Altenstadt
Oktober 1887, eine Woche später

»Was verschafft uns denn diese unerwartete Ehre?«

Ottilie blickte überrascht von ihrer Teetasse auf, als Niemann, den Franz angewiesen hatte, ihn und Irene nicht anzumelden, die beiden in den kleinen Salon führte. Mathilde und ihre Tante saßen dort beim Nachmittagstee.

»Noch dazu in so unerwarteter Begleitung!«, fügte Ottilie mit verkniffener Miene hinzu, als sie Irene hinter Franz erblickte. »Du warst ja schon viele Jahre nicht mehr hier!«

Mathilde sprang diensteifrig auf. »Dürfen wir euch eine Tasse Tee und ein Stück Kuchen anbieten? Frau Kramm hat sich mit dieser Birnentorte wieder einmal selbst übertroffen.«

Ohne Franz' und Irenes Zustimmung abzuwarten, wies sie Niemann an: »Bringen Sie bitte noch zwei weitere Gedecke!«

Während Irene nur zögernd auf einem der Stühle rund um den Teetisch Platz nahm, setzte Franz sich mit einem beflissenen Lächeln. »Aber gerne, liebe Schwester! Die Torte sieht sehr appetitlich aus!«

Er sprach mit den Damen über die schon zur Hälfte abgeschlossene Lese und andere Belanglosigkeiten, bis Niemann eingedeckt und Tee und Kuchen serviert hatte. Irene sagte dagegen kein Wort und nippte nur einmal nervös an ihrer Tasse.

»Und wie geht es den Kindern?«, bemühte Mathilde sich, die immer wieder stockende Konversation in Gang zu halten, während Ottilie, ganz gegen ihre Gewohnheit, das große Wort zu führen, schwieg und misstrauisch von einem zum anderen blickte.

»Klara freut sich schon sehr auf unseren nächsten Besuch in Wien. Maman hat uns zum Auftakt der Saison wieder eingeladen.« Einen kurzen Moment genoss Franz schadenfroh den enttäuschten Ausdruck im Gesicht seiner Schwester. Dann holte er zum ersten Schlag aus.

»Fränzel ist allerdings leider im Gefängnis. Besser gesagt, im

Jugendarrest in einer Besserungsanstalt, in der er die nächsten sechs Wochen verbringen muss. Er wurde in Weißenburg mit der verbotenen Zeitung ›Der Sozialdemokrat‹ erwischt.«

»Oh!« In gespieltem Entsetzen schlug sich Mathilde die Hand vor den Mund, während Ottilie sich nun aufgeregt vorbeugte. »Wie konnte denn das geschehen?«

Franz sah ihr ruhig in die bernsteinfarbenen, jetzt tückisch blitzenden Augen. »Das sollten wir euer Dienstmädchen Heidi fragen. Sie kann uns am besten Auskunft geben.«

»Oh!« Jetzt war Mathildes Entsetzen echt. Während hektische rote Flecken auf Ottilies faltigen Wangen erschienen, wurde sie selbst totenblass.

Noch ehe sie ihren Protest äußern konnte, klingelte Franz bereits nach Niemann, der die Tür sofort öffnete. Franz hatte ihm befohlen, davor zu warten, sobald er Heidi herbeigeholt hätte. Mit gesenktem Blick und ineinander verschlungenen Händen trat das Dienstmädchen ein.

»Setz dich doch, Heidi«, begrüßte Franz sie freundlich. Nachdem die jetzt ungefähr fünfunddreißigjährige Frau, die schon seit dem Krieg in Altenstadt arbeitete, auf der äußersten Kante eines Sessels Platz genommen hatte, forderte er sie auf: »Nun erzähle uns allen hier, was du zuvor meiner Frau und mir anvertraut hast.«

Mit gesenktem Blick und leiser, zittriger Stimme begann Heidi, der Aufforderung nachzukommen. »Ich besuche ja jeden zweiten Sonntag an meinem freien Nachmittag den Dienstbotenzirkel im Haus von Minna Leiser. Minna hat vor meiner Zeit hier ebenfalls als Dienstmädchen gearbeitet«, sagte sie zögernd.

»Ja, ja, das wissen wir doch. Komm auf den springenden Punkt!«, unterbrach sie Ottilie.

Franz hob die Hand. »Würdest du Heidi bitte aussprechen lassen, liebe Tante!«

»Also Heidi, was hat sich dort abgespielt?« Er lächelte dem Dienstmädchen aufmunternd zu.

»Dort gab es ab dem Frühjahr eine Zeitung. Sie heißt ›Der Sozialdemokrat‹ und wird im Ausland gedruckt. Wir lasen gemeinsam daraus und eines Tages …«, sie stockte und brach unvermittelt in Tränen aus. »Es ist alles meine Schuld«, schluchzte sie.

Irene, die neben ihr saß, tätschelte ihr tröstend den Arm. »Dich trifft die geringste Schuld von allen Beteiligten, Heidi«, sagte sie mit fester Stimme. »Erzähl weiter, was geschehen ist!«

Heidi schnäuzte sich in ein nicht ganz reines Taschentuch, das sie aus ihrer Schürzentasche zog. Dann holte sie tief Luft.

»An einem Sonntag kam ich zu spät nach Schweigen. Die Runde hatte die neueste Zeitung bereits gelesen. Da mich aber interessierte, was drinstand, nahm ich eines der Exemplare, die dort auslagen, heimlich mit nach Altenstadt. Ich weiß, dass das verboten war«, schluchzte sie erneut mit einem flehenden Blick auf Irene.

Die lächelte ihr aufmunternd zu. »Schon gut, Heidi. Du hast einen Fehler gemacht. Aber er ist dir schon verziehen!«

»Ich versteckte die Zeitung unter meiner Matratze, um sie abends heimlich zu lesen«, fuhr Heidi fort, nachdem sie sich ein weiteres Mal die Nase geputzt hatte. »Dort fand sie dann die gnädige Frau Stockhausen, als sie nach einem verschwundenen Ohrring suchte.«

»Warum suchte meine Schwester in deinem Zimmer nach ihrem Ohrring?«, unterbrach diesmal Franz Heidi aus taktischen Gründen, wie Irene sofort erkannte.

»Sie hatte den Ohrring in der Bibliothek verloren, wo er schließlich auch gefunden wurde«, erklärte Heidi. »Doch bis dahin verdächtigte sie das Gesinde des Diebstahls.«

Mathilde zog geräuschvoll die Luft durch die Zähne, war aber klug genug, nichts einzuwenden.

»Aha!«, kommentierte Franz trocken. »Und wie ging es nach dem Fund der Zeitung weiter?«

»Die gnädige Frau Ottilie Gerban drohte damit, mich bei der Polizei in Weißenburg anzuzeigen. Es sei denn …« Sie stockte wieder.

»Es sei denn …?«, half ihr diesmal Irene.

»Es sei denn, ich könnte ihr Beweise liefern, die Sie, liebe Frau Gerban, überführen würden, die Zeitungen illegal zu beziehen und für ihre Verteilung zu sorgen.«

»Was genau sollten Sie tun?«

»Das ließen die Damen offen. Deshalb habe ich Minna Leiser und meine Freundin Gitta gefragt, ob sie wüssten, woher die Zeitungen kämen, wie viele es seien und was damit geschehen würde.«

Sie stockte wieder. »Ich täuschte reines Interesse vor und gelobte natürlich Verschwiegenheit«, fuhr sie mit gepresster Stimme fort. »Deshalb vertrauten die beiden mir auch an, was sie darüber wussten. So erfuhr ich, dass Marie Schober die Zeitungen regelmäßig nach Weißenburg brachte. Minna Leiser sollte für das Mädchen einspringen, falls Marie einmal ausfallen würde. Sie erzählte mir außerdem, dass sie die Weißenburger Adressen daher aufgeschrieben hätte und den Zettel zwischen ihren Küchenrezepten aufbewahren würde. Dort fand ich ihn eines Sonntags in einem unbeobachteten Moment und merkte mir die ersten drei Anschriften. Als Minna zurückkam, legte ich den Zettel schnell wieder an seinen Platz. Und dann …« Jetzt brach sie in hemmungsloses Schluchzen aus.

»Es tut mir so leid, Frau Gerban. Doch ich hatte solche Angst vor dem Gefängnis.« Ihre Worte waren kaum zu verstehen.

»Deine Schuld ist gesühnt, weil du dich freiwillig sofort bei uns gemeldet hast, nachdem Gitta dir erzählte, dass Fränzel verhaftet worden ist«, bekräftigte Franz noch einmal Irenes verzeihende Worte.

»Und dann gab Heidi euch beiden die Informationen«, beendete Franz mit grimmiger Miene gegenüber Mathilde und Ottilie Heidis Satz. »Woraufhin du, liebe Ottilie, diesen Wisch hier verfasst hast!« Er schwenkte die anonyme Anzeige, die ihm Monsieur Payet nach Fränzels Verurteilung gegen eine üppige Schmiergeldzahlung an den zuständigen Beamten aus der Polizeiakte besorgt hatte.

»Streitest du ab, dass dies deine Handschrift ist, Ottilie?«

Seine Tante blieb stumm. »Soll ich das Haushaltsbuch, das du regelmäßig führst, zum Vergleich danebenlegen?« Er griff schon nach der Klingelschnur, um nach Niemann zu rufen.

Da fiel Mathilde Ottilie überraschend in den Rücken. »Gib es doch zu! Du hast die anonyme Anzeige geschrieben, um Irene zu schaden!« Tatsächlich war in der Anzeige nur die Rede davon, dass Irene Gerban die Zeitungen illegal bezog und über das Waisenmädchen Marie Schober an die von Heidi in Erfahrung gebrachten Adressen verteilte. Minna und damit der Dienstbotenzirkel wurden jedoch mit keinem Wort erwähnt. Denn sonst hätte Ottilie ja auch Heidi mit hineingezogen und riskiert, dass ihre Intrige aufflog.

Ottilie war einen Moment lang wie erstarrt. Dann kreischte sie zurück. »Aber es war deine Idee! Und ich habe es nur für dich getan, du falsche Schlange! Weil du damit Franz' Scheidung von Irene vorantreiben wolltest, um danach in Wien leben und zumindest eine Baronin werden zu können!«

»Du wolltest dich doch an meine Fersen heften und mitkommen!«

»Du gemeines Miststück!«

»Du heimtückische Krähe!«

Schimpfworte flogen hin und her. Heidi und Irene beobachteten das Geschehen ungläubig.

Franz griff erst ein, als die beiden Frauen mit zu Klauen gekrümmten Händen Anstalten machten, aufeinander loszugehen. »Haltet ein!« Er verbarg seine Wut hinter einem schadenfrohen Grinsen. »Also wart ihr beide daran beteiligt und habt euch beide einen Vorteil von dieser Verleumdung erhofft! Denn eine Verleumdung ist es. Deshalb wurde die Anzeige vor Gericht nicht einmal als Beweisstück gegen Fränzel eingebracht! Das hat Monsieur Payet verhindert!«

Wie immer, wenn Ottilie sich in die Enge getrieben fühlte, ging sie zum Angriff über. »Dann gehe ich eben morgen höchstpersönlich zur Polizei und zeige Irene an!«, drohte sie. »Und lasse auch gleich noch diese Minna Leiser aus Schweigen und ihren ganzen Dienstbotenzirkel mit auffliegen!«

Franz musterte sie kühl. »Wenn du danach unbedingt im Armenhaus leben willst!«, beschied er ihr. »Bis gerade eben dachte ich noch daran, euch zwar umgehend aus Altenstadt hinauszuwerfen. Aber ich habe eine Dreizimmerwohnung in Weißenburg für euch angemietet, deren Kosten ich sogar übernehmen wollte.«

»Eine Dreizimmerwohnung?«, jammerte Mathilde. »Aber eine solche Wohnung ist für uns zwei doch viel zu klein! Und mit der da«, sie wies verächtlich auf Ottilie, »will ich sowieso nicht mehr zusammenwohnen!«

Franz schürzte die Lippen. »Ich fürchte, dir wird nichts anderes übrig bleiben, Mathilde. Es sei denn, Ottilie zeigt Irene noch einmal an und landet im Armenhaus. In diesem Fall suche ich dir dann aber eine noch kleinere Wohnung. Drei Zimmer brauchst du als Einzelperson nicht!«

»Aber die Wohnung wäre dann ja noch bescheidener als die, die mir mein Mann hinterlassen hat! Und die war wenigstens Teil der Villa und von einem großen Garten umgeben!«

»Du kannst gerne nach Oggersheim zurückkehren, wenn dir das eher zusagt!« Franz blieb ungerührt. Dass Mathilde den Kontakt zu den Stockhausens längst abgebrochen hatte, wusste er natürlich. Doch es focht ihn nicht an.

Jahrzehntelang habe ich diesen doppelzüngigen Weibern einen standesgemäßen Lebensstil ermöglicht. Ich hätte die beiden schon viel früher hinauswerfen sollen!

Mathilde begann zu weinen. Ottilie ballte die Hände zu Fäusten. »Mathilde hat ihre Leibrente. Wovon soll ich leben?« Noch war ihr Kampfgeist nicht gänzlich gebrochen. »Mein Ehemann Gregor hat sich jahrzehntelang für das Weingut …«

»Ich lasse dir von Gregors Rente zweihundert Mark im Monat«, unterbrach sie Franz. Das war weniger als ein Drittel der Gesamtsumme. »Jede von euch hat in der Wohnung ihr eigenes Schlafzimmer. Den Salon könnt ihr euch teilen. Und da die Wohnung in der Innenstadt liegt, könnt ihr den Markt und alle Geschäfte fußläufig erreichen, um euch mit Lebensmitteln zu versorgen!«

»Aber dann leben wir ja wie Kleinbürgerinnen!«, wagte Ottilie einen letzten Protest, während Mathilde weiterschluchzte.

»Genauso soll es sein!«, antwortete Franz ungerührt. »Und nun hol deine Habe!«, wandte er sich an Heidi. »Bis die beiden hier ausgezogen sind, kommst du mit nach Schweighofen! Und ihr«, richtete er das Wort ein letztes Mal an Mathilde und Ottilie, »habt drei Tage Zeit, eure Sachen zu packen. Dann kommt der Umzugswagen.«

Dann fiel ihm noch etwas ein. »An Möbeln dürft ihr alles mitnehmen, was ihr benötigt. Sollte ich jemals wieder in diesen Räumen wohnen wollen, müsste ich ohnehin die Einrichtung, die ihr jahrelang mit eurer Gemeinheit verseucht habt, vollständig austauschen!«

Palais Sterenberg in Wien
Ende Oktober 1887

Begierig riss Graf Ferdinand den Brief aus Schweighofen auf, den ihm ein Diener soeben überbracht hatte. Er war durch das lange Schweigen, das auf sein Einladungsschreiben an Franz und Klara folgte, ihn und Pauline im November wieder zu besuchen, beunruhigt und daher viel zu ungeduldig, um noch so lange zu warten, bis Pauline ihre Morgentoilette beendet hatte.

Doch schon nach den ersten Zeilen fühlte er, wie eine eiskalte

Hand nach seinem Herzen griff und ihn lähmte. Dennoch zwang er sich weiterzulesen.

Sehr verehrter Vater,

an meiner respektvollen Anrede und der Tatsache, dass ich beschlossen habe, Sie wieder zu siezen, können Sie bereits erkennen, dass ich zu einem Entschluss – und auch, in welche Richtung dieser geht – gekommen bin, der Ihr großherziges Angebot, mich zu adoptieren, betrifft.

Ereignisse in den jüngsten Wochen haben mich sehr nachhaltig davon überzeugt, dass ich mich weder charakterlich dazu eigne, Mitglied einer Adelsfamilie zu werden, noch dass ich meine geliebte Frau Irene verlassen möchte. Lassen Sie mich im Folgenden kurz auf diese Ereignisse eingehen:

Beim Besuch eines Freundes im elsässischen Zabern wurde ich grundlos von einem adligen Offizier attackiert, der mich brutal durch einen Tritt gegen meine Beinprothese zu Fall brachte. Dieser unangenehme Mensch war mir bereits aus der Zeit bekannt, als er um meine Halbschwester Mathilde freite.

Ich hatte den Mann nicht einmal angesprochen, geschweige denn provoziert. Zuvor war ich völlig zufällig in eine Protestversammlung aufgebrachter Bürger geraten, die sich gegen die schlechte Behandlung ihrer elsässischen Landsleute durch genau diese Art von preußischen Offizieren richtete. Trotzdem wurde nicht er, sondern ich bestraft. Und das, obwohl ich durch den Sturz auf das harte Kopfsteinpflaster infolge der Attacke sogar bewusstlos wurde und mich im Kerker wiederfand, als ich aufwachte.

Weitere Einzelheiten dieses unerfreulichen Vorfalls möchte ich Ihnen ersparen, verehrter Vater. Ich begnüge mich damit, darauf hinzuweisen, dass sich der Adel in unseren und auch in Ihren Landen noch immer für sakrosankt hält. Mitglieder Ihrer Gesellschaftsklasse erdreisten sich, auf jeden nicht adlig geborenen Menschen hinabzusehen. Sie glauben sogar, ungesühnt

Straftaten verüben zu dürfen. Was in meinem Fall den traurigen Fakten entspricht.

In meiner Jugend schwärmte ich für die Werte der Französischen Revolution, die mit dieser Ungleichheit allein aufgrund des Geburtsstandes aufräumen wollte. Aber es ist noch ein langer Weg hin zu den Werten der ›Freiheit, Gleichheit und Brüderlichkeit‹.

Durch diese Erfahrung in Zabern erscheint mir nun auch der bedauerliche Eklat zwischen Ihrer Schwester Adelaide und meiner Gattin Irene auf Ihrer Hochzeit in einem anderen Licht. Heute begrüße ich es sogar, dass sich Irene zu der unbeherrschten Handlung, Ihrer Schwester Kaffee ins Gesicht zu schütten, hinreißen ließ. Denn sie wurde zuvor von ihr, genau wie ich jetzt vor dem Militärgericht in Zabern, aufs Tiefste gedemütigt, konnte sich dagegen allerdings wenigstens ungestraft zur Wehr setzen. Ungestraft jedoch nur dann, solange ich mich Ihrer Bedingung, mich von Irene scheiden zu lassen, nicht beuge und auf diese Weise doch noch für ihre Bestrafung sorge.

Aber würde ich mich beugen, wie sollte ich danach Ihrer älteren Schwester oder einem anderen Mitglied Ihrer Herkunftsfamilie je wieder unbefangen begegnen können? Wie verkraften, dass ich diesem Hochmut die Liebe meines Lebens geopfert habe? Und vor allem aus welchem Grund? Weil meine Frau gegen die Entrechtung und Verelendung der sogenannten Proletarier protestiert und sich für menschenwürdige Lebensbedingungen der Arbeiter, vor allem der arbeitenden Frauen, einsetzt?

Zudem stoße ich auch hier erneut auf eine horrende Ungerechtigkeit, verursacht durch den herrschenden Adel und die vor ihm kriechende Bourgeoisie, die nach nichts mehr trachtet als nach zweifelhaften Titeln. Jedermann in Deutschland weiß, dass die Attentäter von 1878 nichts mit den Sozialdemokraten zu tun hatten, geschweige denn von ihnen zu ihren Mordanschlägen auf Kaiser Wilhelm angestiftet wurden.

Aber die Sozialisten wurden Otto von Bismarck und seiner Gefolgschaft zu unbequem. Deshalb griff er nach den Attentaten zu den ihm zur Verfügung stehenden Machtmitteln, um ihre Versammlungen und Vereine unterdrücken und ihre Zeitungen verbieten zu können.

Genauso ist es in Österreich-Ungarn. Auch hier, wo die Arbeits- und Lebensbedingungen der armen Bevölkerung noch schlechter sind als im Deutschen Reich, wie mir Irene berichtete, schiebt man Sozialisten gemeine Raubüberfälle in die Schuhe, um dann gegen alle Mitglieder der Arbeiterbewegung als ›Anarchisten‹ vorgehen zu können. Auch in Österreich gibt es jetzt Gesetze und Verordnungen, die dem größten Teil der Bevölkerung die Luft zum freien Atmen nehmen.

Wie soll ich in einem solchen Land jemals glücklich leben können? Ich müsste mich bis zur Unkenntlichkeit verbiegen, um Menschen wie Ihrer Schwester Adelaide schönzutun. Oder um eine jener übrig gebliebenen Komtessen zu ehelichen, die von adligen Männern zwar verschmäht wurden, die sich aber dennoch im Glanz ihrer hohen Geburt sonnen.

Und denen nicht das Geringste am Wohl der Armen und Kranken liegt, für die diese protzigen Wohltätigkeitsgalas, wie jene bei der Baronin von Hirschstein, vorgeblich veranstaltet werden. Irene hat völlig recht, wenn sie sagt, dass es den dort mitwirkenden Komtessen nur darum geht, bei solchen Gelegenheiten in ihren überteuerten Roben zu glänzen. Gäbe es nächstes Jahr die Mode, ›Lebende Bilder‹ zum Wohl streunender Hunde zu veranstalten anstatt für ein Armenspital, würden jene Damen sich mit dem gleichen Enthusiasmus daran beteiligen.

Ich war also bereits durch meine Erfahrungen in Zabern so weit, mich von Ihrem Angebot zu distanzieren und meiner Gattin Irene weiterhin die Treue zu halten. Doch dann kam noch ein weiteres Ereignis hinzu:

Im Bestreben, sich einen Vorteil durch meine Adoption zu

verschaffen und mich endgültig zur Scheidung von meiner Gattin zu bewegen, spann meine Halbschwester Mathilde gemeinsam mit ihrer Tante Ottilie eine gemeine Intrige gegen Irene. Ottilie erstattete eine anonyme Anzeige gegen meine Frau, da sie die durch die unsäglichen Sozialistengesetze verbotene Zeitung »Der Sozialdemokrat« bezog und in Weißenburg verteilte. Jedoch wurde bei deren Verteilung nicht Irene gefasst und zu Gefängnishaft verurteilt, wie diese gemeinen Weiber gehofft hatten, sondern mein Sohn und Ihr Enkel Fränzel. Als wahrer Sohn seines Vaters sympathisiert er mit den Ideen der Gleichheit und Brüderlichkeit und dem Einsatz für bessere Lebensbedingungen der Armen, wie auch ich es einst in seinem Alter tat.

Nun verbüßt Fränzel eine sechswöchige Arreststrafe in einer Besserungsanstalt. Ich habe mir die Zeitung von Irene zeigen lassen, die Fränzel bei sich trug, als man ihn aufgrund Ottilies Denunziation verhaftete. Darin steht kein einziger Gedanke, den ich vom Denken und Fühlen her nicht teilen würde. Und dafür musste mein Sohn nun in den Arrest, und Sie verlangen von mir die Scheidung von seiner Mutter Irene.

Das, verehrter Vater, ist eine unannehmbare Bedingung für mich. Und obwohl es mir für Sie und meine Mutter leidtut, lehne ich Ihr Angebot einer Adoption hiermit endgültig ab. Diese Entscheidung ist unumstößlich.

Gerne besuche ich Sie ab und zu in Wien und bringe auch Ihre Enkelin Klara mit, die Sie ja so sehr ins Herz geschlossen haben. Aber zu mehr bin ich nicht bereit und werde es auch in Zukunft nicht sein.

Das mir so großzügig gewährte Darlehen werde ich schnellstmöglich zu tilgen bemüht sein und bedanke mich noch einmal herzlich dafür.

Trotz dieser für Sie enttäuschenden Mitteilung umarme ich Sie in Gedanken und grüße Sie und meine Mutter herzlich,

Ihr Sohn Franz Gerban

Als Pauline auf der Suche nach ihrem Gatten den Salon betrat, fand sie Ferdinand dort zusammengesunken in seinem Lehnsessel sitzend vor.

»Aber mein Lieber, was ist mit dir? Ist dir nicht wohl? Soll ich einen Arzt rufen?«

Der Graf schüttelte kraftlos den Kopf. Jetzt erst bemerkte Pauline, dass sein Gesicht tränenüberströmt war. Sanft nahm sie ihm den Brief aus der Hand und überflog hastig die Zeilen.

Dann blickte sie betroffen auf. Anfangs verstand sie die Worte gar nicht, die ihr Mann vor sich hinmurmelte, immer wieder von Schluchzern unterbrochen.

»Diese Frau! Sie hat ihn dazu verführt, sich gegen mich zu wenden und sogar meinen Enkel ins Gefängnis gebracht! Schuld ist nur diese Frau, die Franz mit Lügen und Verleumdungen traktiert.«

Pauline runzelte die Stirn. »Wie kommst du auf eine so absurde Idee, Ferdinand?«

Der griff zu einem Taschentuch und schnäuzte sich, bevor er antwortete. »Nur eine fanatische Sozialistin kann einem Menschen meines eigenen Blutes weismachen, dass wir Adligen eine hochmütige und selbstgefällige Kaste sind. Sie hat es geschickt auszunutzen verstanden, dass Franz in einen Händel mit einem preußischen Offizier geriet, der zweifellos eine Schande für unseren ganzen Stand ist. Nun wendet er sich von allem ab, was ich ihm und seinen Kindern an glänzenden Aussichten geboten habe.«

Pauline öffnete schon den Mund, um ihre Schwiegertochter zu verteidigen, besann sich dann aber eines Besseren. *Dein Vater weiß womöglich gar nicht, wie elend es in den Arbeitervierteln zugeht.* Hatte nicht sie selbst mit diesen oder so ähnlich klingenden Worten Ferdinand einst gegenüber Franz verteidigt? Sie erinnerte sich zwar nicht mehr genau an den damaligen Anlass und Zeitpunkt. Aber sie wusste ganz genau, dass in dieser Unkenntnis der Kern des Problems lag. Und auch seine Lösung.

Nach einer mit Grübeleien verbrachten schlaflosen Nacht eröffnete Pauline ihrem Gatten beim Frühstück, dass sie beschlossen hätte, umgehend nach Schweighofen zu reisen, um Franz zu einer persönlichen Aussprache mit seinem Vater nach Wien zu holen.

Danach machte sie sich auf die Suche nach Lea Walberger.

Kapitel 28

Palais Sterenberg in Wien
November 1887

»Großvater! Großvater!«

Ganz und gar nicht damenhaft riss Klara die Tür zur Bibliothek auf und stürzte sich in die ausgebreiteten Arme des Grafen, kaum dass dieser sich aus seinem Fauteuil erhoben hatte. Sie küsste Ferdinand, der sie fest umschlossen hielt, auf beide Wangen.

»Wie schön, dass wir endlich da sind«, strahlte Klara, nachdem sich die beiden voneinander gelöst hatten. »Gehst du mit mir wieder in die Hofreitschule?«

»Natürlich, mein Schatz! Gleich morgen, wenn du es möchtest.«

»Oh ja!«

Mittlerweile hatte auch Pauline die Bibliothek betreten. Klara wandte sich ihr mit bittender Miene zu. »Darf ich mit Großpapa morgen zu den Lipizzaner-Pferden?«

Pauline lächelte leicht. »Morgen noch nicht, mein Liebes. Aber sicherlich im Laufe der Woche.«

»Wie schade!« Klara zog einen Schmollmund, der ihr reizend zu Gesicht stand. Aus dem unscheinbaren Kind wurde mit jedem Tag mehr ein hübsches junges Mädchen.

»Nun geh und beziehe dein Zimmer! Gitta ist sicher schon beim Auspacken.«

Die Miene des Grafen verdüsterte sich, sobald Klara den Raum verlassen hatte. »Ist Franz nicht bei dir?«

Pauline seufzte. »Nein, mein Lieber. Er hat es vorgezogen, im

Hotel zu wohnen. Morgen Vormittag besucht er seinen größten Wiener Kunden. Aber am Nachmittag will er dich zu einer Aussprache treffen.«

»In seinem Hotel?«

»Nein, in einem kleinen Kaffeehaus, wo niemand euch beide kennt.«

Ferdinand öffnete den Mund zu einer weiteren Frage, aber Pauline legte ihm lächelnd ihre Hand auf die Lippen.

»Nun gib deiner Frau auch einen Begrüßungskuss, Ferdinand! Sonst beginne ich zu schmollen wie Klara.«

Auf den Straßen von Wien
November 1887, am nächsten Tag

»Aber liebste Pauline! Wo fahren wir denn hin? Mich dünkt, der Kutscher nimmt den Weg zu den Wiener Vorstädten!«

Irritiert blickte der Graf durch das Fenster der luxuriösen Equipage mit dem Wappen derer von Sterenberg in den trüben Novembernachmittag hinaus. Pauline hoffte, dass er weder die ihnen vorausfahrende noch die ihnen unauffällig hinterherfahrende Mietsdroschke bemerkte. Gegen ein stattliches Trinkgeld hatte Pauline dem Kutscher des Grafen befohlen, der vorausfahrenden Mietsdroschke zu folgen, ohne weitere Fragen zu stellen. In dieser saß die Arbeiterführerin Lea Walberger mitsamt etlichen Körben voller Esswaren und Kleidung.

In der hinter der Equipage fahrenden Kutsche hockten dagegen vier stämmige Burschen aus dem Gesinde des Palais, um deren Abstellung für den Nachmittag Pauline den gräflichen Haushofmeister gebeten hatte. Die Männer sollten die Insassen der Equipage im Notfall beschützen, da die Viertel, in die ihnen Lea Walberger vorausfuhr, als nicht ganz ungefährlich in Wien galten. Außerdem sollten sie die schweren Körbe und Säcke zu den Bedürftigen schleppen.

Nun legte Pauline Ferdinand beruhigend die Hand auf den Arm. »Franz hat mir die Adresse des Kaffeehauses genannt, in dem wir ihn treffen sollen. Es wird schon alles seine Richtigkeit mit dem Weg haben.«

Nach einer weiteren Fahrt von zwanzig Minuten hielt der Kutscher die Equipage an. Ferdinand musterte das Haus, vor dem sie hielten, skeptisch. Die Fassade war mit Stuckornamenten verziert. Mit schmiedeeisernen Gittern versehene kleine Balustraden waren vor einigen hohen Fenstern angebracht.

In diesem Augenblick wurde der Kutschenschlag geöffnet. »Ich grüße Sie, lieber Vater«, sagte Franz. »Und bedanke mich für Ihre Bereitschaft zu diesem Treffen.«

Beim Anblick seines Sohnes, der korrekt in einen dunkelgrauen Anzug, samt Umhang und Zylinder gekleidet war, fühlte der Graf seine Kehle eng werden. Franz streckte ihm die Hand entgegen, um ihm beim Aussteigen zu helfen. Als der Graf die mit eisernen, in Filz eingeschlagenen Wärmepfannen beheizte Kutsche verließ, schlug ihm die nasskalte Novemberluft unangenehm entgegen. Unwillkürlich fröstelte er trotz seiner eigenen warmen Kleidung, dem dicken Wollschal und den Handschuhen, auf denen seine Gattin Pauline bestanden hatte. Sie folgte ihm nun ebenfalls aus der Kutsche und barg die Hände gleich nach der Begrüßung ihres Sohnes wieder in ihrem Nerzmuff.

»Brr, ist das kalt.« Ferdinand schüttelte sich. »Warum treffen wir uns an einem solch unwirtlichen Ort, Franz?« Er sah sich suchend um. »Wo ist denn nun dieses Kaffeehaus?«

»Vorläufig gehen wir noch nicht ins Kaffeehaus, Vater.« Franz sah ihm ruhig in die Augen. »Denn zuerst möchte ich dir jemanden vorstellen.« Er gab mit der Hand ein Zeichen.

Jetzt erst bemerkte Ferdinand die Droschke, die nicht weit vor seiner Equipage stand und aus der nun eine untersetzte, in einen unförmigen Mantel gehüllte Frau mit einem aus der Mode gekommenen Hut stieg. »Das ist Lea Walberger.«

»Servus, Herr Graf«, begrüßte die Frau ihn zwar formlos,

aber nicht ohne Respekt, und reichte ihm die in einen Wollhandschuh gehüllte Rechte. »Ich bin die Frau, die Sie eine Weile mit Ihren Spenden versehen haben, um unseren Armen zu helfen. Dafür bedanke ich mich auch recht schön.«

Der Graf sah verwirrt von Pauline zu Franz. »Das ist ja alles schön und gut. Aber was tun wir hier?«

Pauline griff nach seinem Arm. »Wir besuchen ein paar Familien, die zu diesen Bedürftigen gehören.« Als der Graf zurückzuckte, fügte sie beschwörend hinzu: »Bitte, Ferdinand! Begleite uns! Von diesen Besuchen hängt ab, ob Franz hernach mit dir spricht. Das hat er zur Bedingung gemacht, bevor er sich bereit erklärte, mich nach Wien zu begleiten.«

Verdutzt blickte der Graf noch einmal an der Fassade des Gebäudes empor, vor dem sie gerade standen. »So bedürftig scheinen mir die Leute hier aber gar nicht zu sein«, brummte er. »Das ist doch ein stattliches Haus!«

»Nur das Vorderhaus, Vater! Du wirst in wenigen Minuten verstehen, was wir meinen.« Franz wies auf einen engen dunklen Gang an der Seite des Hauses. »Wir gehen natürlich in die hinteren Zinshäuser.«

Dann wandte er sich an Lea Walberger. »Wen besuchen wir dort?«

»Die Witwe Kurz mit ihren sechs Kindern. Ihr Mann ist im letzten Monat an der Schwindsucht gestorben. Außerdem die Familie Wenzel. Der Mann ist in eine Krempelmaschine geraten und liegt schwer verletzt danieder.«

Franz flüsterte Lea etwas ins Ohr. Sie nickte.

Mittlerweile war Pauline zu der hinter der Equipage stehenden Droschke gegangen und hatte zwei der Burschen gebeten auszusteigen. Mit immer größerer Verwirrung verfolgte der Graf, dass die Männer schwere Körbe und Säcke aus der vorderen Droschke hievten.

»Was geht hier vor sich?«, fragte er barsch. »Das scheint mir eine abgekartete Sache zu sein.«

Franz zuckte mit den Schultern. »Kommen Sie mit, Vater, oder kehren Sie mit Ihrer Equipage in Ihr Palais zurück. Besuchen werden wir die soeben genannten Leute auf jeden Fall.«

Mit einem Ziehen in der Magengrube folgte der Graf mit Pauline, die sich bei ihm unterhakte, Lea Walberger in den düsteren Gang. Es roch muffig und schimmlig.

»Passen's auf, Herr Graf, dass Sie nicht ausrutschen!«, sprach Lea über ihre Schulter hinweg. »Hier liegt oft allerlei Glitschiges herum.«

Nach einer kurzen Wegstrecke erreichten sie den ersten Hinterhof, in den wegen des grauen Novemberhimmels kaum Licht fiel. Trotzdem bemerkte der Graf die vielen Kinder, die auf die Gruppe zuliefen.

»Tante Lea!« Bittend streckten die Kleinen ihre schmutzigen Händchen aus. »Tante Lea! Hast uns was mitgebracht? Wir sind so hungrig!«

Anders als bei ihrem Besuch mit Irene im vergangenen Jahr nickte Lea lächelnd. »Kommt's herbei, ihr Rangen. Ich habe ein Weckerl für jeden!«

»Hurra!« Der Jubel der Kinder hallte von den Wänden wider, von denen der enge Hof umschlossen war. Als sich die Kleinen um Lea drängten, bemerkte der Graf, dass sie nur notdürftig bekleidet waren.

»Aber die Kinder tragen ja nur Lumpen am Leib«, wandte er sich empört an Pauline. »Die meisten haben bei dieser Kälte nicht einmal Strümpfe an! Das Mädelchen da geht gar barfuß! Was haben die armen Kleinen denn nur für Rabeneltern! Sie können sich doch den Tod holen bei diesem scheußlichen, nasskalten Wetter.«

Lea Walberger wandte sich zu Ferdinand um, nachdem sie die letzten Wecken verteilt hatte, in die die Kinder, vor Glück über diesen seltenen Leckerbissen strahlend, sofort hineinbissen.

»Die Eltern dieser Kinder haben keinen Kreuzer für Kleidung übrig, Herr Graf«, sagte sie ruhig. »Auch wenn sie Tag und Nacht arbeiten, nicht. Da reicht's trotzdem nur für ein paar Erdäpfel und grobes Brot.«

»Im letzten Winter konnte Lea diesen Kindern und vielen anderen warme Strümpfe geben«, ergänzte Pauline. »Von dem Geld, das du gespendet hast.«

Sofort griff der Graf unter seinen Umhang. »Wenn ihr darauf hinauswollt, gebe ich sofort etwas für die Kleidung der Kinder. Ich müsste zwanzig Gulden dabeihaben.« Er zog seine Börse hervor.

»Nein, Vater«, meldete sich Franz zu Wort. »Es ist großzügig von Ihnen, jetzt bereits etwas spenden zu wollen. Aber nicht der richtige Zeitpunkt. Wir gehen erst einmal weiter.«

In den nächsten zwei Hinterhöfen, die die kleine Gruppe durchschritt, wiederholten sich die gleichen Szenen. Dem Grafen wurde immer beklommener ums Herz. Schließlich blieb Lea vor einer Stiege stehen, die in ein Kellergeschoss hinabführte.

Fassungslos starrte der Graf auf die unbeleuchteten, schmutzigen Stufen. »Soll ich jetzt auch noch den Kohlenkeller besichtigen?«

»Hier gibt's keine Kohlen, und daher braucht's auch keinen Keller dafür«, antwortete Lea gleichmütig. »Wir besuchen jetzt die Witwe Kurz. Die wohnt hier in diesem Loch. Passen's auf! Die Stufen sind glatt!«

Vorsichtig folgten Leas Begleiter ihr die Treppe hinab, ängstlich darauf bedacht, den verdreckten Wänden nicht zu nahe zu kommen.

Unten klopfte Lea kurz an eine Tür von undefinierbarer Farbe und trat ein, ohne ein dazu aufforderndes Zeichen der Bewohner abzuwarten.

Eisige abgestandene Luft schlug ihnen entgegen. Die Augen des Grafen mussten sich erst an den düsteren, nur von einer einzigen blakenden Tranfunzel erhellten Raum gewöhnen. Lea griff in den Korb und zog ein paar Kerzen hervor.

»Servus, Christel. Ich komme mit dem angekündigten Besuch. Mach erst mal ordentlich Licht. Man kann ja kaum die Hand vor Augen sehen.«

Eine magere, nur in ein löchriges Kleid gehüllte Frau erhob sich von dem groben Tisch, der die ganze Mitte des Raums einnahm. Erst als sie die Kerzen entzündet hatte, konnten die Besucher ihr ausgemergeltes Gesicht erkennen.

»Wir bringen dir was zu essen und einen Sack Kohle, Christel. Die Dame da«, sie zeigte auf Pauline, »hat es gespendet.«

Zur Bestürzung des Grafen versank die Frau vor Pauline und ihm darauf in einen tiefen Knicks. »Vergelt's Gott«, hörte er sie flüstern.

»Was habt ihr denn heute gegessen?« Lea breitete ihre Schätze, frisches Brot, zwölf Eier, ein Stück Butter, eine kleine Speckseite und einen Krug auf dem Tisch aus. »Da drin ist Milch für die Kinder.« Sie wies auf das irdene Gefäß. »Wenn'st noch Erdäpfel hast, machst euch eine schöne Pfanne mit Speck und Eiern zum Nachtmahl damit.«

Christel knickste noch einmal und schüttelte dann den Kopf. »Die Milch will ich den Kleinen schon geben. Zumindest jedem Kind ein Haferl.« Ihre raue Stimme war kaum zu verstehen. »Aber den Speck, die Eier und die Butter will ich tauschen. Dafür kriege ich Erdäpfel und Brot für eine ganze Woche.«

»Aber gute Frau!« Der Graf konnte sich nicht mehr zurückhalten. »Sie und Ihre Kinder müssen doch etwas Anständiges essen!«

Christel knickste zum dritten Mal, diesmal nur vor ihm. »Ich kann's mir nicht leisten, hoher Herr. Der Verleger hat mir diese Woche nichts Neues gebracht. Und *eine* nahrhafte Mahlzeit reicht nicht für die ganze Woche.«

Verwirrt wandte sich der Graf an Lea. »Ich verstehe die Frau nicht. Was will sie mir damit sagen?«

»Das erkläre ich dir, Vater«, ergriff Franz das Wort. »Christel Kurz bringt sich und ihre sechs Kinder mit Heimarbeit durch.

Sie faltet Seidenpapier zu Blumen. Für eine Kiste, an der sie und die Kinder sechzehn Stunden lang arbeiten, bekommt sie fünfzig Kreuzer. Doch manchmal bringt der Verleger, so nennt man den Zwischenhändler, ihr keinen Auftrag. Da sie keine Rücklagen hat, muss die ganze Familie in solchen Zeiten hungern. Deshalb will sie die guten Lebensmittel jetzt gegen schlechtere tauschen, damit sie länger zu essen haben.«

»Das kommt überhaupt nicht infrage!« Diesmal zückte der Graf energisch seine Börse und kramte im immer noch schwachen Licht darin herum. Dann zog er Münzen im Wert von fünf Gulden heraus und legte sie auf den Tisch. »Kaufen Sie damit was Gutes für Ihre Kleinen und sich selbst!«

Wie gelähmt starrte die Frau auf die glänzenden Münzen. »Nun nimm sie schon!«, musste Lea sie ermuntern. »Der Herr Graf meint das ernst.«

Der Frau liefen die Tränen über das Gesicht, als sie nach den Geldstücken griff. »Jeden Tag, hoher Herr, jeden Tag werd' ich für Sie und die Ihren beten«, hörte Ferdinand sie stammeln, als sie vor ihm niederkniete und seine Hand ergriff, um sie zu küssen. »Der Herrgott im Himmel wird es Ihnen lohnen.«

Den Grafen würgte es in der Kehle. Er brachte kein Wort hervor und legte der Frau, hinter der sich nun auch ihre älteren Kinder drängten, nur die Hand auf den Kopf.

»Und lass die Fine heut Abend hier!« Lea wies auf ein Mädchen mit dünnen, zu Zöpfen geflochtenen Haaren, in denen, völlig unpassend, zwei knallrote Seidenpapierblumen steckten. Sie war ungefähr ins Klaras Alter. »Versprich 's mir!«, drängte Lea, als Christel zögerte, bis diese schließlich nickte.

»Wo wollte das Mädchen denn hin?«, fragte der Graf, als sie wieder in dem düsteren Hinterhof standen, dessen muffige Luft ihm nach dem Schimmelgeruch in der Kellerwohnung jetzt köstlich frisch vorkam.

Diesmal antwortete ihm Pauline. »Wahrscheinlich einen der Schlafburschen bedienen.«

Der Graf wurde ungeduldig. »Was ist ein Schlafbursche, und womit soll dieses Kind ihn bedienen?«

Pauline holte tief Luft. »Ein Schlafbursche ist ein Untermieter, der in Nachtschicht arbeitet und tagsüber im oft einzigen Bett der Familie schläft, bei der er untergekommen ist.«

»Im Bett der Familie? Warum hat er keine eigene Wohnung?«

»Dazu reicht sein Lohn oft nicht aus«, gab Lea, immer noch gleichmütig, Auskunft. »Und die Herbergsfamilien brauchen jeden Kreuzer, den sie von ihm bekommen, zum Wohnen, Heizen und Essen.«

Der Graf ließ dies auf sich wirken. Plötzlich verfinsterte sich seine Miene. »Und womit soll dieses halbwüchsige Mädchen einen solchen Burschen bedienen? Etwa …?« Er brachte die Worte nicht über die Lippen.

Lea nickte. »Die meisten Mädel machen es nur mit der Hand und manchmal mit dem Mund. Aber ab und zu geht auch ihre Jungfräulichkeit dabei drauf. Wie das bei der Fine ist, weiß ich nicht.« Sie zuckte mit den Schultern. »Aber was tut man nicht alles, wenn man nichts zu beißen hat. Dabei hat der Winter noch nicht einmal begonnen!«

Ferdinand stand wie erstarrt. Vor Entsetzen fehlten ihm die Worte.

»Doch jetzt lassen's uns weitergeh'n, Herr Graf. Wir haben noch etliche Besuche vor uns.«

Erst nach dem vierten der immer verwahrloster wirkenden Hinterhöfe lenkte Lea Walberger ihre Schritte zum Eingang des dahinter liegenden letzten Zinshauses. Mittlerweile pressten Pauline, Ferdinand und Franz sich ihre Taschentücher vor die Nase. Insbesondere der Gestank, wenn sie an den Abort-Häuschen in den Höfen vorbeikamen, vor denen lange Schlangen von Menschen anstanden, verursachte ihnen heftigen Brechreiz.

»Hier in diesen Zinshäusern gibt's nur einen Abtritt für zwanzig Wohnungen«, erläuterte Lea ungefragt.

Zum Glück lenkte die Arbeiterführerin ihre Schritte schon im zweiten Stock in einen engen Gang, in dem es, wie überall im Haus, nach verstopften Ofenrohren, ranzigem Fett, saurer Milch und menschlichen Ausdünstungen roch. Auch hier musste sich die Gruppe an einer Menschenschlange vorbeidrücken, die mit Eimern und Schüsseln vor dem einzigen Wasserhahn des Stockwerks anstand.

»Gut zu wissen«, hörte Franz Lea, die mit ihm voranging, murmeln. »Falls wir Wasser brauchen.«

Auch er wusste nicht genau, was in der Wohnung der Wenzels auf ihn zukommen würde. Lea hatte ihm nur angedeutet, dass es einer der wichtigsten Besuche überhaupt sein würde.

Als die Arbeiterführerin nach kurzem Klopfen eintrat, schlug der Gruppe ein weiterer unbeschreiblicher Gestank entgegen. Es roch süßlich nach Verwesung. Franz und Ferdinand erkannten die Ursache sofort.

»Wundbrand!«, sagte der Graf. »Hier riecht es nach Wundbrand.« Beide hatten diesen Todesboten auf den zahlreichen Schlachtfeldern der Kriege, in denen sie mitgekämpft hatten, oft genug wahrgenommen. Franz hatte sogar selbst daran gelitten und dadurch ein weiteres Stück seines bei Sedan abgeschossenen Beins eingebüßt.

»Servus, Guste«, grüßte Lea die verhärmte Frau, die mit einem Säugling auf dem Arm vom Tisch aufstand, der wie in den anderen Einzimmerwohnungen den Mittelpunkt des Raums bildete. Zwei Kleinkinder, ein Junge und ein Mädchen, hingen an ihrem schäbigen Rock. »Wie geht's dem Berti?«

»Schlecht«, flüsterte Guste, »er fiebert stark, und die Wunde eitert. Der Doktor ist jetzt bei ihm.« Sie wies auf eine mit einem Vorhang abgetrennte Nische.

In diesem Moment wurde der Vorhang zurückgezogen. Ein Mann mit dunklem, zur Seite gescheiteltem, welligem Haar und einem markanten Schnauzbart trat hervor. Er hatte die Ärmel seines Hemds bis über die Ellenbogen hochgeschoben und trug eine mit Blut und Eiter befleckte Schürze über seiner Kleidung.

»Guten Tag.« Er verbeugte sich knapp, reichte aber niemandem die Hand. »Mein Name ist Viktor Adler. Ich bin Armenarzt.«

Franz beobachtete unauffällig das Gesicht seines Vaters, auf dem sich ein Anflug von Erkenntnis zeigte. Ferdinand schien sich an den Namen zu erinnern. Tatsächlich war ihm der Name des Wiener Sozialdemokraten geläufig. Zudem hatte Irene den Mann in ihrem ersten Streitgespräch mit seinem Vater erwähnt.

»Hast du die Binden mitgebracht?«, wandte sich der Arzt an Lea. Die nickte und wühlte in einem der Körbe, die der stämmige Bursche aus dem Gesinde des Grafen hinter der Tür abgestellt hatte. Die Träger warteten wie in der Kellerwohnung draußen, da die kleine Wohnung der Wenzels zu klein war, um sie alle zu fassen.

Während der Arzt wieder hinter dem Vorhang verschwand, wo nun ein lautes Stöhnen zu hören war, sah der Graf sich unauffällig in dem winzigen Raum um. Er schätzte ihn auf höchstens zwanzig Quadratmeter. Hier also wohnte, kochte und schlief die sechsköpfige Familie. Erst jetzt entdeckte Ferdinand eine verhutzelte Greisin, die in einer Ecke hockte und an etwas strickte.

Der Graf wunderte sich, dass die Alte in dieser Düsternis überhaupt handarbeiten konnte. Kaum ein Lichtstrahl fiel durch das einzige, fast blinde Fenster. Das war auch kein Wunder, lag die Wohnung doch im Schatten von vier, sie um mehrere Stockwerke überragenden Vorderhäusern.

Die Mutter der Kinder schätzte Ferdinand auf Ende dreißig, wenn nicht sogar noch älter. Flüchtig kam ihm der Gedanke, dass er damit die übergroße Fruchtbarkeit der Arbeiterfamilien, über die die bessere Gesellschaft sich immer wieder mokierte, bestätigt fand. Selbst in diesem Alter wurden Arbeiterfrauen also noch dauernd schwanger.

Dann trat der Arzt erneut aus der Nische hervor. Dessen Unterhaltung mit Franz zog seine Aufmerksamkeit auf sich.

»Wird Berti durchkommen?«, fragte sein Sohn.

Adler verzog bedauernd den Mund. Er senkte die Stimme, damit die Frau des Verunglückten ihn nicht verstand. Ferdinand hörte seine schlechte Prognose dennoch.

»Wie es aussieht, nicht. Hier kann ich nicht mehr für ihn tun, als ihn regelmäßig zu verbinden. Aber der Brand hat sich in der Wunde festgesetzt. Der Unterarm müsste amputiert werden, wenn er noch eine Chance haben soll, wieder leidlich gesund zu werden.«

Der Graf trat auf Adler zu. »Und warum schaffen Sie den Mann dann nicht ins Spital?«, fragte er streng.

Adler erwiderte ruhig seinen zornigen Blick. »In den Armenspitälern ist jedes Bett belegt. Zudem gibt es dort kaum ausgebildete Wundärzte. Berti müsste von einem erfahrenen Chirurgen operiert werden. Doch dies kostet in einem bürgerlichen Spital mindestens dreißig Gulden. Über so viel Geld verfügt die Familie nicht.«

»Und warum kommt sein Arbeitgeber nicht für diese Behandlung auf?« Der Graf war zunehmend aufgebracht. »Wir haben doch eine Verpflichtung gegenüber den uns anvertrauten Leuten!«

»Sie vielleicht, Herr Graf. Und es ehrt Sie, wenn Sie auch für die Gesundheit Ihrer Landarbeiter Sorge tragen. Doch dieser Mann ist in einer Tuchfabrik verunglückt. Der Fabrikherr hat sich geweigert, für den Unfall aufzukommen.«

»Was ist denn das für ein Unmensch?«, schnaubte Ferdinand.

Franz mischte sich ein. »Sie kennen ihn gut, Va … Herr Graf. Es ist der Baron von Hirschstein, bei dessen Wohltätigkeitsgala wir im vergangenen Jahr zu Gast waren.«

»Wie hat sich der Unfall denn zugetragen?«

Viktor Adler ergriff wieder das Wort. »Die Zustände in den Fabriken des Barons sind in ganz Wien verschrien. Der Fabrikherr investiert kaum etwas in seine Maschinen. Nahezu jede Woche ereignen sich dort kleinere oder größere Unfälle. Zwei Arbeiter sind dieses Jahr sogar schon zu Tode gekommen. In Bertis Fall geht es um eine seit Langem defekte Krempelmaschine. Die mit Stahlspitzen besetzten Rollen, die die Wolle zu Vliesen kämmen, springen immer wieder aus ihren Verankerungen. Der Baron verlangt, dass dies bei laufendem Betrieb gerichtet wird. Berti war einer der Facharbeiter an der Maschine, besser bezahlt als die übrigen Arbeiter, da er für die Wartung und Instandhaltung zuständig war. Doch vor einer Woche hatte er das Pech, mit dem Ärmel seines Kittels in den Rollen hängen zu bleiben. Die scharfen Haken zerfetzten ihm den Unterarm. Er hätte gleich amputiert werden müssen. Doch der Baron weigert sich, der Familie auch nur einen Kreuzer zu zahlen. Er behauptet, Berti sei selbst an dem Unfall schuld.«

»Lassen Sie den Mann umgehend in ein gutes Hospital schaffen! In ein sehr gutes!«, befahl der Graf. »Ich übernehme alle Unkosten für die Operation und seine Genesung. Auch für den zwischenzeitlichen Unterhalt der Familie. Und niemals wieder«, er knirschte vor Wut mit den Zähnen, »niemals wieder betrete ich das protzige Palais dieses widerlichen Barons!«

Pauline hob ihre behandschuhte Hand vor den Mund, um ihr erleichtertes Lächeln, das ihr angesichts des Unglücks dieser Familie unangebracht vorkam, zu verbergen. Sie hatte ihren Gatten richtig eingeschätzt. Ihr Plan schien aufzugehen.

Sechs Stationen später fühlte sich Ferdinand völlig erschöpft. Obwohl sie zuletzt »normale Familien« besucht hatten, denen kürzlich kein großes Unglück zugestoßen war, überschwemmten ihn mittlerweile auch die Eindrücke des gewöhnlichen Elends.

Er hatte gelernt, dass die Frau des verunglückten Berti, die er für Ende dreißig gehalten hatte, in Wahrheit erst dreiundzwanzig Jahre alt war. Er hatte erfahren, dass die Mitglieder einer achtköpfigen Familie in dem Zimmer, in dem sie hausten, sich zu viert das einzige Bett teilten, während die größeren Kinder auf Strohsäcken auf dem nackten Boden nächtigten. Überall waren die Fenster blind und zugig, die Wände mangels Heizung feucht und verschimmelt, die Nahrung einseitig und knapp.

Eine Familie hatte vom Vermieter des Lochs, in dem sie hauste, gerade die Nachricht erhalten, dass er den Mietzins um fast das Doppelte steigern wollte. In einer anderen Familie hatte Lea warme Kleidung für die Kinder mitgebracht, da sich die Leute nicht einmal Altkleider vom Trödler leisten konnten. Überall hatte Lea Walberger ihre Gaben verteilt, überall hatte der Graf zusätzlich Münzen hinterlassen, bis seine Börse völlig leer war und er Franz darum bat, Geld für ihn auszulegen.

Ferdinand war bis ins Mark erschüttert von dem, was er in den letzten Stunden gesehen und gehört hatte. Nur eines war ihm noch nicht klar. Nämlich, was diese Besuche mit der bevorstehenden Aussprache mit Franz zu tun hatten.

»Warte es ab!«, bedeutete Pauline ihm geheimnisvoll. »Wir machen nur noch einen einzigen Besuch. Danach wirst du wissen, worum es Franz geht.«

Zunächst schien dieser letzte Besuch jedoch auf das Gleiche hinauszulaufen, was Ferdinand bereits in den letzten Stunden gesehen hatte. Wieder quälte sich die Gruppe durch düstere Hinterhöfe und ein steiles Stiegenhaus hinauf, diesmal sogar bis in den fünften Stock. Allerdings hatte Lea Walberger keinen Korb bei sich. Die beiden Stallburschen aus seinem Palais schlenderten müßig hinter ihnen her, nunmehr ausschließlich mit ihrem Schutz betraut.

»Ist das denn wirklich nötig?«, raunte Ferdinand seinem Sohn zu.

»Lea hat darauf bestanden, Vater«, flüsterte Franz. »Not und Elend führen oft zu Gewalt, hat sie mir bedeutet. Und wann begegnet man in diesen Elendsvierteln schon einmal einer gräflichen Familie, die mit ihrer eigenen Equipage vorfährt?«

Als Lea nun eine Tür am Ende eines langen Gangs aufstieß, war Ferdinand positiv überrascht. Die Wohnstube war hell erleuchtet, im Ofen knisterte ein lustiges Feuer und verbreitete behagliche Wärme. Die beiden Frauen und deren Kinder, die rund um den Tisch saßen und Knöpfe auf Pappkarten aufnähten, waren reinlich, für die Jahreszeit angemessen gekleidet und wirkten nicht so ausgezehrt, wie die meisten anderen Menschen, denen Ferdinand heute begegnet war.

Nun drehte sich eine der Frauen, die mit dem Rücken zur Tür saß, zu ihm um. »Irene!«, entfuhr es Ferdinand überrascht. »Was tun Sie denn hier?«

Franz' Frau lächelte ihn freundlich an. Sie trug ein schlichtes dunkelblaues Wollkleid, über das sie eine weiße Halbschürze gebunden hatte. »Bis zu Ihrer Ankunft, lieber Herr Graf, haben wir uns die Zeit mit der Heimarbeit vertrieben, von der Elisa Bruckner mit ihren Kindern lebt. Davor habe ich ihr erklärt, wie sie die restlichen Schimmelflecken in der Wohnung mit Essigwasser bekämpfen kann. Darf ich Ihnen Elisa vorstellen?«

Die zweite Frau erhob sich von ihrem Sitz. »Das ist Elisa Bruckner. Und das, liebe Elisa, ist Graf Ferdinand von Sterenberg, dem du deine Gesundheit und das Wohlergehen deiner Familie verdankst.«

Zum zweiten Mal an diesem Tag erlebte der Graf, dass eine Frau vor ihm niederkniete und seine Hand an ihre Lippen zog.

»Gut, gut! Lassen Sie es gut sein!«, stammelte er verlegen. Er wusste nicht, was er sonst sagen sollte. Irene kam ihm zu Hilfe.

»Elisa litt an der Schwindsucht. Mit Ihrer großzügigen Spende hat sie sich in einem guten Spital vollständig auskurieren können. Derweil hat Lea dafür gesorgt, dass ihre Kinder gut betreut wurden und endlich die Schule besuchen können. Am Nachmittag helfen natürlich alle weiterhin bei der Heimarbeit mit. Aber der Familie geht es heute besser denn je! Erzähle doch selbst, was sich sonst noch alles getan hat, Elisa!«

Die Frau knickste. »Da wir es nun alleweil warm haben, sind

die Wände nicht mehr so feucht und klamm, hoher Herr. Und die Kinder nicht mehr so oft erkältet. Sie sind auch alle kräftiger geworden von dem guten Essen, das wir uns jetzt leisten können. Es gibt sogar jeden Sonntag ein Stück Geselchtes oder ein wenig Beuschel.« Sie strahlte.

Der Graf lächelte gezwungen. Die Delikatessen, für die diese Frau sich so dankbar zeigte, nämlich Geselchtes, also billiges geräuchertes Schweinefleisch, oder Beuschel, gekochte Innereien, gab es an der gräflichen Tafel niemals. Der Graf wusste nicht einmal, ob seinem Gesinde so etwas aufgetischt wurde. *Auf jeden Fall isst es nicht nur einmal die Woche Fleisch,* ging es ihm durch den Kopf.

»Und die Lea und die gnädige Frau Irene haben mir so manch Gutes gezeigt«, fügte Elisa noch hinzu.

»Kaum der Rede wert«, lächelte Irene. »Ich habe Elisa gelehrt, dass sie einmal wöchentlich ihre Leibwäsche auskochen soll. Das bekämpft Ungeziefer und Krätze und ist ihr jetzt auch möglich, seit sie genug Kohlen zum Heizen hat. Die Kinder und sie sollen sich nach jedem Abortgang die Hände in warmem Wasser waschen ...«

»Wir haben sogar Seife dazu!«, fiel Elisa ihr stolz ins Wort. »Und auch der Toni geht nicht mehr so oft in die Gastwirtschaft wie früher. Es is' alles so viel besser geworden, seit Sie uns beisteh'n.« Wieder versuchte sie, nach der Hand des Grafen zu greifen, der sie ihr aber entzog.

»Und nun«, mischte Pauline sich energisch ein, »wollen wir hier nicht länger stören. Ich nehme an, du hast nichts dagegen, dass wir Irene mit ins Palais nehmen. Wir haben einander ja noch eine Menge zu erzählen.«

Epilog

Kirche St. Ulrich in Altenstadt
Juni 1892

Irene war es, als sei die Zeit stehen geblieben. Die Orgel spielte die gleiche feierliche Musik, zu deren Klängen sie selbst vor mehr als achtzehn Jahren am Arm von Herbert Stockhausen den langen Mittelgang der Kirche St. Ulrich in Altenstadt entlanggeschritten war, um endlich ihren geliebten Franz zu heiraten.

Nur war es diesmal Franz, der die entzückende Braut zum Altar führte, ängstlich darauf bedacht, ohne seinen Gehstock, auf den er verzichtet hatte, nicht zu stolpern.

In der Tat sah Marie Schober, die am Morgen des heutigen Tages auf dem Weißenburger Standesamt bereits zu Marie Gerban geworden war, unter dem zarten Schleier strahlend schön aus. Noch sah man ihr die Schwangerschaft nicht an. Ihre Taille in dem mit hauchzarten Spitzen besetzten, jungfräulich weißen Hochzeitskleid war noch schmal, sie selbst gertenschlank.

Anders als Irene, die damals aufgrund des bereits dreijährigen Fränzels bei ihrer eigenen Hochzeit auf den Schleier mit Myrtenkranz verzichtet hatte, trug Marie an ihrem heutigen Festtag diese Symbole der Keuschheit. Und das, obwohl Fränzel die Tradition, das erste Kind außerehelich zu zeugen, in der dritten Generation fortgesetzt hatte, wie Franz halb amüsiert, halb schockiert kommentierte, als sein Sohn und Marie ihm und Irene die Schwangerschaft vor sechs Wochen eingestanden.

Während sie beide sich jedoch sehr rasch über das junge Glück freuten, zumal es ihnen ja auch nicht verborgen geblieben war, trug Graf Ferdinand anfangs schwer daran, dass nicht nur sein Sohn, sondern nun auch sein Enkel keine Adlige aus seinen eigenen Kreisen ehelichen würde. Dass Pauline ihren Mann mehrere Tage lang trösten musste, nachdem die Nachricht in Wien eingetroffen war, merkte man dem Grafen heute jedoch nicht an. Selbst wenn ihm diese Mesalliance immer noch etwas ausmachen sollte, bewahrte er die Contenance perfekt. Jetzt zwinkerte er Irene und Pauline, die in der gegenüberliegenden Kirchenbank in der ersten Reihe saßen, sogar zu und wandte dann wie alle übrigen Hochzeitsgäste den Kopf, um die Braut näher kommen zu sehen.

Die Augen Ferdinands begannen zu strahlen, als sich sein Blick mit dem Klaras traf, die hinter Marie ging und ihre Schleppe trug. Sie war die einzige Brautjungfer.

»Schau nur, wie stolz Ferdi auf deine Tochter ist«, flüsterte Pauline Irene zu. »Sie ist die hübscheste Komtess in ganz Wien.«

In der Tat hatte sich Klara mittlerweile zu einer exquisiten Schönheit entwickelt. Ihr zartgelbes Seidenkleid kontrastierte wunderbar zu ihren dunklen, zu Locken gedrehten Haaren und vor allem zu den saphirblauen Augen, die ihr Irene vererbt hatte. Klara entschädigte den Grafen auch für seine Enttäuschung über Fränzel, der sich geweigert hatte, nach Wien zu ziehen. Sie lebte mittlerweile bei ihren Großeltern und würde schon im nächsten Frühjahr den jüngeren Sohn eines Grafen von Auersperg heiraten.

Zu Irenes Déjà-vu trug auch der reiche Blumenschmuck in der Kirche bei. Er war in den gleichen Farben gehalten, wie einst bei ihrer eigenen Hochzeit: Weiß, Blau und Rosa. Im Unterschied zu damals waren die rosa Tulpen jedoch durch die rosafarbenen Rosen ersetzt worden, die im Juni überall auf dem Weingut blühten. Irene befürchtete, dass fast jeder Busch bis auf die letzte Rose geplündert worden war, so verschwenderisch waren die Buketts und Sträuße in der Kirche damit bestückt. Auch Maries Brautstrauß enthielt einige besonders schöne Blüten. Die kleinen weiß gekleideten Mädchen, Hansi Krügers jüngste Töchter, trugen der Braut bereits die Körbchen voran, die ebenfalls mit Rosenblättern gefüllt waren, die sie nach der Zeremonie vor der Kirche auf den Weg des Brautpaars streuen würden.

Aber vor allem erinnerte Irene Fränzel, der seiner Braut verliebt entgegenblickte, an ihre eigene Hochzeit. *Genauso sah mein Franz damals aus,* lächelte sie still in sich hinein. *Die gleichen aus der Stirn gekämmten Locken, die gleichen strahlenden dunklen Augen. Aber zum Glück steht unser Sohn auf zwei gesunden Beinen.*

Ein Hauch von Wehmut ergriff sie, nachdem Franz die Braut neben Fränzel geführt hatte und nun seinen Platz in der Kirchenbank an der Seite seines Vaters Ferdinand einnahm. Die ersten grauen Strähnen durchzogen seine Haare. Seinen Schnurrbart, der schneller ergraute als sein Haupthaar, ließ Franz sich sogar mittlerweile von seinem Barbier schwarz färben. Obwohl er mit den Jahren etwas fülliger geworden war, ging Irene noch immer das Herz auf, wenn er ihr, so wie jetzt, zulächelte.

Wieder einmal war sie dem Schicksal dankbar dafür, dass sie die beiden schlimmsten Krisen in ihrer Ehe nicht nur überstanden hatten, sondern sogar gestärkt daraus hervorgegangen waren.

Nie würde Irene die Szene im Palais Sterenberg an jenem Novemberabend vergessen, an dem Graf Ferdinand ihre Hand mit feuchten Augen ergriff und an seine Lippen gepresst hatte.

»Ich muss Abbitte bei Ihnen tun, liebe Irene. Niemals, nicht einmal in meinen schlimmsten Albträumen, hätte ich mir vorstellen können, in welch einem Elend ein so großer Teil unserer Bevölkerung lebt. All meine Millionen Gulden würden nicht ausreichen, um es zu beseitigen.«

»So ist es, lieber Schwiegervater.« Irene sah ihm ruhig in die Augen. »Und darum muss sich von Grund auf etwas ändern. Bis es so weit ist, ist uns zwar jeder Ihrer Gulden willkommen, um die Not zu lindern. Aber es bliebe auf Dauer nur ein Tropfen auf dem heißen Stein.«

»Was ist dieser Dr. Viktor Adler für ein Mann?«, erkundigte sich der Graf. »In den Gazetten wird er bislang nur als Aufrührer beschrieben, als Verräter an seiner eigenen Gesellschaftsklasse oder im besten Falle als verschrobener Freigeist.«

»Warum lädst du Dr. Adler nicht einfach einmal zu einem Gespräch ins Palais Sterenberg ein?«, schlug Pauline vor. »Dann kannst du dir dein eigenes Bild von ihm machen.«

Tatsächlich war es schon wenige Tage später zu diesem Treffen gekommen. Anfangs bestand Ferdinand auf einem Gespräch mit dem Arzt unter vier Augen, »um mir eine ganz und gar unabhängige Meinung zu bilden«, begründete er dies gegenüber seiner Familie. Erst nach und nach waren dann Irene, schließlich auch Franz und Pauline hinzugestoßen. Der Tag endete mit einem heiteren gemeinsamen Nachtmahl, nach dem Ferdinand den Arzt mit der Zusage verabschiedete, dass er dessen soziale Projekte in Wien ab sofort regelmäßig mit einer stattlichen Summe unterstützen würde.

Irene versicherte der Graf hingegen, sie in Zukunft ungehindert ihre Arbeit für die Rechte der Frauen tun zu lassen. »Dabei habe ich nur einen einzigen Wunsch«, äußerte Ferdinand, als die Familie noch bei einem letzten Glas Wein im Salon saß, nachdem Adler gegangen war. »Verhalte dich unauffällig, solange die Adoption noch nicht über die Bühne gegangen ist. Ich plane sie für den nächsten Frühsommer. Meine Schwester Adelaide pflegt zu dieser Zeit ihr Sommerhaus an der französischen Riviera zu beziehen und mehrere Monate dort zu verweilen. So wird sie uns nicht in die Quere kommen. Danach kannst du tun, was du für richtig hältst …«

»Und was sich im Bereich des Legalen bewegt«, ergänzte Franz. »Dabei musst du vor allem an Fränzel denken. Auch wenn er nur einen Jugendarrest abbüßt, würde unsere Familie in deinem Fall eine weitere Gefängnisstrafe nicht verkraften.«

Da Irene ihr schlechtes Gewissen fortwährend plagte, Fränzel, wenn auch ungewollt, in die Verteilung der verbotenen Zeitung hineingezogen zu haben, hatte sie dieser Bedingung sofort zugestimmt. Bis zur vollzogenen Adoption beschränkte sie sich auf ihre informelle Arbeit in verschiedenen Frauengruppen, die sich überall im Reich zu bilden begannen. Und ihre Geduld hatte sich mehr als gelohnt.

Nachdem sich der Graf von den typischen Scheuklappen seines adligen Standes befreit hatte, begann er, die Welt um sich herum mit anderen Augen zu sehen. Dabei erkannte er auch, dass er in seiner eigenen Gesellschaftsschicht beileibe nicht der Einzige war, der die herrschenden Verhältnisse kritisch hinterfragte. Unter dem Schutz des für die Marktgemeinde Hainfeld zuständigen Bezirkshauptmanns, des hochadligen, aber sozial eingestellten Grafen Leopold von Auersperg, fand dort schon zur Jahreswende 1888/1889 der Einigungsparteitag der Sozialdemokratischen Arbeiterpartei Österreichs statt. Viktor Adler hatte das Parteiprogramm geschrieben, das mit großer Mehrheit angenommen wurde.

Er und Lea Walberger sorgten darüber hinaus dafür, dass Irene als Rednerin eingeladen wurde und somit dazu beitragen konnte, dass der Parteitag die gleichberechtigte Mitarbeit der Frauen als unerlässlich für die Umsetzung der beschlossenen Prinzipien erachtete.

Dies blieb nicht ihr einziger Triumph. Als weibliche Abgesandte nahm sie schon ein halbes Jahr später gemeinsam mit Clara Zetkin am Gründungskongress der II. Internationale in Paris teil. Dort proklamierte man den Acht-Stunden-Tag und den 1. Mai als zukünftigen Weltfeiertag der Arbeiter. Am wichtigsten für Irene, die erneut als Rednerin auftrat, war auch hier der einstimmig gefasste Beschluss, Frauen in den Reihen der Arbeiterbewegung als gleichberechtigte Mitglieder zu betrachten. Sogar die Angleichung der Löhne wurde gefordert.

Natürlich hatte Irene inzwischen erkannt, dass zwischen diesen Absichtserklärungen und der Realität noch ein weiter, steiniger Weg vor den Frauen lag. Doch nach Bismarcks Entlassung als Reichskanzler im März 1890 und dem ein halbes Jahr später erfolgten Wegfall des Sozialistengesetzes war der Weg für sie frei, sich ohne Repressalien in ganz Deutschland für ihre politischen Ziele einzusetzen.

Was sie denn auch mit einem solchen Eifer tat, dass Franz eines Tages mit einem tiefen Seufzer meinte: »Ich sehe dich ja kaum noch, mein Liebes. Zum Glück erfahre ich wenigstens aus den Zeitungen, was du so alles treibst.«

Irene knuffte ihn lachend in die Seite, wohl wissend, dass viel Wahrheit in Franz' leicht dahingesagter Klage lag. »Dann weißt du jetzt ja wenigstens, wie es mir ging, als du vor Jahren dauernd auf Geschäftsreisen oder in Berlin warst, um dein Reichstagsmandat auszuüben.«

Franz nahm Irenes Gesicht in beide Hände. »Ja, das weiß ich jetzt sehr wohl«, sagte er reuevoll. »Darf ich dich trotzdem bitten, mir ein wenig mehr deiner kostbaren Zeit zu schenken?«

Das hatte Irene ihm nicht versagt und ihre Reisetätigkeit eingeschränkt. Auch weil Franz durch die nun schon über zwei Jahrzehnte währende Kriegsverkrüppelung zunehmend an gesundheitlichen Folgeproblemen litt. Vor allem der Rücken machte ihm schwer zu schaffen.

Da kam es ihm sehr entgegen, dass sich bei der Leitung des Weinguts ein erneuter Wechsel abzeichnete. Nur mit einer stattlichen Summe, die er dem Straßburger Lyzeum spendete, hatte Franz nach Fränzels Arrest seinerzeit verhindert, dass man seinen Sohn kurzerhand expedierte. Doch Fränzel musste das ganze Schuljahr wiederholen.

Trotz seines glänzenden Abiturs war ihm daher die Lust vergangen, an der viel zu weit von Schweighofen und Marie entfernt liegenden Friedrich-Wilhelm-Universität in Berlin zu studieren. Stattdessen absolvierte er eine zweijährige Ausbildung an der »Königlichen Weinbauschule« im baden-württembergischen Weinsberg und kehrte jedes zweite Wochenende in die Pfalz zurück. Im Anschluss daran ging er nun bei Hansi Krüger und dem

Kellermeister Johann Hager in die Lehre, um praktische Fertigkeiten zu erwerben.

Franz' ehemaliger Schützling Hansi hatte die Leitung des Weinguts allein übernommen, nachdem Nikolaus Kerner vor einem Jahr in den wohlverdienten Ruhestand gegangen war. Sobald er seine Lehrzeit beendet hatte, würde Fränzel Hansi als Leiter des Guts nachfolgen, während Krüger die Leitung des Weinhandels übernehmen sollte. Das würde Franz ermöglichen, sich ganz aus den Geschäften zurückzuziehen und dem Wunsch seiner Eltern, mit Irene mindestens die Hälfte des Jahres in Wien und den Landgütern der von Sterenbergs in der Steiermark zu verbringen, nachzukommen. Dort würde er sich zunehmend in seine zukünftigen Pflichten als Majoratsherr einarbeiten.

Sein Weingeschäft würde er mehr als wohl bestellt übergeben. Denn am Ende hatte die furchtbare Reblauskrise den Gerban'schen Weinen sogar Glück gebracht. Auch nachdem sich die Erträge wieder normalisiert hatten, erzielten die Weine am Markt die gleichen Spitzenpreise wie in der Zeit der Verknappung. Längst hätte Franz seinem Vater einen großen Teil des Darlehens zurückzahlen können, hätte der sein Versprechen nicht wahrgemacht und ihm die ganze Summe anlässlich seiner Adoption geschenkt.

Aber zumindest, solange Franz den Weinhandel noch leitet, werde ich ihn noch öfter in jene vermaledeiten Kurorte begleiten müssen, wo er die Badekuren absolviert, um seine Rückenschmerzen zu bessern, dachte Irene.

Als hätte Mathilde geahnt, dass ihre Schwägerin gerade innerlich geflucht hatte, spürte Irene nun Mathildes missbilligenden Blick in ihrem Rücken. Ihre Halbschwester saß ganz am Rand in der dritten Reihe, die für Paulines Straßburger Verwandte reserviert worden war. Wäre es nach Irene gegangen, hätte Mathilde bleiben können, wo der Pfeffer wächst. Oder, besser gesagt, in Wien, wohin sie vor einem halben Jahr nach Ottilies langem

Siechtum und Tod infolge eines Schlaganfalls übergesiedelt war, nachdem sich Pauline ihrer erbarmt hatte.

»Ich denke, deine Schwester ist nun genug dafür gestraft, dass sie Fränzel in den Arrest gebracht hat«, argumentierte Pauline gegenüber Franz. »Sie ist nun einmal so, wie sie ist. Ein echtes Kind Wilhelms. Was kann man da schon anderes von ihr erwarten?«

Irene und Franz sahen sie verdrossen an. Doch Pauline ließ sich nicht beirren.

»Die schlimmste Strafe für sie war, dass sie Ottilie eigenhändig bis zu deren Tod pflegen musste. Die beiden waren nach dem Umzug nach Weißenburg schlimmer miteinander als Hund und Katz.«

»Wohlverdient!«, bemerkte Franz.

Pauline machte eine beschwichtigende Geste. »Du bist mein Sohn, Franz. Aber du darfst nicht vergessen, Mathilde ist meine Tochter. Ich habe dich ihr immer vorgezogen und in ihr immer nur eine lästige Folge meiner unglücklichen Ehe mit ihrem Vater Wilhelm gesehen. Sosehr er sie verzärtelt hat, so sehr blieb ich auf Distanz zu ihr. Das hat sie sehr verletzt, wie sie mir kürzlich eingestand. Sicher hat es auch ihr Verhalten geprägt. Kurzum, seit ich so glücklich mit Ferdinand bin, trage ich ihr nicht mehr nach, dass sie Wilhelms Kind ist, wofür sie ja nun wirklich nichts kann. Eine kleine Suite in unserem riesigen Palais Sterenberg und ein wenig Amüsement in der Saison solltest auch du ihr gönnen, Franz. Zumal sie sonst kaum mehr etwas vom Leben zu erwarten hat.«

So war es dazu gekommen, dass auch Mathilde an Fränzels Hochzeit teilnahm. Und während der Feierlichkeiten sogar tatsächlich in ihrem alten Zimmer in Altenstadt nächtigte. Schon kurz nach der Adoption waren Franz und Irene ins Herrenhaus zurückgekehrt, in dem sie sich einst kennen und lieben gelernt hatten. Schweighofen war nicht mehr standesgemäß genug für einen zukünftigen Grafen.

Und spätestens jetzt wird der Platz dort ohnehin für Fränzel und seine junge Familie gebraucht, machte sich Irene klar, die sich mittlerweile mit dem anfangs ungeliebten Umzug versöhnt hatte.

Die Orgel spielte eine eindringliche Weise. Irene schreckte aus ihren Gedanken auf, in die sie regelmäßig während der Messezeremonie versank. Der Priester trat vor das Brautpaar und nahm Fränzel und Marie nacheinander den Treueschwur ab.

»Ja, ich will«, hörte Irene ihr Söhnchen sagen. Ihr Söhnchen? *Was für ein stattlicher Mann ist doch aus dem winzigen Kind geworden, das ich einst mit so viel Mühe geboren und ernährt habe.* Unwillkürlich kamen ihr die Tränen.

Wie jung wir damals waren! Franz und ich! Wie blutjung! Er war in Fränzels Alter, als er sein Bein verlor. Ich sogar drei Jahre jünger als Marie, als ich mit Fränzel im Leib aus Weißenburg floh.

Ihre Augen trafen sich mit denen von Franz. Er sandte ihr mit einer fast unmerklichen Lippenbewegung einen Kuss. Seine Mutter hatte den liebevollen Gruß dennoch bemerkt. Sie griff nach Irenes Hand. Auch ihre Augen füllten sich nun mit Tränen.

Der Priester hob die Hände zu einem letzten Segen. Das Brautpaar erhob sich und schickte sich an, hinter den Blumenkindern den Gang zum Ausgang zurückzuschreiten. Maries graue Augen funkelten wie frisch polierte Silberstücke. Fränzel an ihrer Seite wirkte männlich und stark.

Dahinter trug ihre Tochter Klara wieder die Schleppe und den mittlerweile zurückgestreiften Schleier des Brautkleids. Sie strahlte über ihr ganzes hübsches Gesicht. Als sie an ihrem geliebten Großvater vorbeikam, sandte auch sie ihm einen Kuss. Klara hatte sich von Anfang an darüber gefreut, »dass ich sogar einen echten Großvater habe«, als sie nach der Adoption die wahren Verwandtschaftsverhältnisse erfuhr. Fränzel hatte länger gebraucht, um sich an den Gedanken zu gewöhnen, verstand sich inzwischen aber ebenfalls gut mit Ferdinand.

Eine übergroße Dankbarkeit erfüllte Irene. Die noch größer wurde, als sie zwei schemenhafte Gestalten wahrzunehmen glaubte, die dem Brautpaar und Klara folgten.

Sie erkannte in der einen ihre Mutter Sophia. Sie sah aus wie auf dem Bild, das Irene einst in Altenstadt gefunden hatte. Jung und schön, nur blickten ihre Augen jetzt nicht mehr traurig, sondern froh. Und an der Hand führte sie die kleine Sophia, ihre verstorbene Enkelin, die ihren Namen trug. Beide winkten Irene zu.

Eine plötzliche Gewissheit füllte Irenes Brust so stark, als wolle sie bersten.

Es war alles gut so, wie es war. Trotz all der Mühen, Schmerzen und dem Leid, das wir erfahren mussten. Aber zusammen mit dem Glück, das ich heute fühle und schon so oft gefühlt habe, macht es mein Leben erfüllt und reich!

Wahrheit und Fiktion

Auch in diesem dritten Band meiner Weingut-Saga sind viele Szenen wahren großen und kleinen historischen Ereignissen nachgestellt, die ich in meinen zahlreichen Quellen fand.

Ob es sich nun um das Attentat auf Kaiser Wilhelm I. am 2. Juni 1878 handelt oder um die Abstimmungsergebnisse im Reichstag über das Sozialistengesetz im gleichen Jahr oder aber um die politische Entwicklung von Elsass-Lothringen bis zu den Autonomie-Gesetzen im Sommer 1879, um nur wenige Beispiele zu nennen: Hieran ließ ich insbesondere meine fiktive Hauptfigur Franz aktiv teilhaben.

Weniger spektakulär, aber in vielen Fällen ebenfalls historisch belegt, sind die Ereignisse, die Irene betreffen. Das Elend der Herxheimer Leineweber ist ebenso dokumentiert wie die Anfänge der Frauenrechtsbewegung und zum Beispiel das Wirken von Gertrud Guillaume-Schack.

Viele Episoden habe ich den Lebensberichten real existierender Arbeiterführerinnen nachgestellt. Dazu gehören Irenes Nacht unter Kakerlaken ebenso wie Motive ihrer Rede vor den Mainzer Arbeiterinnen. Bei diesen Szenen und sogar ganzen Handlungssträngen, zum Beispiel dem tragischen Schicksal des Ehepaars Schober, wurde ich inspiriert durch die beeindruckende Autobiografie der österreichischen Arbeiterführerin Adelheid Popp. Die Original-Literaturangabe dazu habe ich im Anhang aufgeführt und kann die Lektüre allen Leser*innen, die dieses Thema vertiefen möchten, nur empfehlen.

Auch ist es historisch korrekt, dass die ohnehin unzureichenden deutschen Gesetze zur Einschränkung der Kinderarbeit zunächst nicht im Elsass eingeführt wurden. In Bischwiller und anderen Fabrikzentren herrschten bis 1890 die von mir im Roman beschriebenen unmenschlichen Verhältnisse.

Ebenfalls sind Verlauf und Behandlungsmethoden der damals oft tödlich verlaufenden Krankheiten Tuberkulose und Diphterie historisch korrekt dargestellt.

Da also die meisten Begebenheiten, an denen ich meine fiktive Familie Gerban teilhaben lasse, auf diese Weise unterfüttert sind, würde es an dieser Stelle zu weit führen, sie alle aufzuzählen. Ich beschränke mich daher im Folgenden auf die wichtigsten historischen Episoden im dritten Band, die ich aus dramaturgischen Gründen »verfälscht« habe. Obwohl auch ihnen reale Ereignisse zugrunde liegen.

Hier sind an erster Stelle die Reblauskrise und Franz' Erlebnisse in Zabern zu benennen:

Tatsächlich verwüstete die ungefähr in der Mitte des 19. Jahrhunderts aus Nordamerika eingeschleppte Reblaus große Teile der französischen Rebflächen und sprang später auch auf deutsche Weinanbaugebiete über, zum Beispiel die Mosel-Saar-Ruwer-Region. In der Pfalz ist die Reblaus zum Glück nicht belegt.

Da dieser Schädling jedoch die größte Katastrophe für den europäischen Weinanbau im 19. Jahrhundert war und sich viele Leserinnen und Leser auch Fakten über den historischen Weinanbau wünschen, wollte ich dieses Motiv unbedingt aufgreifen und lasse die Reblaus deshalb auch in der Pfalz wüten, allerdings nur auf den fiktiven Gerban'schen Rebflächen.

Was ich dagegen über die Ausbreitung des Schädlings sowie seine Bekämpfungsmethoden geschrieben habe, entspricht sogar zum Teil noch bis heute den Fakten. So ist es deutschen Winzern bei Strafe noch immer verboten, nicht gepfropfte Reben anzupflanzen, wie mir meine Ansprechpartner in dem Weindorf, in dem ich lebe, versichert haben. Die Methode des Edelpfropfens existierte bereits zu der Zeit, in der Franz sein Weingut damit vor dem Ruin bewahrt.

Die zweite, aus dramaturgischen Gründen »verfälschte« Episode ist die sogenannte »Zabern-Affäre«. Sie spielte sich erst im Jahr 1913 ab, verlief in wesentlichen Zügen aber genauso, wie ich sie beschrieben habe. Ihre Folgen waren allerdings weit dramatischer als im Buch aufgeführt, wo mir das damalige Geschehen vor allem dazu diente, Franz die Augen über den Dünkel des Adels zu öffnen.

Tatsächlich kamen alle adligen Offiziere, die sich direkt und indirekt strafbar gemacht hatten, nach der Affäre fast ungeschoren davon. Tatsächlich griff der reale Hauptschuldige einen Krüppel an, verletzte diesen aber weit schwerer als mein fiktiver Major von Wernitz Franz durch seinen Tritt gegen die Prothese. Bevölkerung und Presse nahmen 1913 derart großen Anteil an diesen Ereignissen im elsässischen Zabern, dass dies kurz vor Ausbruch des Ersten Weltkriegs sogar zu einer ausgewachsenen Staatskrise führte.

Auch einige unbedeutendere Ereignisse der hohen Politik habe ich aus dramaturgischen Gründen leicht verändert. Ernest Lauth, der abgesetzte Bürgermeister von Straßburg, der Franz im Roman zur Kandidatur für den Reichstag überredet, distanzierte sich in Wahrheit nie von den wirren Ideen der Protestpartei, obwohl er sein Mandat zur selben Zeit verlor, wie im Roman beschrieben.

Die Autonomisten-Partei gewann im Jahr 1878 auch nicht mehr den Wahlkreis Hagenau-Weißenburg, so wie Franz fiktiv im Buch. Für diese Partei trat dort nämlich überhaupt kein Kandidat mehr an.

Das Wahlverhalten der Autonomisten bei der zweiten entscheidenden Abstimmung über das Sozialistengesetz am 19. Oktober 1878 ist allerdings den echten Reichstagsprotokollen, zu denen ich digitalen Zugang hatte, nachgestellt. Hier war aus mir unbekannten Gründen tatsächlich nur Carl August Schneegans anwesend und stimmte dagegen. Warum seine Parteigenossen fehlten, lassen die Quellen offen, was mir die Möglichkeit gab, meine eigene Erklärung dafür zu entwickeln.

Nun habe ich auch mein siebtes Buch beendet und möchte mich erneut bei allen bedanken, die mir den großen Erfolg der »Weingut-Saga« erst ermöglicht haben. Hier ist diesmal an erster Stelle meine fantastische Lektorin Heike Fischer zu nennen, die meine größte Stütze bei der terminlich sehr beengten Fertigstellung des dritten Bandes war und dieses Buch an allen notwendigen Stellen priorisierte, damit ich nie unter echten Zeitdruck geriet.

Natürlich verdanke ich die besondere Chance für dieses Projekt erneut meinem wunderbaren Agenten Thomas Montasser, der nach wie vor felsenfest an mich und mein Schreibtalent glaubt.

Trotzdem wäre ohne all diejenigen Unterstützer im Goldmann-Verlag, die sich unermüdlich für mich als Autorin und meine Bücher einsetzen, ein solcher Erfolg niemals denkbar. Stellvertretend für alle, die dazu beigetragen haben, dass die beiden ersten Bände der Saga mehrere Wochen lang auf den Bestsellerlisten standen, möchte ich der verantwortlichen Goldmann-Lektorin Barbara Heinzius danken, die trotz des immensen Umfangs ihrer Aufgaben jederzeit in kürzester Zeit auskunfts- und gesprächsbereit ist, wenn ich darum bitte.

Dafür, dass meine Bücher bekannt werden und einen immer größeren Leserkreis finden, sorgen vonseiten der Presse Katrin Cinque und vonseiten des Veranstaltungsmanagements ihre Kollegin Manuela Braun. Und darüber hinaus unzählige Mitarbeiterinnen und Mitarbeiter aus diesen Abteilungen sowie dem Marketing, dem Vertrieb und der Herstellung, die ich hier gar nicht benennen kann, weil ich sie zum Teil nicht einmal kenne.

Bedanken möchte ich mich auch diesmal bei meinem Mann Jürgen Fitzek, der mir den Rücken stärkt, mich auf viele Lesungen begleitet und meinen zunehmenden Erfolg als Autorin genauso genießt wie ich selbst.

Dennoch habe ich diesen dritten Weingut-Roman nicht ihm, sondern all den bekannten und unbekannten Frauen gewidmet, die unter großen Entbehrungen und dem Einsatz ihrer persönlichen Freiheit oder sogar körperlichen Unversehrtheit für unsere Rechte und Privilegien kämpften, als Frauen noch als Wesen zweiter Klasse galten. Wie Irene entwickelten sie sich oft aus den bescheidensten Verhältnissen heraus zu überaus beeindruckenden Persönlichkeiten. Ihnen allen möchte ich mit meinem dritten Band der Saga ein kleines Denkmal setzen.

Glossar

abbeeren	das Entfernen der Trauben von den Stielen vor dem Pressen und Keltern
Agitation	im 19. Jahrhundert gebräuchlicher Begriff für die aktive politische Tätigkeit der Sozialisten
Alkoven	fensterlose Nische im Raum
Ambrosia	Speise der griechischen Götter
Apanage	monatliche Zuwendung zur Finanzierung eines standesgemäßen Lebenswandels
Arbeitshaus	Einrichtung für sozial Schwache seit dem 17. Jahrhundert, in der sie für Kost und Logis Arbeiten verrichteten
Bajonett	Stichwaffe, die am Gewehrlauf befestigt wurde
Beletage	das am besten ausgestattete Geschoss eines adligen oder großbürgerlichen Wohnhauses
Billett	kurzer Brief
Blattern	veraltet für Pocken
Blattgalle	eine von Schadinsekten verursachte Gewebewucherung, meist auf der Unterseite von Blättern
Contenance	die geistige wie auch körperliche Haltung in einer schwierigen Situation
Cuvée	Mischung aus Weinen von verschiedenen Lagen oder Rebsorten
Dauben	gebogene Längsbretter zur Fassherstellung

Dienstmann	bezahlter Bote
Dünken – mich dünkt	Bezeichnung für »ich denke«
Echter Mehltau	Pilzkrankheit, die Pflanzen befällt; sehr schädigend beim Weinbau
Englische Krankheit	Bezeichnung für Rachitis; eine während der Wachstumsphase bei Kindern auftretende Fehlbildung der Knochen wegen Vitamin-D-Mangel
Equipage	innen und außen herrschaftliche mit den Insignien einer adligen Familie ausgestattete Kutsche
Erdapfel	österreichisch für Kartoffel
Fabrikherr	veraltet für Fabrikant, Industrieller
Fauteuil	französisch: schwerer Lehnsessel
Fideikommiss	unveräußerliches und unteilbares Vermögen einer Familie
Fortuna	römische Göttin des Glücks
Freischärler	freiwillig kämpfender Zivilist
Fuder	altes Volumenmaß; entspricht ungefähr eintausend Litern
Gazette	französisch: Zeitung
Gemächt	veraltet für Penis
Gliederreißen	veraltet für Rheuma
Großer Brauner	schwarzer Kaffee mit etwas Milch
Gulden	vor und noch kurz nach der Reichsgründung 1871 gebräuchliche Währung in der bayerischen Pfalz in Österreich noch bis 1892 gültige Währung
Hängeboden	Zwischendecke; oft als Schlafplatz für Dienstboden verwendet
Halsbräune	veraltet für Diphterie

Hambacher Fest	Fest bürgerlicher Oppositioneller gegen die Herrschenden vom 27. Mai bis 1. Juni 1832 auf Schloss Hambach in der Pfalz
Hausdame	weibliche Vorgesetzte des Dienstpersonals in einem herrschaftlichen Haushalt
Hofopern-Soirée	Bezeichnung im 19. Jh. für den heutigen Wiener Opernball
Intendantur	Behörde für Ausrüstung und Nachschub in der Armee
januskopfig	unehrenhafter Mensch mit zwei entgegengesetzten Seiten
Kapuziner	hier: Mokka mit etwas Sahne
Katarrh	Erkrankung der Atemwege
Kettfäden	in Längsrichtung aufgespannte Fäden in einem Webstuhl
Königgrätz	Ort der von Österreich verlorenen Entscheidungsschlacht im Deutsch-Österreichischen Krieg von 1866
Krätze	eine durch Milben verursachte ansteckende Hautkrankheit; häufig Folge beengter und unreinlicher Wohnverhältnisse
Krempelmaschine	Maschine zum Kämmen der Wolle und der Herstellung von Vliesstoffen
Kretin	schwachsinnige Missgeburt
Kreuzer	ein Gulden = sechzig Kreuzer
Küfer	Handwerker, der Holzfässer herstellt
Lakai	alte Bezeichnung für Diener
Landauer	vierrädrige, viersitzige Kutsche mit zwei gefederten Achsen
Laudanum	im 19. Jh. gebräuchliches Beruhigungsmittel auf Opiumbasis

Lebende Bilder	im 19. Jh. beliebte Art einer szenischen Darstellung historischer oder mythologischer Episoden; oft musikalisch untermalt, aber ohne aktives Schauspiel
Liegnitzer Königsgrenadiere	preußische Elite-Infanterietruppe
Livree	einer Uniform nachgestellte Kleidung männlicher Dienstboten
Logel	einer Kiepe ähnliches Holzgefäß zum Transport der geernteten Trauben aus dem Weinberg
Lyzeum	veraltet für Gymnasium
Maische	Gemisch aus Most, Beerenschalen und Traubenkernen
Majoratsherr	ältester Sohn und Familienoberhaupt einer adligen Familie; Herr über den gesamten Familienbesitz
Mark	an sich bereits im Jahr 1871 eingeführte einheitliche deutsche Währung, die u. a. den bayerischen Gulden ablöste, der aber fast noch ein Jahrzehnt als Zahlungsmittel verwendet wurde; ein Gulden entsprach ungefähr 1,75 Mark
Melange	schwarzer Kaffee mit gleicher Menge Milch und meist mit Schlagsahnehaube
Mesalliance	französicher Begriff für eine nicht standesgemäße Verbindung
Nektar	Getränk der griechischen Götter
Notabeln	Angehörige einer durch Rang oder Vermögen ausgezeichneten sozialen Oberschicht
Nopperin	Fabrikarbeiterin mit der Aufgabe, Stoffe auf Fehler zu untersuchen und diese zu beseitigen

Olymp	Wohnort der Götter in der griechischen Mythologie
Parzen	römische Schicksalsgöttinnen
Pauperismus	sozialistischer Begriff zur Beschreibung des Phänomens, dass der erarbeitete Lohn der ganzen Familie nicht zum Leben ausreicht
Permis	französisch für Erlaubnis
Petit-Point-Stickerei	vielfarbige Stickerei
Plebiszit	Volksabstimmung
quid pro quo	lateinisch: dies für das
Reichskanzleramt	oberste Regierungsbehörde in Berlin
Reichsland	Bezeichnung für Elsass-Lothringen als ein dem Kaiser und seiner Regierung direkt unterstelltes Gebiet ohne den Status eines eigenständigen Bundesstaates
Rote Feldpost	Geheimes, in der Schweiz aufgebautes, funktionierendes Transport- und Verteilungssystem für die während des Sozialistengesetzes verbotene sozialistische Literatur im Deutschen Kaiserreich und im Ausland
Schlafbursche	Mieter eines Bettes in einer Wohnung für bestimmte Stunden
Schlagfluss	veraltet für Schlaganfall
Schwefelkohlenstoff	übel riechende giftige Chemikalie; im 19. Jh. zur Bekämpfung der Reblaus eingesetzt
Schwindsucht	veraltet für Tuberkulose
Selfaktor	industrielle, vollautomatisch arbeitende Spinnmaschine
Senkgrube	Grube zur Aufnahme der Exkremente unter einem Abort

Solferino	Ort einer Schlacht im Sardinischen Krieg im Juni 1859
Solidaritätsadresse	Erklärung der Verbundenheit/Solidarität
Souper	französisch für festliches Abendessen
Spulrad	einem Spinnrad ähnliche, handbetriebene Vorrichtung zum Aufwickeln von Garn auf Weberschiffchen
subversiv	umstürzlerisch; staatsgefährdend
Tableaux Vivants	französisch für »Lebende Bilder«
Topfen	österreichisch für Quark
Trester	ausgepresste Traubenreste
Tresterschnaps	Branntwein aus gekelterten Traubenresten
Tresterwein	Getränk aus Wasser, das aus den Traubenresten vergoren wird; war oft Haustrunk für die Angestellten
Turnüre	Gestell, das den Rock über dem Gesäß aufbauscht
Verdruss	alte Bezeichnung für Ärger
Verleger	ehemalige Bezeichnung für Zwischenhändler
Wackes	Taugenichts; abfällige Bezeichnung für Bewohner des Elsass
Weberschiffchen	Instrument beim Handweben, mit dem die Webfäden durch die Kettfäden »geschossen« werden
Würgeengel	volkstümliche Bezeichnung der im 19. Jh. bei Kindern oft tödlich verlaufenden Krankheit Diphterie
Zinshaus	österreichischer Begriff für Mietshaus
Zug	Teileinheit von zwölf Soldaten

Verzeichnis der wichtigsten Quellen

Vorbemerkung: Der dritte Band der »Weingut-Saga« war der weitaus recherche-intensivste. Trotz der Fülle der verwendeten Literatur werden daher nur die wichtigsten Quellen genannt.

Über die Lebens- und Arbeitsbedingungen der Arbeiterinnen und Arbeiter unter Bismarcks Sozialistengesetzen

Dietrich, W. A.: In der Einigkeit liegt die Kraft. Geschichte der Arbeiterbewegung in der Region Neustadt/Südpfalz. 1832–1984. Neustadt an der Weinstraße, IG Metall, 1991.

Kuczynski, J.: Geschichte des Alltags des deutschen Volkes. Band 4: 1871 bis 1918. Köln, Pahl-Rugenstein Verlag, 1981.

Ziegler, H.: Historische Streifzüge. Pfälzer Portraits aus dem 19. Jahrhundert. Landau, Pfälzische Verlagsanstalt, 1992.

Über die Lebensbedingungen der Wiener Arbeiterschaft

Dersin, D. (Hrsg.): Lebendige Geschichte. In der Donaumonarchie. 1848–1918. Köln, Komet Verlag GmbH, 2000.

Über die Lebens- und Arbeitsbedingungen der Dienstboten

Müller, H.: Dienstbare Geister. Leben und Arbeitswelt städtischer Dienstboten. Berlin, Dietrich Reimer Verlag, 1985.

Über die Anfänge der Frauenrechtsbewegung in Deutschland und Österreich

Gebhardt, H. & Wischermann, U. (Hrsg.): Die Staatsbürgerin. Offenbach a. M., 1886. Originalgetreuer Nachdruck der ersten Arbeiterinnenzeitschrift Deutschlands. München, K.G. Saur Verlag, 1988.

Kürbisch, F.G. & Klucsarits, R. (Hrsg.): Arbeiterinnen kämpfen um ihr Recht. Wuppertal, Peter Hammer Verlag, 1981.

Popp, A.: Jugend einer Arbeiterin. Bonn, Verlag J.H. Dietz Nachf. GmbH, 1991.

Weber-Kellermann, I.: Frauenleben im 19. Jahrhundert. München, C.H. Beck, 1991.

Über die Situation in Elsass-Lothringen nach der Annexion

Fisch, S.: Das Elsass im deutschen Kaiserreich (1870/71–1918). In: *Erbe, M. (Hrsg.):* Das Elsass. Historische Landschaft im Wandel der Zeit. Stuttgart, Kohlhammer, 2002.

Hiery, H.: Reichstagswahlen im Reichsland. Ein Beitrag zur Landesgeschichte von Elsass-Lothringen und zur Wahlgeschichte des Deutschen Reiches 1871–1918. Düsseldorf, Droste Verlag, 1986.

Wehler, H.-U.: Krisenherde des Kaiserreichs. 1871 bis 1918. Göttingen, Vandenhoeck & Ruprecht, 1970.

Über den Weinanbau in der Pfalz im 19. Jahrhundert

Halfer, M. & Seebach, H.: Altes Handwerk und Gewerbe in der Pfalz Haardt. Küferhandwerk, Weinbau, Weintransport und Weinverkauf. Mainz, Bachstelz-Verlag, 1991.

Über die Reblaus

Hein, T.: Angriff der Killerlaus. 21.09.2012. https://www.tagesspiegel.de/wissen/geschichte-angriff-der-killerlaus/7165488.html.

Schruft, G. & Kassemeyer, H.-H.: Krankheiten und Schädlinge der Weinrebe. Gelsenkirchen, Verlag Th. Mann, 1990.

Über das Leben des österreichischen Hochadels

Dersin, D. (Hrsg.): Lebendige Geschichte. In der Donaumonarchie. 1848–1918. Köln, Komet Verlag GmbH, 2000.

Winkelhofer, M.: Das Leben adeliger Frauen. Alltag in der k. u. k. Monarchie. Wien, Haymon Verlag, 2016.

Über das Alltagsleben im 19. Jahrhundert

Rittmann, H.: Auf Heller und Pfennig. Die faszinierende Geschichte des Geldes und der wirtschaftlichen Entwicklung in Deutschland. München, Battenberg Verlag, 1976.

Thiel, E.: Geschichte des Kostüms. Die europäische Mode von den Anfängen bis zur Gegenwart. Leipzig, Henschel Verlag, 2010.

Unsere Leseempfehlung

640 Seiten
Auch als E-Book erhältlich

816 Seiten
Auch als E-Book erhältlich

795 Seiten
Auch als E-Book erhältlich

London 1904: Lady Celia Lytton betört die englische Society mit ihrer Intelligenz und Schönheit zugleich. Sie ist die perfekte Gastgeberin, veröffentlicht im eigenen Verlag einen Bestseller nach dem anderen und genießt ihr junges Familienglück – ein privilegiertes Leben. Doch dramatische Ereignisse kündigen sich an, und als ihr Mann Oliver in den Krieg eingezogen wird, können die Lyttons nicht mehr die Augen vor der Realität verschließen. Die makellose Fassade bekommt erste Risse, und Celia beginnt zu verstehen, dass sie einen Preis zahlen muss, für die Entscheidungen, die sie getroffen hat, und die Geheimnisse, die sie bewahrt …

www.goldmann-verlag.de
www.facebook.com/goldmannverlag

GOLDMANN
Lesen erleben